长安文化与中国文学研究

长安文化与民族文学研究

黎羌 著

2015年·北京

图书在版编目 (CIP) 数据

长安文化与民族文学研究 / 黎羌著 . —北京：商务印书馆，2015
（长安文化与中国文学研究）
ISBN 978－7－100－08568－7

I. ①长… II. ①黎… III. ①少数民族文学－文学研究－中国－古代 IV. ① I207.9

中国版本图书馆 CIP 数据核字（2011）第 182307 号

国家"211 工程"三期重点学科建设项目
《长安文化与中国文学研究》

所有权利保留。

未经许可，不得以任何方式使用。

长安文化与民族文学研究

黎羌 著

商 务 印 书 馆 出 版
（北京王府井大街 36 号　邮政编码 100710）
商 务 印 书 馆 发 行
三河市尚艺印装有限公司印刷
ISBN 978－7－100－08568－7

2015 年 8 月第 1 版　　开本 880×1230 1/32
2015 年 8 月北京第 1 次印刷　印张 15 1/4
定价：60.00 元

《长安文化与中国文学研究》

编 委 会

顾　问： 霍松林

主　编： 张新科　李西建

编　委：（按姓氏笔画排列）

马歌东　尤西林　冯文楼　邢向东
李继凯　刘生良　刘锋焘　李　强
吴言生　张学忠　杨恩成　赵望秦
赵学勇　胡安顺　党怀兴　高一农
高益荣　曾志华　程世和　傅功振
傅绍良　霍有明　魏耕原

《长安文化与中国文学研究》

工作委员会

顾　问：霍松林
主　任：李西建　张新科
委　员：邢向东　赵望秦　霍有明　刘锋焘
　　　　赵学勇　李继凯　尤西林

总　序

　　长安是中国历史上建都朝代最多、历时最久的都市，先后有13个王朝建都于此，绵延1100余年，形成了辉煌灿烂的长安文化。长安文化具有多种特性。第一，它是一种颇具特色的地域文化，以长安和周边地区为核心，以黄土为自然生存环境，以雄阔刚健、厚重质朴为其主要风貌，这种文化精神一直延续到今天，仍然富有强大的生命力。20世纪中国文学的"陕军"、中国艺术的"长安画派"等，显示出独特的魅力，可以称之为"后长安时代"的文化。第二，它是一种相容并包的都城文化，既善于自我创造，具有时代的代表性，又广泛吸纳其他地区、其他民族的文化，也善于吸纳民间文化，形成多元化的特点。第三，它是中国历史鼎盛时期的盛世文化，尤其是周秦汉唐时期，是中国历史上的盛世，其所产生的文化以及对外的文化交流，代表了华夏民族的盛世记忆，不仅泽被神州，而且惠及海外。第四，它是历史时期全国的主流文化。由于长安是历史上许多王朝的都城，是当时政治文化的中心所在，以长安为核心形成的思想、文化，辐射到全国各地。第五，它是中国文化的源头，产生于中国历史的早期，是中国文化之根，对中国文化以及中华民族共有家园的形成具有不可估量的影响。

对长安文化进行研究，一直受到人们的重视，近年来更有了新的起色，尤其是"长安学"、"西安学"的提出，为长安文化的研究注入了新的时代因素，并受到海外学者的关注。陕西师范大学地处古都长安，研究长安文化是学术团队义不容辞的责任。为了深入挖掘长安文化的内在价值，探讨长安文化在中国文化、世界文化史上的地位，陕西师范大学文学院借国家"211工程"三期建设重点学科之机，以国家重点学科中国古代文学为龙头，全面整合文学院学术力量，申报了"长安文化与中国文学"研究项目，获得国家教育部的支持。本项目的研究，一方面是要发挥地域文化的优势，进一步推动长安文化的研究，并且为当代新文化建设贡献力量；另一方面也为研究中国文学找到一个新的切入点和突破口，使文学研究有坚实的文化根基。这是一种新的视野和新的尝试，我们的研究主要有以下三个方向：

第一，长安文化与中国文学的演变

立足文学本位，充分发挥地理优势，以长安文化为背景，对中国文学进行系统研究。1.长安文化与中国文学精神。主要研究长安文化的内涵、产生、发展、特征以及对中国文学精神所产生的影响。2.汉唐文学研究。主要研究长安文化形成时期以《史记》和汉赋为代表的盛世文化的典型特征以及对后来长安文化的奠基作用，研究唐代作家作品、唐代文化与文学、唐代政治与文学等，探讨汉唐时期长安文化与中国文学之间的内在联系及其在中国文学史上的价值与意义。3.汉唐文学的域外传播。主要对汉唐文学在域外的传播、汉唐文学对域外文化的影响、长安文化对域外文化的接受等问题进行全面研究。4.古今文学演变。以长安文化为切入点，探讨长安文化辐射下"后长安时代"中国文学的发展规律以及陕西文学的内在演变。

确立本研究方向的依据在于，长安文化从本质上说是以周秦汉唐为代表的中国传统文化，具有深刻的内涵。本项目首先需要从不同的层面对长安文化进行理论总结和阐释，探讨长安文化对中国文学精神的渗透，在此基础上进一步探讨长安文化对中国文学演变所产生的重要影响。汉唐时代是中国文化的转折期，也是长安文化产生、发展乃至鼎盛的重要时期。所谓"汉唐雄风"、"盛唐气象"就是对这个时期文学的高度概括。不仅如此，汉唐文学流播海外，对日、韩等汉语文化圈国家文化产生了深远影响，研究域外传播，可以从新的角度认识汉唐文学及长安文化的价值意义。今天的古城长安（西安）以新的面貌出现在世界舞台，形成新的文化特征。通过古今文学演变研究，探讨、总结中国文学和陕西文学的发展规律，进而为长安学（或西安学）的研究奠定良好基础。

第二，长安与西北文化

立足于长安文化，突出地域文化特色。主要有：1. 西北重点方言研究。关中方言从汉代开始即对西北地区产生辐射作用，这种作用在唐代以后持续不断，明清两代更有加强。因此，西北方言与关中方言的关系极其密切。从古代直到现代，西北的汉语方言与藏语、阿尔泰语系诸语言发生接触，产生了一些重要的变异。对这些问题的研究是我们的任务之一。2. 秦腔与西北戏曲研究。在长安文化的大视野下研究长安文化对秦腔及西北戏曲形成发展的影响；同时以秦腔及西北戏曲为载体，研究戏曲对传播长安文化所起的作用，从而显现长安文化在西北民族文化精神铸造中的巨大作用。

3. 西北民俗艺术与文化遗产保护与利用研究。主要研究西北民俗文化特征、形态以及对精英文化的影响，研究如何保护和利用文化遗产并为当代文化建设服务。

确立本研究方向的依据在于，加强西北地区代表性方言的研究，对西北方言史、官话发展流变史、语言接触理论研究等，都具有重大的理论和现实意义。秦腔是我国现存最古老的戏曲剧种之一，号称中国梆子戏家族的鼻祖，是长安文化的活化石。秦腔诞生于陕西，孕育于秦汉，发展于唐宋，成熟于明末清初，受到西北五省（区）人民的喜爱，已经入选我国首批非物质文化遗产推荐项目。西北民俗的中心在陕西，陕西民俗文化是西北民俗文化的发源和辐射中心地。陕西民俗文化作为民族传统文化形式，对社会个体和整个社会都有重要意义。同时，陕西曾是中国文化的中心之一，作为最早的游牧文化与农耕文化的交汇点，留下了许多宝贵的文化遗产，这包括物质文化遗产和非物质文化遗产两方面。对于这些遗产的整理、保护以及利用，不仅可以加速社会文化、经济等各方面的发展，也可以构建和完善中国文化的完整性。

第三，长安文化经典文献整理与研究

对长安文化经典文献进行整理与研究，主要内容有：1."十三经"的整理与研究。主要完成《十三经辞典》的编纂任务。之后，再进一步进行"十三经"的解读与综合研究，探讨经典文化在中国文学发展中的重要意义。2. 与长安文化有关的文学文献整理与研究。本项目拟对陕西尤其是关中地区的古代文学文献进行系统的整理（如重要作家的诗文集等），在此基础上进行综合研究。

确立本研究方向的依据在于，"十三经"与长安文化关系密切，保存了先秦时期的重要文献，尤其是《诗》、《书》、《礼》、《易》几部经典中的绝大部分内容，属于以丰镐为都城的西周王朝的官方文献。"十三经"既是早期长安文化的标志性成果，也是秦汉以来长安文化和中国文化的理论基础和思想渊源，内容涉及古代文化的许多方面，诸如天人合一的思维模式、天下为公的大同理想、以民为本的治国原则、和谐人际的伦理主张、自强不息的奋斗精神、重视德操的修身境界等等。这些思想、精神渗透在民族的性格与心理之中，具有强大的凝聚力。另外，长安文化形成时期，产生了许多经典文献，经、史、子、集均有保存。许多文人出生于长安，或游宦到长安，创作了大量的文学作品，对长安文化的形成起了重要作用，这是研究长安文化的基础，需要进行细致的整理。

围绕以上三个方向的研究，我们期望能对长安文化进行较全面的认识，尤其是对长安文化影响中国文学的诸多问题有开拓性的认识。在商务印书馆、中华书局、中和化德传媒有限公司、三秦出版社、陕西人民出版社等单位的大力支持下，我们拟把研究成果以不同的丛书形式出版，目前已启动的有《长安文化与中国文学研究》、《长安文献资料丛书》、《陕西方言重点调查研究》等。《十三经辞典》已经出版十卷，我们将抓紧时间完成其余工作，使其成为完璧。总之，通过"长安文化与中国文学"项目的实施，我们要在学术上创出新特色，在队伍上培养出新人才，使我们的学科建设再上一个新台阶，同时也为国家与地方文化建设及文化遗产保护做出一定的贡献。

"长安文化与中国文学研究"工作委员会

2009年11月22日

序言　长安学、长安文学和民族文学

陕西师范大学博士生导师黎羌教授（本名李强）大著《长安文化与民族文学研究》出版发行，这是"长安学"研究中有意义有价值的学术成果。

"长安学"是近年兴起的一门热门学科。顾名思义，长安学研究的对象是"长安"，更准确地说是"古长安"。一般来说，"长安"概念很明确，即以汉唐时代为主的京城长安地域。但细究起来，这种说法有问题：难道不以长安命名的前后时代的这一地域就不算数了吗？再进一步追究，也应该把与之密切相关的历史事件所发生的地域周纳于内。例如，西北师范大学赵逵夫教授曾指出，研究长安，不提长安建都之始的西周沣镐是说不过去的。沣镐建都之前，周人曾都西岐；而再往前，周人则起源于今甘肃天水一带。当然，主流学界仍认为，起源于西岐的周人活动范围至于甘肃东南部。无论如何，不将研究视野拓展至这一带是不行的。可见"关陇一体化"，古已有之。这正如研究中国当代北京的政局时，总要提"庐山会议"或"北戴河会议"一样。

"长安"不仅是个地理学名词，更是个文化概念。道理很明白，三家村私塾冬烘先生如果把李白的"长安不见使人愁"，杜甫的"遥怜小儿女,未解忆长安",尤其是辛弃疾的"西北望长安,可怜无数山",这些名句中的"长安",仅仅注解为"长安,城之谓也",我们会满足吗?故不妨将长安放在大的文化地理范畴中来认识,应该以汉、唐地理上的长安城为中心,将与之相关的时间和空间范围中的事物及其体现出的文化意义以学理绾合起来,结撰成一幅幅多姿多彩的长卷,庶几不负长安这一中华民族光荣与梦想之象征也。

"长安学"之名出现相当晚近,诚如黎羌教授在大著"导论"里所言,是新世纪开始以后,以至于有媒体用了"催生"这一词语。但这并不等于说古代没有关于长安的学问。同任何一个学科一样,这门学问应包括两个大的部分:一是基本材料,二是学术义理。西周甲骨文与《尚书·禹贡》中"黑水、西河惟雍州。弱水既西,泾属渭汭,漆沮既从,沣水攸同。荆、岐既旅,终南、惇物,至于鸟鼠。原隰厎绩,至于猪野。三危既宅,三苗丕叙。厥土惟黄壤,厥田惟上上,厥赋中下。厥贡惟球、琳、琅玕。浮于积石,至于龙门、西河,会于渭汭"之类的记载,应是这门学问的源头。

汉代班固《西都赋》、张衡《西京赋》,东晋葛洪《西京杂记》、无名氏《三辅黄图》等,唐代韦述《两京新记》等,宋代宋敏求《长安志》、程大昌《雍录》等,一直到清代毕沅《关中胜迹图志》、严长明《西安府志》和徐松《唐两京城坊考》等所记述与考订的大量史实,都是古代长安研究中的卓然不群者。而近现代以来的长安学,万紫千红斗芳菲,涉及哲学、史学、文学、中外关系学、天文学、地理学、环境学、动物学、植物学、农学、矿产矿物学、交通学等,几乎无法一一枚举。而中国西部大开发的背景，更有将古代、当代和未来的长安学打通的大趋势。北京大学荣新江教授麾下有"长安学讲习班"，不仅热衷于文献的考索，而且注重实地的考察。学界置身于此门学科的研究者，亦大有人在。陕西文史馆利用地处古长安之便，集四方贤才编辑"长安学丛书"，将研究长安的学术论著汇聚成帙，达百余卷之巨。第一编八卷已经出版，包括综论、政治、经济、文学、艺术、宗教、历史、地理、法门寺文化等，第二编十二卷也行将面世。此等气象，足令吾等秦人神往且神旺之。

黎羌教授的《长安文化与民族文学研究》是此丛书的荦荦大端。其所涵容，较之上述长安学似更有延伸处。文学本身就是"精骛八极，神游万仞"，其思之几近无涯，研究者亦不得已而随之。而其继承和影响所及，也往往具有更大的时空范围。举例来说，宋元南戏和北杂剧发端于浙江温州和"两河"地区（今山西、河北交界一带），似与长安无关，但以长安为主要流行地的西汉百戏与唐戏弄无疑是其先声序幕。唐传奇代表作之一《李娃传》的前身是唐代长安流行的《一枝花话》，著名诗人元稹称其讲述一遍至少需七八个小时，可见其已完全具备后来讲史等话本的规模。一般公认，宋代在中原一带流行的话本是后世白话小说的直接源头，而唐代流行的这类"说话"与话本的血缘关系毋庸置疑。"长安文学"对后世之影响能不谓巨大且深远欤？

近来有人指出，一种文明一旦成为强势文明，就会产生较大范围的辐射场，对其他文明产生吸引效应，乃至或多或少趋同于己。往昔汉唐中华文明对于西域、高丽、日本，今日欧美文明对世界其他国家和民族产生影响，都属这种现象。毫无疑问，在中华五千年文明史中，华夏族的文学在中国大地上，始终处于核心和主流地位。但是，这块土地上的少数民族文学也构成了中华文学斑斓的色块。而如何将中国包括汉民族和各少数民族的文学融会贯通，形成一种大中华民族的文学，已成为学界关注的大问题之一。黎羌教授在本书的"导论"中引用了杨义先生关于重绘中国文学地图的构想："把56个民族的文学现象，放在一幅巨大的中国文学地图中重绘，才能全面而真实地还原出赤橙黄绿青蓝紫的夺目光彩，才能全面而真实地还原出中华民族元气淋漓的创造能力。"这是一个需要大智慧、大学问、大胆略才能开创并一步步前进的重大课题。

一言以蔽之，眼界宜大。要放眼于大长安、大长安学、大长安文学、大中华民族文学。今人应该超越古人。两千多年前长安城中的大文学家司马相如，睹富丽之宫室，临迥望之广场，游百里之上林，观千峰之终南，遥想西域之大苑和东海之蓬莱，发出"赋家之心，苞括宇宙，总览人物，斯乃得之于内，不可得而传"的豪言。黎羌教授研究中外戏剧、宗教文化和中国少数民族文学艺术硕果累累，近年来颇为关注长安文化，具备了多重学术背景，有志于将长安文化与中国各民族文学打通研究，致力于将杨义先生重绘中国文学地图的设想变成具体学术成果。

眼前的这部大作，是黎羌教授扎实工作的果实。眼界阔大，涉猎富赡，是我拜读后的印象。他生活在"文章西汉两司马"生活过的长安沃土上，其亦得赋家之心耶？

贾三强

西北大学文学院教授、博士研究生导师

2013年9月9日

目 录

导 论 铸造长安文化学科的巨舰 1

第一章 源远流长的长安文化 9
　第一节 中华民族古代文明的发祥地 9
　第二节 炎黄子孙远古文化的繁衍地 18
　第三节 华夏民族传统文化的策源地 27
　第四节 中国传统文学艺术的集散地 40

第二章 中华民族与多民族文学 63
　第一节 炎黄子孙、华夏儿女与中华民族 64
　第二节 狄、戎、羌、蛮四夷古族文化 73
　第三节 中华多民族文化背景与文学艺术 87
　第四节 西北边疆地区跨国民族及其文学 109

第三章 殷实厚重的长安文学 121
　第一节 中国传统文艺思想的储藏地 121
　第二节 中国古代传统文学的示范地 128

第三节　中国传统文体分类与文学的发生 …………… 144
第四节　《诗经》与中华多民族文学 ………………… 152

第四章　汉唐各民族文学的衍延 …………………………… 165
第一节　汉魏南北朝乐府诗的演绎 …………………… 166
第二节　隋唐边塞诗的形成与发展 …………………… 184
第三节　唐五代文人边塞词令的起源 ………………… 203
第四节　敦煌曲子词与胡人诗词传播 ………………… 209

第五章　中华民族传统文艺理论的演化 …………………… 218
第一节　魏晋南北朝传统文学与诗学 ………………… 219
第二节　隋唐诗学理论及文学的变异 ………………… 231
第三节　宋元时期词学与音乐的关系 ………………… 239
第四节　明清时期曲学与剧学的演绎 ………………… 259

第六章　长安文学在海内外的传播 ………………………… 271
第一节　中印佛教文学融汇与图文结合 ……………… 271
第二节　敦煌禅宗文学经典《坛经》解读 …………… 293
第三节　禅宗南北宗诗歌词曲的滥觞 ………………… 307
第四节　中原乐舞戏曲在东南亚的流传 ……………… 319

第七章　长安佛教文化与佛经文学译介 …………………… 338
第一节　印度佛教的输入与古代长安佛学 …………… 339
第二节　长安佛教文化与佛经文学的翻译 …………… 353
第三节　西域佛教东渐与鸠摩罗什的东行 …………… 364

第四节　鸠摩罗什佛经译介的学术贡献 373
　　第五节　中国佛教禅宗文学艺术的东传 382

第八章　长安文学与民族文化的延续 410
　　第一节　古代长安文艺诗学薪火的传递 410
　　第二节　长安文学与民族文化遗产保护 424
　　第三节　中国西部非物质文化遗产保护与研究 436
　　第四节　中华民族优秀传统文化的弘扬 451

后　记　守护中华民族文学的精神家园 461

导论　铸造长安文化学科的巨舰

在人类历史的长河中，居于世界东方的中华民族以自己的勤劳、勇敢和智慧，创造了举世瞩目的光辉灿烂的华夏文化，在长达一千多年的十三朝古都长安，其传统文化则最能吸引人们的视线。

回首瞻望，中国人对"长安"一词是耳熟能详，再亲切再熟悉不过了。"长治久安"、"长远平安"，充满了友好、祥和的祝福。说到汉、唐古都长安，更是为国内外文人游客所熟知。然而论及"长安文学"、"长安文化"乃至"长安学"，就没有多少人知道了。笔者来西安之前，也道听途说有人多年提倡创建此门学问，并为此付出很大精力，做出许多贡献。但是令人不解的是，不知为何，"长安学"一直不如后来者居上的"敦煌学"、"丝绸之路学"、"西安学"等那样火爆和受社会舆论界重视。

要说"长安"，没有文化底蕴、学术价值，那是无法解释的短视与浅见。略许懂点儿中国历史的人，有几人不知这里曾是诸多封建王朝建立首都的风水宝地；读过先秦诸子散文、汉赋、唐诗的人，有谁不为周、秦、汉、唐诸朝代诗文大家的才华所倾倒；再加上这里是华夏民族传统文化的策源地之一，又是横亘亚、欧、非陆路"丝绸之路"的起点，以及中华多民族古代文学艺术的集散地之一。一个个炫目的历史文化之美誉，令人钦佩不已。何况在古都长安周围还有诸如半坡、姜寨、秦兵马俑坑、汉阳陵、阿房宫、大明宫、兴庆宫、大雁塔、小雁塔、华清池、乾陵、茂陵、法门寺诸多顶级的国家历史遗迹；再加上历代王朝和关中平原遗存下来的无以数计的非物质文化珍贵遗产，这一切都客观、雄辩地证明了"长安文化"学术研究、"长安学"理应创立的必要性。

令人振奋和欢欣鼓舞的是，于2008年11月，在陕西省内外专家学者和有志之士的支持和协助下，陕西师范大学文学院接受教育部211重点学校工程重大项目委托，特设计和实施"长安文化与中国文学"重要课题，并在西安市召开了相关的学术研讨会。全国各大高等院校和各地研究部门的专门人才兴致勃勃、汇聚一堂，就"长安文化"、"长安学"的学术界定、内涵、外延、研究方法、发展前景等献计献策，给与会者莫大的启发和激励。

在此次大会上，西安市社科联学者朱利民发表"长安·长安文化·长安学"的学术演讲。他指出当今举国上下大力弘扬中华民族优秀传统文化，此种大好形势"为构建长安学提供了千载难逢的机遇"，并认为："就人类文明的起源而言，周、秦、汉、唐的长安既是世界物质文化的中心，同时也是这一时期世界非物质文化遗产的源头和中心。"经他论证："建设中华民族共有精神家园视野的长安学，是地域文化学发展的理论自觉。建设中华民族共有精神家园视野的长安学，是从文化比较和文化功效的层面重新审视长安与华夏诸多民族文化关系的需要。"

陕西省文联文艺理论家肖云儒在"长安文化与长安学"的学术报告中，以1924年鲁迅来西安易俗社五次观看秦腔《双锦衣》后，给该社团提笔挥墨题写"古调独弹"四字为话题谈起。从"地理区位"、"历史沿革"、"精神流脉"三个层次条分缕析长安文化和长安学。他高屋建瓴地指出:"长安社会经济和文化的一个重要的特点,是它对整个民族文化的全息性和辐射力。它是中华民族文化的重要源头。在相当长的历史时期内,它还是中华民族文化的标志和主体。因而在一定程度上可以说,'长安学'不但是'中国学'的一个有机组成部分,而且是'中国学'的一个重要窗口。在一定意义上也可以说,历代对我们民族和历史的研究,都为'长安学'的学科建设提供了前提和基础。"

大致与此同时,在西安市,参加中国第三届"长安雅集"大型文化活动的海内外学者们,纷纷聚焦"长安文化",并对"长安学"的发展寄予厚望。其中诸如王巨才、文怀沙、霍松林、舒乙、刘庆柱、方光华、赵世超等著名学者纷纷发表精彩言论,对陕西省文史馆馆长李炳武倡导的"长安学"集思广益、献言献策。陕西师范大学著名教授霍松林富有远见地指出:"把长安作为一个地域文化来研究,是非常有必要的,内涵之丰富,非浅尝辄止所能涵盖。"

李炳武馆长在会上表述:"盛世文化是长安学研究的核心所在,时代关怀是长安学研究的特点,而开放包容、创新进取则是长安学研究所必须秉持的精神。"他会后撰文阐释:"长安学应该是一门综合学科,它涉及政治、经济、军事、外交、宗教、科技、历史、文学、思想、艺术、历史地理、自然环境等方面内容,遍及历史学、考古学、文学、地理学、经济学、哲学等多学科的研究领域。"

陕西师范大学田文棠教授对"长安学"做出确切的概念界定,并厘清其基本文化内涵。他明确指出:构筑或打造国际化的"长安学"文化品牌,应从中国文化的源流发展及长安古都作为"周秦汉唐文化中心"的历史地位来审视。"长安学"是由周公姬旦辅佐成王"制礼作乐",在"先周长安"最早创建并逐步加以实施的"长安礼学";应该说,《尚书》、《诗经》以及由儒家学者整理成书的《周礼》、《仪礼》、《礼记》,乃为"长安礼学"的基本元典。在周、秦、汉、唐社会转型,文化重组的时代大背景下,"长安礼学"不断延伸、不断拓展,以至于形成了两汉时期儒家和道家长期并存,又互黜互补,以及盛唐时期多元互动、"三教同一"的文化发展格局。从而有力地推动着中国传统人文精神的形成和发展,并为其奠定了坚实的思想基础,提供了基本的原生形态的文化要素和文化理念。他高度概括"长安学"就是"长安礼学",或者说是此门学问的延伸与扩展。

又有学者认为,从概念的内涵来讲,"长安学"与"长安文化"既相似,又不完全相同,它们既有相互重合的一面,又有相互区别的一面。因为"长安文化"是一个包含长安古今文化在内的地域性的文化概念;而"长安学"所涵盖的虽然仅指周、秦、汉、唐时期一千多年的传统文化,但实际上此门学科在一定意义上代表着整个中国文化,对中华民族传统人文主义的建构做出了巨大贡献。

更有专家满怀激情地说,古都长安在漫长的历史时期内是中国政治、经济、文化的中心,作为横亘亚、欧、非洲的"丝绸之路"的起点,不仅是中国古代对外开放的中心,而且也曾是亚洲最大的国际文化交流中心。我们要把长安学作为一门学问来研究,那就得首先确立研究的对象。有着近两千年历史的古都长安,为后人留下了丰厚的历史文化积淀,这些都是我们的研究对象。在创造了中华民族灿烂文明的长安大地上,经过数辈人的努力,完全有条件建立和弘扬一门博大精深的"长安学"。

其实对长安学的研究并不是近几年才开始的，早在20世纪80年代，已有相当一批学者开始关注长安文化研究的重要性。经过老一辈专家学者多年不懈的努力，学术界对于长安的研究，已经取得了一些重要成果，这为今后的研究打下了良好的基础。除了传统的存世文献之外，丰富的文物古迹遗存、大量的考古发掘资料、碑铭墓志资料也为进一步开展研究提供了方便。当年著名史学家史念海先生和陕西省古籍整理办公室率先而行，编纂出版了一套"古长安丛书"，由史念海担任主编，三秦出版社负责出版，相继推出了《隋唐两京丛考》和《三辅黄图校注》等，为"长安学"研究做过一些扎实而必要的基础工作。

21世纪初，三秦出版社出版了《长安史迹丛刊》，在以前相关书籍基础之上，又组织编写成一套全新的学术丛书，即《类编长安志》、《西京杂记》、《三辅黄图校注》、《三秦记辑注·关中记辑注》、《三辅决录·三辅故事·三辅旧事》、《关中佚志辑注》、《两京新记辑校·大业杂记辑佚》、《游城南记校注》、《南山谷口考校注》、《隋唐两京丛考》10部共14种。这套丛书可以说基本上囊括了古代关中地区，尤其是长安地区文化的重要典籍，其"总序"仍采用史念海原撰之文。

在上述丛书的"总序"中，史念海先生对长安文化研究有过一个长远而缜密的构想："当前党和政府组织各方力量整理古籍，允为一代盛事。'古长安丛书'也得在这盛世开始编纂，早日克奏肤功，是各方共同的期望。由于前贤有关著述相当繁多，'古长安丛书'拟分集编纂，近人撰述亦往往有涉及古长安的，自应一并收录，俾究心往事者，不必多所问津。初步斟酌，分成五集：甲集、整部撰述，或后世的辑本；乙集、专篇撰述，或由其他著作中节录的有关篇章；丙集、记游撰述而集成专著者；丁集、诗词歌曲；戊集、近人专著。如前所说，有关古长安的撰述，由于传世已久，难免多所讹误，且刊本较多，间有相互参差之处。故整理时，务须详加校勘注解，俾使章节句读的斟酌，字词义例的阐释，篇章段落的分析，情绪思想的反映，皆能有所显现。这都是整理古籍的基本功夫，无容多所赘陈。"在这里我们可以看出，史念海先生对"古长安丛书"寄予深切的期望，但遗憾的是他所做的宏伟蓝图，因多种原因，未能如愿付梓。然而先生未遂之愿与构想对我们今天重新开启的"长安学"研究，无疑是一种极有价值的参考。

对此宏大而务实的学术计划的实施，是西安乃至广大学者的夙愿。时隔若干年之后，由崔林涛先生主编的大型丛书"古都西安"在此方面做出积极的响应。他在此套书的"总序"中向曾共同策划并担任"主要审定"的史念海先生表示衷心的感谢，认为此套书是"史念海老先生留给世界、留给当代与后人的一份呕心沥血的遗嘱"，并深情地赞誉："'八水分流绕长安，秦中自古帝王城。'西安古称长安，是中华民族的重要发祥地和文化发源地之一……'一座城市的历史就是一个民族的历史。'古都西安就像一部活的史书，一幕幕、一页页记录下中华民族的沧桑巨变，见证了'文景之治'、'贞观之治'、'开元盛世'的鼎盛辉煌。"

回顾往事，关于"长安学"，在此之前，国内屡有人提及，多有散见论述。早在 2000 年春季，于《人文杂志》举办的学术研讨会上，就有专家学者提出创建"长安学"的理念。2006 年 10 月 27 日，陕西省副省长赵正永在"全国参事文史研究座谈会"上，非常赞赏陕西省文史馆倡导的"长安学",以及组织的"长安雅集"这类文化品牌活动。2007年在"西安碑林与碑刻研究的历史与文化空间国际学术研讨会"上,北京大学荣新江教授又一次提出了建立"长安学"的设想与期望。

关于中国文学与长安文化之间的关系,国内外专家学者一直在关注、研究,并付诸学术实践。在他们编撰中国文化史、中国文学史时,凡是涉及古代文学艺术,是无论如何也绕不过周秦汉唐诸朝代知名作家与传世作品的。不过遗憾的是诸多著作学术目标还不甚明确,论及长安文化与此地历代古都文学,大都散珠碎银杂糅和镶嵌在各类文化与文学史论之中,似乎缺少很有分量的此类专史与学术精品。再有因陈旧观念所致,尽管历史上此地与边疆"四夷"地方政权发生着极为密切的文学关系,但鲜见中原汉族与周边各少数民族文学交流的优秀学术专著。还有现当代专家学者缺少与域外乃至世界文学交融的广阔视野,较少以"丝绸之路"为载体将长安文化研究的成果延伸到东西方各国去。由此,改变和更新中国古代文学史学的观念和方法,尽快进行此方面的弥补工作可谓当务之急。

近年来,著名文学理论家杨义先生引人注目地提出要"重绘中国文学地图"的崭新观念,其主要的理论支撑点在于对中国少数民族文化的重新认识与估价。他直言不讳地指出:"民族与文化的问题,在中国是一个很重要的问题。20世纪一些学力最深厚的历史学家,如王国维、陈寅恪、陈垣、顾颉刚都对这个问题倍加关切。……把56个民族的文学现象,放在一幅巨大的中国文学地图中重绘,才能全面而真实地还原出赤橙黄绿青蓝紫的夺目光彩,才能全面而真实地还原出中华民族元气淋漓的创造能力。"鉴于西安在中国西部地区的特殊位置，以及古代长安对多民族文化的巨大兼容力，我们应该在此领域做出应有的贡献。

回顾中国文学的历史与"文学地图"，确实是炎黄子孙56个民族长年累月共同努力绘制而成的，尤其是中华各民族共同热爱和拥有的中国诗歌、散文、小说、戏剧与民间文学是其古老的渊薮。笔者长年关注此方面学术研究的进展，欲借"长安学"崛起之机遇，拟以史地学、民族学、宗教学、文化学、文学结合的方法对此地周、秦、汉、唐时期的长安文化以及相关的中华各民族文学做一宏观与微观相结合的综合性研究。特别是用纵向的史学路径、横向的地理学，以及二者交织的"文学实证法"来对其历史所产生、现实所遗存的民族性、艺术性较强的中国西北地区各民族文学进行一番深入的学术阐释。以求"以诗文为证"，"以史地为证"，来佐证中国古代长安文学曾借助于中华民族文学，乃至周边各国文学，以及钩沉珍藏在宫廷或民间的宗教与世俗文化遗产，得以繁衍发展、名彪千古的历史事实。

第一章　源远流长的长安文化

中国版图的中心地带，华夏民族母亲河——黄河中游，以及巍峨壮观的秦岭山脉北麓的关中平原，得天独厚地拥有一座自古被称为"帝王之都"的历史古城，即今陕西省省会——西安市；古代为中国13个封建王朝的都城，历代全国政治、经济、文化中心——长安。

鼎鼎大名的长安，处于特殊的地理位置：西北的黄土高原诞生了中华民族的始祖——黄帝、炎帝；东北方的中原地区为华夏先帝尧、舜、禹开辟的富庶之地；越黄河之西、秦岭之南则是华夏南北各民族繁衍生息的广袤天地。以长安故城为轴心，向周边辐射，传递着中国古代文明和中华民族传统文化的信息。

第一节　中华民族古代文明的发祥地

"长安"所在地之关中平原，位于渭河北山与秦岭之间，西起宝鸡，东至潼关，绵延360公里，方圆3.4万平方公里，素称"八百里秦川"。在此狭长的内陆平川上，地势平坦如砥，关隘林立，易守难攻。南、西、北三侧皆为山水环绕，既有黄河天险，又有秦岭山脉，形成东有函谷关、南有武关、西有大散关、北有萧关等峡谷隘口与外界联系，故称"关中"。

长安故城位于关中平原的中央，地处渭水之南，秦岭之北，依山傍水，披岭带河，战略地位极其重要，是我国封建社会前期政治、经济、文化的中心。宋元至明清时期，中央集权统治虽然东移南下，但此地仍处于控扼西北、兼守西南、屏蔽中原的重要位置。

论及自然环境和条件，由渭水冲积而成的关中平原气候温润、雨量充沛，特别是在今天的陕西西安附近，密集的河流确保了比较充沛的水量，这就是后来为人津津乐道的"八水绕长安"，即浐、灞、泾、渭、沣、滈、涝、潏八条河流。八水中除了渭水之外，汇入渭水的泾水也是比较大的河流，因为二水含泥沙量不同，所以在它们的交汇处水的颜色深浅有明显的不同，这就是成语"泾渭分明"的由来。灞水在长安以东，既是长安的一道安全屏障，也是长安的主要水源之一。上述河流养育和滋润了关中大地，也成为后来维系"帝王之都"长期存在的重要命脉。

在历史上，这里曾出现过中国最早的农耕文化，并形成具有一定规模的相对集中的原始定居点。在新石器时代的后期，原始的村落如雨后春笋般发展起来，渭水两岸村庄密布、人丁兴旺。根据今天考古发掘情况来看，在关中地区先后发现新石器晚期村落遗址3.5万多处，有些地方的原始村落密度甚至比今天的村庄密度还大。闻名中外的西安"半坡"史前遗址，就是一处距今六七千年并且存在了几百年的原始村庄遗址。这里无论是气候还是土质条件，都十分优越。

说起古代先民为何将"长安"定为首都，这需要查阅一些古书典籍,以及了解清楚与其有密切关系的周边地区的地理文化。

长安:元代洛天骧在《类编长安志》卷一《总叙》中云:"长安,厥壤肥饶,四面险固,被山带河,外有洪河之险,西有汉中、巴、蜀,北有代马之利,所谓天府陆海之地也。"又云:"长安,古之都会也。自周、秦、汉、唐、魏已降,有国者多建邦于此。所以山川之形胜,宫室之佳胜,第宅之清胜,丘陵之名胜,为天下最。"①长安地区在历史上一直是大西北各省市自治区的核心。古代先秦时期至汉唐,分别称其为"雍州"、"关中"、"三秦"、"三辅"、"京兆"等。

雍州:南朝无名氏的《三辅黄图》卷一云:"《禹贡》九州,舜置十二牧,雍其一也,古丰镐之地。"《禹贡易知编》云:"今陕西凤翔府西北有雍山,雍水出焉,雍州之名以此。"《史记·秦始皇本纪》载:秦孝公"据崤函之固,拥雍州之地"。《晋书·地理志》载:"周自武王克殷,都于丰镐,雍州为王畿。"

明代顾祖禹撰《读史方舆纪要》卷五二"陕西"条载:"周都丰镐,则雍州为王畿。东迁以后,乃为秦地,孝公作为咸阳,筑冀阙徙都之,故谓之秦川,亦曰关中。"雍州治所在长安(今陕西西安西北),辖境为今陕西中部、甘肃东南部、宁夏南部,以及青海黄河以南一带。其后逐渐减缩,唐代辖有今陕西秦岭以北,乾县以东,铜川市以南,渭南以西地,为关内道治所。唐开元元年(713)改为京兆所。

关中:古地区名。自秦、汉所指范围大小不一。诸如秦都咸阳,汉都长安,因在函谷关以西,被称为关中。《史记·货殖列

---

① (元)洛天骧:《类编长安志·总叙》,三秦出版社2006年版。

传":"故关中之地,于天下三分之一",《汉书·地理志》改作:"故秦地天下三分之一",是泛指自关中以西战国末秦故地,包括秦岭以南的汉中、巴蜀在内。但是一般说法并不包括秦岭以南,故项羽、刘邦相约先入关者做"关中王",后来项羽封率先入关的刘邦为汉王,并诡称:"巴、蜀亦关中地也。"而另割关中之地分封给秦二降将,以拒刘邦。

另据载,关中又指秦岭以北的地区,或包括陇西、陕北地区,如项羽"三分关中"赐秦降将,其中翟王在陕北,雍王辖有陇西,时或专指今陕西关中盆地。《史记·货殖列传》:"关中自汧雍东至河华。"或将关中解释为居众关之中,如潘岳《关中记》以为"东自函关,西至陇关";《三辅旧事》以为"西以散关为限,东以函关为界";徐广以为"东函关,南武关,西散关,北萧关";胡三省集注《资治通鉴》:"西有陇关,东有函谷关,南有武关,北有临晋关,西南有散关。"这些都是后起之说。

三秦:秦亡,项羽三分秦地关中,合称"三秦":封秦降将章邯为雍王,领地为今陕西中部咸阳以西和甘肃东部地区;封司马欣为塞王,领有陕西咸阳以东地区;封董翳为翟王,领有今陕西北部地区。

三辅:汉景帝前元二年(前155)分内史为左、右内史,与主爵都尉,同治长安城中,所辖皆京畿之地,故合称"三辅"。《汉书·景帝纪》:"三辅举不如法令者皆上丞相、御史请之。"汉武帝太初元年(前104)改左、右内史,主爵都尉为"京兆尹"、"左冯翊"、"右扶风",辖区相当于今陕西中部地区。后世政区划分虽有更改,但直至唐,习惯上仍称此地区为"三辅"。

京兆:又称京兆尹、京兆郡、京兆府。此为汉代所设行政区,地属畿辅,为三辅之一,治所在长安(今陕西西安市)。辖境约为今陕西秦岭以北,西安市以东,渭河以南地区。三国魏辖区改称京兆郡。唐开元元年(713)设京兆府,治所在万年(今陕西西安市)。辖境相当于今秦岭以北,乾县以东,铜川以南,渭南以西地区。唐为关内道、京畿道治所;宋为陕西路、永兴军治所;金皇统二年(1142)置京兆府路,治所在京兆府(今陕西西安市),辖境相当于今陕西韩城、铜川市、镇安县、杜川河以北以东及河南卢氏县、虢略镇、朱阳关;元至元十六年(1279)改为安西路。

长安西北周边的地理区域,诸如"朔方"、"陇右"、"河湟"、"河西"、"西域"、"居延"、"安多"、"河套"等地,与古代长安关系密切,在此上演了一出出如诗、如画、如泣、如诉的"丝绸之路"历史文化的壮剧。

朔方:泛指中国北方。《尚书·虞书》云:"昔在帝尧,聪明文思,光宅天下。将逊于位,让于虞舜,作《尧典》。……申命和叔,宅朔方,曰幽都。"汉武帝之后,河套地区的郡、县被命名为"朔方",为所置十三刺史部之一。辖境约为今宁夏银川至陕西壶口的黄河流域,北括阴山南北,南迄陕西宜川、宁县一带。唐开元元年为防御突厥,改置朔方行军大总管,为边防十节度使之一,治所在灵州(今宁夏灵武西南),辖境约为今宁夏回族自治区直辖各县市。

陇右:此称谓与特殊地理方位密切相关。据《水经注》记载:"洮水在城西,东北下,又北,陇水注之,即《山海经》所谓滥水也。水出鸟鼠山西北高城岭,西径陇坻。"由此可知,"陇右"或"陇西"来自"陇水"之西,得名于今渭源县境"鸟鼠山"西北"高城岭"的"陇坻"。唐太宗贞观元年(627)依全国山川形貌,分为十道,其中就有"陇右"。元代胡三省为《资治通鉴·唐纪》注疏："秦、渭、河、鄯、兰、阶、洮、岷、廓、迭、宕、凉、瓜、沙、甘、肃为陇右道。"根据此书与唐代李吉甫《元和郡县图志》对照所印证：陇右道版图宏大，包括秦州、渭州、武州、兰州、河州、鄯州、芳州、洮州、岷州、临州、廓州、迭州、宕州、凉州、瓜州、沙州、甘州、肃州、伊州、庭州、西州诸地。

河西：春秋战国时指今山西、陕西两省间黄河南段之西区域。北朝时又泛指今山西省吕梁山以西的黄河东西两岸。汉唐时则指今甘肃、青海两省黄河以西，即河西走廊与湟水流域。唐景云二年（711）置河西节度使，治所在凉州（今甘肃武威）。辖境相当于今甘肃省河西走廊四郡即凉州、甘州、肃州、沙州故地。

居延：此地名最早见于《史记·匈奴列传》：汉元朔五年（前124），汉骠骑将军霍去病奉命出征陇西，"过居延，攻祁连山"。后于汉太初三年（前102）李广利伐大宛途中"置居延、休屠以卫酒泉"①。另有颜师古注《汉书·武帝纪·居延》云："居延，匈奴中地名也。……张掖所置居延县者，以安处所获居延人而置此县。"可知此名不仅为地名，亦为当地民族所称。

西域：系汉以后对玉门关、阳关以西之总称，始见于《汉书·西域传》，言西域"本三十六国"。《汉书·傅常郑甘陈段传》云，骑都尉郑吉"既破车师，降日逐，威震西域，遂并护车师以西北道，故号都护。都护之置自吉始焉"。后来西域渐有广义、狭义二义：广义西域包括亚洲中、西部，印度半岛，欧洲东部和非洲北部，泛指玉门关以西所能到达的广大地区；狭义西域专指葱岭以东区域而言。汉武帝派张骞初通西域，汉宣帝始置西域都护。唐朝在

---

① 《史记》卷一百二十三《大宛列传》。

西域设安西、北庭二都护府。历史上，在疏通长安与西北地区和西方各国政治、经济、文化交流方面，西域起了巨大的促进作用。

据考古发现，地处黄河中游的"长安"及关中地区是中国古代文明的摇篮之一，其历史文化非常悠久。大量出土的旧、新石器时代文物即可证实，诸如：1963年至1984年，科学工作者在陕西蓝田县公主岭等地发现了早于北京猿人20万至30万年的远古时代古人类化石，距今100万至80万年，取名为"蓝田人"。1980年又在大荔县解放村发掘出据今20万年的人类骨骼化石及一批旧石器，被命名为"大荔人"。此地还发现了"沙苑文化"。这说明中国古人类曾将此地当作繁衍发展之理想场所。

关中地区新石器时代的"前仰韶文化"，以长安芦坡头、何家湾，华县的老官台、元君庙，临潼的白家，宝鸡的北首岭等地为代表。后来又发现了距今6800至6000年的"半坡文化类型"、距今6000至5000年的"庙底沟文化类型"等史前文化。

著名学者周伟洲评述道："在众多的半坡类型遗址中，特别是西安半坡遗址和临潼姜寨遗址最具有典型性，且为我们提供了了解母系氏族社会繁荣发达阶段人们共同体生活的各个方面的资料。"诸如，"陶器上有各种彩绘文饰，有的还有简单的文字刻画符号"。至于"姜寨遗址，则构成了一个基本完整的聚落基址。——姜寨遗址出土的石器、彩陶等，与半坡遗址属同一类型，而略有进步"。[①]

之后，此地出土了距今5000—4000年前的"龙山文化类型"，亦称"客省庄二期文化"，如位于长安的客省庄、西安的米家崖、

---

① 周伟洲：《陕西通史·民族卷》，陕西师范大学出版社1997年版，第8—10页。

岐山的双庵、临潼的康家、西乡红岩坝等地。从大量出土的人骨和陪葬品来测定，这里生活的人类体质特征均为蒙古人种。据人类学家韩康信考证："从旧石器时代早期智人到新石器时代的居民，体质上种属特征发展的基本序列是沿着蒙古人种特征的发生和发展展开的，还没有发现西方欧洲人种和尼格罗人种在我国新石器时代居民的成分中起过多少作用。"①

夏商周时代考古的一系列文物发现，可证实古代秦岭、关中地区是中华民族形成的策源地之一。诸如宝鸡贾村出土的周成王时期《何尊》铭文中即有"宅兹中国"的字样；《尚书·梓材》中亦有"皇天既付中国民越厥疆土于先王"之记载。西周古文中称关中、伊洛平原为"中土"，即所谓"宅天地之中"。《说文·华部》称此地兴起的"华"、"夏"族为"中国之人"。《尚书·正义》一书释"华夏"一词为："冕服华章曰华，大国曰夏。"

早在远古时期，中华民族始祖就在秦岭与黄河流域一带活动。相传黄帝指导黎民百姓"治五气"、"始陶器"、"艺五种"、"制乐律"、"造车辆"、"养蚕织衣"等；又和邻近的炎帝结成华夏部族联盟，与以蚩尤为代表的南方敌对势力展开争战，从而取得大量土地和国民。据《史记·周本纪》记载，黄帝后裔"帝喾元妃姜原履巨人迹，而生子启"。启长大，好耕农，舜封其于今关中地区武功西南之"邰"，号曰"后稷"，姓姬氏。

夏、商时期，古代陕西地区亦为炎黄子孙的主要活动之地。夏自禹开国，约在公元前2140年。至桀灭亡，共传14世、17王，历

---

① 韩康信：《中国新石器时代种族人类学研究》，田昌武、石兴邦主编：《中国原始文化论集——纪念尹达八十诞辰》，文物出版社1989年版，第53页。

时400多年。其中心地区在今山西南部、陕西东部、河南西部，所谓"王畿"，即后来统称的中原地区。据《尚书·甘誓》记载，夏禹死后，其子启即位，"启与有扈氏战于甘之野，作《甘誓》"。此书中的"甘"系指今西安西南的户县。陕西考古工作者在华县沙村遗址挖掘时发现了与河南偃师"二里头文化"相类似的夏代文化遗址，亦为远古文化实证。

殷商自汤开国，时为公元前1711年。至纣灭亡，共传17世、31王，历时600多年。在商朝境内，特别是在河南殷墟和关中周原出土的大量甲骨，充分证实了这里华夏民族群落的发展和壮大。据《建国三十五年来陕西考古工作的主要收获》一文披露，于关中地区发掘的"西安田王"、"蓝田怀真坊"、"铜川三里洞"、"岐山京当"等地相继都有商代"龙山文化"文物出土。①

周代指称古部族名和朝代名时，言及周族始祖后稷，原居邰（今陕西武功），传至周族领袖公刘时，率族人迁到豳地（今陕西彬县、旬邑境内）。又至周太王古公亶父，因戎、狄族的威逼，偕众迁徙至岐山周原（今陕西岐山北），建筑城郭家室，设立官府吏治，开垦荒地，发展农业生产，使得周族日渐强盛。

商末周族领袖姬昌，即后来的周文王攻灭黎（今山西长治西南）、邘（今河南沁阳西北）、崇（今河南嵩县北）等国，并以丰邑（今陕西长安以西）建立国都。至其子周武王联合诸族，率众东征，经牧野（今河南淇县西南）之战，取得大胜。遂灭商，正式建立西周王朝，建都镐（今陕西西安西南），即汉唐时期的长安。在此期

---

① 考古与文物编辑部：《建国三十五年来陕西考古工作的主要收获》，《考古与文物》1984年第5期。

间周武王确立宗法制,创立典章制度,分封诸侯,发展生产,综合国力大幅度提升,中华诸多民族文明程度逐步提高。

第二节 炎黄子孙远古文化的繁衍地

如今,海内外华夏民族都认同其祖先是黄帝与炎帝,自称"炎黄子孙"。自古至今,在西北秦岭与昆仑山山脉一带,流传着许多与长安文化、文学、艺术有关联的远古帝王神话传说和故事。

唐代李冗《独异志》387条云:"昔宇宙初开之时,只有女娲兄妹二人在昆仑山,而天下未有人民。议以为夫妻,又自羞耻。兄即与其妹上昆仑山,咒曰:'天若遣我兄妹二人为夫妻,而烟悉合;若不,使烟散。'于烟即合,其妹即来就兄。乃结草为扇,以障其面。今时人取妇执扇,象其事也。"①另据辛立著《男女·夫妇·家园》一书记载:

> 伏羲、女娲不仅以人首蛇身交尾表现两性间的自然形态;其也包含着天地交泰的内容。伏羲、女娲分别手执规矩,依古代天圆地方说,圆规为天形的代表,方矩为地形的代表。阴阳在自然中代表天地,在人世间代表男女,在这一图像中就完善地体现了出来。②

---

① (唐)李冗:《独异志》,中华书局1983年版,第79页。
② 转引自谷苞、刘光华主编:《西北通史》(第一卷),兰州大学出版社2005年版,第146页。

关于炎黄二帝的神话传说，据《国语·晋语》记载："昔少典娶于有蹻氏，生黄帝、炎帝。黄帝以姬水成，炎帝以姜水成；成而异德，故黄帝为姬，而炎帝为姜。"姬姓黄帝出生地，据《水经注·渭水》记载，在关陇天水东境的"轩辕谷水、桥水"，或"小陇山"。相传黄帝死葬的"桥山"，在今天陕西境内的黄陵县，后其陵墓置于此。

据传说，姜姓炎帝的出生地姜水也在关中地区。西晋皇甫谧《帝王世纪》曰："炎帝神农氏，姜姓也。母曰妊姒，有蹻氏之女，名曰女登。为少典正妃，游于华阳，有神农首感女登于尚羊，生炎帝。人身牛首，长于姜水，有圣德。"

翻阅史书，炎黄二帝曾在黄河、渭水沿岸，中原诸地进行交锋，多次大战，而逐渐趋于兼并、统一。《史记·五帝本纪》载：

> 炎帝欲侵陵诸侯，诸侯咸归轩辕。轩辕乃修德振兵，治五气，艺五种，抚万民，度四方。教熊、罴、貔、貅、䝙、虎以与炎帝战于阪泉之野，三战，然后得其志。

孙景琛先生对此条重要史料辨析认为："黄帝号有熊氏，又名轩辕氏、缙云氏，可能是北方许多氏族的始祖神都综合到他的身上了。相传黄帝曾训练熊、罴、貔、貅、䝙、虎六种野兽同炎帝作战，这当是六个以兽类为图腾的氏族。所谓'黄帝'也就是以熊氏族为主干组成的北方戎狄族部落。"①

他所论及的"北方戎狄族部落"之"戎"，亦称"西戎"，是

---

① 孙景琛：《中国舞蹈史·先秦部分》，文化艺术出版社1983年版，第35页。

中原人对关中及西北各古族的泛称。早在殷周时期就有"鬼戎"、"西戎"之称；春秋时有山戎、北戎、允戎、阴戎、犬戎、骊戎、戎蛮七种；战国时有林胡之戎、娄烦之戎；秦国时又有狄冀之戎、义渠之戎、大荔之戎等。其中的"犬戎"，于殷周时期一直游牧于关中地区泾渭流域（今陕西彬县、岐山一带）。

上文所述"狄"，亦称"翟"、"北狄"，曾是中原人对北方黄河流域各少数民族的泛称。春秋前，此古族长期活动于鲁、齐、晋、秦、卫、宋、邢等国之间。战国时又分为赤狄、北狄、长狄等三部，居住、活动在河套、关陇一带，与中原诸国有频繁的接触。由此可知，在中国古代先民甚众的关中与中原大地上生存的并非仅仅是华、夏与汉族，还闪现着中华其他诸多古代部族的身影。

至于历经十三朝风雨的长安古都，有必要梳理一下其行政区域的历代沿革情况。此为《辞海·地理分册·历史地理》提供的有关"长安"的文字：

> 我国古都之一。汉高帝五年（前202）置县，七年定都于此。此后西汉、新、东汉（献帝初）、西晋（愍帝）、前赵、前秦、后秦、西魏、北周、隋、唐皆定都于此。东汉、三国魏、五代唐皆以此为陪都。西汉末，绿林、赤眉，唐末，黄巢领导的农民起义军也建都于此。汉唐时代，又是对外经济文化交流中心。①

再结合《辞海》中"西安"的介绍："府名。明洪武二年

---

① 《辞海·地理分册·历史地理》，上海辞书出版社1982年版，第40页。

(1369)改奉元路置。治所在长安、咸宁（今西安市）。辖区相当于今陕西彬县、周至以东，铜川市、韩城以南，镇安、山阳、商南以北。清代缩小，相当于今周至、铜川市、渭南、宁陕间地。1913年废。明清时为陕西省省会。明末李自成起义军建为西京。"① 实为汉唐时为区分两京，亦称其为"西京"。由此可见此座世界历史名城由古长安至如今西安的发展脉络。

若再仔细追究，我们可透过历史的烟云，看到自尧舜禹、夏商周以及春秋战国时期，在秦岭以北、黄河以南之间的关中大地上，对中国传统文化沿革产生巨大影响的诸多历史事件。

公元前771年，东周建国，申侯联合曾、犬戎等攻周，杀周幽王，西周灭。后有周平王率周族东迁洛邑（今河南洛阳），依靠晋、郑两国夹辅建立东周。至此而揭开春秋、战国诸侯争相角逐称雄的帷幕。

"春秋"因鲁国编年史《春秋》得名，一般以周平王元年（前770）到周敬王匄四十四年（前476）为春秋时代。"战国"因诸侯国之间连年争霸、发动战争而得名。西汉末刘向编《战国策》始作时代名称。一般以周元王仁元年（前475）到秦始皇嬴政二十六年（前221）统一中国为始末。

春秋初期，在关陇平原和山地，活跃着诸多不可小觑的邦国政权。如"郑"，古国名，姬姓，开国君主是周宣王弟郑桓公，公元前806年分封于郑（今陕西华县东）。后郑武公即位，先后攻灭"邻"和"东虢"（今河南郑州西北），建立郑国，都新郑。

"虢"，其西虢，建于西周，开国君主为周文王弟。西虢亦称

---

① 《辞海·地理分册·历史地理》，第83页。

城虢（在今陕西宝鸡陈仓）。西周灭亡后，支族仍留原地，称为小虢，另一部分东迁至河南西部，仍以虢为国号。公元前687年为秦所灭。

"芮"，古国名，为公元前11世纪西周分封的诸侯国，姬姓，在今陕西大荔朝邑城南，公元前640年为秦所灭。

"秦"，为古部落或古国名。相传嬴姓部落为伯益的后代。自非子做部落首领时，居于犬丘（今陕西兴平东南），善养马，被周孝王封于秦（今甘肃张家川东），作为附庸国。"秦"是春秋、战国时期诸国中最富传奇色彩的古国，其开国君主是秦庄公子秦襄公，当年因护送周平王东迁有功，被周王室分封为诸侯。襄公子文公击退犬戎，居地岐山以西。东周初期建都雍（今陕西凤翔东南），占有陕西中部和甘肃东南部。秦穆公曾攻灭西戎称霸。秦孝公任用商鞅实施变法，国力增强，并迁都咸阳（今陕西咸阳东北），成为"战国七雄"之一。秦昭王时不断夺取魏、韩、赵、楚等国土地。至公元前221年，秦王嬴政统一中国，建立强盛的大秦帝国。

秦国是中国历史上第一个专制主义中央集权的封建王朝。此时的疆域东、南到大海，西到今甘肃、四川，西南至云南、广西，北到阴山，东北到辽河一带。秦二世元年（前206）爆发以陈胜、吴广为首的农民大起义。同年为刘邦领导的起义军所灭。秦朝只经历了15载。

公元前206年，汉高祖刘邦灭秦，后来又打败楚霸王项羽，在公元前202年称帝，建都长安（今陕西西安）。建立了中国历史上强大的封建王朝汉，历史上称为西汉或前汉。其疆域东、南至大海；西到中亚地区巴尔喀什湖、费尔干纳盆地、葱岭；西南至云南、广西，以及越南北、中部；北到大漠、蒙古高原；东北蜿蜒伸展到朝鲜半岛北部。

汉武帝时，西汉成为亚洲繁荣、富强的多民族国家，并与周边地区各国建立经济、文化上的紧密联系。初始元年（8），外戚王莽代汉称帝，国号新，建都长安，曾进行复古改制。新天凤四年（17），爆发赤眉、绿林农民大起义。汉建武元年（25），远支皇族汉光武帝刘秀重建汉朝，建都洛阳（今河南洛阳），历史上称为东汉或后汉。至汉延康元年（魏黄初元年，220）曹丕称帝，东汉灭亡。汉代共历24帝，统治406年。其中前汉共历12帝，在长安统治210年。

魏晋南北朝时期，诸多国家在长安建立众多封建统治政权，其中较为出名的有前赵（304—329）、后赵（319—351）、前秦（350—394）、后秦（384—417）、西燕（384—394）。

晋永安元年（304），匈奴贵族刘渊在左国城（今山西离石北）建立北朝十六国之一前赵，称汉王。308年称帝，309年迁都平阳（今山西临汾西北）。310年刘聪即位，316年灭西晋。319年其侄刘曜迁都长安，改国号为赵，史称前赵。其疆域据今陕西、山西、河南、甘肃各一部分，329年为羯族姓氏后赵所灭。

晋永和六年（350），氐族贵族苻洪称"三秦王"。352年其子苻健称帝，建都长安，史称"前秦"。357年苻坚即位后，灭前燕、前凉及代国，曾一度统一北方。383年经历了淝水大战，失败后，原被灭各国、各族首领纷起立国，394年为后秦所灭。

晋太元九年（384），羌族贵族姚苌称王，灭"后秦"，386年称帝，建都长安，国号秦，史称后秦。辖有今陕西、山西、甘肃、宁夏一部分，417年为东晋刘裕所灭。

"西燕"，为鲜卑贵族慕容氏所建政权。自淝水之战之后，鲜卑贵族慕容冲称帝，与慕容垂争夺恢复燕国的领导权，建都长安。晋太元十一年（386），慕容永迁都长子（今山西长治南），史称西燕，394年为后燕所灭。

在此历史阶段，中国北方各部族、各民族地方政权纷纭林立，长安古城也多为古代少数民族上层贵族所统治。故此，各民族之间的传统文化和文学艺术杂糅交流，较之其他朝代更为频繁。

自420年东晋灭亡到589年隋统一中国的170年间，中国一直处于南北对峙的局面。此阶段在关中平原叱咤风云、建立国家政权的主要有北周（557—581）、隋（581—618）。

梁太平二年（557），宇文泰之子宇文觉代西魏称帝，国号"周"，建都长安，史称"北周"。577年灭北齐，统一中国北方，581年为隋所代，共历5帝，统治25年。

隋开皇元年（581），隋文帝杨坚代北周称帝，国号"隋"。开皇三年建都大兴（今陕西西安）。后灭南朝陈，统一全国。其疆域东、南到大海，西到今新疆东部，西南至云南、广西和越南北部，北到大漠，东北至辽河。617年，太原留守李渊乘农民大起义之机起兵，攻克长安。次年隋灭，共历2帝，统治38年。

年代久长繁盛的汉隋唐时期，关中的长安始终为对外政治、经济、文化交流的中心。西汉时城内有专为外国人而设的居住区，唐代侨居的外国人来自亚洲各地，远至波斯、大食，多时数以万计。长安故城有二：汉城筑于惠帝时，在今西安市西北，周围25公里；隋城筑于文帝时，号大兴城，包括今西安城和城东、南、西一带，周围30公里。唐末天祐元年（904）迁都洛阳后，因城中民居街肆大半被拆毁，于是旧城北部改筑新城，至明遂成今西安城。

唐代著名诗人杜甫《秋兴》诗云歌赞："闻道长安似弈棋"，

"秦中自古帝王州"。唐太宗李世民《帝京篇》云："秦川雄帝宅，函谷壮皇居。绮殿千寻起，离宫百雉余。连甍遥接汉，飞观迥凌虚。云日隐层阙，风烟出绮疏。"

富有意蕴的是，因"长安"之名吉祥、富贵，又因西汉、隋、唐等著名王朝皆建都于此，名声兴隆，故一些朝代仍常通称其国都为长安。如唐代李白《金陵》诗："晋朝南渡日，此地旧长安。"西晋南渡后以建康（今江苏南京市）为国都，古称"金陵"，故李白称其为长安。

有学者考证和统计，古代长安经历过13个朝代，即"历史上西周、秦、西汉、新莽、东汉（末年）、西晋末年、前赵、前秦、后秦、西魏、北周、隋、唐等13个王朝曾在此建都。此外，汉末绿林赤眉起义、唐末黄巢起义、明末李自成起义也曾在此建立过农民政权。前后历时有1100年，是我国七大古都中建都时间最长的一个"[①]。

张建忠编《西安旅游十大景》记载："'长安自古帝王都'，西周、秦、西汉、新莽、西晋、前赵、前秦、大夏、后秦、西魏、北周、隋、唐等13个王朝都曾建都在这里，历时1087年。"[②]

经查询，与上述记载有所不同的是东汉（末年）大夏（赫连勃勃）政权在长安建都的情况。据史书记载：赫连勃勃，字屈子，为匈奴族铁弗部，是十六国时期夏的建立者，公元407—425年在位。初属姚兴，后秦弘始九年（407）拥兵自立，称大夏天王、大单于，号龙昇。夏凤翔元年（413）筑都城，名为"统万"（今陕西靖边北白城子）。东晋灭后秦时，他乘刘裕还军，攻占关中，在

---

① 陕西省文物管理委员会编：《陕西名胜古迹》"前言"，1981年编印。
② 张建忠编：《西安旅游十大景》，西安地图出版社1999年版，第129页。

长安称帝，改年号昌武，继改真兴。于418年乘虚夺取长安，即帝位。431年为吐谷浑所灭。

在上述入主长安的13个王朝中，大致有7个为少数民族政权，即使其余6朝名义上看为汉族所建立，实质上亦融入了许多胡人血统。

自周朝开始，其王室臣民已从周边国家古族文化中吸收了丰富的营养。当时周代统治者继承"先王之制"，将其管辖地区分为甸服、侯服、宾服、要服、荒服等"五服"。《国语·周语》中记载，"蛮夷要服，戎狄荒服"，自然将周边少数民族亦划在受中原王朝领导的"五服"之中。

《史记·匈奴列传》记载："武王伐纣而营洛邑，复居于丰、镐，放逐戎夷泾、洛之北，以时入贡，命曰荒服。"从中可知西周统治者曾将"戎夷"置于关中平原"泾、洛"一带。

秦人自崇山峻岭走出的过程中，曾与周围毗邻的异族有过各种方式的文化交往。据《史记·秦本纪》记载，穆公三十四年（前626），西戎戎王遣使臣由余至秦。两年后秦"伐戎王，益国十二，开地千里，遂霸西戎"。对此，周伟洲先生著文论述：

> 秦国称霸西戎的过程，是其开疆拓土、日益强盛的过程，也是秦人及其所并诸戎逐渐融入华夏族的过程。……在春秋以后，秦人已经完全接受了华夏族（周人）的文化礼仪，参与大国争霸，逐渐成为华夏族的一部分；而由秦人兼并的诸戎也随秦人一起融入华夏族之中。①

---

① 周伟洲：《陕西通志·民族卷》，第36页。

西汉时期，今陕西汉中地区城固诞生了一位贯通中西的友好使者——张骞。汉建元三年（前138）他奉旨出使西域，前后历13年，成功地打通了中原政府与西域少数民族政权之间的道路；与此同时，汉廷又实施了与异地胡族和亲的政策。元封六年（前105），汉武帝让江都王刘建之女细君，远嫁乌孙王猎骄靡，细君公主思乡悲怨，曾作著名的《黄鹄歌》。

秦汉时期，长安已是中华各民族的政治、经济和文化中心。统治阶级和庶民大一统的民族和睦思想由来已久，深入人心。先秦时期，孔子在《论语·颜渊》中就提出："四海之内皆兄弟也。"后来，荀子于《荀子·正论》中发挥此观念，大力倡导胡汉民族"天下为一"。

隋唐太平盛世时期，长安城繁华富庶，在当时世界上成为人口最多、面积最大的国际都市之一。华夷、汉胡一家已成为社会同襄共举之历史事实。唐太宗公开宣称："自古皆贵中华，贱夷狄，朕独爱之如一。"[①]此时期中原朝廷通过宣慰、安抚、侍子、赏赐、封爵、和亲等方式千方百计加强与四夷之间的友善关系；推行、继承和发展自秦汉王朝以来开放、开明、公正的民族政策。

第三节　华夏民族传统文化的策源地

中国是东方世界地域辽阔、文化历史悠久的泱泱大国，而华夏古都长安，在世界文明史上与西方的古罗马遥遥相对，二者都是代

[①]《资治通鉴》卷一九八《唐纪十四》"唐贞观二十一年"条。

表着中西两大文化体系的象征性国际大都市。彰显中华民族传统文化精华的长安文学艺术，在历史的长河中闪烁着不朽的光芒。

对"文化"的定义，国内外历来都有各种各样的解释，专家学者对此亦有许多学术争论。在国内，有人从《易·贲卦·彖传》中的"观乎天文，以察时变；观乎人文，以化成天下"拆解，将"人文"、"化成"合为"文化"。对此，唐代孔颖达《周易正义》解释为古书典籍和礼仪风俗之义。另据西汉刘向《说苑·指武》所述："圣人之治天下也，先文德而后武力。凡武之兴，为不服也，文化不改，然后加诛。"另有东晋束晳《补亡诗》中云："文化内辑，武功外悠。"南齐王融《曲水诗序》中曰："设神理以景俗，敷文化以柔远。"均指统治阶级推行的"文治教化"和"文治武功"政策。

论及地缘文化的生成，中国传统文化自然导源于特殊的地理历史条件，华夏文化遵循"天、地、人"三才之道。中华民族的古族崇尚天地的思想观念。中国处于相对封闭的亚洲东部，四周被无数崇山峻岭和大江湖海所包围。西北与西南为被称为"高山之巅"、"世界屋脊"的帕米尔高原和喜马拉雅山环绕；东北横亘着巍峨起伏的蒙古高原和大小兴安岭；东南方向面临的是占地球面积三分之一强的浩瀚无垠的太平洋。受如此地理自然环境的制约，中国古代文化只能依赖于这里的山水风土，而以农耕和渔牧业文化为主。

在传统的中国文化体系之中，渐次产生古老的"昆仑神话"和"蓬莱神话"两大分支。远古"三皇五帝"之"三皇"中所谓的"天皇"、"地皇"、"人皇"的原型即源于上述理念；"五帝"之黄帝、颛顼、帝喾、唐尧、虞舜来自西北山系，以及东南水系。楚国诗人屈原《离骚》中即有"遵吾道夫昆仑兮，路修远以周流"。唐代诗人李贺《马诗》中亦有"忽闻周天子,驱车上玉山"。均证实西北地区昆仑文化在中国传统文化体系中的重要性。

自周朝至唐朝,有着一千余年历史的古代长安,所处的地理位置正在昆仑神话和蓬莱神话区域之间,一直受着中华民族名山大川传统文化的呵护。特别是受到雄浑壮阔的秦岭、伟岸峻拔的西岳华山,以及浩浩荡荡向东流去的黄河的培育和滋养。长安所居的八百里关中平原,与毗邻的晋南、陇东和中州地区连成一片,是中国传统文化的发祥地,以此辐射"九州",即冀、兖、青、徐、扬、荆、豫、梁、雍州。这些记载于《禹贡》、《周礼》、《尔雅》等古籍文献的九州大地,组成了中华民族泽被万代的"赤县神州"。

历数中原腹地长安境内发生的重大历史事件,莫过于公元前256年至前206年的秦王朝统一全国之大业。自此开始,中国结束了群雄割据、四分五裂的历史,而使华夏民族地域文化趋于大一统。秦始皇嬴政在经济与文化政策方面,采取"车同轨"、"书同文"和统一度量衡等一系列重要措施,极大地增强了中华各民族的文化认同感和凝聚力。

许结先生主编的《中国文化史》一书论述道:"中国文化是有着悠久的文明传统的文化,是由华夏族演衍而来的汉族及五十五个少数民族共同建构的中华民族的文化,具有极大的传承性与包容性。"并且指出:"艺术与道德、科学被称为人类文化的三大支柱",而其中"学术文化最能体现中国文化的精神。从时代的发展来看,自殷商巫史文化到西周史官文化,可谓初开启的中国古代学术之门;而由西周史官文化到战国诸子学、汉代经学、魏晋玄学、隋唐佛学、宋明理学,以及清代乾嘉考据之学,又历史地勾画出'一代有一代学术之胜'的特征"。①

中国传统文化一般分为"物质文化"、"精神文化"和"制度文化"三大部分,实际上都包括在以时间为维度的历史文化,以及以空间为维度的地理文化之中。如果我们梳理中华民族文化孕育、形成、发展的学术脉络,即可知其一直动态变化在历史、地理交织的文化坐标之中。

中国传统"文化"是一个巨大的复杂的人类知识整体,其中包括非常广博、深邃的内容和形式,形成结构合理、庞大完整的人文系统。在夏曰云、张二勋主编的《文化地理学》中将华夏文化分为"三个小系统:(1)技术的;(2)社会的;(3)思想的"②。

冯天瑜先生在《中国文化史断想》中将其文化分为如下相互依存的三个层次:

> 第一层为物态文化景观,它包括人类创造的一切物质产品,是人的视觉可辨认的文化物质实体,它和自然物体交相辉映。第二层为非物质文化景观,它可分为制度文化景观、行为景观、生存欲望三部分。制度文化包括组织、法律、制度等各种社会规范;行为景观包括交往方式、礼仪、风俗、习惯等行为模式;生存欲望即指大众心态,诸如要求、愿望、情绪、风格、风尚等人们的精神状态的道德面貌,以及由此而提炼加工成的诗歌、音乐、美术、文学作品等。第三层是哲学,它是人类与自然界交相作用所取得的经验,探求的规

---

① 许结主编:《中国文化史·前言》,花城出版社2006年版。
② 夏曰云、张二勋主编:《文化地理学》,北京出版社1991年版,第62页。

律的高度概括和总结，是人们的世界观和方法论。①

由此可见，他将"文学"、"诗歌"、"音乐"、"美术"等划分到"第二层"的"非物质文化景观"之"生存欲望"部分，认为此种文化形式体现的是人类共同体的生命状态。并认为"哲学"是文化体系中深入心理的"内核"，而"物态文化景观"则是其外延。

在此基础之上，对中华民族文学的进一步认识，需考究其"文"与"学"之本源。"文"在殷商甲骨文中与"纹"相近，系指君主昔日接受的祭品。汉代许慎《说文解字》释义："文，错画也，象交文。"郑玄注释"虎皮坐褥"，或车上的图案。《易·系辞》云："物相杂，故曰文。"孔子著《论语》则指"学识"、"学问"、"文饰"、"文雅"等。据吴其昌、朱芳圃先生所述，"文"代表文身的人体，最初来自"蛮夷"之地。看来中国古人心目中对"文"的认识受边疆地区古代少数民族的影响。

到了汉代才出现今天意义上的"文学"，由单音"文"发展为双音节"文章"。于魏晋南北朝时，逐渐与"经学"、"玄学"分离，并有了"文"、"笔"之分。其"文"系指"纯文学"，"笔"为"平白文章"。

据美国华裔学者刘若愚著《中国文学理论》一书评介："此一分别，唐朝（618—907）以后，逐渐消失；当时'文'有时用以指'散文'，与'诗'相对；可是意指'文学'，包括散文和韵文，这种较为广义的'文'，正像它的其他大多数涵义一样，仍继续存

---

① 冯天瑜：《中国文化史断想》，华中理工大学出版社1989年版，转引自夏日云、张二勋主编：《文化地理学》，第63页。

在。"① 由此沿延当今的"文学"概念已经扩展到了"文艺",系指文学写作艺术。

朱谦之先生在《中国音乐文学史》指出中国文学"文笔的区分"在中华文明史上"关系极大"。"本来无论哪一国的文学史上,韵文的起源就是文学的起源。如古代希腊,在荷马(Homer)史诗未产生之前,各种歌词如林纳司(Linus)一歌,就是农人采摘葡萄时所唱的。还有祭神诗,此种诗全是祭祀时颂祷于亚波罗神及诸神祇之用。哀悼诗则用以吊挽死者,声音凄厉,常由以唱此歌为业的人,环绕灵床,高声而歌,与妇人啜泣的声音相应和。至于婚礼诗则在庆祝结婚时,由两队少年男女手执火炬合唱,男随箫声而歌,女则应琴弦而舞。"他还说:"中国文学的起源,也何尝不是如此,中国文学最初是一种混合艺术,包括诗歌、音乐、舞蹈三种要素,成为混合的表现。"②

另据张隆溪先生《比较文学研究入门》一书评述:"西文相当于'文'这个概念的'text',在词源上来自拉丁文 textus,其动词原形为 texere,正是编织、纺织的意思。可见无论中国还是西方的理解,作文都是把各条线索编织成一幅条理清楚、色彩绚烂的图画。"③

作为中华民族古代都市长安,自商周时期形成的"条理清楚,色彩绚烂"的《周易》,所产生的思想哲学在中华民族文化与文学传统中有着相当重要的位置。

儒家经典《周易》,被人们认为是中华民族思想文化的源泉。《易·系辞下》曰:"古者,包牺氏之王天下也。仰则观象于天,俯

---

① 〔美〕刘若愚:《中国文学理论》,江苏教育出版社 2006 年版,第 12 页。
② 朱谦之:《中国音乐文学史》,上海人民出版社 2006 年版,第 38 页。
③ 张隆溪:《比较文学研究入门》,复旦大学出版社 2008 年版,第 146 页。

则观法于地，观鸟兽之文与地之宜，近取诸身，远取诸物。于是始作八卦，以通神明之德，以类万物之情。"据《路史·后纪》称，"包牺氏"生于关陇地区"仇夷"（今甘肃西和境仇池山），长于"成纪"（今甘肃静宁南）。

《群书考索》卷二《六经门·洛书》载："包牺"，亦称"牺皇"，或"皇羲"、"伏羲"，并称"伏羲始因河图而陈四象，终由洛书而画八卦"。据史书记载，在今甘肃天水市北道区西北渭河南岸的"卦台山"，又名"画卦山"，传说既为周、秦族发源地，又为伏羲绘制八卦之处。

据中国古代典籍记载，伏羲为人类生存和发展做出颇多贡献。诸如《世本·作篇》云："伏羲造琴瑟"，"伏羲氏作五十弦"。《资治通鉴》记载："伏羲斫桐为琴，绳丝为弦，弦二十有七，命之曰离徽。"

"伏羲"在中国古代神话中还被誉为人类始祖。相传他和女娲兄妹相婚而产生人类。又说由他制作了"八卦"，教民"结网"、渔猎畜牧。其妻女娲用黄土造人，炼五色石补天，并折断鳌足支撑四极，治理洪水，杀死猛兽，使得普天下人类得以安宁。

论及《周易》的缘起，可追溯至商末，兴起于关中岐山周原的周国首领姬昌，他后因反抗商纣而被囚禁于羑里（今河南省汤阴县北）。在七年的监狱生活中，姬昌悉心研究洛书河图、古易方术，经反复推论演绎，终形成六十四卦和三百八十四爻，后人称此卦辞、爻辞为《周易》或《易经》。到春秋后期，孔子对《周易》进行了解释和论述，完成"十翼"，即《易传》，自此之后，逐渐发展为一部阐述宇宙变化的博大精深的思想哲学著作。

《周易》对后世有深远影响，史乘详载。据文献记载，自公元前1066年周朝建立，于关中、中原地区先后分立西周和东周，共传38世。西周建都在长安的丰镐，即谓"王畿"；后于周平王元年（前770）东移洛邑为东周，直到公元前256年被秦所灭。在此期间，于《周易》基础之上逐渐形成"天人合一"的观念，对中华民族传统文化贡献最大。

中国古籍最早被奉为"经"书之一的《周易》，确实是古代长安的文化结晶，最能体现中国传统文化的精髓，并对华夏民族文学理论产生了广泛而持久的影响。

《周易》分为《经》与《传》两大部分。《经》大约形成于殷周时期，《传》则是春秋战国或秦汉之际所作，用以解释《经》之内容。本来用以占卜的《经》，经过《传》的阐释与发挥，而变得"弥纶天地，无所不全"，体现了中国传统文化的基本精神，故受到历代儒学雅士的重视。对此，著名哲学家张岱年、程宜山论证：

> 中国文化丰富多彩，中国思想博大精深，因而中国文化的基本思想也不是单纯的，而是一个包括诸多要素的统一的体系。这个体系的要素主要有四：(1) 刚健有为；(2) 和与中；(3) 崇德利用；(4) 天人协调……四者以刚健有为思想为纲，形成中国文化基本思想的体系。……刚健有为的思想渊源于孔子到战国时期的《周易大传》已见成熟。中国文化的基本思想是一个系统，其纲领即刚健有为思想也自成系统。①

---

① 张岱年、程宜山：《中国文化与文化论争》，中国人民大学出版社1990年版，第19页。

《周易》所倡导的"刚健有为"思想主要包括"自强不息"与"厚德载物"两方面内容。其书《象传》说："天行健，君子以自强不息"。又说："地势坤，君子以厚德载物"。在此原则基础上又提出："刚中而应，行险而顺"，"君子进德修业欲及时也"，以及"天地革而四时成"，"穷则变，变则通，通则久"，"顺乎天而应乎人"之微言大义。"自强不息"，"厚德载物"，"刚中"、"及时"、"通变"等文化要素有机地结合在一起，从而形成以"刚健"为中心的宏大的人生原则，谱写了中国古代诗学精神文化的主调。

《周易》中让后人感到神秘莫测，又觉得哲理无穷的是其中的"八卦"与"六十四卦"理论。所谓"八卦"，名曰"乾、坤、震、巽、坎、离、艮、兑"，分别代表"天、地、雷、风、水、火、山、泽"，包容罗列了与人类发生密切关系的大自然各种基本现象。由此衍化为社会及家庭伦理道德关系："乾，天也，故称乎父。坤，地也，故称乎母。震一索而得男，故为之长男。巽一索而得女，故谓之长女。坎再索而得男，故谓之中男。离再索而得女，故谓之中女。艮三索而得男，故谓之少男。兑三索而得女，故谓之少女。"由天地乾坤内化为父母儿女相依相存，互为一体，让人感到既自然又亲切。

相传八卦体大意精，为上古圣王伏羲仰观天象、俯察地理而勾画；后来周文王又将其叠合演变，遂形成六十四卦。八卦之日月、男女、天地、明暗、阴阳等"两仪"、"两极"之一系列"对立图像"，后经占卜者组合美化，成为充满天地万物灵气的"太极图式"。"太极八卦"及"两仪"与"四象"的卦辞与爻辞，即为"上象、下象、上象、下象、上系、下系、文言、说卦、序卦、杂卦"等"十篇"或"十翼"。在此基础上所形成的"六十四卦，每卦各有六爻，分处六个高低不同的等次，象征事物发展过程中所处的或上或下，或贵或贱的地位、条件、身份等。六爻分处的六级等次，称'爻位'。"依此类推，形成"《周易》六十四卦，每卦六爻，共有爻辞三百八十四则"。①

高亨曾在《周易大传今注》中推测："古代《易经》之六十四卦顺序，当有几种不同之编次。"今本《周易》六十四卦卦序排列分为上、下经，"上经三十卦，下经三十四卦，合为六十四卦"。其"卦序"据蒋凡、李笑野先生著《周易要义》介绍：

> 上经三十卦的排列次序如下：乾、坤、屯、蒙、需、讼、师、比、小畜、履、泰、否、同人、大有、谦、豫、随、蛊、临、观、噬嗑、贲、剥、复、无妄、大畜、颐、大过、坎、离。下经三十四卦的排列次序如下：咸、恒、遯、大壮、晋、明夷、家人、睽、蹇、解、损、益、夬、姤、萃、升、困、井、革、鼎、震、艮、渐、归妹、丰、旅、巽、兑、涣、节、中孚、小过、既济、未济。②

《易经》"六十四卦"卦辞名目复杂，后演化为"三百八十四则"，其"爻"更是烦琐不堪，真正为人们了解且受益之卦辞与爻辞主要是八卦及上经、下经首卦如"乾、坤"与"咸、恒"卦。

《序卦传》开篇云："有天地，然后万物生焉，盈天地之间者唯万物"，以象征天之乾与象征地之坤。阐明万物之起源，即《乾·彖辞》曰："大哉乾元，万物资始，乃统天。"《坤·彖辞》

---

① 转引自乔力主编：《中国文化经典要义全书》上卷，光明日报出版社1996年版，第16页。
② 转引自上书，第26页。

曰:"至哉坤元,万物资生,乃顺承天。"同样在此基础上所生六十四卦之下经首卦"咸"与"恒"卦。

"六十四卦"中咸卦之"咸",实为"感"的通假字,象征天心之感,也就是自然发生的通气、共鸣和感应,特别是指青年男女的心灵感应。据《序卦》所述,人类繁衍生殖与情感宣泄,当始自咸卦:"有天地然后有万物,有万物然后有男女。有男女然后有夫妇,有夫妇然后有父子。有父子然后有君臣,有君臣然后有上下。有上下然后礼义有所错。"咸卦之"咸",本身象征阴柔少女与阳刚少男的阴阳交感,谐振共鸣,两相亲和。《周易》卦辞云:"咸,亨,利贞,取女吉。""取"意即娶也,指娶妻吉祥如意。《咸卦》亦云:"咸,感也。柔上而刚下,二气感应以相与。止而说,男下女……天地感,而万物化生。圣人感人心,而天下和平。观其所感,而天地万物之情可见矣。"由此从上经"乾、坤"之"大宇宙"方可走入下经"咸、恒"之"小宇宙"。

咸卦之后的"恒卦",据《序卦》诠释:"夫妇之道不可以不久也,故受之以恒。恒者,久也。"象征夫妇交感共鸣之道,为人伦之首唱;随天地日月运转,而永恒长久。由此"天地万物之情"而衍化为"情动于中"的诗词歌赋,与《诗经》有关诗作有异曲同工之妙。

如《诗经·桃夭》云:"桃之夭夭,灼灼其华;之子于归,宜其室家。"比较"大过卦"之爻辞:"枯杨生稊,老夫得其女妻,无不利。""枯杨生华,老妇得其士夫,无咎无誉。"其句式、语法和比兴手法与反映内容如出一辙。另如"明夷卦"之爻辞曰:"明夷于飞,垂其翼。君子于行,三日不食。"则与《诗经·燕燕》云:"燕燕于飞,差池其羽。之子于归,远送于野。瞻望弗及,泣涕如雨。"文学形式与内容颇为相似。

再如"屯卦"、"睽卦"与"贲卦"中记载的一组"民谣",更酷似后世地方民间叙事诗,或如一出反映原始氏族抢掠婚嫁的短小戏剧:

> 屯如邅如,乘马班如。匪寇,婚媾。……乘马班如,泣血涟如。
> 见豕负涂,载鬼一车,先张之弧,后说之弧。匪寇,婚媾。
> 贲如皤如,白马翰如。匪寇、婚媾。

蒋凡、李笑野著文阐述《周易》下经"咸卦"与中国传统文化的关系时,例举出《诗经》之《关雎》,民族器乐之"琴瑟"、"钟鼓",地方戏曲之《王魁负桂英》中所存"无心之感阴阳和"之美学感兴以论证:"九四爻位,已由下卦上升到上卦,处上卦之初,应下卦之始……一波三折,一唱三叹,所以有时忧心如焚,彻夜不眠。《诗经》开篇《关雎》说到男青年追求美丽少女时说:'关关雎鸠,在河之洲。窈窕淑女,君子好逑。……求之不得,寤寐思服。悠哉悠哉,辗转反侧。'这把恋爱过程中的心理变化,描绘得惟妙惟肖,形象地说明了九四'憧憧往来'的涵义。"文中所引咸卦爻辞原文为:"九四,贞吉,悔亡,憧憧往来,朋从尔思。"

言及《易经》器乐文曰,咸卦所含礼乐感应,"可以逢凶化吉,造福人类。音乐中的弦乐器如提琴、二胡等,其琴筒、琴室就是通过共振而增大音量以提高音乐效果的共鸣器。人们常在欣赏小提琴或二胡独奏时如醉如痴,这里就有'感应先生'的一份功劳"[①]。

---

① 转引自乔力主编:《中国文化经典要义全书》上卷,第85页

评述地方古典戏曲《王魁负桂英》时，其文引用咸卦之爻辞"上六，咸其辅、颊、舌"与汉代扬雄名言"言为心声"相对应。借此阐释："言语的感应如果表达了内心的赤诚，就可由交感之速，转入了下一恒卦的持久不渝、百年偕老的境界。相反，如果'巧言令色'，心口不一，这就不是'无心之感'，而是充满自私功利目的的'有心之感'。"

譬如此剧中的王魁，为了功名利禄，追求相府小姐，抛弃患难与共的结发妻子，这种"巧舌如簧的'交感'，是一种丑恶表演，最后必然不能持久，落得可耻下场。这就是去吉趋凶的自我毁灭。《象传》说：'咸其辅颊舌，滕口说也。'"① 由此可见，《周易》之卦爻辞对中国民族文学、传统文学自始至终都发生着潜移默化的浸润。

西周诸君王中，第五代周穆王将古代长安文化远播西域，极富传奇色彩。西晋武帝太康二年（280）于汲郡（今河南汲县西南）战国魏襄王墓中出土的《穆天子传》，又名《周王传》，或《周穆王游行记》。书约成于战国期间。由西晋荀勖等整理为五卷，东晋名士郭璞作注。

《穆天子传》中特别古雅、浪漫的一幕是，周穆王于公元前997年至前981年间，自关中平原驾八骏西行去会见西王母，与此位西域女酋长相会、宴饮、对诗于昆仑山瑶池。

据《穆天子传》卷三记载："天子觞西王母于瑶池之上。西王母为天子谣曰：'白云在天，丘陵自出。道里悠远，山川间之。将子无死，尚能复来。'天子答之曰：'予归东土，和治诸夏。万民

---

① 转引自乔力主编：《中国文化经典要义全书》上卷，第88页。

平均，吾顾见汝。此及三年，将复而野。'西王母又为天子吟曰："徂彼西土，爱居其野。虎豹为群，乌鹊与处。嘉命不迁，我惟帝女。彼何世民，又将去子。吹笙鼓簧，中心翱翔。世民之子，惟天之望。"①其诗歌酬唱生动地反映了古代中原王朝与边疆古族之间的友谊和情感。

据《列子·汤问》卷五记述，在周代时期，西域地区流行着一种原始傀儡歌舞戏，周穆王观之为"偃师戏"："周穆王西巡狩，越昆仑，不至弇山。反还，未及中国，道有献工人名偃师。穆王荐之。"他惊叹在域外竟然能观赏到如此绝妙的原始戏剧，"巧夫领其颐，则歌合律；捧其手，则舞应节。千变万化，惟意所适"。周穆王与盛姬观后为之大惊，令偃师拆其身，栩栩如生的演员原来实为木料、皮革所制，并以各种色彩绘制的傀儡，故此始悦而叹："人之巧，乃可与造化者同功乎？"②无独有偶，印度佛经《生经》卷三《佛说国王五人经》亦有"机关为木人"，"歌舞现伎乐"之"傀儡戏"表演文字描述，这说明于史前社会，古代西域地区就与中国内地有着密切的演艺文化交流。

第四节　中国传统文学艺术的集散地

华夏民族是一个富有文学传统与诗歌精神的民族。在五千多年有文字记载的历史文化进程中，为人类创作并保存了浩如烟

---

① 杨建新主编：《古西行记选注》，宁夏人民出版社1987年版，第17页。
② 《文白对照二十二子》，安徽文艺出版社1996年版，第134页。

海的古典文学遗产。其中以诗歌数量最大,时间最为久远,可谓"诗的国度"。以此为线索,从古迄今将文学形式,诸如诗歌、散文、小说、戏剧、讲唱词令等贯穿始终,可审视古代长安还是中国传统文学与民族艺术的集散地。

张岱年、程宜山在《中国文化与文化论争》一书中论证中国古代抒情诗歌的发展,以及对华夏民族文学艺术形式的影响时指出:

> 中国文学的民族特色之一是它的抒情传统。在种种文学类型中,发达最早、最繁盛的是诗歌,是抒情诗。闻一多曾指出,中国、印度、以色列、希腊四个国度里同时迸出歌声,但那歌的性质并非一致。印度、希腊是在歌中讲着故事,他们那歌是比较近乎小说、戏剧性质的,而且篇幅都很长;而中国、以色列则都唱着以人生与宗教为主题的抒情诗。中国和其余那三个民族一样,在她开宗第一声歌里,便预告了她以后数千年文学发展的路线。我们的文化大体上是从一刚开端的时期就定型了。文化定型了,文学也定型了。从此以后二千年间,诗——抒情的,始终是我国文学的正统的类型,甚至除散文外,它是唯一的类型。由于诗的正宗地位,小说、戏剧、散文、书法、绘画、园林等文学艺术都受到它的支配和影响。诗不但支配了整个文学领域,还影响了造型艺术,它同化了绘画,又装饰了建筑(如楹联、春帖等)和许多工艺美术品。①

---

① 张岱年、程宜山:《中国文化与文化论争》,第263页。

翻阅中国古代文化史与文学艺术史，人们惊诧地发现一种独特的宗教与民族文化交流，即历史上魏晋南北朝时西域诸民族与黄河流域诸国大规模的胡汉文学艺术往来现象。由此，不同的文化撞击与融合，陆续产生了众多表演艺术形式，如马上乐、胡角横吹、歌舞小戏、散曲、诸宫调、院本、杂剧、传奇、地方戏等，极大地丰富了各民族的文学艺术。

在我们探索、研究中国戏曲文学的成因与勃发过程时，总要引用一段路人皆知的王国维先生的《宋元戏曲史》中惊世骇俗的一段推论：

> 盖魏、齐、周三朝皆以外族入主中国，其与西域诸国交通频繁，龟兹、天竺、康国、安国等乐皆于此时入中国，而龟兹乐则自隋唐以来相承用之，以迄于今。此时外国戏剧当与之俱入中国。

对于古代西域语言、文字、文物、文献进行广泛而深入考证的季羡林先生很赞赏此段立论。他认为王国维的"这个意见非常值得重视"。因为在"南北朝时期，北方魏、齐、周三朝，从地理上，从人种上都有接受印度戏剧的方便之处。根据学者们的考证，当时河西走廊既有从中亚来的粟特人，即昭武九姓胡；又有土著的月氏人。北魏时有曹婆罗门受龟兹琵琶于商人，世传其业，至孙曹妙达，尤为北齐文宣帝高洋（550—560年在位）所重，尝自击胡鼓以和之。……至于中国民间诗歌以至唐宋词、元曲，都有不少带西域色彩的曲牌名字，什么'菩萨蛮'之类，这是尽人皆知此事实。总之，通过河西走廊，西域的（其中也包括印度）歌舞杂技进入中国内地"①。

据《汉书·叙传第七十》所云:"鼓吹乐"出自西北游牧民族的"马上之乐",起始于"始皇之末,班壹避地于楼烦(今山西西北部静乐县南);致马牛羊数千群,值汉初定,与民无禁。当孝惠(前194—前188年在位)、高后(前187—前180年在位)时,以财雄边,出入弋猎,旌旗鼓吹"。刘瓛撰《定军礼》亦曰:"鼓吹未知其始也,汉班壹雄朔野而有之矣,鸣笳以和箫声,非八音也。"文中所指汉代乐师班壹躲避的胡地"楼烦",自古至今都有此地名,在今黄河中上游河套、朔方之间。

据《辞海·地理分册》标示其地方位:(1)"战国赵武灵王置。治所在今山西宁武附近……唐初为楼烦监牧地。"(2)"隋大业三年(607)炀帝北巡至突厥启民可汗庐帐,还入楼烦关,即此。"(3)又称古部落名,"春秋末分布于今山西省宁武、岢岚等地,后活动于今陕北及内蒙古自治区南部"。

颇有文化意蕴与学术价值的是,汉朝初年,汉武帝派遣"博望侯"张骞两度出使西域,从胡地带回"胡角横吹"或"马上之乐"。对于张骞从西域带回"胡角横吹"、"胡乐"及《摩诃兜勒》一曲",后世学者多有质疑,此重大历史事件为何不见于汉魏正史。特别是《史记》、《汉书》的《张骞列传》与《佞幸列传·李延年传》。另有人根据《西京杂记》所云:"高帝、戚夫人善鼓瑟击筑,帝常拥夫人倚瑟而弦歌,毕,每泣下流涟。夫人善为翘袖折腰之舞,歌《出塞》、《入塞》、《望归》之曲,侍妇数百皆习之。"遂产生疑问:汉武帝时期的张骞携胡曲所改编的著名乐舞怎么会

---

① 季羡林:《比较文学与民间文学》,北京大学出版社1991年版,第357页。

出自数十年前汉高祖夫人之手呢？

对于此桩"历史疑案"，据中国音乐史学者冯文慈征引辨误："早在20世纪30年代就有一位署名仲铎的作者已经提出，他认为，张骞从西域传入《摩诃兜勒》之说，最初是由南北朝时期陈朝的僧人智匠所杜撰。唐代时这一说法又被人录入崔豹的《古今注》中，由此以讹传讹，产生广泛影响。"①

时至20世纪80年代，又有阴法鲁先生重提"旧事"，即他发表的《历史上中国和东方各国音乐文化的交流》一文曾对此史料提出质疑。如果上述驳论成立无谬，张骞携鼓吹乐或"胡角横吹"即可断为"张冠李戴"，那我们的目光只有投注于晋北地区的楼烦胡地。

据《旧唐书·音乐志》云："鼓吹本军旅之音，马上奏之。故自汉以来，北狄乐总归鼓吹署。"言及"鼓吹"、"马上奏之"、"自汉以来"，原本隶属"北狄乐"。"狄"为中国北方一支古族，据《中国民族关系史纲要》论述："北狄大致可分为两大部分，或称两个民族系统。一个民族系统是獯鬻、犬戎、狄，又分赤狄、白狄、长狄，战国时称为胡和匈奴；另一个民族系统是肃慎、貊貉、山戎，战国时称为东胡。它们的分布，前者偏于西，后者偏于东。"②

另据清代学者高士奇在《左传纪事本末·晋并戎狄》所述：

> 晋四面皆狄，惟姜戎役属于晋，为不侵不犯之臣。赤狄

---

① 冯文慈主编：《中外音乐交流史》，湖南教育出版社1998年版，第32页。
② 转引自李元庆：《三晋古文化源流》，山西古籍出版社1997年版，第196页。

在其北,即潞氏也;陆浑在其南,秦、晋之所迁于伊川者也;鲜虞在其东,所谓中山不服者也;白狄在其西,尝与秦伐晋者也,故曰:"狄之广莫,晋之启土,不亦宜乎。"盖以其兼群狄而为疆也。

"北狄"因主要居住在北方塞外而被中原人泛称,然而何以又分称为"白狄"、"赤狄"、"长狄"呢?原来因史书视其古族穿衣"白"、"赤"色与"长大"状而言。春秋战国时期,分布在山西、陕西北部与宁夏、内蒙古的北狄不断南下,与晋、秦国交战,亦间或有一些经济贸易活动,并使"北狄乐"输入中原地区,其中亦包括列入"军旅之音"的鼓吹乐及胡地乐舞。

据《旧唐书·音乐志》所述:"北狄乐,其可知者,鲜卑、吐谷浑、部落稽三国,皆马上之乐也。"此种流行于中国西北部的鲜卑、吐谷浑、部落稽等古族的"马上之乐",实属于胡汉民族鼓吹乐的一个重要组成部分。它的形成与发展对后世西域和华夏乐舞戏剧文化影响很大。鼓吹乐与北狄乐还与南北朝时期北方民族的民间歌舞音乐——"北歌"有着千丝万缕的联系。

"北歌"在古书中亦称"真人代歌"、"北方箫鼓",或"代北"。《旧唐书·音乐志》云:北朝之北魏"乐府始有北歌,即魏史所谓真人代歌是也。代都时命掖庭宫女晨夕歌之。周、隋世与西凉乐杂奏"。又云:"其名可解者六章,《慕容可汗》、《吐谷浑》、《部落稽》、《钜鹿公主》、《白净皇太子》、《企喻》是也。"另认为:"知此歌是燕、魏之际卑歌也。"据考辨,上述"鲜卑"、"慕容"、"部落稽"、"真人"等族名与"魏"、"齐"、"周"等国名,在历史上均与三晋古代胡文化有关联。

鲜卑部族原为游牧于今东北地区西喇木伦河与洮儿河之间的东胡族的一支，有人认为"鲜卑"即鲜卑语"带钩"的意思。据著名史学家范文澜在《中国通史简编》中考证：

> 东胡鲜卑族世居辽东辽西塞外，东汉桓帝时，檀石槐建立起一个大国。檀石槐死后，部众离散。魏晋时，诸部大人中宇文氏、慕容氏、拓跋氏相继兴起。宇文部居辽东塞外，大人邱不勤曾娶魏文帝女为妻，魏时宇文部最为强盛。……拓跋部居并州塞外，完全是游牧部落，文化最落后，西晋末大乱，始进入并州。①

鲜卑族在魏晋南北朝时，众部族多从东北迁入华北与西北地区建立政权，如慕容、乞伏、秃发、宇文、拓跋等部。其中影响最大的是鲜卑族拓跋与宇文氏。

原为鲜卑西部之拓跋部族，于西晋时，拓跋猗卢入居代郡，受封代王，后入并州。于386年，拓跋珪建立起强盛的北魏王朝，势力直达长江以北广大地区。拓跋氏由塞北初入之北魏"代郡"，为山西外长城以南的大同、左云、阳高、浑源与河北怀安、蔚县一带。西晋末进入的并州，为华夏古"九州"之一，为汉武帝所置"十三刺史部"所属，约当今山西大部和内蒙古、河北的一部分。其唐代治所晋阳，相当于今山西阳曲以南、文水以北的汾水中游地区。鲜卑人入主此地即首先控制住黄河中游地区政治、经济、文化之命脉。

---

① 范文澜：《中国通史简编》（修订本第二编），人民出版社1965年版，第305页。

宇文氏为东部鲜卑部族，宇文泰之子宇文觉本为代郡武川人，西魏恭帝三年（556）继承其父官爵，任太师、大冢宰，封周公，次年代西魏称天王，建国号为周，史称北周。后由周相国公杨坚于隋开皇元年（581）接受禅让，建立隋朝。自北魏及鲜卑化的北齐至西魏、北周，长达165年，在鲜卑外族政权统治下，北朝经济文化得以全面恢复与发展。尤为称道的是，胡汉风格交融的民族诗歌、乐舞、鼓吹乐与各种歌舞小戏形成并走向成熟。

源自北狄的鼓吹乐自传入三晋与中原诸地之后，演化为四种形态，即"鼓角横吹"、"短箫铙歌"、"骑吹"、"黄门鼓吹"。南北朝时鼓角横吹已变为"大横吹"与"小横吹"两部。此民族乐种传至南朝之梁朝，内容仍多叙述鲜卑族慕容氏战争之事，其代表作有《企喻》等曲。

据汉代蔡邕《礼乐志·短箫铙歌》曰："汉乐四品，其四曰短箫铙歌，军乐也。黄帝岐伯所作，以建威扬德，风敌劝士也。"可知此乐种仍保持"马上之乐"风范。东汉应劭《汉卤簿图》有"骑吹执笳"之语，指明鼓吹乐之"骑吹"仍用北狄古乐器"胡笳"。宋代郭茂倩在《乐府诗集》中引《建初录》所载："《务成》、《黄爵》、《玄云》、《远期》皆骑吹曲，非鼓吹曲。"从而认为："列于殿庭者名鼓吹，今之从行鼓吹为骑吹，二曲异也。"

另据东晋崔豹《古今注》云："汉乐有黄门鼓吹，天子所以宴乐群臣也"，以及《宋书·乐志》云："汉世有黄门鼓吹，汉享宴食举乐十三曲"，从中得知黄门鼓吹主要用于天子享宴、食举、朝会、殿庭、行队、庆典等场面。

晋代文学家陆机在《鼓吹赋》中生动地描述了受北朝胡风影响的中原鼓吹乐：

原鼓吹之攸始，盖禀命于黄轩。播威灵于兹乐，亮圣器而成文。骋逸气而愤壮，绕烦手乎曲折。舒飘摇以遏洞，卷徘徊其如结。宫备众声，体像君器。饰声成文，雕音作蔚。响以形分，曲以和缀。放嘉乐于会通，宣万变于触类。适清响以定奏，期要妙于丰杀。逸付搏之所管，务夐历之为最。及其悲唱流音。快惶依违，含欢嚼弄，乍数乍稀。音踯躅于唇吻，若将舒而复回。鼓砰砰以轻投，箫嘈嘈而微吟。咏悲翁之流恩，怨高台之难临。顾穹谷以含哀，仰归云而落音。节应气以舒卷，响随风而浮沈。马顿迹而增鸣，士颦蹙而沾襟。若乃巡郊泽，戏野垌，奏君马，咏南城。惨巫山之遏险，欢芳树之可荣。①

上述鼓吹乐因为来自塞外胡地，故其音乐高亢，节奏多变，声响洪亮，情绪热烈，再配上委婉凄清、跌宕起伏的歌唱，这一切让受封建礼教束缚的中原朝臣庶民感到格外新鲜。于是乎，不光是宫廷官邸喜好胡乐，在民间村镇的婚丧大礼、迎神祭祖、喜庆宴会等场合也都乐于沿用，为此而产生众多以鼓吹乐为谋生手段的民间鼓乐师或吹鼓手。

继北魏、北齐、北周之后的隋唐时期，虽然已远离草原胡人异族统治，然而朝野上下仍热衷于以北狄鼓吹乐托景造势。如《隋书·音乐志》云："诸州镇戍，各给鼓吹乐，多少各以大小等级为差。诸王为州，皆给赤鼓、赤角，皇子则增给吴鼓、长鸣角。上州刺史皆给青鼓、青角。中州已下及诸镇戍，皆给黑鼓、黑角。

---

① （唐）欧阳询等：《艺文类聚》卷六八；（唐）徐坚：《初学记》卷一六。

乐器皆有衣,并同鼓色。"另外此志书还列举"大驾鼓吹"、"大角"、"长鸣、中鸣、横吹"、"大鼓、小鼓"数种,可见当时对胡地鼓吹乐的重视程度。

《新唐书·仪卫志》中记载:"凡鼓吹五部:一鼓吹,二羽葆,三铙吹,四大横吹,五小横吹,总七十五曲。""鼓吹部有扛鼓、大鼓、金钲小鼓、长鸣、中鸣。""大横吹部有节鼓","小横吹部有角"。唐代段安节《乐府杂录·鼓吹部》则增列:"卤簿、钲、鼓及角。乐用弦鼗、筚、箫,又即用哀筚,以羊角为管,芦为头也。警鼓二人,执朱幡引乐,衣文,戴冠。已上乐人皆骑马,乐即谓之骑吹。俗乐亦有骑吹也。"另据《新唐书·礼乐志》中鼓吹乐文献记载:

《北狄乐》皆马上之声,自汉以后以为鼓吹,亦军中乐,马上奏之,故隶鼓吹署。后魏乐府初有《北歌》,亦曰《真人歌》。都代时,命宫人朝夕歌之。周、隋始与西凉乐杂奏。至唐存者五十三章,而名可解者六章而已。一曰《慕容可汗》,二曰《吐谷浑》,三曰《部落稽》,四曰《钜鹿公主》,五曰《白净王》,六曰《太子企喻》也。其余辞多可汗之称,盖燕、魏之际鲜卑歌也。隋鼓吹有其曲而不同。贞观中,将军侯贵昌,并州人,世传《北歌》,诏隶太乐,然译者不能通,岁久不可辨矣。金吾所掌有大角,即魏之《簸逻回》,工人谓之角手,以备鼓吹。南蛮、北狄俗断发,故舞者以绳围首约发。有新声自河西至者,号胡音,龟兹散乐皆为之少息。

引文中除列举前述《北歌》、《真人歌》、《慕容可汗》、《吐谷浑》、《部落稽》、《钜鹿公主》、《白净王》、《太子企喻》之外，又提及所传北魏之《簸逻回》，亦为"北狄乐"之鼓吹乐或军中乐，并指出这些"马上奏之"鼓吹乐，亦可"朝夕歌之"，且"辞多可汗之称"，多来自"鲜卑歌"，故此"译者不能通，岁久不可辨"。此又进一步证明北方胡人乐舞诗歌对中原文学艺术产生的深远影响。

另据《册府元龟》记载："唐有㧌鼓、金钲、大鼓、长鸣、歌箫、笳、笛，合为鼓吹十二案，大享会则设于悬外，此乃是设二舞及鼓吹，十二案之由也。"《文献通考》云："本朝鼓吹，止有四曲。《十二时》、《导引》、《降仙台》并《六州》为四，每大礼宿斋或行幸，遇夜每更三奏，名为警场。真宗至自幸亳，亲飨太庙，登歌始作，闻奏严。"

北朝胡地鼓吹乐向后发展，规模越来越大，规格亦越来越高。时逢"大礼，车驾宿斋所止，夜设警场，用一千二百七十五人，奏严用金钲、大角、大鼓角。乐用大、小横吹、觱栗、箫、笳、笛……歌《六州》、《十二时》，每更二奏之"[①]。其中的"角"、"笳"与"觱栗"等乐器隔朝换代仍为西域诸国与秦晋汉地的胡风乐器。

特别值得重视的是《晋书·礼志》所载，古代关中、中原地区"设吉凶卤簿，皆有鼓吹"。清代顾炎武《日知录》亦载："鼓吹，军中之乐也，非统军之官不用，今则文官用之，士庶人用之，僧道用之，金革之气，遍于国中。……今制虽授钺遣将，亦不举炮鼓吹，而士庶吉凶之礼及迎神赛会，反有用鼓吹者。"

借此民间娱乐世俗化之趋势，至今北方各地寺庙村社仍盛行以鼓乐、管乐、吹打乐器为主的鼓吹乐，诸如山西"八大套"、

---

① 《宋史》卷一百四十《志第九十三·乐十五·鼓吹上》。

"八音会"，晋南"威风锣鼓"、"西安鼓乐"、"十番锣鼓"、"东北鼓吹"等。其乐种对后世的民间音乐歌舞、说唱、地方戏曲艺术产生巨大的影响。

魏晋南北朝是一个战乱频繁、民族四处迁徙、国家重组的历史时期。在这个大解体、大整合的非常岁月中，中亚、西亚、南亚、北非地区的异国胡族诗文通过西域、河西、河套与塞北国际大通道长驱直入，径直输入黄河流域与黄土高原诸地。特别引人注目的是，经北朝时期鲜卑化的魏、齐、周朝文化的过滤，行将成熟的北朝音乐歌舞戏浸染着浓重的胡汉艺术色彩。

在捧读王国维的《宋元戏曲考》与《唐宋大曲考》时，发现书中有许多论述魏晋南北朝时期凉州与三晋、塞北鲜卑人政权之间的宗教文学与歌舞戏文化交流的篇章。

如他在"上古至五代之戏剧"一章中考证："自汉以后，则间演故事；而合歌舞以演一事者，实始于北齐。顾其事至简，与其谓之戏，不若谓之舞之为当也。然后世戏剧之源，实自此始。"[①]他为此特引用《旧唐书·音乐志》、《教坊记》、《北史·西域传》、《乐府杂录》等古籍文献资料以为佐证。

另如引《旧唐书·音乐志》云："代面出于北齐。北齐兰陵王长恭，才武而面美，常著假面以对敌。尝击周师金墉城下，勇冠三军，齐人壮之，为此舞以效其指麾击刺之容，谓之《兰陵王入阵曲》。"

引《乐府杂录·鼓架部》云："代面，始自北齐。神武弟，有胆勇，善战斗，以其颜貌无威，每入阵即着面具，后乃百战百胜。

---

① 姚淦铭、王燕主编：《王国维文集》，中国文史出版社2007年版，第203页。

戏者，衣紫腰金执鞭也。"

引《教坊记》云："《踏摇娘》：北齐有人姓苏，齇鼻，实不仕，而自号为郎中。嗜饮酗酒，每醉，辄殴其妻。妻衔悲诉于邻里。时人弄之：丈夫着妇人衣，徐步入场，行歌。每一叠，旁人齐声和之云：'踏摇和来，踏摇娘苦，和来。'以其且步且歌，故谓之踏摇；以其称冤，故言苦；及其夫至，则作殴斗之状，以为笑乐。"

引《旧唐书·音乐志》云："踏摇娘生于隋末河内，河内有人，貌恶而嗜酒，常自号郎中；醉归，必殴其妻。其妻美色善歌，为怨苦之辞，河朔演其声，而被之弦管，因写其夫之容；妻悲诉，每摇顿其身，故号'踏摇娘'。近代优人改其制度，非旧旨也。"

引《乐府杂录·鼓架部》云："《苏中郎》：后周士人苏葩，嗜酒落魄，自号中郎；每有歌场，辄入独舞。今为戏者，着绯、带帽、面正赤，盖状其醉也。即有踏摇娘。"

除了上述所引《代面》或《兰陵王》，《踏摇娘》或《苏中郎》等歌舞小戏表演形式之外，王国维另外还例举了在中原地区广为流传的西域胡戏《钵头》证之。

引《旧唐书》、《隋书》"音乐志"、《北史·西域传》与《乐府杂录》等后通而论之。"《志》云：'《拨头》者，出西域。胡人为猛兽所噬，其子求兽杀之，为此舞以象之也。'《乐府杂录》谓之'钵头'，此语之为外国语之译音，固不待言；且于国名、地名、人名三者中，必居其一焉。其入中国，不审在何时。按《北史·西域传》有'拨头国'去代五万一千里……隋唐二《志》，即无此国，盖于后魏之初一通中国，后或亡或隔绝，已不可知。如使'拨头'与'拨豆'为同音异译，而此戏出于拨豆国，或由龟兹等国而入中国。则其时自不应在隋唐以后，或北齐时已有此戏。"①

王国维认为《拨头》戏较之《兰陵王》、《踏摇娘》、《苏中郎》等歌舞小戏由西域输入中原地区时间要更早，至少在隋唐与北齐、北周之前，大致在北魏时期。因为在此历史阶段，中原朝廷大力弘扬佛教文化，并热衷于吸收西域宗教与胡地民俗艺术。于438年，北魏太武帝攻伐北凉，西域百戏、乐舞与歌舞小戏东移至古代山西、河北与陕西北部地区，并与当地胡汉表演艺术相融合。

另据《宋元戏曲考》之"余论"一章考据所知："齐、周二代，并用胡乐，至隋初而太常雅乐，并用胡声"；参照"《隋志》所云：'齐后主唯好胡戎乐，耽爱无已，于是繁手淫声，争新哀怨，故曹妙达、安未弱、安马驹之徒，至有封王开府者。（曹妙达之祖曹婆罗门，受琵琶曲于龟兹商人，盖亦西域人也。）遂服簪缨而为伶人之事。后主亦能自度曲，亲执乐器，悦玩无厌，使胡儿阉官之辈，齐唱和之。'北周亦然"。由此可知，齐、周二代胡乐、胡声、胡戏实来自西域东、西胡演艺文化。

所谓"东胡"，乃东北之鲜卑人、金人、女真人之合称。王国维在《宋元戏曲考》中引经据典，曾细加辨析其善制胡乐之事："至宣和末，京师街巷鄙人，多歌蕃曲，名曰《异国朝》、《四国朝》、《六国朝》、《蛮牌序》、《蓬蓬花》等，其言至俚，一时士大夫皆能歌之。今南北曲中尚有《四国朝》、《六国朝》、《蛮牌儿》，此亦蕃曲，而于宣和时已入中原矣。至金人入主中国，而女真乐亦随之而入。"他又引证《中原音韵》谓："'女真《风流体》等乐章，皆以女真人音声歌之。虽字有舛讹，不伤于音律者，不为害

---

① 姚淦铭、王燕主编：《王国维文集》，第204页。

边.'则北曲双调中之《风流体》等,实女真曲也。此外如北曲黄钟宫《者剌古》、双调之《阿纳忽》、《古都白》、《唐兀歹》、《阿忽令》,越调之《拙鲁速》,高调之《浪来里》,皆非中原之语,亦当为女真或蒙古之曲也。"

论及"西胡"乐舞戏艺术的输入,王国维认为源自"太祖辅魏之时,高昌款附,乃得其伎,教习以备飨宴之礼。及天和六年,武帝罢掖庭四夷乐。其后帝娉皇后于北狄,得其所获康国、龟兹等乐,更杂以高昌之旧,并于大司乐习焉"[①]。越唐宋两代,胡乐在中原朝野更盛,经王国维举凡例要:

> 当时九部伎,除清乐、文康为江南旧乐外,余七部皆胡乐也。有唐仍之。其大曲、法曲,大抵胡乐,而龟兹之八十四调,其中二十八调尤为盛行。宋教坊之十八调,亦唐二十八调之遗物。北曲之十二宫调,与南曲之十三宫调,又宋教坊十八调之遗物也。故南北曲之声,皆来自外国。而曲亦有自外国来者,其出于大曲、法曲等,自唐以前入中国者,且勿论;即以宋以后言之,则徽宗时蕃曲复盛行于世。[②]

《宋元戏曲考》一书中论述"太祖辅魏"与"魏太武平河西"之国事,可参阅《魏书·西域传》。自鲜卑族拓跋部魏道武帝拓跋珪于"淝水之战"之后,在先世代国的基础上,建立北魏,并于皇始三年(398)于晋北平城(今山西大同)建都。随后,魏太武

---

① 《隋书》卷十五《志第十·音乐下》。
② 王国维:《宋元戏曲考》,《王国维戏曲论文集》,中国戏剧出版社1984年版,第111页。

帝拓跋焘决意完成统一中国北方大业，于太延（435—440）初派遣王恩生、许纲、董琬等出使西域并互通使节；又诉诸武力，依靠鲜卑骑兵，击败柔然，攻灭夏、北燕、北凉。于439年，北魏太武帝西征河西北凉，将此地汇聚的东西方文化精华的凉州乐舞、百戏、乐器、乐工、舞伎、画工、石匠以及佛教高僧昙曜及数万户河西人挟裹东归，"魏太武即平河西得之，谓之《西凉乐》。至魏周之际，遂谓之国伎"①。从而造成由张轨、吕光、沮渠蒙逊等经营数年的"五凉"经济、文化毁灭性的打击，却促使北魏旧都平城与新都洛阳的胡风乐舞与佛像雕塑得以空前繁荣。

举足轻重的北周武帝宇文邕娶突厥女之事，即《隋书·音乐志》云"周武帝聘娶突厥女为后，西域诸国来媵，于是有龟兹、疏勒、安国、康国"之诸乐。"帝大聚长安胡儿，羯人白智通教习，颇杂以新声。初张重华时，天竺重译致乐伎，后其国王子为沙门，来游中土，又得传其方伎。"②

《隋书·音乐志》亦云："龟兹者，起自吕光灭龟兹，因得其声。吕氏亡，其乐分散，后魏平中原，复获之。其声后多变易。至隋有西国龟兹、齐朝龟兹、土龟兹等，凡三部。"又云："疏勒起自后魏通西域，因得其伎。""安国，起自后魏通西域，因得其伎，后渐繁会其声，以别于太乐。""康国，起自周武帝娉北狄为后，得其所获西戎伎，因其声。""天竺者，起自张重华据有凉州，重四译来贡男伎，天竺即其乐焉。"因北魏、北周鲜卑族统治者多次通使西域，方使此地西胡诗文、乐舞及歌舞戏大量输入中原。

---

① 《隋书》卷十五《志第十·音乐下》。
② （唐）杜佑撰：《通典·乐六》。

对于周武帝迎娶北狄突厥女之事，范文澜先生在《中国通史简编》中诠释："563 年（北周保定三年），周武帝谋与突厥连兵攻齐，向突厥请婚，愿娶突厥女为后，齐武成帝也遣使向突厥请婚，送礼比周更多。最后，突厥允许与周通婚，出骑兵十万，自恒州分三路进来，会合周兵攻晋阳。……周国与突厥和亲以来，每岁送给突厥缯絮彩十万段，突厥人往来长安，每岁常有千数人，周国供给上等衣食，尽力优侍。"①

北周武帝宇文邕远见卓识，于天和年间迎娶突厥木杆可汗之女阿史那氏为后，同时有大批西域乐人做陪嫁，随之而来则为完备的龟兹乐队与成套的西域乐器，诸如"曲项琵琶"、"竖箜篌"、"筚篥"、"羯鼓"、"齐鼓"等，以及各种胡地乐曲，可谓华夏一大幸事。

据《通典·乐六·清乐》记载："自周隋以来，管弦杂曲数百曲，多用西凉乐，鼓舞曲多用龟兹乐。"另述："胡乐当开皇中，大盛于闾阎。"《隋书·音乐志》亦云："开皇中，其器大盛于闾阎。时有曹妙达、王长通、李士衡、郭金乐、安进贵等，皆妙绝弦管，新声奇变，朝政暮易。"又载："今曲项琵琶、竖头箜篌之徒，并出自西域，非华夏旧器。《杨泽新声》、《神白马》之类，生于胡戎。"

在北周突厥陪嫁队伍中特别值得一提的是一位西域音乐大师苏祇婆，他带来了对中原乐舞戏曲产生重大影响的"龟兹琵琶"与"五旦七声"胡乐理论。后经北周、隋音乐家"郑译提付乐议，又由当时音乐家万宝常做了不少实际的工作，遂使中国古代传统的音乐，起一巨大的变革，由传统的五音音阶，兼用了西域的七

---

① 范文澜：《中国通史简编》（第二编），人民出版社 1965 年版，第 494 页。

音"①。同时也直接影响了唐、宋大曲与宋、元古典戏曲文学的形成与发展。

对北朝时期西域诸国,特别是龟兹、高昌、疏勒、伊州、凉州等地,乐舞小戏输入并鲜卑化的西域乐曲,以及如何影响隋唐燕乐大曲逐步成熟的历史文化事实,可参见王国维的《唐宋大曲考》有关的一系列论证。

首先王国维先生引用"《魏书·乐志》云:太宗增修百戏,撰合大曲,亦当类此。唐人以《伊州》、《凉州》,遍数多者为大曲"。又引"《唐六典》注云:大乐署掌教。雅乐:大曲三十日成,小曲二十日;清乐:大曲六十日,大文曲三十日,小曲十日;燕乐:西凉、龟兹、安国、天竺、疏勒、安国、天竺、高昌,大曲各三十日,次曲各二十日,小曲各十日"。从中可知北朝已拥有大曲与百戏乐舞,并且获悉当时西域诸乐部为后世雅乐、清乐、燕乐奠定雄厚的基础。

论及"大曲"的称谓与渊源,据《唐宋大曲考》阐述:"大曲之名,虽见于沈约《宋书》,然赵宋大曲,实出于唐大曲,而唐大曲以《伊州》、《凉州》诸曲为始,实皆自边地来也。程大昌曰:乐府所传大曲,惟《凉州》最先出。"又云:"唐之大曲,其始固出自边地。唯遍数甚多,与清文中之大曲同,故名以大曲耳。"另云:"唐大曲如《柘枝》、《突厥三台》、《龟兹乐》、《醉浑脱》,尤明示其所自出;余亦恐借胡乐节奏为之。"

总而言之,不论是北魏、西周时期活跃的民族歌舞小戏,还是唐宋时期盛行的燕乐大曲,因历史上胡汉文化的频繁交流,上

---

① 常任侠:《丝绸之路与西域文化艺术》,上海文艺出版社1981年版,第80页。

述传统表演艺术都有意或无意地打上西域西胡与鲜卑东胡的文化烙印。

于魏晋南北朝时期，鲜卑族拓跋部统治者在雁北地区建立了版图广大、国力强盛的北魏政权。其统治集团审时度势，积极吸收中原儒文化与西域佛教文化，从而在宗教艺术上与世俗诗文创作方面均取得了突出的成就。在吸纳佛教文化精华方面所得成效，可参见范文澜《中国通史简编》"黄河流域各族大融化时期——北朝"一章中的文字阐释：

> 鲜卑统治阶级，从迷信方面来接受并提倡宗教，特别是崇奉佛教。……佛教造像立寺及广度僧尼等所谓功德事，在经济上都起着破坏的作用。一部分精通佛教的僧徒，阐发宗旨，在中国哲学的发展过程中，却起着开拓的作用。天竺各教派，南北朝时期，大体上都传入中国，中国僧徒各就所学，标举心得，聚徒传授，成立学派，为隋唐佛教全盛时期作了重要的准备。

在北魏政权入主中原前后，"致力于笼络汉族士人，振兴儒学，用儒家的纲常名教巩固统治。道武帝拓跋珪于戎马倥偬中犹置五经博士教授生员；太武帝拓跋焘时征召儒者范阳卢玄、勃海高允等，又令州郡各举才学，此后儒学渐兴。献文帝拓跋弘时诏立乡学，郡置博士、助教、学生。孝文帝元宏迁都洛阳，诏立国子、太学、四门小学。此后儒学盛行"[①]。与此同时，北魏皇室贵

---

① 任继愈主编：《中国佛教史》（第二卷），中国社会科学出版社 1985 年版，第 40 页。

族在内迁汉地的过程中，又大量接纳外来的佛教文化，大力修寺造像，以积累"功德"。北魏孝文帝在《诏书》中说："内外之人，兴建福业，造立图寺，高敞显博，亦足以辉隆至教。"据《魏书·释老志》统计：北魏孝文帝太和真君八年（447）平城有寺约100所，僧尼2000余人。各地有寺6478所，僧尼77258人。宣武帝延昌年间（512—515），各州郡建寺多达13727所。

《洛阳伽蓝记》卷五记载，北魏末年洛阳建各类寺院即达1367所，其佛寺修建，"侈丽瑰奇，冠于宇内"，据此书原序云：

> 至晋永嘉，唯有寺四十二所。逮皇魏受图，光宅嵩洛。笃信弥繁，法教愈盛。王侯贵臣，弃象马如脱屣。庶士豪家，舍资财若遗迹。于是昭提栉比，宝塔骈罗，争写天上之姿，竞摹山中之影。金刹与灵台比高，广殿共阿房等壮。岂直木衣绨绣，土被朱紫而已哉！

《魏书·释老志》中辑录任城王澄奏疏曰：

> 今之僧寺，无处不有。或比满城邑之中，或连溢屠沽之肆，或三五少僧，共为一寺。梵唱屠音，连檐接响。像塔缠于腥臊，性灵没于嗜欲。真伪混居，往来纷杂。下司因习而莫非，僧曹对制而不问。其于污染真行，尘秽练僧。薰莸同器，不亦甚欤。

北朝统治者与神职人员借助于如此众多的佛寺庙宇，异域胡族的乐舞百戏、歌舞小戏与各种胡地乐器、道具得以充分展示，较为成熟的佛教艺术样式自然会潜移默化地影响汉地世俗文学与祭祀文化。

另据《洛阳伽蓝记》卷一"景乐寺"条记载："有佛殿一所,像辇在焉。雕刻巧妙,冠绝一时。堂庑周环,曲房连接,轻条拂户,花蕊被庭。至于大斋,常设女乐,歌声绕梁,舞袖徐转,丝管寥亮,谐妙入神。……召诸音乐,逞伎寺内。奇禽怪兽,舞抃殿庭。飞空幻惑,世所未睹。异端奇术,总萃其中。剥驴投井,植枣种瓜,须臾之间,皆得食之。士女观者,目乱精迷。自建义已后,京师频有大兵,此戏遂隐也。"

又如该书卷三"景明寺"条云："时世崇福,四月七日京师诸像皆来此寺,尚书祠部曹录像凡有一千余躯。至八日,以次入宣阳门,向阊阖宫前受皇帝散花。于时金花映日,宝盖浮云,幡幢若林,香烟似雾,梵乐法音,聒动天地。百戏腾骧,所在骈比。名僧德众,负锡为群,信徒法侣,持花成薮。车骑填咽,繁衍相倾。时有西域胡沙门见此,唱言佛国。"

再如其卷五"禅虚寺"条曰："有羽林马僧相善角抵戏,掷戟与百尺树齐等。虎贲张车渠,掷刀出楼一丈。帝亦观戏在楼,恒令二人对为角戏。"周祖谟校释注云："《史记·李斯列传》：'二世作角抵优俳之观',集解引应劭曰：'战国之时,稍增讲武之礼,以为戏乐。秦更名角抵。角,角材也。抵,相抵触也。'《汉书·武帝纪》武帝作角抵戏,集注引文颖曰：'秦名此乐为角抵,两两相当,角力,角技艺射御,故名角抵。'"[①] 文中所述"帝亦观戏在

[①] （北魏）杨衒之撰、周祖谟校释：《洛阳伽蓝记校释》，中华书局1963年版，第179页。

楼",所见为"角抵戏"或"角戏";另如"梵乐法音"与"百戏",在北魏寺中所演绎,从而证实平城、洛阳之魏都与佛教寺庙已有敷演民族乐舞戏剧的文化传统。

关于北朝统治者所造功彪千古的佛教造像艺术,对后世中原造像与表演艺术产生长远历史影响的史料不胜枚举。据王昶《金石萃编》记述有关北朝造像雕刻云:

> 按造像立碑,始于北魏,迄于唐之中叶。大抵所造者释迦、弥陀、弥勒及观音,势至为多。或刻山崖,或刻碑石,或造石窟,或造佛龛,或造浮图。其初不过刻石,其后或施以金,涂彩绘。其形模之大小广狭,制作之精粗不等。造像或称一躯,或称一龛,其后乃称一铺,造像必有记。

位于大同市西16公里处武周山麓的云冈石窟,于北魏文成帝和平年间(460—465)开始营造,至孝明帝正光五年(524)建成,初由河西凉州高僧昙曜主持建凿。《水经注·㶟水》记载了迁都洛阳前石窟之盛境:"凿石开山,因岩结构,真容巨壮,世法所希。山堂水殿,烟寺相望,林渊锦镜,缀目新眺。"

自北魏太和十八年(494)北魏孝文帝率皇室百工迁都洛阳之后,继承平城造像传统,于洛阳市南13公里伊水两岸东、西山上大规模开窟造像。后经东魏、西魏、北齐、隋、唐、北宋历朝,共凿有"窟龛两千一百多个,造像十万余躯,碑刻题记二千七百多品,佛塔四十余座"。作为神像陪衬而凿刻的飞天伎乐形象甚众,其中最有代表性的是北魏后期洞窟"宾阳三洞",其"正壁列一佛二弟子二菩萨,为典型的五尊像组合。左右壁各雕一立佛二菩萨。题材仍为三世佛，但立像集中于后壁，使窟室更加宽敞。左、右壁前上方浮雕维摩、文殊对坐像和舍身饲虎故事。前壁是已被盗劫国外的著名帝后礼佛图，下部雕十神王像，为国内此类题材中较早一例。窟顶雕莲花和伎乐天。窟门拱壁浮雕二供养天、二供养菩萨及梵天、帝释二天王。窟门外侧雕力士"①。此种佛陀僧众与飞天伎乐造像排列形式，逐渐为后世石窟之定制。

追随北朝大兴佛窟造像之风，中原北方地区如河西区、陇东区、关中区、晋豫区及河北区均争相开窟造像。据任继愈主编《中国佛教史》第六章"南北朝时期的佛教艺术"统计，此时期开凿的代表性石窟即有甘肃敦煌县莫高窟、西千佛洞、安西县榆林窟、永靖县炳灵寺石窟、天水县麦积山石窟、庆阳县平定山石窟、泾川县南北石窟寺，宁夏须弥山石窟，陕西耀县药王山石窟，山西大同市鹿野苑石窟、高平市羊头山石窟，河南巩县大力山石窟、义马县鸿庆寺石窟、新安县西沃石窟、偃师县水泉石窟、安阳市灵泉寺石窟、小南海石窟，河北邯郸市响堂山石窟、水峪寺石窟，辽宁义县万佛堂石窟等。如此众多的佛教石窟开凿，以及有关佛教造型与表演艺术的产生，必然会影响中国北方地区与长安文化宗教与世俗文学。

---

① 任继愈主编：《中国佛教史》（第三卷），第 707 页。

第二章 中华民族与多民族文学

"中华"亦称华夏或诸夏,"华"意为"荣","夏"为中原之人。中华亦称"中国"或"赤县神州"。战国齐人邹衍称谓:"中国名曰赤县神州,赤县神州内自有九州。"[①]"九州"泛指中国,历代学者认为华夏九个地理区域源自春秋战国时代,系大禹治水时所划分。《禹贡·九州图》后来扩大范围,"中华"不光是指现在的中国,还指历史上数度变化版图的"大中国"。其人种、民族涵括自古迄今各朝代的所有民族,不仅为华族、夏族、商族、周族、汉族,还有众多氏族、部族,原始夷、狄、羌、戎、苗、蛮等古族,以及当今56个民族与一些不确定的族群,另外还有迁徙到世界各地的华侨、华裔。

中华民族传统文化是当今世界上不曾中断的古代文明的物化形式,其丰富的历史文化遗产作为人类最美好的记忆,忠实地记载着中国各民族的勤劳、勇敢、聪明与智慧。中国多民族文学作为中华文明的一部分,包括古今各民族的传统诗歌、散文、小说、戏剧、讲唱与影视文学等。对中华民族传统文化,即中华多民族文学艺术遗产,进行全面、系统的发掘、整理与研究,如此非常有助于弘扬中华民族优秀文化。

---

① 《史记》卷七十四《孟子荀卿列传》。

第一节　炎黄子孙、华夏儿女与中华民族

"中华民族"是现今约定俗成之称谓。在古代与近现代，中国人民惯常以"炎黄子孙"、"华夏儿女"、"九州儿女"、"黄河儿女"、"龙的传人"等自称。炎黄子孙，亦称"黄炎子孙"。传说炎帝与黄帝出自不同的部落，均被视为华夏民族的始祖。后来两个部落逐渐融合成华夏族，在汉朝以后称为汉民族，唐朝以后又称为唐人、宋人。炎帝和黄帝也是中国文化、艺术、技术的始祖，传说他们以及后代创造了上古诸多重要文明成果。

"炎黄子孙"是海内外华人引以为荣的自我称谓。这个名词的真正出现与广泛使用是在清朝末年，但其雏形"黄炎之后"、"炎黄苗裔"等始自先秦战国时期，这些都是"炎黄子孙"称谓在不同时代、不同语境下的不同表现形态。《国语·晋语》称："昔少典娶于有蟜氏，生黄帝、炎帝。黄帝以姬水成，炎帝以姜水成。"炎黄时代没有文字，也不可能有"炎黄子孙"或"黄帝子孙"这样的美誉，但为后世此类称谓的出现打下坚实的基础。

从远古传说的数位君王一直到夏商周帝王，都被认为是黄帝的直系子孙。连华夏周边狄、蛮、戎、夷等古族也被纳入其宗谱系统，后世的帝王也声称自己是炎黄的后裔。古代中国几乎所有的姓氏都可追溯到炎帝、黄帝或他们的臣民。而接受了华夏文化的古代少数民族如匈奴、鲜卑、肃慎、契丹等也声称自己是炎黄子孙。由此可知，炎黄古帝实为中华各民族共同的祖先。

春秋战国时期，诸子百家竞相争鸣，《淮南子·修务训》云："世俗之人，多尊古而贱今。故为道者必托之于神农、黄帝而后能入说。"孔子著述称赞黄帝，"生而民得其利百年，死而民畏其神

百年，亡而民用其教百年"；庄子则认为，"世之所高，莫若黄帝"。《史记·封禅书》载："秦灵公作吴阳上畤，祭黄帝；作下畤，祭炎帝。"《国语·鲁语》曰："黄帝能成命百物，以明民共财……故有虞氏禘黄帝而祖颛顼，郊尧而宗舜；夏后氏禘黄帝而祖颛顼，郊鲧而宗禹。"由此证实舜、禹皆为黄帝之后。《国语·周语》云："唯有嘉功，以命姓受祀，迄于天下。及其失之也，必有慆淫之心间之，故亡其氏姓……夫亡者岂繄无宠，皆黄炎之后也。"更是自述黄帝、炎帝为诸国庶民至高无上的祖先。

翻阅《史记》诸列传，首先进入人们视线的伟大人物就是黄帝。在太史公司马迁的笔下，不仅尧、舜、禹、契、后稷、汤、文王、武王等诸位圣贤明君是黄帝子孙，而且秦、晋、卫、宋、陈、郑、韩、赵、魏、楚、吴、越等诸侯也是黄帝之后，甚至连匈奴、闽越、鲜卑、蛮夷等亦为黄帝苗裔。如此而来，便把中国各族均纳入到以黄帝为始祖的中华族谱大系之中。更有甚者，汉代王充在《论衡》中亦云："《世表》言五帝、三王皆黄帝子孙。"司马迁坚持"中华大一统"的历史观和民族观，将黄帝民族国家共祖的地位经典化，上承"百家杂语"，下启二十四史，对国人自称"黄帝子孙"起到促进作用。唐宋明清以后的族谱大都攀附历史上与黄帝有瓜葛的同姓名人，故而近代著名学者梁启超大为感叹："寻常百姓家谱，无一不祖黄帝。"

自从"鸦片战争"以后，西方列强侵华加剧，清廷治国无方，中华民族危机，长期蛰伏不显的"炎黄子孙"等称谓，好像井喷一样涌现出来，频频见诸书刊报纸，成为广泛使用的流行词语。改良派是这一现象的肇始者，而革命派则是真正的主导者。二者虽然同样使用"炎黄子孙"，但是其含义明显不同。改良派认为，

"我国皆黄帝子孙";革命派却认为,"炎黄之裔,厥惟汉族"。以"发明国学,保存国粹"为己任的国粹学派视黄帝为国魂。台湾爱国诗人丘逢甲诗云:"人生亦有祖,谁非黄炎孙?归鸟思故林,落叶恋本根。"满族诗人盛昱大声疾呼:"起我黄帝胄,驱彼白种贱。大破旗汉界,谋生皆自便。"

清朝末年"炎黄子孙"称谓的勃兴一方面促进了反清革命的兴起,另一方面促使"炎黄子孙"真正成为国人的广泛自称。面对西方列强的侵略,包括少数民族人士在内的有识之士号召打破族群界限,以"炎黄子孙"为旗帜振兴中华。抗日战争时期,"炎黄子孙"的称谓在抗敌烽火中定型为中华民族的指代符号,成为号召与激励海内外华人共同抗战的指路标。在中华民国时期,"中华民族之全体,均皆黄帝之子孙",全体中国人皆为炎黄子孙已成为共识。

抗日战争时期流行的《义勇军进行曲》唱道:"中华民族到了最危险的时候,每个人被迫发出最后的吼声。起来!起来!起来!我们万众一心……"这正是中华民族空前觉醒、浴火重生的时代强音。中共中央在给中国国民党的电报中称:"我辈同为黄帝子孙,同为中华民族儿女,国难当前,惟有抛弃一切成见,亲密合作,共同奔赴中华民族最后解放之伟大前程。"蒋介石在《告抗战全体将士书》中亦指出:"我们大家都是许身革命的黄帝子孙。"在历史的关键时刻,国共两党携手同祭黄帝陵,毛泽东亲撰祭黄帝陵祭文,蒋介石亲题"黄帝陵"三字,他们均以"炎黄子孙"自居。

近现代学者们也纷纷以笔代枪,大力弘扬炎黄二帝的丰功伟绩,以激励军民的抗战士气。陈子怡在《中华民族,黄帝子孙》一文中呼吁:"非黄帝子孙者,皆纳入黄帝子孙之中,而无论何姓,皆黄帝子孙矣。后世之人,咸谓中华民族皆黄帝子孙也。""炎黄子孙"称谓与其说是一个血缘符号,不如说是一个文化符号。海内外华人自称"炎黄子孙",实际上是对中华民族文化的认同,是"文化寻根"或"文化自觉"的需要。

虽然炎黄二帝备受尊崇,但是令人不解的是,在后世"炎黄子孙"隐而不显,大多被"华夏儿女"或"中华民族"所取代。究其原因,这是古代中国人的民族意识一度淡漠、对炎黄二帝的尊崇其文化性高于血缘性所致。古代中国是"王朝国家",而不是现代意义上的"民族国家"。王朝国家更需要的是当朝本宗之祖,正如唐代杜佑在《通典》中所述:"远祖非一,不可遍追,故亲尽而止。"笔者认为,"炎黄子孙"一词的含义与使用,可能经历了一个由直系到旁系、由贵族到平民、由血缘到文化、由实指到泛指的演变过程。也就是说,尽管炎黄二帝在古代备受尊崇,但其"文明初祖"和"帝王鼻祖"的形象较之"民族始祖"的形象更为突出,故而"炎黄子孙"有时无法成为普遍使用的称谓。

翻阅古书典籍可知,华夏之"华",是"章服之美"的意思;"夏",是"礼仪之大"的意思。中国古人是以服饰华彩之美为"华",以疆界广阔与文化繁荣、文明道德兴盛为"夏"。

在外域异族先民的眼里,居于中原地区的华夏族或"汉族",是一个身着华彩衣服、讲究礼仪的民族。实际上各古族融合而成的汉族由秦汉以后而得名,此前称"华夏族"。汉族本身是由不同民族组成的社会集合体,华夏族的祖先是生活在黄河流域的黄帝与炎帝,后由于合并融合,蛮、夷、戎、狄等民族相继融入华夏族,才构成后来汉民族的主体。

远古时期，中国境内分布着许多氏族与部落联盟。距今四五千年前进入中原的黄帝及其后代尧、舜、禹统一融合了苗、黎、夷、蛮等许多部族，与炎帝、四夷结成统一联盟，在黄河中游两岸生殖繁衍。公元前 2100—前 770 年，黄河中下游的夏族、商族、周族和其他古族部落长期相处，逐渐形成"华夏族"。春秋战国时期各诸侯国不断相互兼并，地区之间经济、文化交流频繁，加强了华夏族与其他各民族的密切联系。氐、羌、巴、蜀、滇、僰、濮、苗、越等族有的融合于华夏，有的在相互同化中逐步发展成为新的族群。

公元前 221 年，秦朝建立了以华夏族为主体的统一的多民族国家。汉朝时汉族不断吸收其他民族成分，逐渐代替了"诸夏"、"华夏"等旧称。在中国历史上，"华夏"所指即为中原诸侯与国民，也可代指汉族。明代叶盛《水东日记》曰："佛本夷人，固宜神。则有当事者而吊祭之礼不知，则是其自异于华夏矣。"郁达夫曾撰《满江红·闽于山戚继光祠题壁》，气势豪迈、语调铿锵，道出了华夏儿女的心声：

> 三百年来，我华夏，威风久歇。有几个，如公成就，丰功伟烈。拔剑光寒倭寇胆，拨云手指天心月。至于今，遗饼纪东征，民怀切。
>
> 会稽耻，终须雪。楚三户，教秦灭。愿英灵，永保金瓯无缺。台畔班师酣醉石，亭边思子悲啼血。向长空，洒泪酹千杯，蓬莱阙。

相比"炎黄"、"华夏"的称谓，中国各民族更倾向于使用巍然大气的"中华民族"词组。据《辞海》释:"中华民族"为"我国各民族的总称"。台湾三民书局出版的《大辞典》释义:"族名,指组成中国各民族的集合体。"中国是统一的多民族国家,"中华民族"是近现代以来才有的民族学专用名称,泛指定居于中国领土上的所有民族。但是,这个族体已存在数千年之久,其族称的形成与发展也经历了数千年的演变。

大约在5000年前,当中华民族逐渐形成时,其古族称为"华"。汉朝以后,开始出现"中华"一词。至19世纪末,西方民族学特定术语"民族"传入中国后,"中华民族"这个响亮的词组也应运而生。虽然"华"、"中华"、"中华民族"这些族称之间小有差异,其内涵却是一致的,即指定居于中国领土上的所有民族。

追根溯源,中华民族之"华"肇始于中国历史上五帝时代之舜的名字"重华"。唐代张守节撰《史记正义》,释"重华"为"目重瞳子",说是舜的眼睛有两个瞳孔;有学者考证"重华"之"重",是远古少昊氏部落中的一个氏族名称。"重"亦即舜所在氏族名称,"华"才是舜的名字。按照氏族部落传统习俗,氏族首领的名称一般为全体氏族成员及其后裔共用名称。在舜建立国家政权后,人们沿袭古老习俗,以其称谓与有虞氏族裔及治理下的人民为"华"。

根据文献所载,"华"作为族称始见于《尚书·周书·武成》,意思是指先圣王的后代,即远古社会的贵族。后来的"华"作为族称见于《北史·西域传》,意思是指所有的中国人。在"华"的族称形成之后,历史上给人们留下深刻印象的一些朝代名称,也曾经作为华人的别称流传。诸如"秦人",见于《史记·大宛列传》;"唐人",见于《明史·外国真腊传》;甚至于"契丹"在北方声名远播后,在西方人眼中也成了华人之别称。

"中华"一词，则见于裴松之注本《三国志》，为"中国诸华"之缩写。此语始于汉代高诱注《吕氏春秋》，意思是"中国诸圣人的后代"。在3—6世纪，即魏晋南北朝时期，匈奴、鲜卑、羯、氐、羌等族向中原汇聚，纷纷建立政权。当时，中原的中心地位备受尊重与拥戴。内迁各族都表现出对中原传统文化的强烈认同意识。"中华"一词作为超越当时华夏、汉族，兼容当时边疆各民族的概念被旗帜鲜明地提出。内迁各族所建政权均从地缘、血统及文化制度方面寻找自己是中华圣人后代的依据。

唐代在法律大典中正式出现"中华"一词，可见于由长孙无忌领衔撰文、于唐永徽四年（653）颁行的《唐律疏议》。其行文中有"中华者，中国也。亲被王教，自属中国。衣冠威仪，习俗孝悌，居身礼仪，故谓之中华"的词令，意为大唐境内凡行政区划及文化制度自属于中国的族群均称为"中华"。

作为近代以来社会学、民族学的重要术语"民族"，是在19世纪末从日本传入中国的一个外来词。此前，在中国古代汉语文献中，指称人们共同体的词只有"人"、"民"、"族"、"家"等分称。当"民族"一词传入中国后，则组合为"中华民族"这个崭新的词组。"中华民族"是一个相对于外国民族而言的在近代才出现的中国文化概念。

从中华民族内部结构来看，数千年来，内部各族族称在不断演变，显示出特定历史内涵的变化。尽管中华民族的内部结构在不断变化，特别是中原政权的更迭，导致一些族群向边疆乃至海外迁徙；另一些民族则向中原汇聚，并建立政权。但不管各族群内部怎样变化，中华民族本身始终是一个包容中国各民族共同发展的永恒的社会主体。

1902年，梁启超在《中国学术思想之变迁之大势》一文中写道："上古时代，我中华民族之有四海思想者厥惟齐，故于其间产生两种观念焉，一曰国家观，二曰世界观。"这是我国学者对"中华民族"一词的最早使用。1905年，他在《历史上中国民族之观察》一文中，又多次使用"中华民族"一词，并明确地指出其含义，"今之中华民族……我中国主族"，即所谓众所周知的"炎黄遗族"。

　　到了近代，中华民族作为国家共同体的一个国族概念，由于现代中国自晚清迄今的历史政体更变，此概念在不同时期有所变异。诸如孙中山先生推行民主革命时，包括汉、满、蒙、回、藏等大小族群。1912年，提倡"五族共和"，他指出："今日中华民国成立，汉满蒙回藏，五族合为一体。"

　　如上所述，中华民族是一个勤劳勇敢和富有创造精神的民族。中华民族的概念从提出到不断引申和发展，在现在文辞用语中已不再是单一民族的代称，而是一个与中国的国家、民族、地域、历史、文化紧密相连的族群共同体的代称。"中华民族"这个神圣的概念，始终导引着"实现中华民族的伟大复兴"。从爱国主义的角度来看，"中华民族"一词已成为全国人民民族精神、民族情感的凝聚和象征。从感情意义上来讲，具有广泛的传统文化涵盖意义，应该说是"炎黄子孙"、"华夏儿女"等词语的引申和发展；同时，现代概念上的中华民族，也是广义上"中国"的一个总称。

　　著名诗人刘周作有《江山如此多娇》一首辞赋，敬献给中华民族，代表着亿万民众的心愿：

　　　　天地所钟兮尽美，五洲万类兮齐雄。洋洋乎盛者，夫谓何也？是则厚德所载共陆海风云，日月所照皆中外形胜。此

> 其所以醉美群伦也。若曰：宇宙之灵存乎寰球，寰球之秀在乎中华也。故谓中华，中曰中央，华曰繁华，中华者中央繁华之所在也。此非誉美之辞哉？岂但中华之美足堪誉之哉？①

随着近代历史的发展，"中华"逐渐扩大其含义为中国多民族传统文化。因此，中华民族不仅包括定居于中国领土内的所有中国民族，亦包括历史上曾经存在过而现在已经消失的各个民族。在几千年的历史长河中，以其繁荣的经济，灿烂的文化、文学、艺术和辉煌的科学技术成就蜚声于全世界，对于人类社会的进步产生过深远的影响。中华民族伟大的历史贡献，是中华各族人民智慧的结晶。

陈育宁主编的《中华民族凝聚力的历史探索》指出："我国是一个历史悠久的多民族国家，一部中国历史就是一部多民族共同开创中华文明的历史。中华民族的历史是各民族共同创造的，历史上的各个民族，包括已经消失了的民族，他们对中华民族与统一的多民族国家的形成和发展，都做出了其他任何一个民族不可替代的贡献。少数民族的历史在中国历史中占有十分重要的地位。"在此书中，他总结了中华民族凝聚力形成过程中的四大要素："多源多流、源流交错——中华民族凝聚力形成的历史前提；共同开发、共同创造——中华民族凝聚力形成的历史基础；迁徙流动、汇聚交融——中华民族凝聚力形成的历史途径；相互联系、相互依存——中华民族凝聚力形成的历史根源。"②

---

① 刘周：《江山如此多娇》，《帷幄仙风》2004 年第 5 期。
② 陈育宁主编：《中华民族凝聚力的历史探索》"绪论"，云南人民出版社 1994 年版。

中华民族不仅以高度智慧与能力创造了灿烂辉煌的历史文化，同时也建构起中国多民族绚丽多彩的文学艺术的宏伟大厦。在叶茜女士著的《中华民族的文化与性格》一书中专设"民族大融合对文学的影响"一章，从中我们可感知中华多民族的形成对中国文学、艺术思想内容、形式、风格的长远影响："自先秦以来，特别是秦汉以来，胡汉大融合的内容，已经形成了中国古代文学表现的最重要的题材。内容决定形式，因此，这种胡汉大融合的内容也对文学作品的表现形式产生了重大的影响。"她还指出："这种影响的大致脉络是汉族艺术开始与北方少数民族艺术以及西域、印度文化通过民族杂居以及丝绸之路输入的艺术相交融，至魏晋南北朝时期而有长足发展。到隋唐对这种艺术大融合进行整合，将原来汉族的艺术与纯粹的胡人艺术，及胡汉混合艺术，及受胡汉融合之影响而创造的汉族艺术整合为统一的艺术。"①

第二节 狄、戎、羌、蛮四夷古族文化

中国是一个地域辽阔、历史悠久的多民族国家，更是一个拥有巨大文学艺术财富的东方大国。一部中国历史就是一部多民族共同开创的中华文明的历史。有着悠久的历史文化的中华民族，在远古时期，有许多氏族与部族，如被称为"北狄"、"东夷"、"南蛮"、"西戎"、"西羌"的中华古族。古代各民族在创造物质文化的同时，也创造了丰富多样的精神文化，其中自然包括后来对

---

① 叶茜：《中华民族的文化与性格》，民族出版社 2006 年版，第 256、265 页。

汉族与众多少数民族文学艺术产生长远影响的传统民族文化。

王仲翰先生曾在《中国民族史》中指出："迄今古人类学的发现与研究的结果表明，在中华大地上，人类起源的各个阶段没有缺环，可以建立比较完整的进化系列；在世界上，也仅仅中国有如此丰富的发现。"他又说："中华民族起源于中华大地，既不是来自中华大地以外的任何一方，也不是均起源于黄河中下游。中华民族是在中华大地上多元起源，多区域不平衡发展，而又存在不可分割的内在联系与统一性。"①

对于中国多民族文化"多元起源"、"统一性"理论，著名历史文化学者费孝通很早就有领悟与阐释，他在1989年就提出了"中华民族多元一体格局"的科学论断，这不仅是中华文明史、中华文化史，也是中华民族文学、艺术史编撰的理论通则。他的观点对中华民族史学的贡献在于：（1）强调中华民族是自古迄今生活在中国境内的所有民族的总称，是一个相互依存的、统一而不可分割的社会整体；（2）中华民族在历史上是以汉族为强大凝聚力的核心，将其分散的多元逐步结合成一体；（3）中华民族是一个有着多种语言、文化、艺术的高层次的既一体又多元的复合体。同样，中华多民族文化也是一个以汉族为主体的又有众多少数民族传统文学、艺术融会贯通的复合体。

追根溯源，汉代司马迁《史记·夏本纪》记载，远古华夏就有"九州"与"五服"重要建制：

　　　　令天子之国以外五百里甸服：百里赋纳裹，二百里纳铚，

---

① 王仲翰主编：《中国民族史》，中国社会科学出版社1994年版，第32页。

三百里纳秸服，四百里粟，五百里米。甸服外五百里侯服：百里采，二百里任国，三百里诸侯。侯服外五百里绥服：三百里揆文教，二百里奋武卫。绥服外五百里要服：三百里夷，二百里蔡。要服外五百里荒服：三百里蛮，二百里流。

东渐于海，西被于流沙，朔、南暨，声教讫于四海。于是帝锡禹玄圭，以告成功于天下。天下于是太平治。

依上所述，古代的华夏版图较之后世的中国领土，并不是很大，离中原之地"五服"不远即为"四夷"所处之地。以周朝华夷相互依赖关系为据，大致可以"天子"、"内臣"、"外臣"、"朝贡国"以及"外化之地"来划分其远近归属关系。杨全照在《中国古代民族统计研究》一书中的"先秦时期的民族统计"章指出，所谓甸服、侯服、绥服、要服、荒服之"五服之地，以帝王都城为中心，每服地径伸五百里，五服地带半径二千五百里，直径五千里。或以四方计，每方边长五千里，即《史记》所称'方五千里'，方圆面积约为二千五百平方里。'五服'的规定，虽然我们不能绝对地去理解，但却反映了夏王朝与诸侯国的亲疏关系，同时也反映了夏朝统治民族与其他民族的关系"[①]。

至于历史上的"九州"，不同时代有不同的州名。学界一般以《禹贡》为依据："冀州"、"兖州"、"青州"、"徐州"、"扬州"、"荆州"、"豫州"、"梁州"、"雍州"。后来又有"十二州"之说，即从冀州分出"并州"，从青州分出"营州"，从雍州分出"凉州"。另据《周礼·夏官》曰："东南曰扬州"，"正南曰荆州"，

---

① 杨全照：《中国古代民族统计研究》，民族出版社2006年版，第49页。

"河南曰豫州","正东曰青州","河东曰兖州","正西曰雍州","东北曰幽州","河内曰冀州","正北曰并州"。《吕氏春秋·有始览》曰:"何谓九州?河、汉之间为豫州,周也;两河之间为冀州,晋也;河、济之间为兖州,卫也;东方为青州,齐也;泗上为徐州,鲁也;东南为扬州,越也;南方为荆州,楚也;西方为雍州,秦也;北方为幽州,燕也。"

据《尚书·禹贡》详指:"冀州","济、河惟兖州","海、岱惟青州","海、岱及淮惟徐州","淮、海惟扬州","荆及衡阳惟荆州","荆、河为豫州","华阳、黑水惟梁州","黑水、西河惟雍州"。《尔雅·释地》曰:"两河间曰冀州,河南曰豫州,河西曰雝州,汉南曰荆州,江南曰扬州,济河间曰兖州,济东曰徐州,燕曰幽州,齐曰营州。"《淮南子·地形训》曰:"何谓九州?东南神州曰农土,正南次州曰沃土,西南戎州曰滔土,正西弇州曰并土,正中冀州曰中土,西北台州曰肥土,正北泲州曰成土,东北薄州曰隐土,正东阳州曰申土。"①《河图》曰:"天有九部八纪,地有九州八柱。东南神州曰晨土,正南昂州曰深土,西南戎州曰滔土,正西弇州曰并土,正中冀州曰白土,西北柱州曰肥土,北方玄州曰成土,东北咸州曰隐土,正东扬州曰信土。"

如果以《禹贡》、《周礼》、《河图》等古籍记载为依据,各家学说虽然略有差异,但"九州"所包括的地域基本符合周朝的统治范围,并且各州分布亦与汉晋时期区域分布大致相同。《河图》派既曰"正西弇州",而弇州就在山东西部(或曰济、河之间),古来如此。"九州"范围按以东南西北确定的八个方位分布,正

---

① 《文白对照二十二子》(7),第311页。

中则是冀州。周天子所辖版图始终未出黄河中下游，与此毗连的包括长江流域在内的中华广大土地，实际上都在华夏九州所辖"四夷"诸族名下。

历史上的"四夷"，如上所述，"夷者，带弓之人也"，一般指"东夷、西戎、南蛮、北狄"。《礼记·王制》曰："东曰夷，西曰戎，南曰蛮，北曰狄。"言之"夷"，《尚书·大禹谟》曰："无怠无荒，四夷来王"；《孟子·梁惠王》曰："莅中国而抚四夷也"。自古迄今，黄河中下游地区，气候温宜，雨量适中，土壤肥腴，故较早即进入城郭农耕社会；边区自然条件较差，多为游猎畜牧之族所居，故称为"夷"。

据诸史籍所载，夷戎蛮狄族类繁多，如《尚书·尧典》云："蛮夷猾夏"；《禹贡》中有："岛夷卉服"、"莱夷作牧"、"淮夷蠙珠暨鱼"、"和夷底绩"、"西戎即叙"。《诗经·江汉》："淮夷来铺"；"蠢尔荆蛮"。《左传·桓六》云："北戎伐齐"；"戎狄豺狼，不可厌也"；"戎狄荐居，贵货易土"。《论语·八佾》云："夷狄之有君"；子罕："子欲居九夷"；卫灵公："虽蛮貊之邦行矣"。《孟子·梁惠王》云："文王事昆夷"；滕文公："吾闻用夏变夷者，未闻变于夷者也"。此外尚有赤狄、白狄、犬戎、骊戎、林胡、楼烦等，名目繁多，"四夷"乃其华夏周边各古族统称。

言之"戎"，实为先秦时期西北古族，又称"西戎"，常为非华夏民族之泛称。春秋时期戎人相当活跃，以允姓之戎、姜氏之戎、犬戎最为著名。有学者认为允姓之戎即西周的"猃狁"、远古的"荤鬻"，或作"獯鬻"。允姓之戎分布在今陕西、甘肃、宁夏及内蒙古河套地带，经常侵扰周疆。"侵镐及方，至于泾阳"，给周人带来很大侵扰。古诗云："靡室靡家，猃狁之故。不遑启居，猃狁之故。"周宣王命重兵出征，才将猃狁驱赶走。及至春秋，戎、狄内侵，允姓戎迁于渭泾（今陕西泾水入渭一带），东及辕辕（今河南偃师东南），后更有逾汉水而南者。学者多认为姜氏之戎即殷周汉晋之羌，犬戎即殷周之畎夷。《山海经》云"后桀之乱，畎夷入居邠岐之间"，又名"犬封"国。

周室东迁，秦襄公将兵救周有功，赐受岐酆之地，列为诸侯，进而尽取犬戎所据周地；晋亦西向攻取骊戎。关中之戎遂东西迁徙，于是有扬拒、泉皋、伊洛之戎同伐京师洛阳，陆浑之戎迁于伊川，形成"逼我诸姬，入我郊甸"的局面。又有南入汝汉江淮者，而楚之东南、西南亦均有戎。自关陇以西则有绵诸、绳戎、翟之戎，岐、梁、泾、漆之北有义渠、大荔、乌氏、朐衍之戎，皆先后为秦人所降伏。燕、赵北部间有代戎，燕东北部有山戎，后亦并于诸国。入居中原的戎人，经春秋战国长时期的各古族文化交往，逐渐与华夏族融合。

言之"蛮"，"淮夷蛮貊"指东方民族，"百蛮"指北方民族，"蛮荆"则是指南方民族。春秋时楚境内已有不少以"蛮"自称的古族。在春秋前期，楚国大举进攻蛮人，史称楚武王"大启群蛮"。蛮族以盘瓠、廪君、板楯三者最为强盛。盘瓠蛮因以神犬盘瓠为图腾而得名。秦汉时，居住在武陵郡（今湘西、黔东及鄂西南边缘地区）、长沙郡（今湘中、湘南地区），故又称"武陵蛮"或"长沙蛮"；其地有雄、樠、辰、酉、武五溪，故又有"五溪蛮"之称。

"盘瓠蛮"在秦汉时部落分散，各有首领，汉王朝授予邑君、邑长称号，颁赐印绶。东汉初被迁至汉水中游的一支廪君族，晋宋时发展为"沔中蛮"。另一支被迁到鄂东地区的，称"豫州蛮"或"五水蛮"，分布在鄂、皖、豫边境的蕲水、巴水、希水、赤亭水、西归水一带,北接淮、汝,南接江、汉,地方数千里。豫州向北至东荆州(今河南泌阳)发展为廪君族群。

魏晋南北朝是蛮族与华夏族相互融合的重要时期。据《隋书·地理志》载,今湖北和豫、皖、赣、湘部分地区,当时多杂古代蛮族。他们与汉人杂居者,相互并无多大区别;地处山谷者,则言语不通,嗜好、居处全异。东徙皖、赣的盘瓠族,除部分与汉族融合之外,也融合了部分山越的后裔,从而逐渐形成后世畲族和瑶族的先民。南朝宋武帝时的南康、揭阳蛮(今赣南、粤东地区)就是畲族先民,萧梁时衡阳、零陵(今湘东南)的"莫徭蛮"则为瑶族先民。东晋时活动在巴东、建平(今四川奉节、巫山一带)的盘瓠族不断向川东发展,与原居此地的蜒人相融合,所以被称为"蛮蜒",他们与后世川东南地区的古代少数民族有密切关系。

言之"狄",为先秦时期西北民族,又用此称泛指北方民族。"狄"字或作"翟"。狄人部落众多,春秋时以赤狄、白狄、长狄最为著名。赤狄隗姓,即殷及西周之"鬼方",甲骨卜辞与金文皆有记载。北狄为西北地区大国,居于今陕西、甘肃、宁夏及内蒙古鄂尔多斯一带。《周易》称,周王季曾"伐西落鬼戎,俘二十翟王"。至周成王时,率兵伐鬼方,"俘人万三千八十一人",可见其人之众。

言之"羌",狭义为古代西南地区古族名称,广义为中国古代西部游牧民族泛称。《说文·羊部》云:"羌,西戎牧羊人也,从人从羊,羊亦声。"羌为当时中原部落对西部地区(今陕西、甘肃、宁夏、新疆、青海、西藏、四川)游牧民族之称谓。《国语·周语》记载,西周宣王时有"姜氏之戎",势力强大,曾败王师。姜戎中有申戎,后与犬戎等共灭西周,杀幽王。《左传》载有"姜戎氏",

春秋前期入居豫西，其俗被发，与羌同。"姜"、"羌"古二字相通，故有学者认为，姜戎氏一支即后世羌人。

战国时期，在今甘肃东部、宁夏南部有"义渠"之戎，其俗火葬，学者多以为羌人。他们"筑城数十，自称王"，与华夏诸侯国有交往，常与秦争战，互有胜负。在战国后期臣服于秦，后为秦昭王所灭，设置陇西、北地等五郡。汉代居住在今甘肃、川西的牦牛、白马、参狼诸羌人部落，忍及弟舞留居湟中，忍生九子为九种，舞生十七子为十七种，羌逐渐兴起。戎或羌自汉以来多归属中原王朝管辖，其中大部分渐同化于汉族和藏族，一部分得以保存下来，形成今天的羌族。北宋时建立西夏的党项族亦被唐、宋朝廷认定为羌人的一支，称之为"党项羌"。

依上所述，"四夷"之"东夷、西戎、南蛮、北狄"，曾与华夏族有着密切的血缘关系与文化联系。他们以黄河、长江与名山大川为依托，以中原汉族王朝为轴心，大力创造与发展中华多民族传统文化，其中亦包括以各种文字语言记载的古代少数民族文学与艺术。

我国北方蜿蜒曲折流淌着华夏民族母亲河——黄河，这条由西北昆仑山发源，并流经黄土高原与华北平原的大河不仅在历史上哺育着汉民族历史文化，也培育了北方古代少数民族丰富多彩的文学形式。

因为北方地域辽阔、地大物博，有着得天独厚的草原大漠、雪山森林与河流湖泊，自古这里世居着众多的草原民族，即所谓的"马背民族"或游牧狩猎民族，曾在广阔的历史舞台上创作了精彩纷呈的优秀民族文学作品。不论对华夏民族、亚洲民族，还是对世界民族文化园地都增添了亮丽的色彩。

我国北方地区一般指"三北"地区,即西北、华北与东北。在这块广袤的边塞大地上生殖繁衍着氐、羌、狄、戎、塞种、敕勒、月支、嚈哒、蒙古、突厥、匈奴、回鹘、女真、契丹、肃慎、鲜卑、吐谷浑、高句丽、党项等氏族、部族与民族。他们所缔造的北方游牧、渔猎、采集、垦殖文化曾因少数民族入主中原,更迭汉族政权,几度影响与充实着华夏传统文化,其中亦包括盛行神州大地的胡汉杂糅的传统音乐、舞蹈与文学。特别是后来的蒙元、清朝统治阶级更是使得汉民族诗歌乐舞戏剧产生脱胎换骨的演化,这对我们研究中华民族文学有着特殊的意义。

先秦时期,在中国民族史、文化史上流传着"黄帝命伶伦作为律。伶伦自夏之西,乃之阮隃之阴,取竹于嶰溪之谷……次制十二筒,以之阮隃之下,听凤皇之鸣,以别十二律"[①]的神话,亦有西周周穆王驾驭八匹骏马,西巡攀登昆仑山"黄帝宫",且与西王母歌诗奏乐唱和的传说。但是这些毕竟是神话传说,不能不信,也不能全信。我们只有从有文献、文物记载的史实,特别是北方古代民族史料中去寻觅胡文化的流变,方可推论其中华民族原始文学艺术之发生与发展。

众所周知,北方古代少数民族音乐文化,以"鼓吹乐"最为典型。我们于《乐府诗集》卷一六可知,秦朝末年,中原地区有一位名叫班壹的汉族乐人,因为逃避兵乱,到北方少数民族地区定居,并依靠经营畜牧业而成为富人。后受当地民族音乐文化影响,他在组建的游猎队伍中,使用边地胡族鼓吹乐。此段重要史料可见明代凌迪知辑《古今万姓统谱》:"班壹者,秦末避地楼烦,

---

① (战国)吕不韦:《吕氏春秋·古乐篇》。

以牧起家。当孝惠、高后时,出入游猎,旌旗鼓吹,以财雄边。"

《晋书·乐志》云:鼓吹乐亦称"马上乐",后根据乐府礼仪所需而演化为"鼓吹"与"横吹"两大类。所谓"胡角者,本以应胡笳之声,后渐用之横吹"。据著名音乐史学家杨荫浏解释这两类鼓吹乐之区别:"一类用排箫和笳为主要乐器,在仪仗、在道路上行进时用的,仍称为鼓吹;另一类用鼓和角为主要乐器,作为军乐,在马上奏的,称为横吹。"①

另据《晋书·乐志》所云,鼓吹乐之"横吹"曾广泛流行于西北地区狄羌胡族之中。汉武帝时期,张骞通西域时,曾将"横吹"及其"胡曲"带到中原,融入"乐府",谓"横吹有双角,即胡乐也。张博望入西域,传其法于西京,惟得《摩诃兜勒》一曲。李延年因胡曲更造新声二十八解,乘舆以为武乐"。

自北方少数民族的鼓吹乐输入中原汉地之后,朝野上下广泛使用此种礼仪乐种,或作军乐,或作民乐,或用以徒步,或用以马上,或施以婚嫁,或施以丧葬,或为宫廷宴会,或为娱乐庆典,遂演化为"骑吹"、"歌吹"等,其用途甚广。如在汉宣帝时期,西域龟兹王绛宾和夫人弟史抵长安朝贺,宣帝投其所好,特回赠"赐以车骑旗鼓,歌吹数十人,绮绣杂缯琦珍凡数千万"②。

在北方民族鼓吹乐中以管乐器为主,其中有一种颇为重要的乐器,即后世知名度很高的"羌笛",此乐器与古代羌人及其乐舞文化密切相关。羌人喜奏羌笛亦与狩猎放牧文化有关系。《说文》视羌笛为"吹角",即"羌人所吹角,曰屠觱"。《宋书·乐志》

---

① 杨荫浏:《中国古代音乐史稿》(上册),人民音乐出版社1980年版,第110页。
② 《汉书》卷九十六上卷《西域传》。

云:"角,前世书记所不载,或云本出羌胡。"《乐府杂录》云:"哀笳,以羊角为管,芦为头也。"《乐书》亦载:"哀笳以羊角为管,无孔。"

对此吹奏乐器唐诗有许多赞誉之词,如李白《司马将军歌》云:"羌笛横吹阿嚲回,向月楼中吹落梅。"高适《和王七玉门关听吹笛》云:"雪净胡天牧马还,月明羌笛戍楼间。"宋之问《咏笛》云:"羌笛写龙声,长吟入夜清。"流传最广的还有王之涣的《出塞》诗句:"羌笛何须怨杨柳,春风不度玉门关。"

东汉时,各朝皇帝均喜爱胡人乐舞文化。《后汉书·五行志》云:"灵帝好胡服、胡帐、胡床、胡坐、胡箜篌、胡舞。"唐代杜佑《通典》释义:胡箜篌即"竖箜篌,胡乐也,汉灵帝好之"。此种仰慕胡文化之风尚至魏晋南北朝宫廷中越演越烈。特别是北朝诸政权为胡族所操掌,更加崇尚与推广西北、东北少数民族乐舞。据《魏书·乐志》记载:北魏孝文帝在位期间,"方乐之制及四夷歌舞,稍增列于太乐。金石羽旄之饰,为壮丽于往时矣"。

南方相对于北方的大漠草原,特别是西南、中南地区云集着许多名山大川、峡谷丘陵,纵横交织着不少大江大河、湖泊水泽。特别是被称为"世界屋脊"的青藏高原、有着"动物、植物博物馆"美誉的云贵高原,景色分外迷人。顺沿万里长江蜿蜒而去,一路上有峨眉山、张家界、神农架、庐山等雄伟山脉,散落着洪泽湖、洞庭湖、鄱阳湖、太湖等秀丽湖泊。正是在这样如花似锦的自然环境中数千年繁衍生息着较之北方比例更大、人数更多的各少数民族同胞。

我国南方地区一般指长江以南广大疆域,这一带自古就居住着众多的少数民族。他们与历朝迁徙而去的汉民族一起创造了灿烂辉煌的华夏传统文化,其中亦包括多姿多彩、美不胜收的南方少数民族诗歌、音乐、舞蹈艺术与戏剧文学。

在我国史书典籍中,南方古代少数民族被称为夷、戎、蛮、僚、爨、濮、越、罗罗等。因为这些民族世代居住在青山绿水、气候温暖的自然环境中,故此在民族传统习俗文化、文学与艺术娱乐方式方面与粗犷豪放、爽朗、火爆、刚健的北方少数民族有着许多不同之处。所呈现的清秀、柔美、热烈、多情的艺术风格为民族文化增添了丰富绚丽的色彩。

言及南方夷蛮古族与文化,《论语·子罕》云:"子欲居九夷。"疏注:"东有九夷:一玄菟,二乐浪,三高丽,四满饰,五凫臾,六索家,七东屠,八倭人,九天鄙。"又《尔雅·释地》曰:"九夷,八狄,七戎,六蛮,谓之四海。"注:"九夷在东。"疏《后汉书·东夷传》云:"夷有九种:曰畎夷、于夷、方夷、黄夷、白夷、赤夷、玄夷、风夷、阳夷。故孔子欲居九夷也。"

在古代史书中,"夷"更多地总称西南少数民族,亦称"西南夷"。汉代分布在今四川西部、南部和云南、贵州一带的少数民族,世代居住在夜郎、靡莫、滇、邛都等地域。从事农耕的古族"昆明夷"源于氐羌,汉至唐代主要分布在今云南西部和中部、贵州西部。东汉章帝时,昆明夷首领卤承助汉击破哀牢夷,受封为"破虏傍邑侯",唐代亦称昆弥。"哀牢夷",汉代分布在今云南西部地区,汉永平十二年(69)曾设哀牢、博南两县,即今云南保山、永平县地。

两汉时期,西南夷流传着三首驰名中外的古老歌谣,或统称《白狼王歌》,真实、生动地记载着此地少数民族游牧狩猎,以及与国内外各民族经济、文化交流的情况。明帝永平年间,汶山(今四川汶川县）以西白狼王给汉朝奉献《远夷乐德》、《远夷慕德》、《远夷怀德》三首歌曲，即所谓的《白狼王歌》。犍为郡掾田恭以汉字记音并译音，此歌始载于《东观汉记》。另据《后汉书·南蛮西南夷列传》"莋都夷传"中记载，《白狼王歌》又称《白狼盘木献歌》。

至唐天宝年间，居住在滇西的蒙舍诏，世代臣属于唐，在唐王朝的扶持之下，阁罗凤兼并两爨，统一六诏，号称"南诏"。唐贞元十年（794），南诏异牟寻曾遣使率乐舞戏队赴唐长安，为朝廷献演《南诏奉圣乐》舞与《夷中歌曲》，使西南夷音乐歌舞艺术风靡中原。

《新唐书·礼乐志》记载，自南诏第六世王异牟寻与唐联合击败吐蕃之后，为了进一步加强与中原朝廷的联系，特地奉献《夷中歌曲》以取信于唐皇。遂派人呈送《奉圣乐舞》至成都，四川节度使韦皋对其进行加工修改，后定名《南诏奉圣乐》贡奉唐廷。唐德宗于长安大明宫麟德殿观赏，并命太常乐部仿效演习，仍沿袭"庭宴则立奏，宫中则坐奏"形制，可知唐朝廷对西南边疆少数民族表演艺术的形式倍加重视。

当朝所贡奉的《夷中歌曲》，为《南诏奉圣乐》的中心段落，另外，"演出中有《天南滇越俗》、《南诏朝天乐》等南诏本土艺术……充分展现了南诏高度发展的民族文化和西南边疆多民族乐舞文化的奇异风采"①。

据《新唐书·南蛮传》记载：大型乐舞《南诏奉圣乐》表演阵容非常壮观，乐手有 212 人，舞伎 64 人；所设乐部为四部，即

---

① 纪兰慰、邱久荣主编：《中国少数民族舞蹈史》，中央民族大学出版社 1998 年版，第 139 页。

龟兹乐部、大鼓部、胡部、军乐部；所用乐器有羯鼓、腰鼓、鸡娄鼓、答腊鼓、箫、钲、笙、笛、篴篌、琵琶、铍、铙、铎等；舞者身穿雍容华贵的西南夷贵族妇女服装，并根据乐舞设置依次摆为"南、诏、奉、圣、乐"五个大字，"舞者分左右蹈舞，每四拍，捐羽稽首。拍终，舞者拜，复奏一叠，蹈舞抃揖"。凡奏"序曲二十八叠，舞'南诏奉圣乐'字，至结束时，"舞《亿万寿》，歌《天南滇越俗》四章，歌舞七叠六章而终"。①

对上述南诏王献演《夷中歌曲》的史实，亦可从清乾隆年间问世的《南诏野史》中获悉大略："（唐）贞元九年（793）寻遣使上表，请从韦皋袭吐蕃，诏册封为云南王。以韦皋为云南安抚使，王遣使诣皋，献夷中歌。"文中所述为以"乌蛮"为主体，包括"白蛮"等古族建立的奴隶制政权。唐初为蒙舍诏，贞观二十三年（649）细奴逻建大蒙政权，以巍山为首府。开元年间，其王皮逻阁在唐朝的支持下统一六诏，即唐西南夷中乌蛮之越析诏、浪穹诏、登赕诏、施浪诏、蒙诏与蒙舍诏等，遂迁治太和城。南诏国全盛时管辖今云南全境、四川南部、贵州西部等地。

"西南夷"之乌蛮古族，唐时主要分布于今云贵川大部，为东爨、六诏和东蛮的主要居民。元明又称"乌蛮"为"黑爨"，或"罗罗"，该古族似与今彝、纳西、傈傈等族有渊源关系。我们如今综合考察上述西南少数民族文学艺术，亦可追寻到西南夷及"夷中歌"之神奇文化遗韵。

在中国的文化历史上，正是上述的东夷、西戎、南蛮、北狄、氐、蛮、塞种、敕勒、月支、嚈哒、蒙古、突厥、匈奴、回鹘、

---

① 顾峰：《论南诏奉圣乐》，《南诏文化论》，云南人民出版社1991年版。

女真、契丹、肃慎、鲜卑、吐谷浑、高句丽、党项、僚、爨、濮、越、罗罗等古代少数民族与华、夏、汉族相互融合、同心协力创造出丰富多彩的中华民族文化。

第三节 中华多民族文化背景与文学艺术

回顾历史，中国古代少数民族文学与中华文明史和文化史一样根深叶茂，源远流长。对中华多民族文学的发生与拓展历史需要从三个方面理解和思考，即中华民族文化地理，中华民族文化历史，中华民族文化艺术，并由上述三个层面进行探索与研究。

其一，我们首先要重视对中华民族文化地理的认识，德国著名学者洪堡在《宇宙学：一个世界描述的纲要》中认为，人类生存的地理空间是"和我们有关联的生活经验的舞台"。英国学者卡罗尔认为，地球表面是"地理学研究的本体"，它是由"岩石圈、水圈、大气圈、生物圈、人类圈"等五个不同空间因素所组成，统称为"地圈"。[1]

"文化地理"亦称"人文地理"。张文奎在《人文地理学概论》中指出："人文地理学是研究地表人文现象的空间分布及空间差别，并预测其发展和变化规律的科学。简言之，人文地理学是研究人类活动主要人文事象区域系统的科学。"其中主要包括社会科学中的经济、政治、文化、宗教、人口、艺术、民俗等，亦包括反映上述学科历史现象的民族文学。

---

[1] 〔英〕卡罗尔：《关于地理学和景观的十个原理》，《彼得曼地理通报》，1957年。

无可争议,我们所关注的中华多民族文学与中国文化地理区域密切相关。以传统文化的表现形态,对中国文化地理区域进行划分,一般选取民族、宗教、生产经营和生活方式、风俗习惯及行为特征为标准。如古代出现"秦晋文化"、"燕赵文化"、"齐鲁文化"、"吴越文化"、"楚文化"、"蜀文化"、"西域文化"、"夜郎文化"等平行共存的文化形态。中华民族文学是多核、多元的,具有明显的地域文化差异。

自古以来我国存在着从沿海到内地至边疆的三大文化区域,自东向西依次更替,南北延伸,分别以"沿海文化区"、"内地文化区"、"西部文化区",形成东、中、西三大文化梯度。另外,在古代的中国疆界并不是固定不变的。我们理应站在历史唯物主义的立场上对秦、汉、唐、辽、元、清广大区域的中国各民族文学历史进行搜寻。

其二,需要从时间概念角度对中华民族文学历史进行全面、系统的钩沉与梳理。中国历史可分为"古代历史"、"近现代历史"、"当代历史"三个历史文化概念。据白寿彝主编《中国通史纲要》统计:"在远古时代,中国境内已分布广泛的人类活动。他们留下了原始生活的踪迹。'元谋猿人',是中国远古遗存中所见最早的人类,距今约一百七十万年。这是现在所知中国历史上最早的年代。此后,举世闻名的'北京猿人',距今约四五十万年。母系氏族公社的逐渐形成,距今约四五万年。父系氏族公社的出现,距今约五千多年。"[①]在此漫长的中国文明历史进程中,对中华民族文学理当从中华民族文化源地、传统文化中心的转移、外来

---

① 白寿彝主编:《中国通史纲要》"叙论",上海人民出版社1980年版。

文化的撞击和融合等三个方面来进行研究，以理清其发源、流变的来龙去脉。

文化源地，是指稳定的文化产生于发散中心，它必须具有超出周边地区的文化形式和内涵，并同时具有巨大的文化传播力量。中华民族文化起源于黄河与长江两大区域，由此产生了中华民族文化两大类型，即以黄河中游"仰韶文化"为代表的"北方类型"和以长江下游"河姆渡文化"为代表的"南方类型"。中华民族文化与文学的理论根基、风格特色与强大生命力正导源于此文化类型。

中国传统文化中心在历史上几经转移：北方作为中国文化的中心，从奴隶社会持续到封建社会中后期，此后则渐次转移到江南地区。中华民族文学也随之南下扎根、繁荣于长江以南广大地区。但是不能忽略的是自元、明、清代以来，北方依然是全国政治、经济、文化的中心。魏晋南北朝与五胡十六国是民族文化的大融合、各种文学、艺术形式综合体的形成时期。

历史证明，东、西方外来文化的撞击和融合是造成中华民族文学蜕变的重要原因。古代中国，外域文化通过宗教为主体的各种形式传入中国，汇入强大的中华民族文化的巨流，导致中国传统文化的长期繁荣和发展。近代中西文化的冲突历史，实际上是一部在外来文化的强烈冲突撞击与中华各民族文学大融合、更新旧文化与重建华夏新文化的历史。

其三，我们只有在上述地理历史文化的基础之上，才谈得上进行立体时空概念的中华民族文学的追溯。在历史上，不能忽略的是中华各民族宗教文学与民间文学的形成与发展。尤其要关注各种宗教仪式文化因素影响的人类的文学活动。正如彭兆荣在

《人类学仪式的理论与实践》中指出："可以认为,随着历史的发展,学术的精进,传统的知识分类和学科之间的藩篱显得过于刻板和狭窄。"[①] 实际上,当华夏先民在劳动与生活实践中对宗教仪式与文化娱乐产生需求时,自然而然地创造出各种民族文学形式。我们对其原生形态不能以文人文学的性质来衡量,而应用辩证唯物主义的观点来识别其发生的因子、元素和文化背景材料。

在国内亦有学者意识到地理历史文化研究对中国多民族文化论证的重要性。提出要加紧绘制"全面、完整、系统的中华民族文学地图",理应包含960万平方公里国土上汉族和55个少数民族所创造并传承的"各种文学形态的整体"。

覃德清在《中国文学地图整体景观与中华民族文学史观的建构》中清晰地指出:"中华民族文学是由汉族和少数民族的作家文学,以及民间文学构成的统一体,中国各区域只要是有族群聚居的地方,就有民间文艺的流传。汉族聚居的秦陇文化区、中原文化区、齐鲁文化区、东北文化区、巴蜀文化区、荆楚文化区、吴越文化区、岭南文化区、闽台文化区,都有自成一体的地方文学序列。少数民族聚居的北方草原文化区、青藏高原文化区、藏彝民族走廊、南岭民族走廊等区域,都遍布着丰厚的民间文学艺术资源,只有将上述各区域有代表性的文学创作成就纳入中华民族文学的视野之中,才能展示中华民族文学的整体景观。"另外,这位壮族学者还明确指出:

> 中华民族文学的多样性,既是人类文明的共同遗产,也

---

① 彭兆荣:《人类学仪式的理论与实践》,民族出版社2007年版,第165页。

是满足人类复杂多样的审美需求的文化基础。如果文学的多样性被破坏，将直接导致文化生态的失衡，正如地球需要保护多种生物物种、多种基因才能达到生态平衡一样，人类社会的正常发展也要依赖多种文化、多种智慧的渗透。我们热衷于对无形文化"遗产"的保护，正是因为在这些遗产中，保留着中华民族最原始、最纯粹的精神"基因"，是民族文化之魂。它对本民族的延续，对整个世界文化的和谐共生和持续活力，具有弥足珍贵的价值。①

中华民族文学从孕育、萌芽到形成、发展、兴旺发达，经历了一个悠久而漫长的历史时期。纵观中国自古迄今四千多年期间数十个朝代的历史文化，以及古今各个民族传统与现代文学演变历史，大致可以分为四大时期，即"远古萌芽期"、"中古形成期"、"近古盛兴期"、"现当代拓展期"。由此再划分为十二个具体历史文化阶段，即原始社会、先秦、秦汉、魏晋南北朝、隋唐五代、辽金西夏、宋、蒙元、明、清、中华民国、中华人民共和国时期。其中，古代少数民族政权入主中原、统一全国时，多为中华各民族文化与文学交融最为活跃和繁荣的历史阶段。以两汉、魏晋南北朝时期印度佛教的输入，中国西部地区汉传佛教、藏传佛教的创立，汉藏、汉蒙、汉回与藏蒙、蒙回之间多民族文化的交流为例，我们可清晰地梳理出中华民族宗教文学在此时期独具特色的历史发展脉络。

---

① 覃德清：《中国文学地图整体景观与中华民族文学史观的建构》，《南京师范大学学报》1994年第4期。

从历史文化地图上审视,由喜马拉雅山和喀喇昆仑山相隔的东亚中国与南亚印度,在历史上并非是"鸡犬相闻、老死不相往来"的独立王国。早在春秋战国时期就有过华夏与天竺通好的零星文字记载。如唐代道宣撰《归正篇·佛为老师》云:"余寻终古三五帝皇,有事西奔,罕闻东逝。故轩辕游华胥之国,王邵云即天竺;又陟昆仑之墟,即香山也。"南朝梁代僧祐撰《弘明集后序》亦云:

《列子》称:"周穆王时,西极有化人来,入水火,贯金石,反山川,移城邑,乘虚不坠,触实不碍,千变万化,不可穷极,既能变人之形,又且易人之虑。穆王敬之若神,事之若君。"观其灵迹,乃开士之化;大法萌兆,已见周初。

晋代王嘉撰《拾遗记》卷四认为:天竺佛法早至战国末期燕昭王七年(前305)就来到华夏中原地区:

沐胥之国来朝,则申毒国之一名也。有道术人名尸罗,问其年,云:百三十岁。荷锡持瓶,云:发其国五年乃至燕都。善炫惑之术,于其指端出浮屠十层,高三尺,乃诸天神仙,巧丽特绝。人皆长五六分,列幢盖,鼓舞,绕塔而行,歌唱之音,如真人矣。尸罗喷水为雾雰,暗数里间。俄而复吹为疾风,雾雰皆止。又吹指上浮屠,渐入云里。

据唐代法琳撰《对傅奕废佛僧事》所云,与中国大秦帝国秦始皇在位几乎同时期的古代印度的阿育王,曾派沙门佛僧前来秦国:"释道安、朱士行等《经录》云:始皇之时,有外国沙门释利防等一十八贤者赍持佛经来化始皇。始皇弗从,乃囚防等。夜有金刚丈六人来破狱出之。始皇惊怖,稽首谢焉。"

如果追溯佛教文化禅法之源渊,可参阅用巴利文撰写的上座部经典《经集》记载:

> 抑制自己的意志,向内反省思维,守住内心,不让它外骛。……要学会独自静坐……圣者的道是孤独的起居生活。只有孤独,才能领略生活的乐趣。

此种古代印度宗教信徒所采用的静思修习方法,梵文称为Dhyana,巴利文为Jhana,英文译为Zen,即"禅那"或"禅"。据中国佛学家刘长久解释:"禅,即指修习者的精神集中于一种特定的观察对象,以佛教义理的正确思维,尽力排除外界各种欲望对内心的诱惑和干扰,以便达到弃恶从善,使本体心性获得绝对自由的目的。"

印度佛教禅法自从传入中国之后,唐宋时期曾将"禅"译为"静虑"、"思维修"、"弃恶"、"功德丛林"等。认为禅的修行可分为"四禅"、"四静虑"或"四色界定"等四个层次。即《大智度论》卷二八所谓:"四禅亦名禅,亦名定,亦名三昧。除四禅,诸余定亦名定,亦名三昧,不名为禅。"故将"禅"与"定"合称为"禅定",以求通过凝神观想特定对象,而获得对佛性的悟解,即完成佛教"戒、定、慧"三学之"定学"。

此种原始修习思维的选择,取决于古代印度与中国社会纷争、秩序混乱的现实。宗教徒欲借助佛教文化形式回归自然,忘却烦恼，走入内心修炼的宁静，修身养性，与世无争，以解脱世俗的干扰。据美国学者李普士理解："何谓禅？禅就是自然而然。"论及为何古人与今人都崇尚修禅，他认为："禅，这个神妙的东西，一旦在生活中发挥功用，则活泼自然，不受欲念牵累，到处充满着生命力，正可以扭转现代人类生活意志的萎靡。"关于禅，李普士一言中的，说到底，"它是探究人生命意义的极高智慧，可以用其特有的方式打开一条心灵解脱之道"。

印度佛教禅传入中国的历史，据考证，在汉建和二年（148）至延熹十年（167）。始由安息国僧人安世高抵洛阳译经，先后译出《安般守意经》、《大十二门经》等数十部佛经，向中国介绍小乘禅法。后又有大月氏僧人支娄迦谶来到洛阳译经，先后译出《般若道行品经》、《般舟三昧经》、《首楞严经》等十余部，遂向中国传授大乘禅法。

佛教之小乘流派，亦称"上座部佛教"，流入中国后称"南传佛教"，因最初留居上层僧侣而得名。其大乘流派，则相对重视大众化利益，入华流传于北方而称"北传佛教"。这两大流派开始趋于对立，后渐合流，均将坐禅念佛奉为修炼的基本方法。

随后，于东晋永和至太元年间（345—396），有僧人道安传播小乘十二门禅法，其弟子慧远在江西庐山首创南方禅林——东林寺。东晋义熙四年至十三年（408—417），印度僧人佛陀跋陀罗在长安弘扬禅法，后前去庐山弘法译经，译出《达摩多罗禅经》；又与法显合译出对后来禅宗产生巨大影响的《大般泥洹经》。在此之前的后秦弘始三年（401），西域龟兹高僧鸠摩罗什被后秦高祖姚兴迎入长安，奉为国师，编译《禅法要解》，全面介绍五门禅法。

在中国北方边疆少数民族地区，佛教及禅宗文化的接受与传播较之汉族地区要更早、更为直接,其宗教文化形态更为原始与本真。汉魏时期,在中国西部地区,印度佛教首先从西域地区输入,沿着河西走廊而东渐中原地区,故形成"西域佛教文化区"、"河西佛教文化区"、"陇右佛教文化区"、"关中佛教文化区"、"陕北佛教文化区"等。后来又从西藏地区传入,其佛教由青藏高原渐次向昆仑、秦岭、河套地区与黄土高原佛教文化区传播。隋唐时期,因国内王朝大力推崇佛教而促使其迅速、全面发展,使之进入鼎盛时期,汉传佛教在黄河、长江流域拥有很大的覆盖面。

由于蒙元满统治者的积极提倡,藏传佛教日趋得到广大少数民族信徒的崇奉。唐五代时期,于青藏高原形成的此教派,亦俗称"喇嘛教"。至元朝初期,忽必烈封喇嘛八思巴为帝师,逐步确立了"政教合一"的封建统治体制,也同时强有力地促进了藏传佛教文学艺术的发展。此教派分为"宁玛派"、"噶当派"、"萨伽派"、"噶举派"、"格鲁派"等派系。

"宁玛派",因该派僧人戴红帽,亦称"红教",相传为8世纪由印度克什米尔入华高僧莲花生所传,在藏传佛教中历史最为久远。"噶当派",藏语为"佛语教戒",奠基人是印度僧人阿底峡。在此基础之上,形成颇有实力的"新噶当派"。"萨伽派",因寺庙菩萨绘有红、白、黑三色花条,俗称"花教",以所属德格贡钦寺藏文大藏经而闻名于世。"噶举派",藏语意为"口授",基于传承金刚持佛亲口所授秘咒教义,亦称"白教",并因米拉日巴所授"道歌"和汤东杰布所传"藏戏"而出名。"格鲁派"因僧人戴黄色帽而俗称"黄教",明永乐七年(1409)为宗喀巴创立。清代顺治、康熙帝封其为藏蒙佛教各派总首领地位,故在我国西南、西北民族藏区影响面极大。

根据丁守璞、杨恩洪主编《蒙藏关系史大系·文化卷》中"八思巴与忽必烈"一章考述：1252年，八思巴宗师经萨迦派教主萨班引荐，随蒙古王阔端之子蒙哥在六盘山与忽必烈会面，直至1276年，为蒙藏佛教文化交流做了诸多有意义的事情，诸如在藏区全面推行"千户制"，于青藏高原设置"甲姆"（驿站），著书立说，翻译经文，创制蒙古新字。另外，此书还指出："《萨迦世系史》说，他曾为汉地、西夏、蒙古、高丽、纳西、畏吾尔、合申等地的比丘、比丘尼、沙弥、沙弥尼总计达4000多名出家人，担任授戒的堪布。此外，他和弟子们翻译了大量的梵文经典，为推动藏传佛教在藏族、蒙古族中的传播做出了重要的贡献。在八思巴的时代，又'新写作了大量的藏文大藏经《甘珠尔》和《丹珠尔》的写本，写本的质量之高和所用材料的珍贵亦足以使世人称奇'。"①

唐武宗会昌年间，在中原地区掀起大规模灭佛运动，"长安城内坊内佛堂三百余所，佛像、经楼……准敕并除罄尽"②。从此之后，长安、关中佛教中心向西迁移至黄河及支流湟水的"河湟"地区。依据智观巴高僧的分析：佛教流播的甘青藏文化区"犹如树木之分枝杈，就发展条件而言，藏区则颇占优势"③。

佛教文化重心的转移，在客观上促进了中国西部各民族宗教与传统文化的交流，以及汉藏、汉蒙、蒙藏、回汉之间的民族文学的相互渗透。特别是在众多少数民族作家在与汉族文学界的交

---

① 丁守璞、杨恩洪主编：《蒙藏关系史大系·文化卷》，西藏人民出版社2000年版，第134页。
② 〔日〕圆仁：《入唐求法巡礼行记》卷四。
③ （清）智观巴·贡却乎丹巴饶吉：《安多政教史》，甘肃民族出版社1989年版，第5页。

流过程中，将其民族的传统宗教或世俗诗歌、散文、散曲、戏剧文学等形式输入中原，播撒边疆，浸润中华各民族的文体之中。

蒙古族学者云峰著《蒙汉文学关系史》中阐述胡汉文学交流之缘由：

> 往往是具有多元性和开放性，充满生气，充满活力，不拘一格，豪迈刚健，且与农业文明相比较相对落后的游牧文明，向农业文明地区发起冲击，最后不同程度受到融合与同化。而具有理性因素和承受能力，善于吸收外来文化，且处于较先进地位的农业文明，在冲突中主动或被动地吸收接纳游牧文化，为自己补充了新的文化因子。这样，为中华民族注入了新的生机，使中华文化充满活力。①

冯天瑜著《中华文化史》中亦持上述观点："在一定意义上可以说，中华文化是农耕人与游牧人在长期既相冲突又相融合的过程中整合而成的。"在中国文学创作的历史过程中，往往是通过各民族之间的迁徙、聚合、传教、和亲、互市等形式，进行不断的交流融合，相互学习、补充、摄取，历经数千载，方才形成如今丰富多彩、气象万千的中华多民族文化、文学与艺术景观。

在中外历史文化交流中，中华民族借助西北国际大通道"丝绸之路"与西方诸国密切接触，促使中国传统文学如诗歌、散文、小说、戏剧等长足发展。据史书记载，1世纪，大月氏人建立了贵霜王朝，佛教开始从波斯、大夏地区传入中国西域。2世纪，迦

---

① 云峰：《蒙汉文学关系史》"引言"，新疆人民出版社1997年版。

腻色迦王在位时，佛教已在此地逐渐流行，后来又相继输入婆罗门教、景教、摩尼教等。历史告诉我们，古代东西方文学的繁荣与发展，总是与宗教文化的广泛传播紧密相连。随着外国各种宗教流派的不断渗入，印度佛教文学艺术也通过西域中继传入我国内地，如天竺阿旃陀文化、犍陀罗文化，波斯萨珊王朝文化、古希腊和古罗马文化也长驱直入，与我国中原各民族文化融为一体、相映生辉。

20世纪初，于新疆吐鲁番出土了佛教戏剧残本《舍利弗传》，在焉耆与哈密地区发掘、整理出来了《弥勒会见记》。1911年，德国吕德斯教授校刊出三部梵语戏剧的残破贝叶写本《佛教戏剧残本》。三部戏剧残本中的一出剧即《舍利弗传》，全名《舍利补特罗婆罗加兰拏》，此剧卷尾题名注明作者是"金眼之子马鸣"，即1世纪前后的佛教大诗人和剧作家，贵霜朝迦腻色迦王的诗歌供奉马鸣菩萨。《舍利弗传》共分九出，内容是关于佛陀的两个弟子舍利弗与目犍连皈佛的事迹。其他两出梵剧残缺虽然过甚，但仍能洞悉其主要内容为宣传佛教。使人颇感兴趣的是这三部梵剧抄本早已在古代印度失传，可是时隔千余年，竟然传奇式地于中国新疆吐鲁番地区出土，可惜的是清朝末年被德国考察队抢掠到了国外。

《舍利弗传》中表现的"目犍连"即我国古典戏曲剧目经常出现的"目连"，目连佛教戏剧曾在中国戏曲史中占据非常突出的位置。据有关文献记载，唐代时期就有《大目犍连冥间救母变文》，北宋有《目连救母》杂剧，明朝上演的《目连救母行孝》戏文逐渐发展成连台本戏达一百多出。另外，历代王朝还广为流传《尼姑思凡》、《和尚下山》、《哑子背疯》、《王婆骂鸡》、《定计化缘》、《瞎子观灯》等很多"目连救母"中的剧目，都能与马鸣的《舍利弗传》互为因果、相为印证。关于佛弟子舍利弗事迹，史书也有文字记载，如唐代郑樵的《通志》所录的"梵竺四曲"，首先提到的就是《舍利弗》，另外还有《法寿乐》、《阿那环》和《摩多楼子》。

随后，在新疆焉耆与哈密地区发掘、整理的用古代龟兹、焉耆文撰写成的《弥勒会见记戏剧》与长达27幕的回鹘本《弥勒会见记》，更引起国内外戏剧界的热烈关注。这两部流行于8世纪左右的西域梵剧的"跋文"记载，《弥勒会见记》此部宗教戏剧文学由圣月大师从梵文转译为古代焉耆文，普拉提西拉克西提法师又从古代焉耆文转译为回鹘文。依此可知，远在中国古典戏曲还处于萌芽时期，古代中国西域一带已有规模宏大、场面可观的佛教戏剧文学存在了。

据当地出土文献记载，唐代高昌故城（今新疆吐鲁番）每年正月十五，善男信女都要云集寺院，进行忏悔、布施，为死去的亲人举行超度，随后就聚集在一起倾听劝谕性的故事，观看丰富多彩的连环画故事和绘声绘色的说唱文学节目，欣赏歌唱、演奏、舞剧、哑剧等，以及有关弥勒佛或佛弟子难陀生平方面的佛经梵剧。从敦煌莫高窟中收藏的大批石室写本可以获悉，唐代佛徒为宣传佛经教义，经常逢集赶市，临时搭台设栏，在佛庙寺院举行俗讲和表演，并将《目连变文》、《降魔变文》、《维摩诘经讲经文》、《妙法莲华经讲经文》、《八相押座文》和《维摩经押座文》等搬上讲唱文学或戏曲艺术舞台，改编为近似诸宫调或杂剧的文艺形式进行演出。

唐、宋时期，举国朝野盛行佛教，使得梵剧僧戏风行，并相继被改编为大量杂剧戏文。如宋官本杂剧中的《四僧梁州》、《和尚那石州》，金院本的《秃丑主》、《窗下僧》、《坐化》和《唐三藏》，以及《喷水胡僧》、《耍和尚》等剧目，均为我们研究古代西域戏剧与中国讲唱、戏曲文学关系的珍贵资料。

中华民族戏剧是文学、音乐、舞蹈、美术、杂技和表演等融为一体的综合性艺术。音乐唱腔则于各种艺术形式中占有重要地位。元代剧曲和散曲合称为"元曲"，后来有关戏文和曲调又汇集成古典地方戏曲。何以不离"曲"字，因为是舞台表演，唱、做、念、打、行腔唱曲居先。演戏亦称唱"戏"，或唱"联曲体"，或唱"板腔体"。又因以不同唱腔和曲调，以及具体行腔差异而形成各种风格不同的表演流派。

元曲出自诸宫调，又导源于唐宋大曲。大曲即同一宫调的若干"遍"组成的大型乐舞，体制宏大，歌舞结合，它与组成诸宫调的另一重要部分法曲一样，深受古代西域诸国音乐曲调艺术的影响。

隋唐时期，曾有九部伎乐大曲，其中除了"清商乐"、"文康乐"为江南旧乐外，其余七部皆为胡乐，即"西凉乐"、"高昌乐"、"康国乐"、"龟兹乐"、"安国乐"、"疏勒乐"和"天竺乐"。唐代王建《凉州行》诗云："城头山鸡鸣角角，洛阳家家学胡乐。"唐代李颀《听安万善吹觱篥歌》诗云："南山截竹为觱篥，此乐本自龟兹出。流传汉地曲转奇，凉州胡人为我吹。"由此可知，唐代中原地区当时何等倾心于西域胡乐。

隋唐时期，中原朝廷曾邀请许多西域胡人参与制乐工作。其中贡献最大的是古龟兹（今新疆库车）乐人苏祇婆，经他与郑译、苏夔等人反复研究之后，决定用西域的琵琶七调来校勘和订正汉乐，经苏祇婆之手所传来的源于印度的龟兹乐律"五旦七声"，后来渐渐演变为"隋唐燕乐二十八调"。当时,波斯何国乐人何妥也参与隋初制乐工作。与此同时,还有为数不少的西域乐人流寓长安、洛阳一带。"昭武九姓"胡人中较为出名的如善弹琵琶的曹婆罗门、曹僧奴、曹妙达、曹保、曹刚、曹善才、白明达、康昆仑、裴神符、裴兴奴等,善吹筚篥的尉迟青、安万善等,善吹笙箫的尉迟璋,善歌唱的裴大娘,另外还有米嘉荣、安马驹、白智通、胡小儿、穆叔儿等乐人,均为东西方音乐舞蹈与演艺文化交流做出了贡献。

《隋书·音乐志》记载,在"龟兹乐"中,白明达所创制的歌舞乐曲就有十余种,如《春莺啭》、《万岁乐》等。唐贞观年间,疏勒(今新疆喀什)乐人裴神符创制《胜蛮奴》、《火凤》、《倾杯乐》三曲,唐太宗听后大悦。何国乐人何妥的一系列音乐论述更为著名,现存《乐要》一卷。他们参与隋唐大曲制作所遗留下来的乐曲论著,直接或间接地对诸宫调、元曲乃至杂剧产生明显的影响。

早在两千多年前,汉使节张骞通西域,曾带回西域胡乐《摩诃兜勒》等,以及一些胡人歌舞曲与乐曲。此后,随着政治、经济、文化、贸易的繁荣发展和交流,又有人往返于"丝绸之路",输入中原更多的西域乐器,如琵琶、箜篌、筚篥、胡笳、羯鼓、铙钹、羌笛、胡琴等,后来相继被引入中国乐舞戏曲界,并作为"文武场"和唱腔的主要伴奏乐器。

"歌伴舞,舞助歌",历来民族歌舞戏艺术不分家。在古代各民族丰富多彩的音乐歌舞基础上,经过众多文学艺术家的提炼、加工和创造,产生了形形色色、独具风采的古典音乐舞蹈,大多保存在具有整套规范性技术和严谨程式的中国戏曲表演艺术之中。

隋唐宫廷所设燕乐中，其中包含很多中国边疆地区古代少数民族音乐、舞蹈与戏剧，其中要数西域乐舞戏最为盛行。唐代大曲基本都是舞曲，教坊乐舞亦如此，主要分为"健舞"和"软舞"两大类。健舞舞姿矫健刚劲，有《阿辽》、《柘枝》、《黄獐》、《拂林》、《大渭州》、《达摩支》、《棱大》、《阿连》、《剑器》、《胡旋》、《胡腾》、《浑脱》等；软舞舞姿轻盈柔婉，有《垂手罗》、《回波乐》、《兰陵王》、《春莺啭》、《半社渠》、《借席》、《乌夜啼》、《凉州》、《绿腰》、《苏合香》、《屈柘枝》、《团乱旋》、《甘州》等。

健舞中享有盛名的如《胡旋》舞，原出波斯康国（即今中亚地区的撒马尔罕），舞时急转如风，谓之"胡旋"。唐代白居易《新乐府·胡旋女》诗云："胡旋女，胡旋女……弦鼓一声双袖举，回雪飘摇转蓬舞。左旋右转不知疲，千匝万周无已时。"《胡腾》舞出自波斯石国（今乌孜别克斯坦的塔什干），以跳跃腾踏动作为主，故名"胡腾"。唐代刘言史《王中丞宅夜观胡腾》诗云："石国胡儿人见少，蹲舞尊前急如鸟。"《柘枝》舞原出自波斯怛罗斯（今哈萨克斯坦的江布尔），最初为女子独舞，舞姿矫健，节奏多变，大多以鼓伴奏，以后又发展为双人舞和人数众多的队舞。《浑脱》又名《苏幕遮》，原出于波斯（今伊朗）和中亚、西亚一带，后来流行于龟兹（今新疆库车、拜城）。参加表演者均裸体跣足，各持油囊盛水，且歌且舞，以水相泼为戏乐。

软舞中的《春莺啭》传说高宗李治晨听莺声，命龟兹乐工白明达作曲，并让人依曲编舞。健舞中的《剑器》最早也出自西域一带，后来传入中原地区，发展演变成古典戏曲表演中的剑舞。在宋代，大曲《剑舞》已开始表现简单的情节，演出《鸿门宴》和公孙大娘舞剑器等故事。另外如《兰陵王》、《凉州》、《苏合香》、《屈柘枝》、《达摩支》、《团乱旋》、《回波乐》、《甘州》等均来自古代西域与波斯、印度一带。

魏晋南北朝以来，后凉的吕光平定西域，劫获龟兹乐，北周聘娶突厥皇后又裹挟大批胡人乐舞伎东行，使得西域歌舞在中原地区异常活跃。当时善弄婆罗门乐舞者大有人在，如安国的安辔新，石国的石宝山，米国的米禾稼、米万槌，曹国的曹触新等。关于古代西域各族人民绚丽多姿的音乐歌舞形象，今天仍能在新疆拜城的克孜尔千佛洞、库车的库木图拉千佛洞、吐鲁番的伯孜克里克千佛洞和甘肃的敦煌莫高窟大量乐舞壁画上窥视其艺术风采。

在唐朝经西域还传来古波斯的"波罗戏"，当时在长安颇为盛行，一般称为"马上毬戏"，亦有步行者打毬并需奏乐，即《打毬乐》，后来搬上舞台则为《抛毬舞》。另外，需特别提及的还有从古至今流行于我国内地的"狮子舞"，并非华夏本土所产，也是借西域之道传来的古波斯乐舞所演绎。史书上所记载的《太平乐》，分别又称《五方狮子舞》、《九头狮子》、《凉州狮子舞》、《西河狮子舞》等，就是当今"狮子舞"的原本称谓。唐代有很多借助艺伎地望所命名，如《雄狮恨》、《胡儿思乡》、《凉州梦》和《西凉伎》等。白居易"新乐府"《西凉伎》诗曰"假面胡人假狮子"，就是指的波斯输入凉州与中原地区的狮子舞。

汉唐之际，佛教盛行，中原地区开凿岩窟、雕像画壁之风大为流行。西域流寓内地的画师受佛教艺术的影响，将印度阿旃陀石窟艺术、巴基斯坦犍陀罗雕刻艺术，以及古希腊、古波斯的宗教艺术介绍到中国各地。他们参与建造的豪华的宫殿、庄重的庙宇、巍峨的佛塔、华美的石窟，以及异国情调的泥塑佛像、藻井图案、石雕壁画等，为传播古代西域文学艺术做出了重要贡献。

与此同时，也强有力地影响和促进了中国戏曲舞台美术的发展。

西域画家中颇有声望的应首推于阗（今新疆和田）画工尉迟乙僧，人称之"小尉迟"。他于太宗贞观初来长安，擅画佛像、鬼神、人物、花鸟。尉迟乙僧首创人物凹凸画派，设色晕染富有立体感，其名作《千手千眼大悲像》尤为突出。西域独特画风使唐代名画家吴道子等人深受影响。尉迟乙僧父尉迟跋质那，人称之"大尉迟"，在隋代亦有画名。在此前，北齐著名画家曹仲达来自西域曹国。唐初善画奇禽异兽的名画家康萨陀则来自康国。除此之外，较为有名的还有僧吉底俱、僧摩罗菩提、僧伽佛陀和昙摩拙叉等胡人画工。

20世纪中叶，中国考古工作者在新疆吐鲁番地区阿斯塔那古墓地，随墓葬发掘整理出大量木构建筑模型，如木柱、斗拱、回廊、祭盘等，其建筑模型残件相拼砌，可组合成戏台形制。另外还出土大批墓俑，除仪仗人马外，亦有一些小型的百戏乐舞俑。这批殉葬的男女俑都以木雕头部，彩绘画貌。其俑身着绢衣，实为初唐时期"雕木为戏"的木傀儡。历史事实确证，初唐时期古代西域即盛行过彩绘木偶的"傀儡戏"。

汉、唐时期，中原地区汉人盛行胡人衣冠服饰，仿效胡人衣食起居。汉灵帝好胡服、胡帐、胡床、胡坐、胡饭、胡箜篌、胡笛、胡舞等。民间偏爱胡服者更为普遍，如小袖袍、小袴、小腰身、长裙、大衫、巾帔、帷帽、锦袖、皮靴、绯襖等，不仅流行于城乡村镇，还逐渐从日常生活融入各民族歌舞戏剧和地方戏曲舞台。

民族戏剧化装（妆）艺术亦如此。当时西域假面、假形以及古希腊、波斯、印度面具也通过古代新疆传入内地。来自古代西域的歌舞戏《钵头》、《大面》均以头饰命名，或作兽面，或似鬼神，假作种种面具形状。尤其《上云乐》中歌舞伎——西域神仙"老胡文康"的奇异化妆，以及门徒戴面具装扮成凤凰、狮子、孔雀、文鹿等神话禽兽，对后世戏曲"生旦净末丑"人物角色脸谱化妆造型影响颇大。

我国古代乐舞杂技表演总称为"百戏"，秦汉时已初具规模。但需要强调的是，汉代舞乐"百戏"中跳丸、走绳、吞刀、吐火等表演项目均由西域传入，并融入汉地原有的舞轮、扛鼎、掷倒、长跻等项目，使得角抵戏大为振兴。东汉张衡《西京赋》中将吞刀、吐火、画地为川等百戏节目称为"幻术"，以后发展为"古彩戏法"。

百戏幻术既源自中原，又出自西域，据《隋书·乐志》记载："大抵散乐杂戏多幻术，皆出西域。"胡汉百戏幻术二者结合，使汉、唐时期杂技乐舞颇为盛行。西域傀儡戏曰"盘铃傀儡"。据著名学者常任侠在《中国古典艺术》一文中所述："盘铃出于胡中，此种傀儡，盖亦原为胡中之戏。"除传入中原的盘铃傀儡外，西域的灯轮、玛瑙灯树、彩灯也为唐代长安人所喜爱，后来移植搬进中国古典戏曲，大大丰富美化了戏剧舞台环境。新疆吐鲁番出土的大批古代百戏俑，或扛鼎，或跳丸，或吐火，或寻橦，造型优美、神态生动，实为古代西域杂技艺术的真实写照。

中国戏曲无论是文学、音乐、舞蹈、美术，还是杂技艺术，最后都要通过表演来体现。演员只有凭借唱腔、科白、舞蹈等精湛的表演，才能塑造出真实可信、有血有肉的人物形象，才能完成文学剧本中所规定的舞台动作。纵观历史，只有出现了人物故事表演，从过去单纯叙述体过渡到代言体，才真正奠定了古典戏曲表演艺术的基础。显而易见，古代从西域传入的民族乐舞戏剧表演剧目和技艺，曾大大丰富了中国古典戏曲文学艺术。

唐代著名歌舞戏《钵头》即源自西域。唐代段安节《乐府杂录》记载："《钵头》：昔有人父，为虎所伤，遂上山寻其父尸。山有八折，故曲八叠。戏者被发、素衣，面作啼，盖遭丧之状也。"唐代杜佑在《通典》和《旧唐书·音乐志》中提示，此剧中还有其子寻父尸后"求兽杀之"的情节。从中细加辨析，《钵头》既有故事、人物、场景，又有戏剧行动，实为戏曲表演之雏形。唐代张祜在《容儿钵头》诗中描述中原地区学演《钵头》戏的盛况："争走金车叱鞅牛，笑声唯是说千秋。两边角子羊门里，犹学容儿弄钵头。"

唐代乐舞戏中盛行的《浑脱》或《苏幕遮》，亦称《乞寒泼水舞》，原出自波斯萨珊王朝。《旧唐书·康国传》云："至十一月，鼓舞乞寒，以水相泼，盛为戏乐。"以后传到西域龟兹一带，除每年元旦举行斗牛、斗马、斗骆驼戏，连续七天观其胜负之外，七月间又举行苏幕遮大会，各族艺人戴假面具，或作怪兽之状，或作鬼神之形，并用泥水泼洒行人，用绳索钩套行人。此风气逐渐传入内地，不仅流行于民间，有人还曾将《苏幕遮》表演形式输入宫廷，搬上古典戏曲舞台，专演西域王臣来唐廷，向"天可汗"献贡祝寿之故事，使人耳目为之一新。

南朝梁武帝所作《上云乐》描写西域之"老胡文康"来江南瞻拜之事。原分为七幕，体制宏大，色彩绚丽。有书云，白发长眉、高鼻垂须的"老胡文康"，由西域俳优所扮，兼具歌舞及俳谐等表演技能，甚为形象生动，富有异域风格。

唐代初年，流寓内地的许多西域人均善弄婆罗门，具有高度表演技艺。《陈书·婆罗门》记载："婆罗门舞，衣绯紫色衣，执锡环杖。唐太和初，有康迺、米禾稼、米万槌。后有李百媚、曹触新、石宝山，皆善婆罗门者也。后改为《霓裳羽衣》矣。"其中身着绯袍、手执锡杖的西域胡伎似在表演胡僧佛教戏剧。

初唐，由于胡戏盛行，胡伎艺人大有用武之地。疏勒乐工裴承恩以善翻筋斗著名，当时被称为"筋斗裴承恩"。唐代崔令钦撰《教坊记》中记载："筋斗裴承恩妹大娘，善歌，兄以配竿木侯氏。"可见其人表演技巧之高。西域乐工别具一格的表演技艺，有很多被吸收入中原地方戏曲的武打演艺动作之中。

戏曲表演艺术中有许多角色行当。元杂剧角色分为四大类别，即旦、末、净、孤。京剧和地方剧种则分为五大类，即生、旦、净、末、丑。上述表演行当均能从古代西域的胡戏中找到其相应的类型和模式。

汉代早有"胡妲"表演西域歌舞戏，据说为后世中原戏曲中"旦角"之源。古时所谓"胡妲"、"胡戏"等表现形式颇多，奠定了后世"生旦戏"与"武工戏"的基础。唐代龟兹国输入的《苏幕遮》中的装扮演化为后来的"净角"；"西域丑胡"为戏曲表演出现较早的"丑角"。

古代艺伎"合生"的名称，最初见于《新唐书·武平一传》，唐中宋景龙中，宴两仪殿，胡人袜子、何懿演合生戏，"始自王公，稍及闾巷；妖伎胡人，街童市子，或言妃主情貌，或列王公名质，咏歌蹈舞，号曰合生"。由此可知，西域歌舞戏中早有表现妖伎胡人的"合生"戏。

在新疆吐鲁番出土的唐代戍边大将军张雄墓中，从大量绢衣木偶上可辨认出"合生"角色，如有些角色介帻作男装，而脑后发髻隆起，实为生角，却由女优扮演。这种女扮男装木偶的发现，证实初唐时西域生、旦角早有演出之"合生"。任半塘先生在《唐戏弄》一书中声称:"合生之声,为胡乐之异曲新声,已大足移入;合生之容,又为胡女之妖冶媟狎,益令观者色授魂予;合生之故事,复为当时之名妃艳噪,贵胄风流。"①故此断言:"合生来自胡人,全为胡伎——胡乐、胡歌、胡舞、胡戏。"②

曾在新疆吐鲁番火焰山地区发掘的三部梵剧,虽然残缺过甚,但仍能辨别出《舍利弗传》剧中人物角色的旦、生、丑、歺角,登场人物除佛陀之外,还有觉(智慧)、称(名声)、定(坚定)等,非常接近于中国古典戏曲中类型行当与角色的划分。

11世纪时,西域克里希那弥湿罗编撰的民族戏剧《觉月初升》经比较,更与我国同时期盛行的元杂剧文体形式相似。该剧前有"引",后有"结",相当于元杂剧中的冲场"定场诗"和收场题目正名;全剧共分六章,即六幕,或六折。其中有五个过渡性的幕间插曲,与元杂剧每折之间所安插的楔子作用一致;登场人物设置,女角除"引子"中旦角之外有13个,男角除"引子"中戏班主人(牵线人)之外有20多个,其中包括群众性的配角演员,大致可与元杂剧中所设置的正旦、正末、引戏等角色相对应。

从两汉、魏晋南北朝、隋、唐、五代、宋至元、明、清,有大量少数民族文艺人才为中华民族戏剧事业做出重要贡献。如涵虚子评述元曲时,竭力推崇维吾尔族作家贯云石和回族作家萨都剌:"贯酸斋(即贯云石)如天马脱羁。""萨天锡(即萨都剌)如天风环佩。"阿里海涯之子贯云石(原名小云石海涯)曾经亲自参与中国戏曲"四大声腔"剧种之一——"海盐腔"的创制。此声

---

① 任半塘:《唐戏弄》,上海古籍出版社2006年版,第272页。
② 同上书,第270页。

腔当时流行于浙江杭嘉湖一带，在发展过程中，曾对"弋阳腔"和"昆山腔"的演变产生过很大的影响。由于中原歌舞戏、参军戏、傀儡戏、诸宫调、南戏、元杂剧等与西域各种民族表演艺术形式有机结合，才真正形成中华多民族戏剧表演体系。

由此可见，中华民族传统的戏剧文化艺术形式，是中国古今各族人民和文学艺术工作者共同创造的文明成果。

自古迄今，中国文学或中华各民族文学创造了包括讲唱与戏剧文学在内的丰富多样的演艺文化形式。据朱志荣《中国文学艺术论》一书论述："中国文学是中国文学家以情感为中心的心灵，由基于感性而又不滞于感性的领悟方式对自然与社会进行体验，创构出物我交融的审美意象，并以书面语言的形式进行传达，从而形成作者与读者交流的文化形态，从中体现了主体的审美理想和创造意识。"[①] 中华民族文学或中国少数民族文学亦为"以书面语言的形式进行传达"的"以情感为中心"的"物我交融的审美意象"。

第四节　西北边疆地区跨国民族及其文学

在中华人民共和国境内，自古迄今，中原长安与西域、西北地区民族文化资源卷帙浩繁，其中包括汉族在内的中华各民族历史与宗教、民俗文学文献。故此，我们在研究古代长安文化与民族文学时，理应将西北的各少数民族，特别是边疆跨国民族及其传统文学的调查研究放在重中之重的地位。

[①] 朱志荣：《中国文学艺术论》，山西教育出版社2003年版，第6页。

西北地区由新疆维吾尔自治区、宁夏回族自治区、青海省、甘肃省、陕西省共五个省级地方行政区所组成。该地区所占土地总面积共 309.3 万平方公里，占全国版图的 32.2%，是我国面积最大的地方区域。其中新疆维吾尔自治区土地面积为 166 万平方公里，是我国面积最大的一个省区。

西北地区有着全国最长的边境线，与数量最多的周边国家接壤。特别是新疆维吾尔自治区，东、北、西三个方向分别毗邻于蒙古人民共和国、俄罗斯联邦共和国、哈萨克斯坦、吉尔吉斯斯坦、塔吉克斯坦、阿富汗、巴基斯坦、印度等主权国家。中国西北地区与周边国家相互所共有的边界线绵延长达 5600 公里，约占全国陆地边界线的四分之一。该地区的特殊地理位置决定其地域文化与民族文学的跨边境和跨国界性质。中国西北地区民族众多，自古至今语言文字繁杂，建立在传统文化基础之上的各民族传统文学形式多样、丰富多彩，是中华民族文学大家族中不可或缺的重要组成部分。

中国西北地区是一个多民族的地理区域，这里世世代代生活着包括汉族在内的众多民族，诸如维吾尔族、哈萨克族、柯尔克孜族、乌孜别克族、塔吉克族、塔塔尔族、回族、蒙古族、锡伯族、达斡尔族、满族、俄罗斯族、裕固族、土族、撒拉族、东乡族、保安族、以及藏族、羌族等二十多个民族。这里的跨国民族也是由来已久，其中有不少历史上遗留下来的跨国、跨境民族。在漫长的中华民族历史文化进程中，随着中国西北地区的地理、宗教、民族概念与文学概念不断变换而变化。

秦汉时期华夏西北疆土已涉及阿尔泰山、天山、喀喇昆仑山山脉大部分地区；隋唐时期所羁縻国远至条支、波斯、安息诸国；蒙元时期的国土已横跨亚欧大陆，覆盖着几乎整个中亚、西亚和东亚地区；明清时期的古代中国领土亦北达巴尔喀什湖，西及里海。在这片辽阔广袤的疆土上，繁衍生息着许多古代跨国民族，如塞、氐、羌、乌孙、匈奴、肃慎、契丹、回鹘、突厥、党项、吐蕃、鞑靼等，他们与中原汉民族一起创造了中华多民族灿烂辉煌的古代文明，包括丰富多样的各民族语言文字与文学形式。

论及此地跨国民族语言文字，其语言方面主要有：(1) 阿尔泰语系所属突厥语族之维吾尔语、哈萨克语、柯尔克孜语、乌孜别克语、塔塔尔语、西部裕固语、撒拉语等民族语言；(2) 阿尔泰语系所属蒙古语族之蒙古语、东乡语、保安语、东部裕固语等；(3) 印欧语系所属印度—伊朗语族之塔吉克语；(4) 印欧语系所属斯拉夫语族东部语支之俄罗斯语；(5) 另外还有在中国境内拥有最大族群的汉藏语系所属的汉语，以及藏缅语族之藏语。

论及西北地区主要民族文字，古代此地曾流行并遗存的有佉卢文、焉耆—龟兹文、于阗文、梵文、突厥文、回鹘文、察合台文、古蒙文、八思巴文、西夏文、藏文、古汉文等。在此基础上则产生：(1) 阿拉伯文字母体系之维吾尔文、哈萨克文；(2) 回鹘文字母体系之蒙古文；(3) 斯拉夫文字母体系之俄文；(4) 印度文字母体系之藏文；(5) 象形文字体系之汉文。正是借助上述各种文字为载体，才使我们有幸欣赏到中国西部周边国家跨国民族如此之多的古今文学作品。

从自然地理、历史与宗教文化方面审视，中国西北与周边国家跨国民族古代、近现代文学，可从如下几个方面划分类型：

第一，从地理方面划分有：(1) 中亚地区文学，(2) 亚洲腹地文学，(3) 天山地区文学，(4) 阿尔泰山地区文学，(5) 昆仑山地区文学，(6) 蒙古高原文学，(7) 青藏高原文学，(8) 两河流域文学，(9) 丝绸之路文学，(10) 西域文学，(11) 敦煌吐鲁番文学等。相比之下，我们可重点加强对丝绸之路文学、敦煌吐鲁番文学、西域文学、中亚地区文学等的学术研究。

第二，从历史方面划分有：(1) 远古社会时期文学，(2) 先秦时期文学，(3) 汉魏晋南北朝时期文学，(4) 隋唐五代时期文学，(5) 宋辽金元时期文学，(6) 明清民国时期文学，(7) 中华人民共和国时期文学。或者分为：(8) 漠北时期文学，(9) 东、西突厥时期文学，(10) 金帐汗国时期文学，(11) 喀喇汗王朝时期文学，(12) 吐蕃时期文学等。其中尤其应重视东、西突厥时期民族文学、吐蕃时期民族文学、喀喇汗王朝时期民族文学等的学术研究。

第三，从民族文化方面划分有：(1) 雅利安人文学，(2) 塞、羌人文学，(3) 匈奴古族文学，(4) 粟特人文学，(5) 大、小月氏文学，(6) 乌孙古族文学，(7) 突厥古族文学，(8) 契丹古族文学，(9) 回鹘古族文学，(10) 蒙古古族文学，(11) 粟特古族文学，(12) 吐蕃古族文学，(13) 鞑靼古族文，(14) 斯拉夫古族文学，(15) 东干民族文学，(16) 卡尔梅克族文学等。其中如突厥古族文学研究、回鹘古族文学研究、吐蕃古族文学研究、蒙古古族文学研究、东干民族文学研究等较为重要。

按其历史、地理、政治、文化、宗教属性来审视，在中国西北地区与周边国家有主体民族与非主体民族文学之分，有世居民族与游移民族文学之分。因此，亦有主体民族与非主体民族文学之分，或世居民族与游移民族文学之分：

1.在中国西北周边地区建立主体、独立国家的如哈萨克斯坦、乌孜别克斯坦、吉尔吉斯斯坦、塔吉克斯坦的主要民族成分，实际上和我国哈萨克族、乌孜别克族、柯尔克孜族、塔吉克族是有历史地缘相一致的跨国民族。

2. 我国塔塔尔族、俄罗斯族是从东欧经中亚迁入的跨国民族。

3. 西北地区的回族、土族、撒拉族、东乡族、保安族则是从中亚、西亚地区迁徙而来与华夏人种融合而成的跨国民族。

4. 另外如蒙古族、藏族、维吾尔族、裕固族中有一部分迁居于周边国家，亦有一些跨国民族因素。

在近现代时期，中国西北地区周边一些强权国家割去我国大面积国土，迫使大量中国人民背井离乡，流徙为外邦华裔华侨。这些流失的土地分别是与沙皇俄国于1864年10月7日签订的《中俄勘分西北界约记》，共割占中国领土44万多平方公里；1881年2月24日与俄国签订的《中俄伊犁条约》，又割占西北地区7万多平方公里的中国领土。上述共割去约51万多平方公里的中国领土。在这片土地上繁衍生息的各族人民，即赖以生存的历史地理形成了现在的跨国民族，并形成西北地区边境各少数民族气象万千的区域文化与民族文学的独特景致。

"中央亚细亚"即中亚地区，历来是中外或中西诸国文化交流的重要区域，是世界古老文明的策源地之一，是多民族语言文学的博物馆。这里特殊的地理环境与历史、文化、宗教、语言、文字、文学、艺术、民俗等构成了特有的文化族群，以及独具特色的民族文化圈和文学生态系统。但是由于此地在历史上地方政权林立、战争频繁、民族纷争，疆土变换不定，以及东西方各种政治、军事、宗教、文化势力的介入，使得原生态民族文学嬗变、异化、重组，形成如今"你中有我，我中有你"，"扯不断，打不散"的复杂纷呈局面。

此地跨边境沿线自古迄今通行的印地语、波斯语、梵语、乌尔都语、普什图语、达里语、乌孜别克语、吉尔吉斯语、哈萨克语、喀尔喀蒙古语等均为周边国家官方语。另外还有许多外来语、地方语和方言，主要有阿拉伯语、波斯语、土耳其语、梵语、旁遮普语、信德语、俾路支语等数百种，方言达千余种，仅印度就有700多种。这些国家各民族所操文字根据所需各有不同，我们借助这些语言和文字方可逐渐解析丝绸之路民族文学奥秘。

中国西北地区位于亚洲腹地，中亚东部与中国西部，在人类历史上是东西方诸国政治、经济、文化交流的中枢地带。闻名世界的"丝绸之路"从长安古都起始并延伸，途经关中平原、陇东山地、河西走廊、天山草原、沙漠绿洲、葱岭古道，然后一直向西拓展，横亘亚、非、欧大陆。此条国际通道将东方四大文明古国（中国、印度、巴比伦、埃及）与西方古希腊、罗马，以及世界三大宗教（佛教、基督教、伊斯兰教）和沿途各国世俗文化紧密地联系在一起。对此，西北各民族曾付出艰辛的劳动，做出了巨大的历史贡献。

著名学者季羡林先生曾指出，现在的"世界人类文化主要有四大体系，即中国、印度、波斯—阿拉伯伊斯兰、欧洲文化体系"，上述世界传统文化均"汇流于中亚地区"，特别是古代被称为"西域"的新疆与广阔的周边国家和地区。这里自古以来珍藏着极为丰富多样、绚丽多姿的各民族语言、文字与文学、艺术遗产。

中国西北周边地区地域辽阔，历史悠久，民族众多，语言文字复杂，文学形式多样，且数量巨大。这里的人种民族称谓混杂，作家归属不清，在域外华侨、华裔、华人文学所持语种纷繁，大量文学作品还未经翻译，或译介错讹，需要统一文字与标准来研究与解读。

我们需从社会科学、语言文字、宗教文化、世俗风情与文学文体诸方面来审视中国西北与周边国家跨国民族的古代、近现代文学类型和学术研究成果。

从宗教方面划分有：（1）原始宗教文学（萨满教、拜火教）文学，（2）波斯诸教（祆教、摩尼教）文学，（3）印度佛教文学，（4）藏传佛教文学，（5）道教文学，（6）西方基督教（景教、也里可温教、犹太教、天主教、东正教）文学，（7）阿拉伯伊斯兰教文学（逊尼派、什叶派、依禅派）文学等。

从世俗文体方面划分有：（1）神话传说，（2）英雄史诗，（3）寓言故事，（4）石刻碑碣文学，（5）讲唱文学，（6）民间文学等。尤其应该重视神话传说研究、英雄史诗研究、讲唱文学研究、民间文学研究等。

中国传统文化对西北地区民族文学的影响主要表现在：（1）物质文化方面：丝绸、玉石、陶瓷、火药、纸张、麝香、药材等。（2）精神文化方面：印刷术、纺织术、冶铁术、炼丹术、制陶术、道教伦理、诗文创作。在中亚沙漠腹地曾出土大量中国汉字绫锦、彩缯。汉唐时期，中亚诸国称输入的中国铁器为"哈尔锡尼"，即中国箭镞金；将传去的丝绸刺绣称"兑拉兹"；把学去的炼丹术称为"耶黎克色"，并转为"化学"之称谓。历史悠久的中医学亦被介绍至波斯阿拉伯世界，如将各种中国药材分称"达秦尼"或"沙赫锡尼"。

周边国家传统文化对我国西北地区跨国民族文学的影响，主要表现在：（1）语言文字方面，（2）宗教文化方面，（3）文学艺术方面，(4) 民俗文化方面。中国西北与周边国家民族文学交流的途径与方式，主要表现在：(1) 经济贸易方式，(2) 羁縻臣服方式，(3) 结亲联姻方式，(4) 文化交流方式等。

相比之下，较为突出的中国西部跨国界民族文学交流有：印度两大英雄史诗的输入，印度的梵语文学和戏剧的传入，印度佛教文学、跨国界的喀喇汗王朝文学、流传中亚地区的各种史诗传说、广为传播的阿凡提故事、伊斯兰世界的木卡姆文学、融入西北民间的波斯文学，仍保持西北文化传统的东干族文学，卫拉特蒙古卡尔梅克族文学，两河流域柘枝乐舞文学，西北地区诸宫调文学，河西变文、宝卷文学，西北回鹘文学，吐蕃与藏族文学，伊斯兰教与穆斯林文学，蒙古族长调音乐文学，中外跨国民族共同创作的玛纳斯、江格尔、格萨尔文学，哈萨克阿肯弹唱文学，西北各民族花儿文学，匈奴西迁民歌，大小月氏宗教与世俗文学等均在其中。

因为我国封建统治者长期固守"中原文化中心论"与"汉族文化中心论"，而导致许多文人墨客视西北边疆少数民族为"夷胡"，视其语言、文字为"鸟语"、"蛮书"。再加上民间盛行的世俗文化偏见，认为少数民族落后无知，因此严重阻碍了中原长安文化与边疆少数民族文学交流，以及对其丰富文化资源的承传、保护和研究。

近年来，全世界范围内兴起对各国口头与非物质文化进行抢救、保护运动，使其得到社会重视与蓬勃发展，如在中国西北地区新疆维吾尔族木卡姆音乐和蒙古族长调入选世界文化遗产名录。在全国各省、自治区、地州、县旗级非物质文化遗产名录中，在国际文化范畴之内，钩沉中国西北地区以及周边国家与民族丰富多样的文学遗产,梳理清楚中亚、西亚、东亚、南亚地区在历史上与中国传统文化之间的关系,确立中国西北各民族文学在世界文学史中的历史地位,显得非常重要与迫切。

在国内范畴之内,需大力弘扬中华民族优秀传统文化,加强我国各族人民之间,以及与毗邻国家和地区民族文学艺术的交流,建立国内外平等、友好、和谐的文化氛围。

在区域范畴之内,促进开发中国西部与西北少数民族地区的经济文化发展,充分肯定西北地区跨国民族对中亚,乃至亚洲民族文学体系建构所作出的重要贡献,更是当务之急。

在文学范畴之内,在尽可能广泛的文化范围内抢救、挖掘、整理、研究中国西北地区少数民族,特别是此地跨国民族的文学遗产。较全面地甄别、梳理、统计、考证、评介和比较其珍贵文本,以及国内外专家学者的古籍整理和研究成果,以充分论证其重要的历史与学术价值。

具体到对长安文化与西北民族文学的研究,我们认为主要内容及其学术价值如下所述:(1)大力进行中国西北地区跨国民族及其文学历史遗产研究,将其归入中国乃至世界民族文学的宏大学术体系之中。(2)摸清与评估中国西北地区跨国民族文学挖掘、整理、研究现状,客观认识少数民族文学的发展规律。(3)正确评价处于边缘状态的西北少数民族文学生存状态,激活与国内外"主流文化"的对话和学术交流机制。(4)加强中国西北地区民族文学与周边国家文化关系研究,充分肯定少数民族文学的学术价值,以及在中亚区域文化中的重要地位。(5)展望中国西北地区民族文学理论与实践的发展与前景,维护和营造国内外相关区域的和谐文学生态环境。

发源于中原长安、辐射于中国西北的"丝绸之路",不仅是气势雄浑的自然文化景观,而且是丰富多彩的非物质文化遗产的坚实载体。虽然近些年在国内有不少有关丝绸之路的理论著述问世,但是就其质量与数量而言,其中属于介绍性、商业性、旅游性的文章占有相当大的篇幅。即便名义上标示为历史文化学术研究,但是因其与相对应的非物质文化遗产联系不紧密,故而所产生的成果缺少应有的深度、广度。若想改变此种现象,必须将西北丝绸之路的物质性与非物质性、历史性与文化性有机结合起来,以真实、鲜活的民族、民间传统文化来支撑西北丝绸之路历史地理文化研究的巨大时空。

在中国西部这片神奇、广袤的土地上,遗留与积淀着丰厚的地域、宗教、世俗与民族历史文化,需要我们去发掘、整理、考证与研究。依据《世界遗产公约》划分,此类世界遗产共有五大类别,即(1)世界文化遗产,(2)世界自然遗产,(3)世界自然与文化双重遗产,(4)世界文化景观遗产,(5)人类非物质文化遗产。对上述存留于丝绸之路沿途的世界物质与非物质文化遗产关系理当进行认真、科学的学术梳理。

中国西北地区目前已被列入世界遗产名录的首批主要项目有:"文化遗产"类:(1)长城,(2)秦始皇陵,(3)莫高窟,(4)长安至天山路段丝绸之路。"非物质文化遗产"类:(1)新疆维吾尔木卡姆艺术,(2)蒙古族长调民歌;已列入"第一批国家级非物质文化遗产名录"的西北五省、自治区有关非物质文化遗产共十大类,即(1)民间文学,(2)民间音乐,(3)民间舞蹈,(4)传统戏剧,(5)曲艺,(6)杂技与竞技,(7)民间美术,(8)传统手工技艺,(9)传统医药,(10)民俗;首批具体项目共有98

个，占全国518个非物质文化遗产项目很大的比例。对上述沿西北丝绸之路的国家级乃至陆续公布的省自治区级、地州市级、县旗级非物质文化遗产均应进行全面、系统、深入的研究。

从事西北地区丝绸之路沿途非物质文化遗产的保护、发展与研究一定要设法攻克下列学术难题：(1)解决十三朝古都长安文化与西北境内丝绸之路文学的关系，梳理清楚国内外各民族传统文学对跨国民族文化发生的作用。(2)借助古今中外专家学者对西北地区及丝绸之路政治、军事、经济、宗教、文化、艺术、民俗的科研成果，以及结合近年非物质文化实地田野调查研究所获得的丰富多样的文物、文献资料，来发展新兴的边缘性、交叉性、前沿性边疆民族社会科学，以大力促进西北丝绸之路与非物质文化遗产的综合性研究。(3)阐述清楚西北丝绸之路沿途世界遗产中自然遗产、文化遗产、文化景观遗产、自然与文化双重遗产和人类非物质文化遗产之间的互动关系，梳理清楚丝绸之路文化与物质文化及非物质文化产生、形成、发展、演变的历史，以及抢救、保护、开发、利用的有效途径。(4)大量吸收与借鉴国内外长安学、关中学、丝绸之路学与非物质文化研究的手段与经验，以定性、定量的科学研究方法，全面统计与调查清楚西北地区各省区非物质文化遗产的丰富资源和分布情况，并相对准确地预测西北各民族文学形式将来发展、演变的趋势。(5)注重西北少数民族与汉族以及跨国民族历史文学艺术的比较学术研究，多层次、多侧面、多角度、全方位地对西北沿丝绸之路的非物质文化进行深入探讨，以确认其在中国乃至世界文明历史与文化宏大体系中的重要价值。

日本学者长泽和俊所著的《丝绸之路史研究》一书对跨国性

质的丝绸之路文化研究颇有见解，其学术观点归纳如下：

> "丝绸之路"之所以受到各方面的重视，主要有以下三个原因：首先，丝绸之路作为贯通亚非大陆的动脉，是世界史发展的中心。欧亚大陆由蒙古、塔里木盆地、准噶尔、西藏、帕米尔、河中、阿富汗、伊朗、伊拉克、叙利亚、土耳其等地区构成。第二，丝绸之路是世界主要文化的母胎。尤其是在这条路的末端部分，曾经产生了美索不达米亚文明、埃及文明、花剌子模文明、印度河文明、中国文明等许多古代文明。第三，丝绸之路是东西文明的桥梁。出现在丝绸之路各地的文化，依靠商队传播至东西各地，同时又接受着各种不同的文化，促进了各地的文明。①

正如上文所述，自古迄今由长安古都延伸出去的横亘亚欧非洲大陆的"丝绸之路"，不仅是中国文化的根基，同时也是亚洲乃至世界"主要文化的母胎"。我们对丝绸之路跨国民族文学的研究，不仅可促进对长安传统文化以及中国大西北"各地的文明"的探析，同样也可有力地促进东西方各国各族对"各地的文明"的深入探析。

---

① 〔日〕长泽和俊著、钟美珠译：《丝绸之路史研究》，天津古籍出版社1990年版，第3页。

第三章 殷实厚重的长安文学

博大精深、殷实厚重的长安文学,不仅是一个地理空间广大的文学集合体,而且以其周秦汉唐上千年的文化积淀,展示高深而平实、悠长而凝聚的历史文化奇葩。

中国文学自古与华夏史地文化融为一体,交相辉映。在纷繁驳杂的长安文化体系之中,蕴藏着许多至今仍被视为中华民族精神文化经典的文学样式。其中最可推崇的是出自先秦两汉各国的古代文学典籍,还有出自各朝代国学宝典的文艺理论。

第一节 中国传统文艺思想的储藏地

中国传统文艺思想历史悠久,源远流长,其源头可追溯至先秦文化。此时以中原、关中、长安为轴心的华夏民族文化圈,应运而生许多国学宝典,可谓是后世各种文学艺术形式的雏形,其内核中蕴涵的丰富多样的文化因素,足以奠基中华民族优秀传统文学的宏伟大厦。

所谓"先秦",有广义和狭义之分。广义的先秦是指秦始皇建立秦王朝之前,于公元前221年统一中国以前直至远古时期,包括传说中的"三皇五帝"时代的原始社会,一般指夏、商、周、春秋时代的奴隶社会,还有封建社会逐渐确立的战国时期。狭义的先秦,主要指秦王朝纵横"扫六合",统一天下前的春秋战国时期。

《汉书·河间献王传》云:"献王所得书,皆古文先秦旧书。"今存先秦时期产生的国学宝典主要有历史类的《尚书》、《左传》、《战国策》、《春秋》、《国语》等;哲学类的《论语》、《吕氏春秋》、《周易》、《孟子》、《荀子》、《墨子》、《韩非子》、《道德经》、《庄子》等;法律、军事类的《孙子兵法》、《吴子》等;文学类的《诗经》、《尔雅》、《逸周书》、《楚辞》等。

论及"六经"与"十三经",我们可从古书典籍中获其本原。如《庄子·天运》曰:"丘治《诗》、《书》、《礼》、《乐》、《易》、《春秋》六经。自以为久矣,孰知其故矣。"《荀子·劝学》云:"始乎诵经",即指《诗》。汉武帝时亦崇奉《诗》为"经",并立《诗》、《书》、《礼》、《易》、《春秋》等"五经博士"。"罢黜百家,表章六经。"

在上述"六经"之中,《周易》是现存中国最早的一部哲学思想,亦为有深刻民族文化与文学意蕴的经典著作。

《诗》即《诗经》,是我国第一部诗歌总集。《诗经》所收诗歌分为"风"、"雅"、"颂"三大类,其中最具文学价值的是占总数一半以上的"风";"雅"中所收之诗多属史诗;"颂"为庙堂祭祀时演唱的歌颂祖先功业的颂歌,也具有史诗的性质。这些古代诗歌具有很高的史料价值。从周王朝采集这些诗的目的和样式来看,它们均具有社会文化调查资料的性质。

《书》即《尚书》,是中国最早的一部历史文献汇编,收录的是虞、夏、商、周时代最高统治者发布的政令和重要讲话的记录。

《礼》，或称《仪礼》，是研究中国古代礼仪的重要著作，现存有《周礼》、《仪礼》和《礼记》三部礼书。《周礼》原称《周官》，是一部官制汇编，制定了西周政府"天、地、春、夏、秋、冬"六部职掌和属官人数的典章，其档案性质比较明显；《仪礼》是记载典礼仪节的典籍，记录的是上古及周名目繁多的典礼的复杂程序，实际上是职业司仪据之经办典礼的"程序单"；《礼记》是儒家论说或解释礼制的文章汇编，其中一些篇章为解说《仪礼》的相应篇章，另有少数则是《仪礼》所失收的古代典礼仪节文件。

《乐》据说已被秦始皇"焚书坑儒"时毁灭，有学者认为《礼记》中第19篇的《乐记》非常珍贵，可能是《乐》中的部分残稿，后人编撰的《乐论》即为《乐》的发展。

《春秋》是中国第一部编年体史书，按年代记载了鲁国从隐公元年到哀公十四年间的历史大事。内容包括政治、军事、经济、文化、天文气象、物质生产、社会生活等方面，是当时有准确时间、地点、人物的原始记录。为《春秋》做解释说明的有《左传》、《公羊传》、《穀梁传》，弥补了历史文献的一些缺憾。

唐宋时增设春秋至西汉之间另外七部典籍，即《论语》、《孝经》、《孟子》、《左传》、《公羊传》、《穀梁传》、《尔雅》，合称"十三经"。新增加的经书及大致情况为：《论语》是春秋时孔子弟子对先师言行的语录笔记，今本20篇，是一部后世倍加赞赏和屡加引用的古代散文集。据《汉书》记载：

《论语》者，孔子应答弟子，时人及弟子相与言，而接闻于夫子之语也。当时弟子各有所记。夫子既卒，门人相与辑而论纂,故谓《论语》。①

《孝经》为西汉时期有人在"孔壁"中发现的珍贵藏书,可能为春秋时孔子或其弟子曾子所作。《孝经》,又称《古文孝经》,旧说由孔子十二代世孙孔安国注解。今文《孝经》原称"郑玄注",后又有唐玄宗传世注本。

《孟子》是战国时期儒家学者孟子的著作,又有人认为是其弟子万章、公孙丑所辑。司马迁考证为师生合编,并说为孟子"退而与万章之徒序《诗》、《书》,述仲尼之意,作《孟子》七篇"②。后人将孟子与孔子联名所谓"孔孟",所留言论被称为"孔孟之道"。

《左传》可能是春秋末年左丘明所作,但也有人认为是战国初的儒士作品。《左传》原称《左氏春秋》,30卷,19万余字,为中国古代史学、经学、文学名著。以《春秋》为线索,纪年始自隐公元年(前722),止于鲁哀公二十七年(前468),但历史史实叙述到鲁悼公四年,晋智伯被灭,韩、赵、卫三家分晋,时到公元前453年,即战国之始。

《公羊传》原为战国时齐人公羊所撰,他受学于孔子弟子子夏,后来成为传习《春秋》的三大家之一。《公羊传》亦称《春秋公羊传》,原30卷,今本28卷。实为由公羊口述,至汉初其玄孙公羊寿辑录成书。

《穀梁传》其作者相传是子夏的弟子、战国时鲁人穀梁赤。起

---

① 《汉书》卷三十《艺文志》。
② 《史记》卷七十四《孟子荀卿列传》。

初也为口头传授,至西汉时才成书传世。

《尔雅》为战国到西汉的学者所编写,是一本用来研习儒家经典的重要辞书。今本 19 篇。秦代"焚书",而汉代崇尚经学,训诂学兴起。大体由汉初学者缀辑周秦诸书旧文,递相增补而成。此书实为我国第一部词典,对后世影响很大。研究之作与仿编之书遂起,成为"雅学"。

"十三经"中包含着中国古代许多中华各民族文艺理论,为长安历代朝廷所崇奉。论其文学性与古代散文特征,《尚书》较为突出,故略加篇幅叙述与考评。

《尚书》又称《书经》,为古代帝王必读的政治教科书。此书为上古历史文件和追述上古史迹著作的汇编,其中保留着大量殷商两周时代的原始文学史料,是人们了解和研究远古历史文化的重要文献。《尚书》之所以珍贵,是因为很大程度上保存了儒家所尊崇的先王圣贤言论和训诫。此外,还反映了儒学者对天道、性命、伦理、政治、艺术等古人所关心的重大问题的理解。《尚书》曾对中国传统经学与民族文化精神,以及古代诗学理论的形成与发展产生过持久的影响。因此,被儒家学者奉若神明,被推崇为"六经"之一,亦为古代士大夫必读的神圣经典。

《尚书》因秦始皇"焚书坑儒"而湮灭世俗,后又失而复得。据查询,流传至今的有两种文本:一种为汉武帝时,鲁恭王刘余拆毁孔子旧宅,从墙壁中发现的以先秦古文字书写成竹简本。后由孔子后裔孔安国整理,共 45 篇,人称《古文尚书》。另一种为秦朝博士伏胜在秦汉乱世之际在私宅夹墙所藏,共 28 篇,因用隶书书写,故称为《今文尚书》。另外,东晋初年,由豫章内史梅赜献给朝廷、后收入《十三经注疏》中的伪古文《尚书》,从而使此经典文献形成一门"书经"专学。

因《尚书》记载着华夏尧舜典章，造书契，上古帝王造"五行"、"五声"，制"礼乐"的事迹，以及贤达人士开创记言体史书的先河，创立"典"、"谟"、"训"、"诰"、"誓"、"命"等古书文体，故备受从事中国古代历史、地理、文化、宗教、文学、艺术研究人士重视。

《尚书·洪范》提及"五行"学说："五行：一曰水，二曰火，三曰木，四曰金，五曰土。水曰润下，火曰炎上，木曰曲直，金曰从革，土爰稼穑，润下作咸，炎上作苦，曲直作酸，从革作辛，稼穑作甘"；以后由上述五种物质产生"五味"、"五色"、"五声"等，其"五声"即"六律"循环往复的五声调式，即"宫、商、角、徵、羽"，在此基础上出现中国古代雅乐、俗乐及传统音乐中的器乐与声乐。《尚书·大诰》中周公以成王口吻发布的东征告谕："孜孜无息，水火者，百姓之所饮食也；金木者，百姓之所兴生也；土者，万物之所资生，是为人用。"同样，源自"五行"的"五声"在古代臣民精神文化生活享用上亦为至关重要。

在《尚书》"尧典"与"皋陶谟"篇内，弥足珍贵存有一些原始文学艺术的文字记述，如《虞夏书》中古帝尧舜与乐师夔的对话：

帝曰："迪朕德，时乃功，惟叙。皋陶方祗厥叙，方施象刑，惟明。"

夔曰："戛击鸣球，搏拊、琴、瑟，以咏。"祖考来格，虞宾在位，群后德让。下管鼗鼓，合止柷敔，笙镛以间。鸟兽跄跄，《箫韶》九成，凤皇来仪。

夔曰:"於!予击石拊石,百兽率舞,庶尹允谐。"
帝庸作歌。曰:"敕天之命,惟时惟几。"乃歌曰:"股肱喜哉!元首起哉!百工熙哉!"

依上所述,帝臣之间有关"击石拊石,百兽率舞","鸟兽跄跄,《箫韶》九成,凤皇来仪","戛击鸣球,搏拊、琴、瑟,以咏"等盛典礼乐典章常为我国古代文艺理论史学者所征引。另如"诗言志,歌永言,声依永,律和声",更是中国古代诗学、词学、曲学、剧学的金科玉律。对此段经典记载,汉代郑玄注云:"诗所以言人之志意也。永,长也,歌又所以长言诗之意。声之曲折,又长言而为之。声中律乃为和。"

据著名学者朱自清考证,古人毛公的《诗大序》有关"诗者,志之所之也。在心为志,发言为诗"的论述,"明明从《尧典》的话脱胎。《大序》托名子夏,而与《毛传》一鼻孔出气,当作于秦、汉之间"。由其"诗言志"名言佳句而化为"教诗明志"之"'正得失'是献诗陈志之义,'动天地,感鬼神',似乎就是《尧典》的'神人以和'"。[①] 由此可知,《乐记》诗学之根柢实际源至《尚书》的民族文化土壤。

经有关学者研究,发现在我国古代散文集《尚书》中,有不少属于周初至春秋时期贵族史官所留存的文学作品,诸如《秦誓》、《牧誓》、《顾命》、《金縢》等。《秦誓》记载秦穆公对自己不听谋臣蹇叔劝告,劳师远袭郑国,以致失败之事的自我谴责。《顾命》记述周成王的丧葬和康王即位的仪式。有人还发现《战国策》

---

① 朱自清:《诗言志辨》,华东师范大学出版社1996年版,第20页。

中亦有《秦策》之类的反映古代长安文化的文学作品。《水经注》卷三收录的秦朝民歌《长城歌》云:"生男慎勿举,生女哺用脯。不见长城下,尸骸相支柱。"亦证明历史上的长安民间文学曾与"十三经"息息相关。

自古迄今,历代专家学者对上述"六经"或"十三经"的历史文化价值与功能研究非常重视。其汗牛充栋的辑录和研究著述,富有代表性的有以下儒家经典及其注疏、汇编:如《周易正义》10卷、《尚书正义》20卷、《毛诗正义》70卷、《周礼注疏》42卷、《仪礼注疏》50卷、《礼记正义》63卷、《春秋左传正义》60卷、《春秋公羊传注疏》28卷、《春秋穀梁传注疏》20卷、《论语注疏》20卷、《孝经注疏》9卷、《尔雅注疏》10卷、《孟子注疏》14卷等,共计416卷。《十三经注疏》最早的合刻本是"南宋十行本",以后辗转翻刻,讹谬渐多。清嘉庆二十一年(1816),由当时江西巡抚阮元主持,将南宋十行本残存的十一经,配补宋刻《仪礼》、《尔雅》二书的单疏本,重刻于南昌学堂,并将阮元旧日罗致学者所作的《十三经校勘记》分别摘录注疏,附于各卷之后,世称"阮刻本"。在我们研究与探索长安文化与中国西部民族文学时,对如此丰厚的国学宝典理应高度重视。

第二节 中国古代传统文学的示范地

在我国历史上,文学艺术界一直有着重视史学的优良传统,所谓"文史不分家",即指文学研究与史学相辅相成、同举共进之势。另外,历代有"六经皆史"之说,六经或十三经皆为文,亦证实二者难分难解之紧密关系。正是由长安文学开创的此种亦文亦史的学术传统，方使周秦汉唐时期六经文史为长安文化与文学提供充足的养料，其演绎的古代民族文学成为后世历代文人乐而不疲仿效的范本。

隋代"文中子"王通在《中说》中曾指出："昔圣人述史三焉。其述书也，帝王之制备矣，故索焉而皆获，其述诗也。兴衰之由显，故究焉而皆得。其述《春秋》也，邪正之迹明，故考焉而皆当。此三者，同出于史，而不可杂也，故圣人分焉。"以后又有宋代陈傅良，元代郝经，明代宋濂、王守仁、王世贞等反复提出"六经皆史"的观点。随后又有明代李贽的"经史相为表里说"，清代袁枚在《随园随笔》论述"六经自有史耳"。

较之前人，王世贞对此阐述得较为周详。他在《艺苑卮言》中提出："天地间无非史而已。三皇之世，若泯若没。五帝之世，若存若亡。噫！史其可以已耶。《六经》，史之言理者也。"并具体区分"六经"各文体，或为"史之正文"，或为"史之变文"，或为"史之用"，或为"史之实"，或为"史之华"。

清代章学诚在《文史通义·内篇·易教上》亦指出："六经皆史也。"他认为"六经"乃夏、商、周典章政教的历史记录，并非圣人为垂教立言而作。近人龚自珍、章炳麟先生等亦倡导此说。[①]为此，我们通过《诗经》、《老庄》、《吕氏春秋》、《史记》等查寻"文史"或"经文"相伴而行的历史轨迹。

中国道家学派的创始人老子，亦称李耳，字伯明，又称老聃，后被奉为"老君"、"教主"。相传他是楚国苦县（今河南鹿邑）

---

① 参见（清）龚自珍《古史钩沉论二》、章炳麟《国故论衡·原经》。

人,曾任东周史官,后为隐民。老子生前骑青牛过函谷关西行至关中长安,于终南山麓楼观讲学。他著有《老子》,合《道经》、《德经》凡81章,又称《道德经》或《道德真经》。

《史记·老子韩非列传》中记载:"老子修道德,其学以自隐无名为务。居周久之,见周之衰,乃遂去。至关,关令尹喜曰:'子将隐矣,强为我著书。'于是老子乃著书上下篇,言道德之意五千余言而去,莫知其所终。"此为古代道教之经典大著,犹如一颗璀璨的文化明珠,在历代文坛上光彩夺目、熠熠生辉。

《道德经》,亦称《老子》,是一部反映着广博的宇宙观,又指导着深邃的人生观的涵盖政治、经济、军事、文化、思想方面的哲学巨著。自古迄今,历朝历代研究《老子》的专家学者不可胜数。其评述注释多收入《道藏》,从哲理、阴阳、内外丹、修身治国、易象术数等方面阐释教义,亦可从民族文学艺术角度来阐发其深刻文化内涵。

关于老子的思想与文化观念可从四个方面去解析:(1)老子思想的中心理念——"道";(2)老子的对立转化及循环运动思想;(3)老子的"无为"思想和小国寡民理想;(4)老子的道德观念。

老子的"道"之观念产生于春秋战国时期百家争鸣、九流并作、异说纷呈的社会氛围之中。历尽社会动乱与人间沧桑的老子对新兴的宇宙观——"道",做了前所未有的哲学思考。他在《道德经·二十一章》中说:"道之为物,惟恍惟惚;惚兮恍兮,其中有象;恍兮惚兮,其中有物。窈兮冥兮,其中有精,其精甚真,其中有信。"此种看来玄妙虚空的"道",实为产生万物的总根源。由此而形成如此奇景:"道生一,一生二,二生三,三生万物。"① "道可道,非常道;名可名,非常名。无名万物之始,有名万物之母。故常无欲以观其妙;常有欲以观其徼。"② 他关于"道"的思想实来自"有",这种朴素的唯物主义思想与《周易》八卦之首卦"有天地然后生万物焉"一脉相承。

正是基于此种古老传统观念,方产生朴素的辩证法思想与原始艺术审美观。如《道德经·二章》云:"天下皆知美之为美,斯恶已;皆知善之为善,斯不善已。故有无相生,难易相成。长短相形,高下相倾,音声相和,前后相随。"老子一直认为人间的美与丑是相对而言的,他说的"长短相形,高下相倾,音声相和",是相辅相成、相伴而生的辩证事像,例如原始的音乐与诗歌,其长短、高低便是如此。世上所有对立物都可以变换转化,即所谓:"祸兮福之所倚,福兮祸之所伏。孰知其极?其无正也。"③

《道德经》最后一章把此种对立运动的人生理念、文艺理论描述得清晰而透彻:

> 信言不美,美言不信。善者不辩,辩者不善。知者不博,博者不知。
>
> 圣人不积。既以为人,己愈有;既以与人,己愈多。天之道,利而不害;圣人之道,为而不争。

在此段文字中,老子总结了美与真、美与善的高度统一、天然协调的辩证关系。他一方面认为"美言不信",另外又认为"美

---

① 《道德经·四十二章》。
② 《道德经·一章》。
③ 《道德经·五十八章》。

言可以市尊,美行可以加人"。三国时期王弼注云:"美言之则可以夺众货之贾,故曰,美言可以市也。"证实基于"道"之上的美好事物与语言,方可获得社会的尊重。

老子的"无为"之道与"无为而治"思想,历来为史学界与美学界所重视。如《道德经·三章》曰:"为无为,则无不治。"其《三十七章》:"道常无,为为而无不为。"《五十七章》:"故圣人云:'我无为而民自化,我好静而民自正。我无事而民自富,我无欲而民自朴。'"均表达了他皈依自然、顺其自然的逸然情愫。此种超功利的审美境界一直净化着中国古代诗学的文化时空。

至于他的道德观念则一直贯穿在此名著的字里行间,如其书云:"道者,万物之奥。善人之宝,不善人之所保。"①另如《二十一章》云:"孔德之容,惟道是从。""道"为"德"之本质与原则,"道德"为万物之宝物。《五十五章》云:"含德之厚,比之赤子。"强调宁静淡泊、清心寡欲、追求童贞之乐为道德理想最高标准。为此他宁肯反其道而行之,云:"五色令人目盲,五音令人耳聋,五味令人口爽,驰骋畋猎,令人心发狂。难得之货令人行妨。是以圣人为腹不为目,故去彼取此。"②老子指出追求道德的人不应该沉湎于声色犬马之中,应排斥超过限度的美食、噪音,实为在营造一种充满东方神韵的文艺美学。

在中国古代哲学、美学与诗学历史中,最早只有老子可与孔子的文艺理论能分庭抗礼,并自成体系。李泽厚、刘纲纪主编《中国美学史》认为:也正是其道家"美学打开了中国古代美学的

---

① 《道德经·六十二章》。
② 《道德经·十二章》。

新天地……老子美学显然是孔子美学无法克服的劲敌，同时又是它的畏友"。究其原因，原本"高扬个体生命自由的老子哲学就紧紧地把握了和美与艺术的本质密切相关的根本问题，做出了超越孔子美学的重大贡献。因为美的领域正是个体生命获得高度自由发展的领域，也正是个体的自由和客观的必然性，合目的与合规律达到了内在的高度统的一领域。在中国古代美学中，只有老子美学是第一次真正进入了这个领域"①。在老子之后，庄子又进一步发展了道家美学，使老庄哲学更加引人注目，对后世史学、文化、文学、艺术产生深远的影响。

在此之后出现的《乐论》的作者，是出生于中原地区赵国（今山西安泽）的荀子。作为战国时期最后一位儒学大师，他较之先秦儒学代表性人物孔子、孟子更加务实，更加崇尚文学的社会功能。荀子在《王霸》第十一中认为："故人之情，口好味，而臭味莫美焉；耳好声，而声乐莫大焉；目好色，而文章致繁，妇女莫众焉；形体好佚，而安重闲静莫愉焉；心好利，而谷禄莫厚焉。"他理直气壮地指出人对好味、好声、好色、好逸、好利等各种欲望的最大限度的追求是天经地义的，并说："圣人纵其欲，兼其情，而制焉者理矣。夫何强何忍何危。"

荀子强调人对感官能力所产生的艺术美的追求要有所节制，认为不仅好"綦色"，还应好"綦声"，即喜好最悦目的色和最悦耳的声，以训练有素之"目辨黑白美恶，耳辨音声清浊。口辨酸咸甘苦，鼻辨芬芳腥臊"。荀子还在《王霸》中指出：

---

① 李泽厚、刘纲纪主编：《中国美学史》（第一卷），中国社会科学出版社 1984 年版，第 225 页。

> 夫人之情，目欲綦色，耳欲綦声，口欲綦味，鼻欲綦臭，心欲綦佚。此五綦者，人情之所必不免也。

他另在《性恶》二十三中阐释：

> 若夫目好色，耳好声，口好味，心好利，骨体肤理好愉佚，是皆生于人之情性者也。感而自然，不待事而后生之者也。

关于古代各民族日常文艺娱乐活动，荀子一直抱着积极肯定与参与的态度。他竭力反对墨子《非乐》的狭隘观点，认为其"因噎废食"，为了反对统治者的奢侈，而厌恶并禁止礼乐，对于社会而言是无益的。他认为："之所以非乐者，非以大钟、鸣鼓、琴瑟、竽笙之声，以为不乐也。非以刻镂华文章之色，以为不美也。"他主张反其道而行之，大力宣传儒家关于"乐之中和也"，"乐言事其和也"，"中声之所止也"的诗文乐舞艺术美在"中和"的理论。

特别值得称道的是荀子所著《乐论》的微言大义，其中有许多为后世《乐记》、《乐书》、《乐志》等反复引用的有关学术观点：

> 夫乐者，乐也，人情之所必不免也，故人不能无乐。乐则必发于声音，形于动静；而人之道，声音动静，性术之变尽是矣。故人不能不乐，乐则不能无形，形而不为道，则不能无乱。[1]

---

[1] 《文白对照二十二子》(2)，第1079页。

荀子在此文中反复强调音乐艺术是"人情"所致，为"必不免"的娱乐形式，人之"声音、动静、性术之变"均能体现于乐音之中。故此，他认为"人不能不乐，乐则不能无形"。他在《乐论》中还论证了音乐的社会功能："故听其雅颂之声，而志意得广焉；执其干戚，习其俯仰屈伸，而容貌得庄焉；行其缀兆，要其节奏，而行列得正焉，进退得齐焉。故乐者，出所以征诛也，入所以揖让也。"在此文艺理论基础之上，他在《乐论》尤其推崇音乐陶冶性情的娱乐作用：

> 君子以钟鼓道志，以琴瑟乐心。动以干戚，饰以羽旄，从以磬管。故其清明象天，其广大象地，其俯仰周旋有似于四时。故乐行而志清，礼修而行成，耳目聪明，血气和平，移风易俗，天下皆宁，美善相乐。故曰：乐者，乐也。

有专家学者推断《乐论》的一些基本观点可能来自"六经"遗失之《乐》，认为司马迁的《乐书》对文学艺术的发生与情感的交流诸观点显然来自荀子。诸如："凡音者，生人心者也。情动于中，故形于声，声成文，谓之音。"再有："乐音，音之所由生也。其本在人心之感之物也。"其文均认为音乐的产生，正是人心感于物的结果。只有"动于中"的情感"形于声"，才会显现不同的"感之物"。

在《礼记·乐记》中，有一些关于论述"礼"与"乐"之间关系的文字，亦来自《荀子·乐论》中的"乐合同，礼别异"的基本观点。其文论述："乐者为同，礼者为异……礼者，殊事合敬者也；乐者，异文合爱者也。乐近于仁，义近于礼。"又指出"乐"

本由"礼"而规范，则云："乐也者，圣人之所乐也；而可以善民心，其感人深，其移风易俗，故先王著其教焉。"显然可知，其"乐"与"礼"之功在于暗合"天地"："乐者，天地之和也；礼者，天地之序也。"

《乐记》继承《乐论》之衣钵，在论证诗、乐、舞三位一体的特质方面，更加精辟与到位。《乐记》所形成的观点常为后世长安文学之诗歌、戏曲、讲唱文学等形式所沿用。诸如："诗，言其志也；歌，咏其声也；舞，动其容也。三者本于心，然后乐气从之。"另如此段至理名言更被各朝代睿智识者进而发挥，奉为圭臬：

> 故歌之为言也，长言之也。说之，故言之；言之不足，故长言之；长言之不足，故嗟叹之；嗟叹之不足，故不知手之舞之足之蹈之也。①

《诗·大序》一直强调中国传统文体"文史不分家"，离不开诗、乐、舞相融合的基本特点。尤其注重诗歌的言志抒情，即"诗言志"的特质。对此进一步论证："诗者，志之所之也。在心为志，发言为诗。情动于中而形于言。言之不足，故嗟叹之；嗟叹之不足，故永歌之；永歌之不足，不知手之舞之，足之蹈之也。"

通过上述《乐论》、《乐记》与《诗·大序》对中国传统音乐与诗歌的社会功能与文体特点的论述，我们可以看到中国诗文自古重视"礼乐"教化，提倡"乐舞诗"的综合性，以及中国传统民族文学"文以载道"的社会功能。

---

① 《礼记·乐记》。

中国古代典籍宝库中的不朽名著《庄子》，所反映的文化思想来源于《老子》，其深度有些逊色，但广度远远超过其作。较之言简意赅、深入浅出、仅五千言的老子《道德经》，《庄子》则洋洋十余万言。其文笔生动、引人入胜，犹如天上的浮云、地上的江海般汪洋恣肆、波澜壮阔，给先秦哲学与文学的天地增添了无比瑰丽的浪漫色彩。

《庄子》的作者是浪漫主义大文学家庄子。据司马迁《史记·老子韩非列传》记载：

> 庄子者，蒙人也，名周。周尝为蒙漆园吏，与梁惠王、齐宣王同时。其学无所不窥，然其要本归于老子之言。故其著书十余万言，大抵率寓言也。作《渔父》、《盗跖》、《胠箧》，以诋訿孔子之徒，以明老子之术。

《汉书·艺文志》收录"《庄子》五十二篇"篇目，今存文33篇。相传《内篇》7篇为庄子撰，即《逍遥游》、《齐物论》、《养生主》、《人间世》、《德充符》、《大宗师》、《应帝王》。《外篇》15篇、《杂篇》11篇，均为其弟子及后来道家所衍作。《庄子》另有《南华真经》、《南华经》等经典文献。庄子思想师承于老子，并发展《老子》学说，成为道家传统文化之集大成者。另外，其作又融入儒家美学观点，成为"儒道互补"之大家范式。

《庄子》之所以继承《老子》而形成"老庄哲学"，关键在于发挥了《老子》的"道"之学说。他在《大宗师·夫道》中阐释其"道"曰："夫道，有情有信，无为无形；可传而不可受，可得而不可见；自本自根，未有天地，自古以固存；神鬼神帝，生天生地；在太极之先而不为高，在六极之下而不为深；先天地生而不为久，长于上古而不为老。"庄子认为"道"是真实可信的，是天地万物之本原，但是只可用心传，不可以口授。

另外，庄子又说："道不可闻，闻而非也；道不可见，见而非也。道不可言，言而非也。知形形之不形乎！道不当名。"此理论与《老子》说"道"为"视之不见"、"听之不闻"、"无所不在"的广大无边理念一脉相承。"道"在庄子心目中实为一种崇高的精神境界，为"天地与我并生，万物与我为一"的精神魂魄。论及《庄子》"道"之真谛，可借林之铭在《庄子因·总论》所述："大旨不外明道德、轻仁义、一死生、齐是非、虚静恬淡、寂寞无为而已。"

《庄子》与后世文学的相互关系，需从庄子美学与文学创作贡献方面审视。著名史学家郭沫若在《鲁迅与庄子》一书中高度评价庄子："秦汉以来的一部中国文学史，差不多大半是在他的影响之下发展。"清代文学家金圣叹曾将《庄子》与《离骚》、《史记》、《杜诗》、《西厢》、《水浒》合称为"天下奇书"与"六才子书"。文学大师鲁迅更是充分肯定《庄子》的文学审美价值：

> 今存者有《庄子》。庄子名周，宋之蒙人，盖稍后于孟子，尝为蒙漆园吏。著书十余万言，大抵寓言，人物土地，皆空言无事实，而其文则汪洋辟阖，仪态万方。晚周诸子之作，莫能先也。①

---

① 鲁迅：《汉文学史纲要》，中国文史出版社2002年版，第264页。

掩卷沉思，庄子确实是一位能高度驾驭语言艺术的大诗人、大散文家，尤擅长以形象生动的寓言故事来反映深邃的思想，张扬其非凡的情采。他在《寓言》篇中阐述其形式为："寓言十九，重言十七。"其"寓言"特质多指神话式的幻想故事，为"藉外论之"；"重言"，系"所以已言也，是为耆艾"，即指圣哲之人的历史故事与言论。"卮言日出，和以天倪，因以曼衍。"是因为其抽象论辩有着诡奇变幻的绚丽色彩。庄子借用充满诗意与哲理的"寓言"、"重言"与"卮言"，阐明悟道之玄妙境界，以达到"生有为，死也。劝公，以其死也，有自也；而生阳也，无自也"。庄子奉劝人生在世时要"无为"而"有为"；力求"物化"与"天和"及"人和"，"与天和者，谓之天乐"，以及"与人和者，谓之人乐"。①

庄子的千古名篇《逍遥游》之"鲲鹏遨游"与"庄周梦蝶"寓言最为人道称，可谓华夏民族文艺美学追求的最佳诠释。《逍遥游·北冥有鱼》中气势雄伟，想象奇特，其中颇具浪漫色彩的一段描述文字为："北冥有鱼，其名为鲲。鲲之大，不知其几千里也。化而为鸟，其名为鹏。鹏之背，不知其几千里也；怒而飞，其翼若垂天之云。"又曰："鹏之徙于南冥也，水击三千里。抟扶摇而上者九万里，去以六月息者也。"其文"鲲鹏展翅"、"扶摇而上"、"九万里"，无拘无束，逍遥自在，达到时空最大的自由，获得人间最高层次的美。此种美的境界即"天地之美"、"夫天地者，古之所大也，而黄帝尧舜之所共美也"②，庄子的《知北游》更是在追求天地万物之"大美"：

---

① 《庄子·天道》。
② 同上书。

天地有大美而不言,四时有明法而不议,万物有成理而不说。圣人者,原天地之美而达万物之理。是故至人无为,大圣不作,观于天地之谓也。

相对于上述宏大壮美文辞之外化,庄子的《齐物论》之"庄周梦蝶"可谓美之内化的典范,此寓言充分地体现了老庄哲学的"若化为物"、"物我一体"的玄妙与娟秀。其文曰:"昔者庄周梦为胡蝶,栩栩然胡蝶也,自喻适志与!不知周也。俄然觉,则蘧蘧然周也。不知周之梦为胡蝶与?胡蝶之梦为周与,周与胡蝶,则必有分矣。此之谓物化。"① 因为作者潜入神奇梦境,进入玄妙艺术创造过程之中,眼前出现了另外一个自然或宇宙,而难以区分审美主客体。此种"不知所以生,不知所以死,不知就先,不知就后,若化为物"的虚幻"物化"的移情状态,即为马克思主义文艺美学之发生"自然的人化"情感心理上的反映。

在庄子的心目中,人生天地之间,如同"人生天地之间,若白驹之过郤,忽然而已。注然勃然,莫不出焉;油然漻然,莫不入焉。已化而生,又化而死,生物哀之,人类悲之。解其天弢,堕其天袠,纷乎宛乎,魂魄将往,乃身从之,乃大归乎!不形之形,形之不形,是人之所同知也。"② 正因为人生之短暂,万物之代谢,只有挣脱有形现实的束缚,将"魂魄"寄托于无形的梦境,即地籁、人籁、天籁。"三籁"之而为"地籁则众窍是已,人籁则比竹是已"。

---

① 《庄子·齐物论》。
② 《庄子·知北游》。

在此之上的"天籁"为人们审美理想追求的最高境界，庄子曰："敢问天籁。子綦曰：'夫吹万不同，而使其自已也。咸其自取，怒者其谁邪？'"①至今中华民族文学作品的崇高境界仍为追求达到梦幻中的"天籁之音"。

庄子学派还强调著书行文以"技"通"道"，以"依乎天理"之"庖丁解牛"的技法来进行艺术创作，所谓"能有所艺者，技也。技兼于事，事兼于义，义兼于德，德兼于道，道兼于天"。此归宿正如清代画家石涛在《画语录》中所述：待到技艺纯熟、炉火纯青时，"无法而法，乃为至法"，才能达到艺术创作的最大自由度。在民族文学理论与创作中亦然。

庄子有着极为高超的文字技艺，他绘声绘影、丰富生动地"刻雕众形"，为后人留下了许多令人叹为观止的美文。正如宣颖在《南华经解》中赞誉："庄子之文，长于譬喻，其玄映空明，解脱变化，有水月镜花之妙。且喻后出喻，喻中设喻，不啻峡云层起，海市幻生，从来无人及得。"庄子的文学理想追求在文艺理论本质上显然与古代长安文化所拥有的"大气、大度、大美"的美学风格一脉相承。

相比于上述国学宝典，问世于关中平原、长安故土上的《吕氏春秋》、《史记》在传统文史结合与文学艺术美学方面更为突出。

《吕氏春秋》，亦作《吕览》，此为中原地区濮阳（今河南濮阳西南）人吕不韦在关中做秦国丞相时组织其门客集体著述而成。据《史记·吕不韦列传》记载："吕不韦乃使其客人人著所闻，集论以为八览、六论、十二纪，二十余万言。以为备天地万物古今

---

① 《庄子·齐物论》。

之事，号曰《吕氏春秋》。"①

《汉书·艺文志》将此奇书列入"诸子略"之"杂家"一类，称"采精录异，成一家言"。《四库全书总目》卷一一七称："是书较诸子之言独为醇正，大抵以儒为主。"

提及《吕氏春秋》的文学与史学的学术价值，以及其与古代长安文化之间的血脉关系，可参考郭预衡主编《中国古代文学史》精彩论述：

> 《吕氏春秋》构思之周密，结构之巧妙，论述之畅达，文风之平实，由此不难窥见。《吕氏春秋》在文学上的突出价值还在于保存了丰富多彩的先秦寓言和故事。据统计，此书共辑寓言故事三百余则，其数量之多，在先秦诸子中与《韩非子》相侔。其中不少也见于先秦其他著作。②

另外，先秦"诸子百家"所辑录的大量散文（包括记叙文、论说文），也同样真实生动地记载了中原、关中地区文人、官宦、平民百姓的物质与精神文化生活。

被鲁迅先生高度评价为"史家之绝唱"、"无韵之《离骚》"的《史记》，又名《太史公书》、《太史公记》、《太史公百三十篇》。该部鸿篇巨制的作者司马迁，字子长，夏阳（今陕西韩城南）人，为西汉著名的史学家、思想家、文学家。

《史记》之所以为后世学界高度重视，是因为司马迁以本纪、

---

① 《史记》卷八十五《吕不韦列传》。
② 郭预衡主编：《中国古代文学史》（一），上海古籍出版社1998年版，第122页。

书、表、世家、列传的形式统揽数千年的华夏历史事件和历史人物活动，首创了我国最早的民族文化通史，并开创了纪传史书体例，对后代史学与文学产生深远的影响。书中对许多历史人物的叙述，语言生动，文字考究，形象鲜明，同时亦为优秀的传记系列文学作品。

司马迁在《史记》之《乐书》中将"殷周之乐"文艺理论进行更高层次的阐发。其文与《礼记·乐记》大同小异，说明他对此古代文学艺术、发生学的高度认同。在涉及富有浓烈民族特色诗歌的社会功能与艺术特征时他睿智地指出：

> 昔者舜作五弦之琴，以歌《南风》；夔始作乐，以赏诸侯。故天子之为乐也，以赏诸侯之有德者也。德盛而教尊，五谷时熟，然后赏之以乐。故观其治民劳者，其舞行缀远；其治民逸者，其舞行缀短。故观其舞而知其德，闻其谥而知其行。《大章》，章之也。《咸池》，备也。《韶》，继也。《夏》，大也；殷周之乐尽矣。①

另外，司马迁的《史记》还借乐官师乙之口评析《诗经》，论证其作均为"合乐"之艺术形式，即云："宽而静，柔而正者，宜歌《颂》；广大而静，疏达而信者，宜歌《大雅》；恭俭而好礼者，宜歌《小雅》；正直而静，廉而谦者，宜歌《风》；肆直而慈爱者，宜歌《商》；温良而能断者，宜歌《齐》。"对于选择其诗文标准及缘由时，他又进一步论证："故《商》者，五帝之遗声也；商人

---

① 《史记》卷二十四《乐书》。

志之，故谓之《商》；《齐》者，三代之遗声也；齐人志之，故谓之《齐》。明乎《商》之诗者，临事而屡断；明乎《齐》之诗者，见利而让也。……故歌者，上如抗，下如队，曲如折，止如槁木，倨中矩，句中钩，累累乎端如贯珠。"①

言及《史记》朴素简洁的民族文学风格，我们可参阅《汉书·司马迁传》的中肯评述："皆称迁有良史之材，服其善序事理，辨而不华，质而不俚。其文直，其事核，不虚美，不隐恶，故谓之实录。"

至于《史记》作者与关中、长安文化和中国古族文学之间的密切关系，主要体现在他对生于斯、长于斯的故土上诞生的"三皇五帝"，以及周、秦、汉王朝众多历史人物的卓越文字记载。还有继承诸子百家的文史文法，"究天人之际，通古今之变，成一家之言"，真实、形象、生动地描绘了包括周边少数民族首领在内的众多华夏"四夷"人物的群像。

第三节　中国传统文体分类与文学的发生

中国传统文学之文体，即指其文学体裁，或体制。论及文学的产生与文体分类，可参见东晋刘勰在《文心雕龙·体性》的阐述，他将文学作品归纳为"典雅、远奥、精巧、显附、繁缛、壮丽、新奇、轻靡"八体。三国魏曹丕在《典论》中将文学作品分为"四科"，即"奏议"、"书论"、"铭诔"、"诗赋"。

---

① 《礼记·乐记》。

明代徐师曾参照上述文献后于《文体明辨序说·文章纲领》论证:"夫文章之有体裁,犹宫室之有制度,器皿之有法式也。"认为文体如同建造楼房、园林要有图纸,结构文章也要有法则和规律。罗根泽先生在《中国文学批评史》一书中明确指出:

> 中国所谓文体,有两种不同的意义:一是体派之体,指文学的格(风格)而言,如元和体、西昆体、李长吉体、李义山体,皆是也。一是体类之体,指文学的类别而言,如诗体、赋体、论体、序体……皆是也。①

朱志荣先生在《中国文学艺术论》一书中论述古代文体的演变:

> 从历史的发展来看,诗起源于原始歌谣与歌舞,词曲由诗歌演变而来,散文则源于实用文体,而小说和戏曲都是早期神话和歌舞在民间演变、发展而来的。它们各自的兴起和繁荣,既反映了文体发展自身的规律,又受着时代社会因素的影响。②

中国古代文学的文体,按惯例,在传统上分为"韵文"和"无韵文"两大类,后世主要分为诗、词曲、散文、小说、戏曲等五大类。

中国古代文体常以通用体例为标准,将其分为"诗"、"文"

---

① 罗根泽:《中国文学批评史》(一),上海古籍出版社1984年版,第146页。
② 朱志荣:《中国文学艺术论》,山西教育出版社2003年版,第180页。

两大类。对此,元代文学家元好问认为:"有所记叙之谓文,吟咏情性之谓诗。"明代王文录指出:"文显于目也,气为主;诗咏于口也,声为主。文必体势之庄严,诗必音调之流转。是故文以载道,诗以陶性情,道在其中矣。"①

明代胡应麟《诗薮》内编卷一叙述中国文体的变迁:"《三百篇》降而《骚》,《骚》降而汉,汉降而魏,魏降而六朝,六朝降而唐,诗之格以代降。"还说:"四言变而《离骚》,《离骚》变而五言,五言变而七言,七言变而律诗,律诗变而绝句,诗之体以代变也。""诗至于唐而格备,至于绝而体务。故宋人不得不变而之词,元人不得不变而之曲。词胜而诗亡矣,曲胜而词亦亡矣。"

清代顾炎武《日知录》卷二一沿袭"诗体代降"的说法:"《三百篇》之不能不降而《楚辞》,《楚辞》之不能不降而汉、魏,汉、魏之不能不降而六朝,六朝之不能不降而唐,势也。用一代之体,则必似一代之文,而后合格。"

清代叶燮在《原诗·内篇》中提出自己的观点,并详细阐述:

> 诗始于《三百篇》,而规模体具于汉。自是而魏,而六朝、三唐,历宋、元、明,以至昭代,上下三千余年间。诗之质文、体裁、格律、声调、辞句,递升降不同。而要之,诗有源必有流,有本必达末;又有因流而溯源,循末以返本。其学无穷,其理日出。乃知诗之为道,未有一日不相续相禅而或息者也。但就一时而论,有盛必有衰。综千古而论,则盛而必至于衰,又必自衰而复盛。非在前者之必居于盛,后

---

① 转引自朱志荣:《中国文学艺术论》,第180页。

者之必居于衰也。

王国维先生则在《宋元戏曲考·序》中强调:"凡一代有一代之文学,楚之骚,汉之赋,六代之骈语,唐之诗,宋之词,元之曲,皆所谓一代之文学。而后世莫能继续焉。"他在《人间词话·五四》中阐述:

> 四言敝而有《楚辞》,《楚辞》敝而有五言,五言敝而有七言,古诗敝而有律绝,律绝敝而有词。盖文体通行既久,染指遂多,自成习套,豪杰之士,亦难于中自出新意。故遁而作他体,以自解脱。一切文体所以始盛终衰者,皆由于此。

追根溯源,上古时代的中国文学与世界各国各族文学如出一辙,最初均由神话传说开始,后来在原始歌谣的基础之上得以发展,中国诗歌形成了四言、五言诗,逐渐发展为七言、十言诗或长篇词曲。远古时期诞生的"《诗经》以四言为主,大量使用了双声叠韵,用韵也往往贴切自然。其审美的赋、比、兴表现手法成为后世的楷模,对中国两千年的诗歌传统产生了重要的影响"[①]。

常言道:"一方山水养一方人",同样,一方山水亦养一方民族文学。在华夏民族最早生活的关中大地上,世代繁衍生息的先秦子民创作出《诗经》中许多精彩的篇什,令后人为之叹喟。如《诗经·大雅》中的《生民》叙述了周人始祖后稷出生的神异事迹,并把农业生产的发明归功于此先祖。《诗序》以为是"尊祖"

---

① 朱志荣:《中国文学艺术论》,第181页。

之诗。

《公刘》写古代周族首领公刘率领周人自邰迁豳,初步定居并发展农业的情景,为周代统治阶级叙述开国历史的诗篇之一。《绵》叙述文王祖父古公亶父始由豳地迁于岐及其定居、发展的经过,最后写到文王的事迹。《皇矣》写文王伐密、崇二事,宣传周之代商全出于"天命"。《文王》旧说为文王所作。诗中反复称文王受"天命"而创立周朝。《大明》讲述周王季与太妊结合,生文王。文王娶太姒,生武王。文王在殷商不能号令四方的情况之下,以义得天下,得到诸国的归附,最后又写武王伐商成功。

另外《诗经》抒写周族、周朝、周王室开国、建业事迹的大量诗歌,忠实记载关中先秦文学历史。还有《诗·周颂》中《清庙》、《维天之命》、《维清》、《烈文》、《天作》、《昊王有成命》、《我将》、《时迈》、《执竞》、《思文》、《臣工》、《噫嘻》、《振鹭》、《丰年》、《有瞽》、《潜》、《雝》、《载见》、《有客》、《武》、《闵予小子》、《访落》、《敬之》、《小毖》、《载芟》、《良耜》、《丝衣》、《酌》、《桓》、《赉》、《般》等。描写秦族、秦国历史文化的如《诗·秦风》中《车邻》、《驷驖》、《小戎》、《终南》、《黄鸟》《晨风》、《无衣》、《渭阳》、《权舆》等。

《诗经》中还有书写古代北方各民族之间争斗、合作的诗篇,开创后世所谓"胡汉诗歌"与"华夷文学"交流之先河。《大雅》、《小雅》中即有周室与西北戎、北狄诸部族之间矛盾冲突的描述。如《大雅·绵》中写周人防御犬戎而加固城池,修筑道路,迫使"混夷駾矣"。《小雅·采薇》则写周人伐鬼方、昆夷,扩大领地的拓疆战事。《小雅·六月》记载周宣王遣师出征、讨伐狁的历史事件。另如《卫风·木瓜》诗云:

> 投我以木瓜，报之以琼琚。匪报也，永以为好也。
> 投我以木桃，报之以琼瑶。匪报也，永以为好也。
> 投我以木李，报之以琼玖。匪报也，永以为好也。

从其诗歌表面上来看，似乎是卫地男女互赠礼品的爱情诗，实际上根据《诗序》所揭示："木瓜，美齐桓公也。卫国有狄人之败，出处于漕，齐桓公救而封之，遗之车马器服焉。卫人思之，欲厚报之，而作是诗也。"可见此文学作品与胡汉古族纠纷、华夏之族团结互助有密切联系。

中华民族文学，实际上是由中国各民族共同创造的文化成果。论及华夏古代部族与少数民族，不能不对中国古籍中的"胡"文化加以简述。

据《史记·赵世家》云："吾俗胡服"，已出现"胡"之称谓。北魏杨衒之《洛阳伽蓝记》亦云："狮子者，波斯国胡王所献也。"系指胡地波斯王贡献之物。古籍中的"胡"实为中国古代对北方各族的泛称。

"胡"在历史上又有"东胡"与"西胡"之分。"东胡"因居匈奴以东而得名。春秋战国以来，南邻燕国，后为燕将秦开所破，迁徙至今西辽河的上游老哈河，西喇木伦河流域。燕筑长城以防其侵袭。秦末，东胡强盛，其首领曾向匈奴古族索求名马、阏氏和土地，后为匈奴冒顿单于击败，退居乌桓山的一支，称"乌桓"，退居鲜卑的一支，称"鲜卑"。而西胡则是古代西域诸国的泛称，因西域地区在匈奴以西而得名。两汉时期史书则倾向于将葱岭以西的诸国称"西胡"。

在《汉书·西域传》中曾出现许多有关"胡"的词组，如"击胡侯"、"却胡侯"、"胡都尉"、"却胡君"、"击胡君"、"击胡左右君"等,疑为汉时御胡所设职位;"胡"、"胡人"、"胡子"、"胡妇"、"胡骑"等则为对西胡军界俗人的称谓。"狐胡国"为胡地政权,"胡桐"则为胡地所产植物;另如胡桃、胡瓜、胡麻、葫芦、胡葱、胡蒜等;再如胡床、胡坐、胡铁、胡服、胡骑等;民族文学作品中则有胡言、胡语、胡文、胡诗、胡曲、胡画等词令;民族表演艺术中如胡乐、胡舞、胡戏、胡部、胡琴、胡角、胡笳、胡旋、胡腾等充塞纸面,不一而足。

上述胡地物产输入华夏,有据可循,尤汉时张骞出使西域功不可没。此据《汉书·张骞李广利传》记载:

> 张骞,汉中人也。建元中为郎……为发道译,抵康居。康居传致大月氏。大月氏王已为胡所杀,立其夫人为王。既臣大夏而君之,地肥饶,少寇,志安乐。又自以远远汉,殊无报胡之心。骞从月氏至大夏,竟不能得月氏要领。
>
> 留岁余,还。并南山,欲从羌中归,复为匈奴所得。留岁余,单于死,国内乱,骞与胡妻及堂邑父俱亡归汉。拜骞太中大夫,堂邑父为奉使君。
>
> 骞为人强力,宽大信人,蛮夷爱之。堂邑父,胡人,善射,穷急,射禽兽给食。初,骞行时百余人,去十三岁,唯二人得还。①

《汉书》又载:"天子遣从票侯破奴将属国骑及郡兵数万以击

---

① 《汉书》卷六十一《张骞李广利传》。

胡，胡皆去。明年，击破姑师，虏楼兰王。酒泉列亭障至玉门矣。而大宛诸国发使随汉使来，观汉广大，以大鸟卵及犛靬眩人献于汉，天子大说。"① 从中可知，张骞出使西域前往西胡境内的乌孙、康居、大宛、大月氏等地，与胡人堂邑父为伴，然路途中被东胡匈奴所羁押，遂与胡妻苦度岁月。后由汉将破胡兵，方赢得天竺、安息、犛靬国使者朝贡奉"眩人献演"于汉天子堂前，从此，中原汉地与西域、波斯政治、经济、文化交流才得以实现。

国学大师王国维对西胡文化研究颇深，此可以他名篇佳作《西胡考》与《西胡续考》释文为证："汉人谓西域诸国为西胡，本对匈奴与东胡言之。"又曰："是南北朝人亦并谓葱岭东西诸国为西胡也。西胡亦单呼为胡。"并且他指出，唐人视"为胡国则波斯、大秦，亦入其中。胡西域诸国，自六朝言之，则梵亦为胡；自唐人言之，则除梵皆胡"。即指葱岭以西波斯至大秦（系指东罗马）间"深目多须髯"与"高鼻"者皆为胡人。又说："自苑以西至安息，其人多深目须髯，后世所记胡人容貌……自高昌以西诸国人等，皆深目高鼻。……隋唐以来，凡非胡人而貌类似者，亦谓之胡。"从民族文化习俗上来审视："故高昌以西，语言、文字与波斯、大秦同属一系。后魏以来，总呼为胡，深合道理。"②

王国维先生还以历代描述胡人相貌与文化现象的诗文来佐证上述立论，阐明西胡东渐与胡文化输入中原的历史事实："《云谿友议》载，唐陆岩梦桂州筵上赠胡人女诗云：'自道风流不可攀，那堪蹙额更赪颜。眼睛深却湘江水，鼻孔高于华岳山。'是自唐以

---

① 《汉书》卷六十一《张骞李广利传》。
② 王国维：《西胡考》，《王国维学术经典集》（下），江西人民出版社1997年版。

来皆呼多须或深目高鼻者为胡或胡子。"我们再结合向达先生在《唐代长安与西域文明》之"流寓长安之西域人"、"西市胡唐与胡姬"、"开元前后长安之胡氏"等章节中对关中地区胡人特别是胡乐师与艺伎来源及事迹的考证,证实历史上中国各民族文化之间的交流现象,有力理清中华民族传统文学的发展历史脉络。

第四节 《诗经》与中华多民族文学

在先秦古代文献中有不少范文,也有一些文学古籍文本,但真正能称得上文学经典的当数《诗经》。《诗经》是中国文学史上第一部诗歌总集,是中华诸多民族诗歌的起点和源头,不管在内容上还是在形式上都与古代长安文化与中国传统民族文学有着千丝万缕的联系。

《诗经》原名《诗》,或称《诗三百》,为儒家"六经"之一。《庄子·天运》载:"丘治《诗》、《书》、《礼》、《乐》、《易》、《春秋》六经。"

此部古代诗歌总集存目311篇,其中6篇有目无辞,实为305篇,习称"三百篇"。《墨子·公孟》曰:"诵《诗》三百,弦《诗》三百,歌《诗》三百,舞《诗》三百。"前人收编了先秦时期500多年间的诗歌文学创作,大致是周朝初年至春秋中叶,来自今陕西、山西、河南、山东、湖北等地的文学作品。

《诗经》中的诗歌分为"风、雅、颂"三大类。"风"即"十五国风",计有周南、召南、邶风、鄘风、卫风、王风、郑风、齐风、魏风、唐风、秦风、陈风、桧风、曹风、豳风,共160篇。其中如周南、召南又称"二南",大抵指今陕西、河南、湖北三省交界之处。"秦风"所收诗歌明显为关中、秦地秦人所为。"雅"中收有大雅31篇,小雅74篇,共105篇。"颂"包括周颂31篇,鲁颂4篇,商颂5篇,共40篇。雅颂歌诗中从数量上来看,显而易见用于周朝宫廷、祖庙和宗社祭祀瞻拜的诗歌占有相当大的比重。

据郭预衡先生主编的《中国古代文学史》考证,《诗经》与先秦时期长安朝野关系紧密,"具有鲜明的地域特征",以此为中心辐射中国北方各地:

> 《周颂》出于镐京,"二雅"乃王畿之乐,也出于周都(西周都镐,东周都洛邑)及其周围地区,至于"十五国风",其名称大都标明了产生的地域;唯《豳风》与"二南"(周南、召南)尚难确指。总之,《诗经》产生的地域甚广,以黄河流域为中心,向南扩展到江汉流域,延及当时中国的大部。①

在《诗经·大雅》中所收录的《生民》、《公刘》、《绵》、《皇矣》、《文王》、《大明》等诗歌,有学者认为是中国古代鲜见的周代民族史诗。据陈庆元著《诗经楚辞要义》考证,不仅"《大雅》中有数篇祭歌反映了周族起源、发展和建国的史况","另外,《小雅》中的《出车》、《六月》、《采》和《大雅》中的《江汉》、《常武》反映了周宣王时种族战争的史况"。冯沅君先生在《诗史》中称除上述《文王》之外的十篇均为"'周的史诗'这十篇所记大都周室的

---

① 郭预衡主编:《中国古代文学史》(一),第31页。

大事,东迁以前的史迹大都具备了"。① 上述文献实与《大雅·绵》一脉相承,记述了周族古公亶父自豳迁岐的历史与人物故事。

《诗经》之《周颂》中大多为西周前期的文学作品,且均为庄严肃穆的庙堂歌辞。其《国风》亦有"秦风"、"豳风"等反映关中或关陇地区的诗作。

根据谷苞、刘光华主编《西北通史》考证:

> 作为《诗经》主体的《国风》160 篇,属于关陇民间创作的就有《周南》11 篇,《召南》14 篇,《秦风》10 篇,《风》7 篇,其中有不少脍炙人口的名作。②

根据朱自清先生对以《诗经》为代表的古诗文评述,所谓"作诗言志"为主旨,他在《诗言志辨》一书中说:"战国以来,个人自作而称为诗的,最早是荀子《赋》篇中的《佹诗》。"另如其文《儒效》论证"诗言志"之内涵与界定:

> 圣人也者,道之管也。天下之道管是矣,百王之道一是矣,故《诗》、《书》、《礼》、《乐》之道归是矣。《诗》言是,其志也;《书》言是,其事也;《礼》言是,其行也;《乐》言是,其和也;《春秋》言是,其微也。故《风》之所以为不逐者,取是以节之也;《小雅》之所以为小者,取是而文之也;《大雅》之所以为大者,取是而光之也;《颂》之所以为至者,

---

① 转引自乔力主编:《中国文化经典要义全书》(上卷),第 55 页。
② 谷苞、刘光华主编:《西北通史》(第一卷),第 696 页。

取是而通之也。天下之道毕是矣。

继孔孟贤哲之后，在荀子心目中，只有圣人门徒才配得上作诗。大凡作诗者都是以体现圣人之道为己志，此种以圣人"志之所之"、"文以载道"的论调，在后世数千年一直统治着中国传统诗坛与诗学理论。

汉代传授《诗经》的有"齐、鲁、韩、毛"四大家，后来前三家诗失传，仅存毛苌的《诗大序》，即《毛诗序》。有人认为在其后面所撰篇幅较长的总纲式概述，即《诗大序》，为孔子弟子子夏，或东汉卫宏所书。通过诗文中有关"风也，教也，风以动之，教以化之"，"国史明乎得失之迹，伤人伦之废，哀刑政之苛，吟咏情性以风其上，达于事变而怀其旧俗者也。故变风发乎情，止乎礼义。发乎情，民之性也。止乎礼义，先王之泽也"的论述，方知其编撰者思想重于"礼义"教化，而轻于"文艺"娱乐功能。

"诗言志"的本源，可寻至《尚书·尧典》，从舜命夔典乐之教诲尚得感悟："诗言志，歌永言，声依永，律和声；八音克谐，无相夺伦，神人以和。"诗歌为"立言抒志"，并与诗文声律相伴。正因为如此，中国古代诗歌方为"治世之音"，"故正得失，动天地，感鬼神，莫近于诗。先王以是经夫妇，成孝敬，厚人伦，美教化，移风俗"。

正是在"厚人伦，美教化"的儒家思想影响下，中国传统诗文逐渐走上"文以载道"、侧重社会功能的道路。对此，唐代诗人白居易阐述："大凡人之感于事，则必动于情，然后兴于嗟叹，而形成于诗歌矣。"故而"文章合为时而著，歌诗合为事而作"。诗文且"为君、为臣、为民、为物而作,不为文而作也"。由此真实记录了中国历代文人吟诗作词的儒雅心态。

李泽厚、刘纲纪主编的《中国美学史》对《诗大序》关于"诗言志"的理论命题的阐释,认为,其审美意义在于此学说是"在总结前代诗论的基础上,把《乐记》关于'乐'通过对人的情感陶冶而达到教化目的的思想应用于诗"[①]。

在中国古代,诗歌被当作政治历史的重要文献看待。"诗"天然与祭祀、典礼、庆功、战争、政治、外交等活动直接联系;"志"则包含着人们对重大社会、政治、历史事件和行动所发表的要求、命令、看法、评论,具有极严肃的政治文化意义。由此可见,诗歌最初为客观、理智所掌控,只有孔子提出"《诗》可以兴,可以观,可以群,可以怨"之思想,以及《诗大序》提倡"情发于声,声成文谓音","诗者,志之所之也,在心为志,发言为诗,情动于中而形于言"等言论之后才给古老的"诗言志"赋予浓厚的主观情感之色彩。

我们从《诗经》、《乐论》和《诗大序》中不难发现中国传统诗歌和古代长安文学的本质与文化品格。显而易见,先秦文学不论是诗歌还是散文,其涵盖意义广博,且有指向性,即始终强调与社会政治和礼义教化联系在一起。虽然《乐论》指出"声、音、乐"或"诗、乐、舞"三者相统一,也认为音乐与诗歌是"情动于中,故形于声,声成文"。表面上视诗文为人的情感结晶体,但其大前提必须要框定在封建统治阶级的"政"与"礼"范围之内,由此为"歌功颂德"、"风月吟诵"的御用文艺培植了丰腴的文化

[①] 李泽厚、刘纲纪主编:《中国美学史》(第一卷),第579页。

土壤。

根据《乐记》对诗文、乐舞分类的理论及演变而来的《诗大序》"六义"之说，曾对中国古代文学艺术文体与写作手法产生过直接的指导作用。据商务印书馆影印宋刊巾箱本《毛诗·大序》所云：

> 故诗有六义焉：一曰风，二曰赋，三曰比，四曰兴，五曰雅，六曰颂。上以风化下，下以风刺上。主文而谲谏，言之者无罪，闻之者足以戒，故曰风。至于王道衰，礼义废，政教失，国异政，家殊俗，而变风变雅作矣。

"诗有六义"的含义很多，历来众说纷纭，较有权威性的当数孔颖达在《毛诗正义》中的解释："风、雅、颂者，《诗》篇之异体；赋、比、兴者，《诗》文之异辞耳……赋、比、兴是《诗》之所用；风、雅、颂是《诗》之成形。用彼三事，成此三事，是故同称为义。"由此可见，"六义"之风、雅、颂是《诗》的体制，而赋、比、兴是《诗》的表现手法。

追根溯源，《乐论》与《诗大序》之"六义"说，来自《周礼·春官》："大师教六诗：曰风、曰赋、曰比、曰兴、曰雅、曰颂。"此种所谓"三体三用"之"六义"，实为中国古代所通行的六种类型的诗，即"六诗"。据陈良运先生在《中国诗学批评史》所推行的文学分类法可知，"其'风'应归于纯粹的个人抒情诗之列；而'雅'以'言王政之所由废兴'，应属政治抒情、讽谏或叙事诗之列；至于'颂'，那完全是政治的和宗教的赞美诗了……至于赋、比、兴不论，因为此三者属于表现手法，已包蕴在三种体式之中"①。

关于对"六诗"本原的探讨,据先秦古籍《周礼·春官·瞽矇》论述:"掌九德,六诗之歌,以役大师。"郑玄注:"六诗"为"教,教瞽矇",又云"大师"即"诏工"。再如《贾子新书·傅职篇》云:"号呼歌谣声音不中律,燕乐雅诵逆乐序,凡此其属诏工之任也。"证实"六诗之歌"必由乐工吟诵以合于声音乐律,又需合于"乐序"。据贾公彦《周礼·大司乐疏》云:"歌乐即诗也,以配乐而歌,故云歌。"可知"六诗"之"诗",其本质原为"歌"。

王小盾教授在《诗六义原始》一文中考证,历史上文学的重要文体"六义"实导源于"六诗",虽然均列举"风、赋、比、兴、雅、颂",但其"涵义截然不同"。他认为:"六诗"是西周时代用于乐教的概念,指对"瞽矇"进行乐律训练的六个科目;"六义"是汉代儒家诗学的概念,是用伦理语言对《诗经》作品及其手法之分类的反映。"六诗"对应于诗作为音乐而流行的时代;"六义"对应于诗作,为文本文学而流行的时代;"三体三用"则是《诗》成为哲学典籍之后的学术概念。②

将"六诗"与"六义"之"乐教"与"伦理",以及"诗学"与"经学"的概念相比较,作为"文本文学"之"六义"实为"音乐文学"之"六诗"所转型,并由具象的"歌乐"而蜕变为抽象的"教化"。

然而探究"六义"的传统文艺本质,则应追溯到"六艺"与"六律"之本义。按孔子对"六艺"的划定,涉猎范围甚广,即

---

① 陈良运:《中国诗学批评史》,江西人民出版社2001年版,第80页。
② 参见王小盾编:《扬州大学中国文化研究所集刊》,江苏古籍出版社1998年版,第47页。

"礼、乐、射、御、书、数"。其中"乐"系指古代文人所崇奉的诗、歌、舞、乐、曲之类,虽然"六艺"又有"六技"之说,但在本质上始终与"诗"和"乐"相通。

根据孔子之文化理念,他对"艺"与"乐"甚为重视。在《论语·述而》中曰:"志于道,据于德,依于仁,游于艺。"他强调文人要进入高层次修养,必须要花工夫学好"艺"。其"艺"是指"六艺";以"礼乐"当先,其"乐"当指"技艺",是指对音乐、舞蹈与诗歌的学习与把握。此与《礼记·学记》中"不兴其艺,不能乐学"的诗学精神一脉相承。孔子曾与弟子颜回讨论习乐之美感:"一箪食,一瓢饮,在陋巷,人不堪其忧,回也不改其乐,贤哉,回也!"[①] 又说:"饭疏食,饮水,曲肱而枕之,乐亦在其中矣!"[②] 倡导要在"乐"中寻求精神上的愉悦。

孔子另在《论语·秦伯》中指出:古人成才,必先"兴于诗,立于礼,成于乐"。主张将"诗"、"乐"与"礼"等量其观,均视其为文人陶冶情操的制胜法宝。司马迁在《史记·滑稽列传》中则将"六艺"划归于古籍坟典,即为"礼、乐、书、诗、易、春秋",并将"乐"视为协调人际关系的技艺:

> 孔子曰:"六艺于治一也。《礼》以节人,《乐》以发和,《书》以道事,《诗》以达意,《易》以神化,《春秋》以义。"
> 太史公曰:"天道恢恢,岂不大哉!谈言微中,亦可以解纷。"

---

① 《论语·雍也》。
② 《论语·述而》。

据查阅《史记·孔子世家》，其中有多处论述"六艺"的章节，尤其是叙述《诗经》与"六艺"密切关系的一段文字："古者《诗》三千余篇，及至孔子，去其重，取可施于礼义。上采契后稷，中述殷周之盛，至幽厉之缺，始于衽席。故曰：'《关雎》之乱以为《风》始，《鹿鸣》为《小雅》始，《文王》为《大雅》始，《清庙》为《颂》始。'三百五篇孔子皆弦歌之，以求合《韶》、《武》、《雅》、《颂》之音。礼乐自此可得而述，以备王道，成六艺。"认为正因为借《诗经》恢复古代"韶乐"、"武乐"、"雅乐"与"颂乐"，才使先王礼乐教化成为现实，其"王道"得以完备，"六艺"施以教化。

另据汉代郑玄注《周礼·天官·大宰》曰："师，诸侯师氏，有德行以教民者；儒，诸侯保氏，有六艺以教民者。"同样证实儒者教民亦实施于"六艺"。

至于精通或操掌"六艺"的孔丘弟子之事迹，据《史记》云："孔子以诗书礼乐教，弟子盖三千焉，身通六艺者七十有二人。如颜浊邹之徒，颇受业者甚众。"常言道：孔家"三千弟子、七十二贤"均为"诗书礼乐"之"六艺"所培育者，看来此言不虚。故此"太史公曰：《诗》有之：'高山仰止，景行行止'……孔子布衣，传十余世，学者宗之。自天子王侯，中国言'六艺'者折中于夫子，可谓至圣矣"[①]。孔子之所以能成为文运亨通、功彪千古的圣人，在一定程度上，多仰仗于"六艺"之功力。

古代"六艺"之"乐"，有人认为多指"琴艺"，所谓"琴、棋、书、画"之"艺"必为高雅文人所备。对此说，我们可从唐

---

① 《史记》卷四十七《孔子世家》。

代孔颖达《毛诗正义》卷首《诗谱序》获悉：

《六艺论·论诗》云："诗者，弦歌讽谕之声也。自书契之兴，朴略尚质，面称不为谄，目谏不为谤。君臣之接如朋友然，在于恳诚而已。斯道稍衰，奸伪以生，上下相犯。及其制礼，尊君卑臣，君道刚严，臣道柔顺。于是箴谏者希，情志不通。故作诗者以诵其美而讽其过。"

此文中认为上层雅士只有诵"弦歌"方可通"情志"，对此，有前史可鉴，因其"成王、周公致太平，制礼作乐，而有颂声兴焉"。对"诗"、"乐"之重要表现手法，郑玄在《周礼注疏》中曾阐释："赋之言铺，直铺陈今之政教善恶。比，见今之失，不敢斥言，取比类以言之。兴，见今之美，嫌于媚谀，取善事以喻劝之。"此学说实弥补了《诗大序》仅论"风、雅、颂"之不足，道出了"六诗"、"六艺"功能之要素。

"六律"本为中国古代民族音乐之律制，即用三分损益法将一个八度分为六个或十二个不完全相等的全音或半音的一种乐律。各律制从低到高依次为"黄钟、大吕、太簇、夹钟、姑洗、仲吕、蕤宾、林钟、夷则、南吕、无射、应钟"。按其奇数将各律区分，如六个单数的半音，即黄钟、太簇、姑洗、蕤宾、夷则、无射，称为"六律"；按六个偶数之半音，即大吕、夹钟、仲吕、林钟、南吕、应钟，称为"六吕"。二者合称为十二"律吕"。

对古代律学有精深的研究的著名音乐理论家杨荫浏，根据《左传·昭二五》"为《九歌》、八风、七音、六律，以奉五声"与《礼记·礼运》"五声、六律、十二管，旋相为宫"的记载推论：

"狭义的'律'仅是指单数的六个半音而言,这十二个半音也可以统称为'律吕'。但一般比较简单的用法,则不管其律或吕,是将十二个半音统称为'十二律'";其名词与内容均包括"绝对音高"与"六律"、"十二律体系的构成,音阶形式、调式、音域等方面"。① 研究"六律"及"正律"、"纯律"等"乐律"之所以重要,是因为后世影响中国传统诗学、词学、曲学与剧学的宫调理论即建立在此古乐理论基础之上。

然而随着历代统治者将"诗"、"乐"、"律"纳入礼乐教化的范畴内,其艺术本质与功能日趋异化。从《周礼·春官·大师》我们可知:"教六诗,曰风、曰赋、曰比、曰兴、曰雅、曰颂。以六德为之本,以六律为之音。"由此获悉,有人已将"六律"与"中、和、柢、庸、孝、友"之"六律"视为同类概念;更有甚者,则将"六律"与"六典"、"六属"、"六鼓"、"六事"、"六器"、"六瑞"、"六尊"、"六彝"、"六梦"、"六祝"、"六辞"、"六牲"、"六谷"、"六行"等混杂置入礼乐教化的哲学框架,则淡化了其文化品格与艺术个性。

在中华民族灿烂辉煌的诗歌文学的百花园里,《诗经》无疑是最早开放的民族文学艺术的繁茂花簇,其先决条件因植根于丰厚坚实的祖国西北、华北广袤土地,以及中华儿女母亲河——黄河流域传统文化的养育。对此,鲁迅在《汉文学史纲要》深刻阐述:

> 《诗》三百篇,皆出北方,而以黄河为中心。其十五国中,周南召南王桧陈郑在河南,邶鄘卫曹齐魏唐在河北,豳

---

① 杨荫浏:《中国古代音乐史稿》(上册),人民音乐出版社1981年版,第43页。

秦则在泾渭之滨，疆域概不越今河南、山西、陕西、山东四省之外。其民厚重，故虽直抒胸臆，犹能止乎礼义，怨而不戾，怨而不怒，哀而不伤，乐而不淫，虽诗歌，亦教训也。然此特后儒之言，实则激楚之言，奔放之词，《风》《雅》中亦常有。①

根据史书记载，除了属于关中、陇右、中原地区的汉民族及其创作的文学作品之外，古代长安都城还客居着人数众多的域外少数民族，他们均为中华民族传统文学做出了积极贡献。向达先生在《唐代长安与西域文明》开篇即指出："中国史上，西域人入居中国首都当以北魏一代为最多。……至唐而西域人流寓长安者日多。"他通过有关文字资料详加统计：

  唐代流寓长安之西域人，大致不出四类：魏周以来入居中夏，华化虽久，其族姓犹皎然可寻者，一也。西域商胡逐利东来，二也。异教僧侣传道中土，三也。唐时异族畏威，多遣子侄为质于唐，入充侍卫，因而久居长安，如新罗质子金允夫人入朝充质，留长安至二十六年之久，即其一例，此中并有即留长安入籍为民者，四也。兹谨综合所知，分国叙述如次：先及葱岭以东于阗、龟兹、疏勒诸国，然后推及中亚、西亚，如昭武九姓以及波斯诸国。②

---

① 鲁迅：《汉文学史纲要》，《鲁迅全集》(9)，人民文学出版社1982年版，第356页。
② 向达：《唐代长安与西域文明》，生活·读书·新知三联书店1987年版，第6页。

《唐代长安与西域文明》一书中将中亚、西亚、南亚迁徙至中原地区的胡人以地域与姓氏划分为:"于阗尉迟氏"、"疏勒裴氏"、"龟兹白氏"、"昭武九姓胡人"四大类。经向达缜密考证,指出前三类均在古代新疆的和田、喀什与库车一带,与波斯国毗邻,可属间接外域胡人;第四类"昭武九姓",在《旧唐书》上为"康、安、曹、石、米、何、火寻、戊地、史";《文献通考》则为"米、史、曹、何、安、小安、那色波、乌那曷、穆"诸国,这一带西域胡人借助"丝绸之路"国际通道与中国长安、洛阳等地来往极为密切。"昭武九姓胡人"中不乏文学艺术家和乐师艺人,他们入华自然会带来诸多胡诗、胡文、胡画、胡乐器、胡乐曲、胡舞、胡戏等,必然会极大地丰富以古代长安为中心的中华民族传统文化与文学。

第四章　汉唐时期各民族文学的衍延

在中华多民族文学历史发展过程之中，两汉与隋唐是无法绕过的重要朝代。自汉高祖公元前206年建立西汉，延续到唐天祐四年（907）五代十国兴起，长达1113年的漫长历史之间，中国诸民族文学演绎的主要舞台多设在关中平原的长安古城。尤其是"经过魏晋南北朝时期的流变和发展，特别是外来文化的传入，使原有的文化格局，发生了重大变化。形成以儒家思想为核心，以儒道互补为主线，儒释道合流发展为基础，多元同一的伦理型文化结构模式。出现了内容博大、气度恢宏、昂扬向上、积极进取的隋唐文化"[①]。

长安文化与文学之所以能有如此长远、旺盛的生命力，是因为历代王朝因势利导，不断顺应历史的潮流，去积极接纳异族文学艺术精华的结果。即便在魏晋南北朝时期的少数民族统治者当政时期，如西晋、前赵、前秦、后秦、夏、西魏、北周等朝代，也是在胡汉民族传统文化的基础之上积极吸收中原、关陇、河套、河西、西域等地文学艺术，极大地促进了中华多民族文化的共同繁荣与发展。

---

① 田文棠：《中国文化源流视野》，陕西人民出版社2003年版，第231页。

第一节　汉魏南北朝乐府诗的演绎

在中国古代诗歌史上，继先秦时期的《诗经》、《楚辞》之后，汉魏时期的"乐府诗"与隋唐时期的"边塞诗"又形成两座令世人叹为观止的中华民族文学高峰。论及这两种独具特色的古代诗歌的学术价值与成就，不能不提到中原汉族传统诗词与胡地民族民间诗歌之间的文化交流。

无论是汉魏时期的乐府诗，还是隋唐五代时期的新乐府诗与边塞诗，在历史上都经历过华与夷、汉与胡、雅与俗文学的整合规范，以及诗歌文学的民族化过程。在我们考察两汉、魏晋南北朝时期的乐府诗时，需对滋生此种文学样式的文化背景、生存土壤，以及成长于关中平原、秦地陇右、黄河中上游地区的一些文史学者、作家诗人进行一些必要的追溯、分析和梳理。

在中华民族漫长历史过程之中，古代陕西地区、秦岭南北广大地域曾培育过许多富有才华的历史学家和文学家，其中以司马家族和班氏家族为杰出代表。

如前所述，司马迁穷尽一生撰写的《史记》，即为史学和文学完美结合的学术典范。其父司马谈出生在夏阳（今陕西韩城南），亦为西汉著名史学家、思想家，官至太史令，撰《论六家之要指》，并根据《国语》、《世本》、《战国策》、《楚汉春秋》等书，撰写了大量史书典籍。

东汉时期，关中大地上出现了一个世代撰史著文的班氏家族。班彪，东汉史学家，字叔皮，扶风安陵（今陕西咸阳东北）人。他初在陇东天水、河西依人做事。东汉初，任徐令。后专门从事史学，作《后传》60余篇。

班固，字孟坚，亦为东汉史学家、文学家。扶风安陵人。召为兰台令史，转迁为郎，典校秘书时，继其父班彪所著史书，历20年，修成《汉书》。其文辞渊雅，叙事翔实，开创断代史体例。他善作赋，有《两都赋》等，后人辑有《班兰台集》。另编撰《白虎通义》，记载章帝建初四年在白虎观经学辩论之事。

班昭，东汉史学家、文学家，一名姬，字惠班，扶风安陵人。班固之妹，兄故后，奉命与马续共同编撰《汉书》八表与《天文志》。另著有《东征赋》、《女诫》七篇等。

东汉还出现了一对善写诗文的文学家夫妇，即桓帝时任陇西郡上计吏的秦嘉，字士会，有《妻子徐淑书》、《重报妻书》、《赠妇诗》、《述昏诗》等传世。秦嘉妻徐淑，陇西（今甘肃东南）人，夫唱妇和，曾作《秦嘉妻徐淑答诗》一首：

  妾身兮不令，婴疾兮来归。
  沉滞兮家门，历时兮不差。
  旷废兮侍觐，情敬兮有违。
  君今兮奉命，远适兮京师。
  悠悠兮离别，无因兮叙怀。
  瞻望兮踊跃，伫立兮徘徊。
  思君兮感结，梦想兮容辉。
  君发兮引迈，去我兮日乖。
  恨无兮羽翼，高飞兮相追。
  长吟兮永叹，泪下兮沾衣。

翻阅史书，人们发现，其他本土作家亦为长安文化与民族文

学撰文著述,增光添彩,诸如:

冯衍,东汉辞赋家,字敬通,京兆杜陵(今陕西西安东南)人,从刘玄起兵,后从光武帝,为曲阳令,迁司马隶从事。明人辑有《冯曲阳集》。

梁鸿,东汉文学家,字伯鸾,扶风平陵(今陕西咸阳西北)人。家贫博学,他与妻孟光隐居秦岭山中,夫妇恩爱,举案齐眉。著述十余篇,作《五噫歌》。

傅毅,东汉文学家,字武仲,扶风茂陵(今陕西兴平东北)人。章帝时为兰台令史,协助班固等同校内府藏书。大将军窦宪击匈奴时,以傅毅为记室,迁司马。有《舞赋》、《七激》等作品传世。

赵壹,东汉辞赋家,字元叔,汉阳西县(今甘肃天水南)人。灵帝时入京,官至上计吏,为袁逢、羊陟等所礼重。曾作《刺世疾邪赋》。

杨修,汉末文学家,字德祖,弘农华阴(今陕西安西)人。累世为汉大官。好学能文,才思敏捷,任丞相曹操主簿,一时权重。今存文学作品七篇。

在魏晋时期,西北籍的著名文学家有傅玄、皇甫谧、挚虞、傅咸等。

傅玄,西晋哲学家、文学家,字休奕,北地泥阳(今陕西耀县东南)人。仕晋,官至司马隶校尉,封鹑觚子,精通音律,擅长乐府。有《傅子》、《傅玄集》等。明人辑有《傅鹑觚集》。

皇甫谧,字士安,安定朝那(今甘肃平凉市灵台县)人,为"博览典籍百家之言"的学者。著有《帝王世纪》、《高士传》、《逸士传》等,另有《针灸甲乙经》12卷。

挚虞，西晋文学家，字仲恰，长安（今陕西安西北）人。武帝泰始中举贤良，累官至太常卿。撰有《三辅决录注》，并撰《文章流别集》、《文章流别志论》。明人辑有《晋挚太常集》。

傅咸，西晋北地泥阳人，字长虞，傅玄子，武帝时任尚书左丞等官，善诗文。明人辑有《傅中丞集》。

正是上述关陇平原和秦地作家、诗人、学者对家乡报以深厚感情，写出才华横溢的优秀文史著述，有力地促进着古代长安文化与西北地区多民族文学的发展。

在中国古代文学史上，秦汉与隋唐时期，各种文体趋向成熟与完善，同时也是各民族诸文学形式相互交融的时期。其中汉魏乐府文学与隋唐边塞诗的出现和逐步繁荣，为我国多民族文学体系的建构起到很大的促进作用。如今我们以古代长安都市文化为中心，对辐射于长城内外、大江南北、边疆与域外国家的民族文学，进行中国版图内多角度、全方位的传统文学研究，可为大一统的中华民族文学地图的绘制提供重要的学术坐标与图文例证。

秦王朝的建立，对中华民族来说是永远值得大书特书的历史事件。自此时起，神州大地国土得以统一，全国各民族开始整合，语言文字日趋规范。从秦汉至隋唐五代，以长安为中心的诗歌文学真正登上了中华民族文化相融汇的大舞台。

从先秦西周至唐五代，先后为"十三朝古都"的长安，一千多年来始终吸引着国内外文人学者的目光。在此历史时期内，华夏版图内各民族文化界所发生的一些文学事件都紧紧牵动着首都长安的神经。

此期间，颇值得研究的是两汉政府设置掌管诗文音乐歌舞相结合的"乐府"，以及领导此机构的"太乐令"、"乐府令"等乐官职务。正是这些强有力的民族文化机构掌管着官方雅乐与民间俗乐收集、整理与创作，从组织、政策与人员上保障与促进华夏民族文学的发展。

实际上，"乐府文学"早在先秦商周时期就有萌发，设置掌管"四夷"民间音乐歌舞的行政机关以及长官古已有之。如殷商有"瞽宗"，周代有"大司乐"，秦代有"太乐令"、"太乐丞"，都是掌乐之官。西汉设太乐机关、乐府衙署；东汉设"大予乐署"、"黄门鼓吹署"。据赵生群先生在《西汉乐府考略》中考证："汉代乐府从高祖开始，历经孝惠文景诸帝，一脉相承，从未间断。"

《汉书·艺文志》云："自孝武立乐府而采歌谣……皆感于哀乐，缘事而发。"遂将乐府分为四大类，即"大予乐、周颂雅乐、黄门鼓吹和短箫铙歌"[①]。宋代郭茂倩辑《乐府诗集》，将"乐府"分为十二类：郊庙歌辞、燕射歌辞、鼓吹歌辞、横吹曲辞、相和歌辞、清商曲辞、舞曲歌辞、琴曲歌辞、杂曲歌辞、近代曲辞、杂歌谣辞、新乐府辞，其"歌辞"、"曲辞"、"谣辞"均指汉魏乐府古辞。

至今我们甚感欣慰，仍能阅读到《汉书·礼乐志》中对汉代乐府司职珍贵的文字记载：

> 至武帝定郊祀之礼，祠太一于甘泉，就乾位也；祭后土于汾阴，泽中方丘也。乃立乐府，采诗夜诵，有赵、代、秦、楚之讴。以李延年为协律都尉。多举司马相如等数十人，造为诗赋，略论律吕，以合八音之调，作十九章之歌。

---

① 《后汉书》卷九十五《志第五·礼仪中》。

从上述文献中透露出如下重要信息：第一，汉武帝时期立"乐府"是为了采集"赵、代、秦、楚"诸国的民间诗歌与音乐，以求重整"郊祀之礼"；第二，汉廷任命李延年为乐府衙署的总管，即协律都尉，全面负责此项重要工作；第三，所造辞赋，合八音律吕之调，敷衍为"十九章之歌"。

对此考索即知，汉乐府诗所涉"赵、代、秦"诸国都含有北方边地胡族音律；所任"协律都尉"李延年采集的《十九章》之歌中亦有许多反映中原将士在西北边塞浴血奋战的篇什。如《古歌》云："秋风萧萧愁杀人，出亦愁，入亦愁，座中何人，谁不怀忧？令我白头！胡地多飚风，树木何修修。离家日趋远，衣带日趋缓。心思不能言，肠中车轮转。"另如汉代乐府民歌《古诗十九首》之《行行重行行》，亦有古代胡族文化的印痕："胡马依北风，越鸟巢南枝。相去日已远，衣带日已缓。浮云蔽白日，游子不顾返。思君令人劳，岁月忽已晚。"再有《别诗四首》其二云：

  黄鹄一远别，千里顾徘徊。
  胡马失其群，思心常依依。
  何况双飞龙，羽翼临当乖。
  幸有弦歌曲，可以喻中怀。
  请为游子吟，泠泠一何悲。
  丝竹厉清声，慷慨有余哀。
  长歌正激烈，中心怆以摧。
  欲展清商曲，念子不得归。
  俯仰内伤心，泪下不可挥。
  愿为双黄鹄，送子俱远飞。

上述乐府古诗之所以重要，是因为它具有多重文学和艺术功能，生动形象地描写了奇特的胡地景色，又以胡汉交融的乐器与乐曲吟诵送别亲人奔赴边塞的复杂感情。令人更感兴趣的是此首《别诗》古诗传说为"苏武和李陵相赠答的五首诗"之一，为苏武滞留匈奴边地之遗作。另有著名学者余冠英认为："相传苏武和李陵相赠答的五言诗，《文选》载七首，《古文苑》载十首……《文选》作为苏武诗的四篇和作为李陵诗的三篇各为一组，以选自《古文苑》的三篇为另外一组。"[①] 类似著名汉乐府还有《悲愁歌》、《焦仲卿妻》、《羽林郎》等文学作品。

又如《悲愁歌》，亦称《黄鹄歌》，为汉公主刘细君远嫁西域乌孙所作。诗曰："吾家嫁我兮天一方，远托异国兮乌孙王。穹庐为室兮毡为墙，以肉为食兮酪为浆。居常土思兮心内伤，愿为黄鹄兮归故乡。"其中如"穹庐"、"毡墙"、"肉食"、"酪浆"等均为胡人生活习俗之写照，系细君公主借黄鹄之歌描述寓居西域、思念中原家乡的动人场景。

另如东汉乐府诗《羽林郎》，活生生地描摹了一位从西域迁入中原的胡家少女的举止行动、音容笑貌："胡姬年十五，春日独当垆。""头上蓝田玉，耳后大秦珠。""银鞍何煜耀，翠盖空踟蹰。就我求清酒，丝绳提玉壶。"诗中的"银鞍"、"玉壶"应为边疆胡地所输入；"胡姬"耳戴的"大秦珠"实为古罗马经西域传入。据《后汉书·西域传》记载："大秦土多金银奇宝，有夜光璧、明月珠。"

在诸多乐府诗中，最值得深究的是西汉时博望侯张骞由西域

---

① 余冠英选注：《汉魏六朝诗选》，人民文学出版社1958年版，第90页。

输入的"胡角横吹"之"胡乐",及"《摩诃兜勒》一曲"。另经"李延年因胡曲更造新声《二十八解》",即"二十八曲"。其中所存目如《黄鹄》、《陇头》、《出关》、《入关》、《出塞》、《入塞》、《折杨柳》、《黄覃子》、《赤子杨》、《望行人》十曲"①。其中极富民族和边塞特色的乐府诗有《陇头》、《出关》、《入关》、《出塞》、《入塞》等,另外还有《摩诃兜勒》一曲。毋庸置疑,从其曲名、形式、内容都明确地透露出异域民族音乐、诗歌的信息,以及胡汉文人诗作、乐曲相互交融的历史事实。

对《摩诃兜勒》的语意及来历,史学家历来有争议。张良烺先生在《中西交通史》中解释说,"摩诃"是梵文"大"之意,"兜勒"为西域胡国"吐火罗之译音"。钱伯泉认为:"《摩诃兜勒》为'摩诃陀历'的意译,是赞颂佛教圣地的佛曲。""《摩诃兜勒》必为佛曲,源于印度。"②日本学者桑原骘藏在《张骞西征考》中考证:"摩诃兜勒是一种以地名为乐名的大吐火罗乐或大夏乐。"在此西域乐舞诗基础之上演绎的乐府诗歌,自然要浸染一些异域胡风色彩。

另据《汉书·艺文志》著录:"凡六艺一百三家,三千一百二十三篇。入三家,百五十九篇,出重十一篇。"西汉乐府机构曾采诗集乐数量约为"二十八家,三百一十四篇,其中一百三十八篇为民歌。其"乐府"诗作中许多涉及"雁门"、"云中"、"陇西"、"边塞"等胡族边地,具体"歌诗"篇目如下所述:

---

① 《晋书·乐志》。
② 钱伯泉:《最早内传的西域乐曲》,《新疆艺术》1991年第1期。

《高祖歌诗》二篇,《泰一杂甘泉寿宫歌诗》十四篇,《宗庙歌诗》五篇,《汉兴以来兵所诛灭歌诗》十四篇,《出行巡狩及游歌诗》十篇,《临江王及愁思节士歌诗》四篇,《李夫人及幸贵人歌诗》三篇,《诏赐中山靖王子哙及孺子妾冰未央材人歌诗》四篇,《吴楚汝南歌诗》十五篇,《燕代讴雁门云中陇西歌诗》九篇,《邯郸河间歌诗》四篇,《齐郑歌诗》四篇,《淮南歌诗》四篇,《左冯翊秦歌诗》三篇,《京兆尹秦歌诗》五篇,《河东蒲反歌诗》一篇,《黄门倡车忠等歌诗》十五篇,《杂各有主名歌诗》十篇,《杂歌诗》九篇,《洛阳歌诗》四篇,《河南周歌诗》七篇,《河南周歌声曲折》七篇,《周谣歌诗》七十五篇,《周谣歌诗声曲折》七十五篇,《诸神歌诗》三篇,《送迎灵颂歌诗》三篇,《周歌诗》二篇,《南郡歌诗》五篇。右歌诗二十八家,三百一十四篇。凡诗赋百六家,千三百一十八篇。①

从上述历史文献记载可知,汉王朝所组织的"乐府"礼乐搜集的地域覆盖面,要比先秦时期《诗经》的采撷诗歌的范围大许多。即北至"燕、代",南至"吴、楚",东至"齐、郑",西至"秦、周"。其"诗赋"、"歌诗"必"论律吕,以合八音之调"。可谓上古时期中国北方黄河流域至南方长江流域各民族民间诗歌汇流历史之重现。

正因为北方众多少数民族宗教或民俗文化的介入,以及民间文学的有机整合,汉乐府诗才得以向广度和深度方面转化,部分

---

① 《汉书》卷三十《艺文志》。

诗歌开始由抒情性向叙述性文字转型。汉魏时期涌现出的《孔雀东南飞》、《胡笳十八拍》、《悲愤诗》等即为此方面的代表作。

汉建安诗人作《孔雀东南飞》，亦称《焦仲卿妻》或《古诗为焦仲卿妻作》，此诗被明代王世贞称为"长诗之圣"。史学界盛赞其为"古代民间叙事诗中最伟大的诗篇，它代表汉乐府民歌发展的最高峰"[①]。

有人可能会问，中国古代汉文诗歌史上并没有创作叙事长诗的传统，怎么会在汉朝末年异军突起，赫然出现长达353句、1765字的叙事诗作呢？

据孙昌武先生在《佛教与中国文学》一书中推测，《孔雀东南飞》一诗似与佛文化有关："马鸣所作《佛所行赞》，就是一篇描写佛陀一生行事，自其家世、出生到出家、悟道，直到涅槃的长篇叙事诗。它作为佛教典籍传入中土并流传，实际上是我国早期所翻译的外国文学作品。"他认为，《孔雀东南飞》直接或间接受到流播中原的天竺诗僧马鸣叙事长诗《佛所行赞》的影响。"此外，如《华严》、《涅槃》等大乘经典中的偈颂，也都长于夸张叙写，这也给中国诗歌输入了可供借鉴的新的表现方法。"[②] 依据此学术思路查询此诗的外来词语，如频频出现的"孔雀"、"箜篌"等异域名词，以及大量近似佛经唱偈、赞呗的句式，不能不让人开拓思路，从胡汉文化交流角度审视此种独特的民族文学历史成因。

著名学者王国维认为："自汉以后……儒家唯以抱残守缺为事"，而至魏晋，"佛教之东，适值吾国思想凋敝之后。当此之时，

---

① 中国科学院文学研究所编：《中国文学史》，人民文学出版社1962年版，第192页。
② 孙昌武：《佛教与中国文学》，上海人民出版社1988年版，第258页。

学者见之，如饥者之得食，渴者之得饮"。①在两汉与魏晋南北朝民族大迁徙、社会大整合时期，外来宗教文化与文学确实为中国传统诗文注入了一股新的活力。

汉魏时期蔡琰所作长诗《胡笳十八拍》以古代西域乐器"胡笳"冠名，诗中镶嵌着诸如"烟尘蔽野兮胡虏盛"，"胡风夜夜吹边月"，"羌胡蹈舞兮共讴歌"，"胡笳本自出胡中"，"抚抱胡儿兮泣下沾衣"，"胡与汉兮异域殊风"等大量反映作者在胡地生活感受的独特词令。再加上像"毡裘"、"羯膻"、"鞞鼓"、"肉酪"、"穹庐"及"陇水"、"塞门"等描绘胡族实地、实物的字句，真实客观地记载"文姬归汉"时不仅带回了胡汉之间的友谊，也携回了北方少数民族优秀的诗歌资源。

据《后汉书·列女传》记载，汉末著名学者蔡邕之女蔡琰"博学有才辩，又妙于音律……兴平中，天下丧乱，文姬为胡骑所获，没于南匈奴左贤王"。她生活在"胡中十二年"，对胡汉人民反对战争、企盼和平统一的心理深有感触，故先后写出《悲愤诗》与《胡笳十八拍》。这些诗作均为融胡风、拟乐府的名篇。

其五言诗《悲愤诗》云："卓众来东下，金甲耀日光。平土人脆弱，来兵皆胡羌。猎野围城邑，所向悉破亡。"道出北方草原"胡羌"、"猎野"的强悍与勇猛。后因"曹操素与邕善，痛其无嗣，乃遣使者以金璧赎之"②。对大漠胡族已产生深厚情感的蔡文姬，此时在亲情母子与夫妇诀别之际，触景生情，感慨良多。"邂逅徼时愿，骨肉来迎己。己得自解免，当复弃儿子。天属缀人心，

---

① 王国维：《论近年之学术界》，《静安文集》。
② 《后汉书》卷八十四《列女传》。

念别无会期。……号泣手抚摩，当发复回疑。兼有同时辈，相送告离别。慕我独得归，哀叫声摧裂。"她既对胡汉之间的交恶感到痛心，又为中华民族之间的同胞情谊感到欣慰。

我们通过《古今乐录》及《乐府诗集》中"横吹曲辞"所收"六十六曲"辨析：胡吹旧曲有《大白净皇太子》、《紫骝马》、《黄淡思》、《地驱乐》、《雀劳利》、《捉弱》、《东平刘生》、《单迪历》、《鲁爽》、《胡度来》等，其中如《钜鹿公主》、《慕容垂》、《淳于王》、《胡遵》、《半和企喻》、《比敦》、《慕容家自鲁企由谷》等乐府诗，显然不是中原汉族文人所为，应视为中国边地各民族文化大融合的诗歌文学产物。

魏晋南北朝时期，长城内外胡人政权林立，古代民族文化融合重组，外域胡族涌入中原。与此同时，以长安为中心的诗歌文学历史性地承担了记载多民族文化的神圣使命。魏晋乱世，中国文学繁盛的标志使得汉末魏初时期建安诗坛的崛起。形成上至汉献帝建安元年（196）、下迄魏明帝太和六年（233）涌现的五言诗与七言诗活跃之场面。此种文学现象自然来自兵燹战乱的动荡、蒙难文人的理性思考，以及"丝绸之路"沿途各国各民族文化与文学的显现。

当时志在收复北方、统一全国的曹氏父子，多以悲凉沉雄、清峻激昂之诗情张扬于世。《三国志·魏书·武帝纪》云"好音乐，倡优在侧，常日以达夕……每与人谈论，戏弄言诵，尽无所隐"的魏武帝曹操，以倡导"拟乐府"之诗风而蜚声文坛。他于群雄割据、动乱激荡的乱世，戎马倥偬，驰骋疆场。"太祖登高必赋"，"被之管弦，皆成乐章"，以四言、五言诗来抒写战乱时民生凋敝、流离失所的苦难现实。他的《蒿里行》、《薤露行》、《短歌行》等诗中所述"白骨露于野,千里无鸡鸣。生民百遗一,念之断人肠","播越西迁移,号泣而且行。瞻彼洛城郭,微子为哀伤"等悲怆诗句,实为北方各民族苦难征战迁徙的真实写照。

曹操次子曹丕的七言诗《燕歌行》之"秋风萧瑟天气凉,草木摇落露为霜。群燕辞归雁南翔","援琴鸣弦发清商,短歌微吟不能长";五言诗《杂诗》中"漫漫秋夜长,烈烈北风凉……草虫鸣何悲,孤雁独南翔……向风长叹息,断绝我中肠"等诗句亦真实记载战乱年代他目睹生灵涂炭、民不聊生之景象而产生的苍凉情愫。

"生乎乱,长乎军……年十余岁,诵诗论及辞赋数十万言,善属文"[①]的曹植,在《赠白马王彪》诗中曰:"秋风发微凉,寒蝉鸣我侧。原野何萧条,白日忽西匿。归鸟赴乔林,翩翩厉羽翼。孤兽走索群,衔草不遑食。"《送应氏》一诗云:"中野何萧条,千里无人烟。念我平常居,气结不能言。"这两首诗作均反映了汉魏战乱时期北方民族所经历的深重苦难。为了解除庶民百姓的战乱之苦,曹植在《白马篇》中竭力抒发投身边地、英勇卫国的壮烈情怀:

> 白马饰金羁,连翩西北驰。
> 借问谁家子,幽并游侠儿。
> 少小去乡邑,扬声沙漠垂。
> 宿昔秉良弓,楛矢何参差。
> 控弦破左的,右发摧月支。
> 仰手接飞猱,俯身散马蹄。
> 狡捷过猴猿,勇剽若豹螭。

[①] 《三国志》卷十九《魏书·任城陈萧王传》。

> 边城多警急，虏骑数迁移。
> 羽檄从北来，厉马登高堤。
> 长驱蹈匈奴，左顾凌鲜卑。
> 弃身锋刃端，性命安可怀？
> 父母且不顾，何言子与妻。
> 名编壮士籍，不得中顾私。
> 捐躯赴国难，视死忽如归。

曹植在此诗中所提到的"西北"、"幽并"、"沙漠"、"高堤"等地域均在古代胡族聚居的西北高原山地，所涉猎的"月支"、"匈奴"、"鲜卑"等均为西北与东北地区的胡族。诗人期待跨骏马、挽良弓，长驱直入边塞胡地，为国为民慷慨捐躯。既表现了他视死如归的英雄气概，亦反映了各民族争相角逐、统辖神州的历史事实。在此之前，曹植还借胡乐音律创作《箜篌引》，沉浸在醉生梦死、琴瑟和鸣的幻想之中："秦筝何慷慨，齐瑟和且柔。阳阿奏奇舞，京洛出名讴。乐饮过三爵，缓带倾庶羞。主称千金寿，宾奉万年酬。"

南北朝时期，黄河以北地区多为少数民族政权，诸如匈奴、契丹、女真、突厥、回鹘、肃慎等所建立的诸多地方政权。特别是鲜卑族拓跋氏所缔造的北魏胡人政权，所统治的疆域最为广阔，统治时间最为漫长，国力最为强大。在胡汉文化、文学与艺术的交融方面，以及文风开拓精神对后世各民族影响最为长远。

北朝诗歌文学的日渐发达，经考察，基于三大历史原因：一则以鲜卑族为主体的北方游牧民族自古就能歌善诗；二则胡族所聚居的地区历来为民间乐府盛行与采集之地；三则从西域输入的佛

教与中原汉地文学相融产生新的诗歌形式,日趋形成俗雅合流之
崭新诗风。

例如出仕西魏与北周朝廷的诗人庾信,身居边地数载,自然
擅长撰写边塞诗篇。他在成名作《拟咏怀》其三中吟诵:"榆关断
音信,汉使绝经过。胡笳落泪曲,羌笛断肠歌。"诗句缠绵悱恻,
动人心魄。诗作其十七更是倾情咏叹:

> 日晚荒城上,苍凉落余晖。
> 都护楼兰返,将军疏勒归。
> 马有风尘气,人多关塞衣。
> 阵云平不动,秋蓬卷欲飞。
> 闻道楼船战,今年不解围。

在庾信诗作中,边塞大漠秋风、"荒城"烽燧在诗人的眼中显
得那么苍凉与雄壮。无论是西域的"都护",还是塞北的"将军",
在取"楼兰"、收"疏勒"的征战中,大自然落日余晖尽洒其"秋
蓬"与"塞衣",这一切在作者眼中都幻化为令人心醉的壮美图
画。另外他还有一首《杨柳歌》:"骏马翩翩西北驰,左右弯弧仰
月支。""欲兴梅花留一曲,共将长笛管中吹。"则抒写在胡地放马
奔驰的古道侠肠。

同为南北朝军旅诗人的王褒,授车骑大将军,于征战杀伐途
中有感而发所书《渡河北》曰:"秋风吹木叶,还似洞庭波。常山
临代郡,亭障绕黄河。心悲异方乐,肠断陇头歌。薄暮临征马,
失道北山阿。"边疆塞外宏大、壮阔的山河暮色成就了他悲切激昂
的诗才。

北朝乐府民歌今存 60 余首，多辑入《乐府诗集·梁鼓角横吹曲》之中。编汇者郭茂倩特地标注："横吹曲，其始亦谓之鼓吹，马上奏之，盖军中之乐也。北狄诸国，皆马上作乐。"并指出此类民歌"多叙慕容垂及姚泓时战阵之事，其曲《企喻》等歌三十六曲，乐府胡吹旧曲，又有《隔谷》等三十曲，总六十六曲"。北朝民歌所反映的悲壮历史不言而喻，充满金戈铁马、刚健激越的气息，均为古代少数民族游牧与征战生活的折射。

被誉为"千古绝唱"的胡地民族诗歌《敕勒川》诗云："敕勒川，阴山下。天似穹庐，笼盖四野。天苍苍，野茫茫，风吹草低见牛羊。"语言质朴，情感直率，格调苍劲豪迈，毫无人工雕琢痕迹。追古抚今，也只有北方少数民族才能吐露此种发自内心深处、与大自然如此融洽的天籁之音。胡族诗人元好问在《论诗绝句》中如此赞誉："慷慨悲歌绝不传，穹庐一曲本天然。中州万古英雄气，也到阴山敕勒川。"由此解读了此首产生在茫茫草原上的诗作借助"天然"、"万古英雄气"而散溢出的"慷慨悲歌"的艺术魅力。

另如《企喻歌》云："放马大泽中，草好马著膘。牌子铁裲裆，鉦鉾鹳尾条。"《折杨柳歌辞》云："健儿须快马，快马须健儿。足必跋黄尘下，然后别雄雌。"《陇上歌》云："骢父马铁锻鞍，七尺大刀奋如湍。丈八蛇矛左右盘，十荡十决无当前。"此类诗作均写得粗犷豪迈、大气磅礴，诗人只有在此特定的自然条件之下，具备如此丰富的边关生活经验，才能由衷地吟诵而出。

令人思绪不断、感念良多的北朝乐府诗要数人们百读不厌的《木兰诗》。吟诵其中所描绘的胡地山水风光与北方少数民族风情习俗，不能不让人感叹胡汉文化交融所产生的巨大能量与文学审美价值。如"旦辞爷娘去，暮宿黄河边。不闻爷娘唤女声，但闻黄河流水鸣溅溅。且辞黄河去,暮至黑山头,不闻爷娘唤女声,但闻燕山胡骑声啾啾"。诗中所云"黄河"、"黑山头"、"燕山"均出自高山林立、河水湍急、胡骑出没的北方山野。若再读解"万里赴戎机,关山度若飞。朔气传金柝,寒光照铁衣",更进一步向读者揭示了诗作中发生在朔风劲吹、乱云飞渡关山胡地的故事。

再从诗中巾帼英雄的称谓与装扮来审视,"木兰"之所以女扮男装替父去从军,是因为"昨夜见军帖,可汗大点兵"。待她历经百战、衣锦还乡时,亦为"策勋十二转,赏赐百千强。可汗问所欲,木兰不用尚书郎"。根据历史事实可知,只有北方少数民族才尊称最高君主为"可汗";也只有从小习棒舞枪、骑马善射的胡家女子,才能胜任策马挥刀去边塞打仗的历史重任,以及获取男子才能担任的"将军"、"壮士"之荣誉要职。何况此不凡女子生性古朴,功成名就后,却别无所求,只"愿借明驼千里足,送儿还故乡",以及"脱我战时袍,着我旧时裳。当窗理云鬓,对镜贴花黄",心甘情愿又回到"女郎"绣房。此种泰然处之的心态,只会发生在北方胡族地区。在深受少数民族文化影响的边远山野,才会演绎出如此美丽动人的传奇故事。

被《乐府诗集》编入"横吹曲辞"中的《木兰诗》,据专家考据辨识,似乎没有人怀疑诗歌的写作背景与北方胡族历史。很多学者都趋向于其诗作女主人公本来就是少数民族,至少有胡人血统。且不说此少女能骑善射、惯常猎战,只需采撷诗中女主人公自由潇洒地穿行于"黄河"、"黑山头",迎"朔气",戴"寒光",与"燕山胡骑"为伴,身经百战之后借"明驼千里足",载誉返回故乡,即充分证明此胡族女子不同于汉家深闺小姐。

清代姚莹在《康輶纪行》中判断,木兰本为"羌胡女子",并将其故里定位在河西"凉州"。学者徐中舒在《木兰歌再考》中认为木兰是"中原异族"。薛若琳先生在《木兰从军考》中论证其人其作：

> 我认为木兰应为鲜卑人。首先，《木兰诗》就是描写鲜卑人从军打仗的诗歌。……《木兰诗》大约产生在北朝的前期或中期，而中期的可能性最大，至迟不超过魏孝文帝迁都洛阳后的一二十年间。[①]

无独有偶，在此之前，著名文史学家王汝弼就指出木兰应为"鲜卑人"，并对诗中战事发生的时间进行考证："可以这样肯定，诗歌是以公元429年，即后魏太武帝拓跋焘神䴥三年，反击柔然军汉纥升盖可汗郁久闾大檀率部侵略的战争大获全胜为背景的。"[②] 因而他断定：女将军木兰是被鲜卑族"可汗大点兵"去抵抗柔然军，成就于塞外的"巾帼英雄"，并确认《木兰诗》为中国北方古代各民族诗人口头民间创作、后又由文人加工出来的鸿篇伟制。

秦汉时期创立的乐府诗，经魏晋南北朝各民族与外来宗教文化的浸润，其体裁和内容更加广泛，诗歌格调更加明快。据倪其新先生所著的《汉代的乐府诗》论述，乐府诗的成熟与发展，借助于古代长安与中原文化的培育，尤其是"《诗经》的传统以及楚辞的成果。具体地说，就是汲取了《诗经》六义风、雅、颂、赋、比、兴的体裁和方法，四言的语言技巧和规范模式。所以，乐府

---

① 薛若琳：《木兰从军考》，《中华戏曲》第36辑，文化艺术出版社2007年版。
② 王汝弼：《乐府散论》，陕西人民出版社1984年版，第37页。

到古诗的从俗到雅的过程，实际是汲取传统的诗歌艺术经验、方法、规范、模式，以及语言技巧，使来自民间创作的新声俗曲朝着新的正声雅音的方向前进"①。

第二节　隋唐边塞诗的形成与发展

魏晋南北朝时期，历经长年的国土分裂、兵燹战乱之灾难，华夏大地举国上下思安宁、求稳定的要求日趋强烈。终在北周大陈宣帝十三年（581），相国隋王杨坚受周禅即帝位，重新统一了全中国。南北朝各自为政的诸民族政权纷纷归顺，又融汇于以长安为中心的大一统的中央集权制国家。

中华民族虽然在政治、经济上得以统一，但是在文化层面无法强求一致。正确的选择与途径只有依据自然规律，促使中国各民族文学、艺术的多样化。尤其在胡汉诗歌交融方面，因袭前朝格局，促使其丰富多彩、各显才华，基于隋代运作，后经唐朝竭力推崇，几度出现繁荣昌盛的局面。

在中国各民族共同创造的文学天地里，从来没有哪一个朝代能像大唐那样，宛若璀璨明亮的星空盛世兴隆，涌现出那么多赫赫有名的诗人、作家和人文学者。特别是长安、关中、陇右、中原籍的著名文人，组成一道靓丽的文化风景线。

北周、隋唐时期，天下社会名流汇聚于长安。据谷苞、刘光华先生主编《西北通史》一书披露：

---

① 倪其新：《汉代的乐府诗》，大象出版社1997年版，第158页。

在宇文周一代，一些国内著名的儒学大家多被征来长安，如名重江南的沈重，从江陵被召来京师后"诏令讨论五经，并校定钟律"。他撰有《周礼义》、《仪礼义》、《礼记义》、《毛诗义》、《丧服经义》、《周礼音》、《仪礼音》、《礼记音》、《毛诗音》等书，史称"当世儒宗"。熊安生，则是灭北齐后从关东征来的儒学大师，在长安"参议五礼"，教授学生。隋代有名的儒士马荣伯、刘炫、刘焯皆曾从其受业。①

再有，此书声称："隋唐建都长安，全国有各地的文人和诗人都需来长安任职或游览，长安是当时全国文化的中心。文坛上的变化，诗歌的传诵，总是波及四方。"此时期汇聚于长安的名士文人甚众，诸如隋朝之"安定牛弘，武功苏威，弘农杨素，陇西辛德源"，"唐初四杰中杨炯即是华阴（今陕西省华阴县）人"，"西北著名的文人和诗人还有唐初长安人袁朗，武后时同州冯翊人乔知之，京兆万年人李适，玄宗开元时京兆诗人王昌龄，武功人苏源明等等"。② 另外，据笔者所查：

令狐德棻（583—666），唐初史学家，宜州华原（今陕西耀县东南）人。高祖入关，任大丞相府记室，后累迁至礼部侍郎、国监祭酒。参与编撰《艺文类聚》、《五代史志》等书籍。主编《周书》、《太宗实录》、《高宗实录》。贞观十八年（644）重修《晋书》。

杨炯（650—?），唐代诗人，华阴（今陕西省华阴县）人。12岁举神童，授校书郎，后官盈川令。擅长五律，边塞诗作气势形

---

① 谷苞、刘光华主编：《西北通史》（第二卷），兰州大学出版社2005年版，第554页。
② 同上书，第569页。

胜。明人辑有《盈川集》。

苏颋（670—727），唐代文学家，字廷硕，京兆武功（今陕西武功）人。武则天朝进士，袭封许国公。工文，开元间居相位，朝廷重要文件多出其手。现存《苏廷硕集》，系后人所辑。

王昌龄（698—756），唐代著名诗人，字少伯，京兆长安（今陕西西安）人。开元进士，授汜水尉，再迁江宁丞。其诗擅长七绝，多写边塞军旅生活，气势雄浑，格调高昂。作有《从军行》、《出塞》等。明人辑有《王昌龄集》。

李白（701—762），唐代诗人，有"诗仙"之名。字太白，号青莲居士，祖籍陇东成纪（今甘肃秦安东）。幼年时随父母迁居绵州昌隆（今四川江油）。少年即显露才华，吟诗作赋，博学广览。天宝年初，于长安供奉翰林，佳作频出。诗风雄奇豪放，想象丰富，语言自然，瑰丽绚烂，音律和谐多变。存有《李太白集》。

裴迪（716—?），唐代诗人，关中（今陕西）人。官蜀州刺史及尚书省郎。早年与诗人王维同居终南山，相互吟诗唱和，现存诗多为五绝。

元结（719—772），唐代文学家，字次山，号漫郎，洛阳（今河南洛阳）人。先祖鲜卑人，天宝进士，曾任道州刺史。诗歌《舂陵行》受杜甫推崇。散文风格古朴。明人辑有《元次山文集》，又曾编选《箧中集》行世。

苏源明（约750年前后在世），唐代诗人，初名预，字弱夫，京兆武功（今陕西武功）人。天宝进士，曾任考功郎中、翰林学士等职。大历十才子之一。诗以五言为主，多送别酬赠之作。有《钱考功集》。

杜佑（735—812），唐代史学家，字君卿，京兆万年（今陕西西安东南）人。历任岭南、淮南节度使。贞元末，擢检校司徒同平章事。后以30年左右时间，著《通典》200卷，为首部记述典章制度的通史专著。

韦应物（737—792），唐代诗人，京兆长安（今陕西西安）人。少年时以三卫郎事玄宗。后为滁州、江州、苏州刺史。其诗以写田园风物著名。语言简淡生动，其作多涉及时政和民生疾苦，亦颇有佳作。有《韦苏州集》。

李益（748—827），唐代诗人，字君虞，陇西姑臧（今甘肃武威）人。大历进士，官至礼部尚书。曾云游燕赵塞北，长于七绝，以写边塞诗知名。其诗音律和美，为当时乐工所传唱。有《李益集》。

梁肃（753—793），唐代文学家，字宽中，一字敬之，安定（今甘肃泾川）人。曾任右补阙、太子侍读、翰林学士等职。崇尚古朴本色，文辞清丽。其文收于《全唐文》之中。

常建（生卒年不详），唐代诗人，京兆长安（今陕西西安）人。开元进士，与王昌龄同榜。曾任盱眙尉。其诗多五言，常以山林、寺观为题材，亦有部分边塞诗。存《常建集》。

李观（766—794），唐代文学家，字元宾，陇西（今甘肃陇西）人。贞元进士，官太子校书郎，有文名于时。后人辑《李元宾文集》。

薛涛（？—834），唐代女诗人，字洪度，京兆长安（今陕西西安）人。能诗善歌，时称"女校书"。曾居浣花溪，创制深红小笺写诗，人称"薛涛笺"。明人辑有《薛涛诗》。

白居易（772—846），唐代诗人，字乐天，晚年号香山居士。祖籍太原（今山西太原）人，后迁下邽（今陕西渭南东北）。贞元进士，授秘书省校书郎。元和年间任左拾遗及左赞善大夫。创作《秦中吟》、《新乐府》、《长恨歌》、《琵琶行》等脍炙人口的诗篇。有《白氏长庆集》传世。

白行简（776—826），唐代文学家，字知退，下邽（今陕西渭南东北）人。诗人白居易之弟。元和初进士，历左拾遗、司门员外郎、主客郎中等职。善辞赋。所作传奇小说《李娃传》尤享盛名。

元稹（779—831），唐代诗人、文学家，字微之，洛阳（今河南洛阳）人。先祖鲜卑人。举贞元九年明经科、十九年书判拔萃科，曾任监察御史。与白居易友善，常相唱和，世称"元白"。作有《莺莺传》，为后来《西厢记》所借鉴。有《元氏长庆集》传世。

李复言（约831年前后在世），唐代小说家，名谅，字复言，陇西（今甘肃东南）人。唐顺宗、宪宗时任彭城令。有《续玄怪录》、小说《纂异》。

李公佐（生卒年不详），唐代小说家，字颛蒙，陇西（今甘肃东南）人。代宗时举进士，曾任江西从事。喜采集怪异故事。所作传奇小说，今尚存《南柯太守传》、《谢小娥传》、《庐江冯媪传》、《古岳渎经》四篇。

杜牧（803—852），唐代著名文学家，字牧之，京兆万年（今陕西西安东南）人。太和进士，曾任江西观察使、监察御史等，官终中书舍人。诗文多指陈时政之作，以及写景状物抒情诗歌，清丽生动。有《樊川文集》。

鱼玄机（844—871），唐代女诗人，字幼微，一字蕙兰，京兆长安（今陕西西安）人。咸通中，出家于长安咸宜观为女道士，与温庭筠等以诗篇相赠答。有《鱼玄机诗》。

韩偓（844—914），唐末诗人，字致尧，小字冬郎，自号玉山樵人，京兆万年（今陕西西安东南）人。龙纪进士，官翰林学士，中书舍人，其诗多写艳情，辞藻华丽，有"香奁体"之称。后人辑有《韩内翰别集》。

刘蜕（约860年前后在世），唐代散文家，字复愚，商州（今陕西商县）人。大中进士，曾任左拾遗，后贬华阴令。其文多取法扬雄，以复古自任。撰《山书》，后人辑有《文泉子集》。

皇甫枚（生卒年不详），唐代文学家，字遵美，安定（今甘肃泾川北）人。咸通末，为汝州鲁山令。作有传奇小说集《三水小牍》，其中《步飞烟》等较有名。

刘方平（生卒年不详），唐代诗人，洛阳（今河南洛阳）人。能诗，多五言乐府，善写闺情宫怨，时有清丽之作。《全唐诗》存其诗26首，《全唐诗续拾》补一首《夜月》。

国内有些专家学者诘问：唐代为何来自长安、关陇地区诗人与诗作如此之多？边塞诗何以出现如此之繁荣的特殊文化现象？据胡大浚先生编撰《唐代边塞诗研究论文选粹》统计，唐代边塞诗有近2000首，多数为关中、陇右诗人作品。另据西北师范大学中文系于1984年编选的《唐代边塞诗选注》共收边塞诗人160人，与长安有渊源的诗人的诗作就近400篇。论及唐代边塞诗的繁茂原因，导缘于唐朝国力强盛，经济文化发展，大力开拓国土，中外民族文学频繁交往等因素。

根据郎樱、扎拉嘎主编的《中国各民族文学关系》一书为"边塞诗"下的定义与考述，我们可知其发展历史：

> 所谓"边塞诗"，即是以边塞题材为内容的诗歌，诸如写戍边将士的艰苦征战、思亲怀乡、送别酬答；抒发戍边将士

慷慨激昂的壮志豪情；表现戍边将士忧怨悲愤的不平之气；写边塞雄关大漠的自然风光、奇景异物；写边地各民族的风土人情及相互交往等等。边塞诗历史悠久，其源头一直可以追溯到《诗经》中的一些戍边征战行役之作。秦汉以后，边塞诗几乎代代相传。到了唐代，边塞诗作为唐诗的一个重要组成部分，同样形成了空前繁荣的局面。①

查阅中华民族文学发展历史，隋朝开国丞相卢思道身体力行，深得其道。所创作的反映边塞军旅生活的诗作《从军行》，仍然遗存汉魏乐府诗胡地诗作风采：

> 朔方烽火照甘泉，长安飞将出祁连。
> 犀渠玉剑良家子，白马金羁侠少年。
> 平明偃月屯右地，薄暮鱼丽逐左贤。
> 谷中石虎经衔箭，山上金人曾祭天。
> 天涯一去无穷已，蓟门迢递三千里。
> 朝见马岭黄沙合，夕望龙城阵云起。
> 庭中奇树已堪攀，塞外征人殊未还。
> 白雪初下天山外，浮云直上五原间。
> 关山万里不可越，谁能坐对芳菲月。
> 流水本自断人肠，坚冰旧来伤马骨。
> 边庭节物与华异，冬霰秋霜春不歇。

---

① 郎樱、扎拉嘎主编：《中国各民族文学关系》（先秦至唐宋卷），贵州人民出版社2005年版，第267页。

长风萧萧渡水来,归雁连连映天没。
从军行,军行万里出龙庭。
单于渭桥今已拜,将军何处觅功名。

据考,此诗作中所描写的"朔方"、"甘泉"、"祁连"、"龙城"、"天山"、"龙庭"等均为向西延伸的"丝绸之路"沿途地名。始自"长安"之"渭桥",纵马出征"塞外",所经历的是"关山万里"、"冬霰秋霜";刀枪相见、两军对垒的是"左贤"、"金人"、"单于"。古代出征将士为了国家疆土完整、民族和解与功名利禄而爬冰卧雪、浴血奋战,阅尽了西域胡地自然风光,充分经历了人生苦乐怨愁。若作者没有此种真切的生活体验,难以吟诵出如此回肠荡气的边塞诗作。

隋朝开国重臣杨素《出塞》诗曰:"汉虏未和亲,忧国不忧身。""荒塞空千里,孤城绝四邻。""交河明月夜,阴山苦雾辰。""薄暮边声起,空飞胡骑尘。"诗歌中大量精彩的吟咏边塞风物的诗句,流动着粗犷深沉的慷慨悲壮之音、凄凉肃杀之情,可谓汉将于胡地征战生活的真实写照。

隋代诗人薛道衡《出塞》诗曰:"绝漠三秋暮,穷阴万里生。寒夜哀笛曲,霜天断雁声。连旗下鹿塞,叠鼓向新庭。"其绵延不绝的"哀笛曲"、"断雁声"、"叠鼓"之中亦透射着塞外与生俱来的爽俊之气,为后世唐代边塞诗树立了奇崛的文学模范。

唐朝的建立与唐代诗歌的鼎盛,形成中华民族文学历史上的高峰,是后世始终难以企及与超越的文化奇迹,这或许与唐代君王身世和胡族关系密切有关。因为众所周知,李氏家族登基执政后,对疆土内外的各民族一视同仁,呵护有加。

著名文学评论家杨义在《重绘中国文学地图通释》中考证："唐朝李氏家族，这个皇族是相当鲜卑化的汉族。他们的母系，就是说李世民的祖母、母亲和他的妻子，所谓窦氏、独孤氏、长孙氏这些都是鲜卑族。他们的母系是汉化了的少数民族，唐朝的文明胡化的现象很浓。"①

正因为如此，唐代朝廷任用了许多胡人文武大臣，乃至边疆都护、节度使，郡州县衙启用胡族人士就任要职更是司空见惯。汉胡四夷亲和，庶民百姓方得安康。唐朝之所以疆土广阔，经济繁荣，文学艺术丰富多彩，完全是因为当时社会安定、人民富足、言论自由、诗人文运亨通所带来的文化活力。

初唐文学开局，就涌现出先声夺人的大气魄、大手笔与大景象。据王勃在《游冀州韩家园序》中所描绘，"高情壮思，有抑扬天地之心；雄笔奇才，有鼓怒风云之气"，昭示当朝广大诗人的文学思维与笔力均获得空前解放。卢照邻曾有一首《长安古意》，描述得踌躇满志、神采飞扬。骆宾王的《帝京篇》更是极尽瀚墨，描绘大唐都市长安之壮观与奢华。

王勃的《送杜少府之任蜀州》中"城阙辅三秦，风烟望五津"，陈子昂的《感遇》中"感时思报国，拔剑起蒿莱。西驰丁零塞，北上单于台。登山见千里，怀古心悠哉"，更是充满侠肝义胆、慷慨激昂的博大气派。诗中出现的"丁零塞"、"单于台"即为边塞诗中反复咏叹的北方少数民族栖息之地。

唐朝开元与天宝年间，经济繁荣，国力强盛，疆土开拓，山河统一，从而造就了酣畅云游、尽扬天赋的盛唐诗人巨大群落。

---

① 杨义：《重绘中国文学地图通释》，当代中国出版社 2007 年版，第 67 页。

又因众文人墨客纷纷走出都市田园，融入大漠边关建功立业，从而涌现出不可胜数的著名边塞诗人与名篇佳作。

唐开元十五年（727）前后，是盛唐诗风形成的关键时期。此时，朝廷勃然兴起鼓舞人心的"以诗赋取士"的社会举士风气。诗人为求功名与仕途，争相走出长安家门，云游各地而采风撷音、巧敷佳章。前赴偏远的边疆去观景体物，一时成为诗人获取诗名的文坛时尚。著名诗人王维、孟浩然、王翰、王昌龄、高适、岑参、王之涣、陶翰等铸造的雄诗伟词，一时为此种诗风带来全新的文学美景。

伟大的时代确实能造就极富天才的豪侠诗才。这些令人赞叹的边塞诗人群落冲破狭小的中原城镇生活空间，展开自由的双翅，奋力遨游于更加广阔的边疆文化天地之间。特殊的地理境遇激发起他们文学创作的奇思妙想，自然在诗作中散溢着令人心醉的清刚劲健之美。

本来长年沉醉于细腻柔弱的山水田园风格、喜好论佛谈禅、吟诵诗画交融的清淳曼妙诗行的王维，有朝一日，前赴"丝绸之路"古老的要塞，充任河西节度使幕时。异地他乡的神奇风貌，即刻催生出他独特的豪情与诗才。王维在《送张判官赴河西》诗中所云："沙平连白雪，蓬卷入黄云。慷慨倚长剑，高歌一送君。"即已气魄朗俊、先声夺人。他又在《从军行》、《观猎》、《出塞外》、《送元二使安西》等名诗佳作中一咏三叹，大展才情，将此种雄浑壮阔的诗境扩充到浩然天地时空之中。

尤其王维的那首吟诵大漠"落日"、胡天"汉塞"，抒写"长河"、"孤烟"的名诗《使至塞上》，更将西北胡地的山水气韵描绘得出神入化：

单车欲问边，属国过居延。
征蓬出汉塞，归雁入胡天。
大漠孤烟直，长河落日圆。
萧关逢候骑，都护在燕然。

此首边塞诗作中所述"居延"，亦称居延海，位于西北"丝绸之路"中段，河西走廊的西部，为弱水源头处，昔日称"黑城"，或"黑水城"。古为胡族属地，今为内蒙古自治区额济纳旗辖地。此处历设"汉塞"、"萧关"，面对"胡天"、"大漠"，有大批中原将士镇守此地。他们栉风沐雨，屯田戍边，谱写了无数可歌可泣的悲壮诗篇。

在西域通道"玉门关"与"阳关"之间的古驿站，王维撰写的一首《送元二使安西》（又名《渭城曲》，或《阳关三叠》）之名诗佳句："劝君更进一杯酒，西出阳关无故人"，将历代长安、关陇文人送走亲人、洒泪惜别抒心曲，牵肠挂肚忆今昔的无限感慨尽抒笔下，赢得古今征战将士与亲眷的多少惜别情感与泪水。

盛唐豪侠诗人王翰的《凉州词》则迎风举樽，高歌长吟："葡萄美酒夜光杯，欲饮琵琶马上催。醉卧沙场君莫笑，古来征战几人回？"抒写得多么潇洒豪放，哀怨悲壮。镇守边关的将士生死未卜，前途无知，正是西出边塞、屯垦戍边的亲人们不愿面对的残酷现实。

著名诗人王昌龄曾以边塞诗作赢得文坛盛誉，他的七绝诗作《出塞》："秦时明月汉时关，万里长征人未还。但使龙城飞将在，不教胡马度阴山。"其诗句悲壮浑然、大气磅礴，尽透劲健、阳刚之气。他的《从军行》四首七言绝句更是珠连玉缀，熠熠闪光：

烽火城西百尺楼,黄昏独上海风秋。
更吹羌笛关山月,无那金闺万里愁。

琵琶起舞换新声,总是关山旧别情。
撩乱边愁听不尽,高高秋月照长城。

青海长云暗雪山,孤城遥望玉门关。
黄沙百战穿金甲,不破楼兰终不还。

大漠风尘日色昏,红旗半卷出辕门。
前军夜战洮河北,已报生擒吐谷浑。

　　真是难以想象,长期安居大唐都城长安不求进取、不思西行的平庸诗人怎能写出上述形象、生动描绘"黄沙"、"大漠"、"雪山"、"长城"、"洮河"等边塞景色的精彩诗句?怎能倾听到"关山"、"楼兰"奏响的"羌笛"与"琵琶""撩乱边愁"乐声?怎能体验到"红旗半卷"、"百战穿金甲"、"生擒吐谷浑"的喜悦与感动?无可争议,王维、王翰、王昌龄与盛唐诗人们才思泉涌所写的边塞诗作,完全来自边疆胡地神奇大自然赐予的文学创作灵感。
　　又如李颀的《古从军行》一诗:"白日登山望烽火,黄昏饮马傍交河。行人刁斗风沙暗,公主琵琶幽怨多。野营万里无城郭,雨雪纷纷连大漠。胡雁哀鸣夜夜飞,胡儿眼泪双双落。闻道玉门犹被遮,应将性命逐轻车。年年战骨埋荒外,空见蒲桃入汉家。"诗中抒写中原将士北出西行,至"玉门"、"交河"等地,"登山"眺望连天"烽火";所见"胡儿"、"胡雁"因战事而"哀鸣";所听低眉弹奏"琵琶幽怨",而顿生罢战、好和之心,其情其景阅后仍令人动容。

以伫立长江畅吟《黄鹤楼》诗句而闻名天下的盛唐诗人崔颢所书,"少年为诗,意浮艳,多陷轻薄,晚节忽变常体,风骨凛然,一窥塞垣,状极戎旅,奇造往往并驱江、鲍"①。还有他行旅塞外有感而发的《雁门胡人歌》,更是由衷呼唤胡汉双方收兵罢战、永世修好之佳作:

> 高山代郡东接燕,雁门胡人家近边。
> 解放胡鹰逐塞鸟,能将代马猎秋田。
>
> 山头野火寒多烧,雨里孤峰湿作烟。
> 闻道辽西无斗战,时时醉向酒家眠。

潇洒自如、酣畅淋漓地抒写丝绸之路沿途风土人情,至李白、高适、王之涣、岑参诸位边塞诗大家时期,无论在数量上还是在质量上已经蔚为壮观,甚至达到登峰造极的程度。此时所呈现在读者面前的诗作,已逐渐淡出胡汉之间的怨恨、仇杀与征伐,而更多的是在倾诉中华各民族之间的团结友爱、对大好河山的倾心赞誉,以及对边地人情世故的深深眷恋。

出生在西域"热海",后在唐都长安长期居住的伟大诗人李白,先世谪居条支或碎叶。他迷恋于胡地边塞的奇美风光,以及那里古朴的古道风情。曾以华辞美章"明月出天山,苍茫云海间。

---

① 傅璇琮:《唐才子传校笺》(一),中华书局1987年版,第199页。

长风几万里，吹度玉门关"诗句，扬名天下，被视为诗坛神来之笔。又有《塞下曲》六首，"其一"、"其二"更是意境开阔、宏旨悠远：

> 五月天山雪，无花只是寒。
> 笛中闻折柳，春色未曾看。
> 晓战随金鼓，宵眠抱玉鞍。
> 愿将腰下剑，直为斩楼兰。
>
> 天兵下北荒，胡马欲南饮。
> 横戈从百战，直为衔恩甚。
> 握雪海上餐，拂沙陇头寝。
> 何当破月氏，然后方高枕。

笔者臆猜，如果李白年少时不曾为西域胡风陶冶，怎能知晓"天山"、"楼兰"？何能驾驭"胡马"、"月氏"？岂能随同"大鹏一日同风起，扶摇直上九万里"（《上李邕》）。再有，如何产生"黄河之水天上来，奔流到海不复回"（《将进酒》），"西岳峥嵘何壮哉，黄河如丝天际来"（《西岳云台歌送丹丘子》），"燕山雪花大如席，片片吹落轩辕台"（《北风行》），"飞流直下三千尺，疑是银河落九天"（《庐山五老峰》）等气势浩瀚、纵横恣肆之妙篇佳作？著名诗人杜甫知己知彼，曾在《寄李十二白二十韵》中如此褒奖其诗作："笔落惊风雨，诗成泣鬼神。"道出李白的诗才完全来自华夏各民族文化交融及博采神风之真谛。

年轻时为追求功名的盛唐诗人高适，一生劳顿、颠沛流离。

开元年间北上蓟门,漫游燕赵;天宝年间又赴任河西节度使哥舒翰幕府书记与彭、蜀二州刺史。边疆胡地的山水风光与军旅生活给他带来特有的劲健风骨。如他在《塞上听吹笛》之低吟:"雪净胡天牧马还,月明羌笛戍楼间。借问梅花何处落,风吹一夜满关山。"长诵《古大梁行》之振呼:"暮天摇落伤怀抱,抚剑悲歌对秋草。"还有在《淇上酬薛三据兼寄郭少府微》中抒发"倚剑对风尘,慨然思卫霍"之感喟。这些都是他奔赴塞外、踌躇满志、建功立业的真实心理写照。

尤其是高适在唐开元二十六年(738)创作的《燕歌行》,更是高亢激昂、慷慨悲壮的边塞诗经典之作。此诗中的"汉家烟尘在东北,汉将辞家破残贼","校尉羽书飞瀚海,单于猎火照狼山。山川萧条极边土,胡骑凭陵杂风雨","大漠穷秋塞草腓,孤城落日斗兵稀","君不见沙场征战苦,至今犹忆李将军"等纵横顿挫、追古抚今的绝佳诗句,分明是继承和发扬汉魏军旅乐府诗优良传统的丰硕成果。

以高仙芝、哥舒翰、封常清等重臣名将为楷模,曾两次出塞,分别出任安西、北庭都护府幕僚的著名诗人岑参,对西域胡地历史文化和山水风物、人情世故有着特殊情感。他在《走马川行奉送出师西征》中铸造的不同凡响的瑰丽诗句,"君不见,走马川行雪海边,平沙莽莽黄入天",可与李白名诗《将进酒》"君不见黄河之水天上来"的冲天呼号相媲美。还有,此诗云"匈奴草黄马正肥,金山西见烟尘飞,汉家大将西出师",形象生动地描绘了中国西部边疆大草原的奇特美景,展示了"汉家大将"与"匈奴"胡族对峙"金山脚下"浴血奋战的悲壮战争场面。

然而岑参还有另一面的侠骨柔肠,如他在《登凉州君台寺》

中热情讴歌诗情画意的"胡地三月半,梨花今始开"。另在《白雪歌送武判官归京》一诗中将塞外冬景画面浓墨重彩,形容得极为瑰丽浪漫:

> 北风卷地百草折,胡天八月即飞雪。
> 忽如一夜春风来,千树万树梨花开。
> 散入珠帘湿罗幕,狐裘不暖锦衾薄。
> 将军角弓不得控,都护铁衣冷难着。
> 瀚海阑干百丈冰,愁云惨淡万里凝。
> 中军置酒饮归客,胡琴琵琶与羌笛。
> 纷纷暮雪下辕门,风掣红旗冻不翻。
> 轮台东门送君去,去时雪满天山路。
> 山回路转不见君,雪上空留马行处。

此诗作营造的西域山水神奇情调,给人心理上带来多么强烈的审美冲击。涌现于岑参笔端的还有《碛中作》、《轮台歌奉送封大夫出师西征》、《热海行送崔侍御还京》、《登北庭北楼呈幕中诸公》、《天山雪歌送萧治归京》、《火山云歌》、《胡笳歌送颜真卿使赴河陇》等反映西域边塞的名诗佳作,更是让人目不暇接,美不胜收。

对岑参胡汉文化兼容的边塞诗的全面评价,可参阅郭预衡先生主编的《中国文学史》所书:"表现西域的风土人情,反映胡汉的文化交流、民族融合,是岑参边塞诗的又一重要内容。诗中描绘的是西域的器乐、歌舞、饮餐,反映的是胡汉融合的必然趋势。以此看来,他的这类边塞诗,实为一曲胡汉民族和睦、文化交流的颂歌。"①

相比之下,与岑参同时期的一些文人因缺乏实地体验而随意杜撰,所作边塞诗没有能与他比肩的。唯有陶翰《出萧关怀古》一诗,"大漠横万里,萧条绝人烟。孤城当瀚海,落日照祁连。怆矣苦寒奏,怀哉式微篇。更悲秦楼月,夜夜出胡天",以及传诵甚广的王之涣的《凉州词》诗,"黄河远上白云间,一片孤城万仞山。羌笛何须怨杨柳,春风不度玉门关",还多少存有汉魏乐府诗和隋唐边塞诗的遗风。但是其诗作中营造的胡地风韵多少有些柔弱文气,甚至有人怀疑二人从未出塞从戎,并因黄河与玉门关相隔千里,故认为"黄河"应更正为"黄沙",方能和"羌笛"、"玉门关"相匹配。

中唐大历诗坛经历"安史之乱"之后而一蹶不振。此阶段边疆胡汉关系日趋紧张,诗人只能以森严戒备、低沉悲怆的笔触勉为其难地记载沿途发生的形形色色的历史事件与"丝绸之路"文化。

我们通过河西姑臧(今甘肃武威)边塞诗人李益的《盐州过胡儿饮马泉》可窥见当时情景:"绿杨著水草如烟,旧是胡儿饮马泉。几处吹笳明月夜,何人倚剑白云天。"另外从他的《从军北征》一诗中"天山雪后海风寒,横笛偏吹行路难。碛里征人三十万,一时回首月中看"等诗句中获知中原朝廷为抵御外侮、巩固国防、厉兵秣马,又在派遣大批将士奔赴边关平定战乱。再看其《夜上受降城闻笛》:"回乐峰前沙似雪,受降城外月如霜。不知何处吹芦管,一夜征人尽望乡。"诗中弥漫着边关将士浓重的怀旧思乡情结。《塞下曲》诗云:"伏波惟愿裹尸还,定远何须生入关。莫遣只轮归海窟,

---

① 郭预衡主编:《中国文学史》(二),上海古籍出版社1998年版,第214页。

仍留一箭射天山。"更是流露出屯兵戍边将士低沉厌战的哀怨情绪。

至晚唐与五代，边疆战事不断，胡地群雄割据，"丝绸之路"沿途壮美风光已不再引起唐代长安诗人的迷恋。他们此时只能按节随板、浅唱低吟，默默回忆边塞昔日山水人情之梦境。如刘禹锡的《杨柳枝词》云："塞北梅花羌笛吹，淮南桂树小山词。请君莫奏前朝曲，听唱新翻杨柳枝。"杜牧的《润州》诗云："句吴亭东千里秋，放歌曾作昔年游。青苔寺里无马迹，绿水桥边多酒楼。大抵南朝皆旷达，可怜东晋最风流。月明更想桓伊在，一笛闻吹出塞愁。"所作诗歌虽然还在边塞诗范畴，但是诗人的吟诵早已没有昔日边塞沙场所激发的那股雄健之气，而只能将逝去的美好回忆，淡化为一阵阵愁怨的"杨柳枝"，随风飘拂而远去。

回顾西北地区边塞诗的艺术价值与成就，不能不谈及此种诗歌文体与胡地民族音乐之间的关系。在唐宋文献辑录的现存数百种唐五代边塞诗中，有相当一部分是来自汉魏乐府诗及有关"胡曲"或"边声"乐曲。诸如《破阵乐》、《破南蛮》、《卧沙堆》、《怨黄沙》、《遐方怨》、《怨胡天》、《送征衣》、《羌心怨》、《定西蕃》、《苏幕遮》、《征步郎》、《静戎烟》、《叹疆场》、《驻征游》、《兰陵王》、《镇西乐》、《沙碛子》、《酒泉子》、《甘州子》、《镇西子》、《北庭子》、《破阵子》、《赞普子》、《蕃将子》、《回戈子》、《凉州》、《伊州》、《甘州》、《平蕃》、《突厥三台》、《断弓弦》、《回波乐》、《龟兹乐》、《醉浑脱》等。上述乐曲多载于唐代崔令钦《教坊记》所列诗词"曲名"之中。

再有如《平蕃曲》、《戎浑》、《战胜乐》、《塞姑》等出自宋代郭茂倩《乐府诗集》；《怨回纥》载于《尊前集》；《蕃女怨》、《甘州遍》载于《花间集》；《静边引》、《塞尘清》载于宋代王溥《唐会要》。以上这些乐舞诗歌曲调，从文字中即可以看出它们或来自边地民间歌谣，或起于边塞军旅歌唱。其中明显来自西域边地和少数民族的曲名，有《酒泉子》、《甘州子》、《北庭子》、《赞普子》、《蕃将子》、《凉州》、《伊州》、《甘州》、《突厥三台》、《龟兹乐》、《醉浑脱》、《苏幕遮》、《甘州遍》等。

据《新唐书·音乐志》记载："天宝乐曲皆以边地名，若《凉州》、《伊州》、《甘州》之类。"在上述诗歌乐曲之中，如"酒泉"、"甘州"、"伊州"、"凉州"、"北庭"等，皆为西北胡族生活地域名。这些乐曲既以边地为名，当来源于边地，或为边地官府所献。虽然不一定都与边塞军事战争有关，但是多带有鲜明的西部地域色彩和古代少数民族风情。

审视隋唐边塞诗之文学写作特点，即（1）题材广阔，（2）意象宏阔，（3）基调昂扬，（4）体裁兼备。其美学风格体现在雄浑、磅礴、豪放、浪漫、悲壮、瑰丽等各个方面。从历代传诵的边塞诗反映的内容和形式来看，一方面包括：将士建立军功的壮志，边地生活的艰辛，战争的酷烈场面，将士的思家情绪；另一方面包括：边塞风光，边疆地理，民族风情，民族交往等。就边塞诗的体裁来看，古体诗作已形成蔚为大观之势，同时，近体边塞诗也逐步走向成熟。

邓乔彬先生在论证唐人边塞诗的盛兴原因时指出："'夷狄'与'胡气'确实与唐代文学有关系，而这一切又实在是缘于西部……鲁迅先生则有'唐室大有胡气'这一极为简洁、直观的语言，道出了'唐风'形成的民族性原因。"[①]同样，秦汉至唐宋时期

---

① 邓乔彬：《新疆风光和壁画对唐人边塞诗与变文的影响》，薛天纬、朱玉麟主编：《中国文学与地域风情》，学苑出版社 2005 年版。

的乐府诗也经历了"夷狄与胡气"的浸染,并将此诗歌文学血脉扩延至大唐盛世,乃至后世各朝代。

第三节 唐五代文人边塞词令的起源

在我国古代文学史上,最能引起国人骄傲与自豪的是汉唐时期各种诗文,特别是各民族文学相互交融的盛隆景象,尤其值得人们关注的是盛唐与中唐时期各种样式的诗歌、词令的大繁荣,胡汉各种传统文学的大融合。虽然至晚唐时期,长安王朝和民间诗坛有些萧条冷落,但是因为唐五代词的崛起,以及敦煌曲子词的成熟,唐代的夕阳在民族文学新样式的转型中仍然显得绚丽夺目。

唐五代时期,朝野上下文风渐变。此时不仅盛行传统诗歌,而且正在悄然兴起词令文体,并导引宋元诗文词学与戏曲文学的异军崛起。唐五代词令的出现是不容忽略的中国古代民族文学的新气象,它不仅涉及汉魏乐府的韵文传统的继承,也关系到西域敦煌胡汉讲唱文学的渗入,以及华夏各民族诗文的交流与发展。

关于唐五代词令的起源,自古以来众说纷纭。稍加梳理,大致有如下诸种学说:(1) 词为诗余;(2) 词源自乐府;(3) 词变于民间曲子;(4) 词孕于大曲;(5) 词近似胡乐。

其一,古人视词为"诗余"的说法甚为流行。《朱子语类》卷一四〇云:"古乐府只是诗,中间却添许多泛声。后来人怕失了那泛声,逐一添个实字,遂成长短句,今曲子便是。"受此言论影响,有人随之解释:"词又名长短词,又名诗余。"据查所谓"诗余"之说,并未出现在唐五代或宋元时期,北宋仅有词为"诗之余事"之说。施蛰存先生在《词学论稿》中考证,甚至到"整个南宋时期,没有人把作一首词说成作一首诗余。直到明代,张綖作词谱,把他的书名题作《诗余图谱》,从此以后,'诗余'才成为词的'又名'。从杨用修以来,绝大多数词家,一直把这个名词解释为诗体演变之余派,又从而纷争不已,其实都是错误的"。有人将"词"视为"诗之余事",显然是对此种文体的贬低与漠视。实际上古人往往将新兴的词令解释为"长短句",认为是一种可以吟唱的诗歌的一种变体。正如北宋胡仔在《苕溪渔隐丛话》后集卷三九所述:"唐初歌辞,多是五言诗,或七言诗,初无长短句。自中叶以后,至五代,渐变成长短句。及本朝,则尽为此体。"

其二,"词源自乐府"的说法流传甚广。从词的文体上审视,应为一脉相承所致。早在汉魏时期,以长安为中心的北方各地就盛行民间乐府,在古乐府诗中经常出现一些不甚整齐的可供吟唱的诗歌,即所谓"和声"、"泛声"、"散声"等。清代刘熙载《艺概·词典概》声称:"词与诗不同,合用虚字呼唤。"宋代沈括在《梦溪笔谈》卷五"乐律"中阐述:"古乐府皆有声有词,连属书之。如曰'贺贺贺'、'何何何'之类,皆和声也。今管弦之中缠声,亦其遗法也。"正是唐五代诗歌中融入上述长短不一的韵文、虚词,才逐渐发展为后世的词令。

其三,所谓"词变于民间曲子",也称为"曲子词",此为民间对词令的特殊称谓。它不仅具有乐府诗演变的长短句形式,而且可"倚声填词",是民间按弦合拍、民众喜闻乐见的音乐文学。近世发现的敦煌曲子词集《云谣集杂曲子》即为"词之先祖",其中尤为珍贵的是收集了唐开元以来大量的街衢里巷之曲。据朱祖谋为《跋云谣集杂曲子》释义:"其为词朴拙可喜,洵倚声中椎轮大格。"说明此类曲子词风格清新朴素,声律自由,易诵上口。而数十年后结集问世的《花间集》、《尊前集》等,亦为供人吟唱的讲究词章韵律的文人词令。不少五、七言绝句加之"虚声"而形成固定格式的长短句,使之以后日渐成熟的词牌形式变得繁复、艳丽。

其四,"词孕于大曲"之说,主要指汉魏隋唐大曲。早在两汉时期,民间就盛行一种保留原始民歌形式的"徒歌"或"但歌"形式,并"被之管弦","丝竹更相和,执节者歌"[①],兼备歌舞表演的"相和歌",以后发展为汉魏大曲。据郭茂倩《乐府诗集》卷二六《相和歌辞》序曰:"又诸曲调皆有辞、有声。大曲又有艳、有趋、有乱。辞者,其歌诗也。声者,若'羊吾夷'、'伊那何'之类也。艳在曲之前,趋与乱在曲之后,亦犹吴声、西曲,前有和,后有送也。"

至隋唐时期,此种添加"羊吾夷"、"伊那河"之"有辞、有声"的"歌诗"更加上口入乐,深受词家喜爱。至唐五代大曲在同一宫调基础上规范为三大段,即无歌不舞之"散序";称"拍序"或"排遍"的"中序";以及有歌有舞的"破"。唐初大曲入乐叠唱的主要是诗歌,至唐末与五代因"倚声填词"的"摘遍"与"曲破"的介入,才形成后世具有严格意义的词令。

其五,"词近似胡乐",是因为异域少数民族音乐文学的大量摄入。所谓"胡乐",亦称"胡夷乐"或"四夷乐",是汉魏乐府采风编排的源泉之一。唐代杜佑《通典》卷一四六曰:"自周、隋以来,管弦杂曲将数百曲,多用西凉乐;鼓舞曲多用龟兹乐,其曲

---

① (唐)房玄龄等:《晋书》卷二三《乐志》。

度皆时俗所知也。"隋朝开国伊始，黄门侍郎颜之推以为旧朝"礼崩乐坏"，故倡导"太常雅乐，并用胡声"，而致使朝野"皆妙绝弦管，新声奇变，朝改暮易，持其音伎。估炫公王之间，举时争相慕尚"。① 宋代沈括在《梦溪笔谈》卷五"乐律"中更是强调"胡部"音乐对唐宋词频加催化的重要作用："外国之声，前世自别为四夷乐。自唐天宝十三载，始诏法曲与胡部合奏。自此乐奏全失古法，以先王之乐为雅乐，前世新声为清乐，合胡部者为宴乐。"

在隋唐历史上，大力推行的"宴乐"即"燕乐"，此与"雅乐"相辅相成，形成长短句词令的音乐文学之基础。"燕乐"最初因西域"龟兹乐"的输入，即所谓"胡夷之乐"的雅化，而形成"燕乐二十八调"或"俗乐二十八调"。后经隋代郑译之推演，而累成"八十四调"，均"不用黍律，以琵琶弦叶之"②。隋唐时沿袭"道调、法曲与胡部新声合作"③，以及"胡部入乐"之文化传统，唐五代文人作词度曲，大多采用"胡夷里巷之曲"。唐代诗人王建《凉州行》诗云："凉州四边沙皓皓，汉家无人开旧道。边头州县尽胡兵，将军当筑防秋城。"又曰："养蚕缲茧成匹帛，那堪绕帐作旌旗。城头山鸡鸣角角，洛阳家家学胡乐。"即可知当朝胡乐融入汉地之盛况。

唐代著名诗人元稹在《法曲》一诗中更加具体、形象地描述了开元、天宝年间中原地区文坛盛行"胡乐"的现象：

　　自从胡骑起烟尘，毛毳腥膻满咸洛。

----

① 《隋书》卷十五《音乐志·下》。
② 《辽史》卷五十四《乐志》。
③ 《新唐书》卷二十二《志第十二·礼乐十二》。

> 女为胡妇学胡妆,伎进胡音务胡乐。
> 火凤声沉多咽绝,春莺啭罢长萧索。
> 胡音胡骑与胡妆,五十年来竞纷泊。

当我们翻阅唐五代敦煌民间所流行的民族诗文、长安宫廷所推行的新文体文学时,不难发现"丝绸之路"沿途各民族文学与胡汉诗词交织融合的历史景观。

隋唐与五代时期,因为中国西北边境地区经常发生一些局部性战争,有血性、有正义感的胡汉文人创作出许多感人至深的边塞诗。后来再谱上乐曲,成为可供吟唱的朗朗上口的边塞词。至今人们还能在唐宋文献著录的唐五代音乐曲调中,找到不少曾被称为"军歌"或"边声"的诗词乐曲。从曲牌名称、音乐曲调与字里行间即可辨识或来自军中歌谣,或起于边塞歌唱的性质和特征。

我们从如下敦煌曲子词中不仅可洞悉其形式与内容,还能得知其边塞诗与词之间的关系。

其一,正面表现有关战争生活内容的敦煌曲子词,诸如《破阵乐》、《破阵子》、《小秦王》、《兰陵王》、《断弓弦》、《生查子》、《战胜乐》等。如《生查子·立功勋》:

> 三尺龙泉剑,箧里无人见。一张落雁弓,百支金花箭。
> 为国竭忠贞,苦处曾征战。先望立功勋,后见君王面。

其二,侧重表现边关戍守、开边拓土的边塞战争内容的曲调,诸如《破南蛮》、《定西蕃》、《镇西乐》、《镇西子》、《望远行》、《平蕃》、《平蕃曲》、《塞尘清》等。如《望远行·佐圣朝》：

年少将军佐圣朝，为国扫荡狂妖。弯弓如月射双雕，马蹄到处阵云消。
休寰海，罢枪刀，迎鸾驾上超霄。行人南北尽歌谣，莫把尧舜比今朝。

其三，集中描写有关边塞征戍的艰苦生活、抒发怨叹情绪的曲调，诸如《忆汉月》、《卧沙堆》、《怨黄沙》、《遐方怨》、《怨胡天》、《破阵子》、《羌心怨》、《叹疆场》、《怨回纥》等。这些边塞歌曲，均来自边地人民和戍边将士的吟诵。如《破阵子·军帖书名》：

年少征夫军帖，书名年复年。为觅封侯酬壮志，携剑弯弓沙碛边，抛人如断弦。
迢递可知闺阁，吞声忍泪孤眠。春去春来庭树老，早晚王师归却还，免交心怨天。

其四，从侧面表现与边塞战争和征戍将士相关联的生活内容与思想感情的曲调，诸如《送征衣》、《捣练子》、《蕃女怨》、《宫怨春》、《塞姑》等。这类歌曲，多是从征人家属的视角来侧面表现边塞战争及其社会影响，大多来自征人妻子与亲属的歌唱。如《宫怨春·到边庭》：

柳条垂处处，喜鹊语零零，焚香稽首表君情。慕得萧郎好武,累岁长征。向沙场里,轮宝剑,定檛枪。

去时花欲谢,几度叶还青,相思夜夜到边庭。愿天下销戈铸戟,舜日清平。待功成日,麟阁上,画图形。

其五,来自西域边地和少数民族的音乐曲调,诸如《酒泉子》、《甘州子》、《北庭子》、《赞普子》、《蕃将子》、《凉州》、《伊州》、《甘州》、《突厥三台》、《龟兹乐》、《醉浑脱》、《甘州遍》等,多带鲜明的西部地域色彩和少数民族的文化风情。如《酒泉子·咏马》:

红耳薄寒,摇头弄耳摆金辔。曾经数阵战场宽,用势却还边。

入阵之时,汗流似血,齐喊一声而呼歇。但则收阵卷旗旛,汗散卸金鞍。

如上所述,唐五代边塞词、敦煌曲子词的创作最早起于民间,见长于歌咏边塞战争、军旅生活、异域风物、征妇闺怨等内容题材。它们与唐代边塞诗与民间歌谣血脉承传、相互辉映,充分显示了西北地区民间各族诗人诗词粗犷豪迈、朴实自然的艺术风貌和审美特色,从而奠定了唐五代文人边塞诗词的创作根基。

第四节 敦煌曲子词与胡人诗词传播

敦煌词令或称"曲子词",由此结集成《云谣集杂曲子》残卷。由朱祖谋先生据董康抄录伦敦博物馆"敦煌石窟唐人写卷子"本编刻，收词18首，后辑入《彊村丛书》；朱祖谋又据两种残卷合校，新编一集，收词30首，辑入《彊村遗书》。另有罗振玉先生著《敦煌拾零》收词18首；又有刘复先生据巴黎图书馆藏"敦煌石窟旧藏唐人写卷子"本校刻，编《敦煌掇琐》，收词14首，1936年上海商务印书馆印行；周泳先辑《敦煌词掇》，收词21首。汇集上述可确考的敦煌曲子词仅为30余首。

1950年，由上海商务印书馆印行、王重民辑的《敦煌曲子词集》（三卷）根据"云谣集杂曲子"、"长短句"、"词"分为三大类，收同类词令凡161首（内7首残），这些唐代民间词作为研究此时期词令及其起源与演变，提供了珍贵的文史资料。

有专家学者从中细加考证，识别《云谣集杂曲子》中有20余首属于盛唐时期的作品，而且早于最初文人词集《花间集》30余年。尤为可贵的是，其中存有一些反映"胡夷里巷之曲"，保留着词令萌芽期所具备的一些重要特点。

这些敦煌曲子词，除语言俚俗质朴外，还保存着词初现时的"原始"状态，即体制的"不稳定性"，如双叠并行、字数不定、平仄不拘、韵脚不限、平仄通叶，使用方言叙事等，反映了唐代民间词作的一般形式特征。

敦煌曲子词具备合乐能唱的词令特质令人关注。首先体现在"词牌"形式的确定与选择上，诸如《抛球乐》、《菩萨蛮》、《南歌子》、《定风波》、《浣溪沙》等。唐宋词调的来源，据有人归纳，大概有如下几个方面：第一，来自民间曲子。第二，来自边地或域外。第三，创自教坊、大晟府等国家乐府机构。第四，创自乐工歌妓。每样五，词人自度曲。第六，摘自大曲、法曲。此外尚有少数来自琴曲、佛教、道教音乐曲调。其中第一、第二两类即所谓"胡夷里巷之曲"为词调的主要来源。

如上述文字中的《抛球乐》,原为唐教坊曲名,为文人乐伎抛球催酒时所唱词牌。《南歌子》亦为唐教坊曲名,后演变为著名词牌。《定风波》,亦名《定风流》,曾为民间俚俗乐舞所通用。《浣溪沙》,又称《小庭花》,亦为唐朝教坊所吟唱,后珍藏于敦煌石窟等地。《菩萨蛮》有人以为是"骠苴蛮"之异译,其词调乃缅甸或西域古乐,又名《菩萨鬘》、《重叠金》、《子夜歌》等,常引为双调,亦为唐教坊常用曲名。据《杜阳杂编》记载:"唐宣宗时,女蛮国来聘,见其高髻金冠,璎珞被体,号为菩萨蛮队,当时优人遂制此曲。"可知此词乐既具"边地或域外"的文化背景,又"创自教坊"或"乐工歌妓"。

关于敦煌曲子词反映的边地胡汉关系及历史事件之词作《菩萨蛮》云:"敦煌古往出神将,感得诸蕃遥钦仰。郊节望龙庭,麟台早有名。只恨隔蕃部,情悬难申诉。早晚灭狼蕃,一齐拜圣颜。"其曲子词中所出现的"诸蕃"、"蕃部"、"狼蕃",均指唐代活跃在"唐蕃古道"与西北地区的吐蕃古族。唐贞观十四年(640),吐蕃赞普松赞干布向唐朝求婚,唐太宗遣文成公主联姻,以结舅甥之情,友好往来,不绝于世。

然而至天宝十四载(755)"安史之乱"前后,唐蕃失和,相互发生战争。代宗广德元年(763),吐蕃攻占长安,撤兵之后,于次年又攻占河西节度使所在地凉州及沙州。当时坚守之将有杨休明、史周鼎、阎朝等"神将"。据《新唐书·吐蕃传》记载,敦煌古城"州人皆胡服臣虏,每岁时祀父祖,衣中国之服,号恸而藏之"。后至宣宗大中初年,此地终于出现"神将"张议潮,率领沙州人民收复了沙、瓜、伊、西、甘、肃、兰、鄯、河、岷、廓十一州之城。大中五年（851），张议潮派遣使臣向唐宣宗奉献所得图籍，使河湟、河西广大地区又归顺大唐。王重民赞誉其词作："唱出外族统治下敦煌人民之爱国壮烈歌声，绝非温飞卿、韦端己辈文人学士所能领会，所能道出者。"

敦煌曲子词中《定风波》（二首）与《南歌子》（二首），都是世人喜为演出的对唱联章体。如《定风波》上阕为："攻书学剑能几何，争如沙塞骋偻儸。手执绿沉枪似铁，明月，龙泉三尺斩新磨。"下阕答曰："堪羡昔时军伍，谩夸儒士德能多。四塞忽闻狼烟起，问儒士，谁人敢去定风波？"此首曲子词为藏于法国巴黎的敦煌词令抄件，以近似戏曲表演对唱的形式来吟诵楚汉文武将相之争战。

《南歌子》上阕一连串诘问非常精彩："斜倚朱帘立，情事共谁亲？分明面上指痕新。罗带同心谁绾？甚人踏破裙？蝉鬓因何乱？金钗为甚分？红妆垂泪忆何君？"而下阕以对唱的形式作一系列机智的解答，均为长短句问答词令。有人认为是一出短小歌舞戏，是扮饰一对青年夫妻的即兴演唱，或生旦小戏演员的对唱，可视为后世西北地方戏之雏形。

唐五代的文人词合集，出自后蜀赵崇祚汇编的十卷本《花间集》，其中收录唐、五代词人温庭筠、韦庄、毛文锡、李珣等十八家词作500首，明代温博补录李白、张志和、刘禹锡、王建、白居易、李煜、冯延巳等词家71首。又，佚名编《尊前集》一卷，辑录自唐明皇至徐昌图等唐五代三十六家词289首。又，唐代温庭筠撰《金荃集》一卷，收录温庭筠、韦庄、欧阳炯、张泌等词147首。又，宋代曾慥辑《乐府雅词》三卷，收录宋欧阳修、王安石等

34家600余首词。其首卷冠以唐宋大曲与调笑转踏。以上古代边地词集客观地反映了唐五代至宋初文人词创作与流传情况。

据有些学者研究,"文人词"大约产生于中唐时期,其中许多词作深受民间说唱与胡人歌舞大曲影响。如韦应物反映边塞风情的唱和之作《调笑令》云:"胡马、胡马,远放燕支山下。跑沙跑雪独嘶,东望西望路迷。路迷、路迷,边草无穷日暮。"此词一名为《宫中调笑》,又名《转应曲》,一般以比兴、咏物名起始。作者所写"胡马"重词叠语,给人万马奔腾的节奏感,描写西域良马在"风沙"、"雨雪"、"边草"上的奔跑嘶叫,于"日暮"、"燕支山下""东望西望",其笔意回环,音调宛转,生动再现了"丝绸之路"沿途大草原的神奇与壮美。

唐代戴书伦的《转应曲》作于唐开元年间,与当时流行的《边城曲》、《屯田词》等相映成趣,同为名篇佳作。词中"边草、边草,边草尽来兵老。山南山北雪晴,千里万里月明。明月、明月,胡笳一声愁绝。"在西北风雪草原词令中,幻化出屯垦戍边的垂暮老兵身影,他们在"胡笳"吹奏的"明月"下,愁望远方的家乡与亲人。依据白居易推测,此词牌原本为酒宴时唱的"抛打曲"所演变,故有一咏三叹、行云流水的音韵之美。

唐五代时期,中原朝廷时与边疆胡族经常发生战争摩擦,然历史上以战乱失和毕竟为暂时之事,和睦相处则是胡汉人民的共同追求。唐代窦弘余一首《广谪仙怨》,亦称《签南神曲》,就生动、真实地记载了天宝十五载(756)"安史之乱"所酿成的恶果。唐玄宗南迁被迫赐死杨贵妃,至蜀地伤悲情景仍在眼前:"胡尘犯阙冲关,金辂提携玉颜。云雨此时萧散,君王何日归还?伤心朝恨暮恨,回首千山万山。独望天边初月,蛾眉犹自弯弯。"此首词所描绘的中唐战事,所抒写的哀伤人情可与白居易《长恨诗》互为对应。

五代十国为华夏诸地陷入黑暗、混乱的特殊时期。于922年,北方契丹国主阿保机乘机南下攻伐。次年,突厥沙陀部李存勖败契丹,建后唐,两年后灭前蜀。历史见证人毛文锡随蜀主王衍授降,并撰写《甘州遍》词云:

> 秋风紧,平碛雁行低。阵云齐,萧萧飒飒,边声四起,愁闻戍角与征鼙。青冢北,黑山西。
> 沙飞聚散无定,往往路人迷。铁衣冷,战马血沾蹄。破蕃奚。凤皇诏下,步步蹑丹梯。

在唐末五代词人出神入化的笔下,与北方胡族之争战而导引出雄浑壮美的边塞风光。漠北高原的"平碛"坦荡如砥,昭君出塞和亲之地的"青冢"风景如画。木兰从军征战的"黑山",布满了"阵云"、"秋风"与"飞沙"。于一声声悲壮的"戍角"、"征鼙"和"边声"中,只见驱"战马"、着"铁衣"的边疆将士浴血奋战,击破"蕃奚",收复河山,以求重新回到昔日田园式的和平生活。作者在另一首词作《醉花间》中则声声咏叹:"休相问,怕相问,相问还添恨","偏忆戍楼人,久绝边庭信",更是在向人们诉说胡汉之间的战争给人民带来的苦难、惆怅与幽怨。

唐五代词人抒写的行旅征人与亲眷友朋之间殷殷愁别之情的作品占有很大分量,其中有许多篇什为汉唐送别诗文的演绎。如著名诗人王维的《送元二使安西》,即为入乐吟唱之作,历史上屡有人将其改编为长短句,形成著名的《阳关三叠》。

依刘永济《宋代歌舞剧曲录要·总论》所述，其作改诗为词、"相叠成音"者实为"将原诗字句裁截成二字、三字、四字等部分，再相叠之"，而"谱其散声，以字句实之"。经诗化为词即演变为"劝君更尽，劝君更尽一杯酒，一杯酒。西出阳关，西出阳关无故人，无故人"。或改为"劝君、劝君更尽，劝君更尽一杯酒。西出、西出阳关，西出阳关无故人"。文辞互换，变化多端，极尽艺术美感。

南唐重臣冯延巳曾作《鹊踏枝》词，其八旨意深远，"蜡烛泪流羌笛怨，偷整罗衣，欲唱情犹懒。醉里不辞金盏满，阳关一曲肠千断"，可谓更其瑟、改其弦之《阳关三叠》送别诗词的又一翻版。另如南唐后主李煜的《玉楼春》词中"凤箫吹断水云间，重按《霓裳》歌遍彻"，"临风谁更飘香屑，醉拍阑干情味切"。虽不是离情别绪的词令，但是在青楼乐伎"凤箫"吹奏、"醉拍"击打伴奏之下，唐代大曲《霓裳羽衣》歌乐仍给人绵延难语之文思。

在众多的唐五代词人中，引人关注的还有胡人词家作品，由其词作亦可窥见汉风诗作的雕砌，体味胡风词曲的饰扮。如突厥沙陀部词人李存勖既为一代枭雄，亦为一世词人。《五代史补》称其于征战途中喜好"撰词授之，使揭声而唱，谓之御制。至于入阵，不论胜负，马头才转，则众歌齐作。故凡所斗战，人忘其死，斯亦用军之一奇也"。令人玩味的是，按理说他本应存世金戈铁马阳刚之词作，我们读到他的《忆仙姿》却是："曾宴桃源深洞，一曲清歌舞风。长江欲别时，和泪出门相送。如梦！如梦！残月落花烟重。"诗句清新典雅，追求格律美感。从中可看到受中原文风影响下的胡汉杂糅诗词的动人风韵。

先世为波斯人、幼年沿丝绸之路东迁汉地蜀中，家居梓州

(今四川三台）的胡人词家李珣，成年随蜀主王衍，有文才诗名。他的《南乡子》词云："烟漠漠，雨凄凄，岸花零落鹧鸪啼。远客扁舟临野渡，思乡处，潮退水平春色暮。"尽管写的是江南水乡旅人眼中的诗意景色，但由烟雨鸟啼带来的愁情别绪，潜在浮现的"思乡处"仍在遥远的西域故土。还有他的《菩萨蛮》词中的"征帆何入客？相见还相隔"，《河传》词中的"愁肠岂异丁香结？因离别，故国音书绝"，更是在潜意识追思胡人先辈的历史功绩，以及对故国的深深怀恋，由衷地涌动着对中华民族和解团结，以及对世界大同的祈盼之情。

若寻其胡汉诗词之渊源，可参阅陈寅恪先生《隋唐制度渊源略论稿》："隋唐之制度虽极之广博纷复，然究析其原因，不出三源：一曰魏、齐，二曰梁、陈，三曰魏、周。所谓魏、齐之源者，凡江左承袭汉、魏、西晋之礼乐政刑典章文物，自东晋至南齐其间所发展变迁，而为北魏孝文帝及其子孙模仿采用，传至北齐成一大结集者也。……所谓魏、周之源者，凡西魏、北周之创作有异于山东及江左之旧制，或阴为六镇鲜卑之野俗，或远承魏、晋之遗风。若就地域言之，乃关陇区内保存之旧时汉族文化，以适应鲜卑六镇势力之环境，而产生之混合品。所有旧史中关陇之新创设及依托周官诸制度皆属此类，其影响及于隋唐制度者，实较微末。故在三源之中，此魏、周之源远不如其他二源之重要。然后世史家以隋唐继承魏、周之遗业，遂不能辨析名实真伪，往往于李唐之法制误认为魏、周之遗物，如府兵制即其一例也。"[①]

陈寅恪先生认为，唐朝关陇地区文人积极接纳的"魏、齐之

---

① 陈寅恪：《隋唐制度渊源略论稿》"叙论"，商务印书馆2011年版。

源"系指鲜卑人创造的异族文化,不仅在血统混融,而且于民族文化心理的认同方面。查阅史料,宋代朱熹云:"唐源流出于夷狄。"① 李唐家族确实与胡夷有很深的瓜葛。唐高宗李渊母亲孤独氏、妻窦氏,唐太宗李世民妻长孙氏都是鲜卑族。难怪陈寅恪在《李唐氏族之推测后记》中诠释:"李唐一族之所以崛兴,盖取塞外野蛮精悍之血,注入中原文化颓废之躯。旧染既除,新机重启,扩大恢张,遂能别创空前之世局。故欲通解李唐一代三百年之全史,其氏族问题实为最要之关键。"同样,我们对唐诗与边塞诗词研究也应该顾及此方面重要原因。

生生不息的历史确实如此。不管是秦汉、魏晋南北朝时期的乐府诗,还是隋唐五代时期的新乐府诗与边塞诗词,都经历了一个胡与汉、雅与俗文化的整合规范过程。正如倪其新先生在《汉代的乐府诗》一书中所阐释:历史上凡具有强大生命力的诗文形式,都是"把传统的规范模式作为新的艺术创作方法来运用,把新俗的诗歌作为传统的规范模式来创作。实质就是主张对传统进行改造更新,使新俗的创作成为新的雅正规范"②。中国古代长安文学与汉胡诗词形成的璀璨壮丽的历史场景,真实地反映了这个"新的雅正规范"民族文学形式汇流交融的演绎过程。

---

① (宋)朱熹:《朱子语类》卷一一六。
② 倪其新:《汉代的乐府诗》,大象出版社1997年版,第158页。

第五章　中华民族传统文艺理论的演化

中华民族经历了上下五千年的励精图治、艰苦奋斗，逐渐建立起一个巨大有序的中国传统文化体系。根据著名哲学家张岱年的深入研究，此体系发生的源头可追溯到关中秦地的周秦汉唐先辈哲人，来源于"《周易大传》提出的刚健有为思想，包括自强不息和厚德载物两个方面"。具体指向此"体系的要素主要有四：(1) 刚健有为，(2) 和与中，(3) 崇德利用，(4) 天人协调"。[①]

中华民族与西方及东方各国民族一样，自古崇尚文学艺术形式，深知在日常生活之中，有着艺术美的诗歌、散文、小说、戏剧等会给人们带来巨大的欢悦与精神享受。自周秦汉唐至宋元明清各朝代，无论是长安、关陇地区，还是中原地区，都有一些文人学者将其民族文化和文学创作实践相照应，总结出许多富有学术价值的诗学理论，待与后世从西方引进的美学理论相嫁接，形成完善的中华民族文艺理论体系，非常有助于人们对中国传统文学面貌的整体把握。

---

① 张岱年、程宜山：《中国文化与文化争论》，中国人民大学出版社1990年版，第19页。

第一节　魏晋南北朝传统文学与诗学

中国传统美学或诗学与西方的艺术美学虽然同属文艺理论领域，但若加以深入细致探讨，并非局限于一门狭窄的学科理论范畴。它们之间实际存在着许多异同之处。据李泽厚、刘纲纪主编《中国美学史》"绪论"所述："美学与文艺理论或诗学是两门不同的学科，它们有着相互联系又相互区别的研究对象。美学的研究对象是客观（包括自然和社会）的美的本质，人对客观世界的美的把握，即审美意识（中心是审美心理）"；而文艺理论或诗学的研究，"主要对象经常是详细考察各种艺术作品的具体构成规律，如艺术的内容、题材、形式、体裁、技法、技巧、风格、流派，及其在历史上产生、演变和发展的具体过程，等等。所有这些都是艺术史和艺术理论必须详加探讨，而美学不必深究的。虽然美学对此也要力求有较多、较细的了解，但最终目的是为了研究审美意识活动的特征、美的规律诸问题，以及从整个人类历史发展的宽广视野中去观察审美意识发展的诸形态，阐明它的内在规律，等等"。[①]

通过上述文字可知，"美学"侧重于抽象的哲学思考与主观心理学鉴赏；而"诗学"则落脚于客观的艺术作品的发生、形成、发展历史的审视与具体技术的考察。相比之下，前者为形而上之宏观把握，后者则为形而下之微观审视。只有二者相辅相成，方可能解析清楚中外文学艺术家的文化精神与文艺作品产生之奥秘。

但是遗憾的是，在中国古代，艺术美学既没有真正从哲学中，

---

① 李泽厚、刘纲纪主编：《中国美学史》（第一卷），第6页。

也没有从文艺理论批评中明确分化出来。诸如传统诗学经常涉及的"赋"、"比"、"兴"、"风"、"神"、"气"、"骨"、"韵"、"意"、"味"、"境"等较为抽象模糊,勉强归属于中国美学的基本概念范畴。故此,我们只有将美学与诗学紧密地联系在一起,以历史为经,以现实为纬,科学、客观、真实地对自先秦至明清时期的中国传统文学理论进行全面的梳理与论证。

先秦时期是中国美学思想产生和形成的重要时期,此时美学对后世影响最大的是儒家和道家学说。儒家美学以孔子为奠基人,后经过孟子、荀子不断地深化、丰富与发展。儒家美学的中心是反复论述美和善的一致性,追求美与善的高度统一,重视审美与艺术陶冶与和谐,以提高人们伦理道德与感情心理功能。

道家美学学说竭力将审美同超功利的人生态度紧密联系在一起,把超越外在必然性而取得自由看作达到美的根本所在。道家努力摆脱外物的奴役,强调自然无为,在精神上获得绝对自由的状态。道家较之儒家,对审美与民族文学艺术的特征有着更深刻的理解。

汉代著名文学家司马迁则继承与发扬了屈原的美学思想,卓然独立,自成一格,突破了儒家"怨而不怒"的传统观念。表现出一种强烈的反抗性、批判性和来自传统文化的古代浪漫主义精神,显得博大雄浑、气势磅礴,充满了对社会外部世界予以征服的强大信心与力量。

创造了"无韵之离骚",充满逆叛精神,书写汪洋恣肆、叱咤风云史文的司马太史公,继承了"作诗言志"的儒学传统。同时他又以放浪形骸、不拘一格的道家风格予以大刀阔斧的改造,以形成特有的中华民族诗学精神,将中国诗文中的叙事性、抒情性与戏剧性风格熔铸于不朽的巨著《史记》之中。

司马迁在《太史公自序》中举凡"屈原放逐,乃赋《离骚》,左丘失明,厥有《国语》"等"发愤之所为作"的感人史实:

> 夫《诗》、《书》隐约者,欲遂其志之思也。昔西伯拘羑里,演《周易》;孔子厄陈、蔡,作《春秋》;屈原放逐,著《离骚》;左丘失明,厥有《国语》;孙子膑脚,而论兵法;不韦迁蜀,世传《吕览》;韩非囚秦,《说难》、《孤愤》;《诗》三百篇,大抵贤圣发愤之所为作也。此人皆意有所郁结,不得通其道也,故述往事,思来者。

司马迁在《报任少卿书》中重述上面一席话,并在"述往事,思来者"之后,添加了"乃如左丘无目,孙子断足,终不可用,退而论书策,以舒其愤,思垂空文以自见"等感言,抒发了他对前贤哲人忍辱负重、发愤著书之伟大人格的由衷钦慕,表现了对屈原的楚骚诗学精神的竭力弘扬。"从《史记》的艺术成就来看,它在屈原的《离骚》、司马相如的赋之后,展现了一种新的美的境界,即强烈地表现了中国古代英雄主义的精神和理想。《项羽本纪》、《高祖本纪》、《陈涉世家》、《廉颇蔺相如列传》、《刺客列传》、《淮阴侯列传》、《田儋列传》、《李将军列传》、《游侠列传》等,便是很有代表性的篇章。《史记》在艺术上无疑继承了司马迁所赞赏的庄子的'洸洋自恣'的文风,也继承了《离骚》的那种自由驰骋、离奇变幻、不可方物的高度技巧,给予后世的所谓古文以巨大影响。而在刻画个性鲜明的人物,表现深刻的戏剧性冲突这一方面,《史记》成为后世的戏曲、小说文学的渊薮。"①

魏晋南北朝是中国历史上群雄割据、社会动荡、文化大融合的历史时期。也正是因为这种诸国林立、四分五裂的特殊局势，才造就了无数乱世英雄、盖世文豪与不同凡响的诗学论著。诸如曹丕的《典论》，陆机的《文赋》，沈约的《四声谱》，萧统的《文选》，葛洪的《抱朴子》、《西京杂记》，刘勰的《文心雕龙》，钟嵘的《诗品》，裴子野的《雕虫论》等。

在南北各朝代，不可多得的又出现了春秋战国时期"百家争鸣"的繁盛学术格局。无拘无束的文人骚客自由自在地审视与评判着古往今来的文坛诗风，相继涌现出许多诗学著述，这是历朝鲜见的文化盛景。王国维先生在其名著《宋元戏曲考》"序"中论述："凡一代有一代之文学：楚之骚，汉之赋，六代之骈语，唐之诗，宋之词，元之曲，皆所谓一代之文学，而后世莫能继焉者也。"自先秦时期的《诗经》、楚辞到汉赋、乐府，诗歌之四言、五言体与长短句，亦随着时代的变更而发展，新兴的诗学与文艺理论自然会真实地辨析与记载各种文体变迁之历程。

20世纪初，云南大学中文系主任刘尧民教授撰写的一部诗学论著《词与音乐》。他在"诗歌之进化与词之产生"一章中，探析古代民族诗词演化规律时颇有见地地指出："自从汉魏时代的乐府起，诗歌是循着一种趋向走，经过了一个长时期进程，到了唐末五代时，产生了这种长短句的词，才算完成了这个趋向，结束了中古以来诗歌的总账，而开近古代诗歌的新纪元。"为此，刘尧民还特别征引清代冯金伯辑《词苑萃编·体制》中一段论述古代诗歌

---

① 李泽厚、刘纲纪主编：《中国美学史》（第一卷），第513—514页。

文体与时俱进之史实：

> 古诗者，《风》之遗，乐府者，《雅》之遗。苏李变而为黄初，建安变而为选体，流至齐梁及唐之近体而古诗亡。《乐府》变为吴趋越艳，杂以《捉搦》、《企喻》、《子夜》，读曲之属。以下逮于词焉，而乐府亦衰。

显而易见，古诗体因为民间乐府诗的融入而出现各种变体。如在魏晋南北朝中外各民族大迁徙、各种文化大融合的前提下，异族胡文学之诗文必然会对中原传统诗歌产生影响。一代有一代之诗文，也同样有一代之诗学理论。

三国魏建立者魏文帝曹丕在《典论·论文》中，曾对当时各种文体做了简洁的分类与界定："夫文本同而末异，盖奏议宜雅，书论宜理，铭诔尚实，诗赋欲丽。此四科不同，故能之者偏也。唯通才能备其体。"他继东汉刘歆《诗赋略》三种文体"诗、赋、歌谣"，班固《汉书·艺文志》"序诗赋为五种"之后，富有创见地提出"雅、理、实、丽"四科，以及八种文体"奏、议、书、论、铭、诔、诗、赋"，并且反复强调"诗赋欲丽"之美学特征。

对此独到论证，鲁迅先生在《魏晋风度及文章与药及酒之关系》一文中格外关注，并评说，"诗赋不必寓教训"，他反对当时一些寓训勉于诗赋的迂腐见解。用近现代的文学眼光来看，曹丕的时代可说是一个"文学的自觉时代"，创立了一个为艺术而艺术的学派。

西晋文学评论家陆机，更是重视诗文的分类与美学风格。他在《文赋》开篇以神来之笔描述著文时的特殊心理与目的："余每观才士之所作，窃有以得其用心。夫放言遣辞，良多变矣。妍蚩好恶，可得而言。每自属文，尤见其情。恒患意不称物，文不逮意。盖非知之难，能之难也。故作《文赋》，以述先士之盛藻。因论作文之利害所由，佗日殆可谓曲尽其妙。"他还颇动情感地描绘："伫中区以玄览，颐情志于典坟。""游文章之林府，嘉丽藻之彬彬，慨投篇而援笔，聊宣之乎斯文。"

陆机睿智地认为"体有万殊，物无一量。纷纭挥霍，形难为状"，在历来诗文体例不甚规范的情况下，他将其划分为十种文体，并提出较之曹丕"诗赋欲丽"更为完备的"诗缘情而绮靡"的诗学理论："赋体物而浏亮，碑披文以相质，诔缠绵而凄怆，铭博约而温润，箴顿挫而清壮，颂优游以彬蔚，论精微而朗畅，奏平彻以闲雅，说炜晔而谲诳。虽区分之在兹，亦禁邪而制放。要辞达而理举，故无取乎冗长。""诗缘情"，此学说在中国传统诗学中举足轻重，是因为此理论逆叛于儒家传统的"诗言志"，既对立又互相补充，从而道出中华民族诗歌的真正艺术特质。陆机认为诗歌在内容上应当充分抒发作者的情感，在表现形式上则要绮丽精美、赏心悦目。

陆机在《文赋》中还有一段为后人争相传抄与吟诵的名言佳句，更能诠释"诗缘情"之深刻内涵：

其始也，皆收视反听，耽思傍讯，精骛八极，心游万仞。其致也，情曈昽而弥鲜，物昭晰而互进。倾群言之沥液，漱六艺之芳润。浮天渊以安流，濯下泉而潜浸。于是沈辞怫悦，若游鱼衔钩，而出重渊之深。浮藻联翩，若翰鸟缨缴，而坠曾云之峻。收百世之阙文，采千载之遗韵。谢朝华于已披，启夕秀于未振。观古今于须臾,抚四海于一瞬。

据此名篇文辞所述,当诗文作者登高望远、全神贯注、潜心创作、文思泉涌之时,脑海中的意象,会由暗至明,逐渐清晰,纷至沓来,以"收百世之阙文,采千载之遗韵"。经史子集百家的精华,争相前来供其采撷派遣。"来不可遏,去不可止"的突发灵感,驱使文笔如流水,滔滔奔放,"文采盛于目,音韵溢于耳"。锦绣文章与诗篇顷刻即来,一蹴而就。尚待"选义按部,考辞就班",合盘托于人之前,"伊兹事之可乐,固圣贤之所欲",这该是多么令人心旷神怡的美学意境!

南朝梁著名学者家刘勰博闻强记、才艺出众,精通儒佛道诸学,堪称文艺理论大家。他"齿在逾立,则尝夜梦执丹漆之礼器,随仲尼而南行,旦而寤,乃怡然而喜"。经数年笔耕,终得撰著体大思精之诗学巨著《文心雕龙》。在此书"序志"中,他谈论到应遵循的行文原则:"本乎道,师乎圣,体乎经,酌乎纬,变乎《骚》,文之枢纽,亦云极矣。若乃论文叙笔,则囿别区分,原始以表末,释名以章义,选文以定篇,敷理以举统,上篇以上,纲领明矣。"

《文心雕龙》中尤多借鉴先秦屈原的骚体美文。为此,刘勰还特设"辨骚"一章,对其诗学成就予以极高评价:

自《风》、《雅》寝声,莫或抽绪,奇文郁起,其《离骚》哉!固已轩翥《诗》人之后,奋飞辞家之前,岂去圣之未远,而楚人之多才乎?……赞曰:不有屈原,岂见《离骚》?惊才风逸,壮志烟高。山川无极,情理实劳。金相玉式,艳溢锱毫。

刘勰在论述屈原的诗作成就时写道:"故《骚经》、《九章》,朗丽以哀志;《九歌》、《九辩》,绮靡以伤情;《远游》、《天问》,瑰诡而惠巧;《招魂》、《招隐》,耀艳而深华;《卜居》标放言之致;《渔父》寄独往之才。故能气往轹古,辞来切今,惊采绝艳,难与并能矣。"从中国传统诗文中来审视,屈原所创立的楚骚文体确实"文辞丽雅,为辞赋之宗",不仅"取熔经意",而且还"自铸伟辞",卓然矗立于华夏民族文学峰巅。

在"明诗"、"乐府"、"通变"、"时序"四章中,刘勰对中国传统的四言诗、五言诗的称谓、沿革与有关文体的发展演变,以及风格特色做过一系列行之有理、言之有据的精彩考述。据陈良运先生归纳研究后阐述:"刘勰关于诗歌文体变化的三个动因:(一)政治盛、衰与社会治、乱,是变化的根本原因;(二)受时代变化的影响,诗人自身的思想感情发生变化而直接引起诗歌文体特征、风格发生变化;(三)诗人在艺术上追求创新标异,致使个人创作风格和文体发生新变,其杰出者给一代文学产生巨大的影响。"[①]

自先秦《诗经》至魏晋南北朝之诗歌文体,基本都是四言诗,如"明诗"一章所云:"汉初四言,韦孟首唱,匡谏之义,继轨周人。"汉成帝所辑朝野诗歌数百首,"朝章国采,亦云周备,而辞人遗翰,莫见五言"。相传李陵与苏武相赠互答的五言诗,以及班婕妤所作五言《怨诗》,已被颜延年《庭诰》疑为伪作。不过"按

---

① 陈良运:《中国诗学批评史》,第122页。

《召南·行露》,始肇半章;孺子《沧浪》,亦有全曲",另有"其《孤竹》一篇,则傅毅之词","实五言之冠冕也"。到了"建安之初,五言腾踊。文帝、陈思,纵辔以骋节"。至"晋世群才,稍入轻绮。张、潘、左、陆,比肩诗衢"。总览历代诗坛可知:"若夫四言正体,则雅润为本;五言流调,则清丽居宗;华实异用,惟才所安。"另外,"至于三六杂言,则出自篇什;离合之发,则明于图谶;回文所兴,则道原为始;联句共韵,则《柏梁》余制;巨细或殊,情理同致,总归诗囿"。由此可知其三言、四言、五言、六言、杂言诗体并非一成不变,而是随社会发展与诗坛所需应运而生。

各种文体的诗歌经民族民间音乐的浸润,又逐渐向传统曲艺与戏曲文体过渡,此历史发展轨迹可从"乐府"一章窥探其轨迹:"乐府者,声依永,律和声也。""故知诗为乐心,声为乐体。""凡乐辞曰诗,诗声曰歌。"

原本先秦《诗经》与《楚辞》都是倚声填词、依乐谱歌所集大成者。至汉乐府,"延年以曼声协律,朱马以《骚》体制歌"。到了晋代,则"傅玄晓音,创定雅歌,以咏祖宗;张华新篇,亦充庭万;然杜夔调律,音奏舒雅;荀勖改悬,声节哀急"。但是乐府古诗进入宫廷后日渐繁华奢靡,从而造成"声来被辞,辞繁难节"的僵硬古板之窘况。

《文心雕龙》的基本宗旨是指导诗文创作之技艺,故在对民族文学作品的构思想象、谋篇布局,以及遣词造句、修辞技法方面有诸多精辟深入的见解。特别是"神思"一章对"文之思"技法才情的描述绘声绘色:

> 文之思也，其神远矣！故寂然凝虑，思接千载，悄焉动容，视通万里；吟咏之间，吐纳珠玉之声；眉睫之前，卷舒风云之色：其思理之致乎？故思理为妙，神与物游……夫神思方运，万涂竞萌，规矩虚位，刻镂无形。登山则情满于山，观海则意溢于海。我才之多少，将与风云而并驱矣。

刘勰与《文心雕龙》在中国传统诗学史上占据着承上启下、继往开来的重要位置。正如其书译注者赵仲邑先生所赞誉："刘勰，是我国文学史上最伟大的文学理论家和批评家，也是著名的骈文作家。他的文学理论巨著《文心雕龙》，体大思精。其成就是杰出的、空前的，是举世公认的。它是我国文学理论遗产的瑰宝，对于我们现在从事于文学创作、文艺批评，以及建立社会主义的文艺理论体系都有重要的参考价值。对于研究由上古至南齐以前我国文学的发展，更是不可缺少的依据。"[1]

论及贡献，在中国古代文学文体分类上，刘勰在《文心雕龙》中对诸如骚、诗、乐府、赋、颂、赞、祝、盟、铭、箴、诔、碑、哀、吊、杂文、谐、隐、史、传、诸子、论、说、诏、策、檄、移、封禅、章、表、奏、启、议、对、书、记共35种文体的确立，对后世文艺理论研究产生深刻而长远的影响。

对中国传统文艺理论做出重要贡献的南朝梁文学家钟嵘，撰写了一部纯文学意义上的诗学专著《诗品》，此书与《文心雕龙》的学术价值，可参见萧华荣先生的论述："从主导倾向来看，如果说《文心雕龙》基本上是一部文学理论专著，则《诗品》基本

---

[1] 赵仲邑译注：《文心雕龙译注》，漓江出版社1982年版，第1页。

是一部文学批评专著。它致力于对作家作品的评论、分析、评价，探讨其风格流派，揭示其艺术特色，比较其优劣高下。"刘勰曾将"传统的四言形式奉为正宗，把起自民间的五言视为别调。钟嵘一反习见，肯定和称赞了五言诗这种新形式。……《诗品》评论了汉魏至齐梁的一百二十多位五言诗人，分置于上、中、下三卷中"。① 继而他又将其分为"上品"、"中品"与"下品"三大类，此种文体分类法对后世民族文学理论影响甚大。

《诗品》原名《诗评》，年代迤久而讹传为此名。但是后世已约定俗成，无关宏旨。清代学者章学诚对钟嵘的诗学名著《诗品》非常推崇，他在《文史通义·诗话》中给予很高的评价：

《诗品》之于论诗，视《文心雕龙》之于论文，皆专门名家，勒为成书之初祖也。《文心》体大而虑周，《诗品》思深而意远；盖《文心》笼罩群言，而《诗品》深从文艺溯流别也。论诗论文，而知溯流别，则可以探源经籍，而进窥天地之纯，古人之大体矣。此意非后世诗家流派所能喻也。

按照中国传统儒学的"诗言志"观点，诗歌的产生与传播，都与历代"政教风化"有关系，然而钟嵘认为，诗的审美本质是"抒情"，可谓独辟蹊径。他在《诗品·序》中开明宗义："气之动物，物之感人，故摇荡性情，形诸舞咏。照烛三才，晖丽万有；灵祇待之以致飨，幽微藉之以昭告；动天地，感鬼神，莫近于诗。"倡导以真情实感"动天地，感鬼神"，在他心目中，世上还

---

① （南朝梁）钟嵘：《诗品》，中州古籍出版社1985年版，第4页。

有什么传统文体能胜过诗歌呢？

诗歌之艺术魅力来自何处呢？毋庸置疑，还是要从先秦《诗经》与《离骚》时期所拥有的"赋、比、兴"中寻觅答案。《诗品·序》曰："故诗有三义焉：一曰兴，二曰比，三曰赋。文已尽而意有余，兴也；因物喻志，比也；直书其事，寓言写物，赋也。宏斯三义，酌而用之，干之以风力，润之以丹采。使味之者无极，闻之者动心，是诗之至也。"①

《诗大序》中把"风、雅、颂、赋、比、兴"作为诗之"六义"，"风、雅、颂"是诗之体，"赋、比、兴"是诗之用。随着民族民间诗歌进入宫廷而僵化在四言诗中，此种艺术手法日渐衰落，于汉魏两晋时期给诗坛带来新的活力的是五言诗的兴起。钟嵘曰："夫四言文约意广，取效《风》、《骚》，便可多得。每苦文繁而意少，故世罕习焉。五言居文辞之要，是众作之有滋味者也，故云会于流俗。岂不以指事造形，穷情写物，最为详切者耶？"②

在此段振聋发聩的文字中，钟嵘首次提出诗歌要旨应为"有滋味者"，此实为艺术美学中的美感特征与效应。他在评论阮籍的上品诗作《咏怀诗》时指出："其源出于《小雅》。无雕虫之功，而《咏怀》之作，可以陶性灵，发幽思。言在耳目之内，情寄八荒之表，洋洋乎会于《风》、《雅》，使人忘其鄙近，自致远大。颇多感慨之词。厥旨渊放，归趣难求。"③经比较对照与研究，"滋味"美感与后世民族文艺理论家所推崇的"言已尽而意无穷"的"味外之旨"、"韵外之致"的神韵况味确实一脉相承。

---

① 转引自章学诚：《文史通义·诗话》。
② （南朝梁）钟嵘：《诗品·序》。
③ （南朝梁）钟嵘：《诗品·晋步兵阮籍》。

第二节　隋唐诗学理论及文学的变异

隋代结束了天下诸侯争雄、金瓯散碎的残破景象，各民族和睦相处，日益走向团结与亲和。自唐朝建立以后，社会安定，生产发展，国家出现众望所归的盛世局面。由于隋唐帝王多爱好诗文，并以诗赋取士，促使诗歌创作广泛普及、诗坛空前繁盛。此阶段，文坛诗界对诗赋的声韵、格律的研究也日渐活跃。

然而在大唐伊始，诗风沿袭南朝之余绪，趋于浮靡、华艳、空虚的现象，引起朝廷名相魏征的不满。他在《隋书·文学传序》中直率秉言，大力鞭挞奚及唐代诗坛的梁代淫丽诗风："其意浅而繁，其文匿而彩，词尚轻险，情多哀思，格以延陵之听，盖亦亡国之音乎。""初唐四杰"之一杨炯在《王勃集序》一书中亦呼吁：诗坛志士应奋起"思革其弊，用光志业"，以求"长风一振，众萌自偃……积年绮碎，一朝清廓"。从而引发了旷日持久的一浪高于一浪的"诗学革命"。

真正使唐诗风气为之一变的是"雅有相如、子云之风骨"、敢于正视六朝至唐五百年诗歌之柔靡颓势、竭力标举汉魏风骨的唐代诗歌革新先驱陈子昂。他的诗学主张集中反映在《与东方左史虬修竹篇序》之评述：

> 东方公足下：文章道弊五百年矣。汉、魏风骨，晋、宋莫传，然而文献有可征者。仆尝暇时观齐、梁间诗，彩丽竞繁，而兴寄都绝，每以永叹。思古人，常恐逶迤颓靡，风雅不作，以耿耿也。一昨于解三处，见明公《咏孤桐篇》，骨气端翔，音情顿挫，光英朗练，有金石声。遂用，洗心饰视，发挥

幽郁。不图正始之音，复睹于兹，可使建安作者相视而笑。

盛唐诗人李白对陈子昂格外尊慕，对其革故鼎新的主张甚为拥戴。在《古风·其二》中以诗迎奉呼应：

> 大雅久不作，吾衰竟谁陈。
> 王风委蔓草，战国多荆榛。
> 龙虎相啖食，兵戈逮狂秦。
> 正声何微茫，哀怨起骚人。
> 扬马激颓波，开流荡无垠。
> 废兴虽万变，宪章亦已沦。
> 自从建安来，绮丽不足珍。
> 圣代复元古，垂衣贵清真。
> 群才属休明，乘运共跃鳞。
> 文质相炳焕，众星罗秋旻。
> 我志在删述，垂辉映千春。
> 希圣如有立，绝笔于获麟。

由此诗作可知，李白所推崇的是上至《诗经》、《楚骚》，下至"汉魏乐府"、"建安风骨"的浩然正气，并将其诗风与仙山神谷、秘籍经典相比肩，以期登高一呼，一扫天下靡华诗歌之浮尘。

使唐诗走向鼎盛的是杜甫、元结、韩愈、柳宗元、元稹、白居易等著名诗人，特别是建立"新乐府"的中唐著名诗人白居易。他在《与元九书》中竭力提倡现实主义诗学原则，得到社会广泛欢迎。陈良运先生在《中国诗学批评史》第十章中将其分为三方面:"第一,'人之文,六经首之。就六经言,诗又首之。'将诗提高到'人文'首中之首的崇高地位。""第二,现实主义诗学的创作原则是:'文章合为时而著,歌诗合为事而作。'在端正了诗的情感本位之后,'为时'、'为事'自然是'合'于'圣人感人心'之道,将诗作为治国理政活动的补助手段。""第三,现实主义诗学的美学原则是'系于意,不系于文',即反对所谓'空文',即提倡'根情、苗言、华声、实义'之诗文意义使然。"①白居易将上述美学原则体现于诗文创作和《与元九书》之中:

> 自拾遗来,凡所遇感,关于美刺兴比者;又自武德至元和,因事立题,题为《新乐府》者。共一百五十首,谓之"讽谕诗"。又或退公独处,或移病闲居,知足保和,吟玩情性者一百首,谓之"闲适诗"。又有事物牵于外,情理动于内,随感遇而形于叹咏者一百首,谓之"感伤诗"。又有五言、七言、长句、绝句,自一百韵至两百韵者,四百余首,谓之"杂律诗"。凡为十五卷,约八百首。

在上述"讽谕诗"、"闲适诗"、"感伤诗"、"杂律诗"四大类诗作之中,白居易较为看重的还是叙事性与故事性较强、篇幅较长的"杂律诗"。他曾在《编集拙诗成十五卷因题卷末戏赠元九李二十》诗中自誉:"一篇《长恨》有风情,十首《秦吟》近正声。每被老元偷格律,苦教短李伏歌行。"另外他还创作出流传甚广的《琵琶行》、《长恨歌》等长篇诗作,在时隔千年之后继承屈原楚骚

---

① 陈良运:《中国诗学批评史》,第263—265页。

诗学传统，成为现实主义与浪漫主义风格，以及叙事诗与抒情诗体相结合的"新乐府"长诗佳作，既为汉魏时期《木兰辞》、《孔雀东西飞》民间长诗之遗响，又是宋元时期"董西厢"、"王西厢"等诸宫调、民间古典戏曲之先声。随着唐代格律诗的盛行，对构成律诗形式的重要因素如对偶、格律及律诗篇章结构、艺术风格的研究，曾引起历代文艺理论家浓厚的兴趣。8世纪中叶，出现一位精通音律的僧人学者皎然，他借用佛学理论为中国民族传统诗学输入一系列新鲜学术用语。

唐诗僧皎然著有《皎然集》十卷，其论诗之作，今传有《诗式》、《诗仪》、《诗评》三种。在《诗式》中他睿智地提出用"取境"来概括诗歌创作的艺术规律，实高人一筹。据佛家义理所指，将人之眼、耳、鼻、舌、身，意之"六根"所缘取之对象，称作"六境"；后投注于人的感官与思维化为"境界"，另外又高屋建瓴地提出"取境"与"造境"之诗学理论，已触及中华民族诗歌美学本质：

> 诗不假修饰，任其丑朴。但风韵正，天真全，即名上等。予曰：不然，无盐阙容而有德，曷若文王大姒有容而有德乎？又云：不要苦思，苦思则丧自然之质。此亦不然。夫不入虎穴，焉得虎子？取境之时，须至难、至险，始见奇句。成篇之后，观其气貌，有似等闲，不思而得，此高手也。有时意静神王，佳句纵横，若不可遏，宛若神助。不然，盖由先积精思，因神王而得乎？①

---

① （唐）皎然：《诗式·取境》。

皎然于《奉应颜尚书真卿观玄真子置酒张乐舞破阵画洞庭三山歌》中,又提出与"取境"相对应的"造境"之说:"尺波澶漫意无涯,片岭崚嶒势将倒。盰睐方知造境难,象忘神遇非笔端!"更是将中华民族文学艺术理论再度深化。

据王国维先生解析,皎然的"境界"理论,其"写境"属于"写实",而"造境"属于"理想",二者融为一体,则道出了创诗作文之艺术美学奥秘。

另据皎然在《诗式》所言,诗与"造境"密切相关。所谓"夫诗人之思初发,取境偏高,则一首举体便高;取境偏逸,则一首举体便逸"。又云:"一字之下,风律外彰,体德内蕴。如车之有毂,众辐归焉。"其"辨体有一十九字",如下所述:

> 高:风韵朗畅曰高;逸:体格闲放曰逸;贞:放词正直曰贞;忠:临危不变曰忠;节:持节不改曰节;志:立性不改曰志;气:风情耿介曰气;情:缘境不尽曰情;思:气多含蓄曰思;德:词温而正曰德;诫:检束防闲曰诫;闲:情性疏野曰闲;达:心迹旷诞曰达;悲:伤甚曰悲;怨:词调凄切曰怨;意:立言盘泊曰意;力:体裁劲健曰力;静:非如松风不动,林狖未鸣,乃谓意中之静;远:非谓渺渺望水,杳杳看山,乃谓意中之远。

对《诗式》所述"高、逸、贞、忠、节、志、气、情、思、德、诫、闲、达、悲、怨、意、力、静、远"之诗学范式,皎然论及其风格与渊源:"其一十九字,括文章德体风味尽矣,如《易》之有象辞焉。"

另外结合《诗式·诗有七德》所述"一识理,二高古,三典丽,四风流,五精神,六质干,七体裁",可知皎然倡导诗歌之艺术形式与内容。此种文体分类对后世司空图的《二十四诗品》有着直接的影响。

"安史之乱"以后,唐朝日薄西山,元气大伤。诗人对现实不满,诗歌创作日渐消沉,文人学者也退隐到大自然与宗教世界中,司空图寻觅答案所撰写的古代文艺理论《二十四诗品》就是这个特殊时期的产物。

辞官归乡的司空图效法东晋陶渊明,长期隐居于中条山王官谷,全身心地沉醉于自然诗作的纯美境界之中。他触景生情,低吟浅唱,饮酒作诗,自得其乐,其结果即以玄妙"道心"体悟出"雄浑、冲淡、纤秾、沉着、高古、典雅、洗练、劲健、绮丽、自然、含蓄、豪放、精神、缜密、疏野、清奇、委曲、实境、悲慨、形容、超诣、飘逸、旷达、流动"等二十四诗品或诗格。他所涉猎的诗歌每品格均以十二句四言韵语加以描述与评述。

"解铃还得系铃人",对司空图的诗学名著《二十四诗品》的解读,还需通过他的《与李生论诗书》一文道其妙旨:

> 文之难,而诗之难尤难。古今之喻多矣!而愚以为辨于味,而后可以言诗也。江岭之南,凡足资于适口者,若醯,非不酸也,止于酸而已;若鹾,非不咸也,止于咸而已。华之人以充饥,而遽辍者,知其咸酸之外,醇美者有所乏耳。彼江岭之人,习之而不辨也,宜哉!诗贯六义,则讽谕、抑扬、渟蓄、温雅,皆在其间矣。然直致所得,以格自奇。前辈诸集,亦不专工于此,矧其下者耶!王右丞、韦苏州澄澹精致,格在

其中，岂妨于遒举哉？贾浪仙诚有警句，视其全篇，意思殊馁。大抵附于蹇涩，方可致才，亦为体之不备也。矧其下者哉！噫！近而不浮，远而不尽，然后可言韵外之致耳。……盖绝句之作，本于诣极。此外千变万状，不知所以神而自神也，岂容易哉？今足下之诗，时辈固有难色，倘复以全美为工，即知味外之旨矣。①

赏读这封书信后，可知司空图撰写《二十四诗品》是为了"辨于味"，以及追求"韵外之致"和"味外之旨"，是为了寻觅诗歌的特殊韵味与美学价值。他在《与极浦书》中还提到："象外之象，景外之景，岂容易可谭哉？"这些都是中国传统诗学、词学、剧学中苦苦追寻的重要美学概念。

关于《二十四诗品》的布局结构，后代诗家甚感兴趣。如北宋著名诗人苏轼在《书黄子思诗集后》中认为，此为随意编排之作："盖自列其诗之有得于文字之表者二十中韵。"今人杨振纲《诗品解》却认定为精心结构而成的完整体系，并举例破解何以雄浑、冲淡、纤秾等为序列："雄浑矣，又恐雄过于猛，浑流为浊。惟猛惟浊，诗之弃也。故进之以冲淡。"而"冲淡矣，又恐绝无色彩，流入枯槁一路，则冲而漠，淡而厌矣，何以夺人心目？故进之以纤秾"。

细加审读，我们发现，《二十四诗品》之排列实导源于《易经》六十四卦之顺序，上下贯串，浑然一体。许印芳《二十四诗品跋》认为，司空图二十四诗品中可分为上、下两大部分，一半

---

① 《司空表圣文集》，四部丛刊影印旧钞本。

是诗之"品格",一半是"诗家功用"。其"诗兴所发,不外哀乐两端,或抽'悲慨'之幽思,或骋'旷达'之远怀,伫兴而言,无容作伪。"故此而"会通其义,究厥终始"。

论及《二十四诗品》的传统诗学功能,据赵永纪先生在《诗学要义》中阐述:"曹丕、陆机、刘勰等人对风格的论述,都是把诗作为一种文体放在文中而论,并没有把诗的特殊性突出出来。皎然论诗有一十九体,是专论诗了,但其解释太过简略,而且有不少是只涉及某一风格因素,并不是风格本身。司空图对诗的风格的分辨要细致得多了,阐释也更详尽,更深入。司空图以生动的形象来描绘诗境,阐说诗的风格体貌,有着抽象议论所不可比拟的长处。"[①] 陈良运先生对此诗学论著高度褒奖:

>《诗品》是一部真正的艺术哲学经典之作,对于文学艺术审美创造、审美接收方面的独特贡献,在世界范围的美学史上,都是值得大书特书的。[②]

随着唐王朝的结束,封建社会期间,中华民族的太平盛世与诗歌鼎盛局面再也没有出现。大唐太阳的陨落,两宋星月的反射,无奈一代诗风拂过,取而代之的是中原朝廷的词调短令与民间戏曲、小说的流行。尽管在结束契丹、女真与蒙古等少数民族的统治政权之后,明朝中叶由李梦阳、何景明等前七子倡导"文必秦汉,诗必盛唐",号召文坛一扫矫情迎奉的"台阁体诗",以及宋

---

① 转引自乔力主编:《中国文化经典要义全书》,第184页。
② 陈良运:《中国诗学批评史》,第296页。

明理学味同嚼蜡的"性气诗",但仍无法改变中国传统民族文学转型发展的轨迹。

追溯历史,凡事发展都有"盛极即衰"的客观规律。闻一多先生在《说唐诗》中对唐诗不可重复与超越的神话早有认证。他说,因为唐诗的辉煌成就,故称"诗的唐朝",或"唐诗是中国诗歌黄金时代的诗"。"一般人爱说唐诗,我都要讲'诗唐',诗唐者,诗的唐朝也。懂得了诗的唐朝,才能欣赏唐朝的诗。所谓诗的唐朝,理由是:(一)好诗多在唐朝;(二)诗的形式和内容的变化到唐朝达到了极点;(三)唐诗的体裁不仅是一代人的风格,实包括古今中外的各种诗体;(四)唐诗分枝出后来新的散文和小说等文体"①,同样也分枝出来宋代的"宋词"与元代的"元曲"以及明清的"章回小说"与地方曲艺与戏曲。

虽然汉唐诗词歌赋与韵体散文逐渐消失了,但是记载其兴衰荣枯的诗学著述却层出不穷。另外,则是大有取而代之之势的词学、曲学、剧学风云而至,逐渐形成蔚为大观之势。再有,在朝野民间蔓延着一股轻理论、重实用,为享受生活乐趣的随意性的笔记散文小说、戏曲写作风气。在此基础之上,自然产生了一些相关的评析性简文断章,经集腋成裘后,自成体系。

第三节 宋元时期词学与音乐的关系

如前所述,有人称"词为诗余"、"曲为词余",从表面看有些

---

① 郑临川:《闻一多论古典文学》,重庆出版社1984年版,第82页。

贬低后继文体之嫌。但是事因总有前后之分，常常是首尾相衔，后来者居上。在宋代，"唐诗"日渐衰落，可是取而代之，坐上文坛头把交椅的"宋词"却以它的独特的节奏、韵律与情致而名彪千古。唐宋时代，词原本是一种与音乐文学相结合、可供吟唱的自娱性诗体。在民间被百姓庶民所套用"倚曲填词"，为新兴的讲唱文学与戏曲艺术注入无穷的活力。

关于词之形成的原因与学理，可参照唐代著名诗人元稹的《乐府古题序》论述："在音声者，因声以度词，审调以节唱。句度长短之数，声韵平上之差，莫不由之准度。"所谓古人为使诗更为动听，而求助于乐声，"以诗从乐"，"因声以度词"，遂成"长短之数"与"平上之差"。以乐与声之"审调"与"声韵"为准度，即将徒歌之诗改造成合乐之词。究"词"之本义，可借用清代词学家刘熙载《词概》之词学理论：

> 词则言出于声矣，故词，声学也。《说文解字》"词"曰："意内而言外也。"徐锴《通论》曰："音内而言外。在音之内，在言之外也。"故知词也者，言有尽而音意无穷也。

另据清代田同之著《西圃词话》一书论证词之内涵："'词'与'辞'通用。"又论："意生言，言生声，声生律，律生调，故曲生焉。"①

又据清代张德瀛《词徵》云："词"与"辞"通，亦作"词"。追寻《周易·孟氏章句》曰："意内而言外也。"《释文》沿

---

① 《词话丛编》（第五册），第479页。

袭此说。《说文系传》曰:"音内而言外也。《韵会》沿之。言发于意,意为之主,故曰'意内';言宣于音,音为之倡,故曰'音内',其旨同矣。"

从上述引文可知,古往今来所称之"词"字必与音律有染,必与音乐相辅相成。"词"原同于文辞,后附于诗歌,至唐宋时期,由宫廷乐工倚声填词,抑扬顿挫,长短不一,而成为可供演唱的独立文体,即"音内而言外"之词乐或词曲。

实际上在中国古代诗坛上早有词乐与词曲存世,但因为不是正统文体而被排挤在外。在一般文人眼中,此种形式充其量仅算"山歌俚曲"而已,只是到了"兼收并蓄,海纳百川"的唐宋时期,不论胡族"四夷"还是黎民百姓之民间乐舞、杂曲,以及诗与词被谱以乐曲都粉墨登场渐成为时尚。

论及汉魏乐府之四言、五言诗与长短句是如何演变成唐宋之词的,可从相关古代文献中获悉。如朱弁《曲洧旧闻》曰:"词起于唐人,而六代已滥觞矣,梁武帝有《江南弄》,陈后主有《玉树后庭花》,隋炀帝有《夜饮朝眠曲》。岂独五代之主:蜀之王衍、孟昶;南唐之李璟、李煜;吴越之钱俶;以工小词为能文哉?"胡仔《苕溪渔隐丛话》曰:"唐初歌辞多是五言诗或七言诗,初无长短句。自中叶以后至五代渐变成长短句,及本朝(宋)则尽为此体。"王世贞《艺苑卮言》曰:"词兴而乐府亡矣,曲兴而词亡矣,非乐府与词之亡,其调亡也。"

乐府长短句何以转化为词之文体,汪林《词综序》说得很清楚:"自古诗变为近体,而五七言绝句传于伶官乐部,长短句无所依,则不得不更为词。"他又指出:"自有诗而长短句即寓焉,《南风之操》、《五子之歌》是已。周之《颂》三十一篇,长短句居十八，汉《郊祀歌》十九篇，长短句居其五，至《短箫铙歌》十八篇，篇皆长短句，谓非词之源乎？"

刘尧民著《词与音乐》一书，根据上述历史文献总结词之渊源："可知从中古以来的诗歌是有三个系统：（一）古诗至近体诗的系统。（二）乐府诗的系统。（三）长短句诗歌的系统。"此类诗词艺术可归结为"一个系统，即是古诗以至于近体诗的系统，现在研究词的承继问题当然是承继近体诗了。它的蜕变的形式，即是古诗变为近体，近体变为词，词变为曲。古诗—近体—词—曲"。①

宋代涌现过许多关于诗学的著述，诸如欧阳修《六一诗话》、陈师道《后山诗话》、包恢《自识》、张戒《岁寒堂诗话》、姜夔《白石道人诗说》、严羽《沧浪诗话》、阮阅《诗总》、何汶《竹庄诗话》等，他们虽然在论证诗歌，但同时也涉及词曲创作，以讽风雅，以展文才。

南宋词人、音乐家姜夔工诗，词尤有名，且精通音乐、词重格律、音节谐和优美。他所著《白石道人歌曲》"自度曲"注有旁谱，琴曲《古怨》中注明指法，是现存的一部词和乐谱的合集。因姜夔兼文学艺术家于一身，故撰《白石道人诗说》甚为具体与实用。如他强调的创作原则为"守法度曰诗"，体现在诗、词、引、歌、风创建之中：

> 大凡诗，自有气象、体面、血脉、韵度。气象欲其浑厚，其失也俗；体面欲其宏大，其失也狂；血脉欲其贯穿，其失也露；韵度欲其飘逸，其失也轻。

---

① 刘尧民：《词与音乐》，云南人民出版社1982年版，第20页。

姜夔尤为讲求诗词的格律与韵味，提倡深究含蓄蕴藉的美学意境。他认为，"句中有余味，篇中有余篇"，只有高远隽永、令人回味无穷的作品，才称得上"善之善者"。在此基础上提出古典诗词要追求如下四种高妙：

　　诗有四种高妙：一曰理高妙，二曰意高妙，三曰想高妙，四曰自然高妙。

　　碍而实通，曰理高妙；出自意外，曰意高妙；写出幽微，如清潭见底，曰想高妙；非奇非怪，剥落文采，知其妙而不知其所以妙，曰自然高妙。

身为诗家、曲家、词家的姜夔，自擅其妙，有机地将诗、乐、歌、舞、艺融为一体，形成中华民族民间综合表演艺术之优势，并倡导独立创造，各具艺术韵风味，杜绝模仿，精思自得。他认为："一家之语，自有一家之风味。如乐之二十四调，各有韵声，乃是归宿处。模仿者语虽似之，韵亦无矣。鸡林其可欺哉！"姜夔反复强调诗词的个性："诗本无体，三百篇皆天籁自鸣。"这与同时代的爱国主义诗人陆游在《示子》诗中所云"诗为六艺一，岂用资狡狯？汝果欲学诗，工夫在诗外"，如出一辙，互为照应。姜夔还借题发挥苏轼的"言有尽而意无穷，天下之至言也"之文艺理论，并引申为"意不尽"与"词不尽"，在《白石道人诗说》中将诗学对接于日见成熟的词学原理：

　　一篇全在尾句，如截奔马。词意俱尽，如临水送将归是已；意尽词不尽，如抟扶摇是已。

> 词尽意不尽，剡溪归棹是已；词意俱不尽，温伯雪子是已。所谓词意俱尽者，急流中截后语，非谓词穷理尽者也。
>
> 所谓意尽词不尽者，意尽于未当尽处，则词可以不尽矣，非以长语益之者也。
>
> 至如词尽意不尽者，非遗意也，词中已仿佛可见矣。词意俱不尽者，不尽之中，固已深尽之矣。

《白石道人诗说》仅存三十余则，虽然篇幅不长，但包含着对诗学的高度提炼与总结，为后来的词学、曲学与剧说提供了宝贵的启示。据潘德舆《养一斋诗话》所赞咏："宋人诗话，《沧浪》及《岁寒堂》两种外，足以鼎立者殆惟《白石诗话》乎？其说极简极精、极平极远，此道中金绳宝筏也。"郭绍虞先生在《中国文学批评史》一书中高度评价其重要性，认为《白石道人诗说》是宋代诗论由"江西派"向严羽的《沧浪诗话》过渡与"转变之关键"。

南宋学者严羽以诗话的语录体形式闻名于世。他撰写的在中国文学批评史上有着重大影响的诗学专著《沧浪诗话》，全书分为《诗辨》、《诗体》、《诗法》、《诗评》、《考证》五篇。其诗论亦百般推崇盛唐，反对宋诗的散文化、概念化；强调"羚羊挂角，无迹可求"的旨趣；尤重视诗歌的艺术特点，以"以禅喻诗"为特色；力主"禅道惟在妙悟，诗道亦在妙悟"。《沧浪诗话》文学理念格外新颖，将其"妙悟"确立为学诗、作诗的基本思维与方法，后人深得启发。其作最为精彩之处为人们争相传抄的一段名言：

> 夫诗有别材，非关书也；诗有别趣，非关理也。然非多

读书，多穷理，则不能极其至。所谓不涉理路，不落言筌者，上也。诗者，吟咏情性也。盛唐诸人惟在兴趣，"羚羊挂角，无迹可求"。故其妙处透彻玲珑，不可凑泊，如空中之音，相中之色，水中之月，镜中之象。"言有尽而意无穷。"近代诸公乃作奇特，解会遂以文字为诗，以才学为诗，以议论为诗。夫岂不工？终非古人诗也。盖于一唱三叹之音有所歉焉。

上述文中所谓"诗有别材"、"诗有别趣"是因为诗之特殊文体与性质。严羽主张诗歌不能混同于散文，"以理入诗，吟咏情性"；"惟在兴趣"所至，如此才能书写出"一唱三叹之音"，"诗而入神"之作。以求"诗之极致有一，曰入神"之意境。

《沧浪诗话》中"羚羊挂角，无迹可求"名句妙言，据查，实来自《五灯会元》卷十三所云居道膺禅师之语："忽遇羚羊挂角，莫道踪迹，气息也无。"喻之诗意高妙、空灵。另如其文："空中之音，相中之色，水中之月，镜中之象"，恰似皎然所云："但见情性，不睹文学。"司空图亦评述："不著一字，尽得风流。"其字里行间均充满禅性与玄理。对此出神入化的四组禅语，陈良运先生在《中国诗学批评史》中由衷赞誉："比喻式地表述诗人的情思兴趣，超脱了具体事物的形声描写，使读者获得一种纯精神性的审美感受。读者'以心会心'而于文字之外观照诗人之'神'。'空中之音'已非喉腔之音，'相中之色'纯属自然之色，'水中之月'已非天上之月，'镜中之象'已非照镜者实体。一切生活中有形迹的东西都通过'妙悟'而转化为精神性兴象或意象，情境或意境。惟诗人能有此，不正是'夺天工'之神吗？不正是诗人主体之神能动作用所至吗？这超越一切形迹的'神'，非诗人自己之

'神'还能是什么呢?"①

《沧浪诗话》对外来佛教义理的借鉴,以及对诗学理论系统的深入阐述,为世人所瞩目,对后世产生广泛的影响。特别是对明代的前、后"七子派"即李梦阳、王世贞、康海、边贡、何景明等文人,以及"临安派"剧作家汤显祖的诗作与戏曲创作影响巨大。汤显祖的"临安四梦",即《牡丹亭》、《紫钗记》、《南柯记》、《邯郸记》,还有他的剧诗理论均折射着《沧浪诗话》之理性光辉。

翻阅史书典籍,词体文学形式实起于民间,晚唐五代才被文人广泛采用。西蜀南唐,词风尤盛,至宋朝,词得以进一步繁荣与发展。随之亦出现一些词论、词话类的著述,其中有诗人词家所作,也有文艺评论家所书。如宋代著名女词人李清照在《词论》中发表过如此惊世骇俗之语:

> 乐府声诗并著,最盛于唐。开元、天宝间,有李八郎者,能歌擅天下。……逮至本朝,礼乐文武大备,又涵养百余年。始有柳屯田永者,变旧声,作新声,出《乐章集》,大得声称于世,虽协音律,而词语尘下。又有张子野、宋子京兄弟、沈唐、元绛、晁次膺辈继出,虽时时有妙语,而破碎何足名家!至晏元献、欧阳永叔、苏子瞻,学际天人,作为小歌词,直如酌蠡水于大海,然皆句读不葺之诗尔,又往往不协音律者,何邪?盖诗文分平侧,而歌词分五音,又分五声,又分六律,又分清浊轻重。且如近世所谓《声声慢》、《雨中花》、《喜迁莺》,既押平声韵,又押入声韵。《玉楼春》本押平声

---

① 陈良运:《中国诗学批评史》,第397页。

韵，又押上去声，又押入声。本押仄声韵，如押上声则协。如押入声，则不可歌矣。

由此可知，历史上之"词"较之"诗"在语言技巧与艺术手法上更加考究，创作难度更大。若不经专门规范化训练，难以登堂入室。精于声律撰写《碧鸡漫志》的王灼对此亦有同感。他认为诗与词都是乐歌，应该入乐歌唱，曲调当随歌词而定，不能随便倚声填词。他在此书曾论述："故有心则有诗，有诗则有歌，有歌则有声律，有声律则有乐歌。永言即诗也，非于诗外求歌也。"

原籍陇右天水、家寓临安的南宋词人张炎，擅长诗词，通晓音律，以词著称，又以词论扬名天下。他继承曾祖父张镃与父亲张枢遗愿，秉承家学，全力攻学、探研词律。张炎竭力主张："词之作必须合律"，"音律所当参究，词章先宜精思。俟语句妥溜，然后正之音谱，二者得兼，则可造极玄之域"。他论词作，强调协律、雅正、清空，所谓"古之乐章、乐府、乐歌、乐曲，皆出于雅正"。认为只有"深于用事，精心炼句"，才能达到"意趣高远，风流蕴藉"之理想境界。

张炎的词论学说在后世影响很大。自宋亡，落拓北游，后南归，历练其词作。张炎一边追怀往昔、吟诗作词，一边又从事对词的音律、技巧、风格的研究，著有《词源》一书，于当时与后世颇有影响。据他在《词源·杂论》所指涉："今词人才说音律，便以为难。"说明宋代词人并非天然通晓音律与自度声腔，更非《四库提要》"词曲类"所述，"盖当日之词，犹今日里巷之歌，人人解其音律，能自制腔，无须于谱"，而须专学苦练方可奏效。

根据张炎《词源》所知，宋代词谱的类型大略有三种，即

(1)"虚谱无辞"的单调谱；(2) 当时词人自度专谱；(3) 朝廷修纂大型歌谱中所辑的词谱。周维培先生在《曲谱研究》中曾借题发挥："宋词乐谱的谱字，从现存的《白石道人歌曲》、《事林广记》'愿成双'套以及《乐府混成集》'𪻐声谱'、'小品谱'看，它们属于宋代流行的管色工尺俗字谱。在渊源上，这类谱字是继承唐代燕氏半字谱而来，并对后世戏曲工尺谱的出现，产生了深远的影响。……戏曲工尺谱问世较迟，但是记谱方法与谱字形体上，我们完全可以把它们视作《白石道人歌曲》所代表的宋代管色工尺俗字谱的发展与延续。"①

据蔡桢编纂《词源疏证》记载：张炎还著有《山中白云词集》，其"上卷详论五音十二律，律吕相生，以及宫调管色诸事。厘析精允，间系以图，与姜白石歌词九歌琴曲所记用字记声之法，大略相同。下卷历论音谱、拍眼、制曲、句法、字面、虚字、清空、意趣、用事、咏物、节序、赋情、离情、令曲、杂论、五要十六篇，并足以见宋代乐府之制"。此文艺理论可与《词源》综合对照，探析宋代词学之产生、发展与演变。

在南宋张炎《词源》之"音谱"一章中，记载着宋词之来源与制谱原则："词以协音为先，音者何？谱是也。古人按律制谱，以词定声。此正声依永律和声之遗意。有法曲，有五十四大曲，有慢曲。"清代江顺诒《词学集成》云："盖词源所列者，成词后之音律也。作者当未成调之时，必先以字求音，何字为宫，何字为商，此无定也。工字应宫，尺字应商，此有定也。由工尺而配宫商，诸谱具在。"依此方能证实，正统宋词须借助于工尺谱与宫

---

① 周维培：《曲谱研究》，江苏古籍出版社 1999 年版，第 19、21 页。

调辅佐才完整而合规范。

清代刘熙载在《艺概》中专设"词曲概"一章,涉及许多有关词学与曲学的内容,如:"乐歌,古以诗,近代以词。如《关雎》、《鹿鸣》,皆声出于言也;词则言出于声矣,故词声学也。"另外,他还吐露有关词之章法的金玉良言:

> 词之章法,不外相摩相荡,如奇正、空实、抑扬、开合、工易、宽紧之类是已。词之承接转换,大抵不外纡徐斗健,交相为用。所贵融会章法,按脉理节拍而出之。①

刘熙载在《艺概》中还论述:"词如诗,曲如赋。赋可补诗之不足也。昔人谓'金、元所用之乐,嘈杂凄紧缓急之间,词不能按,乃更为新声',是曲亦可补词之不足也。""曲以破有、破空为至上之品。""曲止小令、杂剧、套数三种。小令、套数不用代字诀,杂剧全是代字诀。不代者品欲高,代者才欲富。"其中不仅说出词与诗、曲的异同关系,还道出了叙述体词演变为代言体杂剧的奥秘,可谓词论、词学至理名言。

北宋著名文人苏轼,不仅为后世留有大量诗词与绘画,还留存一些精妙的诗论与曲论。他反对宋诗追求华靡、雕章琢句、粉饰太平的"西昆体"的盛行,而强调有为而作、有感而发。苏轼在《题柳子厚诗》中指出:"诗须要有为而作,用事当以故为新,以俗为雅,好奇务新,乃诗之病。"苏轼提倡诗画相通,创造特殊美学意境,如他在《书摩诘蓝田烟雨图》中评述诗画之妙境:"味

---

① (清)刘熙载:《艺概》,上海古籍出版社1978年版,第113页。

摩诘之诗,诗中有画;观摩诘之画,画中有诗。"

令后世词学、曲学、剧学界格外关注的是苏轼在《东坡志林》中关于"八蜡三代之戏礼"的论述:

> "八蜡",三代之戏礼也。岁终聚戏,此人情之所不免也;因附以礼义,亦曰不徒戏而已矣。"祭"必有尸,无尸曰"奠";始死之"奠"与"释奠"是也。今蜡谓之"祭",盖有尸也。猫虎之尸,谁当为之?置鹿与女,谁当为之?非倡优而谁?"葛带榛杖",以丧老物;"黄冠"、"草笠",以尊野服;皆戏之道也。子贡观蜡而不悦,孔子譬之曰:"一张一弛,文武之道",盖为是也。

此段剧学理论实来自《礼记·郊特牲》记载:"万物本乎天,人本乎祖,此所以配上帝也。郊之祭也,大报本,反始也。天子大蜡八。伊耆氏始为蜡。'蜡'也者,索也。岁十二月,合聚万物而索飨之也。蜡之祭也,主先啬,而祭司啬也;祭百种,以报啬也。飨农及邮表畷禽兽,仁之至,义之尽也!古之君子,使之必报之。迎猫,为其食田鼠也;迎虎,为其食田豕也。迎而祭之也。祭坊与水庸,事也。曰:土反其宅,水归其壑,昆虫毋作,草木归其泽!皮弁素服而祭,素服,以送终也;葛带榛杖,丧杀也。蜡之祭,仁之至,义之尽也。"

古代中国民间社会有三大祭祀活动,如"傩祭"、"蜡祭"、"雩祭"。其中所谓"蜡"或"大蜡",是古人在年终举行的一种庆祝丰收的盛大报谢礼义。孔颖达出注:"其初为田事,故为蜡祭,以报天也。"《礼记·郊特牲》中"蜡"为"索"意,"天子大蜡八",即为向四面八方去求索诸神。"先啬"即神农氏,"司啬"为后稷,"邮表畷"即为农人设祭拜神之处。蜡祭需祭先祖,祭五祀等神,需国君头戴"皮弁",身着"素服",腰系"葛带",手持"榛杖",其目的为了祭礼之"送终"与"丧杀"。所举办的礼仪形式具有明显的民族文化宗教性与戏剧性。

苏轼认为蜡祭礼仪实为"岁终聚戏"之"戏礼",所祭"猫、虎之尸","置鹿与女",均由倡优扮演,其"草冠"、"草笠"、"葛带榛杖"亦为装扮之物,其目的在于以祭祀仪式形式来"演绎楚骚词章"。

辽金元时期,中国北方,乃至中国全境均被契丹、女真、蒙古族统治。能歌善舞、擅长音乐、歌舞、曲艺的少数民族入主中原,对汉民族文坛的传统诗词歌赋进行了一番脱胎换骨的改造。他们输入昔日宫廷不齿的民间词令散曲,并逐渐把这些词令散曲提升到文化娱乐的主要位置上,而文人骚客迷恋的诗与词遂降至陪衬地位。由此,传统诗学、词学逐渐为曲学所替代,继而为极富民族文学特色的元杂剧与南戏的登堂入室奠定基础。

辽、金二朝统治的中国北方地区,虽然不如南方宋朝那么繁荣昌盛,但是仍有一些民族文学艺术家在勤奋创作,也有一些诗文评论著述问世。其中最为突出的是王若虚的《滹南诗话》、元好问的《论诗绝句》等。

金代文学家王若虚竭力反对模拟雕琢诗文,主张辞达理顺,并且对汉、唐、宋代儒者解经之迂谬,古文、史书字句之疵病严加批驳。他著有《滹南遗老集》,其中收有《诗话》三卷,后独立成编,被称为《滹南诗话》。文中竭力推崇唐代白居易、宋代苏轼之诗作,而对黄庭坚及江西诗派诸人深表不满。

王若虚认为前朝诗作流弊出于："古之诗人，虽趣尚不同，体制不一，要皆出于自得。至其辞达理顺，皆足以名家，何尝有以句法绳人者？鲁直开口论句法，此便是不及古人处。而门徒亲党，以衣钵相传，号为'法嗣'，岂诗之真理也哉？"

王若虚倡导古典诗文应"以意为主"，要追求"真"与"似"，即"哀乐之真，发乎情性，此诗之正理也"。又云："夫文章唯求真是而已，须存古意何为哉？"他的《滹南诗话》学术见识尤为高远：

近岁诸公，以作诗自名者甚众，然往往持论太高，开口辄以《三百篇》、《十九首》为准。六朝而下，渐不满意。至宋人殆不齿矣。此固知本之说，然世间万变，皆与古不同，何独文章而可以一律限之乎？就使后人所作，可到《三百篇》，亦不肯悉安于是矣。何者？滑稽自喜，出奇巧以相夸，人情固不能已焉者。宋人之诗，虽大体衰于前古，要亦有以自立，不必尽居其后也。遂鄙薄而不道，不已甚乎？少陵以文章为"小技"，程氏以诗为"闲言语"，然则，凡辞达理顺，无可瑕疵者，皆在所取，可也。其余优劣，何足多较哉？

金代著名诗人元好问创作的诗歌流传甚广，他还别出心裁地推出干练精粹的诗论著述《论诗绝句三十首》。元好问工诗文，诗词风格沉郁，多伤时感事之作；论诗则反对柔靡雕琢，崇尚"天然"与"真淳"，在金元之际颇有声望。

元好问依据历代儒学"修辞立其诚"之古训，强调"吟咏情性"、"以诚为本"之诗。如他在《杨叔能小亨集引》中写道："由心而诚，由诚而言，由言而诗也。三者相为一，情动于中而形于言，言发乎迩而见乎远。同声相应，同气相求，虽小夫贱妇孤臣孽子之感讽，皆可以厚人伦，敦教化，无他道也。"他在《与张仲杰郎中论文》中更是充分表白创作诗词之准则：

> 文章出苦心，谁以苦心为。
> 正有苦心人，举世几人知。
> 工文与工诗，大似国手棋。
> 国手虽漫应，一着存一机。
> 不从着着看，何异管中窥。
> 文须字字作，亦要字字读。
> 咀嚼有余味，百过良未足。
> 功夫到方圆，言语通眷属。
> 只许旷与夔，闻弦知雅曲。
> 今人诵文字，十行夸一目。
> 阕颤失香臭，瞥视纷红绿。
> 毫厘不相照，觌面楚与蜀。
> 莫讶荆山前，时闻刖人哭。

元好问的《论诗绝句》同样包含了极为广泛而丰富的诗学形式与内容。此为继杜甫《戏为六绝句》之后，对中国诗学产生更大影响的"论诗"。他对汉魏至宋元之间在历史上驰名的诗人与诗作进行了高屋建瓴、颇有见地的评论。

王运熙、顾易生主编《中国文学批评史》称："《论诗》题下自注：'丁丑岁三乡作'，这年为金宣宗兴定元年（1217），时作者二十八岁。但最后一首又说：'撼树蚍蜉自觉狂，书生技痒爱论量。老来留得诗千首，却被何人校短长！'已若老者口吻，可能他在晚年对这组诗还有所更定。"① 依此推算，此部《论诗》可谓他近四十年的诗文心智之结晶。

继元好问文艺理论，元代诗学家方回著《瀛奎律髓》云："文之精者为诗，诗之精者为律。所选，诗格也；所注，诗话也。学者求之，髓由是可得也。"此书将遴选的唐宋时期各种诗三百多家、三千多首，按诗之题材分类编排，每类一卷，并设小序，以简述其内容、形式与特色。他特别看重诗格的高下："诗先看格高，而意又到，语又工，为上；意到，语工，而格不高，次之；无格无意，又无语，下矣。"另外，方回还对诗词的"诗眼"与"响字"做出精彩的评点，令人称道。

元末还有一位重要的诗学评论家杨维桢，他竭力推崇诗人的品格，非常强调创作的个性，即所谓"人品"与"诗品"。杨维桢主张诗歌应担负起秉直叙史之功能："世称老杜为诗史，以其所著备见时事，予谓老杜非直纪事史也，有《春秋》之法也。"此"《春秋》之法"不仅适用于诗词创作，更对其他文体的编写产生神奇的美学效应。

杨维桢在《周月湖今乐府序》中还对当时的诗文戏词锤炼语言，讲究音律与文采，如何达到"文采音节相济"，发表重要的见解：

士大夫以今乐成鸣者，奇巧莫如关汉卿、庾吉甫、杨淡

---

① 王运熙、顾易生主编：《中国文学批评史》，上海古籍出版社1981年版，第171页。

斋、卢苏斋；豪爽则有如冯海粟、滕玉霄；酝藉则有如贯酸斋、马昂父。其体裁各异，而宫商相宜，皆可被于弦竹者也。继起者不可枚举，往往泥文采者失音节，谐音节者亏文采，兼之者实难也。夫词曲本古诗之流，既以乐府名编，则宜有风雅余韵在焉。①

杨维桢在《送陈生彦高序》中又进一步阐述："艺必贵乎积，积而后化，化而后神。"他劝诫诗词歌赋作者在平时须多加揣摩积累，使用时才能厚积薄发。在《优戏录序》中亦写道："侏儒奇伟之戏，出于古忌国之君。春秋之世，陵轹大诸侯，后代离析文义，至侮圣人之言为剧，盖在诛绝之法。……观优之寓于讽者，如《漆城》、《瓦衣》、《两税》之类。皆一言之微，有回天倒日之力，而勿烦乎牵裾伏蒲之勃也。则优戏之伎虽在诛绝，而优谏之功岂可少乎？"②他视优人作戏"寓于讽者"以"讽谏"为己任，不惜"诛绝"，正切中了古典戏曲社会功能之脉搏。

金元所盛行的杂剧北曲，实际上在唐宋时期已露端倪。经辽金时期如缠令、缠达、诸宫调等讲唱艺术的改造与充实，元代散曲与剧曲结伴而行，使当时诗学、曲学日渐发达，其代表作诸如燕南芝庵的《唱论》、周德清的《中原音韵》、钟嗣成的《录鬼簿》、陶宗仪的《南村辍耕录》等。

《唱论》是一部金元时期论述民族戏曲声腔的曲学专著，最初出自元代杨朝英选编《乐府新编阳春白雪》卷首附录本，另选录

---

① 《宋金元文论选》，人民文学出版社1984年版，第582页。
② 同上书，第585页。

于元代陶宗仪编著《南村辍耕录》与明初朱权著《太和正音谱》之"词林须知"。《唱论》篇幅不大,只有 27 节,还杂以难懂之古代民族方言。有人认为其"文句过于简约,意义比较晦涩",若"研讨起来,未免困难"。但是毕竟此书出于金元时期,又是论述北曲杂剧的专业书籍,尤为研究古典戏曲演唱技巧的开山之作,故从诗学、曲学学术角度审视,显得格外珍贵。

《唱论》以简洁的语录体文字提纲挈领地总结了北曲的演唱经验,其内容包括"格律"、"声调"、"节奏"、"声韵"、"声气"、"歌声变体"等,还叙述了宋、金、元时期"诗词"、"乐舞"、"杂剧"之分类与概貌。另外详加评述:"凡歌曲所唱题目,有曲情、铁骑、故事、采莲、击壤、叩角、结席、添寿;有宫词、禾词、花词、汤词、酒词、灯词;有江景、雪景、夏景、冬景、秋景、春景;有凯歌、棹歌、渔歌、挽歌、楚歌、杵歌。"计其"词山曲海,千生万熟。三千小令,四十大曲"。自古流传的诗歌词曲如山堆聚,如海浩瀚,数量巨大。其书所述"四十大曲"则引自《都城纪胜》:"教坊大使,在京师时,有孟角毬,曾撰杂剧本子;又有葛守成,撰四十大曲词。"

元代燕南芝庵《唱论》中为后世戏曲史论引用最多的当数"律吕宫调"演唱风格的一段文字描述:

> 大凡声音,各应于律吕,分于六宫十一调,共计十七宫调:仙吕调唱,清新绵远。南吕宫唱,感叹伤悲。中吕宫唱,高下闪赚。黄钟宫唱,富贵缠绵。正宫唱,惆怅雄壮。道宫唱,飘逸清幽。大石唱,风流酝藉。小石唱,旖旎妩媚。高平唱,条物滉漾。般涉唱,拾掇坑堑。歇指唱,急并虚歇。商角

唱,悲伤宛转。双调唱,健捷激袅。商调唱,凄怆怨慕。角调唱,呜咽悠扬。宫调唱,典雅沉重。越调唱,陶写冷笑。①

自古迄今历代学者甚为关注音乐与戏曲宫调理论,曲学之"宫调"在"七声十二律"基础上所产生,即为七声:宫、商、角、徵、羽,再加变宫、变徵之变体。十二律为:黄钟、大吕、太簇、夹钟、姑洗、仲吕、蕤宾、林钟、夷则、南吕、无射、应钟。七声与十二律相配,即产生宫调,正如明代王骥德在《曲律》所述:"古有旋相为宫之法,以律为经,复以声为纬,乘之每律得十二调,合十二律得八十四调。"然而其中许多宫调并不实用,至唐、宋、元,由四十八调递减到二十八调、十九调,乃至十七调。宫调有大调、小调之分,从而形成了阳刚与阴柔两大类曲式,对后世南北套曲演唱风格产生重大影响。

元代音韵学家周德清著古典戏曲音乐论《中原音韵》,为适应日趋发展的元曲、杂剧创作、演出理论研究与实践之需求,根据元代文学艺术作品以北方语音为准的实际用韵所编撰。后来发展到北曲作家制曲,演员唱曲,正音咬字,多以其书为准绳,甚至南曲也深受其影响。《中原音韵》共分为两大部分,前一部分"正语之本,变雅之端"是韵谱;后一部分"正语作词起例"主要讲述字音辨别、用字方法、宫调曲牌等,其中尤以"作词十法"具有重要的学术价值。此书"韵谱"所设东钟、江阳、支恩等十九个韵部,将平声字分为阴平、阳平两类;将入声字分别派入平、上、去三声,这在中华民族音韵学史上是一次重大的变革。《中原

---

① 周贻白辑释:《戏曲演唱论著辑释》,中国戏剧出版社1962年版,第52页。

音韵》是中国北曲与地方戏曲最早应用的韵书之一，为明、清两代音韵、曲韵学发展奠定了坚实的基础，也是研究现代汉语普通话的重要历史文献。

元代戏曲史学家钟嗣成著有《章台柳》、《钱神论》等多种杂剧，均已散佚，今存散曲数十首。使他青史留名的主要是广泛记载一百余位金元戏曲作家传记与作品目录的学术专著《录鬼簿》。此书中的艺伎小传、吊唁诗词和《自序》、《后记》等，特别是《录鬼簿序》，表露出作者对中华民族表演家与艺术创作的一些真知灼见：

> 人之生斯世也，但以已死者为鬼，而不知未死者亦鬼也。酒罂饭囊，或醉或梦，块然泥土者，则其人与已死之鬼何异？此固未暇论也。其或稍知义理，口发善言，而于学问之道，甘于暴弃。临终之后，漠然无闻，则又不若块然之鬼为愈也。予尝见未死之鬼，吊已死之鬼，未之思也，特一间耳。独不知天地开辟，亘古及今，自有不死之鬼在。何则？圣贤之君臣，忠孝之士子，小善大功，著在方册者。日月炳焕，山川流峙，及乎千万劫无穷已。是则虽鬼而不鬼者也。余因暇日，缅怀故人，门第卑微，职位不振，高才博识，俱有可录。岁月弥久，湮没无闻，遂传其本末，吊以乐章。复以前乎此者，叙其姓名，述其所作。冀乎初学之士，刻意词章，使冰寒于水，青胜于蓝，则亦幸矣。名之曰《录鬼簿》。嗟呼！余亦鬼也。使已死未死之鬼，作不死之鬼，得以传远，余又何幸焉？若夫高尚之士，性理之学，以为得罪于圣门者，

吾党且啖蛤蜊，别与知味者。①

正是钟嗣成以正直文人高度的同情心、责任感，将那些不为圣君贤臣、忠孝士子所看重的杂剧、戏曲作家、优伶记载于史册；以其高贵的品质、精良的剧作、出色的表演之功绩，鞭挞讥讽统治阶级中那些酒囊饭袋、醉生梦死之徒，以及那些道貌岸然、空谈义理、行尸走肉般的碌碌无为者。尤为珍贵的是他将丰富多样的历代戏曲名家及作品悉数收入书中，成为现存元人记述元杂剧的重要资料集与剧学圭臬。另如《录鬼簿续编》的编者贾仲明、《南村辍耕录》的作者陶宗仪等均以此为基准，从而成为此领域令人尊敬的楷模。

第四节　明清时期曲学与剧学的演绎

明清时期，因为小说、戏曲、曲艺创作日趋活跃与繁荣，诗歌与词曲等文学样式之神韵如春风化雨般渗入新的文体肌理之中，其诗词深邃的义理激发众多文艺理论家不懈地追寻与探索。不过此时的诗学已不再单纯，而更多地融入了曲学、剧学精华，以壮声威。

明朝曾出现过李梦阳、何景明等"前七子"。他们倡导"文必秦汉，诗必盛唐"，以扫荡当朝淫靡娇弱的诗风；随后又有李攀龙、王世贞、谢榛等"后七子"重整旗鼓，巩固成果。《明史·文

---

① 《宋金元文论选》，第 601 页。

苑》云:"诸人多少年,才高气锐,互相标榜,视当世无人。七才子之名播天下。"在此前后阶段,较有代表性的诗学著述有李东阳的《怀麓堂诗话》、徐祯卿的《谈艺录》、谢榛的《四溟诗话》、胡应麟的《诗薮》等。

谢榛有一则诗学名言颇能鼓荡人心:"赋诗要有英雄气象,人不敢道,我则道之;人不肯为,我则为之。厉鬼不能夺其正,利剑不能折其刚。"他所强调的是作诗要有高尚的人品与气势。另外谢榛还提出"作诗本乎情景"之高论。《四溟诗话》卷三对此阐释:"景乃诗之媒,情乃诗之胚,合而为诗。以数言而统万形,元气浑成,其浩无涯矣。"认为情景水乳交融之物方为诗。

随后出现的"公安派"与"竟陵派",都有一些诗学著述与理论问世,尤其是钟惺、谭元春二人合编的《诗归》,倾注了他们一生的心血。在《与蔡敬夫》和《与谭友夏》中,作者述其甘苦曰:"此虽选古人诗,实自著一书。""盖平生精力,十九尽于《诗归》一书。"此书面世后即产生相当大的影响。据清代朱彝尊《静志居诗话》透露:"《诗归》既出,纸贵一时,正如摩登伽女之淫咒,闻者皆为所摄。"因为此书大无畏地批评一时名重的士子,以及"公安派"的诗学之弊端,其目的在于"求古人真诗所在"。遂极言之:"夫真有性灵之言,常浮出纸上,决不与众言伍;而自出眼光之人,专其力,壹其思,以达于古人,觉古人亦有炯炯双眸从纸上还瞩人,想亦非苟然而已。"并振声强调:"真诗者,精神所为也。""夫人有孤怀,有孤诣,其名必孤行于古今之间,不肯遍满寥廓。而世有一二赏心之人,独为之咨嗟旁皇者,此诗品也。"①

---

① (清)朱彝尊:《静志居诗话》(扶荔山房刊本),人民文学出版社2006年版。

继明朝之后，清代文坛又呈现出各派林立的壮丽景观。诗学界相继出现"神韵"说、"格调"说、"性灵"说、"肌理"说等，诗学专著颇多，代表作有毛先舒的《诗辨坻》、贺贻孙的《诗筏》、钱谦益的《晓晴簃诗汇》、王夫之的《姜斋诗话》、叶燮的《原诗》、王世贞的《渔洋诗话》、沈德潜的《说诗晬语》、翁方纲的《石洲诗话》、袁枚的《随园诗话》、王国维的《人间词话》等。

明清之际的思想家、文学家王夫之著述甚富，仅收入《船山遗书》者就多达70余种。其中诗学论著有《姜斋诗话》，内分《诗译》、《夕堂永日绪论内编》与《南窗漫记》三卷。此书卷一，将孔子的"诗可以兴，可以观，可以群，可以怨"作为评论历代诗词歌赋的基本标准之一。还有他反复论证文化语境中的"情与景"的辩证关系，认为："情景名为二，而实不可离。神于诗者，妙合无垠。巧者则有情中景，景中情。"另外，他对"景语"甚为重视，认为"不能作景语，又何能作情语邪？"但同时又要"以意为主"，即所谓："无论诗歌及长行文字，俱以意为主。意犹帅也。"他还充分强调情景在诗词与民族地方戏曲文学中的重要作用："含情而能达，会景而生心，体物而得神，则自有灵通之句，参化工之妙。"

清代文学家叶燮以"诗论"大家著称，所作《原诗》论述："数千年诗之正变，盛衰之所以然。"又说："历考汉、魏以来之诗，循其源流升降，不得谓正为源而长盛，变为流而始衰；惟正有渐衰，故变能启盛。"故此主张任其自然，用其他文体来替代并获发展，只有诗人审时度势，应运而行，才能写出"理至、事至、情至"之优秀文艺作品。

清朝末年，由于政府腐败，民心涣散，再加上帝国主义列强的屡屡侵犯，中华民族面临着严重的社会危机。当时文坛有志之人诸如康有为、梁启超、谭嗣同、黄遵宪等果敢地提出"诗界革命"的口号，以求文学艺术革新，尽快适应变法图强之需要。时任大清外交官的黄遵宪主张"我手写吾口"，"要不失乎为我之诗"，并在《与丘菽园书》中奋力疾呼诗文应争得"左右世界之力"：

> 思少日喜为诗，谬有别创诗界之论。然才力薄弱，终不克自践其言，譬之西半球新国，弟不过独立风雪中清教徒之一人耳。若华盛顿、哲非逊、富兰克林，不能不属望于诸君子也。诗虽小道，然欧洲诗人出其鼓吹文明之笔，竟有左右世界之力。

中国近代资产阶级改良主义者梁启超更是高举"诗界革命"之大旗，在民族文化战线功绩卓著。他在《饮冰室诗话》中指出："过渡时代，如有革命。然革命者，当革其精神，非革其形式。"梁启超在《夏威夷游记》中批评"戏名词章家，为鹦鹉名士"。他提倡革故鼎新能者诗，努力成为"诗界之哥伦布"，"余虽不能诗，然尝好论诗。以为诗之境界，被千余年来鹦鹉名士（余尝戏名词章家为'鹦鹉名士'，自觉过于尖刻）占尽矣。虽有佳章佳句，一读之，似在某集中曾相见者，是最可恨也。故今日不作诗则已，若作诗，必为诗界之哥伦布、玛赛郎然后可"。他在"改良戏曲"过程中，同样提出过类似观点。

在新朝代面前，旧体诗歌已不能适应日趋发展变化的文坛需求。明清时期全国各地地方戏曲大量涌现，所催生的更多是具体指导戏文创作与演出的曲学与剧学著述。其中最有代表性的如明代朱权的《太和正音谱》、王世贞的《曲藻》、徐渭的《南词叙录》、王骥德的《曲律》、祁彪佳的《远山堂曲品》与《剧品》等。

明代戏曲作家、明太祖朱元璋的第十七子朱权自幼博才多艺，擅长鼓琴，喜好戏曲，自称作杂剧12种，撰写《太和正音谱》、《务头集韵》与《琼林雅韵》等学术专著。于洪武三十一年（1398）推出的《太和正音谱》是一部流传广泛的戏曲文学与音乐理论的学术专著。全书分为"乐府体式"、"古今英贤乐府格势"、"杂剧十二科"、"群英所编杂剧"、"善歌之士"、"音律宫调"、"词林须知"、"乐府"等八章。其中以形象生动、诗意盎然的诗文言辞评述了元代和明初杂剧、散曲作家187人，资料翔实而珍贵。另外他还"根据北曲黄钟、正宫、大石调、小石调、仙吕、中吕、南吕、双调、越调、商调、商角词、般涉调等十二宫调分类，逐一记述各个曲牌的句格谱式。以元人或明初的杂剧、散曲作品为例，详细注明四声平仄，用大小字体标清正字、衬字，共收曲牌335支。这是现存最早的北杂剧曲谱，对后世有较大影响"①。

明代著名诗人、书画家徐渭，生前既写戏又评戏，双峰兀立，相得益彰。他的戏曲代表作《四声猿》被澄道人称誉为"明曲之第一"。据袁宏道评价："余少时过里肆中，见北杂剧有《四声猿》，意气豪达，与近时书生所演传奇绝异。"徐渭编撰的《南词叙录》公认是研究宋元南戏的重要文献和理论批评著作。它记录了宋元南戏60种，明初戏文47种，并对南戏的渊源、声腔、角色、俚语以及戏曲改革和创作等方面，发表了极为宝贵的意见。尤其是他主张的"本色"说对后世诗学、曲学、剧学影响颇大。

---

① 《中国大百科全书·戏曲曲艺卷》，中国大百科全书出版社1983年版，第615页。

徐渭指出南戏"有一高处：句句是本色语，无今人时文气"。此类观点，在《徐文长佚草》卷一《西厢记》中又得以重申：

> 世事莫不有"本色"，有"相色"。本色犹言正身也，相色替身也。替身者即书评中"婢作夫人，终觉差涩"之谓也。婢作夫人者欲涂抹成主母，而多插带，反掩其素之谓也。故余于此本中贱相色，贵本色。众人啧啧者我煦煦也。岂惟剧者，凡作者莫不如此。

徐渭倾力扶持南戏，但绝不故步自封，夜郎自大。他认为南北曲各有特色，故主张扬长避短、互补共进。如论其音调："南之不如北有宫调，固也；然南有高处，四声是也。"北曲阳刚豪放，"听北曲，使人神气鹰扬，毛发洒淅，足以作人勇往之志，信胡人之善于鼓怒也"。而南曲阴柔优美，闻之"纤徐绵眇，流丽婉转，使人飘飘然，丧其所守而不自觉，信南方之柔媚也，所谓'亡国之音哀以思'是已"。①

他的诗文戏曲创作与理论也同样绝不墨守成规，而是标新立异、自立一派。如他独辟蹊径所创立的南杂剧和戏曲理论即为实证。齐森华先生在《曲论探胜》中评述："最终确立这一体制的，则无疑是徐渭。郑板桥在其《贺新郎》词中，曾用'无古无今独逞'来称赞徐渭的文章书画，其实他的剧作在明代剧坛上也是别开生面的，他的戏曲理论在我国戏曲史上更是独树一帜。这就充分表明，在戏曲领域中，徐渭同样是一位富有独创精神的杰出艺

---

① （明）徐渭：《南词叙录》，《中国古典戏曲论著集成》，中国戏曲出版社1959年版。

术家。"①

明代戏曲理论家王骥德堪称诗学界奇才,从青少年时代他就热衷于词曲创作与鉴赏理论。在诸多戏曲传奇与散曲的实践基础上,写成一部极为重要的戏曲论著《曲律》,被历代学人高度赞赏,反复引用。

成书于明天启五年(1625)的原刻本《曲律》全书 40 章,分别探讨与研究南、北曲源流,南曲声律,传奇做法,以及戏曲创作和戏曲理论的许多重要问题。

关于王骥德在曲学方面的贡献,我们可参阅历代学者的评论,如明代毛允遂在《曲律跋》中认为:《曲律》"自宫调以至韵之平仄,声之阴阳,穷其元始,究厥指归,靡不析入三昧"。明代吕天成《曲品自序》云,王骥德《曲律》"皆成,功令条教,胪列具备。真可谓起八代之衰,厥功伟矣"。今人朱东润先生著《中国文学批评史大纲》赞誉他"之言在曲论中,直为一代巨眼。……盖明代之论曲者,至于伯良,如秉炬以入深谷,无幽不显矣"。

任中敏先生在《曲谐》中指出:"王骥德则谱律之精微,品藻之宏达,皆无以见,即谓今日无曲学可也。"《曲律》在曲学上的功绩主要体现在有关声律与修辞学方面,其精彩篇什如《论腔调》、《论宫调》、《论声调》、《论句法》诸章节。古代文学艺术创作实践证明,无论是曲艺还是戏曲文学,都脱离不开对"曲"的研究与探析。王骥德在此专著中反复论述"曲"之要义,如在《论腔调》中说:"乐之筐格在曲,而色泽在唱。""曲之佳处,不在用事,亦不在不用事。好用事,失之堆垛,无事可用,失之枯寂。要在多读

---

① 齐森华:《曲论探胜》,华东师范大学出版社 1985 年版,第 32 页。

书,多识故实,引得的确,用得恰好。明事暗使,隐事显使,务使唱去人人都晓,不须解脱。"他反对"书生之曲"与"俗子之曲",而倡导"诗人之曲",如在《论声调》中提出如下要求：

> 故凡曲调,欲其清,不欲其浊；欲其圆,不欲其滞；欲其响,不欲其沉；欲其俊,不欲其痴；欲其雅,不欲其粗；欲其和,不欲其杀；欲其流利轻滑而易歌,不欲其乖剌艰涩而难吐。

《曲律》在《论句法》中特别强调声情并茂的语言声韵与色彩："句法,宜婉曲不宜直致,宜藻艳不宜枯瘁,宜溜亮不宜艰涩,宜轻俊不宜重滞,宜新采不宜陈腐,宜摆脱不宜堆垛,宜温雅不宜激烈,宜细腻不宜粗率,宜芳润不宜噍杀。又总之,宜自然不宜生造。"

王骥德在曲词风格上竭力推崇"本色",反对"藻饰",故有"夫曲以模写物情,体贴人理,所取委曲宛转,以代说词,一涉藻缋,便蔽本来"之学说。并有"作曲,犹造宫室者然。……作曲者,亦必先分段数,以何意起,何意接,何意作中段敷衍,何意作后段收煞,整整在目,而后可施结撰"之论述,此观念传至清代李渔《闲情偶记》一书中方成荦荦大端之伟言。

叶长海先生在《王骥德〈曲律〉研究》一书"结语"中对《曲律》做出如下言简意赅、颇为中肯的评价："纵览《曲律》全书,可以清楚地看出王骥德的理论研究和鲜明特色。这些特色可概括为创新性、系统性、论辩性和史料性四个方面。"他又在此基础上总结道：

《曲律》确实是一部空前的体系精严的戏曲理论专著,它第一次较全面地总结了元明戏曲创作,特别是明传奇创作经验及曲学理论研究成果。深入探索了戏曲的艺术特征、创作规律与创作方法,提出了有关戏曲艺术的许多前人所未言及的新问题,并阐明了自己对这些问题的认识与见解。极大地丰富了我国古代的文艺学理论,从而确立了它在我国古代文艺理论发展史上的特殊地位。①

清朝为满族政权统治时期,此时朝野上下对汉民族地区所盛行的陈旧的杂剧、南戏与传奇渐渐失去了兴趣,取而代之的是形式多样的"花部乱弹"及各地民族民间戏曲。故此,此时期的各地文艺评论家与戏曲班社、班主早已入俗务实,而开始撰写有关针对性、技术性颇强的具体剧目与表演、舞台、装扮等文章著作。其代表作有李渔的《闲情偶寄》,毛先舒的《南曲入声客问》,徐大椿的《乐府传声》,李调元的《曲话》、《剧话》,焦循的《剧说》、《花部农谭》,王德晖、黄旛绰的《梨园原》等。

清代戏曲理论家李渔,字笠翁,自幼喜欢戏曲小说,成年后开设"芥子园"书铺,以编曲出书为生,还以家姬组成戏班。他自己编写剧本,组织戏曲排演,并陆续将表演艺术实践编为《闲情偶寄》(亦称《笠翁曲话》)共16卷。其内容庞杂,形式多样,涉及社会文化生活的方方面面,与戏曲演出密切相关的有《词曲部》、《演习部》与《声容部》若干章节。其中《词曲部》分为6章,分别为"结构第一"、"词采第二"、"音律第三"、"宾白第四"、"科诨

---

① 叶长海:《王骥德〈曲律〉研究》,中国戏剧出版社1983年版,第118页。

第五"、"格局第六"。此书各章系统地总结了当朝民间戏曲创作与表演经验,对戏曲结构、语言、演唱、题材等问题论述尤为精辟。

李渔以历史演变的观点来看待文学艺术的变革:"千古文章,总无定格,有创始之人,即有守成不变之人;有守成不变之人,即有大仍其意,小变其形,自成一家而不顾天下非笑之人。"他选择的是既传统又创新的戏文探索之路:"变则新,不变则腐;变则活,不变则板。"他主张剧作"说一人,肖一人,勿使雷同,弗使浮泛"。当剧作者"设身处地"去描写人物内心时"言者,心之声也,欲代此一人立言,先宜代此一人立心。若非梦往神游,何谓设身处地"。他还明确提出"立主脑"、"减头绪"、"密针线"、"戒荒唐"、"语求肖似"等一系列曲学、剧学要遵循的基本原则。

在民族文艺与地方戏曲宾白与声腔方面,李渔更有一套行之有效的独到见解。"总诸体百家而论之,觉文字之难,未有过于填词者",若获观众认可,须得曲文、空白"重机趣"、"贵显浅"、"忌填塞"、"声务铿锵"。只有将"经文之于传注"、"栋梁之于榱桷","肢体之于血脉",方可形成"最得意之曲文,即当有最得意之宾白"。

与李渔同时期的清代文人包璿编撰的《笠翁一家言全集》重彩描述,他的剧作在当时已成为"曲中之老奴,歌中之黠婢",且形成"天下妇人孺子,无不知有湖上笠翁矣"。另据吾师,上海戏剧学院著名教授陈多先生辑文评述李渔《十种曲》对后世之影响,特引李调元《雨村曲话》云:"世多演《风筝误》,其《奈何天》,曾见苏人演之。"又引日本学者青木正儿《中国近世戏曲史》云:《十种曲》之书,遍行坊间,即流入日本才亦多,德川时代(1603—1876年的德川幕府时期)之人,苟言及中国戏曲,无有不立举湖上笠翁者。"他又综合国内外研究李渔各类资料精湛点评：

> 通观李渔的戏曲理论，除了可以看出它的系统性和完整性之外，还有如下一些注意的特点：(1) 他的编剧理论是密切联系舞台的演出实际进行探讨的，因而颇能深入浅出地揭示戏曲创作的若干规律，并使他的编剧理论获得了鲜明的特色；(2) 他对前人较少涉及的"登场之道"，作了初步的系统的总结，这在中国古代戏曲理论发展史上，是一个值得重视的突破；(3) 他的理论概括和表达方式，也具有鲜明的民族特点，是自成体系的一家之言。①

清代诗人、戏曲理论家李调元，正值官运亨通时，因弹劾上层官吏，而遭西域发配之苦。返乡后专注进行民俗歌谣搜集与辑刻，并著有曲学、剧学专著《曲话》、《剧话》。尤为可贵的是他对当时蓬勃兴起的吹腔、秦腔、弋阳腔、高腔、柳子腔、二黄腔、女儿腔等民间地方戏曲艺术格外关注，对相互的因缘关系进行认真、细致的探索。

李调元在《剧话·序》中有一段精彩绝伦、惊世骇俗的"戏论"：

> 剧者何！戏也。古今一戏场也。开辟以来，其为戏也多矣……今举贤奸忠佞，理乱兴亡，搬演于笙歌鼓吹之场，男男妇妇，善善恶恶，使人触目而惩戒生焉，岂不亦可兴、可观、可群、可怨乎？夫人生无日不在戏中，富贵、贫贱、夭寿、

---

① 《中国大百科全书·戏曲曲艺卷》，第202页。

穷通，攘攘百年，电光石火，离合悲欢，转眼而毕，此亦如戏之顷刻而散场也。故夫达而在上，衣冠之君子戏也；穷而在下，负贩之小人戏也。今日古人写照，他年看我辈登场。戏也，非戏也；非戏也，戏也。……

无独有偶，编写《吟风阁杂剧》的清代戏曲家杨观潮，曾讥喻诗词戏曲创作现状，对当时士大夫"诗而不作"、"诗而不歌"之状态表示强烈不满。他希冀能恢复"声中有诗"、"诗乐结合"的诗学、曲学传统，并在《吟风阁杂剧》卷首"题词"作有《满江红》，以表达对诗文戏曲创作的殷切期待："百年事，千秋笔，儿女泪，英雄血。数苍茫世代，断残碑碣。今古难磨真面目，江山不尽闲风月。有晨钟暮鼓送君边，听亲切。"这既是对昔日诗词歌赋传统文学之告别，也同时是对中华民族戏剧戏曲未来艺术之召唤。

第六章　长安文学在海内外的传播

长安文化与文学之所以具有如此强大的学术生命力，能在中国和世界文坛上熠熠生辉，是因为她本身凝聚着巨大的中华民族传统文化正能量。不仅在人数众多的中国各民族中产生强烈的社会影响，而且通过陆上、海上"丝绸之路"漂洋过海传播到世界许多国家与地区，尤其与南亚的印度、尼泊尔，东亚的日本、朝鲜，东南亚的越南、缅甸诸国发生密切和长远的关系。

翻阅亚洲文化史，世界三大宗教之一的佛教历经数十代，逐渐成为中华民族传统宗教文化不可分割的重要组成部分。佛教之禅宗更是在中国文人文化中独占高枝、尽领风骚。特别是此种宗教形式有机地渗透到中国、印度、日本三国的传统文学体系之中，使禅宗文化成为东方世界一道亮丽的风景线。东方诸国专家学者对此多加鉴赏与探研，逐渐洞悉其中许多学术奥秘。

第一节　中印佛教文学融汇与图文结合

在中西与中印宗教历史文化交流过程中，最令人叹为观止的艺术成果是中国禅宗及其文学艺术的形成与发展。此种宗教表演文化形式集中国和印度传统文学之大成，特别是将其丰富多彩的佛教图像与文本紧密地融为一体，使之天然地融合于中国乃至东亚、南亚、东南亚诸国和周边地区，成为中外许多民族所共同拥有的一种维系精神世界的参禅拜佛礼仪与文化娱乐活动。

禅宗文学与诗歌戏剧艺术亦遵循禅宗从"不立文字"初衷逐渐过渡到"不离文字"，然后又回到"不立文字"，继而定位到"图文结合"，或从"渐悟"到"顿悟"再至"大悟大彻"理念，从其演变历程我们可发现禅宗一直伴有佛教美术图像，以及趋于戏剧表演文本的图文显现之重要文化特征。

在中印佛教文化交流史中，论及富有中国民族特色的佛教文学艺术，莫过于禅宗诗文与地方戏曲艺术形式，另外还有辅佐于古典佛教戏剧的图像，诸如绘画、雕塑、建筑、道具、服饰、工艺美术等非文字形象资料。对上述佛教图文的形成、发展与传播历史进行认真探索与研究，将非常有助于对中国多民族文学与长安文化独到之处的认识与解读。

追溯宗教与艺术的发展渊源，我们饶有兴味地发现，这两种独特的社会意识物化形态存在着异常亲近的血缘关系，并有着殊途同归的文化相同之处。对此种图文几度离合的宗教与艺术二者之异同，以及客观规律的深入研究，非常有助于对中国少数民族戏剧文学非物质性和非文字性特征的深刻认识。

众所周知，在人类发明文字之前，于洪荒远古时期就已经产生了各种宗教与艺术样式，其中亦包括原始佛教文化与初级阶段的原始戏剧表演艺术形式。据印度婆罗门教经典《吠陀》十万颂所写："咸悉口相传授，而不书之于纸叶。"[①] 又书："显本求戒律，

---

① （唐）义净：《南海寄归内法传》。

而北天竺诸国皆师师口传，无本可写。"①即指出印度古代历史开始时并非书叶纸张所记载，而是借助于"显本求戒律"，"皆师师口传"之宗教与世俗文化。

当初人类到底使用何种形式，如何口授心传宗教文化，令人穷年思考。此据《歌者奥义书》记载："人的要素是语言，语言的要素是圣诗。圣诗的要素是曲调，曲调的要素是高声歌唱。"唐朝时期游访天竺的高僧义净在《南海寄归内法传》中声称："东印度月官大士作毗输安呾啰太子歌词，人皆舞咏。"

依上所述可见，古代印度宗教弘扬教义主要靠的是"语言"、"圣诗"、"曲调"、"歌唱"与"舞咏"，即诗歌、音乐与舞蹈。至于佛教艺术的各种"音声"传播方式，我们可从《大方广佛华严经》获知概貌：

> 于彼一切诸众生前现种种声，所谓风轮声、水轮声、火焰声、海潮声、地震声、大山相击声……乾闼婆王声、阿修罗王声、迦楼罗声、紧那罗王声……摩尼宝王声、声闻声、独觉声、菩萨声。以如是等种种音声宣说……

上述这些"音声"既包括自然界的声响，也同样兼容语言、诗歌、音乐所发出的"梵音"。正是这些非文字记载的语音、语句、语章，忠实地记载着人类原始宗教，乃至婆罗门教、印度教、佛教的古今经文典义。

在世界各地民间，对于原始宗教文化的反映更多地存在于广

---

① （南朝梁）释僧祐：《出三藏记集》，中华书局1995年版。

大民众可识性图像，诸如绘画、雕塑、建筑、器物等艺术领域，以及存留于多姿多彩的民族美术之线条、色彩、体积、画面等物象之中。"美术"作为一种古老的艺术形式，自古迄今一直与宗教文化相伴而行。

早在原始社会，人类就有各种图腾崇拜、巫术、占卜等原始宗教信仰。欧洲史前洞窟壁画中的动物形象与箭头符号，就真实地反映着古人巫术祈祷之类的原始宗教观念；古埃及的金字塔之类的宏大建筑与雕刻，体现着法老的威严；欧洲各地的哥特建筑，以造型挺拔的尖塔与彩色玻璃镶嵌的花窗，营造出基督教向天国升华的神秘幻觉；中亚、西亚大量伊斯兰教清真寺及宗教砖刻、木雕与编织物，也同样折射着穆斯林对安拉的虔诚信念。中国古代夏商周青铜器艺术造型、饕餮纹饰大都印证着原始宗教观念中狞厉、奇美的动物形象。被人们誉称为"像教"的印度佛教自从传入亚洲各国之后，更是以庄严、肃穆的佛陀造像、天国绘画、菩萨雕塑等异域形象吸引着东方众多信徒。

在上述非文字表演艺术与造型艺术基础上所形成的综合艺术——民族戏剧，最初也同样体现在图像的建构与解读方面。具体表现在佛教"戏场"或"剧场"时空及相关的表演形式之中，并且颇为典型与富有代表性。

隋代高僧阇那崛多译《佛本行集经》卷十三云："尔时戏场，为阿难陀，童子置立，安施铁鼓。"东汉高僧支娄迦忏译《道行般若经》卷九曰："城外周匝绕有七宝树，七重城外皆有戏庐，男子女子游戏娱乐其中。中有乘车伎自乐者，中有步行伎自乐者。"唐代义净《根本说一切有部毗奈耶》杂事卷第三十九曰："时诸圣众不久欲至王舍大城王闻欲至便敕诸臣。远近贵贱一切人民，严饰城郭扫洒街衢，持妙华香宝幢幡盖，及诸伎乐百千万种。王及后妃、太子、内宫彩女、国内人民，皆悉出城迎诸圣众。"在古代印度，此种以听觉、视觉与触觉感受为愉悦的宗教戏场演出形式，随佛教东渐而传至中国，遂与中华多民族图像文化融为一体，更加显现出其独特的表演艺术魅力。

隋唐时期，中原地区宗教场所大盛俗讲、唱赞、佛曲、佛戏，经常举办各种寺庙集会。由此佛教寺院成为上至宫廷贵族、下至平民百姓最重要的文化娱乐场所。唐懿宗时，逢佛诞之日，"于宫中结彩为寿"，宫廷音乐家李可及"尝教数百人作四方菩萨蛮队"，以及"作菩萨蛮舞，如佛降生"。宋代钱易撰《南部新书》记载："长安戏场多集于慈恩，小者在青龙，其次荐福、永寿。尼讲盛有保唐，名德聚之安国，士大夫之家入道尽在咸宜。"对上述佛庙寺院戏场娱乐活动之规模描述，亦可以用唐代韩愈"街东街西讲佛经，撞钟吹螺闹宫廷"诗句予以佐证。

著名佛教艺术研究学者田青对唐代朝野宗教乐舞戏剧文化考述：

> 他们不但在岁时节日举行俗讲，并由寺院发起组织社邑，定期斋会诵经，且有化俗法师不惮劳苦，游行村落。以最通俗的音乐形式劝善化恶，甚至约集庙会，赏花唱戏，使唐代的众多寺院，实际上成了社会的主要娱乐场所。①

当朝佛教乐舞戏剧在古代长安、洛阳两都市的演出情况，可参阅有关佛教文献记载。据唐代慧立等撰《大唐大慈恩寺三藏法

---

① 田青主编：《中国宗教音乐》，宗教文化出版社1997年5月版，第14页。

师传》卷九曰:"敕又遣太常九部乐,长安、万年二县音声共送。幢最卑者,上出云霓;幡极短者,犹摩霄汉;凡三百余事。音声车百余乘,至七日冥集城西安福门街。"

"中国四大佛山"(即五台山、峨眉山、九华山、普陀山)之众多寺庙中,历代均设有戏场、舞楼,以供僧众拈花赞佛、诵经赏戏。宋代延一辑《广清凉传》卷上云:"大孚灵鹫寺者,世传后汉永平中所立。……昔有朔州大云寺惠云禅师,德行崇峻。明帝礼重,诏请为此寺尚座。乐音一部,工技百人。箫笛筝篌,琵琶筝瑟,吹螺振鼓,百戏喧阗。舞袖云飞,歌梁尘起。随时供养,系日穷年。乐比摩利天仙曲,同维卫佛国。往飞金刚窟内,今出灵鹫寺中。所奏声合苦空,闻者断恶修善,六度圆满。万行精纯,像法已来,唯兹一遇也。"

印度佛教传至中国,最初是以图像形式如"金人"、"浮屠"、"造像"等造型艺术形式输入东土各地。历史上广为流传的是关于东汉末年"明帝感梦遣使求法"之传说,并以此作为佛教文化正式传入华夏之始。《高僧传·佛图澄传》云:"往汉明感梦,初传其道。"《后汉书·西域传》云:"世传明帝梦见金人,长大,顶有光明,以问群臣。或曰:'西方有神,名曰佛,其形长丈六尺,而黄金色。'帝于是遣使天竺,问佛道法,遂于中国图画形象焉。"唐太宗撰《三藏圣教序》亦云:"大教之兴,基于西土,腾汉庭而皎梦,照东域而流慈。"

南朝齐人王琰《冥祥记》不仅记载了汉遣使天竺请回"金人"及"图画形象"之佛事,还提及中印度僧人共同造像与作画之盛举:"初使者蔡愔将西域沙门迦叶摩腾等,赍优填王画释迦倚像。帝重之,如梦所见也。乃遣画工图之数本,于南宫清凉台乃高阳门显节寿陵上供养。又于白马寺壁画千乘万骑，绕塔三匝之，像如诸传备载。"①

东汉末年，牟子《理惑论》亦云："时于洛阳城西雍门外起佛寺，于其壁画千乘万骑、绕塔三匝；又于南宫清凉台及开阳城门上作佛像。明帝存时，预修寿陵曰显节，亦于其上作佛图像。时国丰民宁，远夷慕义。学者由此而滋。"

诸如上述古代佛教"图画形象"之所谓"造像"、"倚像"、"壁画"、"佛像"、"佛图像"等，均指由印度输入中国的佛教雕塑、绘画之类。佛教文化最初正是依托此种宗教造型艺术形式长驱直入华夏大地，并进一步渗透于宗教乐舞戏剧之中，为习惯于图像观赏的中国老百姓所喜闻乐见。

据北魏杨衒之《洛阳伽蓝记》卷三记载：自汉魏以来，"自葱岭已西，至于大秦，百国千城，莫不款附。商胡贩客，日奔塞下。所谓尽天地之区已，乐中国土风因而宅者，不可胜数。"其书卷四又曰："时佛法经像盛于洛阳，异国沙门，咸来辐辏，负锡持经，适兹乐土。"后又由中印僧人将其"佛经法像"敬奉于五台山大孚灵鹫寺，且与当地佛教乐舞戏剧融为一体。

遥对古印度和西域，将非文字图像之建筑体现在南北朝"歌场"、"戏场"之上的史实，可参阅王昆吾教授《中国早期艺术与宗教》的相关论证：

> 当南朝艺人依附于豪门大户而生存的时候，当他们只是在固定市邑"歌谣舞蹈"的时候，北朝却出现了一批以西域

---

① （唐）释道世：《法苑珠林》卷十三。

贾胡及其后裔为主体的流动艺人。……在他们聚集之处，遂出现了以"歌场"、"戏场"、"变场"为名的种种专门的表演场所。例如据《通典》卷一四六记载，隋炀帝即位次年，即曾于东都洛阳"大设戏场，夸于突厥染干"。这种歌场、戏场的风俗也可以追溯到古印度和西域。①

追寻中国僧众何以追求非文字形式的佛教图像，首先在于印度佛教本来就以描绘宗教人物形象著称于世，其次是中国广大民众自古以来惯于接受无论是大自然还是社会现实具象的艺术物化形态。在中印佛教基础之上产生的禅宗乐舞戏剧艺术正迎合了此种文化需求，而将"不立文字"的教义渗透到相关的图像演绎之中。特别是有机地融入佛教舞台美术，诸如戏台、服饰、道具、化妆、面具、装饰、图像等要素之中，从而使佛教禅宗日趋深入人心。

经过不断民族化、地方化的佛教主流宗派禅宗，开始时是以"不立文字"的形式登上声名显赫的文化舞台，处于人们天生的视觉需求的艺术世界之中。回顾中国佛教历史，人们发现禅宗文化的成功之处，往往受益于与图像之绘画艺术的相结合，从而形成赏心悦目的"禅画"。

据中国禅宗经典《坛经》记载，第六代祖师慧能因为出身低微，不曾识字，全凭口传心授，靠悟性耳闻《金刚经》而顿悟禅理。其弟子请教本义，所获其真谛为"诸佛妙理，非关文字"。并依此确立古训"不立文字，直指人心，见性成佛"。虽然禅宗表面"不立文字"，但是实质上一直在虔诚追求文字之外的文化"神

---

① 王昆吾：《中国早期艺术与宗教》，东方出版中心1998年版，第326页。

韵",即中国文人推崇的"韵外之致"、"味外之旨"、"象外之象"、"境外之境"之"艺术境界"。禅学称"心"为"镜",其"心之所游"为"境","心感外物"便是以"镜"照"境"。提倡触景生情,睹物思情,以"镜"化为"真如"或"般若"。此时禅宗"画"与"诗"的结合便成为最能传神的宗教艺术中介物。

在实际生活中,人们赖以生存的自然山水早已给僧众提供了参禅悟道之"禅画"理想的图像世界。此种境界亦为"不著一字,尽得风流",可谓"只可意会,不可言传"之佛教禅宗的"无画之画"。

诚然,禅宗作为一种特殊的社会文化形态,因为拥有以语言传递神性观念的历史责任,故始终脱离不开以语言艺术为载体交流思想之功能。呈原始状态的禅宗所使用的语言工具多为"禅语"、"禅歌"、"禅乐"之类的口头非文字艺术形式,如下所述众僧之诸多言论:

南唐静、筠二禅师编《祖堂集》卷十九云:"道吾休和尚,嗣关南。师每日上堂,戴莲花笠子,身著拦简,击鼓吹笛,口称鲁三郎,云:'打动关南鼓,尽唱德山歌。'法乐自娱者是也。"

宋代道原纂《景德传灯录》卷十六云:"福州雪峰义存禅师,泉州南安人也。姓曾氏,家世奉佛。……僧问:'三乘十二分教,为凡夫开演?不为凡夫开演?'师曰:'不消一曲《杨柳枝》。'"

宋代赜藏主编集《古尊宿语录》卷八云:"僧云:'和尚什么时节欲回?'师云:'一去不知音,六国无消息。'僧云:'正当归乡底事又作么生?'师云:'独唱《胡家曲》,无人和得齐。'僧云:'忽遇知音在时如何?'师云:'山上石人齐拍掌,溪边野老笑呵呵。'……问:'如何是梵音?'师云:'驴鸣狗吠'。"

宋代普济著《五灯会元》卷四云："赵州观音院从念禅师，曹州郝乡人也。……师《鱼鼓颂》曰：'四大由来造化功，有声全贵里头空。莫嫌不与凡夫说，只为宫商调不同。'"其卷八云："庐山圆通缘德禅师，临安黄氏子。……问：'如何是古佛心？'师曰：'水鸟树林。'曰：'学人不会。'师曰：'会取学人。'问：'久负没弦琴，请师弹一曲。'师曰：'负来多少时也？'曰：'未审作何音调？'师曰：'话堕也，珍重！'"

在上述禅宗歌诗词乐与俗言诨语基础之上，逐步产生的虚拟性、综合性更具艺术独特表现力的禅宗诗文、乐舞、戏剧艺术，自然会以充满睿智的禅理机锋撩拨人情，征服广大信众之心。

另据《五灯会元》卷十九云："临安府灵隐慧远佛海禅师，眉山彭氏子。……上堂：'新岁有来由，烹茶上酒楼。一双为两脚，半个有三头。突出神难辨，相逢鬼见愁。倒吹无孔笛，促拍舞凉州。咄！'"其卷二十亦云："镇江府焦山或庵师体禅师，台州罗氏子。……问：'我有七弦琴，久居旷野。不是不会弹，未遇知音者。知音既遇，未审如何品弄？'师曰：'钟作钟鸣，鼓作鼓响。'"

《五灯会元》卷十九记载一出禅戏，其演出片断妙趣横生："汉州无为宗泰禅师，涪城人。……祖一日升堂，顾众曰：'八十翁翁辊绣球。'便下座。师欣然出众曰：'和尚试辊一辊看。'祖以手作打仗鼓势，操蜀音唱绵州巴歌曰：'豆子山，打瓦鼓。杨平山，撒白雨。白雨下，取龙女。织得绢，二丈五。一半属罗江，一半属玄武。'师闻大悟，掩祖口曰：'只消唱到这里！'祖大笑而归。"其情其景其言论颇能证实禅宗文化艺术之功用。

随着禅宗教义与学理深入人心，特别是作为印度佛教输入华夏大地的成功实践，其教派典籍日渐渗入有文化、有修养的知识阶层人士之心中，不可避免地借助文字来记载与传承。故此逐渐打破了昔日"不立文字"的训诫，而步入"不离文字"的文人墨客的文化视野之中。

在我们今天所能见到的诸多宋元杂剧与明清传奇文学结集之中，只有借助于象征性文字符号的描述，才可以窥见当年有关禅宗文学艺术的演变过程与真实存在。

据笔者对照与识别，比较具有代表性的古典禅宗戏剧文学剧目有元代高文秀的《志公和尚开哑禅》，李寿卿的《船子和尚秋莲梦》、《月明和尚度柳翠》，吴昌龄的《花间四友东坡梦》，郑廷玉的《布袋和尚忍字记》，王廷秀的《石头和尚草庵歌》，刘君锡的《庞居士误放来生债》，杨讷的《佛印烧猪待子瞻》等；还有明代朱有燉的《惠禅师三度小桃红》、李开先的《打哑禅》、祁麟佳的《红粉禅》、陈汝元的《红莲债》、叶汝荟的《夫子禅》、湛然禅师的《鱼儿佛》、樵风的《参禅成佛》、智达的《归元镜》、徐胤佳的《禅真记》、屠隆的《昙花记》等，其剧目洋洋大观，民族、宗教文化风格独具。

历来为文人推崇的禅戏《花间四友东坡梦》描写宋代大诗人苏轼与禅师佛印故事的，因大量涉及主人公的诗风文采，不能不借助传统诗词歌赋来修饰科白唱词。宋代胡仔《苕溪渔隐丛话》引《冷斋夜话》记载了这样一段有趣的参禅科介：

> 东坡镇钱塘，无日不在西湖。尝携妓谒大通禅师，愠形于色。东坡作长短句，令妓歌之曰："师唱谁家曲，宗风嗣阿谁？借君拍板与门槌，我也逢场作戏，莫相疑。溪女方偷眼，山僧莫皱眉。却嫌弥勒下生迟，不见阿婆三五，少年时。"

元、明时期，朝野上下趋附佛教文化时尚，禅风文学逐渐大盛，许多杂剧传奇作家争相以大量佛文禅诗附庸风雅，充塞戏文。汤显祖、梅鼎祚、阮大铖、张凤翼等著名剧作家的作品亦多少涉及参禅或禅师说法文辞，以华美的禅宗诗文典故点缀民族区域戏曲文学。

明代剧作家汤显祖因仕途文运不畅，晚年皈依佛门，曾与高僧达观过从甚密，并为普济编纂《五灯会元》作"序"，以盛赞禅宗："庄语火传，佛心灯传，灯灯相度。今之为灯光者非昔之为灯光者也，而其为灯明一也。向使佛心可传，则三藏亦足。"他编写的《南柯记》一剧始终贯穿佛法禅心，特别是在《禅请》中，苦心孤诣设计一位老禅师，在出场时以典雅诗文弘扬禅宗教义："佛祖流传一盏灯，至今无灭亦无增。灯灯朗耀传今古，法法皆如贯所能。"另于《情著》"生净问禅"一折戏文中将历代诗人张说、刘长卿、李商隐、王维、许浑、罗邺等名人名诗集锦于老禅师之口，以此来解答"色空"、"烦恼"等世俗话题。

明代剧作家梅鼎祚在《玉合记》中特设计《逃禅》一出戏，亦借助鲜见的诗文曲牌【琐窗】、【东瓯令】、【三换头】、【刘泼帽】等，缀连有关词令来显露其生花妙笔，以及表述对禅宗教义的虔敬之情。即便是区区科白如"月明中望见那朱甍画栋，多是法灵寺了，趱向前去"，"只因那月貌花容，怕有些风吹草动"，"师父升坐，待弟子拜礼，请赐法名"等，亦雕文琢句追寻儒雅骈俪，充满佛情禅意。

对于上述历代剧作家戏文入禅之独特景观，康保成教授在《中国古代戏剧形态与佛教》一书中评述："文字造诣高深的戏剧家，还将古人诗句入剧中参禅场面，既保持了禅语、砌语的本来特点，又提高了作品的文学品位，读来令人思索，耐人咀嚼。"但他又同时指出如果剧作者硬将文人诗歌不分青红皂白生硬地塞入佛戏不同文化背景的人物之口，未免会"产生艰涩之感"，以及"会给人生搬硬套的感觉"。①

取悦普通观众的中华民族民间乐舞戏剧毕竟不是纯宗教文本，也不是高雅诗词歌赋的案头写本。论其实质，为建立在流动、可视性的综合表演艺术基础之上的"图像"与"语言"学科有机结合的大众文艺形态。剧作内容与形式即便需要诗文入禅入戏，也应该适可而止，有个合情合理的尺度。正因为在历史上宗教与戏剧曾使图文关系几经失度、失调而失信，从而导致禅宗从"不立文字"过渡到"不离文学"，后来又反其道而行之，又回归到"不立文字"，由此阻碍了禅宗戏剧文学艺术向更深更广的层次迈进。

回顾人类宗教与民族文学艺术这对若即若离，然而又紧紧相依、形影不离的孪生兄弟的历史发展过程，实质上都在寻求"对立统一"，以及"和而不同"的平衡生存文化方式。

论及宗教文化与民族文艺二者相互之间的对立与不同之处，吕大吉先生撰写的《宗教学通论新编》一书深刻剖析："宗教作为文化创造活动，它的产物为宗教崇拜的神灵，而艺术创造的产物则是使人产生美感，给人以愉悦之情的作品与经验。"换言之，"宗教之神支配人的日常生活以至生存，艺术产品则满足人类精神生活中的审美需要。"具体审视其文化本质，禅宗满足的是信徒们"日常生活"的神灵"崇拜"，而东亚多民族戏剧文学艺术满足的则是人们的"精神生活中的审美需要"②。然而相比之下，宗教与艺

---

① 康保成：《中国古代戏剧形态与佛教》，东方出版中心 2004 年版，第 292、293 页。
② 吕大吉：《宗教学通论新编》，中国社会科学出版社 2004 年出版，第 581 页。

术有着更多的"统一"与"和"的相同之处。他在此理念上专辟"宗教与艺术"一章精辟论述：

> 第一，无论是宗教信仰的对象，还是艺术表现的境界，都要借助于人的想象力的虚构和想象。
> 第二，艺术和宗教都把各自的对象表现为具体的感性形象。一切艺术思维的特性都是它的具体性。即便是一个抽象的美的理想和构思，它也得具体化为可感的情节和形象。
> 第三，宗教和艺术之所以发生密切相通的关系，甚至在"宗教艺术"中结为一体，其中的一个重要原因在于它们有着共同的人性基础——即人的感情的宣泄和激情的表达。

依上所述，因为宗教文化与"宗教艺术"均为经过人为"虚构"和"加工"以供视听者"感情的宣泄和激情的表达"的"具体的感性形象"。故此，过于抽象的文字符号、繁杂的文字词令表达则有害于充满"激情"的"感性"的具象描绘。由此，"图像艺术的凸显"与"图文形式"的"有机结合"即成为佛教禅宗及其相关戏剧文学历史发展的必然选择。

根据自然科学生理学与心理学学者的科学测试，人在一生或一瞬间对外界事物与信息的接触与采纳，所依赖的绝大部分主要是视觉，并受制于大自然与社会中多姿多彩图像的摄入。人们对佛教禅宗诗文乐舞与民族戏剧也同样如此，往往是以感性的具象的图式形式而获得艺术美的享用。

回顾中印文化交流历史，无论是印度佛教戏剧艺术的输入，还是中国禅宗戏剧的文学形成，在初期阶段，都不甚重视文字的功能。那时在宗教信徒心目中,感到过于抽象的文字符号会不经意地伤害形象生动的戏剧表演图像与语言。另外无论是"禅戏"演员还是看戏的观众,在文艺实践之中所调动的主要是人的各种感官,作用于赏心悦目的美学艺术色彩、线条、形体与造像。不论在印度与中国,还是在世界各国、各民族文化交流过程之中,跨文学、超语言的图像艺术往往占据着观众和读者的主流位置。佛教禅宗文化只因高层次知识分子陆续大量的介入,方才使记录戏剧的文字载体拥有相对的历史和实用价值。

美国著名视觉艺术批评家和图像理论家 W. 米歇尔在《图像理论》一书中曾提出:研究宗教"图像理论"必须了解"元图像",并且指出:"元图像质疑的最明显的东西也许是'内外'的结构,一级和二级再现,'元一'的概念都是以此为基础的。由各个嵌套的、向心的空间和层面构成一个形象,以此来稳定元图像或任何二级话语,并将其彻底与它所描绘的一级的客体语言区别开来。因此,大多数元图像都描绘画中画,而那不过是许多被再现的客体中的一个。"他还进一步强调,正是此种"元图像螺旋的形式创建了一种内在结构。它是连续的,没有断裂、分界或复制。这是严格或正规意义上的元图像,一幅关于自身的图画,一幅系指自身创造的图画,然而又是一幅消解内外再现界限的图画"。①

人们所关心的佛教禅宗诗歌乐舞戏剧,正是此种有着天然图像生命的文化物象,为"螺旋"型"嵌套的"、"连续的",以及有着严谨"内外结构"的"自身创造的图画"或"画中画"。呈现在人们面前的禅宗戏剧语言文字,不过是文人根据自己的理解而记

---

① 〔美〕W. 米歇尔著,陈永国、胡文征译:《图像理论》,北京大学出版社 2006 年版,第 32 页。

载与解读图像的随意性很强的文字符号而已。

此种系统性图像有时并非文字所能清晰表示。譬如，在宗教文艺中出现的龙、虎、狮、凤之类图腾标记，以及具有各种抽象性、写意性的面具、脸谱、扮饰等。对此形形色色的中国传统民族文化图像符号，著名戏曲理论学家周华斌在《面具和脸谱的"意象"造型》一文中释读："面具和脸谱的写意成分是其理趣所在"，其一，"带有寓意内涵的图符"；其二，"色彩的含义来自对事物自然本色的联想"；其三，"饰物象征"起着"美化及象征寓意作用"。为此他得出如下结论："传统面具及脸谱作为艺术化的肖像造型，以形写神，神形兼备。在民族文化的共性中寓有艺术创作的个性，在客观的形象中寓有浓郁强烈的主观成分。"而此种"带着浓烈象征寓意"的民族古典戏曲舞台因素是一般性、抽象性、概念性的纯文字难以揭开"庐山真面目"的文化符号。

关于"图像"，实指对人的视觉中所留存的文化物象。追根溯源，此词语原本来自古希腊语"图像"、"图画"、"图示"。在此基础上所发展的"图像志"（iconography）与"图像学"（iconology）在古代西方专指对"图像"，主要是对美术遗物中的符号、主题或素材进行鉴别、说明、分类和解释。

早在19世纪初，"图像学"就从考古学中分离出来，主要倾向于研究基督教艺术作品中宗教符号的显现和含意，20世纪中期，扩大到古典与世俗图像艺术，乃至东方民族文化图像，继而发展为对视觉艺术主题的全面描述与研究。

具体到"美术图像"，不仅包括绘画，还涉及建筑、装饰、雕塑、工艺制品等范畴。美术与戏剧艺术相结合的"舞台美术图像"形式，囊括戏台、布景、道具、服装、化妆、面具、乐器等因素。

对其文化历史的探索与研究，目的是为了发现和解释民族艺术图像在各个文化体系与文明范畴中形成、变化以及所暗示的思想观念与象征意义。

新兴的"图像学"较之传统的"图像志"更加侧重对图像的理性分析，特别是强调研究人的视觉中的文化物像主题的传统、意义，以及与其他民族文化发展的联系。根据《中国大百科全书·美术卷》"图像学"词条诠释："图像学与图像志的不同之处，就是图像学发现和揭示在作品的纯形式、形象、母题和故事的表层意义下面潜藏着的这种更为本质的内容。换言之，图像学把美术作品作为社会史和文化史中某些环节浓缩了的征兆，而进行解释。"撰写此文的学者李莉还提出"现代图像学的一个特征"，即"与其他学科的交叉"，并富有见解地将现代图像学的研究领域与方法归纳为如下三方面：

一、解释作品的本质内容，即帕诺夫斯基所说的象征意义；二、考察西方美术中的古典传统、古典母题在艺术发展中的延续和变化；三、考察一个母题在形式和意义上的变化。①

西方学者帕诺夫斯基对图像"象征意义"的阐述，主要集中在他的《视觉艺术的意义》一书之中。他认为，美术作品中的人、动物和植物等自然物象的线条与色彩、形状与形态都有特定的形式体系与象征意义，需要透过其表面来对内在意义或内容进行深层次的解释。人类在考察与研究图像"母题"的历史与形式和意

---

① 《中国大百科全书·美术卷》，中国大百科全书出版社1991年版，第823页。

义上的变化之时，惯常需要通过一个国家或一个时代的政治、经济、社会状况、宗教、哲学、文化等方面的知识对其进行认真的剖析。所涉猎与借鉴的科学方法，只有将跨学科的社会学、民族学、文化人类学、心理学、美学等其他艺术史研究方法综合起来，方可对图像学与其文化形式作行之有效的考察与研究。对宗教艺术范畴中的禅宗戏剧文学艺术图像也应该借鉴此种综合性、交叉性的自然与人文学科相结合的探究途径、思路与方法。

印度佛教自产生之日起，就蕴含着丰富多样的"图像学"象征意义与内容。诸如印度现存最早的佛教美术遗物，即孔雀王朝的阿育王狮子柱头，在装饰着法轮、狮子、大象、瘤牛、奔马的圆形浮雕饰带顶板上，雕塑有四只圆雕狮子，其中最有象征意义的"法轮"即代表"佛法长运"。另如早期天竺美术遗物的桑奇大塔，其塔身（即"窣堵波"或"浮屠"）以及雕刻之佛像、宝座、本生故事等亦带有象征性。再如印度民间所遗存的佛足迹、菩提树、林伽以及各种法器等更是充满了神秘的象征含义，均需用"图像学"基本原理才能解读其学术奥秘。

古往今来，随着印中佛教文化多方位、多层次的交流，诸如古希腊、波斯、印度古国的假面具，西域诸国的魋头、面饰等输入我国边疆与中原多民族地区，其佛教剧目如《钵头》、《大面》、《上云乐》、《苏幕遮》等，以及大量饰戴神灵、魔鬼、动物假面的宗教乐舞戏，曾对中国传统戏曲净丑人物角色的脸谱化妆和造型影响颇大；另外还有建筑、装饰、服饰、道具等更是如此。笔者曾在《中外剧诗比较通论》一书中进行评介与综合论述：

> 汉唐之际，佛教盛行，中原地区开凿岩窟，雕像画壁之

风大为流行。西域流寓内地的画师深受佛教艺术的影响,将印度的阿旃陀石窟艺术、巴基斯坦的犍陀罗雕刻艺术,以及古希腊、古波斯的宗教艺术介绍到中国各地。他们所参与建造的豪华宫殿、庄重的庙宇、巍峨的佛塔、华美的石窟,以及异国情调的泥塑佛像、藻井、图案、石雕、壁画等,为传播古代西域艺术付出了艰辛的劳动。与此同时,也强有力地影响和促进着中国戏曲舞台美术的发展。①

在中国佛教流播之地盛演惟妙惟肖的禅宗戏剧文学艺术,确实曾将由古印度输入并已逐步中国化的佛教庙宇、石窟、佛塔、壁画、雕塑、法器等元素合理吸收,搬上文艺舞台;甚至创造性地将极富宗教特色的袈裟、禅杖、净瓶、铜钵、香烛、焰口形式等广泛应用于民族地方戏曲演出之中。华夏各族观众进入戏剧场所,宛如走进神圣寺庙,身临其境地在直观感受中潜移默化地接受着佛教禅理的陶冶。

隋唐时期,全国各地佛教寺庙广设"戏场",孙昌武先生在《唐代长安佛寺考》一文中考证,每年四月八日佛诞日,此地"戏场"与"佛寺"合为一体,进行各种祭祀与娱乐活动。胡士莹先生在《变文考略》中亦指出:唐代"戏场"实与"寺院'设乐招会'、'俗讲'、'呗赞'是有关系的。寺院既形成变场、戏场,因此,长安的士子娼妓们,便往往借赴会出游。"②

正因为中国僧侣创造性地将"俗讲"、"呗赞"等语言文字因

---

① 李强:《中外剧诗比较通论》,中国社会科学出版社 2006 年版,第 364 页。
② 胡士莹:《变文考略》,浙江人民出版社 1981 年版,第 131 页。

素植入佛教戏剧之中，才使此种图像艺术逐渐具备了儒雅文学性。开始在舞台上借助悬挂的"变相"图画，生硬地插入咬文嚼字的"变文"，牵强附会地当众"敷演"宗教文本之理念，逐步形成耐人寻味的图文结合、高台教化的特殊戏剧文化样式。

据康保成在《中国古代戏剧形态与佛教》一书中考证："敷演"一词源自"讲诵讲经"，即为"佛教传入，演、开演、演唱、演出。敷演被用来形容讲诵佛经，后来又成了讲唱乃至戏剧术语"。他以此为重要学术线索，并通过佛典图文对照，从山西洪洞县广胜寺明应王殿"忠都秀在此作场"之元代杂剧壁画得以印证，发现其"作场"即为"作道场变为作戏场"，洞察"从敷演佛经到敷演戏曲衍变的迹象"。①

只有剖析有关佛教文献记载的文字，才能证实"敷演"之语源。据西域高僧鸠摩罗什译《妙法莲花经》中舍利弗告之佛曰："今者四众，咸皆有疑，唯愿世尊，敷演斯事。"《五灯会元》卷三"汾州无业国师"记载："十二落发，二十受具戒于襄州幽律师，习《四分律疏》，才终，便能敷演。"再结合明代曲《彩毫记》"敷演家门"戏文之末上场诵云："高人妙理通弦索，换羽移宫且为乐。请看水底一灯明，照见莲花都不着。"从中可知佛教故事通过图文结合于当众敷演，而使佛义禅思入文、入戏、入人心。

另据宋代绍隆编《圆悟佛果禅师语录》云：禅师亦幻亦真，不知是在场上还是场下，"竿竹随身，逢场作戏"之举，所谓"诸人既是藏锋，山僧不免作一场独弄杂剧去也"。对此亦谐亦庄之人生游戏，我们可从张政烺先生鞭辟入里的论述中得到启示："参

---

① 康保成：《中国古代戏剧形态与佛教》，东方出版社2004年版，第239、253页。

禅之道有类游戏，机锋四出，应变无穷。有舌辩犀利之词，有愚呆可笑之事，与宋代杂剧中之打诨颇相似。说话人故借用为题目，加以渲染。"①

佛教乐舞戏剧长驱直入中国内地，有一个神奇的演绎过程。首先主要借助于有形的美术、无形的音乐与语言，然后嫁接于儒释道诗文，逐渐形成俗讲、变文、转读、呗赞、说话、唱导、佛曲、道情、戏弄等文艺形式而发扬光大。自落户于江南巴蜀、江浙一带，因"诗僧"所促成，仍以发达的"佛教、学术、诗文为中心"②。

据南宋耐得翁撰《都城纪胜》"社会"条记载：

> 奉佛则有上天竺寺光明会，皆城内外富家助备香花灯烛，斋衬施利，以备本寺一岁之用。又有茶汤会，此会每遇诸山寺院作斋会，则往彼以茶汤助缘，供应会中善人。城中太平兴国传法寺净业会，每月十七日则集男士，十八日则集女人，入寺讽经听法。

对于江南诸禅寺以图文敷演佛教乐舞戏剧之盛举，我们可从《陈确集》卷三《与张石渠书》获悉："山门演剧，自初七至十一日；禅堂演法，自初十至十六日；士女聚观，几忘食寝。"据查询，在沿海一带敷演的代表性古代禅宗剧目如《船子和尚四不犯》、《鬼子揭钵》、《香供乐院》、《洪和尚错下书》、《刘锡沉香太

---

① 张政烺：《〈问答录〉与说参请》，《历史语言研究所集刊》第17本，台湾"中央研究院"历史语言研究所，1948年，第2页。
② 严耀中：《中国东南佛教史》，上海人民出版社2005年版，转引自〔日〕阿部肇一：《中国禅宗史》，第559页。

子》、《裴度香山还带记》、《陈光蕊江流和尚》、《菩萨蛮》等都带有浓烈的宗教图文意识,既供佛寺禅院僧众所修炼演习,亦为广大佛教世俗信徒所观赏。

根据美国学者丹尼尔·贝尔基关于表意象征的"图画人"文化观识读:"文化由人运用象征符号所创造的表意象征构成,从而文化成了社会变迁的主要动力或首创因素。"他在《后工业社会的来临》中还认为:"文化作为表意象征对人们的行为具有强大的制约力,因为人们共同地赋予了一些象征符号某种特定的意义。"中国禅宗戏剧的缘起与图文表演形式即有明显的"象征符号"的"特定的意义"。

论及禅宗及其佛教戏剧,为何要从开始的"不立文字"演变成"不离文字",又回到"不立文字",然后再折中到"图文结合"?我们思考此趣味无穷的宗教艺术演绎路程,大致可从两个方面进行学术审视:首先,就其本质而论,宗教与艺术本身就是虚无缥缈的意识形态,即便后来化塑成形,也只能改造成可视性的图像才为人们所接受。所投入人的视听感觉均为其色彩、线条、比例、体积、秩序、节奏、张力等形式效应。其次,随佛教步入人文中国,不可遏止地综合进传统语言文字因素,虽然趋于教条、抽象与古板。然而透过表层毕竟可深入到创作者与观赏者的内心之中,并用文字象征符号做记录,巧妙地借助此载体得以跨越历史时空。在深厚的文学基础上强调图像的原始功能,则可顺其自然、殊途同归地走向"图文结合"的和谐天地。

随着时代的发展,当今社会已进入"图文并茂,雅俗共赏"的历史新时期。对于相当多的人来说,不自觉地进入一个新的"读图时代"或"看图识字"时代。这是现代化、图像化的摄影、画报、电影、电视、多媒体视频的强烈冲击与影响的结果。对此匪夷所思的历史趋势与时代潮流，我们只能因势利导来适应，其目的无非是为了最大限度地促进和发展宗教文化与民族文学艺术的融合、推广与进步。

回顾中国禅宗产生与发展的历史，最初之所以选择了"顿悟"的参禅道路，是宗教的图像性与大众性使然。新兴的充满活力的禅宗为了获取更广大信徒的拥戴，只有在中印传统图像学的基础上改造创新，为赢得更加广泛的受众，自然要在最有艺术效应的视听感官欣赏上下功夫，通过禅宗戏剧形式来弘扬禅学。有机融入"渐悟"与"灵感"之学理，是为了发挥中国文人诗词歌赋与琴棋书画有机整合所产生的巨大艺术感召力和魅力，为的是使禅宗文化与禅宗戏剧艺术更加典雅、华彩，富有韵致与情趣，也为了中华民族优秀文化更加深入与长远，乃至走向永恒。以此完美形式接通冥冥宇宙与茫茫时空，这无疑是中国佛教禅宗界僧侣与中华民族庶民百姓的历史选择。

第二节　敦煌禅宗文学经典《坛经》解读

屹立在中国"丝绸之路"枢纽的敦煌，不仅是驰名中外的东方传统文化的稀世宝库，亦为名扬世界佛教艺术的重要荟萃之地。特别是经过华化与世俗化的佛教文化支脉——禅宗以及大量有关的诗歌词曲，为敦煌的宗教文化增添了神奇的学术色彩。敦煌禅宗文学经典《坛经》的重要性在于它不仅是中国僧人独创的佛教经典，而且是建立于古代长安与关陇文化之上中华民族优秀文学的范本。

在对中国佛教文化进行深入探索研究的过程之中，我们逐渐意识到禅宗艺术"非文字"的表述性，所谓"不立文字，直指人心，见性成佛"，以及转换为象征性的佛教诗歌曲子词之艺术显现。对这些来自天竺并逐渐中国化的禅宗语言符号的解释与阐述，将非常有助于对此佛教重要宗派传统文学艺术内核的准确把握。

古代天竺佛教的发展大致经历了四个阶段：其一，原始佛教阶段；其二，部派佛教阶段；其三，大乘佛教阶段；其四，密教阶段。在佛祖释迦牟尼死后最初一百多年，前两个阶段逐渐分为正统派的上座部与非正统派的大众部，第三个阶段则出现了大乘佛教与小乘佛教。自两汉、魏晋南北朝时期输入我国，至隋唐达到鼎盛状态，遂分为若干佛教宗派，其代表如天台宗、三论宗、法相宗、唯识宗、律宗、华严宗、密宗、净土宗与禅宗。

禅宗又名"佛心宗"，因自称"传佛心印"以觉悟所谓众生心性的佛性为主旨，又因主张以禅定概括佛教的全部修身活动而得名。

天竺佛教自输入我国境内，初以佛教第二十八代祖师菩提达摩为禅宗始祖，后传至慧可、僧璨、道信、弘忍等。弘忍的弟子神秀和慧能分别在中国北方和南方两地弘扬佛法。神秀主张"渐悟"，慧能则主张"顿悟"，从而形成"北渐"与"南始"两个宗派，史称为"南北禅宗"或"南北宗"。后来慧能被授法衣，尊称"六祖"，以南宗取代了北宗，从而成为中国禅宗之主事者。

禅宗奉为最高宗教经典的《坛经》，系慧能在岭南地区韶州大梵寺为大众说法，后由门人法海整理而成。《坛经》认为：世界上所谓美与善不在外境，而在信徒的内心。所谓"自性生万法"，

"凡有所相,皆是虚妄","菩提自性,本来清净,但用此心,直了成佛","自性迷,佛即众生;自性悟,众生即佛"。此宗派认为俗众只有拨开妄念浮云,自悟清净本性,迷悟仅在一念之间,故而倡导"一念悟时,众生是佛"。

另外值得关注的是,禅宗南宗提倡"无念"、"无相"、"无住"、"无言"、"顿悟"等禅理,认为佛道是世俗语言文字不能传达的,故此主张"不立文字"。而倡导"以心传心","内外不住,去来自由,能除执心,通达无碍"。禅宗分外崇尚"无言"之善之美,从而追求文字之外艺术审美的自由境界。

禅为"禅那"或"禅定",译为"静虑"、"思惟修"等语意。静虑是止他想,系念专注一境,正审思虑,禅宗完全靠自我的力量而修炼。"禅"是一种道,是一门特殊的宗教与学问。禅与大自然关系密切,修禅追求的最高境界是自然而然,顺其自然。以禅师佛学慧眼所见,大地万物皆是禅机。未悟道前看山是山,看水是水;悟道后看山还是山,看水还是水,不过此时禅理与境界已大不相同。对此宋代青源惟信禅师在《上堂法语》中有这样一席禅宗至理名言:

> 老僧三十年前未参禅时,见山是山,见水是水;及至后来亲见知识,有个入处,见山不是山,见水不是水;而今得个体歇处,依然见山是山,见水是水。

祁志祥先生曾借用明代著名学者李贽《焚书》之"心经提纲"要义诠释此文:"这段话分三个层次。第一层,当初参禅,俗见未破时,'执色者泥色','见山是山,见水是水'。第二层,及至参禅有日，俗见已除，悟出诸法皆空的真谛，则'见山不是山，见水不是水'。然而这时又落入'说空者滞空'的偏执，而'滞空'也是一种有，尚不是'毕竟空'。第三层，经过不断否定，达到了'毕竟空'的真知。这时，无空无色，亦空亦色，非真非俗，亦真亦俗。由此关照山水，山非山而山，水非水而水。这是一种真正的大彻大悟。"①

令人惊喜不已的是，此种超凡脱俗、大彻大悟的美学境界实与中国传统文化所追求的"天人合一"、"物我合一"完全相吻合。值得重视的是，在古代敦煌石窟遗书典籍中，亦有大量有关文献资料存世，尚待我们甄别、考据与深入研究。

举世瞩目的敦煌遗书，包括自魏晋到宋初上下七八百年的写本，最早卷本的纪年传为三国魏高贵乡公甘露元年（256）；最晚的卷本纪年是宋咸平五年（1002）。依照周丕显先生《敦煌遗书概述》中的分类，分别为"儒家典籍"、"史学古地志"、"古典文学"、"古宗教典籍"，其中古代宗教之佛教经典及有关民族文学艺术作品所占比例在敦煌遗书中数量最大。

根据有关写经题记来审视，有关敦煌佛教经典，最早为西凉建初六年（东晋义熙六年）比丘禧佑所写的《戒论》，最迟为宋初至道元年敦煌图灵寺僧道猷所写的《往西天取经牒》，以及与同期稍前的北宋太平兴国五年（980）编撰的《大智度论》。其中与禅宗有关联的佛教典籍，根据《敦煌遗书总目索引》与王重民先生的《记敦煌写本的佛经》一文记载，计有《菩提达摩南宗定是非论》、《顿悟无生般若颂》、《荷泽和尚五更转》、《顿悟真宗金刚

---

① 祁志祥：《佛教美学》，上海人民出版社1997年版，第1页。

般若修行达彼岸法门要诀》、《南天竺国菩提达摩禅师观门》、《大乘开心显性顿教真宗论》、《南阳和上顿悟解脱禅门直了性坛语》、《三藏法师菩提达摩绝观论》、《顿悟大乘秘密心契禅门法》、《圆明论》、《观心论》、《澄心论》、《顿悟大乘正理诀》等著述。

对上述重要的敦煌遗书文献，据王重民先生如此考述：

> 关于禅宗的史料，在敦煌流行的有《楞伽师资记》一卷和《历代法宝记》一卷，写本都很多。《楞伽师资记》，净觉撰，有五个写本；《历代法宝记》，又名《师资血脉传》，又名《最上乘顿悟法门》，也有三个写本。①

众所周知，在敦煌遗书中珍藏的禅宗经典之中，最有权威性的是 S.5475 号卷《六祖坛经》。原题为《南宗顿教最上大乘摩诃般若波罗蜜经六祖慧能大师于韶州大梵寺施法坛经》②一卷，下题为"兼受无相戒弘法弟子法海集记"。《敦煌遗书总目索引》阐明："此即世所谓敦煌本《六祖坛经》。"③

《六祖坛经》简称《坛经》，是由禅宗第六代祖师慧能口述，其弟子法海集录，为中国佛学界尊奉为"经"的仅此一部，在中外佛教史上占有极为特殊与重要的学术位置。至今《坛经》存世版本有十余种，然而归属于敦煌藏本的《六祖坛经》则历史较早，文字内容较为完整。因此部东方佛教经典齐备整饬，故为禅宗诗歌词曲的形成与演变，以及民族文学艺术显现提供了充分的理论依据。

---

① 王重民：《敦煌遗书论文集》，中华书局1984年版，第306页。
② 参见（唐）慧能著、高朋校释：《坛经校释》，中华书局1983年版，第1页。
③ 《敦煌遗书总目索引》，中华书局1983年版，第220页。

中国佛学界现今所知的《坛经》存有四种版本类型：一是法海集本（即"敦煌本"和"敦博本"）；二是惠昕述本（简称"惠昕本"）；三是契嵩改编本（或即"德异本"）；四是宗宝校编本（简称"宗宝本"）。杜继文、魏道儒著《中国禅宗通史》对此详加考证：

> 法海本《坛经》，全名《南宗顿教最上大乘摩诃般若波罗蜜经六祖慧能大师于韶州大梵寺施法坛经》，是今日能够见到的最早写本，但不一定是最早的流行本。……据近现代学者的多方考察，可以肯定，至少在神会生前尚无敦煌本的《坛经》出现，则敦煌本的原型可能产生在神会死后与慧忠生前的十几年中。①

名僧神会（686—760）为唐代佛教禅宗南宗荷泽宗的创始人，世称"荷泽大师"，敦煌禅宗藏本即有《荷泽和尚五更传》。"死于大历十年（775）的南阳"僧人慧忠曾见到过两种版本的《坛经》，依此资料可知，敦煌写本问世应在唐肃宗李亨与代宗李豫在位期间，即上元至大历年间（760—766）。

在此之前，《六祖坛经》口述者慧能于唐代贞观至开元年间，即自太宗至玄宗盛世，创立禅宗南宗，世称"禅宗六祖"。他生前虽出身低微，不习文字，但颇有悟性，在与北宗名僧神秀的"渐悟"学说抗争过程中，神奇地创建了禅宗"顿悟"学说及宗派。相传当年神秀在禅宗五祖弘忍面前道偈语妙言："身是菩提树，心如明镜台。时时勤拂拭，勿使惹尘埃。"而慧能则妙言作偈："菩

---

① 杜继文、魏道儒：《中国禅宗通史》，江苏古籍出版社1993年版，第179页。

提本无树，明镜亦非台。本来无一物，何处惹尘埃？"从而博得弘忍的赞许，并密授禅法、法衣。后来慧能潜行岭南法性寺落发受足戒，随之于韶州曹溪宝林寺宣讲"见性成佛"之顿悟之理，遂成南方禅学大势。

据《佛经十三经》题解：《金刚经》与《坛经》渊源颇近，此部经典所"阐发的义理是大乘佛教的核心思想，因此历来为中国佛教各宗派所重视。特别是禅宗，将其视为首要经典，传说慧能和尚听师傅讲《金刚经》，才听到'应无所住而生其心'处，即刻觉悟，最终成为禅宗六世祖"。《佛教文化辞典》"禅宗"条亦云："禅宗主张不立文字，不立语言，但仍有经典作为弘法的依据"，即为《楞伽经》、《金刚般若经》等，故称"楞伽宗"。

上述《金刚经》全称《能断金刚般若波罗蜜多经》，又称《金刚般若波罗蜜经》，其含义为"关于利如金刚的般若波罗蜜多真理的经典"，即解脱人间一切烦恼痛苦，达到自在自如的理想彼岸与境界的佛教经典。《楞伽经》又名《楞伽阿跋多罗宝经》、《入楞伽经》、《大乘入楞伽经》等。"楞伽"为山名，"阿跋多罗"意为"进入"，《楞伽经》意谓佛入楞伽山说给大众听的佛教经典。

《金刚经》与《楞伽经》均为佛徒用心体悟、静修成佛的文化智慧结晶。据史书记载，禅宗初祖菩提达摩南朝至洛阳嵩山，为禅宗二祖慧可传授禅学时即以《楞伽经》为祖本。我们从《坛经》中不难找到《坛经》与《金刚经》和《楞伽经》相一致的佛学禅理，更可寻觅到《坛经》中图文转换及诗文演化之印痕。如《坛经》之"行由品第一"记载：慧能一闻经语，心即开悟，遂问客诵何经，客曰：《金刚经》。复问从何所来，持此经典，客云："我从蕲州黄梅县东禅寺来。其寺是五祖弘忍大师在彼主化，门人一千有余,我到彼中礼拜,听受此经。大师常劝僧俗,但持《金刚经》,即自见性,直了成佛。"慧能闻说,宿昔有缘,乃蒙一客取银十两令充老母衣粮,便往黄梅参礼五祖。

慧能因闻《金刚经》而顿悟,又舍老母而"往黄梅参礼五祖",可谓文化之缘分,历史使然。有儒士持经卷请教六祖大师如何识读,"师曰:'字即不识,义即请问。'尼曰:'字尚不识,焉能会义?'师曰:'诸佛妙理,非关文字。'"但是并不妨碍慧能阐禅释理:

> 善知识,何名坐禅?此法门中,无障无碍,外于一切善恶境界,心念不起,名为坐;内见自性不动,名为禅。善知识,何名禅定?外离相为禅,内不乱为定。外若著相,内心即乱。外若离相,心即不乱。本性自净自定,只为见境,思境即乱,若见诸境心不乱者,是真定也。善知识,外离相即禅,内不乱即定。外禅内定,是为禅定。①

禅宗六祖慧能阐释其"坐禅",即指对外在的一切善恶境界不起心念,对内能认识自己的本性而不动摇,所谓:"元不著心,亦不著净,亦不是不动。若言著心,心原是妄。知心如幻,故无所著也。若言著净,人性本净。由妄念故,盖覆真如。但无妄想,性自清净。"②由此上升至"禅定",实为"安静而止息杂虑"之意。

禅定与"布施"、"持戒"、"忍辱"、"精进"等均为成就佛道

---

① 转引自骆继光主编:《佛教十三经》,河北人民出版社 1995 年版,第 247 页。
② 《六祖坛经·坐禅品》第五。

之基本功夫。倘若坐禅者静坐过程心如止水，怡然自得，冥想妙思，专注一境，久而久之，即可达身心"轻安"、"观照"、"明净"之修行理想状态。《净名经》云："即时豁然还得本心。"《菩萨戒经》则云："我本性元自清净。善知识，于念念中，自见本性清净，自修，自行，自成佛道。"

值得庆幸的是，当我们在考察敦煌所珍藏与禅宗密切相关的佛经诗词词曲时，欣喜地发现其中拥有大量具象的文学艺术物化形态，借以佐证禅宗"只可意会，不可言传"的玄机禅理。

敦煌禅宗经典中南宗荷泽宗祖师神会之著述言论颇丰。据校对勘证，其《菩提达摩南宗定是非论》存有 P.3047 号与 P.2045 号卷两种。《伯希和劫经录》记载前卷含两部分："1.《神会说录》，2.《菩提达摩南宗定是非论一卷并序》。"后卷亦容五分卷："1.《菩提达摩南宗定是非论》，2.《南阳和上顿教解脱禅门直了性坛语》，3.《三藏法师菩提达摩绝观论》，4.《掌中论一卷》（陈那菩萨造三藏法师义净奉诏译），5.《缘起心论并释一卷》（龙猛菩萨造）。"《顿悟无生般若颂》存有 S.468、S.5619 号卷。

据上书所载，前卷引有下述文字："《顿悟无生般若颂》说明：此为神会和尚著作，神会和尚遗集卷四收之，并以《景德传灯录》卷三十之荷泽大师显宗记，加以校勘。但 5619 号此一种，可补此号卷首缺失部分，且字里行间亦有互异，后卷之写本系指《顿悟无生般若颂》。"另如《神会语录》被编为 S.6103 号的《荷泽和尚五更转》。据《斯坦因劫经录》阐明："和尚旁注以神会二字，知为神会和尚遗书，惜仅存三更。"虽然敦煌遗书佚篇末有"二更"词文，然其"五更"由任半塘先生编著《敦煌歌辞总编》中补齐。所谓神会之《五更转》，来自 11 种古文卷本，经比勘订正,并附有副标题"南宗定邪正。"

任半塘先生注此来自 S.2679 号卷,并指称《南宗定邪正·五更转》及论证:

> 神会于《坛语》后所作《五更转》,除题曰"定邪正"外,亦标作"大乘《五更转》",明示其非小乘矣。……今于歌题与辞内均榜张"邪正",南正则北必邪,正必处厄邪,势成水火,不许并存。……乃示盛唐之际,"一如"之说未申,而佛教终有改进。由此顿旨能于大昌,三套《五更转》辞之功为不没矣!

显而易见,禅祖神会站在南宗的立场上,视北宗渐悟说为"邪",标榜顿悟说为"正"。至于写卷日期注云:"斯六〇八三(戊、己)云:'为十世纪抄本,书法平庸。'于斯四六五四(癸)云:'原卷出自众手,十世纪抄,书法平庸与恶劣均有。'"由此可知卷本之大略。然南宗教义度曲移唱于《五更转》,其世俗音调亦可证实禅宗与非文字之演唱艺术之间有着特殊亲缘关系。

由蕲州忍和尚编撰《蕲州忍和尚道凡趣圣悟解脱宗修心要论》,据传说写本很多,其中如 P.3434 号卷据《伯希和劫经录》所述:"道凡趣圣悟解脱宗修心要论一卷(全)。蕲州忍和上撰。背有日历及大顺四年记事。"P.3777 号卷记载有 5 个分卷:"1.五辛文书一卷(卷端稍残);2.菩萨总持法一卷,亦名破相论,亦名契经论,又名破二乘见;3.了性句并序(崇济寺禅师满和尚撰);4.澄心论;5.导凡趣圣悟解脱宗修心要论一卷。"这一切均说明古代敦煌佛教界对禅宗南宗经典之重视。另如 S.2669、S.3558、

S.4064 号卷,《斯坦因劫经录》对其分别疏注:"蕲州忍和尚道凡趣圣悟解脱宗修心要论一卷。""道凡趣圣悟解脱宗修心要论一卷,题记:若其不护净一切行者无由辙见,顺智若写者,愿用心,无令错,恐误后人。"

由智达禅师编撰《顿悟真宗金刚般若修行达彼岸法门要诀》,据王重民先生在《记敦煌写本的佛经》注云:其"禅师名陈琰,秀和尚弟子"。存卷为 P.2799 号。另据《伯希和劫经录》按语:"此问答为先天元年作,答刘无得之辞。"《南天竺国菩提达摩禅师观门》存卷为 S.2583、S.2669 号,《斯坦因劫经录》均载为"南天竹国菩提达摩禅师观门",其文"天竹"为"天竺"错讹之称。慧光集释《大乘开心显性顿悟真宗论》存卷为 P.2162 号,录文为:"大乘开心显性顿悟真宗论一卷。沙门大照居士慧光集释。"《顿悟大乘秘密心契禅门法》为惠达和尚所撰,存卷 P.3559 号。《圆明论》中除了"1.圆明论一卷(存第二至九品)",另外还有"2.导凡圣悟解脱宗修心要论,蕲州忍和上","3.传法宝记并序京兆杜朏字方明撰","4.先德集问答体为禅宗语录","5.大乘心行论稠禅师撰",其佛学经典理论应属禅宗之列。另如写卷编号为 S.2595 之《观心论》,录文为:"一卷,题记:庚申年五月二十二日记",写卷编号为 P.3777、S.3558、S.4064 之《澄心论》。

再如净觉编撰《楞伽师资记》敦煌本有九个写卷,如 P.3294、P.3436、P.3703、P.4564、S.2054 号,《伯希和劫经录》对此分别记载:"楞伽师资记,仅存序文七十二行。""楞伽师资记一卷,东都沙门释净觉撰,开端残,序文存后半","楞伽师资记一卷(存后半)背为'释迦牟尼如来涅槃会功德赞'","楞伽师资记(开端四行)"。

《斯坦因劫经录》对此载文更加详细：

> 楞伽师资记一卷。东都沙门释净觉居太行山灵泉谷集。说明：此书为研究禅宗史之重要资料，往年金九经曾以本卷及巴黎所藏另一敦煌写本，加以比勘印行。①

《师资血脉传》又名《最上乘顿悟法门》，共有三个写本，此据 P.2125 号录文："历代法宝记一卷，全书题下题：亦名'师资血脉传'，亦名'定是非摧邪显正破坏'，亦名'最上乘顿悟法门'。""3717，历代法宝记一卷（开端残缺数行）。"

据有关史书典籍记载，禅宗六祖慧能为不同凡俗的神通之人，他自幼无缘入私塾学堂，但是博闻强识、无师自通、能说会道、出口成章。尤其是经他口述留下的禅宗经典《六祖坛经》，以及其中贯串的诸多禅词诗偈，处处充满玄理机锋，由此证实了禅宗与诗文的必然联系。

实为"禅宗之祖"的慧能在《坛经》中以偈诗解惑答疑而享名禅学界。如"行由品第一"载，他曾与"渐悟说"宗派领袖神秀斗智，因其偈"明心见性"而"直指佛性"，引起五祖与众僧的惊诧："奇哉，不得以貌到人。何得多时使他肉身菩萨！"

慧能祖师的著名偈诗中的"本来无一物"。录文为"佛性常清净"。笺注："原本性作姓"，由郭朋先生校释此句为："慧能'得法偈'中最关键的一句。在以后各种版本的《坛经》里，由惠昕本带头（契嵩本、宗宝本因之），把它改成了'本来无一物'。"

---

① 王重民编：《敦煌遗书总目索引》，商务印书馆1962年版，第149页。

另外此文本还录有衍文:"心是菩提树,身为明镜台。明镜本清净,何处染尘埃。"亦为对神秀禅学观念的纠正。至于前后偈诗"何处有尘埃"与"何处染尘埃",郭朋注:其"有"或"染"一作"惹"。慧能的这一偈意,同神秀针锋相对,由此"显示出他的'悟境'确乎高于神秀。因此,弘忍抛开神秀而选中了他来做自己的继承人"。

在《坛经》"机缘品第七"中,记载六祖慧能在度化僧法海时的一则名言名偈:"前念不生即心,后念不灭即佛。成一切相即心,离一切相即佛。吾若具说,穷劫不尽。听吾偈曰:即心名慧,即佛乃定。定慧等等,意中清净。悟此法门,由汝习性。用本无生,双修是正。"另外在度化僧法达时偈云:"礼本折慢幢,头奚不至地。有我罪即生,亡功福无比。"又云:"心迷法华转,心悟转法华。诵经久不明,与义作雠家。无念念即正,有念念成邪。有无俱不计,常御白牛车。"在度化僧智通时偈云:"自性具三身,发明成四智。不离见闻缘,超然登佛地。吾今为汝说,谛信永无迷。莫学驰求者,终日说菩提。"又云:"大圆镜智性清净,平等性智心无病。妙观察智见非功,成所作智同圆镜。五八六七果因转,但用名言无实性。若于转处不留情,繁兴永处那伽定。"在度化僧智常时偈云:"不见一法存无见,大似浮云遮日面。不知一法守空知,还如太虚生闪电。此之知见瞥然兴,错认何曾解方便。汝当一念自知非,自己灵光常显现。"特别是在"顿渐品第八"中慧能祖师在神秀高足志诚面前所阐释禅宗精华"戒定慧佛说"的名偈:

心地无非自性戒,
心地无痴自性慧,

　　　　心地无乱自性定。
　　　　不增不减自金刚，
　　　　身去身来本三昧。

　　慧能所诵"偈诗"，亦称"偈颂"、"伽陀"、"偈陀"等，系指宣扬佛学教理之短句韵文。其形式活泼灵动，短小精悍，言简意赅。僧众常以此文体为本，敷衍成篇，又称"祇夜"，或称"重颂"、"应颂"。慧能在《坛经》经典之中，弘扬佛理当众说法之高潮时，不仅诵偈诗，另外还面授长篇《无相颂》诗句，抑扬顿挫，铿锵有力，极富艺术感染力。此种长篇偈颂，"其颂声也，拟象天乐，若云籥自发，仪形群品，触物有寄。……气与数合，则音协律吕而俱作。……可谓美发于中，畅于四肢者也"。另有龟兹高僧鸠摩罗什曾对僧睿陈述过人之处："天竺国俗，甚重文制。其宫商体韵，以入弦为善。凡觐国王，必有赞德。见佛之仪，以歌叹为贵。经中偈颂，皆其式也。"① 由此可见中国古代禅宗以诗文讲唱形式宣扬佛理，弘扬发展了天竺输入的佛教偈诗优良传统。

　　在中华古代佛教文坛上，于偈诗基础上又出现以禅喻诗或以诗说禅之"禅言诗"，亦称"禅喻诗"，即表达禅理之诗歌。此种诗体极富佛教禅宗的空灵、达观特质，追求敏锐的内心体验，重视象喻与启示，刻意追求"言外之意"、"韵外之旨"，在本质上与中华民族传统文艺美学理论甚为合拍。

　　诗与禅相结合之风气，当时影响了许多唐宋诗人词家。尤其是慧能的"顿悟说"，更是微妙地导引着古人作诗写词之路径。宋

---

① （南朝梁）慧皎：《高僧传·鸠摩罗什传》，中华书局1992年版。

代吴可在《藏海诗话》中指出:"凡作诗如参禅,须有悟门。"宋代韩驹在《诗人玉屑》中更是心领神会其禅趣:"学诗当如初学禅,未悟且遍参诸方。一朝悟罢正法眼,信手拈出皆成章。"宋代戴复古于《论诗十绝》中表述:"欲参诗律似参禅,妙趣不由文字传。个里梢关心有悟,发为言句自超然。"天然成趣,直指禅宗"不立文字"、"教外别传"之佛性本原。

第三节　禅宗南北宗诗歌词曲之滥觞

在敦煌佛教文献丰富遗产之中,不仅珍藏着历史最早的《六祖坛经》敦煌本,也遗存着以七祖神会为代表所书数量可观的禅宗诗歌词曲。著名学者任半塘在《敦煌歌辞总编》中将其大多归入"杂曲、定格联章"之中。在此部辞书后还附有龙晦先生《论敦煌词曲所见之禅宗与净土宗》一文,对敦煌所藏禅宗词曲详加统计、考证与评述:

禅宗是唐代佛教一大宗派,在《敦煌歌辞总编》里禅宗文学以南宗章述具多。慧能主张:"一切善恶都莫思量,自然得入清净心体,湛然常寂,妙用恒沙。"[①]嗣法弟子有行思、神会、玄觉等,传世的书籍有《六祖坛经》。在敦煌词曲里,S.6103、S.2679号卷都有神会的《五更转》,S.6103号卷原题:"荷泽和尚五更转"。

据龙晦先生考证,禅宗嗣传僧人行思,俗姓刘,唐代庐陵(今江西吉安)人,为"曹溪名僧慧能上首弟子"。后归吉安青原

---

① (南朝梁)释僧祐:《出三藏记集》卷十。

山静居寺，弘扬禅法，世称"青原行思"，为青原道场创始人，亦为曹洞宗、六门宗、法眼宗之同宗共祖。

神会，俗姓高，湖北襄阳人，为唐代佛教禅宗南宗荷泽宗创始人，世称"荷泽大师"。他弱冠出家，后赴韶州曹溪师禅宗六祖慧能，接受南宗"顿悟"之说。自慧能圆寂之后，神会赴洛阳荷泽寺，宣传慧能观念，竭力排斥北宗，使南宗之说得以在北方广为传播。

经查询，在敦煌禅宗词曲中未见行思的作品，但是发现了神会的大量诗词，特别是附录于法国巴黎所藏癸本《南阳和尚顿悟解脱禅门直了性坛语》的《南宗定邪〈五更转〉》，多达十余个卷本。它们在北京藏的计有：（甲）咸十八，（乙）露六；伦敦藏的计有：（丙）斯二六七九，（丁）斯四六三四，（戊）斯六〇八三，（庚）斯六九二三（一），（辛）斯六九二三（二），（壬）斯四六五四；巴黎藏的（癸）伯二〇四五。

我们若将神会诸多的《五更转》写本与《敦煌遗书总目索引》、《敦煌歌辞总编》、《宗教辞典》、《佛教大词典》等资料进行考证比勘，可获悉如下一些宝贵的有价值的学术信息：

"S.61032号卷《荷泽和尚五更转》，说明：和尚旁注以神会二字，知为神会和尚遗著，惜仅存三更。""S.2679号卷名曰《南宗定邪正五更转》，S.26792号卷则为《禅门十二时》"。另如S.46342号卷名为"《大乘五更转》，说明：与北京咸字十八号南宗定邪正五更转文字相同"。S.6083号卷为："《五更转》一首。"S.6923号卷为："《五更转》。"（692312《赠禅师居山诗》）。S.46549号卷为："《赠悟真和尚诗》"。P.2045号卷为："南阳和上顿悟解脱禅门直了性坛语"，另外附录有"菩提达摩南宗定是非论"

卷本。依据龙晦先生在《论敦煌词曲所见之禅宗与净土宗》文中评析："写卷如此之多，在一定程度上反映了敦煌禅宗南宗佛教的发达；另一方面也反映了南宗教徒宣扬自己的教义，利用民间通俗文学形式，创作了深入浅出的佛教歌曲。"

敦煌禅宗诗词与神会《五更转》的问世之所以有重大的学术意义，在于此首词曲将中国古词之文学样式形成的时间大为提前。正如龙晦先生征引胡适研究成果所云：

> 神会的作品传世不多，他以词曲宣扬佛教的事迹被淹没多年，在研究词的起源问题上词学家把词的起源时代压得较晚。自从神会的《五更转》被发现后，胡适也改了说法，放弃了词始于白居易与刘禹锡之合作《望江南》说，而倡"依拍为句以作词曲之风，确有于开元天宝间"。他还为神会编了《神会和尚遗集》，这是研究佛教文学及治词史的同志们应当注意到的大事。①

禅宗嗣传僧人玄觉生平事迹，可见杨忆《无相大师行状》中文字的记载："温州永嘉玄觉禅师者，永嘉人也，姓戴氏。……后因左溪朗禅师激励，与东阳策禅师，同诣曹溪。初到振锡携瓶，绕祖三匝。……翌日，下山回温江，学者辐凑。号真觉大师，著《禅宗悟修圆旨》，自浅之深，庆州刺史魏静，辑而成十篇。目为《永嘉集》，及《证道歌》一首，并盛行于世云尔。"由此可知：玄觉亦名"真觉"，为浙江永嘉僧人，曾有《禅宗修悟园旨》与《证

---

① 任半塘编：《敦煌歌辞总编》，上海古籍出版社1987年版，第1801页。

道歌》流传于世。

如今在敦煌遗书之中，仍可寻觅玄觉的《证道歌》，共有"三个卷子，（甲）伯二三六〇，（乙）斯二一六五，（丙）六〇〇〇"存世。据《敦煌遗书总目索引》勘正：P.2360号卷为"残道经"。S.2165号卷为"《祖师偈》"或"《思大祖座禅铭》"。S.6000号卷为："释门杂文，说明：存：穷释子口称贫，实是僧道不贫，贫即身常被缕褐。"① 另有偈诗云："无价珍，用无尽，利物应时终不吝。六度万行体中圆，八解六通心地印。"

另外据《敦煌遗书总目索引》记载所存无名僧"《五更转南宗赞》，我们计看到六个卷子：（一）北京图书馆藏的周七〇；（二）伦敦藏的斯四一七三；（三）斯四六五五；（四）斯五五二九；（五）巴黎藏的伯二六九三；（六）此外苏联也藏了一个卷子"。《敦煌歌辞总编》卷五"杂曲"核实为"苏一三六三"。上述卷子经查询，S.4173号卷为"南宗赞"。S.4655号卷为"佛经疏释"。S.5529号卷为"五更调，题记：龙文成文书册子，龙延昌文书"。P.2693号卷为"七曜历日一卷"。《敦煌歌辞总编》中所录"《五更转·南宗赞》五首"，其卷本还有："伯二九六三，斯四六五四，苏一三六三，伯二九八四。" P.2963号卷为"净土念佛诵经观行仪卷下，末题：'时乾祐四年岁次辛亥蕤宾之月冀雕十三叶与宕泉大圣先岩寺讲堂后弥勒院写故记'，背有《南宗赞》、《五更转》、《劝善文》等"。② S.4654号卷为"赠悟真和尚诗"，P.2984号卷为"十地论卷一之开端并序（序已残，背有《南宗大乘五更转》及《受

---

① 商务印书馆编：《敦煌遗书总目索引》，中华书局1983年版，第233页。
② 同上书，第276页。

三归五戒八戒十戒文》)"。

据任半塘先生考证:"南宗赞一本,写在法照作《净土念佛诵经观行仪》卷下之背面,目录云:'此为别体五更调。'"另如"采自苏联列尼孟西科夫辑《影印敦煌赞文》,据《苏联总目》,此本原标题用'五更转'三字,写于正面"。任半塘先生疏注"时乾祐四年,岁次辛亥"P.2963号卷文性质:

按乾祐是后汉隐帝年号,到三年止,辛亥已是后周广顺元年。正面缮录时代如此,背面所写如《五更转》之时代又较迟。可知《五更转》是调名,《南宗赞》是题目。①

除此之外,敦煌禅宗诗歌词曲中还有《求因果》、《禅师各转五更转》、《归常乐》等佛教文学作品。据龙晦先生统计,禅宗南宗词曲"值得一提的遗失标题并拟为《求因果》的杂言歌辞,共四十五首,句式为七、五、七、五,上下两阕"。"其内容推定为南宗教徒所作,如《禅师各转五更转》……一共有十首,卷子计见了三个:(甲)伯三四〇九;(乙)斯五九九六;(丙)斯三〇一七。"经查考,P.3409号卷索引文曰:"此卷当是记一文字游戏,应予以重视。记一人在五荫山中逢六个禅师,每禅师先各作一偈,又各作一《五更转》,于是逢者作《行路难》。"S.5996、S.3017号卷载为"五更转"。对此《斯坦因劫经录》载"五更转,劝诸人偈,行路难"释文:

---

① 任半塘编:《敦煌歌辞总编》,第1805页。

说明：此为所谓第六禅师某，与修道人众所作诗文。前二种为禅师作，后一种为众人作，但互相联系，未可分割，兹试抄其前部。

（前缺）五更隐在五荫山，蒙井䠶暗侵半天。元想道师结跏坐，入定虚凝证涅槃。生死皆是约元有，此岸非彼，三世共作一刹那，影见世间出三界。若人达此理，真如行住坐卧皆三昧。

第六禅师点然无更可转，即作《劝诸人》一偈：劝君学道莫言说，言说行恒空。不断贪痴爱坐禅，浪用功。用功计法数，实是大愚庸。俱得无心想，自合太虚空。

贵贱等蒙禅师说偈，兼与《五更转》。把得寻思，即爱慕禅师，不知为计。留得共住，修道贵贱等，各自思惟，各作《行路难》一首（《行路难》有四首，第四首只有前二句，下缺）。①

刘铭恕先生对上述敦煌遗书 S.3017、S.5996、P.3409 号卷所载《禅师各转五更转》早已发现其重要性，并题名为《五更转、劝诸人偈、行路难》，并且做如此读解："此为所谓第六禅师某与修道人众所作诗文。前二种为禅师作，后一种为众人作，但互相联系，未可分割。"

随后又有王重民、白化文、饶宗颐、李正宇诸先生重读与研讨此卷本。白化文先生在《对可补入〈敦煌变文集〉中的几则录文的讨论》中"戏称之为《和尚传奇》"。李正宇先生在《试论敦

---

① 商务印书馆编：《敦煌遗书总目索引》，第171页。

煌所藏〈禅师卫士遇逢因缘〉——兼谈诸宫调起源》中称其为《禅师卫士遇逢因缘》。他还结合 P.4623 号卷背面录《禅宗语录略抄》两首偈之其一云："五荫山中有一殿，琉璃七宝作四院。内有一佛二菩萨，长时人不见。"其二云："五荫山头有一池，里有金沙人不知。海水湛湛人皆用，施法药与贫儿。贫儿得时叹安乐，善知门前脚迹稀。"缜密考证，惊喜发现禅宗诗词与传统诸宫调关系非常密切：

> 《禅师卫士遇逢因缘》中的七首《偈》、五首《五更转》、七首《行路难》，各用一支同名曲子歌唱。各是一曲多词，同曲叠唱。宋代诸宫调也有类似现象。即在同宫调的套曲内一支曲子可以叠唱若干遍，称之为"煞"或"叠"，有的还加上"尾声"。无论"叠"、"煞"或"尾声"，都有另制的歌词。与《禅师卫士遇逢因缘》中的《偈》、《五更转》、《行路难》同样都是一支曲，数首词。通过上面的比较可以看出《禅师卫士遇逢因缘》的形式结构，同后来的诸宫调几乎没有什么区别。①

经李正宇先生考证，《禅师各转五更转》的创作年代应在唐贞观十年（636）与天宝十一载（752）之间。较之学人皆知的孔三传撰《耍秀才诸宫调》即"北宋后期'诞生'的诸宫调，其孕育期至少已有 300 多年"。如果此论证确立不谬，我们不能不由衷地感激唐代禅宗文人，对中华民族讲唱文学，特别是对诸宫调的形

---

① 曲六乙、李肖冰编：《西域戏剧与戏剧的发生》，新疆人民出版社 1992 年版，第 66 页。

成与发展做出重大贡献。

据敦煌卷本"伯三〇六五与伯三〇六一,有九首失调名拟题为《归常乐》的词曲"之实录,龙晦先生收录其中第七首云:"七祖遇曹溪,传法破愚迷。暗传心地证菩提,愚者没泥黎。"从中考证,此为六祖慧能与七祖神会之间缔结传灯之法事。甚为重要的是《敦煌歌辞总编》中还收录了如《悉昙颂》、《禅门悉谈章》、《拨禅关》、《禅唱》、《十二时》、《禅门》、《五更转》、《假托禅师各转》等与禅宗诗词有密切关系的敦煌曲子词,其中《禅门悉谈章》尤显重要的历史与学术研究价值。

《禅门悉谈章》之"悉谈"亦称"悉昙"、"悉檀"、"肆昙"等,为梵语佛教术语,意为"吉祥"、"成就"、"安住"等。"悉谈章"或"悉昙章"系指古代印度人华梵文字母与语法启蒙教材。唐僧义净在《南海寄归内法传》中即有"一则创学《悉谈章》,亦云《悉地罗窣堵》,斯乃小学标章之称"之佛学文辞。

唐僧智广撰《悉昙字记》述梵文悉昙字母,计十二韵,另有四个字母,共十六韵,次述各字母的拼法,为古人学习梵文之书册。据此书"序"记载:

> 悉昙天竺文字也。西域记云。梵王所制。原始垂则四十七言。寓物合成随事转用。流演支派其源漫广。因地随人微有改变。而中天竺特为详正。边裔殊俗兼习讹文。语其大较本源莫异。斯梗概也。顷尝诵陀罗尼,访求音旨,多所差舛。会南天竺沙门般若菩提赉陀罗尼梵挟。自南海而谒五台,寓于山房,因从受焉。与唐书旧翻兼详中天音韵。不无差反。考核源滥所归悉昙。梵僧自云:少字学于先师般若瞿

沙，声明文辙将尽微致，南天祖承摩醯首罗之文，此其是也。而中天兼以龙宫之文有与南天少异，而纲骨必同。犍陀罗国熹多迦文独将尤异，而字之由皆悉昙也。

唐僧全真《唐梵文字序》亦云："夫欲辨两国言音者，须是师资相乘，或是西国人亦须晓解悉昙，懂梵汉之语者。"早于唐代时期，僧众为获天竺禅定真义，即通过《悉昙章》学习以达目的并视其为正道。敦煌石窟所载有关以"悉昙"为名联章体歌辞甚众，从而可洞悉当时此舶来品读本在中华民族禅宗信徒中的重要地位。

经周广荣著《梵语〈悉昙章〉在中国的传播与影响》一书介绍，有关《悉昙章》的歌辞共有七件发现于敦煌，学界称之为"敦煌《悉昙章》歌辞"。"这些歌辞按内容与形式可分为三种。第一种题名《俗流悉昙章》，存一件，编号为北'鸟'64。其前有短序，云'唐国中岳释氏沙门定惠法师翻注'。歌辞共分八首，每首内，头、腹、尾各有和声，将曲辞分成三段。第二种题名《佛说楞伽经禅门悉昙章》（下简称《禅门悉昙章》），存五件，编号为P.2204、P.2212、P.3082、P.3099、S.4583号卷。歌辞前亦有序，云'嵩山会善沙门定惠翻出'，其篇章结构与第一种相同。第三种仅有残卷，编为北'鸟'64号，存第6、7、8、9、10、11、12首，题名与作者皆不详。"①

任半塘先生在《敦煌歌辞总编》中辑录《悉昙颂》之《俗流

---

① 周广荣：《梵语〈悉昙章〉在中国的传播与影响》，宗教文化出版社2004年版，第388页。

悉昙章》共八首，均为"唐释寰中"所作。其"短序"另有"悉昙章者，四生六道。……并合秦音鸠摩罗什通韵。鲁流卢楼为首"之记载。《悉昙颂》之《佛说楞伽经禅门悉谈章》共八首，作者亦为"唐释寰中"。据《景德传灯录》载，其人为晚唐高僧，曾于"嵩岳受戒"，辞世后留名为定慧，故有"中岳释氏沙门定惠法师翻注"之称。审读此卷本"佛说楞伽经禅门悉谈章并序"文，颇能体味禅宗佛理机趣：

  诸佛子等，合掌至心听。我今欲说《大乘楞伽悉谈章》。《悉谈章》者，昔大慧在楞伽山因得。菩提达摩和尚，元嘉元年从南天竺国将《楞伽经》来至，东都跋陀三藏法师奉诏翻译其经，总有五卷，合成一部。文字浩汗，意义难知。达摩和尚慈悲，广济群品，通经问道。识揽玄宗，穷达本原，皆蒙指受，又嵩山会善沙门定惠翻出悉谈章。广开禅门，不妨慧学，不著文字，并合秦音，亦以鸠摩罗什法师通韵，鲁留卢楼为首。

根据《敦煌遗书总目索引》比勘考证，上述卷本多记"佛说楞伽经禅门悉谈章一卷"，另有 P.3082 号卷为"原卷有书签题作诸集真言（以伯 2212 卷校之，实为佛说楞伽经禅门悉谈章，盖加签人误）"。P.3099 号卷为"佛说楞伽经禅门悉谈章并序（小册子）"。S.4583 号卷为"禅诗，说明：存五、六、七、八诸首，其诗间有与佛说楞伽经禅门悉昙章文句相似者"。由此证实此禅宗诗词当时广为僧众间传抄，几经辗转，文字难免有讹误。

另如《悉昙颂》之《神咒》六首，其文字梵汉混杂，玄奥难懂。据任半塘先生阐释:"神咒"之义"谓'咒陀罗尼',用秘密语,能持、能遮,有不测之神验,其实诳诈。'大明咒'乃放出大光明,破除众生昏暗之咒"。他又征引郑樵《通志·六书略论》所云:"华梵项下说:'今梵僧咒雨则雨应,咒龙则龙见。顷刻之间,随声变化。华僧虽学其声,而无验者。实音声之道有未至也。'这话正是表现密宗僧人念咒的精神。为要讲求音声之道,不得不研究天竺拼音文字的读法,于是悉昙亦即'梵文拼音表'就成为重要科目。"①从而证实此卷本之神奇,当时已有由禅宗演绎为密宗曲子词之趋向。

另据龙晦先生考证,上述《悉昙章》诸曲多为"禅宗北宗之文学作品",他借引吕澂先生之论点:"根据他主张'看心'、'磨镜'皆禅宗北宗之主张。中岳原为北宗本山,神秀一传景贤,即住会善寺,判定定慧为其法系。因此这套《悉昙章》便应是北宗僧人所作。"②从而证实,古代禅宗之南宗与北宗僧侣文人曾联手共同发展敦煌佛教诗歌词曲文学。

众所周知,佛教禅宗竭力推崇"道不可言"或"无言"之美学意境。《坛经·般若品》即反复弘扬"不立文字,直指人心,见性成佛"之要义,并谆谆教导芸芸众生"迷人口说,智者心行",以及大力主张"教外别传"之理论,始初曾对文字的排斥推向极致。正如《无明慧经禅师语录》所云:

最是省力,不须念经,不须拜佛,不须坐禅,不须行脚,

---

① 任半塘编:《敦煌歌辞总编》,第 1022、1024 页。
② 龙晦:《论敦煌词曲所见之禅宗与净土宗》,《世界宗教研究》1986 年第 3 期。

不须学文字，不须求讲解，不须评公案，不须受皈戒，不须告行，不须安闲，于一切处只见有话头明白，不见于一切处。……不是欺地，便乃瞒天，撞着个作家挨拶，便云是教外别传。

然而历史发展规律往往是"盛极必衰，物极必反"。禅宗早期讲求"不立文字"，"教外别传"之"内证禅"，后来却不自觉地走向反面，变为"不离文字"，"因文求道"，"以文设教"之"文字禅"。对此，可从明真可撰《紫柏尊者全集》之"礼石门圆明禅师文"与"法语"中获知奥妙："文字，波也；禅，水也。如必欲离文字而求禅，渴不饮波，必俗拨波而觅水，即至昏昧宁至此乎？""凡佛弟子，不通文字般若，即不得观照般若；不通观照般若，必不能契会实相般若。实相般若，即正因佛性也；观照般若，即了因佛性也；文字般若，即缘因佛性也。……若然者，即语言文字如春之花，或者必欲弃花觅春，非愚即狂也。"正因为禅宗文化的双重价值观而导致后世"诗家圣处不在文字，不离文字"，既为"非言"又"非非言"的矛盾对立之特殊状态。宋代刘克庄在《题何秀才诗禅方丈》明确指出："诗家以少陵为祖，其说曰：'语不惊人死不休'，禅家以达摩为祖，其说曰：'不立文字'。……夫至言妙义，固不在于语言文字，然舍真实而求虚幻，厌切近而慕阔远。"

洞悉禅学与美学之精髓，印度佛教禅定学说强调心灵的虚空，支道林曾于《善宿菩萨赞》指出："体神在忘觉，有虑非理尽。"又见曾肇于《维摩经注·文殊师利问疾品》中表达："虚空其怀，冥心真境。"矫枉过正，此实为佛教祖传之真谛。

中国诸民族佛界禅宗文学与诗歌词曲殊途同归，都在追求

"不著一字，尽得风流"，或"诗中有画，画中有诗"，"画中之白"，"无画之画"，"无画处皆成妙境"之"无相"之美学旨趣。自古迄今，无论是在西域、中原，还是在敦煌、江南诸地，都在大行其道，经久弥新。在此种华夏传统文化背景下，以禅宗经典《六祖坛经》为敦煌佛教诗歌词曲进行考研诠释，达到恢复历史文化之原貌确为入情入理之事。

第四节　中原乐舞戏曲在东南亚的流传

位于中华人民共和国版图之南的东南亚诸国，依海傍陆或岛屿依次有越南、柬埔寨、泰国、马来西亚、新加坡、印度尼西亚、菲律宾、文莱、东帝汶诸国，这些国家与地区在历史上均与华夏民族有过密切的文学艺术交往。特别是自汉唐以来，由关中和中原地区辐射出去的海上"丝绸之路"将此地的传统乐舞戏曲文化输送到南海诸地，把海外目光吸引到中国，这确实是中华民族值得骄傲与自豪的事情。

越南位于东南亚中南半岛东部，同中国、老挝、柬埔寨接壤，东部与南部面临南海，面积为32.96万平方公里。与越南近邻的柬埔寨位于东南亚中南半岛南部，东北部同老挝接壤，西北部毗邻泰国，西南临暹罗湾，面积18.1万平方公里。同老挝、柬埔寨、马来西亚、缅甸相邻的泰国，国土面积为51.4万平方公里，沿海南行，为呈半月形环围的马来半岛的西马来西亚，以及与婆罗洲北部的东马来西亚，面积为32.95万平方公里。在马来西亚最南端、地处太平洋与印度洋之间的航运要道——马六甲海峡出入口的新加坡，仅有616平方公里的国土。再有位于西太平洋众多岛屿之中的印度尼西亚，面积为190.4万平方公里，菲律宾为29.97万平方公里，以及国土狭小但主权独立的文莱、东帝汶国。东南亚诸国共同特点是陆岛分散，水域辽阔，民族众多，风光绮丽，是亚洲通往大洋洲与南美洲的经济文化跳板，亦为华夏古典诗文、乐舞戏曲积淀与繁衍的水陆艺术舞台。

历史亦称为南越、交趾、交州、林邑、安南、镇南、大越等的越南。有信史可考，此地远古时期经历过氏族向部族过渡阶段，以及旧石器与新石器时代。早在华夏帝尧时期，就有"宅南交"与"舜南巡狩"及其"越裳献雉"之古老传说。"秦已破灭"，南海尉赵佗"击并桂林、象郡，自立为南越武王"。[①] 此为中越通交之始。《水经注·温水》中南北朝俞益期致韩康伯书告之此地"始教耕犁……火耨耕艺，法与华同"，即为古代越南受华夏文化影响的真实写照。再则，在历史上于"秦设象郡"至"明设郡县"，越南版图几度划归华夏版图，使中越关系更为贴近。

黎正甫在《郡县时代之安南》中考证：古代越南"于秦汉之际臣服于中国，其生活及一切建置仿自中国，故可为中国文化传播于亚洲南部之代表"。著名学者冯承钧在《占婆史》中叙述："昔之四裔漫染中国文化之最深者莫逾越南。"台湾学者郭廷以更是语出惊人："在环绕中国的邻邦中，与中国接触最早，关系最深，彼此历史文化实同一体的，首推越南。"[②]

越南之"古交州"，在历史上曾流行华夏中原地区的鼓吹礼仪

---

① 《史记》卷一百一十三《南越列传》。
② 郭廷以：《中越一体的历史关系》，《中越文化论集》（一），台北"中华文化出版事业委员会"，1956年。

之乐，为人瞩目，据《三国志·吴书·刘繇太史慈士燮传》云：此地"并为列郡，雄长一州，偏在万里，威尊无上。出入鸣钟磬，备具威仪，笳箫鼓吹，车骑满道"。时至"古林邑"，于隋唐时又称"占城"或"占婆"，此风气更甚。据《隋书·南蛮传·林邑》记载，此地"乐有琴、笛、琵琶、五弦，颇与中国同。每击鼓以警众，吹蠡以即戎"。其礼乐与华夏风俗更为接近。于此前后，古代越南曾盛行《占城乐》，据《大越史记全书》本纪卷四记载："天资嘉瑞十七年（1202），命乐工制乐曲，号占城音，其声清怨哀伤，闻者泣下。"

越南黎朝龙铤王时期，当地有一位稔熟华夏乐舞戏优人廖守忠，敷演华夏失传的一支杖鼓曲《黄帝炎》，受到朝廷的高度赞誉。在他举荐下，朝野还流行起《降黄龙》、《宴瑶池》、《庄周梦蝶》等唐宋乐舞杂戏，更赢得广大观众的喜爱。

至大越时期，元代艺人抵越南输送杂剧可谓轰动的一桩盛事。据《大越史记全书》本纪卷七"陈裕宗绍丰二十年（1362）"条记载：

先是破唆都时，获优人李元吉，善歌，诸势家少年婢子从习北唱。元吉作古传戏，有西方王母献蟠桃等传。其戏有官人、朱子、旦娘、拘奴等号，凡十二人。著锦袍绣衣，击鼓吹箫，弹琴抚掌，闹以檀槽。更出迭入为戏，感人令悲则悲，令欢则欢。我国有传戏始此。

至黎太宗绍平四年（1437），越南朝廷诏宦官梁登仿照明代乐器创制新乐。对此，夏应元在《中越文化交流》一文中记载："梁登所进献新乐,用大鼓、编磬、编钟、琴瑟、笙箫、管篪、柷敔、埙箎作为'堂上之乐'。方响、箜篌、琵琶、管笛作为'堂下之乐'。乐器繁多,区分亦细。越南旧戏,在音乐、服装和表演形式等方面都受到了中国传统戏曲的影响,中国的戏剧人物,过去也常出现在越南戏剧舞台上。"①

正是在中越传统诗词歌赋乐舞戏剧文化的基础上,越南才诞生了诸如水傀儡剧、嘲剧、𠸦剧等歌舞诗乐相结合的地方戏剧艺术。越南民间流行的一种在水池内表演的水傀儡剧,只有傀儡浮在台座上,为其操纵的棍、绳与自动装置都隐入水下。演出开幕时,此剧种操掌者先敲锣打鼓、鸣燃爆竹,然后是神话中的龙、凤、独角兽、乌龟等"四圣兽"陆续登台。歌手、乐手与表演者都站在水中,吟唱嘲剧曲调,形象艺术地再现农耕、渔业、劳动等日常生活场景。与此关系密切的嘲剧以谐谑、调笑为主,内容取自生活寻常事,表现人间爱情欢乐、离别悲哀以及讽刺社会丑恶现象。此民族文艺形式演出时没有舞台、布景,只用系在木桩上的绳子划出表演场地,伴奏乐器是锣、鼓、箫和胡琴。流行于越南中部和南部地区的𠸦剧更接近中华民族传统乐舞戏剧。据王耀华先生记载:

> 𠸦剧来源于中国戏曲,形成于 13 世纪,衰微于 18 世纪,又于 19 世纪至 20 世纪前半叶再次兴盛。剧本内容多取材于中国的历史故事。服装、脸谱、动作也与中国戏曲相类似。

---

① 陈玉龙、杨通方、夏应元、范毓周:《汉文化论纲》,北京大学出版社 1993 年版,第 376 页。

乐队组成与戏剧有许多共同之处，由战鼓（或板鼓）、铜锣、铙钹、胡琴、唢呐、三弦、筒或短琴（类似于阮）等乐器组成，原本为宫廷戏剧。后来也有流动戏班在村镇、寺庙、祭坛、集市演出。①

古代越南之人梁世荣于黎宪宗景统四年（1501）刊刻过一本有关当地乐舞戏曲的专著《戏坊谱录》，叙述与总结了安南嘲剧与呌剧的缘起、发展，以及在官宦缙绅与黎民百姓之间搭棚唱戏，戏曲演员在歌舞戏表演与打鼓艺术的经验，并且提及黎朝时期安南宫廷乐舞戏艺术方面完全模仿了明朝礼乐规制，可知中国长安、中原传统文化在越南之影响。

古代称扶南，又有真腊、吉蔑、高棉之称的柬埔寨，据《三国志·吴书》记载，早在吴赤乌六年（243），扶南王范旃就曾遣使向华夏江南吴国宫廷"献乐人及方物"。另据《旧唐书·音乐志》卷二十九载："隋炀帝平林邑国，获扶南工人及其匏琴"，后获"天竺乐"，"德宗朝，又有骠国亦遣使献乐"，陆续为华夏诸地所享用。

于9世纪末到12世纪，柬埔寨形成以"吴哥"为中心的高棉文化鼎盛时期。在该国最大湖泊洞里萨湖北面的暹粒布寺，于45平方公里森林中的吴哥遗址，人们至今仍能见到各种精美绝伦的塔群神像、浮雕、雕刻等。法国博物学家亨利·穆奥于1861年发现此座已沉睡400多年之久的人类辉煌古迹时，大为感叹："我们只有羡慕和崇敬地默视着它。我们无法找出任何言辞来赞美这座

---

① 王耀华编：《世界民族音乐概论》，上海音乐出版社1998年版，第123页。

宏伟的建筑，因为这些建筑可以说在世界上是无与伦比的。"①

有史记载，柬埔寨古吴哥王城与古寺始建于9世纪，即吴哥王朝第一个国王耶跋摩二世统治时期，扩建于12—13世纪耶跋摩七世当权时代，前后花费了10余年时间，役使30多万奴隶与民工，终于建成拥有600多座宫殿、寺庙、宝塔的巨大王城。其中最令高棉人自豪的是吴哥寺，或称"吴哥窟"，可以说它是人类建筑史上规模最大、造型最美的古建筑之一。有人测量并记载："吴哥窟寺院周围有宽190米的壕沟，四周共长5.6公里。壕沟以内还有石砌内外墙各一道，大门在西外墙中央，内墙四角均建有塔。主殿建在一个宽187米、长215米的长方形三级台基上。殿上有5座尖塔，中央塔顶离庭院地面65米。每级台基四边也都有石砌回廊，底层廊壁上布满石刻浮雕……这里的石刻是古代高棉浮雕艺术的精华。寺内各幢建筑物之间都用石阶梯式走廊连接起来，两边都刻着玲珑的莲花形石饰和雕像。"②引人注目的是，在吴哥寺石刻、浮雕与雕像中刻有许多与中国古代长安、关陇地区有关系的如琵琶、箜篌、竹琴、锣鼓等乐器造像。

元朝时期，温州人氏周达观奉旨出使柬埔寨达一年之久，1297年6月归国后写有名著《真腊风土记》，此书"城郭"、"宫室"中对吴哥城如此记载："州城周围可二十里，有五门，门各两重，惟东向开二门，余向皆一门。城之外皆巨濠，濠之外皆通衢大桥。……桥之阑皆石为之，凿为蛇形……城门之上，有大石佛头五，面向西方，中置其一，饰之以金。门之两旁，凿石为象

---

① 葛新编：《古城踪迹探奇》，上海外语教育出版社1988年版，第82页。
② 同上。

形。……金塔至北可一里许,有铜塔一座。……国宫及官舍、府第皆面东。国宫在金塔、金桥之北,近门,周围可五六里。其正室之瓦以铅为之,余皆土瓦,黄色桥柱甚巨,皆雕画佛形,屋头壮观,修廊复道,突兀参差。"然而遗憾的是,如此巍峨壮观的古王城却于1431年毁于泰国侵略者的手中,在此期间有数万宫廷音乐家和舞蹈家被作为俘虏而带到泰国,使泰国的音乐接受了高棉文化的强烈影响。

19世纪初,柬埔寨金边宫廷恢复古典乐舞戏时,更是出现了高棉人不想见到的悲哀历史文化事实,虽然"宫廷音乐得以保护和发展,但这些宫廷音乐并不是原封不动地直接继承古代的高棉文化,大部分被认为是从泰国反传进来的;另一方面,在吴哥的旧都却保持着零碎的古典艺能传统"[①]。

这些"古典艺能"主要指被称为"南斯贝克"的皮影戏,以及使用吹管乐"贝扑拉坡",拨弦乐"高棉多罗"、"库塞摩依"与打击乐"斯科阿拉克"和"衬",为敬奉"阿拉克"守护神而演奏的柬埔寨民族民间音乐舞蹈。

全国人民敬奉佛教文化的泰国,位于东南亚中南半岛中部,与柬埔寨、缅甸、老挝与马来西亚毗邻,南临暹罗湾,西南濒安达曼海。该国政治、经济、文化中心与集散地主要在湄南河平原一带。

据有关考古资料证实,泰国的主体民族"泰族"于公元前在中国西南地区云贵高原上形成,特别是与云南傣族有着密切的族源关系,史书称其为"哀牢"。这支民族于9世纪左右大量南迁,于1238年建立统一的王国——"素可泰",成为泰国文明的摇篮。

[①] 王耀华编:《世界民族音乐概论》,上海音乐出版社1998年版,第109页。

此古国于 14 世纪后半叶被湄南河流域的阿瑜陀耶王朝所吞并。

泰国传统乐舞戏是在佛教文化基础上融入东南亚锣群艺术为特色,据王耀华先生考证:"这一特点是在与中国、印度、印度尼西亚(爪哇)、柬埔寨等国交流过程中逐渐形成的。"早在中国唐朝时,"泰(傣)人南迁的过程中,将中国西南部的民间音乐带进了泰国。……中国明清时代的华侨还把当时广东一带的音乐融进了泰国音乐之中"。如被称为"康"和"拉坤"的泰国乐舞艺能即"类似于中国的傩(是有歌唱的)和日本歌舞伎的假面剧"。再如"在中国和印度这两大文明影响下的泰国,在音乐理论和乐器方面,都有来自两个方面的影响"。① 而中国唐宋传统乐舞戏又通过泰国间接地输入东南亚诸国,其中要数居于马六甲海峡要冲的新加坡的华化程度最大、最为显著。

新加坡原名为"淡马锡",13 世纪室利佛逝占领此地,改名为"僧伽补罗",即"狮子城"。后于 1819 年,英国东印度公司从其领主莱佛士邦手中买下了该半岛,并根据古代称谓转音为"新加坡"。因该国宣传其地为自由港,政策较为开放,吸引了大批华人劳工,其后裔华族在当地占有一大半比例,其传统乐舞戏艺术自然而然引进大量华夏民族文化成分。新加坡人民信奉的"妈祖",视她为护佑海上航行平安的女神。当地华人于各地修建妈祖庙,并于"进海祭"、"皇会"时举行下述仪典:

> 都要抬着神像、鼓乐喧天地歌舞游行,主要是"龙舞"和"狮舞"。东南亚各国只要有华人聚居的唐人城、唐人街,

---

① 王耀华编:《世界民族音乐概论》,第 105 页。

不仅在祭祀妈祖的诞辰时，在春节、元宵节、中秋几个重大喜庆日子里都会出现代表华夏文化的"龙舞"和"狮舞"。甚至越过东南亚各国，在澳大利亚迪戈市博物馆还珍藏着一条百米长龙，制作精美，是清末从广东台山订制后运去的。①

于太平洋环围的东南亚岛屿之间，散落着具有浓烈热带雨林景观的南海诸国，其中最具影响力的如马来西亚、印度尼西亚与菲律宾，其传统诗文、音乐、舞蹈与戏剧多染有鲜明的爪哇文化色彩，当然也不同程度地保留着华夏传统表演艺术特点。

由马来亚、沙捞越与沙巴组成的马来西亚，除了世居着众多马来人之外，华人数量最多，另外则是被分称"塞诺依"、"内格里托"、"马来原住民"的三个民族集团，以及少许印度人。当地人民多信仰伊斯兰教，华人则多信奉佛教。

"千岛之国"印度尼西亚与"花园岛国"菲律宾因融入大量的马来人血统，又在马来语基础上发展自己的国语，故此其乐舞诗文呈现出更加丰富、多元化的绚丽色彩。特别是被西方学者称为"世界上最富饶的地方"的苏门答腊，流行着独特的传统音乐"甘美兰"，即以打击乐器为主的合奏乐，恰似"天籁之音"一般，非常华美与优雅动听。据说"甘美兰"主奏乐器铜锣，原为来自中国云南、广西一带的铜鼓所演变。据当地传说，是远古由天神湿婆降临爪哇时所改造的打击乐器，最早为对天神乐舞祭祀所用。

菲律宾音乐歌舞以吕宋岛为中心，因为这里盛产形形色色美丽的竹子，其民族乐器多以竹制成，空灵而虚幻。诸如竹管、竹

---

① 资华筠主编：《影响世界的中国乐舞》，文化艺术出版社 2003 年版，第 256 页。

笛、竹口弦、竹鼻笛、竹竖琴、竹板琴、竹皮弦琴、竹筒琴、竹圈鼓等。1824年，在马尼拉郊区的"教堂里建造了一台竹制管风琴，至今还每年都在马尼拉举行国际的竹管风琴节，并且组织竹乐团'潘卡特·卡瓦彦'"①。在此"竹之王国"所组建的竹制乐器与乐队，充分显示沿太平洋西岸东方民族传统音乐的独特神韵。

若把浩渺浪漫的太平洋视为规模巨大的"露天剧场"，那么蜿蜒曲折的东南亚沿太平洋陆地与珍珠般撒落在太平洋深处的大小岛屿，就像亚太地区与环太平洋地区生动形象、美不胜收的乐舞戏艺术"连环乐舞台"。而以蒙古人种为主体的亚洲、大洋洲、北美洲与南美洲的原住民族，自古迄今，在此敷演着无以计数的民族文艺节目，其中尤以华人乐舞戏艺术最为丰富与精彩。

据大量文献记载，中华民族先祖早于远古时期，即奴隶社会与封建社会时期就与周边邻国和民族发生经济贸易关系与文学艺术交流。华夏先民搭乘着海洋上漂流的船舶，自汉唐至明清时期，已将中原长安、关中汉文化远播于亚太地区太平洋诸岛。

据中日两国一些学者所写文章认为，华人较早漂洋过海抵达异国他乡的是秦朝的徐福及其随从。《史记·秦始皇本纪》记载："齐人徐市等上书，言海中有三神山，名曰蓬莱、方丈、瀛洲，仙人居之。请得斋戒，与童男女求之。于是遣徐市发童男女数千人，入海求仙人。"②文中所载"徐市"，即云游海外的秦代方士徐福。

据罗其湘在《秦代东渡日本的徐福故址之发现和考证》一文中调查，徐福的家乡是江苏赣榆县的徐阜村。日本学者山本纪纲

---

① 王耀华编：《世界民族音乐概论》，第138页。
② 《史记》卷六《秦始皇本纪》。

在《徐福东来传说考》中根据日本僧人弘顺所言,中国五代后周僧人义楚撰写的《义楚六帖》有根有据:"日本国亦名倭国,在海中。秦时,徐福将五百童男、五百童女此国。"从文中辨识徐福渡海抵日本岛国是可信的历史事实。对此,北宋欧阳修有诗《日本刀歌》云:"徐福行时书未焚,逸书百篇今尚存。"日本古籍《日本书纪》、《古事记》、《新撰姓氏录》、《日本名胜地志》等都有秦汉人因避内乱、东渡迁居此地的史实记载。

西汉初年,怀有雄才大略的汉武帝刘彻以探求周边异国风物为快事,曾派遣张骞出使西域,开辟著名的陆上"丝绸之路"至中亚、西亚,后又到南欧、北非;向南则遣使开通驶向黄支国的海上"丝绸之路",先后抵东南亚、南亚与东非诸国。

据专家学者查考黄支国,是在今印度马德拉斯西南的康契普腊姆。当年汉遣使所经过的太平洋、印度洋沿岸诸国如都元国,即在今苏门答腊西北部的八昔河地区;古代地图所标识的邑卢没国、湛离国、夫甘都卢国均在缅甸境内的勃固、伊洛瓦底江、蒲甘一带。由黄支返航路遇的已不程国,即今斯里兰卡,皮宗为今新加坡的比实岛,日南即今越南的广南维川。汉使往返黄支国去程约 12 个月,归程约 11 个月,来回近两年,可谓路途绵长遥远。

另据《汉书·地理志》记载,驶向黄支国的海上"丝绸之路"始发港口在粤地"都会"——番禺,即今广州。在此处"近海,多犀、象、瑇瑁、珠玑、银、铜、果布之凑,中国往商贾者多取富焉"。人们在此地沿海处获取大量南海珍物,全归功于古时华人商贾南渡周边诸国所付出的艰辛努力。

隋唐时期,南海诸国加强与华夏王庭外交关系,并屡派使者前来朝贡。隋大业三年(607)屯田主事常骏、虞部主事王君等奉旨回访臣服诸国，始从南海郡（广州）驶船出巡，先后经焦石山（今越南岘港）、陵伽钵拔多洲（今越南占婆岛）、师子石（今越南昆仑岛），最终抵达马来半岛南部的赤土国首都（今新加坡一带），接受其王子那邪迦的金叶国书以及贵重礼品。

唐朝开元、天宝年间，南海真腊国（今柬埔寨）曾多次遣使入唐。于天宝十二载（753）陆真腊文单国王子抵长安，受封为果毅都尉。唐贞观、元和年间，今印度尼西亚爪哇岛之诃陵国、堕和罗国、堕婆登国等多次遣使入唐纳贡受封。唐咸亨至开元年间（670—741），今印度尼西亚苏门答腊岛之室利佛逝国几次遣使入唐，并送来侏儒、僧祇女与昆仑奴乐舞伎，受到皇室高规格款待。据《新唐书·地理志》七"岭南道"记载，受南海诸国之邀，唐朝继隋又恢复了联结东南亚至西亚、东非的远洋航线：

> 广州东南海行，二百里至屯门山，乃帆风西行。二日至九州石，又南二日至象石。又西南三日行，至占不劳山，山在环王国东二百里海中。又南二日行，至陵山。又一日行，至门毒国。又一日行，至古笪国。又半日行，至奔陀浪洲。又两日行，至军突弄山。又五日行，至海峡，蕃人谓之"质"，南北百里，北岸则罗越国，南岸则佛逝国。佛逝国东，水行四五日，至诃陵国，南中洲之最大者。又西出峡，三日到葛葛僧祇国，在佛逝国西北隅之别岛，国人多钞暴，乘舶者畏惮之。其北岸则箇罗国，箇罗西则哥谷罗国。又从葛葛僧祇四五日行，至胜邓洲。又西五日行，至婆露国。……自婆罗门南境，从没来国至乌刺国，皆沿海东岸行。其西岸之西，皆大食国。其西最南谓之三兰国。

如上所述，自隋唐远洋航线驶出中国海域至境外，先是抵"占不劳山"，即今越南占婆岛；然后一路南下至"海峡"，即马六甲海峡附近的罗越国（今新加坡）与苏门答腊岛东南部旧港"佛逝国"；再赴诃陵国（今爪哇岛）与"笛罗国"（今马来西亚吉打州）；然后越印度洋、波斯湾，且观之有华夏"国人于海中立华表，夜则置炬其上，使舶人夜行不迷"。终达"大食国"（今阿拉伯）与东非海岸国"三兰国"。对唐朝开辟如此之远的海航线，美国学者希提在《阿拉伯通史》中感叹不已地写道：唐朝能在此地建立"优良的营地"，使之亚非诸国有幸"接触像中国那样遥远的国度，并带给我们海洋所能提供的一切"①。

宋朝同样很重视发展海外经济与文化传播。宋太宗于971年就在广州设立市舶司，后来又在杭州设立相应机构，以主管海外"蕃货、海舶、征榷、贸易之事"。987年，宋太宗派遣内侍八人，带着敕书和金帛礼物，分为四批前往"海南诸蕃国"以"勾招进奉博香药犀象珍珠龙脑"等工艺特产。据文献记载，宋朝当时所来往的通商国不下五六十处：东起高丽和日本，南及东南亚与南亚各港，西至阿拉伯半岛和非洲东海岸地区。随之，在中外民族诗文、乐舞戏剧文化交流方面，尤以朝鲜半岛、越南诸国为盛。

据《高丽史》记载，宋熙宁五年（1072）初，宋朝派遣的乐师真卿等人在高丽京师开城教习《踏莎行》等传统歌舞音乐；年末，又派乐师楚英等在此地传授《抛球乐》、《九张机》等乐舞艺术。另据《宋朝事实类苑》记载，1076年，楚英等人还在开城的高丽王宫重光殿内表演王母队歌舞戏，55人一字排开，形成"君王万岁"与

---

① 〔美〕希提著、马坚译：《阿拉伯通史》，商务印书馆1979年版，第401页。

"天下太平"8个舞蹈图形。据吴熊和先生钩稽:"宋朝传入高丽的歌舞曲5套,曲词30首,小令慢曲44首",所传"雅乐",即指从宋朝传入的"大晟乐",而"俗乐"则指"高丽所固有的民族音乐"。①

查寻宋朝与越南之间的文化交流事实,文字记载汗牛充栋。《岭外代答》一书言及两国之间"舟楫往来不绝"。何平立著文记述:"由于中国书籍和印刷术传往越南,当时越南唯一通用的是汉字,官方文件书籍、诗歌、文章都用汉字记载。此外在音乐、戏剧、医药、丝织工艺等诸方面,宋代都给了越南很大的影响与发展。"②

随着宋代海外交通的发展,陆续有不少中国商人开始侨居海外,华侨、华人逐渐成为东亚、东南亚以及太平洋诸岛国新的重要居民成分。据《萍州可谈》记载:"北人过海外,是岁不还者,谓之住蕃。"对此"住蕃",南海诸国惯称为"唐人",且将海外中国侨民聚居区称为"唐人街"。另据《文献通考》记载,北宋末年,"住蕃"云集海外,仅高丽京师即"华人数百,多闽人因贾至者"。当地官府以"密试其能,诱以禄仕,或强留之终身"。《续资治通鉴长编》记载:宋神宗时期,大批"福建、广南人因商贾至交趾,或闻有留彼用事者"。这些中国人长期侨居海外,在促进华人乐舞戏艺术在亚太地区的传播方面起到显著的作用。

蒙元统一中国后,亦重视与海外世界的交往。元至元七年(1270),元世祖曾"诏遣扎术呵押失寒、崔杓持金十万两,命诸王阿不合市药狮子国"③。至元十三年元世祖忽必烈派遣广东招讨

---

① 参见吴熊和:《〈高丽史·乐志〉中宋人词曲的传入时间与两国的文化交流》,《韩国研究》(第一辑),杭州大学出版社1994年版。
② 转引自石源华主编:《中外关系三百题》,上海古籍出版社1991年版,第61页。
③ 《元史》卷八《本纪第八·世祖五》。

司达鲁花赤杨庭璧先后四次出使南海诸国，最后一次出使为至元"二十三年，海外诸蕃国以杨庭璧奉诏招谕，至是皆来降。诸国凡十：曰马八儿，曰须门那，曰僧急里，曰南无力，曰马兰丹，曰那旺，曰丁呵儿，曰来来，曰急兰亦䚷，曰苏木都剌，皆遣使贡方物"①。上述"南无力"为今苏门答腊岛，"丁呵儿"与"急兰亦䚷"分别为今马来西亚的丁家奴与吉兰丹。

元朝华人数度越洋出国，使海外诸国越来越了解"唐人"及其所拥有的汉文化形态。如元人周达观抵达真腊访问时，见到此国众多"唐人之为水手者，利其国中不著衣裳，且粮米易求，妇女易得，屋室易办，器用易足，买卖易为，往往皆逃逸于彼"。元人汪大渊在龙牙门（今新加坡）曾见当地"酋长戴冠披服受贺，今亦递相传授。男女兼中国人而居之，多椎髻，穿短布衫，系青布捎"。②这些华人流寓海外，其中有做生意、干苦工的底层老百姓，亦有宋朝官方遣民的后代客居异国。但是他们身上仍流淌着华夏民族的血液，努力将祖国的经济、文化传至异国他乡。

至明代，朝廷遣使与东亚、东南亚诸国进行大规模海上经济与文化交流。洪武年间（1368—1398），明朝廷先后与东南亚地区占城、爪哇、渤泥、三佛齐、暹罗、真腊、琐里、吕宋、览邦、淡巴、溢亨、须文达那、百花等国家与岛屿建立官方往来。到永乐与宣德年间，最具标志性的事件是明成祖、明宣宗先后七次派遣郑和率众船队下西洋。在此期间，"三保（宝）太监"郑和历时近30年，远航至太平洋与印度洋沿岸30余个国家，借此把华夏

---

① 《元史》卷二百一十《列传第九十七·外夷三·马八儿等国》。
② （元）汪大渊：《岛夷志略·龙牙门》。

文化、文学、艺术远播海外。

据明成祖御制《南京弘仁普济天妃宫碑》昭明："恒遣使敷宣教化于海外诸番国，导以礼义，变其夷习。"另有郑和在今印度半岛南端科泽科德"古里"立石建碑云："其国去中国十万余里，民物咸若，熙皞同风。刻石于兹，永示万世。"亦可通晓明朝廷当时对外关系与政策。

随郑和使团下西洋的几位重要成员，曾将海外见闻笔录于书册，留存后世，诸如马欢著《瀛涯胜览》、费信著《星槎胜览》、巩珍著《西洋番国志》等。他们对屡次所访问的沿途各国的地理方位、民情风俗、物产器用、语言服饰、文化娱乐等做了如实的记载；另据《自宝船厂开船从龙江关出水直抵外国诸番图》或《郑和航海图》中所录南海所涉地名多达530多个。从南洋现存的明代郑和所留存名胜古迹，如泰国有"三宝港"、"三宝庙"、"三宝塔"等，印度尼西亚有"三宝垄"、"三宝洞"、"三保公庙"等，可见此重大海事行动影响之深远。

我们至今从随郑和下西洋的有关著述中，仍能见到太平洋西岸诸国富有华夏文化特色的民间乐舞戏风俗。如巩珍《西洋番国志》云：今越南南部之"占城国"土著"举办婚姻，男子先至女家成亲，过十日或半月，男家父母及诸亲以鼓乐迎回，饮酒作乐"。印度尼西亚爪哇国举办婚礼时：

> 其婚姻，则男先至女家成亲，三日后乃迎回。男家击铜鼓、铜锣，吹椰筒及打竹筒鼓，并放火铳，前后短刀团牌围绕。其妇则被发、裸体、跣足，腰围丝嵌手巾，项佩金珠联络之饰，臂带金银宝镯。

> 每月十五六夜月色好,则番妇集二十人或三十人,于月下联臂徐行。一妇为首,先唱番歌一句,众皆应声齐和。过亲戚及富贵家,皆赠以铜钱等物,名为步月行乐。①

显而易见,南海诸国有大批沿海省份的华人陆续移民于此地,必然会将中国家乡的音乐、歌舞、戏曲如"南音"、"土风舞"、"南戏"带去,使之在当地生根、发芽、开花、结果。冯文慈主编《中外音乐交流史》记载,曾流行于闽南方言区的"唐宋遗音"之"南音":"在台湾、香港地区以及东南亚国家菲律宾、马来西亚、新加坡、印度尼西亚等主要是操闽南方言的华侨聚居地区也很盛行,成为东南亚一带华裔社区中的一个重要乐种。"由此追溯至郑和第五次下西洋之史实:"从泉州出发时,所带士兵多是闽南籍,因此就还带有随从的泉州乐师。后来士兵中有不少人留居马来半岛,这种情况就为乐种、剧种的传播创造了条件。"②

早在15世纪后期,因华裔文人谢文彬漂流到暹罗(今泰国)任宰相,大批华人即涌向此国。连续多年,暹罗宫廷都有中国人做官,到19世纪初,泰国首都曼谷的华侨已多达75万人。另外在越南、柬埔寨、马来西亚、菲律宾、印度尼西亚同样有大量华侨前往定居。移居海外的大量华人作为清政府与东南亚各国联系的纽带,自然将中华民族的语言文字、文学、艺术、乐舞戏曲带到周边诸国。

清朝时期,满族人入主中原,几度闭关锁国,虽然官方对中

---

① (明)巩珍著、向达校注:《西洋番国志》,中华书局1961年版,第9、10页。
② 冯文慈主编:《中外音乐交流史》,湖南教育出版社1998年版,第198页。

外经济贸易与文化交流采取海禁政策，但是沿海与亚洲各国之间，经贸交易仍在迅速发展。据温广益等著《印度尼西亚华侨史》记载，清代中期，中国传统诗文、戏剧、舞蹈艺术通过华人传播到印度尼西亚，逐渐融化为此地古老的皮影戏，此种"人戏"即受中国古典戏曲影响，后来发展成为真人表演；还有在巴厘岛流行的"舞狮"，人们一般认为："显然是华侨把祖国欢庆节日时的舞狮活动带到当地后，逐渐为当地人所接受的一种舞蹈艺术。"另外在泰国流行的一些古代戏班与剧目与华人华侨也有紧密关系：

> 中国闽、粤等地的戏剧，随着华人、华侨输入泰国。早在明代，福建等地就组织戏班到泰国演出，受到当地朝野人士和华侨的欢迎。输入泰国的中国戏剧剧目丰富多彩，有喜剧、悲剧、木偶剧。演员优美唱腔、动听的音乐伴奏和细腻的舞台动作，都给泰国人民留下极好的印象。①

清朝末年，由于西方殖民者、传教士的大量东迁，特别是"鸦片战争"的爆发，促使清政府不得不把眼光投向大洋彼岸。为了"以夷制夷"、"洋为中用"、"中体西用"，清朝陆续派遣大批留学生去东洋与西洋。1847年1月，美国传教士布朗携带留美大学生容闳及黄胜、黄宽从黄埔乘"亨特利思"号帆船前往太平洋彼岸。中国留学生先后在美国马萨诸塞州孟松学校与耶鲁大学学习，1854年毕业归国后，获得洋务派官员丁日昌、曾国藩等人的重视

---

① 李喜所主编：《五千年中外文化交流史》（第二卷），世界知识出版社2002年版，第563页。

与支持，共同促成清政府陆续选派幼童留学的重大举措。自1872年至1875年共有4批120名中国幼童起航赴美留学，许多人学成后回国被委以重任，以所学的西方先进文化知识报效祖国。

20世纪初，国内又兴起"庚款留学"之潮流，此事缘起于1904年至1905年。当时清政府驻美国公使梁诚多次向美国政府交涉，要求欧美"八国联军"退赔于庚子年部分索款，以在中国首都与各地广设学堂，遣派有志之士留学所用。于1907年，美国总统罗斯福在国会正式宣布，启用庚子赔款资助中国赴美留学生。此后，自清宣统元年（1909）10月起至1929年20年时间共派送留美学生1459人，他们通过正规的自然科学与人文科学训练，许多人成为祖国的栋梁之材。其中有不少从事民族文学、艺术与音乐、戏剧的人才，为中西文化交流与古代长安、关陇、中原文化的输出做出重要贡献。

第七章　长安佛教文化与佛经文学译介

在亚洲与世界宗教历史上，特别是印度与中国两国进行的佛教文化交流的过程中，以关中平原长安都市为中心，历代朝廷与民间寺院，自上而下、旷日持久地、大规模地翻译和评介佛教经典，从而创造了人类宗教语言文字传播的伟大奇迹。与其同时，培育和造就了名垂千古的鸠摩罗什、真谛、玄奘、义净"中国四大佛经译师"。其中，要数贯通中印佛教文化的西域高僧鸠摩罗什资历最老、成就最大，译介佛教经典最多。在语言和文风上，鸠摩罗什一改以往佛经译作过于朴拙的不足，不仅充分地传达原典的旨意，而且文笔流畅洗练，遂流传后世，成为诸多文学名篇。

在中国佛教文化史上，古代长安佛教起着举足轻重的奠基和传承作用。自秦汉至隋唐时期，由印度输入的佛教经西域和中原的过滤吸收后，已经变成中华民族思想文化不可分割的组成部分。中国传统文化之所以能逐渐走向辉煌和鼎盛，长安与关中佛教在历史上所发挥的巨大效用功不可没。在创建长安佛教学派、传播印度佛教文化以及使之与中国宗教文化相结合过程之中，西域龟兹高僧鸠摩罗什起到了重大的推动作用。尤在大量翻译和介绍佛教文学经典方面，他为后世树立了成功的典范。在我们梳理中印佛教文化交流史的发展脉络时，应该清晰地认识到佛教输入华夏地区，如何成为中华民族传统文化文学不可分割的一个组成部分。

第一节 印度佛教的输入与古代长安佛学

佛教是与基督教、伊斯兰教并列而称的"世界三大宗教"之一。它诞生于公元前6至前5世纪，相当于我国东周时期。与中国今西藏自治区只有一山（喜马拉雅山）之隔的古印度迦毗罗卫国（今尼泊尔境内），由释迦牟尼创立的此种地域性宗教，是打着以"无常"和"缘起"思想反对婆罗门的梵天创世说，以众生平等思想反对婆罗门的种姓制度的旗号，而受到古天竺广大民众的欢迎和支持。

回顾历史，不论是中国还是印度，人们所信奉的宗教，因其相信并崇拜超自然的神灵，故均为自然力量在人们意识中歪曲、虚幻的反映。当古代民众处于水深火热的贫困生活中时，总想着以天外神灵的力量来拯救和保护自己，佛教便应运而生，不负众望，担负起历史的使命和重托。

佛教之所以吸引亚洲各国信众，是因为其基本教理为"四谛"、"八正道"、"十二因缘"，主张依据经、律、论三藏，修持戒、定、慧三学，以阻断、消除烦恼而成佛之最终目的。在最初的原始佛教、部派佛教基础之上形成的小乘佛教和大乘佛教的教理更加摄取人心。

自两汉时期，中国内地宗教思想还停留在"方术"迷信与"黄老"之道浅层次之时，以长安为出发点，向西开辟的神奇的

"丝绸之路",铺设了通向印度的国际道路。正是借西域和关中、陇右的天然通道,业已成熟和发达的佛教文化大踏步地东渐中原。

据张晓华教授在《佛教文化传播论》一书中的研究,认为佛教当年传入中国令人惊叹地"走出了这样一种轨迹":

> 先是依附于汉代流行的神仙道术,继而又与魏晋时期的玄学合流,后经过南北朝时期对佛教思想和理论的系统清理而进一步儒学化,至隋唐发展为与中国儒道二教相互鼎立而合流的盛大气势。①

印度佛教的输入导源于西汉初年张骞"凿空"西域之时。据《魏书·释老志》记载:"及开西域,遣张骞使大夏还,传其旁有身毒国,一名天竺,始闻浮屠之教。"三国孟康撰《汉书音义》亦云:"匈奴祭天处本在云阳甘泉山下,秦夺其地,后徙之休屠王右地。故休屠有祭天金人像,祭天主也。"

佛教东渐,真正成为信史则发生在东汉哀帝元寿元年(前2)。据史书《魏略·西戎传》明确指出此年,"昔汉哀帝元寿元年,博士弟子景卢受大月氏王使伊存口受《浮屠经》"。对此,《三国志·魏书》亦有详细的记载:

> 昔汉哀帝元寿元年,博士弟子景庐受大月氏王使伊存口授《浮屠经》。曰复立者,其人也。《浮屠》所载临蒲塞、桑门、伯闻、疏问、白疏问、比丘、晨门,皆弟子也。

---

① 张晓华:《佛教文化传播论》,人民出版社2006年版,第99页。

追根溯源，印度佛教起源于"五天竺"，尤其根植于北天竺与西天竺的佛教法事与节庆礼仪活动。若再往前寻觅，则与古代印度婆罗门教社会风俗与天竺文化娱乐有密切关系。特别是吠陀时期原始宗教祭祀仪式，更是孕育佛教文化的丰腴土壤。

佛教兴起后，印度许多传统节日均附会于此宗教形式，当然更多地存活于因佛教所需而设置的各种宗教节日之中，譬如"佛诞节"、"浴佛节"、"成道节"、"盂兰盆节"、"涅槃节"等。

"佛诞节"亦称"浴佛节"。据佛教神话传说，佛祖释迦牟尼诞生于兰毗尼国无忧树下时，有九条龙口吐香水，洗浴佛身。故此，每当夏历二月八日或四月八日，古代西域及中原各佛寺都要举行诵经法会，并根据"佛生时龙喷香雨浴佛身"之说，以各种名香浸水盥洗佛像。另外还要举行拜佛祭祖、施舍僧侣、供养各种花卉等庆典活动。

"佛诞节"中还要举行"行像"，亦称"行城"或"巡城"仪式，此为用宝车运载佛像巡行城市街衢的一种宗教庆典仪式。此种仪式主要流行于印度、中亚与西域一带。

"浴佛节"礼仪起源于印度婆罗门教的原始"浴像"风俗，由求福灭罪、消灾驱邪的一种宗教文化需求传衍而来。对此，唐代义净在《南海寄归内法传》详介浴佛过程中举行的各种祭祀仪式活动：

> 但西国诸寺，灌沐尊仪。每于禺中之时，授事便鸣楗椎。寺庭张施宝盖，殿侧罗列香瓶。取金、银、铜、石之像，置以铜、金、木、石盘。内令诸妓女奏其音乐，涂以磨香，灌以香水。以净白氎而揩拭之，然后安置殿中，布诸花彩。此

乃寺众之仪。①

华夏民族自古崇尚礼仪,据《敕修百丈清规》"佛降诞"条所述浴佛仪轨:先取诸香煎制香汤,步上方坛莲座佛像边,住持祝香、说法,领众香拜,并随乐吟唱《浴佛偈》,依次取香水灌浴佛身及净水淋洗时,僧众要反复唱偈。

印度佛教东渐西域、中原地区,输入过程中不可避免地亦将佛教文学艺术诸形式携带而来。其宗教文学当指印度语言文字、佛典诗歌、神话传说、寓言故事等;其宗教艺术则指印度佛教音乐、舞蹈、杂技、幻术、美术与建筑等。

上述古老的民族文学艺术形式移植于西域丰腴的文化土壤中,逐渐融会贯通,演化为一种崭新的文体形式。它不是印度诗文、梵剧与中亚、西亚宗教仪式剧的一种原封不动的照搬硬套,而是在传统文化基础上充分吸收外来营养成分而建构的独具特色的佛教文化新品种。

西域乃至印度、中亚、南亚语言文字的创造过程中流传着各种不同的传说,一是"梵天说",认为是大梵天所创造;二是"龙宫说",认为所有大乘经典均保存在龙宫中;三是"大日如来说",由《大日经》所演化;四是"释迦说",记载于《文殊师利问经》卷上《字母品·第十四》。

印度河流域出土的文字为印度最古老的字母,于摩汉卓达罗与哈拉帕遗址出土的100枚印章上的古文字,除了有少量的象形文字外,大多数是会意文字或拼音符号。

---

① (唐)义净:《南海寄归内法传·灌沐尊仪》。

其次，印度最早使用的古文字为佉卢文与婆罗迷文两种，前者源于亚拉美文字，后者源于塞姆族文字。在此之后，印度北方与西域诸地除了上述两种古文字之外，还流行过笈多体悉昙字。据唐代玄奘《大唐西域记》记载，古代西域龟兹、于阗、焉耆、疏勒等国文字均深受印度文化影响。譬如该书卷一《屈支国》云：龟兹"文字取则印度，粗有改变。管弦伎乐，特善诸国"。《阿耆尼国》云：焉耆"文字取则印度，微有增损"。《瞿萨旦那国》记载：于阗"国尚乐音，人好歌舞。……文字宪章，聿遵印度，微改体势，粗有沿革。语异诸国，崇尚佛法"。《佉沙国》云：疏勒"其文字，取则印度，虽有删讹，颇存体势。语言辞调，异于诸国"。说明西域其他国家文字语言与古印度大同小异。

关于西域诸国古代语言的产生与形成，在历史上始终是未解之谜。据专家学者研究，除了有印度文化影响之外，亦杂糅大量的中亚、西亚诸地古代语言成分。自19世纪末以来，考古学家在新疆和田及邻近地区发现一种古代婆罗迷文，亦称婆罗迷中亚直体，用它写成的大量文卷，属于东伊朗语范畴。故此，被学界定名为"古代和田—塞语"或"托姆舒克—塞语"。

从相继问世的古代西域各种文书来看，自3—11世纪初，塔里木盆地南缘的和田，西缘的喀什、巴楚，其居民所使用的语言为属于印欧语系伊朗语族中的古东伊朗的几种方言，印度北部及犍陀罗乃至昆仑山一带亦流行过古代东伊朗语。

除了新疆和田地区之外，吐鲁番、焉耆与库车等地亦发现大量婆罗迷文体残卷，并由此引发一系列考古学科重大发现，其中之一就是轰动一时的古代"焉耆—龟兹语"写卷的问世。1908年，德国语言学家西额与西额林曾发表《吐火罗语——印度斯基泰人的语言》一文，确认上述古代语言属印欧语系 Kantum 语族，并区分为甲种或乙种吐火罗语，或称之为吐火罗 A 文与 B 文。

解读与识别印度与西域诸地流行的各种古代语言文字，对研究西域乐舞与佛教戏剧的来龙去脉与中印民族文学关系有着至关重要的作用。因为通过这些古代文献可以复原大量佛教经典与文学作品，以及展示弥足珍贵的古代乐舞戏剧的历史风貌：

> 用古代龟兹语、焉耆高昌语写成的文学作品中，值得一提的为剧本，其中著名的有《Maitreyasamitintaka》（关于弥勒的剧本残卷），其他还有《Nandacaritantaka》（关于佛弟子难陀生平的剧本）……最近还发现有用古代龟兹语写成的《摩尼教赞美诗》。①

我们从《大唐西域记》卷二"印度总述"获悉：印度原称"天竺"或"身毒"，"详其文字，梵天所制，原始垂则，四十七言"。此引自印度佛教徒与婆罗门教徒所述，"四十七言"系指拼写梵文所使用的 47 个字母，相互拼读，"辞调和雅，与天同音，气韵清亮，为人轨则"。在四十七言基础上古印度拟定"悉昙章"十二章（亦有九章与十八章之分），方可规范梵文字母、拼法、连声等基本语法知识。

据唐代佛经翻译家义净《南海寄归内法传》叙述其重要文献：

> 创学悉昙章，亦名悉地罗窣睹。斯乃小学标章之称，俱

---

① （唐）玄奘、辩机著，季羡林等校：《大唐西域记校注》，中华书局 1985 年版，第 51 页。

以成就吉祥之目，本有四十九字，共相乘转，成一十八章。总有一万余字，合三百余颂，凡言一颂，乃有四句，一句八字，总成三十二言。更有小颂大颂，不可具述。①

唐高僧义净解释"悉谈章"或"悉昙章"为"希望成就之意"。汉唐时期，此文献输入我国后曾催生相应的等韵图表，即根据《切韵》的音系分析声、韵和中介元音等音素，以声为经、以韵为纬、纵横排列的图表。僧智广在《悉昙字记》中指出："悉昙十二字为后章之韵，如用迦字之声对阿、伊、瓯等十二韵呼之，则生得下迦、机、钩等十二字；次用佉字之声，则生得佉、欺、丘等十二字。"南朝梁慧皎《高僧传》卷一三"经师"亦云："天竺方俗，凡是歌咏法言，皆称为呗，至于此土，咏经则称为转读，歌赞则号为梵呗。昔诸天赞呗，皆以韵入弦绾。五众既与俗违，故宜以声曲为妙。"由此可知，古代印度佛教语音曾对中国文字声韵产生过重要影响。

在宗教文学史上，佛教音韵学在中国语言文学中占有非常显赫的位置。《隋书·经籍志》记载："自后汉佛法行于中国，又得西域胡书，能以十四字贯一切音，文省而义广，谓之波罗门书。"古代西域佛教信徒沿袭印度学风，为了咏诵佛经，首先要学习梵文《婆罗门书》，郑樵在《通志·七音略》序文记载："释氏以参禅为大悟，通音为小悟。"

论及佛教音韵学对于中国语言文字的影响，主要表现在四声、字母、等韵图表方面。古代印度对语音、语法、修辞的此学问称

---

① （唐）义净：《南海寄归内法传·西方学法》。

为"声明学"。

据著名学者陈寅恪《四声三问》论述声明音韵学：

> 中国当日转读佛经之三声，又出于印度古时声明论之三声也。据天竺围陀之声明论，其所谓声（Svara）者，适与中国四声之所谓声者相类似……故中国文士依据及摹拟当日转读佛经之声，分别定为平、上、去之三声。合入声共计之，适成四声……而不为其他数声之故也。[1]

中国古代字母释读始之唐代，先由僧人舍利创造30个，后由沙门守温增加了6个字母。为宋代祝泌《观物篇解》36字母加注的上官万里曾指出："自胡僧了义以三十六字为翻切母，夺造化之巧。"关于古代字母演化，我们亦可从敦煌莫高窟千佛洞音韵学遗书残卷，如标识"南梁汉比丘守温撰"字样的《音韵书》得以印证。

著名语言学家赵荫棠认为，汉文注音中之"反切"曾受印度梵文"声明学"之影响：

> 周、秦至汉所有之合音，乃天然的。汉代以后之反切，而是人为的。这个人为的反切，非有外力不能产生。我们在上章讲过，汉哀帝以后正是梵文浸入的时候，则学梵文者当然先知其拼音，因此而悟出来反切。[2]

---

[1] 陈寅恪：《四声三问》，《清华学报》1934年第9卷第2期。
[2] 转引自张景涛主编：《佛教与中国文化》，上海书店1987年版，第263页。

由此可见，印度梵语文字与音韵学的输入，不仅促进了西域胡语与中原汉语四声字母、反切、等韵的产生，同时也有力地刺激了中国与东亚诸国诸民族佛教文学艺术的发展。

长安是中国古代十三个王朝的古都，其地所创佛教文学以及佛学实为印度佛教中国化，以及中国佛教文化的缩影。古代长安佛教既包括了外来佛教输入的最初形态，包容了佛教与中国其他宗教相融合的结晶体，也涉及由此输出东亚和东南亚诸国交流互动的亚洲佛教文化历史。

长安佛学不仅基于僧众学者对佛教教理的解析、导读和宣讲，也着眼于借助中国传统民族文学艺术形式对佛教经典的记录、诠释和描述。在中印两国宗教文字变通的过程中，佛经的翻译评介是极为重要和关键的联结环节。

印度佛教输入中国以后，特别是落户关中平原长安都市以来，与华夏宗教和世俗文化相融合，遂形成不同的佛教宗派：或称"八大宗派"，或称"十宗"、"十三宗派"。

出自浙江天台山的"天台宗"为智者所创，以鸠摩罗什译的《法华经》、《大智度论》、《中论》等为底本，吸收印度输入的和中国发展的各宗派思想，加以系统地组织而形成的思想体系。

法相宗，是由印度弥勒、无著、世亲创立的宗派。此宗因为依循的是弥勒口述、无著记录整理的《瑜伽师地论》为根本教典而立的宗教，所以亦称"瑜伽宗"；并且因为唐玄奘依此译著为《成唯识论》，又称此宗为法相"唯识宗"；又因其常住慈恩寺，故又称为"慈恩宗"。

华严宗，以《华严经》为经典而形成，是7世纪末的贤首国师法藏所创，亦称为"贤首宗"。为在三论、天台、慈恩、地论师、摄论师等佛学基础之上发展而成的宗教思想体系。

三论宗,主要依据鸠摩罗什译介的《中观论》、《百论》、《十二门论》研习而形成的宗派。三论宗所传习的是中观学派思想,即"中道正观"的说法。因主要说明诸法性空的义理,故亦称"法性宗"。

律宗,以《十诵律》、《四分律》、《摩诃僧祇律》、《五分律》、《毗尼母论》、《摩得勒伽论》、《善见律毗婆沙》、《萨婆多论》、《明了论》为基本经典。此宗用以研习其戒律,按律宗教理分为戒法、戒体、戒行、戒相等"四科"。

密宗,又名"真言宗"。此宗以密法奥秘,不经灌顶,不经传授,不得任意传习及显示,因此而得名。于8世纪由印度所谓"开元三大士"——善无畏、金刚智、不空等传入中国。修习传授,依《大日经》、《金刚顶经》建立"三密瑜伽",事理观行,修本尊法。

净土宗,由唐代道绰及弟子善导开创,主要尊奉《无量寿经》、《阿弥陀经》、《观无量寿经》、《往生论》等。此宗认为相信阿弥陀佛及西方极乐世界,反复诵念"南无阿弥陀佛",即可消除无量的罪责,死后可被佛陀接引至西方净土,欢度福寿无边之生活。

禅宗,为中国僧众借鉴达摩学说创立的佛教宗派,以专修禅定为主。禅宗主张"不立文字,教外别传,直指人心,见性成佛"。由菩提达摩传慧可、僧璨、道信至弘忍门下,分为"南能北秀",其学说分为南方慧能的"顿悟说",北方神秀的"渐悟说"二宗。

在创建博大精深的长安佛学之过程中,西北地区关陇、河西佛僧曾起到了至关重要的作用。他们在引荐、介绍、翻译、推广印中佛教文化的过程中建立了不朽的历史功勋，诸如下述：

出生于长安的康僧渊，本为西域人，译《放光般若》、《道行般若》。

释玄高，姓魏，本名灵育，冯翊万年（今陕西境内）人，出家西秦，隐居麦积山石窟。

僧肇，后秦僧人。本姓张，京兆长安（今陕西西安）人。

杜顺，隋唐时僧人，雍州万年（今陕西西安）人。

窥基，唐代僧人，唯识宗的创始人之一，本姓尉迟，京兆长安人，著有《成唯识论述记》、《因明入正理论疏》等数十部。

出生于长安之外的大西北各地，经年护法于关中、河洛的有竺法护，音译竺昙摩罗刹，西晋僧人，原籍月氏，世居敦煌郡（郡治今甘肃敦煌）。他先后在敦煌、长安、洛阳等地翻译出《光赞般若婆罗蜜经》、《正法华经》等175部、354卷。

昙曜，凉州（今甘肃武威）人。《高僧传·玄高传》云："凉沮渠牧犍时有沙门昙曜，亦以禅业见称。"《释老志》云，此高僧应北魏王廷所邀，他前往平城（今山西大同）主持云冈石窟的开凿，并于长安与僧友合作译经，"昙曜又与天竺沙门常那邪舍等译出新经十四部"。

佛图澄，西域龟兹（今新疆库车）人，来中原讲学，先后培养出道安、法雅、法汰、法和等多名佛家弟子。

智俨，隋唐时华严宗僧人，天水郡（甘肃天水西南）人。

法藏，唐代僧人，华严宗的创始者，因武则天赐赋，后人尊称为"贤首大师"。原籍古代西域康居，后长居长安。

怀让，唐代僧人，佛教禅宗南岳系的创始者，金州安康（今属陕西）人。

当然，出生于中原或江南地区，但从长安都城出发去西天取经，或译经说法的大有人在，各族高僧如朱士行、道安、法显、道生、信行、玄奘、道宣、善导等。尤其一代宗师玄奘法师，沿"丝绸之路"西行赴五天竺，经历了17年，壮年返回唐都长安慈恩寺，组织译经、论75部，1335卷，为中华民族传统文化作出巨大贡献，对后世中国佛教文学的延续发展影响非常久远。

隋唐时期，朝廷诸帝竭力提倡佛教，全国各地名僧聚会长安，关中地区的僧侣更是借地理之便，广开寺院，著述宣讲。随之，此座闻名于世的国际大都市的佛教各宗派文学翻译水平不断发展与提升。

据著名佛学家汤用彤著《隋唐佛教史稿》论证："隋代佛史上之最大事件有二：一关中兴佛法，二舍利塔之建立。隋文帝提倡佛教，名僧大集长安，遂成重镇。"[①]

对此，佛学法典《法苑珠林》卷一百予以具体文献文物印证：

> 隋高祖文皇帝开皇三年周朝废寺，咸乃兴立之。名山之下，各为立寺。一百余州，立舍利塔。度僧尼二十三万人，立寺三千七百九十二所。写经四十六藏。一十三万二千八十六卷，修故经三千八百五十三部，造像十万六千五百八十区。自余别造不可具知之矣。隋炀帝为孝文皇帝献皇后，长安造二禅定，并二木塔，并立别寺十所，官供十年。修故经六百一十二藏，二万九千一百七十二

---

① 汤用彤：《隋唐佛教史稿》，中华书局1982年版，第7页。

部，治故像十万。一千区，造新像三千八百五十区，度僧六千二百人。右隋代二君四十七年。寺有三千九百八十五所，度僧尼二十三万六千二百人，译经八十二部。

唐朝初年，朝野上下崇拜佛教文化风气有增无减。因唐高祖早年信奉佛法，及登皇位，热衷设斋行道、立寺造像。秦王李世民借嵩山少林寺僧之力，保住性命。故此，他登上帝位后，更求助于佛陀护佑。据汤用彤先生不完全统计，唐太宗时寺庙数目为3716座；唐高宗时达4000座；唐玄宗时上升到5358座。他在《隋唐佛教史稿》指出："隋唐之世，中国佛教之盛，可于僧数觇之。"①

隋唐时期，佛教宗派林立，学问驳杂。在龟兹高僧鸠摩罗什来长安以前的南北朝时，较为流行的佛学主要有两种：安世高所译小乘毗昙，为安般禅法；再则是大乘般若。至隋朝遂扩展到毗昙、三论、成实、释论、地持等宗义。唐朝则演变为"十宗"或"十三宗"。

凝然撰《三国佛法传通缘起》述其"震旦宗法"曰："古来诸师随所乐经，各事讲学，互立门辈弘所习学。若以此为宗，宗承甚多焉。或从天竺传来弘之，或于汉地立宗传之，建立虽多，取广玩习不过十三。如上已列虽十三宗，后代浇漓，渐次废怠，所学不多。"论其孰高孰低，要数华严宗、唯识宗、三论宗、律宗、禅宗等，与长安宗教文化体系建设有着较为密切的联系。

自幼年从天竺高座出家的竺法护，随师游历西域各地，学会各地语言文字，并获得很多梵文经典。《出三藏记集》卷十三本传

---

① 汤用彤：《隋唐佛教史稿》，第52页。

记载:"是时晋武帝之世,寺庙图像虽崇京邑,而方等深经蕴在西域。"他"贯综诂训,音义字体,无不备晓"。晋吴帝泰始二年(266)至愍帝建兴元年(313),竺法护先后在敦煌、长安、洛阳等地,陆续翻译出佛教经典 175 部、354 卷。所译多属大乘经典。

竺法护在长安翻译的主要佛教经典,有《须真天子经》、《方等泥洹经》、《德光太子经》、《宝藏经》、《正法华经》、《光赞般若波罗蜜经》、《普超经》、《普门经》、《宝女经》、《密迹经》、《渐备一切智经》等。其中《正法华经》与后秦鸠摩罗什异译同本《妙法莲华经》同样有着重要的历史价值。

据任继愈先生主编《中国佛教史》记载:

> 《正法华经》(或云《方等正法华经》)十卷,译于长安(据唐道宣《妙法莲花经弘通序》)。竺法护手持胡本,口宣出二十七品。……《法华经》是大乘佛教早期经典之一,对中国佛教影响极大。《正法华经》是现存三个《法华经》译本中最早的译本。与历代最流行的鸠摩罗什译本《妙法莲华经》八卷(原亦二十七品,后增为二十八品)相比较,除排列有差别外,内容更丰富一些,有一些譬喻为后本所无。……在后秦鸠摩罗什译出《妙法莲华经》(译于后秦弘始八年,406)之前,《正法华经》(亦称《法华》)一直非常流行。①

长安高僧杜顺,曾于终南山发挥义理,开讲《华严经》。著有

---

① 任继愈主编:《中国佛教史》(第二卷),中国社会科学出版社 1985 年版,第 31—33 页。

《华严经搜玄记》、《华严孔目章》等20余部作品。为后来法藏创立华严宗打下了基础。他著有《华严法界观门》。

智俨，少年时随杜顺前往终南山至相寺，由其弟子达法师训诲，后从智正学《华严》，深达十玄六相之旨，世称至相大师。

法藏，从智俨学《华严》。曾参加《华严经》80卷的翻译工作，依其经创立六相十玄门等理论。将"一真法界"作为世界根源，树立一家之说。著有《华严探玄记》、《五教章》、《起信论义记》等。

窥基，本姓尉迟，唯识宗的创始人之一。从小出家师事玄奘，学梵文佛书，并参与译场，深达法相、因明之旨。主张宇宙万有，唯识宗教义。因居长安大慈恩寺，故又称"慈恩法师"。著有《成唯识论述记》、《因明入正理论疏》等数十部。

僧肇，为鸠摩罗什著名弟子之一。初醉心于老庄玄学，后读解《维摩诘经》，乃转而治佛学。曾先后在姑臧（今甘肃武威）和长安参加鸠摩罗什译场，以擅长般若学著称。发挥般若性空学说，著有《肇论》、《维摩诘经注》等书。

怀让，佛教禅宗南岳系的创始者。天授二年（691）于荆州玉泉寺依弘景出家，后参禅宗慧能于韶州（今广东韶关）曹溪，传其"顿悟法门"。唐玄宗先天二年（713）住南岳观音台，宣扬慧能学说，开南岳一系，世称"南岳怀让"。他一生为关中、中原禅宗文化的传播与发展做出自己的贡献。

第二节　长安佛教文化与佛经文学的翻译

论及长安佛教文化与佛经文学的翻译与评介，不能不涉及对佛教与印度文化的传播和异化历史的认识。

佛教文化随着古代印度社会的发展而逐渐趋于成熟。公元前6世纪中叶至公元前4世纪中叶，自释迦牟尼创教及其弟子传承其教说的原始佛教起，先后经历了公元前4世纪中叶形成的18部部派佛教，1世纪左右开始包括中观学派和瑜伽行派的大乘佛教，以及7世纪以后由大乘部分派别同婆罗门教混合而形成的密教。

佛教的形成、发展与广泛传播，使其宗教经典由口头传诵进化到书写成文，经过长时间的发展，逐渐形成各宗各派学说，进而建构成规模宏大、种类繁多的"经、律、论"三藏学说。

"三藏"，相传为释迦牟尼后世结集的如是说大型佛典，按文字区分有梵、巴利、汉、藏、蒙文等多种。"经"为佛弟子所记佛陀的言论与事迹，"律"是佛教团体的纪律，"论"是佛教徒的宗教哲学著作。因为受印度古典传统文学的影响，三藏佛经颇具文学色彩，其中相当篇幅采用各种叙事诗体，很适合咏诵念唱。

印度保留下来的古典佛经基本上是巴利文文献，其经文主要分为四大部分，即四个"尼迦耶"以及"小尼迦耶"。巴利文部共有15部书，因基于印度民间文学形式，内含较多的抒情诗歌，故文学性较强。

巴利文佛经中"小部"之《法句经》与《经集》是佛教徒经常诵读的经文汇编。其《经集》第五编是一篇包括16部分的长篇诗文，共有72篇诗体经文，优美生动，文字琅琅上口。在新疆出土的《法句经》梵语本，原为上座部佛教徒最为尊崇的诗体经文。巴利语《法句经》作者题为鸠摩逻多，该经部共有523节，每节均为"颂"体诗。

汉文佛经一般分为"大乘经"、"小乘经"两大类。汉文佛经翻译始于东汉，盛行于南北朝与隋唐。开始由从印度、中亚与西域地区东迁的胡僧与汉僧合作进行，当时外来的著名翻译家有西域龟兹的鸠摩罗什与印度的真谛等。其译经过程是先由他们将梵文、巴利文佛经介绍到我国，再组织汉僧将其翻译为汉文经典。后来诸多西行求法的名僧学成回国后，全面主持浩繁的译经工程，代表人物如玄奘与义净。他们与鸠摩罗什、真谛合称为中国佛教史上"四大译经师"。

流传至我国的印度佛教经典，除了汉文与藏文之外，另外还有西夏文、满文、蒙古文等《大藏经》，南北朝时称之为佛学"一切经"。

汉文《大藏经》以唐开元年间智升所编《开元释教录》最具权威性。收录佛典1076部、5048卷，将"大乘经"分为"般若部"、"宝积部"、"大集部"、"华严部"、"涅槃部"五大部分，以及其他诸经。"小乘经"则指"阿含经"及单品，其编目方法与篇章设置精密完善，后来均成为编印《大藏经》的重要组成部分。

通过专家学者比较研究，《大藏经》中许多印度原始佛教经典颇具浓厚的文学色彩。据孙昌武教授考证，佛典中文学性较强的有四大部分，即"佛传文学"、"赞佛文学"、"譬喻和譬喻经"、"因缘经"。①

我们以佛教经典为中介，可从支谦翻译的《般泥洹经》窥见佛陀生涯最后寂灭经历。竺法护所译《佛五百弟子自说本起经》真实地再现了众多佛弟子皈依佛法的经过，诸如《杂宝藏经》中的难陀贪恋美妻，《摩登迦经》中阿难迷惑恋情，后来均经佛陀教

---

① 孙昌武：《佛教与中国文学》，上海人民出版社1988年版，第10—29页。

化,而"离欲"归顺天界。

"佛传文学"中最有代表性的是梵剧诗人马鸣的《佛本行赞》,亦称《佛所行赞》。据唐代义净《南海寄归内法传》卷四记载,此经典当时颇为流行,可谓"五天南海,无不讽诵"。《佛本行赞》是一部记述释迦牟尼佛祖生平事迹的长篇叙事诗,自入华后由北凉印度僧人昙无谶译为汉文,又由南朝宋宝云译为《佛本行赞传》7卷,另外唐代还流传有藏文译本。

《佛本行赞》汉译本分为5卷28品(章),长约9000行。篇幅宏大,辞藻华美,清辩若流,极富文采。孙昌武先生在《唐代文学与佛教》一书中评介此部经典:

> 从格律上看,这首诗的译文用了五言体,但与中国五言古诗又不同。基本不押韵,但注意到声调的和谐流畅;句式上不限于五字成句,也有十字、十五字连贯而成的;句内的节奏不只采取2、3或2、2、1的传统格式,而变化以多种节奏。①

"赞佛文学"中文学价值最高的是"本生经",梵文称其为"阇陀伽经"。昙无谶译《大般涅槃经》卷一五曰:"何等名为阇陀伽经?如佛世尊本为菩萨修诸苦行,所谓比丘当知。我于过去作鹿、作罴、作獐、作兔、作粟散王、转轮圣王、龙、金翅鸟,诸如是等行菩萨道时所可受身,是名阇陀伽。""本生"即为佛陀前世或为人或为动物时修行轮回的故事,此种文体对后世宗教文学

---

① 孙昌武:《唐代文学与佛教》,陕西人民出版社1985年版,第228页。

形式影响很大。

"佛本生经"的体裁多种多样，有格言、诗歌、神话、传说、寓言、故事等，大多是佛教信仰者从古印度民间文学基础上改造、加工、附会而成。有的还取材于印度两大史诗《罗摩衍那》与《摩诃婆罗多》。中译文佛典如三国吴康僧会译《六度集经》，吴支谦译《菩萨本缘经》，西晋竺法护译《生经》，南朝宋绍德、慧洵译《菩萨本生鬘论》，北魏慧觉等译《贤愚经》等均出自古印度巴利文《佛本生经》。

"佛本生故事"大都非常曲折，其中既有人物、事件，又有表演，极富文学性，许多故事被后世改编为戏剧作品上演。譬如《须大拿太子本生》、《修凡鹿王本生》与《国王断案本生》，后者出自《贤愚经》卷——《檀腻鞘》，元代戏曲家李行道（李潜夫）即据此故事编创出颇具影响的杂剧《包侍制智勘灰阑记》。

"譬喻与譬喻经文学"建立在本生经基础上，在印度被称为"阿波陀那"，即专指表现"英雄所为故事"一类佛教经典。譬喻经除了上述《贤愚经》之外，还有晋人法炬、法立所译《法句譬喻经》，姚秦人竺佛念译《出曜经》，鸠摩罗什译《大庄严论经》，北魏人时吉迦夜、昙曜译《杂宝藏经》，以及南齐人求那毗地译《百句譬喻经》。

《百句譬喻经》在古代印度与中国相当有名，此佛经为古印度僧人伽斯那著，简称为《百喻经》，共四卷，采用寓言譬喻的形式，以98个事例形象生动地阐明佛教的基本教义。《百喻经》与《五卷书》随着佛教的流传西渐至波斯、阿拉伯，以至中亚、西亚诸国，曾有力地促进了东方诸国文学艺术的发展。

根据《成唯识论述记》所载，古代部派佛教中均设有专职的譬喻师,"时五天竺有五大论师,喻如日出,明导世间。名日出者,以似于日,亦名譬喻师。或为此师造《喻鬘论》,集诸奇事,名譬喻师"。文中所述《喻鬘论》实属法句譬喻经类之《大庄严论经》,为20世纪中叶在新疆发现的一部梵文残卷,原文作者题为能说善辩的譬喻大师鸠摩逻多。

《因缘经》系指那些讲述因缘业报故事的佛教经典。在汉译佛典中大量的因缘故事主要保存在律部,另外还散见在吴人支谦转译的《撰集百缘经》以及《杂宝藏记》、《杂阿含经》与《贤愚经》中,例如"《贤愚经》卷一一第五十二经《无恼指鬘品》,联结了几个因缘故事。其中写到杀千人取指为装饰头发的鬘太子,食幼儿肉的国王,淫乱无度、强占新婚少女的太子,都反映了当时印度社会的现实。其叙述也相当生动而富戏剧性"①。据考证,此因缘故事主题和情节均与阿拉伯文学故事《天方夜谭》以及《圣经·马可福音》有关章节相类似,从而显示出古代东西方宗教文化交会贯通之历史事实。

"佛教经典文学"对我国传统文学之影响,主要体现在语言文字的诗化与故事的情节化上,佛学大师太虚在《佛教对于中国文化之影响》一文中认为其影响还突出地表现在中国文学文体的变化上:"佛教之经典翻译到我国,或是五七言之新诗体,或是长行。长行之中,亦有说理、述事、问答乃至譬喻等,与中国之文学方面,亦有极大之裨助。至于唐朝以后之文体,多能近于写实顺畅以洗六朝之纤尘,未尝不是受佛教之熏陶也。……梁启超谓:

---

① 孙昌武:《佛教与中国文学》,第24页。

我国之《孔雀东南飞》之长诗，即受此经影响，或可尽信。"[1]他还论述到佛教对中国戏剧文化之影响："戏剧，中国之戏剧，多是演前人之故事，或惩恶，或劝善，而佛教之戏剧亦然。如《目连救母》、《归元镜》等，亦是演佛教之故事，移风易俗，使人回恶向善，皆大有功于教化也。"

佛经典籍中之诗化韵文，分别称为"祇夜"与"伽陀"。"祇夜"亦称"重颂"、"应颂"；"伽陀"亦称"讽颂"、"孤起"。在汉译中又统称为"偈颂"。

用诗歌礼佛是古代印度优秀文学之传统。于《高僧传》卷二中，鸠摩罗什曾对僧睿说过："天竺国俗，甚重文制，其宫商体韵，以入弦为善。凡觐国王，必有赞德，见佛之仪，以歌叹为贵，经中偈颂，皆其式也。"

东晋高僧慧远在谈及《阿毗昙心论》时，更是对偈颂之音乐性倍加推崇：

其颂声也，拟象天乐，若云籁自发；仪形群品，触物有寄。若乃一吟一咏，状鸟步兽行也；一弄一引，类乎物情也。情与类迁，则声随九变而成歌，气与数合；则音协律吕而俱作。拊之金石，则百兽率舞；奏之管弦，则人神同感。斯乃穷音声之妙会，极自然之众趣，不可胜言者矣。[2]

据笔者考证，梵文"偈颂"如同中国律诗一样，文法体制甚

---

[1] 张曼涛主编：《佛教与中国文化》，上海书店1987年版，第33—35页。
[2] （南朝梁）释僧祐：《出三藏记集序》卷十。

为严密，音节格律甚为考究。自佛教输入中原地区以后，偈颂对中华民族传统诗歌、文学与戏剧、曲艺韵文产生很大影响。孙昌武先生在《唐代文学与佛教》一书中考证，其影响主要表现在以下三个方面："一是诗风的通俗化"，"二是诗意的说理化"，"三是诗歌表现手法的丰富"。他强调："偈颂在句法、修辞以及格律上也给诗歌发展以影响。"另外对中国传统戏剧、曲艺、韵文等更是产生深远的影响。

佛教经典文学及梵音呗赞之所以能从死板教条的教义中解脱出来，逐渐为广大信徒与听众所接受，极为重要的原因是：它成功地与大众喜闻乐见的民间文学艺术，其中亦包括音乐、舞蹈、杂技、戏剧文学形式相融合，使艰涩难懂的佛经说教世俗化与形象化。

无论是古代印度，还是西域与中原地区，佛僧们除了出外乞食化缘，就是诵经坐禅修行，其方法主要包括学习教理与修习禅定两项。由此还延伸出礼拜供养与读诵经典等佛教礼仪。

僧众每日的共同教仪活动主要是"朝暮课诵"，即早晚一起到大殿或法堂诵读经文、礼拜佛祖。逢佛教传统节日时，则要兴师动众，展示才艺，举行各种名目的佛事法会。

佛僧在寺院以及法会上诵咏佛经被称为"呗赞"，指读经之声。所吟大梵天王所发出的五种清净之音，被称为"梵音"。《法华经序品》曰："梵音微妙，令人乐闻。"《法华经文句》曰："佛报得清净音声最妙，号为梵音。"《华严经》曰："演出清净微妙梵音。"据《长阿含》卷五《阇尼沙经》记载，大梵天有五种清净梵声："一者其音正直，二者其音和雅，三者其音清澈，四者其音深满，五者其音遍周远闻。具此五者，乃名梵音。"

"呗赞"又称"梵呗",系指佛教信徒以短偈形式赞唱佛陀、菩萨之颂歌。"呗"亦称"婆陟"、"呗匿"、"婆师",意为歌咏佛经。有文记载为"止断止息","设赞于管弦"。另外相对于韵文诗体"呗赞"的还有"转读"。

《高僧传》卷一三曰:"咏经则称为转读,歌赞则号为梵呗。昔诸天赞呗,皆以韵入弦绾。"此即《楞严经》卷六所云"梵呗咏歌"之意。丁福保主编《佛学大辞典》"梵呗"条曰:"以音韵屈曲升降,能契于曲,为讽咏之声,乃梵土之法曲,故名梵呗。"《法华经·方便品》偈曰:"若使人作乐,击鼓吹角贝。箫笛琴箜篌,琵琶铙铜钹,如是众妙音。"依上所述,佛教法事之"梵呗"兼容声乐与器乐表演,实为具有丰富音乐曲调与演唱的宗教表演艺术形式。

梵呗原本统称歌咏十二部经,不管长行、偈颂,均谓之"呗",辗转至我国宗教界,将佛经歌咏长行称为"转读"。呗赞仅指歌咏赞偈,以及佛经译作中赞叹三宝之声调,慧琳在《一切经音义》中称之为"呗唱"。古代印度之梵呗输入我国后,一般称为"呗赞"。

南朝梁慧皎在《高僧传》云:"言之不足,故咏歌之也。然东国之歌也,则结韵以成咏;西方之赞也,则作偈以和声。虽复歌赞为殊,而并以协谐钟律,符靡宫商,方乃奥妙。故奏歌于金石,则谓之以为乐;设赞于管弦,则称之以为呗。"① 道世亦云:"西方之有呗,犹东国之有赞。赞者从文以结音,呗者短偈以流颂,比其事义,名异实同,是故经言:以微妙音声歌赞于佛德,斯之谓也。"②

---

① (南朝梁)慧皎:《高僧传》,第507页。
② (唐)释道世:《法苑珠林·呗赞篇》。

追溯历史，中国佛界"呗赞"形成于三国魏嘉平年间（249—253），有天竺僧昙柯迦罗来到中原洛阳传授佛教戒律。在此之前，维祇难与竺将炎结伴于吴黄武三年（224）携梵文经本数卷抵武昌。在此期间，三国魏著名诗人曹植赏游鱼山，耳闻空中有一种梵响，清扬哀婉，经仔细察访，此乃梵僧歌咏之声调。后来他摹其音韵，撰文制乐，形成梵呗凡六契，后世称为《鱼山梵》。

南北朝时高僧慧睿游历南天竺，归返后，应朝廷之约而编撰《十四音训叙》，条分缕析经书中梵汉音义。后又有西天竺僧真谛，纂集梵文词语，撰写《翻外国语》七卷。6世纪初，洛阳融觉寺僧昙无最亦撰成《大乘义章》一部。上述两部经典在印度梵呗华化方面做出历史性的贡献。

魏晋期间，高僧支谦依据《无量寿经》与《中本起经》，制成连句梵呗三契，一时传为佳话。康僧会依《双卷泥洹》制成"泥洹梵呗"一契。另有晋人帛尸梨蜜多罗与支昙龠造六言梵呗存世。这些经文诗词均以咏诵赞颂声调通用于佛教音乐文学：

> 东晋时期在结合音乐和文学的梵呗方面，道安倡始在上经、上讲、布萨等法事中都唱梵呗，并弘传帛尸梨蜜多罗所授的高声梵呗。帛法桥作三契经，支昙龠裁制新声，造六言梵呗，梵响清美都很著名。①

在古代中国佛学界，"梵呗"或"呗赞"主要运用于三个方面：(1) 讲经仪式；(2) 六时行道；(3) 道场忏法。讲经唱法会

---

① 中国佛教协会编：《中国佛教》，知识出版社1980年版，第28页。

的梵呗穿插于讲经前后。六时行道与道场忏法的仪式尤重视歌咏呗赞。

据笔者考证，唐代之前流行的主要呗赞有《如来呗》，亦称《如来梵》；《云何呗》，亦称《云何梵》；《行香呗》，亦称《行香梵》。梵呗通常分为三节，即"初呗"、"中呗"、"后呗"，其唱念形式多为六句赞与八句赞，最为流行的八句赞，亦称为大赞《三宝赞》，即赞"佛宝"、"法宝"、"僧宝"，以及《佛陀赞》等。此类呗赞依谱唱念，伴以梵乐，磬钟撞铃，声咏偈颂，显得格外庄严肃穆，悦耳动听。

"呗赞"的咏唱并不仅限于讲经、行道，在一般斋会与佛教节庆日中也经常献演。唐大历年间，宋州刺史徐向等即在该州设"八关斋会"，几千僧侣与世俗官民聚集于开元寺参加盛大斋会。当时有文记载，此地"法筵等供，仄塞于郊埛；赞呗香花，喧填于昼夜"①。

佛教寺院讲经一般分为"僧讲"与"俗讲"。前者对象为出家人，后者则多为世俗男女。日本释圆《佛说观普贤菩萨行法经记》云："言讲者，唐土两讲，一俗讲，即年三月就缘修之，只会男女，劝之输物，充造寺资，故言俗讲。僧不集也云云。二僧讲，安居月传法讲是，上来西寺事皆申所司。"佛界一般"俗讲"开讲，都是奉敕举行。日本僧侣圆仁撰《入唐求法巡礼记》载："乃敕于左、右街七寺开俗讲。九月一日敕两街诸寺开俗讲。五月奉敕开俗讲，两街各五座。"可知当时各地寺院俗讲规模之大、规格设置之高。

---

① （清）王昶：《金石萃编·八关斋会报德记》。

随着社会的变迁，唐代俗讲的场地逐渐增多，其宣传功能日渐演化。为了满足广大僧众的需要，长安都城佛门寺院广设"讲场"，后来逐渐成为"变场"或"戏场"。北宋钱易撰《南部新书戊》云："长安戏场多集于慈恩，小者在青龙，其次在荐福、永寿。"关中寺院开辟戏场，除了"设乐招会"开"俗讲"之外，还将民间诗文、乐舞、戏曲艺术吸收进去当众表演，以招徕香客与聚敛财物，宗教与世俗的有机融合自然有力地刺激了佛教音乐、文学与歌舞戏的长足发展。

第三节 西域佛教东渐与鸠摩罗什的东行

在我国历史上，魏晋南北朝时期是中国与周边国家和地区各民族文化大交融的特殊历史阶段，而居于关中腹地的长安地区一直处于中外宗教文化与世俗文化交织的旋涡之中。自东汉时期印度佛教借道西域输入长安与中原各地之后，中国逐渐兴起翻译佛经与举荐佛教文学的热潮。至前秦时期，因西域龟兹国高僧鸠摩罗什的加盟和引领，大开华夏民族译介佛教文学、艺术之先风，并对以后东方诸国佛教文化的成熟与发展产生深远的影响。

鸠摩罗什（344—413），也称究摩罗什、究摩罗耆婆、句摩罗耆婆，简称罗什，意译"童寿"。其祖籍在天竺，家世国相，祖父达多，名重于国。父亲鸠摩炎，或鸠摩罗炎，将嗣相位，辞避出家，东渡葱岭。

西域龟兹王曾迎鸠摩罗什为国师，并以妹耆婆许允为妻。他在历史上与真谛、玄奘并称为中国佛教三大翻译家。另说还有义净、或不空并称为"四大译经师"。鸠摩罗什生于西域龟兹国。幼年出家,初学小乘,后遍习大乘,尤善般若,并精通汉语文,为举世罕见的语言文字与民族宗教文学通才。

据汤用彤先生考证,鸠摩罗什自幼受其出家为僧尼的父母影响,习经求法,聪慧过人,很早就显示出颇高的佛学天分:

> 什在胎时,其母慧解倍常,闻雀梨大寺名德既多,又有得道之僧,即与王族贵女德行诸尼,弥日设供,请斋听法。什母忽自通天竺语。及什生之后,还忘前语。罗什年七岁亦随母俱出家。从师(或即佛图舌弥)受经,日诵千偈(原文云,偈有三十二字,凡三万二千字)。诵毗昙既过,师授其义,即自通达,无幽不畅。①

鸠摩罗什刚满9岁时,随母出国,越喀喇昆仑山,渡辛头河至罽宾(今南亚次大陆的克什米尔),师从罽宾王弟名德法师盘头达多,受《杂藏》、《中阿含经》、《长阿含经》、《十诵律》等经典,三藏久部,凡四百言,莫不稔熟。据《高僧传》记载,罽宾王请他入宫,与外道辩论获胜,"王益敬异,日给鹅腊一双,粳米面各三斗,酥六升,此外国之上供也。所住寺僧,乃差大僧五人,沙弥十人,营视扫洒,有若弟子,其见尊崇如此"②。

年幼睿智的鸠摩罗什借助得天独厚的异国宗教文化背景,博闻强记,过目成诵,博览众经,早成神童。在他弱冠之时,随母

---

① 汤用彤:《汉魏两晋南北朝佛教史》,北京大学出版社1997年版,第195—197页。
② (南朝梁)慧皎:《高僧传》卷第二(译经中)。

归国内，途经月支，进入疏勒，在此国待了一年，先修学小乘，后改学大乘。从罽宾佛陀耶舍学《阿毗昙八犍度论》，深得其义，升座为众宣讲《阿含经》之单品《转法轮经》，深受国内外僧众的拥戴。

鸠摩罗什之所以拥有特殊的语言文学才能，与他从小广征博采、博览群书有密切的关系。他在北、西天竺访学期间，即阅读到佛教内外一些宗教文学经典，诸如印度古典诗集《四吠陀》，其中包括《梨俱吠陀》、《娑摩吠陀》、《夜柔吠陀》、《阿闼婆吠陀》；哲学文献《奥义书》，亦称《吠檀多》、《韦陀舍多论》；另如《文学语言声明》、《工艺技术工巧明》、《医学医方明》、《咒术明》、《符印明》等"五明"经典；他还向官方文人或民间艺人学习天文地理、著文修辞和乐律琴技，为此而造就了能言善辩之文、琴棋书画之艺。

据《出三藏记集》描述，鸠摩罗什几经修炼，"阴阳星算，莫不毕尽。妙达吉凶，言若符契"。另说他"为性率达，不厉小检"，这为后人对他的无视仪表戒规、自由率真、风流倜傥的言谈举止之评述做了最好的脚注。

返回祖国后的鸠摩罗什又从莎车王子参军之子须耶利摩处聆听到佛陀应阿耨达龙王之问宣讲般若空义的《阿耨达经》。几经辩论与反复论证，获知其教义为"阴（五阴）、界（十八界）、诸入（十二处），皆空无相"之说。有感于"吾昔学小乘，如人不识玉，以鍮石为妙"①，再辅之《中论》、《百论》、《十二门论》等经典开导。他决定放弃小乘立场，而改宗大乘。从此他走出贵族宗教象

---

① （南朝梁）慧皎：《高僧传》卷第二（译经中）。

牙塔，步入广阔的普救众生的世俗文化之中。

鸠摩罗什相继在龟兹、温宿国内讲经说法，其社会影响如日中天，据《高僧传》所述："于是声满葱左，誉宣河外。"他以唇枪舌剑之术，善于雄辩之才，竭力宣传大乘空宗理论，"时龟兹僧众一万余人，疑非凡夫"，对其"咸推而敬之，莫敢居上"。龟兹国王听法后大受感动，竟"造金狮子座，以大秦锦褥铺之，令什升而说法"。

引经据典，解析龟兹国国情与佛教历史文化背景，对人们了解鸠摩罗什的学养能力与佛经翻译水准非常有参考价值。

龟兹，又作鸠兹、屈茨、拘夷、归兹、俱支囊、屈支、丘兹、丘慈、苦先、曲先、苦叉、安西等，为古代"丝绸之路"北道上的佛教大国。龟兹国在历史上是西域诸国中人口最多，经济、文化最发达的国家之一。据《晋书·四夷传》记载："龟兹国西去洛阳八千二百八十里，俗有城郭，其城三重，中有佛塔庙千所。"北魏郦道元《水经注》卷二引释道安撰《西域志》曰："国北四十里山上有寺，名雀离大清净。"《高僧传·鸠摩罗什传》云："闻雀梨大寺名德既多，又有得道之僧，即与王族贵女，德行诸尼，弥日设供，请斋听法。"此宗教文献还提及鸠摩罗什在此寺附近的故宫中，有幸寻觅到为他争得莫大声誉的重要佛教经典《放光般若经》。

另据《出三藏记集》记载：西晋太康五年（284），竺法护从"龟兹副使羌子侯"处获《阿惟越致遮经》的梵文本；太康七年（286），在竺法护译《正法华经》时，"天竺沙门竺力、龟兹居士帛元信共参校"；东晋宁康元年（373）月支居士支施仑译诵《首楞严经》，"时译者归慈王世子帛延，善晋胡音，延博解群籍，内外兼综"。

早在公元 3 世纪，龟兹国僧人译经活动已很频繁。诸如晋泰康七年（286），龟兹居士帛元信与竺法护合译《正法华经》，290—309 年间，龟兹僧人帛法巨、帛远等相继翻译了《大方等如来藏经》、《菩萨逝经》、《菩萨修行经》、《严净佛土经》、《大乘如来藏经》、《郁伽罗越问菩萨经》、《等集三昧经》、《惟逮菩萨经》、《如来兴显》等大乘经典；另有《无量破魔陀罗尼经》、《檀特陀罗尼经》等秘密部与阿含部经典，共计 16 部 18 卷。

龟兹国在西域各国中很注重宗教与各种传统艺术的有机结合。据唐代著名佛教翻译家玄奘在《大唐西域记》中记载，龟兹地区历来非常重视歌舞伎乐的发展，其"管弦伎乐，特善诸国"。在西域佛教艺术史中，与鸠摩罗什同时代的龟兹高僧佛图澄，曾首开中国密教先声，阐扬巫佛神异，政教合一，声名远播，拥有信徒数万。他不仅精通佛法，而且擅长佛寺建筑艺术，在其理论指导下，中原州郡共建有大小寺院 893 处。这些佛事活动与大乘佛教密切相关的宗教文化理念曾对鸠摩罗什产生一定的影响。

在《出三藏记集》卷十一《比丘尼戒本所出本末序》中，有一段有关龟兹国（拘夷）众多佛教建筑、僧侣以及"鸠摩罗什，才大高明，大乘学"的重要记载：

> 拘夷国寺甚多，修饰至丽，王宫雕镂立佛形象与寺无异。有寺名达慕蓝（百七十僧），北山寺名致隶蓝（五十僧），剑慕王新蓝（六十僧），温宿王蓝（七十僧）。……王新僧伽蓝（九十僧，有年少沙门字鸠摩罗，才大高明，大乘学，与舌弥是师徒，而舌弥阿含学者也），阿丽蓝（百八十比丘尼），输

若干蓝（五十比丘尼），阿丽跋蓝（三十尼道），右三寺，比丘尼统依舌弥受法戒，比丘尼外国法不得独立也。①

日本著名学者羽溪了谛诠释上述文字记载："盖罗什二十岁，即公元363年游学还龟兹，至公元385年之际，始赴中国，其间罗什住于王新寺，受龟兹国王之保护，讲说大乘诸经论，英才挥发；而僧纯及昙充在龟兹时，在秦建元十五年（379）以前，此时适罗什住在王新僧伽蓝，此时彼尚未过三十五岁也。故称罗什为少年沙门。以上所引一段记录，当可认为罗什时代龟兹佛教之情况也。"②

返回龟兹国土的鸠摩罗什自年轻出家受戒，更从罽宾高僧卑摩罗叉习读《十诵律》，后来还将其译为秦语共58卷。有文献称颂："卑罗鄙语，慧观才录。都人缮写，纸贵如玉。"他在龟兹国王的尊崇与大力支持下，以王新僧伽蓝为基地，在天山南北大张旗鼓地推行大乘佛教，一时声名鹊起，远近各国君王都争相请他设坛讲法。

在鸠摩罗什年满41岁时，因中国佛教僧团领袖、前秦长安五重寺著名高僧释道安的竭力举荐，前秦君主苻坚特派遣都督吕光借讨伐西域为名，前去坚请鸠摩罗什入主中原："朕闻西国有鸠摩罗什，深解法相，善闲阴阳，为后学之宗。朕甚思之。贤哲者，国之大宝，若克龟兹，即驰驿送什。"③

前秦建元二十年（384），奉君旨意，吕光征降西域三十余国，

---

① （南朝梁）释僧祐：《出三藏记集》。
② 〔日〕羽溪了谛著、贺昌群译：《西域之佛教》，商务印书馆1999年版，第191页。
③ （南朝梁）慧皎：《高僧传》卷第二《鸠摩罗什传》。

杀帛纯，立其弟帛震为龟兹新王，挟娶龟兹王之女为妻子，并获鸠摩罗什东归，将其携回姑臧（今甘肃武威）礼遇供奉。

西北地区河西之凉州，历来都是中西宗教文化交流的枢纽。《魏书·释老志》曰："凉州自张轨后，世信佛教。敦煌地接西域，道俗交得其旧式，村坞相属，多有塔寺。"

据《隋书·音乐志》记载，凉州地区还是中外闻名的宗教与世俗文学艺术荟萃之地，尤在吕光时期为甚：

> 自吕光灭龟兹，因得其声。吕氏亡，其乐分散，后魏平中原，复获之。其声后多变易。至隋有《西国龟兹》、《齐朝龟兹》、《土龟兹》等，凡三部……其歌曲有《善善摩尼》，解曲有《婆伽儿》，舞曲有《小天》，又有《疏勒盐》。其乐器有竖箜篌、琵琶、五弦、笙、笛、箫、筚篥、毛员鼓、都昙鼓、答腊鼓、腰鼓、羯鼓、鸡娄鼓、铜钹、贝等十五种为一部，工二十人。

在宗教文化与世俗文学艺术交融的古代少数民族地区生活，鸠摩罗什自然不会免俗。他在佛教法事活动之余，经常参与国家政事与民间文化娱乐，并施展在西域学会的魔法幻术。如《高僧传》卷二云：他"以五色丝作绳结之，烧为灰末，投水中，'灰若出水还成绳者，病不可愈'。须臾灰聚浮出，复绳本形"。

鸠摩罗什蛰居后凉国16年中，花费大量时间习读汉语，研究汉文经史典籍，释读西域梵文与华夏各民族之间的文法音韵关系，为以后入主长安地区从事大规模的译经工作打下了坚实的基础。

数年前，笔者在敦煌遗书中有幸发现 S.1344 号卷《论鸠摩罗什通韵》，在其字里行间中可读解出鸠摩罗什在译经声韵方面获得的巨大成就：

> 鸠摩罗什《通韵》，本为五十二字，生得一百八十二文。就里十四之声，复有五音和合，数满四千八百，唯佛与佛能知，非是二乘测量，况乃凡夫。纵诵百翻千遍，无由晓达，其章章之声，无不□彻。六夷殊语，一览无遗。百鸟之声，听闻即解。十四音者，七字声短，七字声长。短者吸气而不高，长者平呼而不远。三身摄六，贾鲁留而成班文；杂难知会，二四而不取罗文。上下一不生音，逆顺傍横，无一生而不着中门边，左右取正交加，大秦小秦、胡梵汉而超□。双声牒韵，巧妙多端。牒即元一字而不重元；则变一声而不韵，或有单行，似韵掇相联。或作吴地而唱经，复似婆罗门而诵咒。世人不识此义，将成戏剧。为情为此，轻笑之心，故沉轮于五趣。……半阴半阳，乍合乍离，兼胡兼汉，咽喉牙齿，舌愕唇端，呼吸半字满字，乃是如来金口所宣。宫商角徵，并皆罗什八处轮转。了了分明，古今不失。①

依上所述，鸠摩罗什所传梵汉对译之"通韵"，为七字声短、七字声长之"十四之声"，生得"五十二字"，"一百八十二文"。"纵诵百翻千遍"，"六夷殊语，一览无遗"。其古今不失译介之道，在于有胡梵汉经；双声叠韵，沉沦于五趣；宫商角徵，韵掇相联。如此"或作吴地而唱经，复似婆罗门而诵咒"，形同"五音和合"

---

① 商务印书馆编：《敦煌遗书总目索引》，第135页。

之"戏剧"及"百鸟之声"一般民族宗教文艺之唱诵,自然为僧众信徒所叹服。

鸠摩罗什借用梵汉世俗文学技法的译经风格,在后秦弘始三年(401)十二月被姚兴迎接到长安后,果然大派用场,开拓了中国佛经译介的新纪元。他和弟子僧肇、道融等八百余人,相继译出《摩诃般若波罗蜜经》、《妙法莲花经》、《阿弥陀经》、《金刚般若波罗蜜经》、《中论》、《百论》、《十三门论》、《大智度论》等,共 74 部 384 卷。鸠摩罗什从中介绍中观宗的学说,成为后世"三论宗"的渊源。"成实宗"、"天台宗"均依据他所译介的有关经论而创立。鸠摩罗什的著名弟子有僧肇、道生、道融、僧叡,当时称为"罗什四圣"。后又增加了道恒、僧影、慧观、慧严而合成为"什门八俊"。

鸠摩罗什的著述有《实相论》,此为后秦君主姚兴所著;另有为答姚兴《通三世论》而作《答后秦主姚兴书》。据《广弘明集》卷二十二载,唐代李俨《金刚般若经集注序》云:"秦世罗什、晋室谢灵运、隋代昙琛、皇朝慧净法师等,并器业韶茂,博雅洽闻,耽味兹典,俱为注释。"另外他还应庐山慧远所问作答《问四相》(十八项)之《大乘大义章》,亦称《鸠摩罗什法师大义》,以及南朝宋人陆澄《法论目录》所收《略解三十七品次第》等。由此可知,鸠摩罗什与当朝世俗君王、同代诗歌文人均有经书文墨交往。

鸠摩罗什卓有成效地领导弟子们翻译了数量巨大的佛经典籍,据日本著名学者羽溪了谛著《西域之佛教》之"龟兹之佛教"中不完全统计:"罗什所译之大品小品中有《般若经》、《金刚般若经》、《仁王般若经》、《大智度论》等。""大乘方等部之经典《菩萨藏经》、《善臂菩萨经》、《须摩提菩萨经》、《自在王菩萨经》、

《庄严菩提心经》、《维摩诘经》、《大树紧那罗经》、《思益经》、《持久世经》、《诸法无行经》、《文殊师利问菩萨经》、《首楞伽经》、《不思议光菩萨所问经》、《华手经》、《千佛因缘经》、《大善权经》、《大方等大集经》、《阿弥陀经》、《弥勒成佛经》、《弥勒下生经》等。"① 在译经数量上这是前无古人的历史性贡献，在译介经典的质量上鸠摩罗什让后人难望其项背。

第四节 鸠摩罗什佛经译介的学术贡献

综观中国古代宗教与民族文学译介历史，其渊源于秦汉时期，成熟于魏晋南北朝时期，鼎盛于唐宋时期，衰落于明清时期。在长达两千多年的历史长河中，要数社会动荡不安、国家民族分治、宗教文化盛行的魏晋南北朝时期，其宗教与民族文学译介活动最为活跃。尤其在佛教经典文学翻译方面规模最大，影响最为久远。

据不完全统计，自东汉之际，我国僧侣已译出佛典 292 部 395 卷；三国时译出佛典 201 部 475 卷；至两晋南北朝时期，佛教经典译介已达 4000 余卷。其中远近闻名者如上所述的西域龟兹高僧鸠摩罗什，自后秦弘始三年（401）他在长安主持"逍遥园"译场，领导各方沙门 3000 大开佛经翻译之风，对后世宗教文学传播与佛经译介学影响极为深远。

"译介学"顾名思义兼有"媒介"和"翻译"两重意思，是以跨民族、跨语言、跨文化、跨学科为比较视域而开展的异质文学

---

① 〔日〕羽溪了谛：《西域之佛教》，第 186 页。

翻译互动研究学科。译介学的本质属性是相互"文学文本交往",即交往实践由两级或者多级主体之间的一种物质文化交换过程,依此构成文学精神交往及文学语言交往的基础。其中包括文学文本交往、文学精神交往、文学语言交往三个层面。中国历史上的佛经译介即为中印两国之间的佛教文学精神交往,以及文学语言交往基础之上的宗教文本交往实践。

在社会动乱、割据政权鼎立、民不聊生的魏晋南北朝时期,虽然印中两国的僧侣互通经文,来往密切,但因语言文字的巨大差异,佛经翻译生硬古板,无法满足诸国朝野的宗教文化需求。然而自鸠摩"罗什久居凉土,通晓汉语,他的译经所以在文体上一改过去朴拙的直译,开始运用达意的译法,使习诵者易于理解。他在译经中力求不失原意,更要求保持原来的语趣。……罗什不仅是佛学史上的著名的佛学理论家、翻译家,而且还是一位文学家"[①]。

关于鸠摩罗什的译经方法与风格,以及他对中国佛教经典译介方面所做的贡献,在史书典籍中有很多记载。由此可窥视他深厚的文化素养、高超的文学功底、丰富的译介经验。如《晋书·载记第十七》记述姚兴在译场敬奉鸠摩罗什之史实:"兴如逍遥园,引诸沙门于澄玄堂,听鸠摩罗什演说佛经。罗什通辩夏言,寻觅旧经,多有乖谬,不与胡本相应。兴与罗什及沙门僧䂮、僧迁、道树、僧睿、道坦、僧肇、昙顺等八百余人,更出《大品》。罗什执胡本,兴执旧经,以相考校,其新文异旧者,皆会于理义。续出诸经并诸论三百余卷。今之新经,皆罗什所译。"

《高僧传》卷三记载,鸠摩罗什在给弟子僧睿传授胡汉意译经

[①] 谷苞、刘光华主编:《西北通史》(第二卷),第588页。

验时劝谕:"天竺国俗,甚重文制,其宫商体韵,以入弦为善。凡觐国王,必有赞德,见佛之仪,以歌叹为贵。经中偈颂,皆其式也。但改梵为秦,失其藻蔚,虽得大意,殊隔文体。有似嚼饭与人,非徒失味,乃令呕哕也。"①

《出三藏记集》卷八《大品经序》记载,鸠摩罗什于长安译经时常"手持胡文,口自宣译","两释异音,交辩文旨","胡音失者,正之以天竺;秦名谬者,定之以字义;不可变者,即而书之"。

鸠摩罗什被迎奉入长安的历史事件,值得中国佛教史书大书特书。后秦姚兴弘始三年(401)五月,姚兴派遣陇西硕德西伐凉国,至九月,吕隆上表归降,此时,鸠摩罗什已58岁。当年十二月二十日,他被奉迎抵达关中长安。姚兴万分喜悦,以国师之礼待鸠摩罗什。次年并敦请他到西明阁和逍遥园翻译佛经,又遴选沙门僧契、僧迁、法钦、道流、道恒、道标、僧睿、僧肇等八百余人参加译场助势。

从弘始四年开始,通晓佛学、西域诸语、梵语和汉语的鸠摩罗什在姚兴、公卿和僧徒的拥戴之下开始翻译佛经、讲解经典、培养弟子,开一代佛经评介之风气。有关翻译数量,据《出三藏记集》卷二记载,共有35部297卷;另据《开元录》卷四记载,数目更多,共有74部384卷。

如上所述,自东汉明帝时,佛法东传中国,历经魏晋诸朝,汉译的经典渐渐增多,但是翻译的作品多不流畅,与原梵本有很大偏差。鸠摩罗什羁留凉国17年,对于陇右、河西中土民情日趋熟悉,在语言文字上运用自如;又加上他博学多闻,兼具浓厚的

---

① (南朝梁)慧皎:《高僧传》卷第二(译经中)。

文学素养，在翻译经典上，自然生动，契合妙义。在传经译介的过程中，促成国内前所未有的译经盛况。

从鸠摩罗什所翻译的经典上，可知他致力弘扬的主要是根据般若经类建立的大乘中观思想。所译出的经论，在中国佛教史上，产生巨大的社会影响。如其佳作《中论》、《百论》、《十二门论》，后来被道生弘扬于江南诸地，经僧朗、僧诠、法朗，至隋代吉藏而集三论宗之大成。因此，鸠摩罗什被尊为"三论宗之祖"。三论再加上《大智度论》，而成为"四论学派"。此外，《法华经》是天台宗的绪端；《成实论》为成实宗的根本要典；《阿弥陀经》、《十住毗婆沙论》为净土宗的依据；《弥勒成佛经》促成弥勒信仰的发展；《坐禅三昧经》促进菩萨禅的盛行；《梵网经》使我国广传大乘戒法；《十诵律》则是研究律学的重要典籍。

鸠摩罗什著作等身，喜好大乘教法，志在广演阐明妙理。他曾著有《实相论》二卷，注解《维摩经》，文辞婉约清丽，文采斐然。鸠摩罗什曾与庐山慧远书信答问，后人特将他答慧远问大乘义十八科三卷，辑为《大乘大义章》。佛经传译，共译出经三百余卷，只有《十诵律》一部尚未审定。

"辰星陨落，佛界含悲"，东晋安帝义熙五年（409），弘始十一年八月二十日，一代宗师鸠摩罗什在长安圆寂，遂在逍遥园火化。但他所致力译介的诸如以《般若经》、《法华经》为代表的佛教经典却世代流传。

《般若经》是大乘佛教空宗的主要经典，也是大乘佛教中形成最早的一类经典，由般若部类的众多经典汇编而成。"般若"是"般若波罗蜜多"的略称，是指大乘佛教的佛、菩萨所具有的不同于凡俗之人的智慧。既是大乘佛教修行所要达到的目的，也是观察一切事物的准则。般若类经典在印度出现较早，大约在印度荼达罗王朝中叶（1世纪），般若类佛经就已问世。龙树时代（2—3世纪）流行的般若类经典有《大品般若》和《小品般若》两种。所谓"大品"、"小品"是指两部《般若经》在篇幅上有大小长短之区分，而它们的中心内容基本相同。最早传入中国的《大品般若经》，是东汉末年支娄迦谶在桓帝中平年间（178—189）所译的10卷本《道行般若经》。

《小品般若经》又被7次翻译，译本分别是：东汉竺佛朔译的《道行经》1卷，南朝吴康僧会译的《吴品经》5卷，吴支谦译的《大明度无极经》4卷，西晋竺法护译的《新道行经》10卷，东晋祇多蜜译的《大智度经》4卷，前秦昙摩埤、竺佛念合译的《摩诃般若波罗蜜经》5卷，后秦鸠摩罗什译的《小品般若波罗蜜经》，《大品般若经》到南北朝时先后有三个译本，西晋竺法护译的《光赞般若波罗蜜经》15卷，西晋无罗叉、竺叔兰合译的《放光般若波罗蜜经》30卷，后秦鸠摩罗什、僧睿等合译的《摩诃般若波罗蜜经》40卷，等等，不一而足。

各类《般若经》是以"般若"为指归，以"空观"为原则。其结果，使人们在禅法上致力于引发智慧、穷究实相。《般若经》贯彻大乘中观一切皆空的思想，提出要以"十八种观，令诸法空"。这"十八空"的归宿是所谓"自性空"，认为一切现象本质是空，没有自性，即没有独立存在的自体。主宰无须外在的根据，也不必求诸内心的帮助。般若智慧的应用，便是对现象世界达到空一切、一切空的认识。

据史书记载，《般若经》在魏晋南北朝颇为盛行，并与同时期的玄学思想互相影响而推波助澜，以至于在上层门阀士族阶层中风靡一时。《般若经》在玄学思想影响下，后来形成般若学的"六家七宗"，可见影响力之大。《般若经》这部大乘佛教的理论基础和重要经典，是大乘佛教思想的奠基之作，此后出现僧众广泛接受的《华严经》、《法华经》及《涅槃经》等，都是在其思想基础上发展而各成体系。《般若经》还在我国开启了义学与民族文学的先河，同时促进了东西诸国政治、经济、文化的交流。

东晋译经大师释道安，名高艺重，誉满华夏。他由衷钦佩鸠摩罗什，曾以其所译《妙法莲华经》为范例，高度赞誉鸠摩罗什在梵秦经文转译中所追寻的"五失本"和"三不易"法则，以及"胡语委悉，至于咏叹，叮咛反复，或三或四，不嫌其烦"之高度语言技巧。我国当代语言学家王庆将其称为"委悉反复"译法，对其发生原因，他条分缕析："梵文与汉语是两种差别很大的语言，两者在组词、造句和行文等各方面都有很大不同。在梵文中，有一个倾向很引人注意，即有时为了要充分表达一个意思，梵文会不惜笔墨反复表达。对于梵文的这一语言特点，一千年前的译经师早就深刻地认识到了。但由于汉语行文的一个特点是崇尚简练，因此在将梵文佛教经典翻译成汉语时，译经师们大胆地删除了许多在汉语看来是繁芜枝蔓的文字。"在此基础上形成如同"中国评书艺术和其他一些曲艺形式中的许多套话"以及"节奏和韵律"，这"可能与古印度在文献传承方面重口传不重书写的传统有关"。①

佛教著名经典《妙法莲华经》，简称《法华经》。有汉译、藏译等全译本和部分译本的梵汉对照、梵文改订本等约17种。今尚

---

① 王庆：《敦煌文献所见梵文影响汉译佛经句式之一例》，《丝绸之路民族古文字与文化学术讨论会文集》，三秦出版社2007年版。

存晋竺法护译《正法华经》10卷27品；隋阇那崛多和达摩笈多重勘梵文，译为《添品妙法莲华经》7卷27品。此外据《开元录》卷十一、十四记载，还有《法华三昧经》6卷、《萨芸芬陀利经》6卷、《方等法华经》5卷等三种译阕本。鸠摩罗什译本原为7卷28品，其《普门品》中无重诵偈。后人将南齐法献于高昌所得《提婆达多品》、隋阇那崛多于益州所译《普门品偈》与玄奘所译《药王菩萨咒》一起编汇，构成现行流通本7卷28品《法华经》。

此由"后秦龟兹国三藏法师鸠摩罗什奉诏译，唐终南山释道宣述"《妙法莲华经》范本在历史上最富权威，影响最大，流传最广。善男信女诵读其经文云："尔时世尊，四众围绕，供养、恭敬、尊重、赞叹。为诸菩萨说大乘经，名无量义，教菩萨法，佛所护念。佛说此经已，结跏趺坐，入于无量义处三昧，身心不动。是时天雨曼陀罗华，摩诃曼陀罗华，曼殊沙华，摩诃曼殊沙华，而散佛上，及诸大众。普佛世界，六种震动。"①咏叹其抑扬顿挫、朗朗上口的偈文："文殊师利，导师何故，眉间白毫，大光普照。雨曼陀罗、曼殊沙华，栴檀香风，悦可众心。以是因缘，地皆严净，而此世界，六种震动。时四部众，咸皆欢喜，身意快然，得未曾有。眉间光明，照于东方，万八千土，皆如金色。"其质朴而华美的佛经词语令人倾心陶醉。

古代长安都城所崇奉的佛教经典，说三乘方便、一乘真实和一切众生皆能成佛等内容，为天台宗据以立说的主要典籍。一切经主要思想为空无相的空性说和《般若经》相符，归宿目标与《涅槃经》沟通，旨归净土，宣扬济世，兼说陀罗尼咒密护等，集

---

① （东晋）鸠摩罗什：《妙法莲华经》，序品第一。

大乘思想之大成。

据统计，鸠摩罗什译《法华经》，南北朝注释此经学者就达70余家。后世在中国汉地流传甚广，堪成奇观。《高僧传》所举讲经、诵经者中，以讲、诵此经的人数最多；敦煌佛教写经中也是此经所占比重最大。

相比之下，古代最著名的"四大译经师"要数鸠摩罗什所处年代最早，所做贡献最大。他的译经事业可谓空前，无论数量还是质量，都远非前人可比。统而言之，他译出的300多卷、近300万字佛典，影响非常深远。

鸠摩罗什首次系统地翻译了大乘佛教论述缘起性空理论的经论，使当时佛学思想界耳目一新。他所译《法华经》、《阿弥陀经》、《金刚经》、《十住经》、《成实论》、《中论》、《百论》、《十二门论》，是后代天台宗、净土宗、禅宗、华严宗、成实宗、三论宗等佛教宗派依据的主要经典，《十诵律》、《比丘戒本》和《梵网经》进一步完备了汉地的佛教戒律。

在翻译语言和文风上，鸠摩罗什和他的译经团体一改以往过于朴拙的不足，不仅充分地传达原典的旨意，而且文笔流畅洗练，甚至成为文学名篇。如影响中国文化很大的《金刚经》、《维摩诘经》、《法华经》、《阿弥陀经》等虽有其他译本，但直到今天流传盛行的主要是鸠摩罗什的翻译文本。

东晋僧肇在《维摩诘经序》中对鸠摩罗什高超的翻译水平给予高度评价："什以高世之量，冥心真境，既尽环中，又善方言，时手执胡文，口自宣译。道俗虔虔，一言三复，陶冶精求，务存圣意。其文约而诣，其旨婉而彰，微远之言，于兹显然。"鸠摩罗什译经不辍，他赠友人的一首诗可谓自己一生的最佳写照："心山育明德,流薰万由延。哀鸾孤桐上,清音彻九天。"

鸠摩罗什在中国佛教史与佛经译介史上,承先启后,功不可没。任继愈先生主编《中国佛教史》"鸠摩罗什所译佛教典籍的中心思想"一章对其人其作进行了如下评述:

> 在鸠摩罗什所译的佛教典籍中,《摩诃般若经》和《小品般若经》分别是以往大小品《般若经》的重译,其他大部分佛典也贯穿着大乘般若思想。其中最富有理论色彩的是印度大乘空宗即中观学派的基本理论著作《中论》、《十二门论》、《百论》以及《大智度论》。这些译著继承和发展了大乘般若学说,对"诸法性空"等理论作出新的系统的解释和论证,这在后来的佛教发展中产生了重大的影响,在中国佛教史上具有重要的地位。①

据杨乃乔教授主编的《比较文学概论》一书的统计:"自两汉之际至元初逾1200年佛籍翻译、译论大兴之时期……为这场佛经翻译运动先后捐躯者几达数百人。前后12个世纪,共译出'经律论'三藏1690余部、6420卷,出现著名译经师200余名。其中鸠摩罗什、真谛、玄奘、不空等人更是享誉中外。"在总结中华民族佛教文化历史经验时,他大为赞叹:"长达十多个世纪的佛籍翻译活动在我国文化史上写下了光辉的一页。此风之开,究其因由,除社会政治原因以外,学术共同体的形成、共同的学术信念、历代相沿的译经传统,以及译经方法都是佛籍翻译长盛不衰的内在

---

① 任继愈主编:《中国佛教史》(第二卷),第318页。

动因。而这些动因又经过历史的整合终而形成当时译经师们共同、共通、共享的译介学范式,并在这场文化盛事之中发挥了至关重要的作用。"①

第五节　中国佛教禅宗文学艺术的东传

以喜马拉雅山和喀喇昆仑山相隔的东亚中国与南亚印度,并非在历史上是"鸡犬相闻、老死不相往来"的独立王国。早在春秋战国时期就有过华夏先民与古天竺通好的零星文字记载。唐代道宣撰《归正篇·佛为老师》云:"余寻终古三五帝皇,有事西奔,罕闻东逝。故轩辕游华胥之国,王邵云即天竺;又陟昆仑之墟,即香山也。"南朝梁僧祐《弘明集》亦曰:

> 《列子》称周穆王时,西极有化人来,入水火,贯金石,反山川,移城邑,乘虚不坠,触实不碍,千变万化,不可穷极。既能变人之形,又且易人之虑。穆王敬之若神,事之若君。观其灵迹,乃开士之化。大法萌兆,已见周初。②

前秦王嘉撰《拾遗记》卷四认为,早自战国末期燕昭王七年(前305)古天竺(身毒)佛法就输入华夏内地:

---

① 杨乃乔主编:《比较文学概论》,北京大学出版社2002年版,第336页。
② (南朝梁)释僧祐:《弘明集·后序》。

七年，沐胥之国来朝，则申毒国之一名也。道术人名尸罗，问其年，云：百三十岁。荷锡持瓶，云：发其国五年乃至燕都。善炫惑之术。于其指端出浮屠十层，高三尺，乃诸天神仙，巧丽特艳。人皆长五六分，列幢盖，鼓舞，绕塔而行。歌唱之音，如真人矣。尸罗喷水为雾雾，暗数里间。俄而复吹为疾风，雾雾皆止。又吹指上浮屠，渐入云里。①

据唐代法琳撰《对傅奕废佛僧事》所云，与中国开国皇帝秦始皇在位几乎同期的古印度阿育王，曾派沙门佛僧前来秦国："《经录》云：始皇之时，有外国沙门释利防等一十八贤者赍持佛经来化始皇。始皇弗从，乃因防等。夜有金刚丈六人来破狱出之。始皇惊怖，稽首谢焉。"

但是上述文字均出于后人之手，又多来自传说稗史，从科学考古角度来说非信史，不足为训。于是乎人们把视线投向两汉时期，认为在西汉时期汉武帝派遣张骞出使西域，其随从抵达身毒、大夏等地，印中两国佛教文化交流的历史才真正浮出水面。对此，《魏书·释老志》明确记载："及开西域，遣张骞使大夏还，传其旁有身毒国，一名天竺，始闻浮屠之教。"在此基础之上，《魏书·释老志》进一步揭示西汉时期天竺佛教已在汉地流行之事实：

汉武元狩中，遣霍去病讨匈奴，至皋兰，过居延，斩首大获。昆邪王杀休屠王，将其众五万来降。获其金人，帝以为大神，列于甘泉宫。金人率长丈余，不祭祀，但烧香礼拜

---

① （前秦）王嘉：《拾遗记·燕昭王》。

而已。此则佛道流通之渐也。及开西域，遣张骞使大夏还，传其旁有身毒国，一名天竺，始闻有浮屠之教。

在西汉历史上，张骞通使西域，"闻浮屠之教"，霍去病讨伐匈奴，"获其金人"，确实与南亚、中亚、西亚诸国有过政治、经济、军事上的瓜葛，也理所当然与毗邻的古印度佛教文化发生一定的关系。

博王侯张骞出使西域，开通丝绸之路的历史功绩，撇开自然科学如动植物、各种物产贡献不谈，仅谈及上述古代印度佛法的东渐，以及胡族居住地文学艺术的输入，此位先驱者可谓功高如天。

日本学者桑原骘藏在《张骞西征考》中赞誉："张骞之凿空即彼之西域远征，在中国史上实为破天荒之快事。"王仲翰先生在《中国古代史概要》一书中更是给予高度评价：

> 张骞通西域，具有重大的历史意义。它打开了中亚交通的道路，使汉代的先进生产技术与先进文化传入西域，并远达欧洲。西域各族的文化也对中原发生了影响。葡萄、胡瓜、胡葱、苜蓿等许多新品种传入内地。因为通西域不仅促进了西域各族经济文化的发展，同时也大大丰富了汉族人民的经济文化生活。①

张骞从西域返回中原古都长安时，还带回边地流行的佛教文

---

① 王仲翰主编：《中国古代史概要》，中央民族学院科研处编印1983年版，第83页。

学艺术"胡角横吹"和"摩诃兜勒",以及成套乐舞诗文。自从这些外域文体输入我国以后,遂对汉唐五代的音乐歌舞、诗词歌赋、宋元杂剧传奇等文艺形式产生不同程度的影响。

对此文化历史现象的重要文字记载,人们多依赖于东晋崔豹的《古今注》,亦见于南朝陈释智匠《古今乐录》,唐代官修《晋书·乐志》、唐代吴兢《乐府古题要解》、宋代郑樵《通志·乐略》等文献。依照崔豹在《晋书·乐志》所述:

> 横吹,胡角者,本以应胡笳之声,后渐用之模吹,有双角,即胡乐也。张博望入西域,传其法于西京,惟得《摩诃兜勒》一曲。李延年因胡曲更造新声《二十八解》,乘舆以为武乐。后汉以给边将,和帝时,万人将军得用之。魏晋以来,《二十八解》不复具存,用者有《黄鹄》、《陇头》、《出关》、《入关》、《出塞》、《入塞》、《折杨柳》、《黄覃子》、《赤之杨》、《望行人》十曲。①

笔者在《中西戏剧文化交流史》一书中曾对《古今注》中文字与汉乐府诗歌作一对照,认为大部分文献资料是可采信的。这些胡乐佛曲对唐宋大曲和音乐文学,以及"西域、中亚、西亚诸国政治、经济、文化与中原地区得以全面交流与发展起到很大的促进作用"②。不过,其中有一部分外域乐曲值得认真甄别。

关于汉乐府协律尉李延年借"胡角横吹"造"二十八解"新

---

① (前秦)王嘉:《拾遗记·燕昭王》。
② 李强:《中西戏剧文化交流史》,人民音乐出版社2002年版,第308页。

声，其乐曲除了上述"《黄鹄》、《陇头》、《出关》、《入关》、《出塞》、《入塞》、《折杨柳》、《黄覃子》、《赤之杨》、《望行人》十曲"之外，据《乐府古题要解》识别，还应有"《关山月》、《洛阳道》、《长安道》、《梅花落》、《紫骝马》、《骢马》、《雨雪》、《刘生》八曲。宋代郭茂倩在《乐府诗集》中认为"汉横吹曲二十八解"应在原有的"十曲"基础上增加《关山月》、《洛阳道》、《长安道》、《梅花落》、《紫骝马》、《骢马》、《雨雪》、《刘生》八曲。合十八曲"。根据《乐府诗集》"汉横吹曲"四卷所录乐曲，如《陇头》、《出塞》、《入塞》、《洛阳道》、《骢马》、《雨雪》等又衍生出《陇头吟》、《陇头水》、《前出塞》、《后出塞》、《出塞曲》、《洛阳陌》、《骢马曲》、《骢马驱》、《雨雪曲》等古乐曲。因为西域胡地大曲一直有"解曲"，即叠置乐曲的传统，或许上述变体胡曲真是遵循迎合了此文体传统和规律。

另在《乐府诗集》"梁鼓角横吹曲"中查阅，又记载有《企喻》、《地驱乐》、《雀劳利》、《慕容垂》、《隔谷歌》、《大白净皇太子》、《小白净皇太子》、《雍台》、《歗台》、《胡遵》、《淳于王》、《捉搦》、《半和企喻》、《北敦》、《胡度来》、《幽州马客吟》、《慕容家自鲁企由谷》等，以及唐代杜佑《通典·乐典》中记载的《真人代歌》、《慕容可汗》、《吐谷浑》、《部落稽》、《巨鹿公主》、《企俞》、《簸逻回歌》等北方胡曲。很可能这些乐曲都是西域输入的"胡角横吹"和《摩诃兜勒》繁衍遗传所至。

关于《摩诃兜勒》胡曲称谓与渊源，《后汉书·西域传》亦称"蒙奇兜勒"，为两汉时期"远国蒙奇兜勒皆来归服，遣使贡献"。有学者将其视为地名和曲名的双重含义。日本学者桑原骘藏在《张骞西征考》中考证："摩诃兜勒是一种以地名为乐名的大吐火罗乐或大夏乐。"钱伯泉先生在《最早内传的西域乐曲》一文中则认为"《摩诃兜勒》为'摩诃陀历'的异译,是赞颂佛教圣地的佛曲。"他又指出:"《摩诃兜勒》必为佛曲,源于印度。"

宋代郑樵《通志·乐略》称"摩诃兜勒"为"摩诃"和"兜勒"两曲,并指出其称谓"皆胡语也"。再有唐宋朝野流行的汉胡乐舞队戏《柘枝队舞》中反复吟唱的"金石丝竹,闻六律以皆调。僸佅兜离,贺四夷之率伏"①,亦证实西域胡地乐人曾沿着"丝绸之路"来华传播佛教文化的历史事实。

根据古代宗教文献资料,关于古印度佛教文化的东渐,以及天竺佛僧入华的文献记载,应该确定在东汉孝明皇帝在位期间的永平十三年(71)②,东汉西域沙门迦叶摩腾、竺法兰译《四十二章经序》记载的汉明帝"感梦遣使求法"之事:

> 昔汉孝明皇帝,夜梦见神人,身体有金色,项有日光,飞在殿前。意中欣然,甚悦之。明日问群臣,此为何神也?有通人傅毅曰:"臣闻天竺,有得道者,号曰佛,轻举能飞,殆将其神也。"于是上悟,即遣使者张骞、羽林中郎将秦景、博士弟子王遵等十二人,至大月支国。写取佛经四十章,在第十四石函中,登起立塔寺。于是道法流布,处处修立佛寺。远人伏化,愿为臣妾者,不可称数。国内清宁含识之类,蒙

---

① 转引自文津阁四库本《鄜峰真隐漫录》。
② 参见东汉《四十二章经序》和《牟子理惑论》、(晋)王浮《老子化胡经》、(东晋)袁宏《后汉纪》卷十、(宋)范晔《后汉书·西域传》、(南齐)王琰《冥祥记》、(南朝梁)僧祐《出三藏集记》卷二、(南朝梁)慧皎《高僧传》卷一、(北魏)郦道元《水经注》卷十六、(东魏)杨衒之《洛阳伽蓝记》卷四、(北齐)魏收《魏书·释老志》等。

恩受赖，于今不绝也。

南朝齐王琰《冥祥记》在认定上述史实基础之上，亦提及天竺高僧来华之事："自天子王侯咸敬事之，闻人死精神不灭，莫不惧然自失。初使者蔡愔将西域沙门迦叶摩腾等，赍优填王画释迦倚像。帝重之，如梦所见也。"另有文献记载，与迦叶摩腾一起来中原的僧人还有一位名曰"竺法兰"。他们经西域与关中长安抵达东汉洛阳，修建了第一座佛寺"白马寺"，从此正式拉开了印中两国宗教文化交流的帷幕。

佛教是崇尚与膜拜偶像的世界性宗教。佛教传入我国初期，华夏民间因其开凿石窟、塑形造像、敬拜佛陀菩萨而称之为"像教"。佛陀之"造像"有画像、雕塑像与金属铸像之分。佛、菩萨，以及法物、法器、画像亦称"曼荼罗"。根据佛经典籍规定，佛祖释迦牟尼有"三十二相"、"八十种好"之佛像绘制，或交脚趺坐莲花座，或经天飞翔，或侧身安卧涅槃。另如佛界菩萨、罗汉、观音、金刚力士、明王、诸天等更是形象、生动、传神，均为佛教艺人工匠百绘不弃的宗教绘画与雕塑题材。

沿着"丝绸之路"文化交流的路线，巡视散落的无数佛教寺庙与洞窟，其中珍藏着卷帙浩繁的佛像绘画，特别是铺满石窟空间的精美壁画。所绘制的有佛教历史、佛本生故事、经变故事、佛国胜景、说法降魔、礼佛朝拜等内容。这些佛教图像为印度宗教文学艺术的中国化提供了不胜枚举的形象资料。

大凡有人类生存之地都有宗教或世俗乐舞艺术表演活动，在此基础上再融会人物角色与文学语言，并贯串其故事情节，即可发展成为各国各族乐舞、戏剧艺术。参照王国维先生撰《戏曲考源》中为"戏曲"所下定义："戏曲者，谓之歌舞演故事也。"可见此类歌舞戏与戏剧或戏曲仅差一步之遥。上述带有浓重佛学色彩的印中图文、戏剧样式的发轫、融合与成熟之关键地区当在西域与河西诸地。

佛经《大日经义释》云:"一一歌咏,皆是真言。一一舞戏,无非密印。"其"舞戏"即指传入西域与中原地区的宗教歌舞戏。另据唐代僧人慧超于开元十五年(727)从印度归国途中在西域"新头故罗国"所"见歌舞作剧,饮宴之者"①,其"歌舞作剧"亦明确指古代西域歌舞戏。司马迁在《史记·大宛列传》中称之为"奇戏",声称西域大宛国有"大觳抵,出奇戏,诸怪物,多聚观者,行赏赐,酒池肉林,令外国客遍观各仓府藏之积,见汉之广大,倾骇之。乃加其眩者之工。而觳抵奇戏岁增变甚盛益兴,自此始"②。

任半塘先生在《唐戏弄》中考证,至唐、五代时期,古代西域与关中、长安、中原地区流行的歌舞戏几经融合,业已成熟,"乃谓真正戏剧",并认为此种表演艺术形式是在传统宗教乐舞的基础上,有机地融入了西域胡地百戏、角抵戏而趋于形成:

> 自后歌舞戏日渐发达,迄唐而受胡乐、胡舞、胡戏之刺激特强,又与当时社会盛行之传奇、小说、讲唱、咏语,种种文艺,互为影响,代言问答等已普遍深入。于是循伎艺发展之自然趋势,已有融乐、歌、舞、演、白五事,以共同推进故事,加强表情,提高效果者。我国戏剧之体制,至此实

---

① 《大日经义释》卷六。
② 《史记》卷一百二十三《大宛列传》。

已完成。①

在《唐戏弄》中,任半塘就西域歌舞戏即"胡戏",以及对中原歌舞戏之影响发表了重要的见解:"除汉唐自有之清乐入戏外,接受外来胡乐而转入戏曲或原即为胡戏所有者,当必不少,拍弹之例尤著。次在各体:如下文所叙《合生》、《钵头》、《弄婆罗门》皆是。次在各戏:如《苏莫遮》、《舍利弗》、《神白马》等皆是,而《西凉伎》亦有外国关系。"②在该书其他篇章中,他还提及如《上云乐》、《柘枝》等亦为西域民族歌舞戏之代表性剧目。

"合生",亦作"合笙",为隋、唐、五代时对古代艺伎之雅称。《新唐书·武平一传》云:"始自王公,稍及闾巷;妖伎胡人,街童市子,或言妃主情貌,或列王公名质,咏歌蹈舞,号曰合生。"

据清代沈曾植撰《札记》评述"合生":"《梦华录》杂伎艺有合生,《元典章》中有'高合生'之目。……是则合生本出西胡,附合生人本事,与踏摇、参军、演弄故事不同。《通考》唐宋百戏,均不列合生,盖不属于教坊也。"在历史上,唐"合生"对后世诸"合生"戏均产生过影响,然而它又不同于中原传统戏曲与教坊乐舞百戏,故可视为受西域文化影响的特殊类型之歌舞戏。

另据《唐戏弄》"歌舞戏总"所述,受胡乐、胡戏影响的汉唐歌舞戏"当必不少,拍弹之例尤著"。"拍弹"为"拍袒",此处指"拍弹"与"合生"之"旦"关系而言。《三国志·魏书》中亦有俳优"傅粉,遂科头,拍袒,胡舞,五锥锻,跳丸,击剑,诵俳优小说数千言"之记载。"拍袒"与"胡舞"等量齐观,充分证实了

---

① 任半塘:《唐戏弄》,第260页。
② 同上书,第261页。

二者与西域乐舞戏剧的承传关系。

唐代苏鹗《杜阳杂编》称"拍弹"或"拍袒"者"于天子前，弄眼，作头脑，连声著词，唱杂声曲，须臾间，变态百数，不休"。《太平广记》卷二〇四"米嘉荣"条云："歌曲之妙，其来久矣。元和中，国乐有米嘉荣、何戡。近有陈不嫌，不嫌子意奴，一二十年来，绝不闻善唱，盛以拍弹行于世。"又据《南部新书》乙卷载："太和中，乐工尉迟璋，左能啭喉为新声，京师屠沽效之，呼为'拍弹'。"从而证实扮饰角色之歌舞戏表演者如米嘉荣、何戡、尉迟璋等均来自西域"昭武九姓"诸国。

据考，在史书上"拍弹"之"弹"，常被标以"袒"、"担"、"旦"之音，此与"合生"之"妖胡"袜子所饰"旦"，以及梵乐胡曲之"旦"有一定联系；并与后世中国戏曲行当"旦角"有着不容忽视的历史传承关系。对此古音词语之渊源流变之研究至关重要。

著名学者徐慕云著《中国戏剧史》阐述："要根据中国戏剧发展过程，去研究旦角的来源，或者能够探索到一个比较确定的说法。"据学者考述，元杂剧角色"旦儿"、"外旦"、"副旦"、"小旦"、"搽旦"、"花旦"之"旦"，古体字为"姐"。据元代陶宗仪《南村辍耕录》所载：官本杂剧中亦有《老孤遗姐》，宋代歌舞戏与傀儡戏之"细姐"为遗存之称谓。除此之外，诸如《褴哮店休旦》，院本《老孤遗旦》、《哮卖旦》之"旦"均为"姐"之简称。

追根溯源，汉代桓宽《盐铁论》载："五色绣衣，戏弄蒲人、杂妇、百兽、马戏、斗虎、唐锑、追人、奇虫、胡姐、戏娟、舞像。"不仅提及"姐"，还道出"胡姐"出于西域胡文化之奥秘。清代姚燮撰《今乐考证·缘起》则对《盐铁论》中之"胡姐"订正为"胡虫奇妲之语,方密之以'奇妲'为小旦"。对"奇旦"则"作小旦解",可视之与后世"旦角"一脉相承。

查阅《说文解字》注云:"妲,女字,妲己,纣妃。从女,旦声。"《碧鸡漫志》中所列唐代能歌善舞之诸妇人中即有"宠妲"。另据唐宋代之"旦"字有许多异体字,譬如《教坊记》之曲目名"木笪",又作"莫靼"。宋僧文莹撰《玉壶野史》载:"声乐四十余人,阃检无制,往往时出外斋,与宾客生旦杂处。"从中可知唐代之"妲"逐步演化为"旦"变体之历史过程。

当然对"旦"之来源亦有其他各种解释,例如清代王棠《知新录》云:"扮妇人谓之狚,音旦,又音达,又与'獭'通。"还有王芥舆撰《戏剧脚色得名之研究》认为"旦"与"妲"字均为"姐"之讹误;另外还有人认为"旦,狙也",应为"母猴"之演绎;这些望文生义之解释未免有些牵强附会。

据任半塘先生综合考证,"旦"应该来自"妲",实为西域胡语所演变:

> 唐诗中,胡姬或蛮妓之咏,堪称繁赜,人所共睹。唐代胡女之伎,不仅在舞,而且在戏,又复斑斑可考。则"胡妲"之说,在唐代之基础特固。由此以求旦之源流与意义,简截了当。①

据著名学者何昌林研究,苏祇婆"五旦"之"旦"出自西域梵语,据他考释:"'旦'字既是弹拨乐器的空弦音,则似乎是梵

---

① 任半塘:《唐戏弄》,第804页。

语 Drone（台音——弹拨乐的空弦音）音译；'旦'即是调式音列的主音，便可代表一个音列，故又是梵语 That（行列）或 Tana（伸长）及维语 Tan（体）的音译；古龟兹语中表示类别的 Tano（谷物的种类）亦可看做'旦'字的源头。以上是田中正平、向达、岸边成雄、关也维诸家的见解。"[①] 根据前文诸家所述，给我国古典乐舞、戏剧、曲艺带来重大影响的龟兹"五旦七声"之"旦"，主要指"音"与"律"，其称谓传至中原地区则为传统文化艺术形式所接受。

另据常任侠先生研究，"旦"似与古代印度"健舞"有联系："健舞的名称，我曾在古梵文中，找到根源。梵文健舞的姿态，叫作 Tandava Tandava-laksanam Laksanam。"[②] 对此，古典文学专家黄天骥亦对"旦"的梵汉音译与胡语华化作了较为详细的考证：

> 梵文的 Tandava，汉字译音是旦多婆或旦打华……再看中亚一些地方的语言，舞蹈一词的发音，也与梵文相近，像波斯语的 dance（舞蹈），danan（表演）；土耳其语的 dano、dansetmek（舞蹈），甚至英语的 dance（跳舞）同样以"旦"音作为音节的主要组成部分……无论梵文或者其他西域文字，跳舞、舞蹈一词，都以"旦"这一音节作为词语构成的重要部分。唐宋之际，梵语传入，我国人民称引舞为旦，很可能

[①] 《新疆艺术》编辑部编：《丝绸之路乐舞艺术》，新疆人民出版社 1985 年版，第 136 页。
[②] 常任侠：《东方艺术丛谈》，上海文艺出版社 1984 年版，第 114 页。

是受 Tandava 一词的影响,把其重要音 tan 音译为旦。①

"引舞为旦"自古有之,亦可在中印古籍文献中查询其理论根据。明代朱权撰《太和正音谱》中释"引戏,院本中狙也"。释本义即"姐"。王国维先生著《古剧脚色考》云:"然则戏头、引戏,实为古舞之舞头、引舞。"在历史演变过程中,唐大曲之"引舞"发展至宋杂剧"引戏",亦指"戏头",即"姐"或"旦"。

除了"旦"为引戏者之外,"末"或"末泥"亦可引戏。例如南宋吴自牧《梦粱录》有"杂剧中,末泥为长"以及"末泥色主张,引戏色分付"之说。"末"的称谓与"旦"一样,在唐代文献中就有记载,并有异体字存世。《南唐书·归明传》中有韩熙载"不拘礼法,常与舒雅易服燕戏,猱杂侍婢,入末念酸,以为笑乐"。其"末"为穷酸书生之角色。

清代焦循撰《剧说》引《怀铅录》云:"《周礼》四夷之乐有'袜',《东都赋》云,'僸佅兜离,罔不毕集'。盖优人作外国装束也。一曰末泥,盖倡家隐语,如爆炭、崖公之类,省作末。"另有《鄮峰真隐漫录》之《柘枝队舞》亦云:"僸佅兜离,贺四夷之率伏。"均指出"末"为"引戏"可扮戏,其称谓非华言,而为外族胡语引入。

据黄天骥先生考证,梵文"ma"汉译为"末",其 madnyama 为梵乐音阶第四音之缩写,"manisnya,汉译末羯什雅,懂得跳舞唱歌的人,magadna,汉译末戈陀,指唱歌赞美首领祖先的游吟诗人;mankna,汉译芒科,指宫廷诗人或颂词作者"。他认为,唐天

---

① 黄天骥:《"旦""末"与外来文化》,《文学遗产》1986 年第 5 期。

宝年间古乐曲太簇宫中之《末醯首罗》，梵文为 mana-Isvara，为印度大自在天湿婆神之异名，黄天骥先生由此得出结论："梵语'末'这个音，确实与唱、念紧密相连。我猜测，当丝绸之路沟通，梵语、梵剧传入中土时，汉唐人就把专司唱念的演员，借用梵音，称之为'末'了。"①

根据上述专家学者考证初步得出结论，西域歌舞戏"合生"之"旦"与"末"，曾受梵乐、梵舞、梵剧与佛教文化的影响，在西域地区有关音乐舞蹈戏剧得以孕育、萌发与成形，待日趋成熟而东传入关中、长安、中原地区，继而有力地促进了中国古典戏曲与宗教戏剧的发展。在西域繁衍流传下来的歌舞戏逐渐摆脱了一"生"一"旦"之"合生"式的小型表演样式，遂生发出来许多行当角色，融汇于原始宗教与世俗文化之中，有机地合为更大规模的乐舞戏艺术形式。

西域歌舞戏之《钵头》中有"生"，即胡人之子，其父为"净"，再有则是猛虎的扮演者。三种角色念、唱、做科，于八折戏中完整地演出了父被虎食，子四处寻父，遇虎进行格斗，最终杀死老虎，然后披发凄惨悲哭，且歌且舞以抒发心中哀伤之情。

再如西域歌舞戏《大面》，或称《兰陵王》表演形式。据释慧琳《一切经音义》著录："北国浑脱、大面、拨头。"文中将龟兹、浑脱与拨头置放在一起，说明此戏或从西域传入，或受西域歌舞戏影响。此戏中"兰陵王"或戴"假面以对敌"，或"貌若妇人"，一人扮饰生与旦两种角色，明显较之"合生"有了新发展。他面对凶恶的敌人，身后有强悍的三军，在此种群众场面的陪衬下，

---

① 黄天骥：《"旦""末"与外来文化》，《文学遗产》1986年第5期。

兰陵王的双重身份与性格更富有戏剧动作性。

在西域流行颇广的《苏莫遮》属饰假面的一种歌舞戏。经周贻白先生《中国戏剧史》识别："宋之合生非复专唱，《苏莫遮》一类曲调的唐代合生了。"如此，《苏莫遮》与"合生"当有所联系。

从各方面历史资料考察证实，《苏莫遮》为西域歌舞戏的代表性剧目，然而此戏与众不同的是其中杂糅了许多外域宗教与世俗的因素，融有西域原始宗教、西亚祆教、摩尼教、景教与东南亚婆罗门教、佛教等教义成分，从而演变为中西文化交汇的复合性民族地域乐舞戏剧剧目。

《酉阳杂俎》卷四"境异"云：龟兹国每逢宗教节庆，众人表演"婆罗遮，并服狗头猴面，男女无昼夜歌舞。八月十五日，行像及透索为戏。焉耆国元日、二月八日，婆摩遮三月野祀，四月十五日游林，五月五日弥勒下生"。

依上述文献资料可见，如"飒磨遮"、"婆罗遮"、"婆摩遮"等均为"苏莫遮"之异称，另外"苏莫遮"还被称为"乞寒戏"、"乞寒胡戏"。据考证，此称谓为"乞寒胡王戏"之简写，属"浑脱"队舞或队戏之一种。较早流行于西域龟兹、康国、焉耆、高昌等地的"苏莫遮"。其表演艺术形式据著名学者向达在《唐代长安与西域文明》考证："苏莫遮曲传于日本，名苏莫者，为盘涉调中曲……为此戏时，疑舞者步行，胡服，骑马者则持盛水油囊，作势交泼。舞者舞踏应节，以象闪避之状。"① 如果还原其原始风貌，表演过程中还应饰神兽假面，以扮演各种角色，并在胡部乐器的伴奏之下"倮露形体"，"透索为戏"。

---

① 向达：《唐代长安与西域文明》，生活·读书·新知三联书店1987年版，第74页。

西域歌舞戏中之《神白马》亦称"弄白马",最初见于唐代段安节撰《乐府杂录》。此书记载唐代"戏有代面"、"钵头"、"苏中郎","即有踏摇娘,羊头浑脱,九头狮子,弄白马"。又据《隋书·音乐志》卷一五曰:"变龟兹声为之"西域诸地盛行"杨泽新声、神白马之类,生于胡戎。胡戎歌非汉魏遗曲,故其乐器声调,悉与书史不同"。《新唐书》卷二一七《黠戛斯传》云:"乐有笛、鼓、笙、筚篥、盘铃",文中证实上述诸歌舞戏均源于古代西域诸国。

关于西域歌舞戏演出之情景,可从唐代张鹭《朝野佥载》卷五中体识:"广平宋察,娶同郡游昌女。察先代,胡人也,归汉三世矣。忽生一子,深目高鼻,疑其非嗣,将不举。须臾,赤草马生一白驹,察悟曰:'我家先有白马,种绝已二十五年,今又复生。吾曾祖貌胡,今此子复先也。'遂养之。故曰'白马活胡儿',此其谓也。"此"活胡儿"扮饰的"白马"之状,亦可在唐代李廓《长安少年行》诗中得以印证:"戟门连日闭,苦饮惜残春。开锁通新客,教姬屈醉人。倩歌牵白马,自舞踏红茵。时辈皆相许,平生不负身。"牵白马在红氍毹上乐舞作戏,可谓印度与西域"神白马"歌舞戏表演艺术之基本特征。

诚然,专家学者中还有人将唐代"神白马"与印度古圣歌之"神白马"均视为宗教与世俗乐舞戏剧的结合体,并认为《钵头》歌舞戏之勇士与老虎之角色,被换为白马与恶龙,或者胡人与白马,均为两个角色,可附会于"合生"之角色设置。除此之外,例如西域歌舞戏《舍利弗》、《弄婆罗门》、《西凉伎》、《羊头浑脱》、《九头狮子》、《五方狮子》、《益钱》等似均与印度、西域佛教戏剧文化有联系,自输入中国后逐渐与华夏民族传统文学艺术融为一体。

徜徉在波澜壮阔的历史长河，令人欣慰地看到中华民族与周边国家和地区相濡以沫的传统友谊。自远古至近世，中国历代王廷皇室都颇为重视与毗邻四夷诸国加强经济文化交流，特别是隋炀帝曾为炫耀皇威与国势，进行过一次规模盛隆的西巡与胡地文化检阅。

隋大业三年（607），隋炀帝前往陇右、河西燕支山，在此地召见"西蕃胡二十七国"使节，观赏各地献演的乐舞杂戏。据《隋书·音乐志》云："复令武威张掖士女，盛饰纵观，骑乘填咽，周亘数十里，以示中国之盛。"由此推进与印度、波斯诸国的文化交往，也同时向西域诸国展示戏剧乐舞浓重的汉风华韵。

据古代文献记载，中原汉风乐舞诗人中有大量传至西域诸国与河西走廊一带。如《隋书·音乐志》所述："得胡戎之乐，因又改变，杂以秦声。"另如《旧唐书·音乐志》云："盖凉人所传中国旧乐而杂以羌胡之声。"由此说明"西凉乐"实以中原旧乐为基础，兼容西域胡乐而形成。据《通典》载，其乐器除了西域诸乐器之外，还出现了钟、磬、筝、笙、箫、横笛、卧箜篌、铜钹等汉风乐器。

华夏历史有据可寻，古代西域诸国、诸乐部曾融入许多与道教文化有关系的汉风乐器。例如《龟兹乐》乐器编制中有"笙"、"笛"、"箫"、"铜钹"等；《康国乐》中有"长笛"、"铜钹"等；《疏勒乐》中有"横笛"、"箫"等；《安国乐》中有"笛"、"箫"、"铜钹"、"歌箫"等；《天竺乐》中有"笛"、"铜钹"等。其中还有许多"鼓"类乐器，有些为西域本地所产，但其中有相当一部分来自我国中原、关中、长安地区。

另外通过姜伯勤先生撰《敦煌壁画与粟特壁画的比较研究》

所提供的图片与文字记录我们得知，在中亚撒玛尔罕郊外阿弗拉西阿勃康国都城遗址壁画中，存有一些特色鲜明的汉风乐器。其画面绘有一只满载艺伎的船，一位中国古代仕女悠闲地弹奏着古筝。由此他得出结论："粟特地区在 7 世纪还流行着唐人伎乐。"并敏锐地指出："从粟特壁画中伎乐形象的分析，可以看见在粟特地区流行着粟特文化、印度文化与中国文化。"

乌兹别克斯坦女学者普加琴科娃与列穆佩实地考察后，对此地汉风乐舞壁画做如此描绘：

> 北墙上的画面：左边是水，右边是陆地。在粼粼的波光之上有两只小船，一只上坐着几个男子并载有物品；另一只上（已经远去）坐着几个中国女子。女乐师们弹奏着弦乐器以安慰悲伤的公主。可以猜想画中这位姑娘正被带往异乡。①

居于西域与中原之间的河西走廊"黑水城"，自古为东西方经济、文化交流的中枢。此座神秘的西夏都城，元朝时期成为蒙古王公的夏宫所在地。意大利旅行家马可·波罗来中国朝觐元代皇帝忽必烈时，曾考察过这座神秘的古城，称其城为"伊齐纳"。此城位于当时的唐古忒省境内，现为内蒙古自治区额济纳旗管辖。据文献记载，此城毁于明洪武五年（1372），长年不为世人所知。

1907 年，俄国皇家地理学会组织以科兹洛夫为首的探险队两次来到黑水城，盗取很多文物与珍宝。据冯沅君先生在《金瓶梅词话中的文学史料》一文中记载："1907 年至 1909 年，俄国科兹

---

① 〔乌兹别克〕普加琴科娃、列穆佩著，陈继周、李琪译：《中亚古代艺术》，新疆美术摄影出版社 1994 年版，第 60 页。

洛夫探险队考察蒙古、青海，发掘张掖、黑水故城获西夏文甚夥。古文湮沉，至是复显。此刘知远戏文残本四十二叶（页），即黑水故城所得古书之一也。"郑振铎先生在《刘知远诸宫调》一文中也写道："古代的黑水城，便是俄国科兹洛夫探险队在 1907 年到 1908 年间发掘过的一个古城。由于这次的发掘，使这个湮没已久的黑水古城的名字重复显赫地出现于人间。这次发掘的规模相当大，所获得的古物及西夏文的经卷、文书极多，其中也有若干汉文的书籍在那里。"①

据黄竹三教授考证，外国探险家于黑水城所发掘的《姬氏刊刻历代美女图》（亦称《四美人图》）、《徐氏刻义勇武安王位》、《刘知远事戏文》（亦称《刘知远诸宫调》）均为古代山西临汾平阳书坊珍贵版刻：

  早在本世纪之初，即 1907—1908 年，俄国科兹洛夫探险队即在古西域黑水城（今甘肃省境内）发现金代平阳（今山西临汾）书坊所刻《刘知远诸宫调》，这是现存诸宫调刻本中最早的一部，是研究诸宫调形成发展，以及对戏曲影响的珍贵材料。②

在黑水城发掘出土的一部由西夏党项人骨勒茂才编著的西夏文与汉文对照的辞书《番汉合时掌中珠》③，对我们研究华夏道教与西域佛教文化交流有着重大的历史与学术意义。正是借助于此

---

① 谭正璧、谭寻：《评弹通考》，中国曲艺出版社 1985 年版，第 21、22 页。
② 黄竹三：《戏曲文物研究散论》，文化艺术出版社 1998 年版，第 100 页。
③ （西夏）骨勒茂才：《番汉合时掌中珠》，宁夏人民出版社 1989 年版。

部书，人们得以解开西夏"天书"之谜，才逐步识读如《文海》、《音同》、《五音切韵》等重要的西夏文字典。通过《番汉合时掌中珠》，我们亦可窥见古代西夏与长安、关中、中原地区乐舞、说唱与古典戏曲交流之真情实景。尤值得重视的是此书还出现有描绘汉地宫廷乐舞与民间说唱戏弄的大量文辞。

今存俄罗斯俄京研究院亚洲博物馆（亦称"东方研究所"）的西夏汉文本《杂字》，亦为1909年俄国科兹洛夫探险队在黑水故城所获珍贵文物。据考，《杂字》一书是西夏党项人或汉人于人庆元年至庆元二年编撰，从字里行间可知，此时宋代汉地乐舞戏剧文化已在西域与河西少数民族地区广泛流行。

唐、宋至元代，中华民族之"傀儡戏"与"影戏"不仅流行于河西走廊，还远播于西域与中亚、西亚地区。如在新疆吐鲁番古代高昌之阿斯塔那第206号墓，即唐代左卫大将军、都管曹郎中张雄夫妇合葬墓，从中清理出大量彩色绢衣彩绘木俑以及木构戏台。

据金维诺、李遇春先生在《张雄夫妇墓俑与初唐傀儡戏》一文中记载当时的考古发掘现场，尤以出土的唐代百戏乐舞绢衣彩绘木俑引人注目："男绢衣木偶共出土7个，完整的2个。头戴乌纱帽，身着黄绢单衣、白裤，系黑带，穿乌皮靴。或歪嘴斜目，或翘唇瞪眼，具有明显的嘲弄表情。虽然面貌奇丑，但是似弄愚痴而引人发笑。"另外如"17个绢衣彩绘女俑，不是一般的舞俑。这些女俑不但具有不同的装饰打扮，不同的俯仰转侧情态，而且还有女扮男装的。一个眉贴翠钿，面施圆靥的女性面孔，却戴着乌纱帽。帽前正中雕绘山形，山两侧云朵飞绕。另一个同样眉目清秀，'樱桃小口'的少女也头戴介帻作男装，而脑后发髻隆起，露出女相。这类木偶不直接雕绘成男角,而要刻画成女扮男装,正是当时演出就有由女优扮演男身的缘故……其他 15 个女俑,也都是眉间画花钿,朱唇两边点星靥,发髻各不相同"的傀儡乐舞戏俑。其中有表演"弄参军"戏的,有"女优装扮生、旦角色演'合生'"的,有"8 人或 16 人的队舞"饰演"俳优之戏"的,还有"表演《泼胡王乞寒戏》"的古代文物。

经与古文献资料对照核实,《张雄夫妇墓俑与初唐傀儡戏》一文论断:

> 这些绢衣木俑,男的"滑稽戏调",女的"秾华窈窕",无肃穆忧戚之情,有嘲弄欢欣之态,不似一般殉葬明器,却与唐代有关傀儡的记载,无论在装饰、制作,还是仪表、表情等方面,都可以相互印证。……因此,无论从制作或形象,都证明这些绢衣木俑是表演歌舞戏弄的傀儡。……这批初唐傀儡的出土,在戏剧史上也具有重要的意义。①

特别需要强调的是,新疆吐鲁番阿斯塔那第 206 墓中与上述傀儡戏弄木俑一起出土的,还有大量木构建筑模型残件,其中有雕梁、画栋、斗拱、回廊,经组合为一体,形成可供傀儡木俑表演的木构戏台模型。此种舞台建筑样式恰似唐宋时期道教祭祀活动中所供木偶戏演绎之"祭盘"。由此亦可进一步证实以长安为中心的关中汉地乐舞戏曲西渐对西域与中亚地区之影响。

正是印度、波斯、西域诸国的佛教戏剧与中原儒道戏曲反复

---

① 金维诺、李遇春:《张雄夫妇墓俑与初唐傀儡戏》,《文物》1976 年第 12 期。

交互影响，方才铸造了风格迥异的宗教与世俗戏剧文化。此种文体后来借助海上"丝绸之路"传至日本，再进行演化组合，从而形成形式更加多样的乐舞戏剧艺术。

中国自接受佛教文化之后，为弘扬与普及华夏综合性传统表演艺术，从而分解出诸如佛教音乐、说唱、舞蹈、杂技、戏曲等文体形式。自长安成为汉唐国际大都市以来，遂设置"太乐署"、"乐府署"、"鼓吹署"、"教坊"、"梨园"等，即为了将中外文化以及宗教与世俗表演艺术相融合。

以长安宗教音乐为代表的庙堂之乐，即"雅乐"，是供统治阶级在祭祀郊庙及祖先举行朝贺、册封等盛大典礼时表演的仪式性宗教乐章。汉唐时期，驻足关中的宫廷雅乐，主要包括祭祀音乐和朝会、宴飨、庆典等场合的典礼性音乐。如唐朝用于郊庙祭祀和朝会大典的《大唐乐》，不仅对中国后世的宫廷音乐起着重要的示范作用，而且也影响到朝鲜半岛与日本雅乐与禅宗音乐的发展。

若追溯佛教禅宗之源头"禅法"，可参阅印度吠陀时代产生并被奉为经典的《奥义书》，亦可赏读用巴利文撰写的原始佛教上座部经典《经集》之阐述：

> 抑制自己的意志，向内反省思维，守住内心，不让它外骛……要学会独自静坐……圣者的道是孤独的起居生活。只有孤独，才能领略生活的乐趣。

此种古代印度宗教信徒所采用的静思修习方法，梵文称为Dhyana，巴利文为Jhana，英文译为Zen，即"禅那"或"禅"。禅，即指修习者的精神集中于一种特定的观察对象，以佛教义理的正确思维,尽力排除外界各种欲望对内心的诱惑和干扰,以便达到弃恶从善,使本体心性获得绝对自由的目的。

古代印度"禅"自从传入中国之后,唐宋时期曾将"禅"汉译为"静虑"、"思维修"、"弃恶"、"功德丛林"、"心—境性"等。认为禅的修行可分为"四禅"、"四静虑"或"四色界定"等四个层次。《大智度论》卷二八谓:"四禅亦名禅,亦名定,亦名三昧。除四禅,诸余定亦名定,亦名三昧,不名为禅。"故将"禅"与"定"合称为"禅定",以求通过凝神观想特定对象,而获得对佛性的悟解,即完成佛教"戒、定、慧"三学之"定学"。

此种思维修习的选择,实取决于古代印度与中国社会派别纷争的社会背景。宗教信徒欲借助佛教形式忘却烦恼,回归自然,走入内心修炼的宁静而与世无争、修身养性,以解脱世俗的干扰。据美国学者保罗·李普士的理解:"何谓禅?禅就是自然而然。"论及为何古人与今人都崇尚修禅,他在《禅的故事》一书中认为:"禅,这个神妙的东西,一旦在生活中发挥功用,则活泼自然,不受欲念牵累。到处充满着生命力,正可以扭转现代人类生活意志的萎靡。"关于禅,李普士进一步指出:"说到底,它是探究人生命意义的极高智慧,可以用其特有的方式打开一条心灵解脱之道。"①

据专家考证,关于印度佛教禅法传入中国的历史,分别为东汉建和二年(148)至延熹十年(167)期间。始自安息国僧人安世高来洛阳译经时,他先后译出《安般守意》、《十二门》数十部佛经,向华夏各族僧侣介绍小乘禅法。后又有大月氏僧人支娄迦

---

① 〔美〕保罗·李普士著、叶青译:《禅的故事》"跋 何谓禅",吉林出版集团有限公司 2009 年版。

谶来到洛阳译经，先后译出《般若三昧经》、《首楞严》等十余部，则向中国僧人传授大乘禅法。

佛教之小乘流派，亦称"上座部佛教"，流入中国称"南传佛教"，因最初留居上层僧侣阶层而得名。大乘流派，则相对重视大众化利益，入华流传于北方而称"北传佛教"。开始时这两大流派趋于对立，后来逐渐合流，均将坐禅念佛奉为修炼法性的基本方法。

随后，东晋永和至太元年间（345—396），有僧人道安传播小乘十二门禅法，其弟子慧远在江西庐山首创南方禅林——东林寺。东晋义熙四年至十三年（408—417），印度僧人佛陀跋陀罗在关中长安弘扬禅法，并前去庐山弘法译经，译出《达摩多罗禅经》，曾与法显合译出对后来禅宗产生巨大影响的《大般泥洹经》。在此之前，于后秦弘始三年（401），西域龟兹高僧鸠摩罗什被后秦高祖姚兴迎入长安，奉为国师，受请编译《禅法要解》，全面引荐介绍五门禅法。

南朝宋元嘉元年至十三年（424—436），西域僧人昙摩蜜多前往巴蜀与江南地区授徒弘法，译介《禅经》、《禅法要》。域外僧人求那跋陀罗在建业相继译出对北朝禅宗产生重大影响的《胜鬘经》、《楞伽阿跋多宝经》等。南朝梁普通元年（520），南印度僧人菩提达摩由南海入华弘扬禅法，并在嵩山少林寺为各方僧侣授讲《楞伽经》，遂创立中国化之"禅宗"。

上述众僧人所推崇的《楞伽经》，全名为《楞伽阿跋多罗宝经》，是佛陀入楞伽山所述之佛学经典。经书中宣传的是一切众生之烦恼身中所隐自性清净的如来藏思想，反复强调的是"人性本净，由妄念故，盖覆真如"，以及"诸法在自性中，如天常清，日月常明。为浮云盖覆，上明下暗，忽遇风吹云散，上下俱明，万象皆现。世人性常浮游，如彼天云"。主张佛心与人心合为一体，其教义与后世中国风格《坛经》禅理一脉相承。

被称为"西天二十八祖"与"东土禅宗初祖"的达摩禅师，以"壁观"为禅定形式，即面壁静坐，专注一境，使之"安心"与"宁静"，以此禅法来证悟佛教玄妙义理。又以"二入四行"，即"理入"与"行入"之"二入"，以及"报怨行"、"随缘行"、"无所求行"、"法行"之"四行"禅法来予以参禅实践，最终达到"步入觉悟真理的最高境界"。

在中国境内，佛教界继承达摩禅衣钵的禅师首先是禅宗二祖慧可禅师，继而为三祖僧璨禅师，四祖道信禅师，五祖弘忍禅师。他们均以《楞伽经》与《般若经》禅修为手段，都归属于北宗禅系统。后至六祖慧能禅师则独辟蹊径撰《坛经》，后转至南宗禅系统，从而创立南北合流的中国化禅宗体系。

以此为契机，禅宗遂分为南北二支：禅宗之南宗因主张"顿悟"，即强调个人佛性的灵感，认为无须经过长期修习，一旦把握佛教真理，就会豁然开悟。由于此宗派强调悟性，没有烦琐杂多的修习礼仪，也无须费力去苦思冥索，故易为广大僧俗所接受。

禅宗之北宗则主张"渐悟"，即强调不断地刻苦修习，慢慢地领会佛旨，以逐渐通达佛理的奇妙境地。虽然此宗派原本为正宗，曾兴盛一时，后因过于烦琐与费时，逐渐被南宗禅所取代。

在禅宗历史上，六祖慧能禅师心领神会，昭示法偈："菩提本非树，明镜亦非台。本来无一物，何处惹尘埃。"因其玄妙而击败神秀禅师，受到五祖弘忍赏识而密授法衣。后来他潜行岭南，于唐仪凤元年（676），在南海法性寺落发受戒。次年，他于韶州曹溪宝林寺弘扬禅法,"直指人心,见性成佛",顿悟法门。慧能禅师一反禅宗念佛、坐禅、看心、看净等传统禅法,认为不应当拘泥于外在的形式,最重要的是内心体悟。就此扩大了禅的范围,将其运用于行、住、坐、卧的日常生活中,成为"无为之运",从而使中国禅学步入新的历程。

慧能禅师弟子法海根据业师生前说教,编汇堪称中国第一部佛经宝典的《坛经》,全名为《南宗顿教最上大乘摩诃般若波罗蜜经六祖慧能大师于韶州大梵寺施法坛经》,因其特殊的"顿悟"修习禅法闻名一世,为佛教的中国化,以及印度与华夏传统文化的交汇做出重大的贡献。

"顿悟成佛"之修行方式,据慧能解其要义:"迷来经累劫,悟则刹那间。"或云:"一念愚即般若绝,一念智即般若生。"暗示信徒只要"一念智"即会有了辨别、判定是非善恶的认知能力,以解被迷执妄念控制的"一念愚",即可在"刹那间"体认本心,"抵消"长期"累劫"之歹念。他倡导通过智慧而"顿悟成佛"到达涅槃的彼岸。照此理念,甚至都能促使失足歹徒"放下屠刀,立地成佛"。

此种"顿悟"学说同样对禅宗文艺创作产生重要的指导意义,特别是对于中国民族文学艺术创作中"突发灵感,信手拈来","长期积累,偶然得之"有着很大的启迪。禅宗至唐宋时期,大批文人都以引禅入文、入诗,援禅入书、入画为幸事。历代禅门都涌现出大批极富艺术才华的诗僧、画僧、书僧。他们将"顿悟"禅理有机地融入文艺创作实践之中,将其作为一种"参究禅道"的特殊方式,颇受世人青睐与推崇。

另外,禅宗南宗在《坛经》中倡导的"不立文字,直指人心,见性成佛"禅理之所以能博得广大僧众的由衷赞许,是因为宗教与非文字类的艺术形式历来相辅相成,一脉相通。诸如依赖色彩、线条、造型的宗教绘画、服饰与建筑,以及依靠声音、节奏、韵律的宗教音乐与诗歌等,都是追求"只可意会,不可言传"之禅意。原始的传统的宗教艺术之宗旨,主要借助于僧众的视听器官来感受,以形象、直观的图像摄取人心。

六祖慧能禅师之传人神会,为佛教禅宗南宗荷泽宗之创始人,他对"顿悟"说更是心领神会,理解颇深。神会在解读《金刚经》之"无念",《楞伽经》之"以无往故,即如来禅"时,反复强调以"顿悟"当作"正觉"之唯一手段,即"唯令顿悟"之说:

> 我六代大师,一一皆言单刀直入,直了见性,不言阶渐。
> 顿悟见佛性者,亦复如是,智慧自然渐渐增长。一念相应,顿超凡圣。无不能无,有不能有,行住坐卧,心不动摇,一切时中,空无所得。①

神会禅师竭力发挥南宗禅学之"顿悟"义理,甚至强调到唯一或绝对的地步。对神会推崇此说之目标与意义,可参阅杜继文、魏道儒先生著《中国禅宗通史》中之要义:

> 神会的顿悟禅门,目标之一,在把学禅者从"坐禅"中解脱出来,以适应社会生活的需要。因此,反对坐禅是神会系的一项重要任务。他说:"了性即知当解脱,何劳端坐作功

---

① 《神会和尚遗集》,胡适校敦煌唐写本。

夫?"又说:"念不起为坐,见本性为禅。"此外别无坐禅形式。这种禅而不坐的主张,在扩大禅宗的群众基础和改变禅的性能方面,都有重要意义。①

纵观历史,此种"顿悟"学说不仅对广大"群众",对"社会生活",而且对众多中国"文人"从事的"文艺创作"有着重大的启示意义。如中国绘画史上明代董其昌关于山水画"南北宗"学说,即缘起于南北禅宗之争。他特别推崇南宗之"顿悟",尤为强调画家的顿悟与天趣,反对刻板不化;又巧妙地以禅家宗法来譬喻历代山水画风格的分野。提出在文人与非文人两种创作思想与审美情趣影响下,历史上形成了两大山水画流派;以"南宗喻文人画,北宗喻作家画",崇南抑北。主张画家要"追求"天趣与自我表现。

以神秀禅师为代表的北宗禅派衰亡之后,慧能及其弟子所推行的南宗禅派日益兴盛,遂衍化出"五家七宗",即沩仰宗、临济宗、曹洞宗、云门宗、法眼宗之"五家",以及从临济宗中分蘖出来的黄龙派、杨岐派两派,合为"七宗"。上述诸宗均恪守独具特色的《坛经》"识心见性,自成佛道"之宗旨,渐成蔚为大观之势,使中国历代长安、关中、中原文化与民族文学得以发扬光大。至南宋禅宗之临济宗、曹洞宗两派在日本盛行而使中日佛教文学艺术亦获得长足发展。

---

① 杜继文、魏道儒:《中国禅宗通史》,江苏人民出版社1993年版,第160页。

第八章　长安文学与民族文化的延续

虽然在历史的长河中，自元明以后因都市的迁置，政治、经济、文化中心的东渐及南移，"长安"渐渐淡出封建统治者与权贵的视野，沿用了多年的旧名也被"西安"这个新称谓所替代。但是她作为中国腹地的中心城市，南北交通的重要枢纽，特别是作为中国西北和西部地区的"桥头堡"，仍然发挥着巨大的传统文化辐射作用。

周秦时期在关中地区诞生的"天圆地方"、"天人合一"的普世文化观念，上下五千年始终主导着华夏民族的思维模式。汉唐时期培育的极度繁荣的诗文佳作和才华横溢的作家、艺术家一直闪烁在中华民族璀璨的文艺天空。于长安古城酝酿产生的极富感染力的诗歌、音乐、舞蹈、曲艺、戏剧等文艺薪火传递至今，成为极其珍贵的民族文化遗产。当我们今天站在层累递进的古今中华民族文化的宏伟圣殿中，鸟瞰中国多民族文学诸多成就时，不能不由衷地感叹长安文化巨大的感召力。

第一节　古代长安文艺诗学薪火的传递

翻开中国文学史，查询汉唐以后的文化历史，中华民族传统文学血脉在这里一直未曾中断过。实际上关中、关陇地区并非人们想象的那般偏远与落后。在中原地区、西北地区，乃至全国，拥有许多很高知名度的陕甘籍文学艺术家。下述各族作家、艺术家均为长安文化的继承与发展做出过重要的贡献。

韦庄（836—910），五代前蜀诗人、词人。字端己，长安杜陵（今陕西西安东南）人。乾宁进士，后仕蜀，官至吏部侍郎同平章事。他创作诗词语言多用白描手法，优美清丽，在《花间集》中较有特色。存世有《浣花集》。早年所作《秦妇吟》长诗，在当时颇有名。《秦妇吟》通过一位在战乱中从长安逃难出来的女子的叙说，正面描述了黄巢起义军攻占古都，称帝建国，双方反复争夺，城内被围断水绝粮，生灵涂炭的悲惨情景。此诗写作脉络清晰、布局谨严、文字生动，标志着中国叙事诗歌艺术跨越新的高度。为此，诗人被誉为"秦妇吟秀才"。

牛峤（850—920），字松卿，狄道（今甘肃临洮）人。乾符五年（878）登进士第，历官拾遗、补阙、尚书郎。前蜀召授为判官，后拜给事中。他博学多才，擅长诗词，其词作如《女冠子》、《应天长》、《江城子》、《定西番》等很有代表性。《梦江南》对后世咏物词的发展有一定的影响。

寇准（961—1023），字平仲，华州下邽（今陕西渭南）人。宋太宗太平兴国五年（980）中进士。宋真宗时，曾任同中书门下平章事。他与宋初山林诗人九僧、魏野等为友，声名远扬。诗词佳作有《夜半旅思》、《书河上亭壁》、《夏日时》等，收入《全宋词》及《寇忠愍公诗集》。文学作品今存《寇莱公集》7卷。

张舜民（生卒年不详），字芸叟，号矴斋，又号浮休居士，邠州（今陕西彬县）人。北宋英宗治平二年（1065）中进士。元祐初年任监察御史，徽宗时升任右谏议大夫。他是著名哲学家张载的门人，又是知名诗人、词作家、画家。其代表作有《打麦》、《西征途中》等，晚年作乐府诗百余篇。《自序》曰："年逾耳顺，方敢言诗，百世之后，必有知音者。"宋代周紫芝撰《书张舜民集后》云："世所歌东坡南迁词，'回首夕阳红尽处，应是长安'二语，乃舜民过岳阳楼作。"其文学作品收入《画墁集》、《知不足斋丛书》。

李廌（1059—1109），北宋文学家，字方叔。华州（今陕西华县）人。少时以文章拜会苏轼，甚得赞赏："笔墨澜翻，有飞沙走石之势"，被誉为有"万人敌"之才。遂为"苏门六君子"之一。其突出的文学成就，在北宋文坛上占有较重要的地位。晚年为文论古说今。有《济南集》，又名《月岩集》，清人有辑本。另有《师友谈记》。

张镃（1153—1221），字功甫，号约斋。秦州（今甘肃天水）人。官宣义郎，以直秘阁通判临安。开禧三年（1207）为司农少卿。他曾与陆游、辛弃疾、姜夔等交游酬唱。姜夔在《齐天乐》"词序"中称其"以授歌者，功甫先成，词甚美"。其作品有《南湖集》、《玉照堂词》等。

王九思（1468—1551），字敬夫，号渼陂，晚年别号碧山翁。鄠县（今陕西户县）人。为关中十才子，前七子之一。弘治九年（1496）进士，授翰林院检讨，递补为吏部员外即事。他热心编撰戏曲，自组家班，组台到处演出。曾著文记载吟唱古老秦腔之往事：

> 一日，客有过予者，善为秦声，乃取而歌之。酒酣，予亦

从而和之，其乐洋洋然。手舞足蹈，忘其身之贫而老且朽矣。①

王九思著有著名杂剧两种：一为《中山狼院本》，揭露中山狼忘恩负义、遭人唾弃之事，开明清单折杂剧之先河；一为《杜子美沽酒游春》，描述诗人杜甫于天宝"安史之乱"平定之后，重返长安古都之游历，泛舟曲江、钓鱼台，追怀往昔，无限伤感，且典当衣物沽酒，以寄孤愤。

在中国传统文化史和文学史上，经常出现周期性的文学艺术复古运动。往往打出"礼必周"、"文必汉"、"诗必唐"的旗号，以期中华民族文化改革。

李梦阳（1473—1530），明代文学家，字天赐，又字献吉，号空同子。甘肃庆阳（今甘肃东北）人。弘治进士，曾任户部郎中。"前七子"之一。倡言"文必秦汉，诗必盛唐"，反对虚浮的"台阁体"。认为"真诗在民间"。他的文学创作，题材、体裁较为广博，诗歌、散文、辞赋均有佳作。明代王维桢曾高度评价："七言律自杜甫以后，善用顿挫倒插之法惟梦阳一人。"其作品流传至今的有66卷，有明万历刊本《空同集》存世。

康海（1475—1540），明文学家，戏曲作家，字德涵，号对山。武功（今陕西西安西北）人。弘治十五年（1502）状元，任翰林院修撰。为"前七子"之一。著有描写战国时期中山国人兽故事杂剧《东郭先生误救中山狼》、《王兰卿贞烈传》。后者根据周至艺人王兰卿和张附翱的真挚爱情故事写成。另作有散曲《沜东乐府》，诗文集《对山集》，笔记小说《纳凉余兴》、《春游余录》、

---

① （明）王九思：《碧山续稿序》。

《即景全录》等。他除编剧著文，绘制秦腔脸谱，还擅长弹奏琵琶，人称"琵琶圣手"。他曾在民间秦声基础之上创立"康王腔"。广集乐工，家蓄菱僮，自建家班，组织求神报赛，积极推进民间戏曲活动。晚年被称誉为"绝艺"。

胡瓒宗（1480—1560），字孝思，号可泉。秦州（今甘肃秦安）人。正德三年（1508）进士，特授翰林院检讨。历任山东布政使司左参政、河南巡抚右副都御史等职。他一生辛勤写作，著述甚丰，以诗文创作为主。著有《鸟鼠山人集》、《拟涯翁拟古乐府》、《愿学编》、《巩郡记》、《仪礼集注》、《春秋集传》、《读子录》等。

金銮（1506—1595），明代诗人、散曲家，字在衡，号白屿。陇西（今甘肃东南）人。一生不求功名，以布衣终身。万历年间侨寓南京。通音律，善作散曲。钱谦益在《列朝诗集》中评述其"诗不操秦声，风流宛转，得江左清华之致"。诗作今存 213 首，存散曲小令计 134 首，套数 24 首。其散曲成就在诗歌之上。明代何良俊在《曲论》中评述："南都自徐髯仙后，惟金在衡最为知音，善填词。其嘲调小曲极妙，每诵一篇，令人绝倒。"明代王世贞在《曲藻》亦云：其作"颇为当家，为北里所贵"。今存有《徙倚轩集》、《萧爽斋乐府》、《金白屿集》等。

屈復（1668—？），清文学家，字见心，号悔翁、金粟道人。蒲城（今陕西蒲城）人。博学多才，富诗鸿词。有《楚辞新注》、《玉溪生诗意》、《弱水集》等。

王筠（1749—1832），清代中叶著名女诗人兼剧作家，字松坪，号绿窗女史。长安（今陕西西安市）人。出身于书香门第。在官至翰林院翰林的父亲王元常培育下，十三四岁时就能吟诗填词谱曲。现存诗词二百余首，结集为《槐庆堂集》。作有传奇三部，即《繁华梦》、《会仙记》、《全福记》。剧作《繁华梦》写妙龄少女王梦麟在游园梦幻中变为美男子，享尽荣华富贵，梦醒色空，被麻姑点化为仙。其父作序云："每以身列巾帼为恨，因撰《繁华梦》一剧，以自抒其胸臆。"《会仙记》为后续姊妹篇。《全福记》则写才女文彦叱咤风云的一生，形象地寄托了作者的美好理想。

李桐轩（1860—1932），名良才，字桐轩，号莲舌居士。陕西蒲城人。清末贡生，同盟会会员。历任陕西省咨政局副议长、省政府顾问等职。1912年与孙仁玉在西安共同创办陕西易俗社。先后创作编演秦腔剧目30余种。其中较有代表性的有《戴宝珉》、《一字狱》等，还撰有研究秦腔传统剧目的学术专著《甄别旧戏草》。

孙仁玉（1872—1934），名瑗，字仁玉。陕西临潼人。西安易俗社创始人之一。历任陕西省修史局修撰、易俗社社长等职。一生编创大小剧作160余种。如《柜中缘》、《三回头》、《将相和》、《镇台念书》、《看女》、《白先生看病》等，都是20世纪盛演不衰的优秀剧目。

范紫东（1878—1954），名凝绩，字紫东。陕西乾县人。出身于书香门第。1903年入陕西三原宏道高等学堂学习。历任易俗社编辑、武功县知事、西安文史馆馆长等职。一生编创各种剧作70余部，汇辑为《待雨楼戏曲集》。内收其代表作如《软玉屏》，写白妙香女扮男装赴京应试，及第状元后，明察暗访，清理数桩冤案，为奴婢伸张正义。所写大型秦腔《三滴血》，描写知县晋信书的迷信书本，滴血认亲，造成几家父子分离、夫妻离散的人生悲剧。该剧数十年演出不断，享誉神州，堪称现代地方戏曲经典。

高培支（1881—1960），名树基，字培支，号悟皆。陕西富平人。清末拔贡。毕业于陕西三原宏道高等学堂。历任陕西省图书馆馆长、易俗社编辑主任、评议长、社长。编写剧本40余部,以家庭戏和社会戏闻名于世。较有影响的剧目如《夺锦楼》、《人月圆》、《鸦片战纪》等。

吴宓(1894—1978),原名玉衡,又名陀曼,字雨僧。陕西泾阳人。1908年入清华学堂。后赴美留学,就读哈佛大学。回国后在东南大学、东北大学、四川大学、清华研究院等地任教。为中国比较文学与外国文学学科创始人之一。曾创办《陕西杂志》,担任《学衡》主编。作传奇《陕西梦》,另根据美国朗费罗长诗《红豆怨史》改编戏文《沧桑艳传奇》。有《吴宓诗集》行世。

清代自建立中央集权制统治政权之后,经上百年的扩张经营,将辽阔、广袤的西北边疆地区纳入中华帝国的版图之中,亦在上述区域逐步恢复以长安文化为核心的中国西部多民族的文化教育网络。

清军在南下夺取大顺农民政权之后,派兵赴西域陆续平定准噶尔、噶尔丹、达瓦齐、阿睦尔撒纳、大和卓、小和卓、张格尔等叛乱,逐步统一了天山南北各路地方政权。

根据著名学者谷苞主编的《西北通史》记载:

> 清朝政府开始逐步在阿尔泰、萨彦岭、巴尔喀什湖以东、以南与帕米尔的广大地区以及天山南北,设立各级行政机构。整个西北边疆被划分为两大行政区:北部,即额尔齐斯河、斋桑泊以北、阿尔泰、萨彦岭地区,属乌里雅苏台定边左副将军管辖;南部,包括天山南北、巴尔喀什湖以南直至帕米

尔地区，属总统伊犁等处将军管辖。①

清王朝建立中华民族大一统的封建国家，经顺治、康熙、乾隆等几代皇帝的努力，国势日益强盛，边境更加巩固。以西安为中心的西北地区约占当时整个国土面积的三分之一左右。它东起潼关，西抵帕米尔高原和巴尔喀什湖以东地区，南与四川、西藏交界，北达中亚地区的唐努乌梁海，地理区域广阔，民族文化雄厚。

陕西所处中国地理位置非常重要，不仅是通往西北诸省的咽喉，还是东通晋、豫，南连川、鄂地区的重要门户。清王朝为了加强对大西北的统治，首先于康熙元年（1662）在西安设立陕西驻防将军，以统八旗各部。后来又在关中地区专设承宣布政使司以及陕甘总督与巡抚。雍正六年（1728）设陕西西安布政使、按察使和陕西甘肃布政使、按察使，分管西北各地政务。

在长治久安、国富民强、社会相对和谐的清朝中期，入关的满族统治者渐渐融合到汉民族源远流长的传统文化潮流之中，特别是从血脉相承的周秦汉唐等各王朝传统文化中汲取丰富的营养。

清同治五年（1866），陕甘总督左宗棠被加授钦差大使印，督办陕甘军务，"师行所至，饬设立汉、回义塾，分司训课"②。在他和当地政府的支持和鼓励下，西北地区修复和兴办了一些科举应试场所和专修国学与儒学的高等书院、学舍：

  书院是科举考试的学习场所，是近代学校出现以前的最

---

① 谷苞、刘光华主编：《西北通史》（第四卷），兰州大学出版社2005年版，第460页。
② 《左宗棠全集·札件》，第256页。

高学府。从同治八年（1869）至光绪六年（1880），在西北新修的书院有：尊经书院（庄浪）、泾干学舍（泾阳）、味经书院（泾阳）、文明书院（岷州）、襄武书院（陇西）、钟灵书院（宁灵）、金山书院（洪水堡）、归儒书院（化平川，特为回民所设）、南华书院（甘州）、河阴书院（贵德）、陇南书院（秦州）、庆兴书院（董志原）、五峰书院（西宁）、湟中书院（西宁）、文社书院（镇番）、鹤峰学舍（三岔镇）、凤池书院（惠安堡）、柳湖书院（平凉）等；在甘肃先后重建、修复的书院有仰止书院（东乐）、瀛洲书院（泾阳）、鹑觚书院（灵台）、银川书院（宁夏）、河阳书院（静宁）、凤鸣书院（崇信）、鸣沙书院（敦煌）等10余所。其中魏光焘兴修平凉的柳湖书院，最为伟大。①

清代西北地区因借传统文化优势，儒学及国学方面人才济济、争芳斗艳，富有成就和代表性的有李颙、李柏、李因笃、李南晖、牛树梅、张澍等。

陕西学者李颙（1627—1705），字中孚，号二曲。陕西周至县人。清初著名学者和思想家，曾被康熙帝誉为"关中大儒"。有人将他与黄宗羲、孙奇逢合称为当朝"三大名儒"。

李颙提出"明体适用"、"悔过自新"的理念，概括了儒家"修身、齐家、治国、平天下"的人生宗旨。另外，他还竭力倡导修读经学："六经、四书，儒者明体适用之学也。"②其"悔过自新"

---

① 谷苞、刘光华主编：《西北通史》（第四卷），第568页。
② （清）李颙：《二曲集·富平答问》。

学说更是将周礼纲常、儒家廉耻义命之学阐述得淋漓尽致，以求关心"民生休戚，世运否泰"，引导人们积极入世。

据《陕西通志》记载，李颙在世时，所传学生、弟子很多，如王心敬、张珥、李士滨、李修、王吉相、宁维垣、王承烈、李元春、张骥、孙景烈、李彦幼、贺瑞麟、杨尧阶、杨舜阶等。另如陕西眉县的李柏、陕西富平县的李因笃、大荔县的李元春、渭南县的贺瑞麟等，其中王心敬、李元春、贺瑞麟等编著的《关学续编》、张骥著《关学宗传》等都是宗师关学学说的延续，为发扬光大长安儒学做出了重要的贡献。

堪称佼佼者的李元春（1769—1854），字仲仁，号时斋，人称桐阁先生。陕西朝邑（今大荔）人。一生贫而乐道，著述甚丰，包括经、史、诸子、论说、理学、文学、经世实学等。《中国丛书综录·子目》收录他的著作48种。《桐阁全书》收入24种，共201卷。《青照堂丛书》收入他的著述11种，共30卷。

甘肃武威人张澍（1776—1847），字介侯，著名经学、史学家、金石学家。曾在陕西武功任知县。他受宋代大儒张载学术思想影响，撰写过一些被《清史稿·文苑列传》称为"绝学"的理论著述。如诸包括《姓韵》、《辽金元三代》、《西夏姓氏录》等在内的《姓氏五书》，《蜀典》、《续黔书》、《五凉旧闻》、《凉州府志备考》等方志，还有《养素堂文集》、《三辅旧事》、《三辅故事》、《二酉堂丛书》、《说文引经考证》、《秦音》、《万物权舆》等著作。其中《三辅旧事》、《三辅故事》是张澍先生广泛搜求《三辅黄图》、《艺文类聚》、《长安志》、《太平御览》、《北堂书钞》等古籍编纂辑成，为有关秦汉长安古都宫室、桥梁、道路、池苑，以及轶闻、掌故的史料书籍。《二酉堂丛书》又名《张氏丛书》，共21

种27卷。所辑上自周、秦,下至隋、唐时代,秦地、关陇地区的陕西、甘肃各地历史地理文化方面的集大成之作,对后人研究古代长安学大有裨益。

顾炎武(1613—1682),清代著名思想家、文学家。于国家典制、郡邑掌故、天文仪象、音韵训诂,尤其在经学考据、边疆史地方面深有造诣。他治学严谨,强调做学问必须先立人格,"礼义廉耻,是谓四维",倡导"天下兴亡,匹夫有责"。著有《日知录》、《音学五书》、《唐韵正》、《金石文字记》等。借助渊博的古代文化知识与科学方法开创了清初朴学风气,对西北地区文人学术研究影响颇大。

刘大櫆(1698—1780),清代散文家,桐城派代表人物。他著有《论文偶记》、《古文约选》、《历朝诗约选》、《观化》、《息争》等,主张"行文之道,神为主,气辅之"与"学者求福气",竭力昌导著文模仿汉唐古人的"神气"、"音节"、"字句"等,为当时的拟古写作和儒学思想普及起到推波助澜的作用。

在陕西关中和甘肃陇右的清代文人中,拥有一批忠实于周秦汉唐传统文化的卫道士。如关中郃阳(今陕西合阳)人李灉、宝鸡人党崇雅、淳化人宋振麟、蒲城人屈复、崔向余,三原人张鼎望、周元鼎,宜川人张梓,城固人何炯若,渭南人张元中、郭安康等,他们既写诗著文,又编撰理论著述,为弘扬当地古今区域文化做出应有的贡献。

屈复(1668—?),清代文学家,字见心,号悔翁、金粟道人。蒲城(今陕西东北)人。博学多才,富诗鸿词。有《楚辞新注》、《玉溪生诗意》、《弱水集》等。

党崇雅(1584—1666),先在明朝做官,后仕大顺,继而又出仕清朝，官至大学士，诗作有名者如《图南草》、《鹃失啼》、《忘先草》等。

被誉为文坛"四杰"的吴镇、胡赞宗、杨子安、刘绍攽，均为陇右知名学人。其中杰出者吴镇（1721—1797），字信辰，号松崖。甘肃会宁人。曾任陕西耀州学正，韩城教谕。诗作古雅、深奥、奇博，当时在国内很有影响。其诗文收入《松花庵全集》中。

清朝后期，陇右著名诗人还有伏羌（今甘肃甘谷）的王权、秦州（今甘肃天水）的任其昌、甘肃秦安的安维峻、甘肃皋兰的刘尔炘等。

清末民初，西北关陇地区的文人骚客积极融入反抗清朝封建统治政权的斗争中，后又加入如火如荼的"辛亥革命"和"五四新文化运动"的时代潮流之中。

辛亥革命前后，留日陇右籍学生杨思、范振绪、阎士麟、万宝成等先后创办《秦陇》、《关陇》、《夏声》等革命刊物。在京学习的西北籍大学生王和生、张继忠、邓春兰等积极参加反帝反封建的"五四运动"。

出身于充满开明思想家庭的邓春兰为了实现男女平等、自由民主的女性解放计划，投寄北京大学蔡元培校长《建议男女同校书》，并且联络6位女子乘羊皮筏子漂流黄河，离开兰州赴京求学，以实际行动促成此事，受到了陈独秀、李大钊、胡适等著名学者的支持与呼应。她终于如愿以偿地成为中国首批男女合校的女生。

任其昌（1831—1901），秦州（甘肃天水）人，进士出身，曾任户部主事等职，在西北各地办书院与讲学长达28年。著有《敦素堂诗集》、《敦素堂文集》等书。代表性诗文如《流民叹》、《游麦积山记》、《秦安道中》、《游石门记》等。

早年于关中、天水等地四所书院讲学的王权（1822—1905），历任教谕、知县等，曾撰写《笠云山房文集》12卷、《笠云山房诗集》4卷。钱仲联在《道咸诗坛点将录》中高度评价其"著作宏富，近代陇右人无过之者"。

被誉为"陇上铁汉"的安维峻（1854—1925），历任都察院监察御史、京师大学堂总教习。自辞归乡里后，一心著书立说，编写有《望云山房诗文集》，其中《请诛李鸿章书》堪称当年政论名篇。

刘尔炘（1865—1931），字又宽，号果斋、五泉山人。甘肃兰州人。历任甘肃文高堂总教习、甘肃临时参议会副议长，曾官至翰林院编修。他一生热心于陇右的文化教育和公益事业，并主讲于五泉书院。曾撰写《果斋前集》、《果斋续集》等多部文论作品。尤擅长诗歌、楹联等文学作品。

一生以法政、教育为业，曾历任甘肃省临时议会议长、参政院参政、甘肃文学院教授的慕寿祺（1875—1948），著述等身，有《甘宁青史略》、《求是斋诗话》、《求是斋诗钞》等数十种。安维峻评价其古近体诗"无美不备，意到笔随，自成一家"[①]。

倾心实业救国的邓隆（1884—1938），热衷文学创作，他写有《壶庐诗集》、《拙园文存》等数十种。

在现当代文学史上，因江南、中原地区的大批文人学者远赴西北地区，对此地进行社会调查与研究，从而涌现出许多名人名

[①] 转引自路志霄、王干一编：《陇右近代诗钞》，兰州大学出版社1988年版，第215页。

篇。丁帆主编的《中国西部现代文学史》对此有详文记载：

> 这一时期的西行考察记游作品主要有：谢彬的《新疆游记》、陈万里的《西行日记》、心道法师的《游敦煌日记》、林鹏侠的《西北行》、裴景福的《河海昆仑行》、徐炳旭的《西游日记》、陈赓雅的《西北视察记》、程先甲的《游陇丛记》、明驼的《河西见闻录》、李德贻的《北草地视察记》、顾颉刚的《西北考察记》、宣侠父的《西北远征记》、庄泽宣的《西北视察记》、冯有珍的《新疆视察记》、黄汲清的《天山之麓》、吴蔼宸的《新疆记游》、陈澄之的《伊犁烟云录》、马鹤天的《甘青藏边区考察记》、萨空了的《由香港到新疆》、杜重远的《盛世才与新新疆》和《三渡天山》、天涯游子的"人在天涯"系列《西行记》、范长江的《中国的西北角》和《塞上行》、茅盾的《白杨礼赞》等。另外，还有一批作家、文化人士、官员在此间客居西部，均留下了大量的诗文作品，如俞明震、高旭、于右任、高一涵、罗家伦、唐祈、王洛宾等。[①]

特别值得重视的是谢彬撰写的考察游记《新疆游记》，详细记载西北边陲的政治、经济、文化历史与现状，曾由孙中山先生写序，从中披露出此位伟人开发大西北的宏伟计划。另外还有国民党时期监察院院长于右任，这位来自陕西三原的著名诗人、书法家，一生写过大量诗词歌赋，不少已成为中国当代文学史上的瑰宝。

伟大的思想家、文学家鲁迅于20世纪初来到西安讲学时对古

[①] 丁帆主编：《中国西部现代文学史》，人民文学出版社2004年版，第67页。

代长安文化与关中戏曲甚感兴趣，他为其题写"古调独弹"牌匾的著名地方戏曲班社——西安易俗社，近百年培养过许多有造诣的民族文学艺术家。对此著名的西北文艺社团历史的回顾非常有助于我们对长安文化薪火相传的认识。

自明清以来，西安就活跃着众多的秦腔班社，其中富有代表性的有明代的张家班、华庆班，清代的保符班、江东班、双赛班、泰来班、玉盛班、金盛班、双翠班、福盛班、华清班、明盛班、玉成班等。相比之下，当然要数清末民初集诸班技艺精华于大成的陕西易俗伶学社或陕西易俗社，最有名气与声势。如上所述，此戏曲班社不仅培养演员，还培育了大批剧作家，创作与演出大量优秀文学作品。可以说是关中传统文化的延续，是长安优秀民族文化文学艺术的真实写照。

第二节　长安文学与民族文化遗产保护

在我国与世界各国各民族之中，遗存着极为丰富多样的非物质文化遗产，因其形态的特殊性，生存环境显得比物质文化遗产更加脆弱和恶劣。对不可再生的西北地区珍贵资源的保护、抢救、合理利用与传承发展，存在着一系列亟待解决的问题。特别是对陕西、甘肃、宁夏、青海、新疆等边远山区农村与少数民族区域民间传统文化的真实性、动态性、整体性保护与研究，尤其需要得到社会各界的高度重视。

包括汉民族在内的 56 个民族的非物质文化遗产植根于深厚的民间、世俗与宗教文化沃土之中。以古代长安文化为源头，中国西部地区黄河、长江流域与周边少数民族地区拥有蕴含量极大的传统文化生态区，对其悠久的民俗与宗教文化历史沿革，特定的文化传统区域、场所的民族民间文学艺术进行实地考察，以及对其历史与现状理论进行学术研究显得非常重要。

中国西部地区，特别是西北地区以及少数民族地区珍藏着数量巨大的非物质文化遗产，然而其生存环境恶化，文化资源大量流失，现状令人堪忧。据初步统计，在国务院近期公布的第一批518项国家级非物质文化遗产名录中，有关中国西部地区的就有203项，约占总数的五分之二；属于全国各少数民族的有157项，约占总数的三分之一。

在中国西部610万平方公里广阔的国土上，有众多的少数民族自治区、自治州、自治县（旗）以及许多专业文艺表演团体、群众艺术馆、文化馆、文化站，这里的广大文艺工作者和各民族群众都是保护、传承非物质文化遗产的强大的中坚力量。故此，对中国西北与西部地区多民族有关文化资源的调查、整理、公布、研究有很强的代表性与典型性，非常有助于国家对"丝绸之路经济带"建设政策的实施。

中华人民共和国是一个多民族的国家，中国北方典型文化区黄河流域，自古是中华民族传统文化的精神家园。黄河是中华民族的母亲河，是灿烂辉煌的中国古代文明的摇篮。黄河上游地区即指陕西、山西北部，宁夏西北部，甘肃东北部，青海东北部，或称雁北、河套、陇右、河湟地区，这里不仅孕育了博大精深的炎黄、伏羲文化与长城、丝绸之路文化，还养育着源远流长的匈奴、突厥、鲜卑、吐谷浑、吐蕃等古代民族文化，以及当代蒙古、回、土、藏、东乡、保安、撒拉、裕固、哈萨克、满等十余个少数民族文化。

居于青藏高原与黄土高原之交的黄河上游地区，覆盖着我国华北与西北地区青海、四川、甘肃、宁夏、内蒙古、陕西、山西等七个省区，以湟水、通天河、渭河、洮河等为主要支流的黄河流域，自古养育着数量众多的中华各族人民，在巍峨起伏的长城与蜿蜒曲折的"丝绸之路"构成的通向西方诸国民族地区的交通枢纽上，至今流传存活着极为丰富多样的中华各民族珍贵的民间文化艺术，即人类口头非文字或非物质文化遗产，诸如民俗文化，语言文化，造型艺术，表演艺术等。特别是极富民族色彩与文化生命力的民族史诗、音乐、舞蹈、戏剧与民间美术等，亟待我们去搜集、发掘、整理与研究。

保护、抢救、传承、发展少数民族非物质文化遗产，探索其传统文化形式的历史发展规律，以及与文化生态学科之间的关系问题，是我国乃至世界各国、各民族亟待解决的有重大理论价值与实践意义的学术课题。对中华民族优秀传统文化的重要组成部分的黄河上游各少数民族民间文化生态的全面考察与深入研究，非常有助于中国西部少数民族非物质文化遗产的保护、利用与发展。

随着经济全球化趋势和现代化进程的加快，中国与人类文化生态正在发生巨大的变化，非物质文化遗产以及生存环境受到严重威胁。由于过去过度开发和不合理利用，黄河流域，尤其是黄河上游少数民族地区的许多文化遗产遭到破坏，加快其消亡或失传，对于民族民间珍贵的濒危的文学艺术保护与研究迫在眉睫，刻不容缓。对中华民族非物质文化遗产的巨大历史价值、文化价值、科学价值、美学价值的充分认识，以及其产生的社会文化背景与演变的客观规律的探索，特别是非物质文化遗产在全球人类文化生态系统中位置的确立，将非常有利于我国社会主义现代化社会和谐文化生态环境的建设。

在我国西部少数民族地区遗存着极为丰富多样的非物质文化遗产，对其不可再生的珍贵资源的保护、抢救、合理利用与传承发展，存在着一系列尖锐的难以解决的问题。特别是日趋陷入困境的黄河上游边远地区少数民族民间文化的真实性、动态性、整体性保护与研究，须得到社会各界的高度重视。包括汉民族在内的华北、西北与西南各民族的非物质文化植根于博大精深的民间、世俗与宗教文化沃土之中。中国西北地区黄河流域与周边少数民族地区拥有蕴含量极大的传统文化生态区，对其悠久的婚丧嫁娶、祭祀仪礼等民俗文化的历史沿革考证，特定文化传统区域、场所的民间文学艺术实地考察，以及口头语言进行高水平理论研究显得非常重要。

人类"口头语言"作为民族非物质文化的重要载体，系指业已存在的神话、传说、歌谣、曲艺、史诗等民间文学，如《格萨尔》、《江格尔》、《好来宝》、《拉仁布与吉门索》、《宝卷》等民间文化遗产。尤其是对中国西北地区各民族与少数民族交融之地所遗存的汉民族方言文化，以及与跨国少数民族语言与普通话的口头语言融合现象的研究，始终是探析非物质文化生态状况的重要课题。

世代相传的、技艺精湛的、具有鲜明民族风格与地方特色的黄河上游民族工艺美术，特别是民间刺绣、编织、服饰、器物、建筑，以及传统手工艺制作，如唐卡、热贡、保安腰刀、织毯、服饰、盘绣等，以有形的物质形态记载着无形的源于自然界和宇宙的知识与实践经验。对其民间文艺传承人与技能的保护和利用，将为后世留存无数鲜活的文化财富。

具有强大原始生命力的民间表演艺术,如西北地区各民族的传统戏剧、民间音乐、舞蹈、曲艺、杂技与竞技等艺术形式诸如花儿、羌姆、於菟、长调民歌、呼麦、二人台、皮影、道情、高跷等,是以人为载体,呈现综合性、动态性表演的"活化石"。因其生态文化的真实性、多样性与观众审美需求而时分时合、变化多端,形成多姿多彩的文化艺术种群;又因社会与时代的变迁,在继承发展过程中产生诸多矛盾冲突,急需以民族文化生态学基本原理来解释阐述与解决。

全球化经济冲击给陕西与西北地区非物质文化保护传承与研究既带来严峻挑战,同时又带来新的历史机遇。对于强势的外来文化带来的负面影响,我国政府与民间社团应该采取有力措施保护传统文化的真实性与完整性。对此领域应以田野考察为基础,来加强对黄河上游各民族优秀传统的历史与现状的调查与研究,借此厘清此地少数民族与汉民族以及与周边国家民族之间的文化影响,以确立新型的和谐的社会主义社区文化,并借助于现代科技工具媒介来建构非物质文化可持续发展的充满活力的民族民间文化生态体系。

非物质文化遗产蕴含着中华民族特有的精神价值、思维方式、想象力,体现着中华民族强大的生命力和创造力,是全国各民族智慧的结晶、文化瑰宝。对非物质文化遗产的历史、现状、生态环境与未来前景的调查实证与预测研究,有利于继承与弘扬中华民族优秀传统文化,增进民族团结,维护国家统一,推动社会主义先进文化的建设。

不可再生的珍贵的非物质文化资源构成了人类美好的历史记忆,铸造着现实社会理想的精神家园,是联结海内外华夏子孙的情感纽带，是人类精神文化"取之不尽、用之不竭"的极为丰厚的财富与力量源泉。

对非物质文化遗产巨大的历史价值、文化价值、科学价值、美学价值的充分认识，以及其产生的社会文化背景与演变的客观规律的探索，特别是确立非物质文化遗产在全球人类文化生态系统中的位置，将非常有利于我国社会主义现代化社会和谐文化生态环境的建设，并可极大地提高中华民族民俗文化、民间文学艺术的国际学术地位。

非物质文化与生态文化，以及相互交融的边缘性、交叉性、综合性相关学科，是近年产生与发展的新兴社会学科。对其深入探索与研究牵涉到许多传统与先进的学科知识、经验与成果。诸如需借鉴先进的文化人类学、社会学、民族学、历史学、地理学、宗教学、美学、心理学、语言学、工艺学等学科。对新兴的非物质文化与文化生态学采取跨学科综合研究，将其学术问题解决方法纳入纵向的历史与横向的现实文化交织之处。

全面开展对中国西部地区多民族非物质文化遗产的普查、认定、登记，进而掌握其文化遗产资源的种类数量、分布状况、生存环境、保护现状、存在问题与解决办法。经过理论与实践层面的研究，非物质文化遗产保护逐步走上法制化、规范化、科学化、民主化、制度化道路，可为各种具体的非物质文化遗产品种创造良好的生存条件与和谐的生态环境。经过对非物质文化遗产的确认、立档、研究、保存、保护、开发以及对其宣传、承传、弘扬、振兴一系列实际操作过程，可有效地提高国家文化部门与地方政府对非物质文化遗产的基本原则、基本理论、基本概念、基本操作等学科问题的重视程度与理论政策水平。

另外，建立有关非物质文化保护与研究的主题博物馆、资料室、数据库，以及举办非物质文化生态建设的文化展览、艺术演示、学术讲座等社会活动，通过传统文字媒介的搜集、发掘、整理，编纂有关书籍画册，以及借助先进音像数字网络进行录音、录像、保存、播放、展演等形式，充分展示非物质文化无穷的形象艺术魅力，显示现代超文本媒介超强的科技文化价值。

在世界范围，尤其在我国，对自然遗产、文化遗产以及非物质文化遗产保护与利用的科研工作还处于起步阶段。对于此种方兴未艾、日趋繁盛的人类非物质文化的本体特征的探索研究，特别是将其融入业已成熟的文化生态学学术框架之中，如非物质文化与文化生态的比较研究，以及非物质文化遗产的生态化研究等，更是摆在西北诸省区各级文化、教育部门与众多文艺理论工作者面前的举足轻重的学术课题。

借用文化生态学以及有关学科的理论与实践方法，可将其科学、务实地应用于非物质文化遗产的探索与研究，逐步形成多角度、全方位、立体化的非物质文化生态系统工程。此项宏大文化工程的构建需要两项子系统工程来支撑，即从精神文化遗产渐次细分为民间非物质文化、民俗非物质文化、语言非物质文化、工艺非物质文化，以至依次合成的"非物质文化学科"子系统；从精神文化生态渐次细分为非物质文化生态、民间文艺生态、民俗文化生态、语言文化生态、工艺文化生态、表演文化生态等文化形式，并相互联系整合为"非物质文化生态学科"子系统。随之，两项子系统工程相互联系与融会贯通，最终逐步演化与建构成为呈多样性、活态性与整体性的非物质文化生态系统工程。

中国有着漫长的边境线，在西北、西南与东北地区有着众多的跨国、跨境少数民族,他们不仅与国内汉族传统文化有着"血浓于水"的亲缘关系,而且与周边国家各民族有着源远流长的物质与非物质文化交流的历史。尤其是有着浓厚东方特色的民族文学艺术,更是杂糅着中外各民族错综复杂的地域文化因素。因此在我们研究边疆各少数民族非物质文化与文学艺术遗产保护过程之中,一定要将文化视野延伸至东亚、东北亚、中亚、西亚、南亚、东南亚乃至整个亚洲,并期待在此基础上寻觅相对应的理论支撑与学术实践。

近百年以来,全世界范围内正在逐步加强人们对物质与非物质文化遗产的保护意识与理念,这无疑是人类历史文化觉醒的重要标志,是人类长期对抗大自然与客观世界而遭受惩罚后产生的良心救赎的一次思维反拨。在此种特殊的文化背景下,全球全民性保护物质文化和非物质文化遗产的行动,实为社会形势所迫。

早在1972年,美国在积极倡导通过国际合作来保护"世界杰出的自然风景区和历史遗址"的过程中,逐步意识到对此付诸实施,必须要借助强有力的法律保障,因此连续颁布了《人类环境宣言》与《人类环境行动计划》,其要旨开宗明义:

> 人类环境包括自然环境与人文环境两个方面,人类所享受的基本人权,甚至包括生存权利本身,都是必不可少的。①

1972年11月16日,联合国教科文组织对此做出积极回应,在此框架协议的基础上制定并通过了《保护世界文化和自然遗产

---

① 王文章主编:《非物质文化遗产概论》,文化艺术出版社2006年版,第38页。

公约》与《关于国家一级保护文化和自然遗产建议案》。由此而使"世界遗产"、"自然遗产"与"文化遗产"的崭新概念在国际上得以充分展示。

相对于"世界遗产"文化体系，西方世界更注重"自然遗产"，而东方世界则比较重视"文化遗产"，这显然是东方诸国文化历史较之西方更加悠久，且传统文化积淀更加厚重所致。在东方诸国与地区如日本、韩国、中国的台湾地区在保护人类"文化遗产"方面走在世界前列，起到了表率与示范作用。

日本对"文化遗产"的保护，始于19世纪60年代的明治初年。"明治维新"运动与崇洋媚外思想导致"全盘西化"，使国内大量宫廷、民间与宗教文化遗产被损毁。在不得已的情况之下，于1871年5月，太政官接受文部省的建议，首次以政府令形式颁布了有关文化遗产保护案，即《古器旧物保存方》。接着花费10年时间，对全国文物进行了第一次大普查，调查与登记到各类宝物共约21.5万件。

昭和二十四年（1949），日本参议院文部委员颁布实施了对东方世界产生重大影响的《文化财保护法》。20世纪前后，日本国加大了对国宝文物的保护力度，先后颁布了如《古社寺保护法》、《古迹名胜天然纪念物保护法》、《古坟发现时的呈报制度》、《史迹及天然纪念物保护建议案》、《遗失物法》、《国宝保存法》、《重要美术品保存法》等一系列法令政文，其目的在于竭力倡导"和魂洋才"之文化国粹主义，其措施对我国历史文物与文化遗产的保护有着重要的借鉴意义。

上述有关非物质文化遗产保护的综合性法典之所以重要，在于第一次明确地提出了"有形"与"无形"之"文化财"这一经典文化概念。由此几经延伸与诠释，对应于近年联合国教科文组织提出的"物质"与"非物质"之"文化遗产"定义。

著名学者顾军、苑利在《文化遗产报告——世界文化遗产保护运动的理伦与实践》一书中高度评价日本关于"无形文化财"或"无形文化遗产"之理念：

> 日本文化财的两分法，即将文化财划分为"有形文化财"与"无形文化财"的做法，对世界文化遗产保护产生了积极影响。现在联合国教科文组织在文化遗产划分这个问题上即采用了日本的两分法。……日本文化财两分法的提出，确实极大地拓展了文化遗产保护空间，为人类另一部分遗产——"看不见"、"摸不着"的无形文化遗产的保护与弘扬，树立了典范。①

日本国所颁布的《文化财保护法》，经数十年修改增删，已日趋齐备与完善，其学术精髓多为东方诸国与民族文化机构所借鉴。特别是该国关于"有形文化财"和"无形文化财"的划分，曾被韩国1962年颁布的《文化财保护法》全盘吸收。据有关法律规定，"无形文化财"主要是指历史、艺术、学术等方面具有较高价值的演剧、音乐、舞蹈、工艺技术，以及其他无形的文化载体，主要强调传统表演艺术、民间技艺方面的形式。经过对照研究，这与2003年10月17日联合国教科文组织于第32届会议通过的《保护非物质文化遗产公约》所规定的有关条目内容相距不远。

---

① 顾军、苑利：《文化遗产报告——世界文化遗产保护运动的理论与实践》，社会科学文献出版社2005年版，第108页。

受日本、韩国保护传统文化遗产有关条文的影响，中国台湾地区于 1982 年 5 月 26 日颁布的《文化资产保存法》第 3 条规定，将"无形文化财"演绎为"文化遗产"，具体类型包括："1. 古物；2. 古迹；3. 民族艺术；4. 民俗及有关文物；5. 自然文化景观；6. 历史建筑。"其文本实质与范围介于日本、韩国与联合国规定诸条目之间。

联合国教科文组织《保护非物质文化遗产公约》第一章"总则"专设第二条"主义"，所涉及的非物质文化遗产包括以下各方面："1. 口头传统和表现形式，包括作为非物质文化遗产媒介的语言。2. 表演艺术。3. 社会实践、礼仪、节庆活动。4. 有关自然界和宇宙的知识和实践。5. 传统手工艺。"

举凡中国台湾地区冠名"文化资产"之"民族艺术"，主要包括富有民族地域性与传统性的表演艺术、造型艺术两大类型，如音乐、舞蹈、戏剧、美术、工艺、民间技艺等。为保护民族艺术的存在、促进其发展，特制定有关法律条文："对于民族艺术应进行全面性之调查、采集及整理，并依其性质分别由'教育部'或地方'政府'指定，或专设机构保存或维护……'政府'对于即将消失之重要民族艺术，应详细制作记录及采取适当之保存措施。"①

我国虽然加入国际组织保护世界自然与文化遗产运动的时间较晚，但是于 21 世纪初期，一经参与"人类口头与非物质文化遗产"保护行动就有很高的学术起点，并且以"后来者居上"的优势取得很快的进展。

联合国教科文组织于 1997 年 11 月通过了《宣布人类口头与

---

① 顾军、苑利：《文化遗产报告——世界文化遗产保护运动的理论与实践》，第 197 页。

非物质文化遗产代表作申报书写编写指南》，并于 2000 年 4 月开始实施"人类口头与非物质文化遗产代表作"项目的申报工作。我国政府很快汇入声势浩大的维护世界文化多样性的全球性抢救与保护民族民间传统文化的潮流之中。

中国积极参与国际的非物质文化遗产保护工作，非常关注和加强国际文化交流与合作，充分借鉴世界各国的成功经验，连续三次成功申报联合国教科文组织"人类口头与非物质文化遗产代表作"：(1) 2001 年 5 月 18 日获准的"中国昆曲艺术"；(2) 2003 年 11 月 7 日获准的"中国古琴艺术"；(3) 2005 年 11 月 25 日获准的"中国新疆维吾尔木卡姆艺术"与中蒙联合申报的"蒙古族长调民歌"。

值得关注的是在联合国教科文组织批准的第一批 19 项入选代表作名录之中，给人重要启示的是，中国申报的不是造型艺术，而是表演艺术；不是音乐、舞蹈、曲艺等形式，而是传统戏曲；不是"国剧"京剧与各种地方戏，而是有 500 年历史的古老的昆曲，在世界各国有关申报名录中名列榜首，可见我国政府与联合国专家对传统演艺文化与民族文学艺术的重视程度。

另外于第三批入选的"中国新疆维吾尔木卡姆艺术"中亦有传统戏剧与综合表演艺术的文化因素，再有与蒙古国联合申报的"蒙古族长调民歌"，亦与北方少数民族戏剧艺术有着紧密的关系。上述三项中，均以民族传统表演艺术入选，为中华民族文化走向世界描绘了广阔而诱人的前景。

2004 年 8 月 28 日，在全国人大常委会第十届第十一次会议上，经投票表决，正式通过中国政府加入联合国教科文组织《保护非物质文化遗产公约》，标志着我国已正式步入宏大的世界民族文化遗产保护系统工程的行列。2005年3月26日国务院办公厅颁布的《关于加强我国非物质文化遗产保护工作的意见》向世人昭示：

> 非物质文化遗产与物质文化遗产共同承载着人类社会的文明，是世界文化多样性的体现。……加强非物质文化遗产保护，不仅是国家和民族发展的需要，也是国际社会文明对话和人类社会可持续发展的必然要求。

通过上述重要公文内容的颁布，我们可以看到中国政府对国际社会文化组织郑重而庄严的承诺，充分展示了中华民族的博大胸怀与对人类社会文明历史发展的深切关注。

在2005年12月22日国务院发布的《关于加强文化遗产保护的通知》之中，不仅强调了在当今经济全球化的趋势下和现代化工业的进程中，我国非物质文化遗产保护所面临的各种问题；而且严肃地提出要站在"对国家和历史负责的高度，从维护国家文化安全的高度"，须特别加强对地处边疆的"确属濒危的少数民族文化遗产和文化生态区"的保护与抢救。尤其要"重点扶持少数民族地区的非物质文化遗产保护工作"。以相关法律条文竭力保护跨国界、跨民族、跨文化的中国与周边地区的非物质文化。

第三节　中国西部非物质文化遗产保护与研究

在我国960万平方公里的国土上，有着数万公里的边防线；在漫长国境周围环绕、毗邻着20多个拥有主权的国家。因为边疆地区居住的大多数都是少数民族，特别是以自治区、州、县、乡为网络状的民族自治区域，绝大部分散落在我国广大的边疆地区，故此，有着保护与研究各民族非物质遗产巨大的文化空间。

这些民族自治区域基本分布在西北、华北、西南与东北地区，其中许多少数民族因历史、地理与文化等各种因素而成为跨国性质的民族。所属的非物质文化遗产亦带有浓厚的跨界、跨境、跨民族、跨语言、跨文化、跨艺术色彩。

据查询所知，中国周边国家与地区生活着诸多与国内民族相对应的跨国民族，如俄罗斯族、哈萨克族、回族、柯尔克孜族、乌孜别克族、塔吉克族、维吾尔族、门巴族、藏族、傣族、苗族、壮族、京族、朝鲜族、蒙古族等十余个民族。这些国家与地区的各民族与中国一样，同样拥有形式多样、丰富多彩的人类非物质文化形式。

在历史上，因为中外各民族之间的征战、联姻、商旅、宗教等各种传统文化关系，特别是陆上"丝绸之路"（包括绿洲、大漠、草原、高原、森林等丝绸之路）与海上"丝绸之路"的民族文化、文学、艺术交流，逐渐产生了许多跨国界与跨民族的具有国际区域性质的非物质文化遗产。如今我们可从联合国教科文组织与我国政府陆续公布的世界级与国家级非物质文化遗产名录辨认其跨文化性质。

如上所述，在联合国教科文组织公布的第三批"人类口头与非物质文化遗产代表作"名录中，"中国新疆维吾尔木卡姆艺术"榜上有名，但在此之前的第二批代表作名录中亦有"阿塞拜疆木卡姆"、"伊拉克木卡姆"，以及在乌孜别克斯坦、塔吉克斯坦一带流行的"沙士木卡姆音乐"等。

"木卡姆"或"玛卡梅"是中亚、西亚与北非地区游牧与农耕民族共同喜爱的大型音乐、歌舞、曲艺相融合的民族表演艺术形式,它并不因为历史地理上人为的国界划分而割断其民族传统文化的血脉联系。人类文化和艺术在历史上从来不设国界。若对"木卡姆"之类非物质文化样式、种类、形态进行调查,对其发生、流传、演变的历史与现实进行学术研究,绝不能故步自封、画地为牢,而应超越国家地域的限制,进行跨国、跨民族、跨学科的综合性研究与探索。

再如我国与蒙古国联合成功申报的口头传统音乐类之"蒙古族长调民歌",自古迄今原本就是东北亚地区蒙古人最富代表性与国际性的非物质文化遗产珍宝。在此之前联合国教科文组织公布的"人类口头与非物质文化遗产代表作"名录中,还入选有亚太地区蒙古国传统音乐类"马头琴传统音乐"。上述二者均为中国与蒙古国蒙古民族共同拥有的表演艺术财富,充分显示出该民族民间艺人高超的文化智慧与艺术才能。

除此之外,在中国周边国家与地区还陆续申报成功下述与中国西部民族文化有关联的诸种"人类口头与非物质文化遗产代表作":

1. 亚太地区韩国"礼仪与节庆活动类别"的"宫廷宗庙祭祀礼乐"。
2. 亚太地区不丹"表演艺术、礼仪与节庆活动类别"的"德拉迈兹的鼓乐面具舞"。
3. 亚太地区印度"表演艺术类别"的"鸠提耶耽梵剧"。
4. 欧美地区俄罗斯联邦"文化空间类别"的"塞梅斯基

的文化空间与口头文化"。

5. 亚太地区乌孜别克斯坦"文化空间类别"的"博逊地区的文化空间"。

6. 亚太地区韩国"表演艺术类别"的"板索里史诗说唱"。

7. 亚太地区印度"口头传统、礼仪与节庆活动类别"的"吠陀圣歌传统"。

8. 亚太地区日本"表演艺术类别"的"能乐"。

9. 亚太地区菲律宾"口头传统类别"的"伊夫高族群的哈德哈德圣歌"。

10. 亚太地区印度尼西亚"表演艺术类别"的"哇扬皮影偶戏"。

11. 亚太地区日本"表演艺术类别"的"净琉璃文乐木偶戏"。

12. 亚太地区吉尔吉斯斯坦"口头传统类别"的"吉尔吉斯史诗弹唱阿肯艺术"。

13. 亚太地区越南"传统音乐类别"的"雅乐—越南宫廷音乐"。

综上所述，遗存于亚洲太平洋地区各国的"人类口头与非物质文化遗产代表作"，主要归属于联合国教科文组织颁布的《保护非物质文化遗产公约》的"表演艺术类别"之中。诸如印度的"鸠提耶耽梵剧"、"吠陀圣歌传统"，韩国的"板索里史诗说唱"，日本的"能乐"、"净琉璃文乐木偶戏"，菲律宾的"伊夫高族群的哈德哈德圣歌"，印度尼西亚的"哇扬皮影偶戏"，吉尔吉斯斯坦的"吉尔吉斯史诗弹唱阿肯艺术"，越南的"雅乐—越南宫廷音乐"等，而且其中以各国民族戏剧、音乐与说唱曲艺形式为主，都是跨国界、跨民族、跨文化的传统表演艺术形式。

显而易见，诸如不丹的"德拉迈兹的鼓乐面具舞"，印度的"鸠耶耽梵剧"与我国的藏戏与佛教戏剧有关联；印度尼西亚的"哇扬皮影偶戏"，日本的"净琉璃文乐木偶戏"与我国沿海地区流行的"皮影戏"、"木偶戏"有关联；韩国的"板索里史诗说唱"流入我国朝鲜族地区演变为"唱剧"；吉尔吉斯斯坦的"吉尔吉斯史诗弹唱阿肯艺术"则与我国新疆柯尔克孜与哈萨克的史诗弹唱同源共祖，一脉相承。

再者，较为引人注目的"文化空间类别"代表作中多次提出，如俄罗斯联邦的"塞梅斯基的文化空间与口头文化"、乌孜别克斯坦的"博逊地区的文化空间"、韩国的"宫廷宗庙祭祀礼乐"等，在人类文化视野中开辟了一个崭新的学术研究领域，需要中外非物质文化工作者高度关注。

关于"文化空间"这个重要概念，在联合国教科文组织公布的第一批有关19种名录中，就有5种类别。它们除了上述诸种非物质文化遗产代表作之外还有拉美地区多米尼加共和国的"圣灵兄弟会文化空间"，非洲地区几内亚的"尼亚加索拉的索索·巴拉文化空间"，摩洛哥的"吉马·埃尔·弗纳广场的文化空间"等。第二批有关名录中如欧美地区爱沙尼亚的"基努文化空间"。第三批有关名录中如哥伦比亚的"帕兰克－德－圣巴西里奥的文化空间"，阿拉伯地区约旦的"佩特拉和维地拉姆的贝都人文化空间"，亚太地区越南的"铜锣文化空间"等，林林总总，令人瞩目。

"文化空间"这个既传统又现代的专用学术名词，原本指的是人类物质生存的环境，自引入非物质文化遗产研究范围，则"指称的是某种集中举行流行的与传统的文化活动的场所，或一段通常定期举行特定活动的时间"①。

"文化空间"亦称"文化场所",是非物质文化遗产学科中非常重要的文化概念。根据联合国教科文组织颁布的《宣布人类口头与非物质文化遗产代表作条例》所划分,"文化空间"与"各种传统文化表现形式"为相辅相成的两大部分。前者呈现宏观文化与微观文化的位置与关系,统辖于"文化空间"之下;而后者则具体包括语言、文学、音乐、舞蹈、游戏、神话、礼仪、习惯、手工艺、建筑艺术以及其他艺术、传播与信息的传统形式,均为各国各民族传统民间文化表现形式。

无论是文化空间,还是文化场所,均指传统文化活动赖以生存的自然、社会与人为营造的文化环境。它在文化层面上不是呈平面状一维或二维物象,而是呈立体状三维或多维物象;不是静止、凝固与呆板的物理实体,而是自由、活泼、流动、富有生命力的民族文化形态。

在可供表演艺术展示才华、博大宏阔的艺术平台,以及巨大的物质与文化空间之中,世界各国与地区勤劳、勇敢、智慧的各个民族民间艺人,不仅以历时的,即纵向之历史性的,而且以共时的,即横向之现实性的思维观念与天才的技艺,创造表现人类历史与现实文化结合、高度智慧与综合素质的物化形态。依照联合国教科文组织制定的《保护非物质文化遗产公约》定义,人们所知:

非物质文化遗产指被各社区、群体,有时为个人,视为

---

① 王文章主编:《非物质文化遗产概论》,第296页。

其文化遗产组成部分的各种社会实践、观念表述、表现形式、知识、技能及相关的工具、实物、手工艺品和文化场所。

国务院颁布的《国家级非物质文化遗产代表作申报评定暂行办法》，忠实地体现了联合国教科文组织所设立的有关框架文件精神，并且将原本"非物质文化遗产"内容与范围由上述五方面扩大到六方面，并特地在其后补述相关的"文化空间"；在第 2 条"表演艺术"加上"传统"二字，规定了其历史性、民族性与民间性；在第 3 条中，将"社会实践"，改为"民俗活动"；于第 4 条"自然界和宇宙"之后，"知识和实践"之前，亦增加了"民间传统"四字。从字里行间传递出我国正在呈系统性、规模性地在民族、民俗、民间文化空间的整体传承与保护的重要信息。

再有，在此纲领性文件中，我国政府从理论层面上阐述"文化空间"之实质，不仅标明其为举办"传统文化表现形式"之文化场所，同时还特别强调其类别所兼备的"空间性和时间性"。由此意味着文化空间并非仅为单纯的空间维度，而且具有更加深远的时间维度。此种纵横交错、经纬交织的巨大时空性质，赋予了此种类别更为浓厚而广博的历史与现实文化内涵。

论及非物质文化遗产中所含文化价值最强的"传统表演艺术"，尤其是集各种文学艺术形式之大成的"传统戏剧"之文化空间，具体体现在民族戏剧舞台造型空间与语言音乐时间的交叉结构之中，由此形成巨大的文化张力与艺术魅力。此如欧阳劳汗先生《舞台美术设计概说》对戏剧艺术形象的生动描绘：

戏剧演出形式的主体，造型和音乐各在时、空两方面表现着演出的空间形式和时间形式,它们相互结合而构成总的演出形式。这就好像"鸟"那样,表演形式是其主身,造型、音乐的形式为两翼。有了矫健的身躯,又有有力的翅膀,这只形式之"鸟"就能翱翔于长空了。①

在我国西部边疆地区跨国民族的诸多传统文学艺术之中,此种兼顾"造型和音乐"两种"演出的空间形式和时间形式"的戏剧综合表演艺术形式,相当普遍、典型与富有代表性。建立在工艺美术、建筑、雕刻、服饰基础之上的"空间形式",往往自然而然、天衣无缝地与民族民间音乐、舞蹈、杂技、曲艺等技艺综合形成的"时间形式"有机地交织在一起,从而为中国少数民族民间戏剧插上"有力的翅膀",促使这只美丽而矫健的大"鸟"自由自在地"翱翔"于历史与现实的"长空"之中。

在我国公布的两批国家级非物质文化遗产代表作名录中,我们欣喜地看到许多传统民族戏剧艺术自由地飞翔在跨国界、跨民族、跨文化的广阔天地中,甚至穿越时空的隧道,飞向遥远的历史与未来。诸如历史悠久、民族风格浓郁、极富历史与学术价值的"藏戏",其中包括西藏拉萨觉木隆藏戏,日喀则迥巴、南木林湘巴、仁布江嘎尔藏戏,山南雅隆扎西雪巴、琼结卡卓扎西宾顿藏戏,以及青海黄南藏戏,四川阿坝、甘孜藏戏,甘肃甘南安多藏戏等,呈现出多层次、多角度、多侧面综合立体的民族戏剧文化景观。

藏族自古就是跨越边境地区带有国际性的民族,除在我国西

---

① 欧阳劳汗:《舞台美术设计概说》,贵州人民出版社1984年版,第55页。

南、西北地区之外,在南亚次大陆的印度、巴基斯坦、孟加拉、克什米尔、不丹、锡金与尼泊尔等国家和地区亦居住着一些操汉藏语系与语种的藏民同胞。他们没有受到国界分隔的影响,也同样喜欢观赏藏传佛教文化与民俗艺术交融的藏戏表演形式。

在我国西藏与尼泊尔、印度交界处世代居住着一支亦操藏语的门巴族,在此区域盛行着独具特色的山南"门巴戏",其中也贯穿着神秘怪诞的佩戴面具的原始乐舞戏表演,并由形式多样的当地民歌与传统方言帮衬,显示了深厚的青藏高原民族文化底蕴。

云南是我国少数民族最为集中、数量最多的一个边疆省份。在此地祖祖辈辈生活的傣族,是最具有代表性的有着浓郁宗教传统与民俗文化色彩的跨国民族。该民族拥有特殊曲艺形式"赞哈"、美丽动人的"孔雀舞",以及用葫芦丝与铓锣演奏出来的傣族音乐,在此基础上所合成的综合民族表演艺术——"傣剧",恰似一颗光辉灿烂的文化明珠。傣剧继承了我国边疆与周边国家和民族善于用民间史诗叙事,以小乘佛教色彩故事来渲染剧情的表演方式,从而形成许多赏心悦目、充满浓郁色彩的傣族剧目。

在云南的文山与广西壮族自治区流行的"壮剧",同样包孕着深厚的跨国文化因素。因为历史上壮族语言、文学、音乐、绘画与工艺美术,特别是壮族民歌、铜鼓艺术沿着红河、湄公河流徙到东南亚诸国,可视为中外文化交流的民族文艺结晶。

生活在西南地区高山崇岭中的苗族,也在本民族丰富多彩的英雄史诗、神话传说、民族乐舞基础上创造出形式多样、风格浓郁的民族戏剧——"苗剧",并且通过国际的文学艺术交流,逐步将苗族传统戏剧展示在周边国家或地区各族人民面前。

在我国华北、东北地区,与周边国家文化交流最为频繁的少数民族首先是蒙古族。历史上位于漠北的"外蒙古"原属中国领土，虽然自20世纪初得以独立，但谁也无法割断此地人民与内蒙古自治区同族的血缘关系。蒙古族是一个能歌善舞的民族，该族民间艺人创造了令世人为之惊叹的各种英雄史诗与叙事诗，以及《乌力格尔》、《好来宝》、《安代》等民族说唱与歌舞音乐形式。在此基础上所形成的"蒙古戏"，综合与包容着极为深厚的该族历史、地理、宗教、文学、艺术、民俗等传统文化知识，可谓蒙古族历史文化的活化石。

我国朝鲜族在历史上来源于毗邻的美丽富饶的朝鲜半岛，与古代高丽、新罗、百济三国人民血脉相连，并且借此国度与隔海相望的日本岛国进行密切的文化交流。极富表演天才的朝鲜族艺人成功地将《盘索里》、《阿里郎》、《道拉基》等民族音乐与本民族民间文学艺术融合在一起，创造出独具审美价值的朝鲜"唱剧"，是当今的韩国、朝鲜与我国的朝鲜族人民喜闻乐见的一种综合性表演艺术形式。

西北地区因为历史、地理、宗教、语言、文学、艺术的数度变迁，而产生了大批跨国民族以及演艺文化形式。哈萨克族、乌孜别克族、塔吉克族、柯尔克孜族、塔塔尔族、俄罗斯族等，在中亚、西亚与东欧地区有着数量众多的同源胞族。他们之间一直保持着紧密的民族文化艺术交往，并根据相近历史创造出一些以本民族语言为主的反映其传统文化生活的戏剧形式与剧目。诸如古老传统的哈萨克族戏剧、乌孜别克族戏剧、塔吉克族戏剧、塔塔尔族戏剧、俄罗斯族戏剧等。在其中所保留的跨国界人物与故事，以及跨地域的演出剧目，需置于世界区域文化大背景中去审视才能梳理清楚。

居住在我国新疆地区的维吾尔族,由于历史上边界变更、民族迁徙,在国外也滞留着许多同族居民。他们长期在"丝绸之路"沿线成为中外民族文化交流的使者,曾将为数众多的中亚与东欧地区的诗文、乐舞、戏剧介绍到天山南北,使得我国各族观众有幸观赏到亚洲腹地各国上演的一些经典剧目。在此基础上创造的"维吾尔剧",混合着许多阿拉伯、印度、波斯文化因素,很值得我们在特殊的跨国文化空间中进行比较研究。

回族在我国历史上是古代西域地区与中原地区居民长期融合的人数众多的民族。该民族于清朝末年由陕甘地区迁移到新疆以西的中亚诸国,主要滞留在费尔干纳地区,名曰"东干人"。因为他们长期与这里的俄罗斯人、乌孜别克人、吉尔吉斯人、哈萨克人交往,从而形成了独特的跨国民族文学艺术,其中亦包括仍保持浓厚回族色彩的"东干乐舞戏"。如今我们可以将其与国内西北盛行的回族"花儿"民歌、音乐、舞蹈、曲艺、戏剧相比较进行学术研究。对中国周边国家与地区的民族戏剧进行跨文化研究,将会不断开阔我们的文化视野,丰富人们的艺术审美情趣,也必然不断地开辟国内外联合发掘、保护与研究非物质文化遗产的新天地。

在如今全球范围内推行"经济一体化"、"文化多样化",以及我国倡导"和谐文化"的大好形势下,对西北地区和边疆跨国民族与周边国家跨国民族文学交流的研究和探析显得格外重要。如今摆在我们面前的很多学术问题,如中国西北地区民族文学的形成与发展,中国西北地区跨国民族文学的类型与特征,中国西北周边国家文化的跨国影响,中外跨国民族文学的交流与融合,中国西北地区跨国民族文学研究与学术课题等,只有放到中外跨国民族文学研究和世界文学史的文化语境中才有望得到合理的解决。

中国西北地区的特殊地理位置，决定了该地域文化与民族文学的跨边境和跨国界性质。中国西北地区民族众多，自古至今语言文字繁杂，建立在此基础之上的各民族传统文学，其中也包括丰富多彩的各民族戏剧艺术，是中华民族文化大家族中不可或缺的重要组成部分。

论及这里的跨国民族由来已久，西北地区是一个多民族的地区，世世代代生活着包括汉族在内的众多民族。其中有不少历史上遗留下来的跨国、跨境、跨界民族。在漫长的东方世界历史进程中，西北地区的地理、民族与文化、文学概念是不断变化的。

此地各少数民族所居住的地域古代史称"西域"，其面积远远超过现在的西北五省区所占版图。秦汉时期疆土已涉及阿尔泰山、天山、喀喇昆仑山山脉绝大部分地区；隋唐时期所羁縻臣服国已远至条支、波斯、安息诸国；蒙元时期的国土已横跨亚欧大陆，覆盖着几乎整个中亚、西亚和东亚；明清时期的领土亦北达巴尔喀什湖，西及里海。在这块辽阔广袤的疆土上繁衍生息着许多古代跨国民族，如塞、氐、羌、乌孙、匈奴、肃慎、契丹、回鹘、突厥、党项、吐蕃、鞑靼等。他们与中国华夏民族一起创造了中华多民族灿烂辉煌的古代文明。

"中央亚细亚"即中亚地区，历来是中西文化交流的重要区域，是世界古老文明的策源地之一，是多民族文学艺术的博物馆。这里特殊的文化地理环境与历史、宗教、语言、文字、文学、艺术、民俗等构成了特有的文化族群、独具特色的民族文化圈和文学艺术生态系统。但是因为此地在历史上地方政权林立、战争频繁、民族纷争、疆土变换不定，且东西方各种政治、军事、宗教、文化势力介入，使得原生态民族文学嬗变、异化、重组，形成如今所见"你中有我，我中有你"，"扯不断、打不散"的复杂局面。

中亚民族传统与现代文学的杂糅交织，自古以来这里的主流文化思潮相继迁换着古代雅利安、希腊、拜火教、佛教、波斯、摩尼教、突厥、察合台、伊斯兰教、俄罗斯文学，而中华民族主体文化之汉文学只是阶段性、间歇性渗透于此地民族文化之中。

亚洲腹地、中亚东部与中国西部，在人类历史上一直是东西方诸国政治、经济、文化交流的中枢地带，闻名世界的"丝绸之路"从长安古都起始，途经关中平原、陇东山地、河西走廊、天山草原、沙漠绿洲、葱岭古道，然后一直向西拓展，横亘亚、非、欧大陆，将东方四大文明古国（中国、印度、巴比伦、埃及）与西方古希腊、罗马，以及世界三大宗教（佛教、基督教、伊斯兰教）和沿途各国世俗文化紧密地联系在一起。对此，从古至今西北各民族曾付出艰辛的劳动，做出了巨大的贡献。

著名学者季羡林认为，现在的世界人类文化主要有四大文化体系，即中国、印度、波斯阿拉伯伊斯兰、欧洲文化体系，然而上述传统文化均汇流于中亚地区，特别是古代称为西域的新疆、敦煌与广阔的周边国家和地区。这里珍藏着极为丰富多样、绚丽多姿的各民族文学艺术遗产。

在历史上，有许多跨国界民族交流文化事件与文学形式：印度两大英雄史诗的输入，印度的梵语文学和戏剧的传入，印度佛教文学，跨国界的喀喇汗王朝文学，流传中亚地区的各种史诗传说，广为传播的阿凡提故事，伊斯兰世界的木卡姆文学，融入西北民间的波斯文学，仍保持西北文化传统的东干族文学，卫拉特蒙古卡尔梅克族文学，中亚两河流域柘枝乐舞文学，西北地区诸宫调文学，河西变文、宝卷文学，西北回鹘文学，吐蕃与藏族文学，伊斯兰教与穆斯林文学，蒙古族长调音乐文学，跨国民族玛纳斯、江格尔、格萨尔文学，哈萨克阿肯弹唱文学，西北各民族花儿文学，匈奴西迁及匈人民歌，大、小月氏宗教与世俗文学等。这些古今中外积淀已久的各民族传统文化不同程度地记录着长安、关中、陇右、河西、西域文化的历史，影响着西北地区综合性非物质文化遗产的继承和发展。

从近年全世界范围内对各国口头非物质文化进行的抢救、保护与发展的蓬勃运动来审视，中国西北地区少数民族传统文化，尤其是民族文学艺术是不可或缺的重要组成部分。如前所述，新疆维吾尔族木卡姆音乐和蒙古族长调入选世界文化遗产名录即为明证。

在国际范畴，加强对西北边疆与周边国家跨国民族非物质文化遗产的研究，有着积极的世界意义和重要价值。钩沉中国西北地区以及周边国家与民族极其丰富多样的文化遗产，梳理清楚中亚、西亚、南亚地区在历史上与东亚和中国传统文化之间的关系，方可确立中国西北各民族文化在世界文明发展史中的地位。在国内范畴，应弘扬中华民族优秀传统文化，加强我国各族人民之间，以及与毗邻国家和地区民族文学艺术的交流，建立国内外平等、友好、和谐的文化平台。在地理、历史、民族区域范畴，可有力地促进开发中国西部与西北少数民族地区的经济文化发展，促使西北地区跨国民族对中亚，乃至亚洲民族文学体系建构做出应有的贡献。

纵观世界各国，每一个国家都拥有由各个民族共同建立起来并长期捍卫的统一的国界与漫长的边疆防卫区域，也同样有着既与国家中心区和主体民族交流，又与周边国家与地区发生关系的物质与非物质文化遗产保存地域。中外各民族的文化历史与现实造就了此地特色鲜明的民族文学艺术的区域性与多样性。

在目前全世界都在竭力推行"经济一体化"的高度信息化与无形网络化的现代社会，后工业化时代大规模的商业行为已对传统的物质与非物质民族文化建设造成了巨大的威胁。根据"生物与文化多样化"的通则与相关的"生态位"保护法则，世界各国、各地区与各民族必须遵循自然、社会与文化发展的规律，努力保持民族文化根基不要坍塌，文化的命脉不要中断。一定要在非物质文化遗产的保护过程中以生态科学观、生态哲学观、生态伦理观为基础，重构人与自然、文化的关系，以确定非物质文化遗产的自然属性和自然权利。

对于中国跨国民族非物质诗歌、小说、散文、乐舞与戏剧文化的保护与研究，需要不断加强与周边国家和地区的文化沟通、交流与合作。热切期待通过国内外各民族的共同努力，建立起长期有效的人类口头与非物质文化生态区。特别强调的是中国政府和民族民间应该积极吸取山水相连、隔海相望的毗邻国家，诸如日本、韩国、泰国、越南等，对保护非物质文化遗产和维护民族文化多样性所总结的可资借鉴的成功经验。

"他山之石，可以攻玉。"中华民族丰富多样、绚丽多姿的非物质文化遗产，既是中国人民引以为自豪、倍加珍视的巨大文化资源，也同样是亚洲乃至全人类的共同文化财富。只要我们认真地进行有关理论方面的研究和探索，又不断地积极付诸社会实践，相信我国古代长安文化与民族文学研究、中华多民族的非物质文化遗产保护工作将会步入更加崭新与辉煌的历史阶段。

第四节　中华民族优秀传统文化的弘扬

自 2000 年 12 月 26 日中国政府正式公布《中国世界遗产保护与管理跨世纪联合宣言》至 2006 年 2 月 8 日国务院颁发《关于加强文化遗产保护的通知》，同时公布第一批"国家级非物质文化遗产名录"共计 10 大类 518 项，以及国务院确定每年 6 月的第二个星期六为我国的"文化遗产日"，国内对非物质文化遗产的保护、抢救、普查、宣传、研究工作陆续开展，并得以巨大的推进。

中华民族艺术文化源远流长，各族人民所创造出来的造型艺术、表演艺术和综合艺术三大类文化形态，五千年来一直伴随着我们的祖先走过氏族、部族、部落联盟、民族历史的全过程。对各种传统艺术形式的产生、形成、发展以及本质、特征、功能等方面进行深入的考证，并置身于全球语境范畴内进行比较研究，探索清楚其历史演变规律，非常有助于中外文化交流与民族关系史学的科学研究。

目前我们在社会上所见到的有关中华民族非物质文化的介绍与有关科研成果，虽然也出版过一些民族文学艺术方面的书籍和教材，但是多局限于汉民族，有些漠视 55 个少数民族艺术文化的存在之嫌；另外多沉溺于古代宫廷生活与民间民俗礼仪活动，未曾将视阈拓展至周边国家或地区与民族艺术互动关系研究；再者很少将中国少数民族文化放在当代全球语境层面与西方民族文学艺术进行深层次的学术对话。对此我们在长安文化和民族文学理论研究与实践中应该给予必要的纠正和合理的弥补。

中国是一个多元一体的多民族国家，全国 55 个少数民族之中有着数量巨大、异彩纷呈的非物质文化遗产的宝贵财富，特别是中国多民族神话、传说、史诗、民间音乐、舞蹈、美术、工艺与传统戏剧艺术等积淀着中华民族的高度文明与文化智慧，并且以丰富多彩、形式多样的物质形态而显示中国传统历史文化的多样性与丰富性。

1972年由联合国教科文组织制定并颁布的《保护世界文化和自然遗产公约》的政策文件中，特别强调文化遗产保护的多样性与世界性，认为人类有责任有义务对"这类罕见且无法替代的财产……需作为全人类世界遗产的一部分加以保护"。

据2001年发布的联合国发布的《世界文化多样性宣言》明确指出：

> 文化在不同的时代和不同的地方，具有各种不同的表现形式。这种多样性的具体表现是构成人类的各群体和各社会的特性所具有的独特性和多样化。文化多样性是交流、革新和创作的源泉，对人类来讲，就像生物多样性对维持生物平衡那样必不可少。从这个意义上讲，文化多样性是人类的共同遗产。

天地万物自古至今一直极富生命活力，人类的精神世界就像其赖以生存的物质世界一样丰富多样而和谐安详。在浩渺无垠的宇宙太空中，人类居住的这颗蔚蓝色的星球上，阳光、空气与水分养育着无数的动物、植物等各种生物。它们相互依赖、相互作用、相互促进而形成大自然的新陈代谢、优胜劣汰、循环往复乃至生态平衡。在此物质文化基础上，由人类创造出的非物质文化也同样拥有上述生命的基本特质。"就像生物多样性对维持生物平衡那样必不可少"一样，世界各民族传统文化也是根据"多样性"

来维系全球各国各族文化的平衡发展。

文化多样性和生物多样性之间确实有着异乎寻常的紧密联系。在我国，少数民族的总人口虽然相对汉族来说比较少，但是所占据的地域则要大得多，所拥有的文化品种要丰富得多。大约65%以上的中国版图养育着华夏无与伦比的自然生物，理直气壮地捍卫着神州文化的多样性。这里是令人骄傲的中国少数民族传统文化滋生与发育的天堂。令人欣慰的是，中华人民共和国成立以来，党和政府非常重视各民族文化保护的多样性以及民族特色的发扬。

1956年全国人民代表大会民族委员会和国务院民族事务委员会曾组织千余名各民族文化工作者和专业人员，分成16个调查组，对全国范围内数十个少数民族的历史文化和社会状况进行大规模的调查研究。在此基础上陆续形成《中国少数民族文学史与文学概况丛书》以及《中国少数民族简史》、《中国少数民族简志》与《民族自治地方概况》等三套丛书。

应该特别指出的是新中国成立以来，党和政府组织专家学者在对边疆各地少数民族"英雄史诗"抢救、整理方面获得巨大的成就，诸如维吾尔族的《乌古斯传》、赫哲族的《满斗莫日根》、哈萨克族的《阿勒帕米斯》、布依族的《开天辟地》、傣族的《召树屯》、佤族的《葫芦的传说》、纳西族的《创世纪》、彝族的《铜鼓王》等。尤其是中国少数民族三大英雄史诗《格萨尔》、《江格尔》与《玛纳斯》的整理、翻译、出版和研究工作，在全国与世界民族文学界产生了重大的影响。

著名学者贾芝先生在回顾新中国成立后17年抢救与保护少数民族文化遗产的成就时欣喜地总结道：

十七年中,我们发掘了大量的少数民族的民间文学作品,仅民间叙事诗就搜集了上百部。《阿诗玛》、《嘎达梅林》、《江格尔》、《召树屯》、《娥并与桑洛》等已为国内外所传颂。特别令人兴奋的是长篇英雄史诗的发掘工作获得了可喜的成果。流传在青海、西藏、甘肃、四川、云南、内蒙等省区的史诗《格萨尔》,是早已闻名世界的长篇史诗,现已搜集了近两千万字的资料。关于柯尔克孜族的史诗《玛纳斯》,"文化大革命"前曾经收集了大量的资料。①

对中国少数民族三大英雄史诗的发掘、整理,以及所获的世界性赞誉和独特的非物质文化学术价值,著名学者杨义研究员在《重绘中国文学地图通释》一书中给予高度评价的同时,也不无遗憾地指出,因为中国主体民族汉族在历史上缺少叙事诗,翻遍文学史,从《诗经》中搜集的有关诗句,"总共加起来是338行,跟荷马史诗、印度史诗怎么比?"假若依照西方学者的印象,"中国没有史诗,或者中国是一个史诗的贫国"。但是换一个角度,人们会惊喜地发现:如果将我国少数民族三大史诗置于世界文学的视野,那么呈现的文学"情形就发生了根本的转变。要知道,中国至今还以活的形态存在着卷帙浩繁的中国少数民族三大史诗"之《格萨(斯)尔王传》、《江格尔》、《玛纳斯》。《格萨尔王传》据说是60万行,有的学者说可能有100万行。60万行以上是个什么意思?世界上五大史诗的总和都没有一部《格萨尔》那么长的篇幅。……而且中国南北少数民族不同长度的史诗或英雄史诗,

---

① 贾芝主编:《新中国民间文学五十年》,大众文艺出版社2004年版,第55页。

还有数以百计。这些史诗的加入，使史诗形态学发生了很大的扩充。……中国的史诗加进去之后，就增加了高原史诗、草原史诗、山地史诗种种形态"①。

杨义先生所说的世界文学史上所谓的"五大史诗"系指古巴伦的《吉尔伽美什》、古希腊荷马的《伊利亚特》和《奥德赛》、古印度的《罗摩衍那》和《摩诃婆罗多》。这些人类民族文化精品均为培植东西方文学艺术丰腴的文化土壤，同时亦为西亚的巴比伦戏剧、北非埃及法老戏剧、古希腊罗马戏剧与印度梵语戏剧提供了丰厚的创作原型与文艺素材。

同样，中国少数民族三大英雄史诗《格萨尔王》、《江格尔》、《玛纳斯》以及各民族叙事长诗，亦为藏族、蒙古族、维吾尔族、壮族、回族、傣族、彝族、苗族、哈萨克族、满族等少数民族的传统文学艺术奠定了坚实的人类非物质文化基础。

在王文章先生主编的《非物质文化遗产概论》一书所专设的"中国保护非物质文化遗产的历史与现状"一章中，有这样一些与民族史诗相对应的民族戏剧文字记载：中国少数民族戏剧最富有代表性的剧种"如藏族的藏剧、蒙古族的蒙古剧、傣族的傣剧、壮族的壮剧、彝族的彝剧、维吾尔族的维吾尔剧、侗族的侗剧都以鲜明的民族特色为中国戏曲文化的发展作出贡献。藏剧，藏语叫'阿吉拉姆'，在藏族地区普遍流行，是藏族悠久灿烂的文化和少数民族戏曲剧种的杰出代表"②。与此同时，受民族史诗与民间说唱影响的还有苗族的"苗剧"、朝鲜族的"唱剧"、回族的"花儿

---

① 王文章主编：《非物质文化遗产概论》，文化艺术出版社2006年版。
② 杨义：《重绘中国文学地图通释》，第27页。

剧"等，它们都如同跨国民族藏族所创造的"藏剧"一样，不仅流传印度、尼泊尔、锡金、不丹等南亚次大陆，而且还漂洋过海流传到世界各地，与跨国民族戏剧艺术的交流缔造出许多国际性的中华民族文化形式与剧目。

中国共产党十一届三中全会之后，在各级政府的积极支持下，我国众多的有关民族、民间文化遗产研究和保护的学术机构相继成立，有力地促进了各民族民间文化遗产的发掘、整理与研究工作。特别是被誉为"中国文化长城"的"中国民族民间文艺集成志书"，亦称"十套文艺集成"的编撰与出版发行，可谓新时期非物质文化遗产抢救与保护工作中令人瞩目的重大成就。其中如《中国戏曲志》、《中国戏曲音乐集成》等是直接反映中华多民族戏剧艺术的标志性成果。上述民族文化艺术集成、志书从各民族戏曲之剧种、剧目、曲目、音乐、表演、舞台美术、演出场所、演出习俗、文物古迹、报刊专著、轶闻传说、谚语口诀、人物传记等各个方面入手，全面、真实、准确地记录与反映了中国各民族蔚为壮观的民族文学艺术与戏剧文化。

自 2002 年，中国民间文艺家协会开始实施国家重点文化建设项目"中国民间文化遗产抢救工程"。翌年，文化部、财政部、国家民委、中国文联联合启动的"中国民族民间文化保护工程"所制定的"实施方案"中明确指出：要在新世纪初，"使我国珍贵、濒危，并且有历史、文化和科学价值的民族民间文化得到有效保护，初步建立起比较完备的中国民族民间文化保护制度和保护体系"。特别值得欢欣鼓舞的是，此项方针大略中特别提出要真正建立起"完备的中国民族民间文化保护制度和保护体系"，并且要首先建立既符合我国国情又吻合国际惯例的全功能的非物质文

"生态保护区"。

在我国各民族之中确定遗存的极为丰富多样的非物质文化遗产中，包括汉民族在内的 56 个民族传统艺术文化，植根于博大精深的民间、世俗与宗教文化沃土之中。中国黄河、长江、珠江流域与周边少数民族地区拥有蕴含量极大的传统文化生态区。对悠久的中华民族文化历史沿革的考证，特定文化传统区域、场所的民间文学艺术实地考察，以及进行高水平、高质量的中华民族艺术理论的研究显得非常重要与迫切。在我国，少数民族所拥有的非物质文化遗产样式很多，种类很全，尤其如非文字类的音乐、舞蹈、曲艺、戏剧、美术、建筑、服饰等，较之汉民族有着明显的优势，理当花大气力加强对此类非物质文化遗产的发掘、整理与保护。

中华民族文学艺术理论的建构，既体现在对中国各民族历史遗留下来的传统文化理念的追溯，又表现在对其具体文学艺术的基本原理与发展规律的深层探究。中华多民族造型艺术、表演艺术、综合艺术文化遗产蕴含着中国人民特有的精神价值、思维方式、想象力，体现着中华民族强大的生命力和创造力，是全国各民族的智慧结晶、文化瑰宝。对 56 个民族代表性传统文化遗产的历史、现状、生态环境与未来前景的调查实证与预测研究，非常有利于继承与弘扬中华民族优秀传统文化，增进民族团结，维护国家统一，推动社会主义先进文化的建设。

中华民族艺术历史遗产的形成不仅来自辽阔广袤的自然地理，更出自各民族民间艺人的高超智慧与技艺。世代相传、技艺精湛、具有鲜明民族风格与地方特色的工艺美术，或称民族空间艺术，特别是民间刺绣、编织、服饰、器物、建筑、传统手工艺制作，以有形的物质形态记载着无形的源自自然界和宇宙的知识与实践经验。

民族民间造型艺术的来源可追溯到古代美术，如岩画、沙画、壁画、帛画、建筑、雕塑、金石、书法等；民间美术，如画像石、画像砖、刺绣、剪纸、彩塑、泥塑、瓷画、年画、瓶画、木雕、石雕、砖雕等；工艺美术，如铜器、玉器、书籍、装帧、雕版、插图、绣像、编织等。这些传统艺术形式，对民间文艺传承人和技能的保护与利用，将为后世珍存与增添无数鲜活的文化财富。

具有强大原始生命力的民族民间表演艺术，如中华各民族的传统民间音乐、舞蹈、曲艺、杂技与竞技等艺术形式是以人为载体，呈现综合性、动态性表演的"活化石"。因其生态文化的真实性、多样性与观众审美需求而时分时合，变化多端，形成多姿多彩的文艺种群；民族民间表演艺术往往以口头语言等非物质文化为重要载体，以浩瀚驳杂的神话、传说、歌谣、曲艺、史诗等民间文学的保存与传承为演绎前提。对我国周边地区汉民族与少数民族交融之地所遗存的汉民族方言，以及与跨国少数民族语言与普通话的口头语言相融合现象的研究，始终是探析中华民族艺术文化生态状况的重大课题。又因社会与时代的变迁，在继承发展过程中产生诸多矛盾冲突，亟须以文艺生态学基本原理予以解释、阐述与解决。

在上述时间、空间艺术，听觉、视觉艺术的基础之上，所产生的民族时空或视听艺术，或者中华民族综合表演与造型艺术，极为丰富多样、变幻多端的历史遗产与时代变异形式，颇值得跟踪调查与研究。自古迄今，中国乃至周边国家各民族都保留与发展着集造型艺术与表演艺术于一体的传统戏剧、戏曲艺术，以及新兴的广播、电影、电视、互联网、智能游戏的高科技艺术形式，具有很鲜明的时空性、视听性与综合性，对其记载与传承更多地依赖于视觉空间艺术、纸质图像与影像媒介。

在当今世界日趋走向消解文体、彰显图像的"读图时代",现实逼迫着我们以历史与未来的眼光审视民族综合艺术图文的定义、原理、内涵与外延等学术问题。首先要求尽可能全面、系统地发掘、整理、考证与研究,对中外民族表演艺术文化交流过程中所产生与形成的各种有关图像与文本进行认真的甄别,特别是要仔细释读保存在各种书籍、纸张、草木、金属、器物上的图文符号,另外则是正确解释当今建筑、雕塑、摄影、绘画等民间美术以及电影、电视、互联网上所显示的或凝固或流动的文艺图像与文本形象。在此基础上还需对历史与未来的复杂、多义、深奥的图文形成、转换、演变关系与发展趋势进行科学、务实、规范的学术论证。

对中华民族博大精深的艺术文化遗产进行全面、系统、科学、深入的研究,更需要借助于传统的考证学与先进的比较学,理论联系实际,大力开展对中国西部乃至全国众多民族文化的调查和研究,特别是对中国西北地区各民族艺术理论、造型艺术、表演艺术、综合艺术的田野考察与学术研究。在广泛了解、掌握中华民族语言文学基本原理与常识的基础之上,运用科学的理论思维与方法,逐步拓展到更加广阔的中华民族传统文化研究的各个文学艺术领域。

人类的历史就像一条蜿蜒曲折的长河,汇聚着众多文化溪流源源不绝,奔腾向前。当代世界范围内各国之间频繁的官方与民间文化交流,既给我们带来前所未有的挑战,又带来新的历史发展机遇。对于强势的外来文化带来的负面影响,政府与民间社团应该采取有力的措施,努力保护传统文化的真实性与完整性;并借助于现代科技工具与媒介大力营造中国多民族造型艺术、表演艺术、综合艺术可持续发展的文化氛围,以求在此基础上逐步建设与完成利在当代、功在千秋的充满活力的中华民族文化艺术生态系统工程。

回顾历史,展望未来,中华民族已经昂首阔步走向新的国际文化视阈。古代长安、关中、中原文化孕育的中国各民族文学艺术正在通过现代文艺媒介与世界各国、各民族物质与精神文化发生全面的接触、交汇。正如德国著名诗人歌德在1827年的伟大预言:"民族文学在现在算不了什么,世界文学的时代已快来临了。现在每个人都应该发挥自己的作用,促使她早日来临。"[①] 在当前全球化推进人类口头与非物质文化遗产保护和研究如火如荼的形势下,我们对古代长安文化与民族文学的历史与现实进行全面的审视,将有着坚实的基础和美好的未来。

---

① 〔德〕艾克曼著、洪天富译:《歌德谈话录》,译林出版社2002年版,第220页。

后记　守护中华民族文学的精神家园

"长安",这是多么美好而吉祥的词,爱好古典诗词的人们曾无数次走近她:"三月三日天气新,长安水边多丽人","西北望长安,可怜无数山","东望望长安,正值日初出","长安城头头白乌,夜飞延秋门上呼","明日归长安,为君急走马","春风得意马蹄疾,一日看尽长安花"等。相信这个经十三朝古都文化历史积淀后才凝练而成的名词,一直萦绕在对她无限崇拜的人们的梦想之中。

搜检往事,人们一般是在书册中理性地了解到长安:认为她是中国历史上一座著名都城;是中国历史上建都朝代最多、影响力最大的城市;列为中国七大古都之首,同时也是与雅典、罗马和开罗齐名的"世界四大文明古都"之一。但更加珍贵的是从感性接触长安:当人们走在首都北京的主街上,在普通的中国公民心目中,那条笔直宽阔的华灯齐放的"长安街",在稍有些国学知识的文化人的视野里,那座高耸在街头的"长安大剧院",珍留和释放的都是令人难以忘怀的遥远的长安古代历史文化信息。

在汗牛充栋的文学艺术作品中,该有多少"长安"字眼的出现,没有统计过。只记得笔者在新疆文联当文学、艺术杂志社编辑时,有一次去"和平都会"观赏新疆京剧团创作演出的具有浓郁民族风格的大型京剧《望长安》，由大紫大红的戏曲名角张丽娟、班金声主演，笔者顿时被大唐时期，西域古族对长安中央政府的忠诚所感动。没想到在三十年后的今天，笔者沿着"丝绸之路"逆行来到了驰名中外的中国十三朝古都长安，竟然在此地的教育部直属211工程重点大学陕西师范大学担任教授与博士生导师。笔者所供职的学校和入住的紫薇田园都市就在西安市长安区境内。有人告之，我们每天来回走动的脚下土地就是两千年前辉煌一时的西汉沣镐都城。八年寒暑春秋，笔者时时被潜在浓郁的长安文化氛围所包裹，经常望着这里古老的历史遗址，幻想着灿烂辉煌的"大唐的太阳"是否还能复出。

记得在六年前的清明节，笔者受陕西师范大学文学院的委托，前去陕北黄陵县参加规模盛大的轩辕黄帝公祭。晚上观赏美轮美奂的《黄帝颂》大型歌舞史诗演出，深为在远古时期于三秦大地上诞生这样一位伟大的华夏民族始祖而激动。四年前开春时，我独自前往西安东郊的慈恩寺，目视着大雁塔周围烁烁璨璨盛开的桃花、樱花而遥想汉唐长安古代文明的博大精深。

三年前，笔者在远近驰名的易俗社大剧院慕名观赏了大型秦腔交响诗画《梦回长安》。晚会以序曲"兢兢黄帝"、"穆穆周礼"、"赫赫秦制"、"泱泱汉风"、"煌煌唐韵"等五个乐章为基础，有机地融秦腔、交响乐、歌舞、诗画、舞美为一体，将周、秦、汉、唐等十三朝历史风云全景观地再现于文艺舞台，深为源远流长、厚重华美的古代长安文化感到骄傲。

接着笔者又在中央电视台和陕西电视台断断续续观赏了八集大型电视纪录片《望长安》。这是一部借助唐代大诗人李白的著名诗句"长相思，在长安"的寓意，用优美影像探索陕西历史文化的大型人文纪录片。笔者深为古代长安的传统文化与文学艺术的丰厚、硕大、精彩的古今风貌所震撼。

该系列片共10集，每集30分钟。包括"秦砖汉瓦"、"盛世之光"、"中国原点"、"长治久安"、"有容乃大"、"雁塔题名"、"古调独弹"、"鼓舞风神"、"圣地延安"、"西望长安"。从古到今，从中到外，男女主持人如数家珍，娓娓道来，给人心灵涂抹了一层又一层奇妙而悠玄的古今长安文化色彩。

该电视片详尽、系统地阐述了中国历史上辉煌的周、秦、汉、唐时期所创造的灿烂的文化，讴歌了那些历史年代给如今中华文化乃至世界文明所带来的博大、深远的影响。这部电视纪录片，首次真实而全面地展现了陕西地区的古代文化风貌，深刻思考了长安文化的原创力、开放性、交融度和辐射力，以及对中华文化之形成的重要作用；形象生动地分析了其政治、经济、历史文化变迁的深层原因，并通过对关中、陕北、陕南三地众多历史细节的诠释，演绎了一个又一个鲜为人知的长安文化故事，为陕西大地勾勒出一幅波澜壮阔的历史画卷。

通过上述文艺作品，我们深刻地了解到长安曾经长期是古代中国的政治、经济与文化中心，先后有13个朝代或政权在此地建立政权。"秦中自古帝王州"，此言不虚。西汉初年刘邦定都于此，始名"长安"。长安的荣耀与声誉，在唐代时达到顶峰。"长安百万家，出门无所之。"西安古都的历史，就是一部中国远古和中古历史。煌煌古都深厚的文明底蕴，一直为中华文明的发展提供着丰饶的资源和强劲的驱动力。

令人感到惊叹的是中国佛教史上佛教八大宗派，竟然有四宗发源于长安。关中大地的众多辉煌寺观，见证了佛教植根中国的历史事实,也印证着儒释道"三教合一"交流与共处的和谐画面。轰动世界的佛祖释迦牟尼真身指骨舍利在沉寂了1113年之后,于关中法门寺重现人间,并与唐代所建依然耸立的大雁塔一同永垂不朽。开放的盛唐时代,于仙风道骨和禅影佛光的交织中,我们看到的是华夏各民族源于心灵文化的博大智慧和自信。

中国是诗的国度,长安是中国诗词歌赋的发源地。诗情画意与文治武功交相辉映,文章璀璨同政治强盛、国力雄厚的汉唐文化紧相伴随。太史公司马迁在汉长安城撰写的《史记》,标高了大汉一代雄风。唐长安城的时空里洋溢着诗歌的因子,无数诗人,比如王维、李白、杜甫、白居易等,在长安留下了华美杰出的诗篇。唐诗的魅力,在邻国日本、韩国、越南引发汉诗国际化热潮。对这个时代,闻一多称为"诗唐"。此称谓与司马迁、班固等铸造的"文汉"一起闻名世界文坛。

关中和西北地区人民酷爱的"秦腔"之名声,相传出自秦始皇或唐明皇的宫廷及民间。秦腔早已成为陕西人生命中不可缺少的一部分,而鲁迅先生从秦腔中听到了汉唐血液流淌的洪钟大吕,感慨不已特地赐赠"古调独弹"赞誉牌匾。秦腔,连同来自陕西南部的"汉调二黄",对京剧的产生和发展有着至关重要的作用。陕西的土地上还诞生了与北方戏曲声腔相呼应的一些传统乐舞戏剧表演艺术形式,如皮影、老腔、阿宫腔、汉调桄桄、眉户、西安鼓乐等。尤其是朴实而高亢的老腔唱腔,犹如关西大汉咏唱"大江东去",被赞誉为"黄土地上的摇滚"。

《周易》云:"鼓之舞之以尽神。"从戍边将士那里流传下来的陕北安塞腰鼓,让民间舞蹈得到飞跃,成为祭祀文化仪式的极致。当男子们打起腰鼓闹秧歌时,女人们早已用窗花将喜庆和欢乐洒向世界。黄土高坡上不同寻常的日子，被陕北歌手化作"信天游"——这是一首首书写在广袤天地间的抒情史诗。翻过秦岭，便进入婉转的陕南民歌世界，其代表便是委婉动听的紫阳民歌。《诗经》中数十首歌谣的流传地主要在汉水的上游地区，汉中地区也是中华文明的源头之一。

总而言之，以古代长安为中心的地域浓缩了中华民族文化的历史，从周朝的丰、镐二京到秦咸阳、汉长安，经五胡十六国，直至隋唐的长安，汉族与外来各少数民族间的相互交往与融合，以难以想象的规模与形式不断创造着人间奇迹。其文化的融汇不仅源于地理历史，也源于各种原因造成的华夏移民文学艺术。关中、三秦、河洛、陇右开怀拥抱天下英才豪杰，他们将文才武略无私地奉献给了中华民族母亲。原始东方文明的力量，从这里出发，源远流长，惠及四方，从古代到近代，从近代到当代，万世流芳。

对照我们所见所闻的古代长安古都的气势恢宏、气象万千、丰富多彩的历史文化，但是历史的文化反差如此之大，目前在我国出版发行的与长安文化相关的文学艺术理论研究成果却显得有些苍白和薄弱。多年前笔者还在外省区工作时就发现此问题，想在"长安文化"、"丝绸之路"与"民族文学"研究方面打打基础，积累些经验和知识，为此领域做些力所能及的学术科研尝试。如今庆幸这些琐碎细密的基础工作没算白做，有些学术成果竟然在笔者来到西安高校后陆续派上了用场。

回想起在20世纪下半叶的80年代中期，我还在新疆文联与新疆人民出版社合办的《新疆文学》、《新疆艺术》、《新疆文艺表》从事文艺编辑工作时，出于对"丝绸之路"史地文化的关注，较早撰写出一篇相关论文《丝路乐舞绽奇葩》，率先在《新疆日报》

提出"丝路乐舞"这个学术概念,后来被延伸成"丝路艺术"与"丝绸之路文学",并与编辑部的王嵘、剡鸿魁一起选编了《丝绸之路乐舞艺术》和《丝绸之路造型艺术》两部学术论文集,特去北京邀请中央美术学院常任侠先生撰写"序言"。时隔一年后,我们又邀请到中国音乐学院院长、《人民音乐》主编李西安来到新疆,共同商议如何探研"振兴丝绸之路艺术"之重大课题。与此同时,在乌鲁木齐市天山大厦召开了声势浩大的"丝绸之路学学术研讨会",笔者在会后撰写和发表了《高扬丝路音乐大旗》、《丝路文化面面观》一系列文章,从此与"丝绸之路文化"结下了不解之缘。

也正是借助此股强劲的西域与中原文化关系研究之东风,笔者开始投身波澜壮阔的学术海洋,开始扬帆远航。最初与新疆师范大学音乐系宋博年教授合写《丝绸之路音乐史》(后易名《西域音乐史》、《丝绸之路音乐研究》);接着撰写《丝绸之路文化中的音乐歌舞》,前去参加在香港举办的"第23届国际音乐理事会暨学术研讨会";再有参与新疆人民出版社与台湾蓝灯书局联合筹划的一套"丝绸之路研究丛书"的编选工作,我担负的是《丝绸之路戏剧文化研究》一书的写作,后来荣获陕西省教育厅与省部级多项奖励。

记得笔者在新疆工作时,又陆续写作和发表过《西域飞天丝路游》、《丝绸之路文化与民族文学》、《斯文·赫定与丝路人文》、《丝绸之路音乐歌舞研究》等学术论文,并且陆陆续续在新疆各大报刊发表过一系列的丝路民族文化、文学、艺术评论文章。另外还应中央芭蕾舞剧院著名作曲家石夫之约,为中央歌舞剧院创作过两部大型民族歌剧《丝路梦幻》、《丝路上的秋蔓荻》,以及音乐话剧《丝路追梦人》，还为天山电影制片厂写过一部电影《丝路野马劫》。当然后来笔者还陆续撰写和发表了一些与"丝绸之路"、古代西域、敦煌与中原文化、古今新疆民族文学艺术有关的学术论文，这说明笔者的心底有着多么牢固与深厚的长安与"丝绸之路"文化情结。

群言出版社2006年编辑发行的很有分量的一本工具书《中国比较文学百年书目》，其中有一篇评述我过去撰写的《中西戏剧文化交流史》的重头文章，其中一段文字写道："这是一部十分厚重、内容丰富的中西戏剧比较专著，作者以长达八百余页，六十万字的篇幅，采用文献、文物、田野调查三结合的学术方法，大规模地考察和比较东西方戏剧的发生、发展和交流。"文中还高度评价："作者特别重视对西域戏剧的研究，由此逐步扩展为东西方诸国戏剧文化的交流研究。本书不仅是对中西戏剧艺术的比较研究，更是一种民族文化视野的综合研究。"其实此部书的原名为《丝绸之路民族表演艺术》，后来笔者又另辟蹊径、融会贯通出版了《丝绸之路戏剧文化研究》，算是弥补了过去更改书名的遗憾。

自此以后，笔者一直非常留心和注重对古代长安与西域民族文化资料的收集，以及对中原地区传统文化与边疆各民族文学之间关系的探索与研究。此书中所收的一部分章节就来自我过去参加国内外各种学术会议或公开发表的一些学术论文。

在2008年夏季，陕西师范大学文学院启动的国家教育部211工程第三期科研项目"长安文化与中国文学"中，笔者的学术课题"长安文化与民族文学研究"被选中，经过一年半的努力编撰，于2009年年底完成初稿。2010年初，专家对其成果的"创新程度"、"学术价值"、"结构安排"、"资料依据"、"文字表达"等方面进行匿名评鉴后认为：此为"将长安地域文化与历史文化，同中华民族文学的嬗变相关性作为研究对象的学术论著，目前本人尚未见到，故其选题具有极大的创新意义。论著采用了'大长安'与'大民族文学'的视角切入。故其论述所涉猎领域颇广，哲学、宗教、历史、地理、文学、艺术征引丰富，可见作者在中国传统学术各领域中具有的广博知识和深厚的素养。遵守学术规范，引文注释周到，论证清晰。各部分内部之间的呼应递进深入，亦体现作者缜密的逻辑思维能力"。

2009年在西安召开的"中外民族戏剧学学术研讨会"上，笔者宣读了《文化人类学视域中的民族戏剧文学研究》学术论文，并在紧接着举办的"世界人类学与民族文化学座谈会"上与著名文化人类学家徐杰舜、戏剧戏曲学家曲六乙、叶长海、何玉人、民族学家赵志忠等进行深入的学术理论对话。2012年在"丝绸之路文化与中华民族文学国际学术研讨会"上，笔者发表了"关于长安文化与中国多民族文学研究"的讲演。2013年出版的《民族戏剧文化大视野》以及在此前后发表的《西北丝绸之路与跨国民族文学研究》、《唐五代词中的胡风与丝绸之路民族诗歌的交流》，更加坚定了从事中华多民族传统文化艺术研究的决心。

笔者原来长期工作于新疆维吾尔自治区和山西省文化部门与高校，21世纪初才调至陕西师范大学。笔者之所以敢将近年来自己在此领域所做的课题、著述、论文等通过此课题形式公之于世，是因为想以后真正投身于"长安文化与中国文学"与"丝绸之路文化与文学"研究的洪流中去，不断开拓自己的视野，锻造自己的学术能力。在此衷心感谢国家"211工程"三期重点学科建设项目"长安文化与中国文学研究"提供了如此富有价值的学术平台，感谢西北大学文学院著名学者、博士生导师贾三强教授赐赋大序，感谢陕西师范大学文学院郭迎春副教授帮助校正书中部分文稿，以激励后学在长安学与民族文学研究领域贡献微薄力量。

中国十三朝古都长安因为中华民族原始文明发源地而贯穿古今，又因为"丝绸之路"起点向四处辐射而闻名中外。长安文化是中国传统文化和世界人类物质与精神文化不可分割的重要组成部分，需要校内外和全国各界文化学人持之以恒地集体攻关，长期积累、齐心协力完成的重大系统工程。

近年来西安高校联合中外学者提出"世界遗产，丝路起点，古都长安"，推出"长安文化"这个学术概念。陕西省社会科学界专家又联合起来共同建立于完善"长安学"，这是一个求之不得的千载难逢的大好时机，我们中国学术、教育、文化界专家学者应该不辱使命，多出成果，以促此项千秋大业早日成功。

初稿于 2010 年春季，定稿于 2015 年春季
2014 年 3 月 30 日作者书于西安雁夏斋